適合中文系師生、國學愛好者及研究者參考

中國俗文學史

國學大師 鄭振鐸 著

五南圖書出版公司 印行

目錄

（除小說戲曲外）

第一章　何謂「俗文學」……1
第二章　古代的歌謠……13
第三章　漢代的俗文學……31
第四章　六朝的民歌……65
第五章　唐代的民間歌賦……95
第六章　變　文……137
第七章　宋金的「雜劇」詞……203
第八章　鼓子詞與諸宮調……239
第九章　元代的散曲……305
第十章　明代的民歌……393
第十一章　寶　卷……435

第十二章 彈 詞……471
第十三章 鼓詞與子弟書……497
第十四章 清代的民歌……517

第一章　何謂「俗文學」

一

何謂「俗文學」？「俗文學」就是通俗的文學，就是民間的文學，也就是大眾的文學。換一句話，所謂俗文學就是不登大雅之堂，不為學士大夫所重視，而流行於民間，成為大眾所嗜好，所喜悅的東西。

中國的「俗文學」，包括的範圍很廣。因為正統的文學的範圍太狹小了，於是「俗文學」的地盤便愈顯其大。差不多除詩與散文之外，凡重要的文體，像小說、戲曲、變文、彈詞之類，都要歸到「俗文學」的範圍裡去。

凡不登大雅之堂，凡為學士大夫所鄙夷，所不屑注意的文體都是「俗文學」。「俗文學」不僅成了中國文學史主要的成分，且也成了中國文學史的中心。

這話怎樣講呢？

第一、因為正統的文學的範圍很狹小——只限於詩和散文——所以中國文學史的主要的篇頁，便不能被稱為「俗文學」，被稱為「小道」的「俗文學」所占領。哪一國的文學史不是以小說、戲曲和詩歌為中心的呢？而過去的中國文學史的講述卻大部分為散文作家們的生平和其作品所占據。現在對於文學的觀念變更了，對於不登大雅之堂的戲曲、小說、變文、彈詞等等也有了相當的認識了，故這一部分原為「俗文學」的作品，

便不能不引起文學史家的特殊注意了。

第二、因為正統文學的發展和「俗文學」的發展是息息相關的。許多的正統文學的文體原都是由「俗文學」升格而來的。像《詩經》，其中的大部分原來就是民歌。像五言詩原來就是從民間發生的。像漢代的樂府，六朝的新樂府，唐五代的詞，元、明的曲，宋、金的諸宮調，哪一個新文體不是從民間發生出來的。

當民間發生了一種新的文體時，學士大夫們起初是完全忽視的，是鄙夷不屑一讀的。但漸漸的，有勇氣的文人學士們採取這種新鮮的新文體作為自己的創作的型式了，漸漸的這種新的文體得了大多數的文人學士們的支持了。漸漸的這種新的文體升格而成為王家貴族的東西了。至此，它們漸漸的遠離了民間，而成為正統的文學的一體了。

當民間的歌聲漸漸的消歇了的時候，這種民間的歌曲卻成了文人學士們之所有了。

所以，在許多今被稱為正統文學的作品或文體裡，起初有許多原是民間的東西，被升格了的，故我們說，中國文學史的中心是「俗文學」，這話是並不過分的。

二

「俗文學」有好幾個特質，但到了成為正統文學的一支的時候，那些特質便都漸漸的消滅了；原是活潑潑的東西，但終於衰老了，僵硬了，而成為軀殼徒存的活屍。

「俗文學」的第一個特質是大眾的。她是出生於民間，為民眾所寫作，且為民眾而生存的。她是民眾所嗜好，所喜悅的；她是投合了最大多數的民眾之口味的。故亦謂之平民文學。其內容，不歌頌皇室，不抒寫文人學士們的談窮訴苦的心緒，不講論國制朝章，她所講的是民間的英雄，是民間少男少女的戀情，是民眾所喜聽的故事，是民間的大多數人的心情所寄託的。

她的第二個特質是無名的集體的創作。我們不知道其作家是什麼人。他們是從這一個人傳到那一個人；從這一個地方傳到那一個地方。有的人加進了一點，有的人潤改了一點。我們永遠不會知道其真正的創作者與其正確的產生的年月的。也許是流傳得很久了；也許是已經經過了無數人的傳述與修改了。到了學士大夫們注意到她的時候，大約已經必是流布得很久，很廣的了。像小說，便是在廟宇，在瓦子裡流傳了許久之後，方才被羅貫中、郭勳、吳承恩他們採用了來作為創作的嘗試的。

她的第三個特質是口傳的。她從這個人的口裡，傳到那個人的口裡，她不曾被寫了下來。所以，她是流動性的；隨時可以被修正，被改樣。到了她被寫下來的時候，她便成為有定形的了，便可成為被擬仿的東西了。像《三國志平話》，原是流傳了許久，到了元代方才有了定形；到了羅貫中，方才被修改為現在的式樣。像許多彈詞，其寫定下來的時候，離她開始彈唱的時候都是很久的。所謂某某祕傳，某某祕本，都是這一類性質的東西。

她的第四個特質是新鮮的，但是粗鄙的。她未經過學士大夫們的手所觸動，所以還保持其鮮妍的色彩，但也因為這所以還是未經雕斫的東西，相當的粗鄙俗氣。有的地方寫得很深刻，但有的地方便不免粗糙，甚至不堪入目。像《目連救母變文》、《舜子至孝變文》、《伍子胥變文》等等都是這一類。

她的第五個特質是其想像力往往是很奔放的，非一般正統文學所能夢見，其作者的氣魄往往是很偉大的，也非一般正統文學的作者所能比肩。但也有其種種的壞處，許多民間的習慣與傳統的觀念，往往是極頑強的黏附於其中。任怎樣也洗刮不掉。所以，有的時候，比之正統文學更要封建的，更要表示民眾的保守性些。又因為是流傳於民間的，故其內容，或題材，或故事，往往保存了多量的民間故事或民歌的特性；她往往是輾轉抄襲的。有許多故事是互相模擬的。但至少，較之正統文學，其模擬性是減少得多了。她的模擬是無心的，是被融化了的；不像正統文學的模擬是有意的，是章仿句學的。

她的第六個特質是勇於引進新的東西。凡一切外來的歌調，外來的事物，外來的文體，文人學士們不敢

正眼兒窺視之的，民間的作者們卻往往是最早的便採用了，便容納了它來。像戲曲的一個體裁，像變文的一種新的組織，像詞曲的引用外來的歌曲，都是由民間的作家們先行採納了來的。甚至，許多新的名辭，民間也最早的知道應用。

以上的幾個特質，我們在下文便可以更詳盡的明白的知道，這裡可以不必多引例證。

我們知道，「俗文學」有她的許多好處，也有許多缺點，更不是像一般人所想像的，「俗文學」是至高無上的東西，無一而非傑作，也不是像另一般人所想像的，「俗文學」是要不得的東西，是一無可取的。

三

中國俗文學的內容，既包羅極廣，其分類是頗為重要的。就文體上分別之，約有下列的五大類：

第一類，詩歌。這一類包括民歌、民謠、初期的詞曲等等。從《詩經》中的一部分民歌直到清代的《粵風》、《粵謳》、《白雪遺音》等等，都可以算是這一類裡的東西。其中，包括了許多的民間的規模頗不少的敘事歌曲，像〈孔雀東南飛〉以至〈季布歌〉、〈母女鬥口〉等等。

第二類，小說。所謂「俗文學」裡的小說，是專指「話本」，即以白話寫成的小說而言的；所有的談說因果的《幽冥錄》，記載瑣事的《因話錄》等等，所謂「傳奇」，所謂「筆記小說」等等，均不包括在內。小說可分為三類：

一是短篇的，即宋代所謂「小說」，一次或在一日之間可以講說完畢者，《清平山堂話本》、《京本通俗小說》、《古今小說》、《警世通言》、《醒世恆言》以至《拍案驚奇》、《今古奇觀》之類均屬之。

二是長篇的，即宋代所謂「講史」，其講述的時間很長，決非三五日所能說得盡的。本來只是講述歷史

裡的故事；像《三國志》、《五代史》裡的故事，但後來卻擴大而講到英雄的歷險，像《西遊記》，像《水滸傳》之類了；最後，且到社會裡人間的日常生活裡去找材料了，像《金瓶梅》、《醒世姻緣傳》、《紅樓夢》、《儒林外史》等等都是。

三是中篇的，這一類的小說的發展比較晚。原來像《清平山堂話本》裡的《快嘴李翠蓮記》等等都是單行刊出的，但篇幅比較的短。中篇小說的篇幅是至少四回或六回，最多可到二十四回的。大約其冊數總是中型本的四冊或六冊，最多不過八冊。像《玉嬌梨》、《平山冷燕》、《平鬼傳》、《吳江雪》等等都是。其盛行的時代為明、清之間。

第三類，戲曲。這一類的作品，比之小說，其產量要多得多了。戲曲本來是比小說更複雜，更難寫的一個文體。但很奇怪，在中國，戲曲的出產，竟比小說要多到數十倍。這一類的作品，部門是很複雜的，大別之，可分為三類：

一是戲文，產生得最早，是受了印度戲曲的影響而產生的，最初，有《趙貞女蔡二郎》及《王魁負桂英》等。到了明代中葉，崑山腔產生以後，戲文（那時名為傳奇）更大量的出現於世。直到了清末，還有人在寫作，這一類的戲曲，篇幅大抵較為冗長（初期的戲文較短）。每本總在二十齣以上，篇幅最巨的，有到二百多齣的（像乾隆時代的宮廷戲，如《勸善金科》、《蓮花寶筏》、《鼎峙春秋》等）。最普通的篇幅是從三十齣到五十齣，約為二冊。

二是雜劇，是受了戲文流行的影響，把「諸宮調」的歌唱變成了舞臺的表演而形成的。其歌唱最為嚴格，全用北曲來唱，且須主角一人獨唱到底。其篇幅因之較短。在初期，總是以四折組成（有少數是五折的）。如果五折不足以盡其故事，則析之為二本或四本五本。但究竟以一本四折者為最多。到了後期，則所謂雜劇變成了短劇或獨幕劇的別稱，最多數是一本一折的了（間有少數多到一本九折）。

三是地方戲，這一類的戲曲，範圍廣泛極了；竟有浩如煙海之感。戲文原來也是地方戲，被稱為永嘉戲

文，但後來成為流行全國的東西。近代的地方戲幾乎每省均有之。為了交通的不便和各地方言的隔閡，所以地方戲最容易發展。廣東戲是很有名的，紹興戲和四明文戲也盛行於浙江省。皮黃戲原來也是由地方戲演變而成的。有所謂徽調、漢調、秦腔等等，都是代表的地方戲，先於皮黃而出現，而為其祖禰的。

第四類，講唱文學。這個名辭是杜撰的，但實沒有其他更適當的名稱，可以表現這一類文學的特質。這一類的講唱文學在中國的俗文學裡占了極重要的成分，且也占了極大的勢力。一般的民眾，未必讀小說，未必時時得見戲曲的演唱，但講唱文學卻是時時被當作精神上的主要的食糧的。許許多多的舊式的出賃的讀物，其中，幾全為講唱文學的作品。這是真正的像水銀泄地無孔不入的一種民間的讀物，是真正的被婦孺老少所深愛看的作品。

這種講唱文學的組織，是以說白（散文）來講述故事，而同時又以唱詞（韻文）來歌唱之的；講與唱互相間雜。使聽眾於享受著音樂和歌唱之外，又格外的能夠明瞭其故事的經過。這種體裁，原來是從印度輸入的。最初流行於廟宇裡，為僧侶們說法、傳道的工具。後來乃漸漸的出了廟宇而入於「瓦子」（遊藝場）裡。

它們不是戲曲；雖然有說白和歌唱，甚且演唱時有模擬故事中人物的動作的地方，但全部是第三人稱的講述，並不表演的（後來竟有模擬戲曲而在臺上表演了，像近來流行的化裝灘簧，化裝宣卷之類）。

它們也不是敘事詩或史詩；雖然帶著極濃厚的敘事詩的性質，但其以散文講述的部分也占著很重要的地位，決不能成為純粹的敘事詩（後來的短篇的唱詞，名為「子弟書」的，竟把說白的部分完全的除去了，更近於敘事詩的體裁了）。

它們是另成一體的，它們是另有一種的極大魔力，足以號召聽眾的。

它們的門類極為複雜，雖然其性質大抵相同。大別之，可分為：

一、「變文」；這是講唱文學的祖禰，最早出現於世的。起初是講唱佛教的故事，作為傳道、說法的工具的，像《八相成道經變文》、《目連變文》等等；且其講唱只是限於在廟宇裡的。但後來，漸漸的採取中

國的歷史上的故事和傳說中的人物來講唱了；像《伍子胥變文》、《王昭君變文》、《舜子至孝變文》等等；甚至有採用「時事」來講唱的，像《西征記變文》。

二、「諸宮調」；當「變文」的講唱者離開了廟宇而出現於「瓦子」裡的時候，其講唱宗教的故事者成為「寶卷」，而講唱非宗教的故事的，便成了「諸宮調」。「諸宮調」的歌唱的調子，比之「變文」複雜得多。是採取了當代流行的曲調來組成其歌唱部分的。其性質和體裁卻和「變文」無甚分別。在「諸宮調」裡，我們有了幾部不朽的名著，像董解元的《西廂記諸宮調》，無名氏的《劉知遠諸宮調》。

三、「寶卷」；寶卷是「變文」的嫡系子孫，其歌唱方法和體裁，幾和「變文」無甚區別；不過在其間，也加入了些當代流行的曲調。其講唱的故事，也以宗教性質的東西為主體，像《香山寶卷》、《魚籃觀音寶卷》、《劉香女寶卷》等等。到了後來，也有講唱非宗教的故事的，像《梁山伯寶卷》、《孟姜女寶卷》等等。

四、「彈詞」；這是講唱文學裡在今日最有勢力的一支。彈詞是流行於南方的，正像「鼓詞」之流行於北方的一樣，彈詞在福建被稱為「評話」，在廣東，被稱為「木魚書」，或又作「南詞」，其實是同一種東西。在彈詞裡，有一部分是婦女的文學，出於婦女之手，且為婦女而寫作的，像《天雨花》、《筆生花》、《再生緣》等等。大部分是用國語文寫成的。但也有純用吳音寫作的，這也占著一部分的力量，像《三笑姻緣》、《珍珠塔》、《玉蜻蜓》等等。福建的「評話」，以《榴花夢》為最流行，且最浩瀚，約有三百多冊。

五、「鼓詞」；這是今日在北方諸省最占勢力的講唱文學。其篇幅，大部分都極為浩瀚，往往在一百冊以上；像《大明興隆傳》、《亂柴溝》、《水滸傳》等等都是。其中，也有小型的，但大都以講唱戀愛的故事為主體的，像《蝴蝶杯》等。在清代，有所謂「子弟書」的，乃是小型的鼓詞，卻除去道白，專用唱詞，且以唱詠最精彩的故事中的一、二段為主。子弟書有東調、西調之分。東調唱慷慨激昂的故事；西調則為靡靡之音。

第五類，遊戲文章。這是「俗文學」的附庸。原來不是很重要的東西，且其性質也甚為複雜。大體是以

散文寫作的，但也有作「賦」體的。在民間，也占有相當的勢力。從漢代的王褒〈僮約〉到繆蓮仙的《文章遊戲》，幾乎無代無此種文章。像〈燕子賦〉〈茶酒論〉等是流行於唐代的。像〈破棕帽歌〉等，則流行於明代。他們卻都是以韻文組成的；可歸屬在民歌的一類裡面。

以上五類的俗文學，其消長或演變的情勢，也有可得而言的。

四

中國古代的文學，其內容是很簡單的，除了詩歌和散文之外，幾無第三種文體。那時候，沒有小說，沒有戲曲，也沒有所謂講唱文學一類的東西。在散文方面，幾乎全都是廟堂文學，王家貴族的文學，民間的作品全沒有流傳下來。但在詩歌方面，民間的作品卻被《詩經》保存了不少。在《楚辭》裡也保存了一小部分。《詩經》裡的民歌，其範圍是很廣的。除少年男女的戀歌之外，還有牧歌，祭祀歌之類的東西。《楚辭》裡的〈大招〉、〈招魂〉和〈九歌〉乃是民間實際應用的歌曲。

秦、漢以來，《詩經》的四言體不復流行於世，而楚歌大行於世。劉邦為不甚讀書，從草莽出身的人物。故一般的初期的貴族們只會唱楚歌、作楚歌，而不會寫什麼古典的東西。不久，在民間，漸漸的有另一種的新詩體在抬頭了；那便是五言詩。起初，只表現她自己於民歌民謠裡。但後來，學士大夫們也漸漸的採用到她了；班固的《詠史》便是很早的可靠的五言的詩篇。建安以後，五言詩始大行於世，成為六朝以來的重要詩體之一。當漢武帝的時候，曾採趙代之謳入樂。在漢樂府裡，也有很多的民歌存在著。

漢、魏樂府在六朝成古典的東西，而民歌又有新樂府抬起頭來。立刻便為學士大夫們所採用。六朝的新樂府有三種：一是吳聲歌曲，像〈子夜歌〉、〈讀曲歌〉；二是西曲歌，像〈莫愁樂〉、〈襄陽樂〉等；三是橫吹曲辭（這是北方的歌曲），像〈企喻歌〉、〈隴頭流水歌〉等。

到了唐代，佛教的勢力更大了，從印度輸入的東西也更多了。於是民間的歌曲有了許多不同的體裁。而文人們也往往以俗語入詩；有的通俗詩人們，像王梵志、寒山們，所寫作的且全為通俗的教訓詩。在這時，講唱文學的「變文」被介紹到廟宇裡了；成為當時最重要的俗文學。且其勢力立刻便很大。敦煌文庫的被打開，使我們有機會得以讀到許多從來不知道的許多唐代的俗文學的重要作品。「大曲」在這時成為廟堂的音樂，在其間，有許多是胡夷之曲。很可惜，我們得不到其歌辭。「詞」在這時候也從民間抬頭了；且這新聲也立刻便為文人學士們所採用。在其間，也有許多是胡夷之曲。

在宋代，「變文」的名稱消滅了；但其勢力卻益發的大增了；差不多沒有一種新文體不是從「變文」受到若干的影響的。瓦子裡講唱的東西，幾乎多多少少都和「變文」有關係。以「講」為主體而以「唱」為輔的，則有「小說」，有「講史」；講唱並重（或更注重在唱的）則有「諸宮調」。這時，瓦子裡所流行的「俗文學」，其種類實在複雜極了，於「小說」等外，又有「唱賺」，有「雜劇詞」，有「轉踏」等等（大曲仍流行於世，雜劇詞多以大曲組成之）。印度的戲曲，在這時也被民間所吸引進來了。最初流行於浙江的永嘉，故亦謂之「永嘉雜劇」或戲文。金、元之際，「雜劇」的一種體裁的戲曲也產生於世，在一百多年間，竟有了許多的偉大的不朽的名著。南北曲也被文人們所採用。寶卷，彈詞在這時候也都已出現於世（楊維楨有《四遊記》彈詞。最早的寶卷《香山寶卷》，相傳為南宋時所作）。

明代是小說戲曲最發達的時候。民間的歌曲也更多地被引進到《散曲》裡來。鼓詞第一次在明代出現。寶卷的寫作，盛行一時，被視作宣傳宗教的一種最有效力的工具。

明代的許多文人們，竟有勇氣在蒐輯民歌，擬作民歌；像馮夢龍一人便輯著十卷的〈山歌〉，若干卷（大

約也有十卷左右吧）的〈掛枝兒〉。許多的俗文學都在結集著；像宋以來的短篇話本，便結集而成為「三言」。許多的講史都被紛紛的翻刻著，修訂著。且擬作者也極多。

清代是一個反動的時代。古典文學大為發達。俗文學被重重地壓迫著，幾乎不能抬起頭來。但究竟是不能被壓得倒的。小說戲曲還不斷的有人在寫作。而民歌也有好些人在蒐集，在擬作。寶卷、彈詞、鼓詞都大量地不斷地產生出來。俗文學在暗地裡仍是大為活躍。她是永遠地健生著，永遠地不會被壓倒的。

「五四」運動以來，蒐輯各地民歌及其他俗文學之風大盛。他們不再被歧視了。我們得到了無數的新的研究的材料。而研究的工作也正在進行著。

五

在這裡，如果要把俗文學的一切部門都加以講述，是很感覺到困難的。恐怕三、四倍於現在的篇幅，也不會說得完。故把重要的兩個部門，即小說和戲曲，另成為專書，而這裡只講述到小說、戲曲以外的俗文學。但也已覺得並不是一件容易的事了。

第一、是材料的不易得到。著者在十五、六年來，最注意於關於俗文學的資料的收集。在作品一方面，於戲曲、小說之外，復努力於收羅寶卷、彈詞、鼓詞以及元、明、清的散曲集；對於流行於今日的單刊小冊的小唱本、小劇本等等，也曾費了很多的力量去訪集。「一二八」的上海戰事，幾把所有的小唱本、小劇本以及彈詞、鼓詞等毀失一空。四、五年來，在北京復獲得了這一類的書籍不少。壯年精力，半殫於此。但究竟還未能臻於豐富之境；不過得十一於千百而已。然同好者漸多。重要的圖書館，也漸已知道注意蒐訪此類作品。今所講述的，只能以著者自藏的為主，而間及其他各公私所藏的重要者。故只能窺豹一斑而已。只是研究的開始，而尚不是結束的時代。

第二、尤為困難的是，許多的記述，往往都為第一次所觸手的，可依據的資料太少；特別關於作家的，幾乎非件件要自己去掘發，去發現不可。而數日辛勤的結果，往往未必有所得。即有所得，也不過寥寥數語而已。惟因評斷和講述多半為第一次的，故往往也有些比較新鮮的刺激和見解。

第三、有一部分的俗文學，久已散佚，其內容未便懸斷。便影響到一部分的結論的未易得到。但著者在可能的範圍之內，必求其講述的比較的有系統，尤其注意到各種俗文學的文體的演變與其所受的影響。故有許多地方，往往是下著比較大膽的結論。對於這，著者雖然很謹慎，且多半是久蓄未發之話，但也許仍難免有粗率之點。這只是第一次的講述，將來是不怕沒有人來修正的。

對於各種俗文學的文體的講述，大體上都注重於其初期的發展，而於其已成為文人學士們的東西的時候，則不復置論。一來是省掉許多篇幅，這些篇幅是應該留給一般的中國文學史的；這裡只是講著俗文學的演變而已；當俗文學變成了正統的文學時，這裡便可以不提及了。二來是正統文學的材料，比較的易得。這裡對於許多易得的材料都講述得較少，而對於比較難得的東西，則引例獨多。這對於一般讀者們，也許更為方便而有用些。

所以，本書對於五言詩只講到東漢初為止，而建安的一個五言的大時代便不著隻字；對於詞，只提到敦煌發現的一部分，而於溫庭筠以下的《花間》詞人和南唐二主，南北宋諸大家，均不說起。對於明、清曲，也只注意到民間歌曲，和那一班模擬或採用著民歌的作者們，而對於許多大作家，像陳大聲、王九思等等，均省略了去——這裡，只有一、二個例外，就是對於元代的散曲，敘述各家比較詳盡。這是因為元曲講述之者尚罕見，有比較詳述的必要。

六

胡適之先生說道：「中國文學史上何嘗沒有代表時代的文學？但我們不應向那『古文傳統史』裡去尋，應該向那旁行斜出的『不肖』文學裡去尋。因為不肖古人，所以能代表當世。」（《白話文學史》引子，第四頁）這話是很對的。講述俗文學史的時候，隨時都可以發生同樣的見解。「因為不肖古人，所以能代表當世。」有三、五篇作品，往往是比之千百部的詩集、文集更足以看出時代的精神和社會的生活來的。它們是比之無量數的詩集、文集，更有生命的。我們讀了一部不相干的詩集或文集，往往一無印象，一無所得，在那裡是什麼也沒有，只是白紙印著黑字而已。但許多俗文學的作品，卻總可以給我們些東西。他們產生於大眾之中，為大眾而寫作，表現著中國過去最大多數的人民的痛苦和呼吁，歡愉和煩悶，戀愛的享受和別離的愁嘆，生活壓迫的反響，以及對於政治黑暗的抗爭；他們表現著另一個社會，另一種人生，另一方面的中國，和正統文學，貴族文學，為帝王所養活著的許多文人學士們所寫作的東西裡所表現的不同。只有在這裡，才能看出真正的中國人民的發展、生活和情緒。中國婦女們的心情，也只有在這裡才能大膽地、稱心地不偽飾地傾吐著。

這促使我更有決心地去完成這個工作——這工作雖然我在十五、六年前已經在開始準備著。但這部《俗文學史》還只是一個發端，且只是很簡略的講述。更有成效的收穫還有待於將來的續作和有同心者的接著努力下去。

我相信，這工作並不浪費——不僅僅在填補了許多中國文學史的所欠缺的篇頁而已。

第二章　古代的歌謠

一

古代的歌謠，最重要的一個總集，自然是《詩經》。《詩經》在很早的時候，便被升格而當做「應用」的格言集或外交辭令的。孔子，相傳的一位《詩經》的編訂者，便很看重「詩」的應用的價值。

詩，可以興，可以觀，可以群，可以怨；邇之事父，遠之事君，多識於鳥、獸、草、木之名。

這是孔子的話。他又道：

不學詩，無以言。

這可以算是最徹底的《詩》的應用觀了。在實際上，當孔子那時候，「詩」恐怕也確是有實用的東西。我們知道在《春秋》的時候，諸侯們、大臣們，乃至史家們，每每地引詩以明志，稱詩以斷事，或引詩以臧否人物。見於《左傳》、《國語》的關於這一類的記載，異常的多。

吳侵楚，養由基奔命，子庚以師繼之。……大敗吳師，獲公子黨。君子以吳為不弔。《詩》曰：不弔昊天，亂靡有定。

——《左傳》襄公十三年

癸酉，葬襄公。公薨之月，子產相鄭伯以如晉。……晉侯見鄭伯，有加禮。厚其宴好而歸之。乃築諸侯之館。叔向曰：辭之不可以已也如是夫！子產有辭，諸侯賴之。若之何其釋辭也？《詩》曰：辭之輯矣，民之協矣。辭之繹矣，民之莫矣。其知之矣。

——《左傳》襄公三十一年

《詩經》在這時候似乎已被蒙上了一層迷障。她的真實的性質已很難得為人所看得明白。到了漢代，經學成了仕進之途之一。博士相傳，惟以訓詁章句為業；對於《詩經》更是茫然的不知其真相的為何。他們以她為「聖經」之一了，再也不敢去研究其內容，更不敢去討論、去估定其在文學上的價值了。齊、魯、韓三家以及毛詩的一家，全都是爭逐於訓詁之末，像猜謎似地在推測，在解說著「詩」意的。齊詩尤可怪，簡直是以「詩」為「卜」。

在唐以後，經了朱熹諸人的打破了迷古的訓詁的重障，以直覺來說「詩」，方才發現了「詩」的正義的一部了。但還不夠膽大，還不敢完全衝破古代的舊解的牢籠。

我們如果以《詩經》和《樂府詩集》、《花間集》、《太平樂府》、《陽春白雪》一類的書等類齊觀，我們才能完全明白《詩經》的內容並沒有什麼奧妙，並沒有什麼神祕。

在《詩經》裡，在那三百篇裡，性質是極為複雜的；自廟堂之作以至里巷小民之歌，無所不有。而里巷之作，所占的成分尤多。以孔子的論「詩」的眼光看來，他是不會編選這部不朽的「古詩總集」的。「詩」的編定也許曾經過不少人的手。孔子也許只是最後的一個訂定者而已。我們看，《詩經》以外，古書裡所引的「逸詩」之少，便可以知道「三百篇」的這個數目乃是相當古老的相傳的內容了。

《詩經》裡「里巷之歌」，近來的一般人只知道注意到「桑間濮上」的戀歌；這一部分的民間戀歌自然不失其為最晶瑩的珠玉。但尤其重要的還是民間的一些農歌，一些社飲、禱神、收穫的歌。古代的整個農業社會的生活狀態在那裡都活潑潑的被表現出來。

我們現在先講戀歌及其他性質的東西，然後再談到關於農民生活的歌謠。

二

《詩經》裡的戀歌，描寫少年兒女的戀態最無忌憚，最為天真，像：

彼狡童兮，不與我言兮。維子之故，使我不能餐兮。彼狡童兮，不與我食兮。維子之故，使我不能息兮。（鄭風）

這一篇歌不是說的男的不理會女的了，而女的是那樣的不能餐不能息的在不安著麼？「青青子衿」寫相思者的悠悠的心念著穿著青衿的人兒，又責備著他：

青青子衿，悠悠我心。縱我不往，子寧不嗣音？青青子佩，悠悠我思。縱我不往，子寧不來？挑兮達兮，在城闕兮，一日不見，如三月兮。（鄭風）

但一到見了他，又是如何的如渴者的赴水。「一日不見，如三月兮！」他們是如何的不能一刻離別！〈將仲子〉是一篇寫著少女的羞怯的戀情；她不是不懷念著戀著她的人，卻又畏著父母、諸兄，畏著人的多言；多方的顧忌著。惟恐因了情人的魯莽而為人所知：

將仲子兮，無踰我里，無折我樹杞。豈敢愛之，畏我父母。仲可懷也，父母之言，亦可畏也。

將仲子兮，無踰我牆，無折我樹桑。豈敢愛之，畏我諸兄。仲可懷也，諸兄之言，亦可畏也。

將仲子兮，無踰我園，無折我樹檀。豈敢愛之，畏人之多言。仲可懷也，人之多言，亦可畏也。（鄭風）

〈陳風〉裡的「月出皎兮」寫懷人的心境最為尖新雋逸。那首詩的三節，逐漸地說出三個層次的不同的心境。初是「勞心悄兮」，繼而「勞心慅兮」，終而「勞心慘兮」。後來民歌裡的〈五更轉〉便是由此種形

式蛻化出來的。

月出皎兮，佼人僚兮。舒窈糾兮，勞心悄兮。　月出皓兮，佼人懰兮。舒懮受兮，勞心慅兮。　月出照兮，佼人燎兮。舒夭紹兮，勞心慘兮。（陳風）

〈終風〉也是一篇懷人的詩。是那樣的思念著，表面上卻要裝著笑容。雖是有說有笑的，哪裡知道心裡卻是「悼」著，懷念著。

終風且暴，顧我則笑。謔浪笑敖，中心是悼。　終風且霾，惠然肯來。莫往莫來，悠悠我思！　終風且曀，不日有曀。寤言不寐，願言則嚏。　曀曀其陰。虺虺其雷。寤言不寐，願言則懷。（邶風）

〈晨風〉也是懷人之作。到林裡山裡去，怎麼見不到他呢？是把自己忘了吧？這也是三個階段的心理。終於是「憂心如醉」。

鴥彼晨風，鬱彼北林，未見君子，憂心欽欽。如何如何，忘我實多。　山有苞櫟，隰有六駮，未見君子，憂心靡樂。如何如何，忘我實多。　山有苞棣，隰有樹檖。未見君子，憂心如醉。如何如何，忘我實多。（秦風）

〈小雅〉裡的「白華菅兮」，凡八節，是懷人詩裡比較最深刻，最摯切的了。人是遠去了，自己獨處在室。到處觸物，都成了相思的資料。乃至懷疑到「之子無良，二三其德」。

白華菅兮。白茅束兮。之子之遠，俾我獨兮。　英英白雲，露彼菅茅。天步艱難，之子不猶。　滮池北流，浸彼稻田，嘯歌傷懷，念彼碩人。　樵彼桑薪，卬烘于煁。維彼碩人，實勞我心。　鼓鐘于宮，聲聞于外，念子懆懆，視我邁邁。　有鶖在梁，有鶴在林。維彼碩人，實勞我心。　鴛鴦在梁，戢其左翼。之子無良，二三其德。　有扁斯石，履之卑兮。之子之遠，俾我疷兮。（小雅）

〈衛風〉裡的「氓之蚩蚩」是一篇敘事詩，寫著一大段戀愛的經過；從初戀到別離，到結合，到婚後的生活，到三年後的「士貳其行」，到女子的自怨自艾。和〈白頭吟〉很相類。

氓之蚩蚩，抱布貿絲。匪來貿絲，來即我謀。送子涉淇，至于頓丘。匪我愆期，子無良媒。將子無怒，秋以為期。　乘彼垝垣，以望復關。不見復關，泣涕漣漣，既見復關，載笑載言。爾卜爾筮，體無咎言，以爾車來，以我賄遷。　桑之未落，其葉沃若。于嗟鳩兮，無食桑葚。于嗟女兮，無與士耽。士之耽兮，猶可說也。女之耽兮，不可說也。　桑之落矣，其黃而隕。自我徂爾，三歲食貧，淇水湯湯，漸車帷裳。女也不爽，士貳其行。士也罔極，二三其德。　三歲為婦，靡室勞矣。夙興夜寐，靡有朝矣。言既遂矣，至于暴矣。兄弟不知，咥其笑矣，靜言思之，躬自悼矣。　及爾偕老，老使我怨。淇則有岸，隰則有泮，總角之宴，言笑晏晏。信誓旦旦，不思其反。反是不思，亦已焉哉！（衛風）

要把《詩經》裡的戀歌一首首地都舉出來，在這裡是不可能的。上面只是舉幾個比較重要的例子而已。但遠古的戀愛生活在這裡已可以看出多少來。

三

在古代，很早的便有徵「役」的制度。人民個個都有當兵服役的義務。常常為了應兵役而遠遠的離開了家。杜甫、白居易的詩裡對於這事都有很沉痛的描寫。在《詩經》裡，也有這一類的詩。一個壯丁離別了少婦，執役而為王的先驅；一個執役者連夜晚也還不得休息；這情形在「詩」裡寫得悱怨。

〈小星〉被解為「夫人無妒忌之行，惠及賤妾，進御於君」是很可笑的。這明明是一個「肅肅宵征，夙夜在公」的行役者的呼吁；所謂「抱衾與裯」是帶了行囊去「上直」的意思。

嘒彼小星，三五在東。肅肅宵征，夙夜在公，寔命不同。　嘒彼小星，維參與昴。肅肅宵征，抱衾與裯，寔命不猶。（召南）

「伯兮朅兮」一首，寫丈夫執了殳，為王的先驅去了，少婦在閨中天天的思念著他，連膏沐也都不施。丈夫走了，她還為誰而修飾著容顏呢？

伯兮朅兮，邦之桀兮。伯也執殳，為王前驅。　自伯之東，首如飛蓬。豈無膏沐，誰適為容？　其雨其雨，杲杲出日。願言思伯，甘心首疾。　焉得諼草？言樹之背。願言思伯，使我心痗。（衛風）

〈君子于役〉也是思婦懷念其應徵役而去的丈夫的，寫得是那樣的深情悱惻：

君子于役，不知其期，曷至哉！雞棲于塒。日之夕矣，羊牛下來。君子于役，如之何勿思！　君子于役，不日不月，曷其有佸！雞棲于桀，日之夕矣，羊牛下括。君子于役，苟無飢渴？（王風）

「君子于役」去了，不知什麼時候才回來。天已經黑下來了，雞都歸了窩，牛羊也都從牧場裡趕回來了，「君子」還在服役，怎麼能不思念著他呢？也不知道他什麼時候才回來？他在「于役」時，飢了麼？渴了麼？她是那樣地關心著他！

在《詩經》裡找到了〈黃鳥〉和〈我行其野〉二篇是最有趣味的事。這兩篇是同性質的東西。讀了〈我行其野〉便更可以明瞭〈黃鳥〉說的是什麼事。

黃鳥黃鳥，無集于穀，無啄我粟。此邦之人，不我肯穀。言旋言歸，復我邦族。　黃鳥黃鳥，無集于桑，無啄我粱。此邦之人，不可與明。言旋言歸，復我諸兄。　黃鳥黃鳥，無集于栩，無啄我黍。此邦之人，不可與處。言旋言歸，復我諸父。（小雅）

我行其野，蔽芾其樗。昏姻之故，言就爾居。爾不我畜，復我邦家。　我行其野，言

采其蓫。昏姻之故，言就爾宿。爾不我畜，言歸思復。　我行其野，言采其葍。不思舊姻，求爾新特。成不以富，亦祇以異。（小雅）

「昏姻之故，言就爾居。」這不明明的說著「入贅」的事麼？「爾不我畜，復我邦家。」和「此邦之人，不我肯穀。言旋言歸，復我邦族。」其事實是相同的。贅婿之不為人所重，古今如一。《劉知遠諸宮調》寫知遠入贅李家，受盡李氏兄弟的欺辱。他乃慨歎地說道：

勸人家少年諸子弟，願生生世世休做女婿。

他受不住那苦處，不得不和三娘別離而出走。〈黃鳥〉和〈我行其野〉寫的還不是這同樣的情緒麼？

四

在〈周南〉、〈召南〉裡，有幾篇民間的結婚樂曲，和後代的「撒帳詞」等有些相同。〈關雎〉裡有「琴瑟友之」，「鐘鼓樂之」，明是結婚時的歌曲。

關關雎鳩，在河之洲。窈窕淑女，君子好逑。　參差荇菜，左右流之。窈窕淑女，寤寐求之。　求之不得，寤寐思服。悠哉悠哉，輾轉反側。　參差荇菜，左右采之。窈窕淑女，琴瑟友之。　參差荇菜，左右芼之。窈窕淑女，鐘鼓樂之。（周南）

〈桃夭〉一首也全是祝頌的話；那三節完全是同一個意義，只是重疊的歌唱著而已。

桃之夭夭，灼灼其華。之子于歸，宜其室家。　桃之夭夭，有蕡其實。之子于歸，宜其家室。　桃之夭夭，其葉蓁蓁。之子于歸，宜其家人。（周南）

〈摽有梅〉和〈鵲巢〉也是同樣的樂歌。把結婚時的迎入「新人」喻作鳩居鵲巢，是有趣的。

摽有梅，其實七兮。求我庶士，迨其吉兮。　摽有梅，其實三兮。求我庶士，迨其今兮。　摽有梅，頃筐塈之，求我庶士，迨其謂之。（召南）

維鵲有巢，維鳩居之。之子于歸，百兩御之。　維鵲有巢，維鳩方之。之子于歸，百兩將之。　維鵲有巢，維鳩盈之。之子于歸，百兩成之。（召南）

〈秦風〉裡的〈無衣〉，可以看出這個秦民族的尚武精神。人民們是兄弟似的衣袍相共，「修我戈矛」，為國而共同作戰。

豈曰無衣，與子同袍。王于興師，修我戈矛，與子同仇。　豈曰無衣，與子同澤。王于興師，修我矛戟，與子偕作。　豈曰無衣，與子同裳。王于興師，修我甲兵，與子偕行。（秦風）

〈魏風〉裡的〈伐檀〉是《詩經》裡很罕見的一篇諷刺詩。這不是凡伯的詩，這不是寺人孟子的詩，這是老百姓們的譏刺著「君子」——貴族們——的詩。那些貴族們不稼不穡，卻取著「禾三百廛」；不狩不獵，而看著他們的庭上卻懸著貆，懸著特，懸著鶉。這些東西從哪裡來的呢？還不是從老百姓那裡徵來的，奪來的！

坎坎伐檀兮，寘之河之干兮，河水清且漣猗。不稼不穡，胡取禾三百廛兮？不狩不獵，胡瞻爾庭有縣貆兮？彼君子兮，不素餐兮！　坎坎伐輻兮，寘之河之側兮，河水清且直猗。不稼不穡，胡取禾三百億兮。不狩不獵，胡瞻爾庭有縣特兮？彼君子兮，不素食兮！　坎坎伐輪兮，寘之河之漘兮，河水清且淪猗。不稼不穡，胡取禾三百囷兮？不狩不獵，胡瞻爾庭有縣鶉兮？彼君子兮，不素飧兮。（魏風）

「彼君子兮，不素餐兮！」罵的是如何的蘊蓄而刻毒！

五

在《詩經》裡，有許多描寫農民生活的歌謠。這些歌謠，最足以使我們注意。他們把古代的農業社會的面目，和農民們的歡愉，愁苦和怨恨全都表白出來，而且表白得那麼漂亮，那麼深刻，那麼生動活潑；彷彿兩千數百年前的勞苦的農家的景象就浮現在此刻的我們的面前。這是最可珍貴的史料，同時也是不朽的名作。像《詩經》裡的戀歌，在後代還不難找到同類的甚至更美好的作品；但像這一類的詩篇，在後代卻幾乎絕跡不見了。農民們受到更重更深的壓迫和負擔，竟連嘆息和呼吁的時間或機會都沒有。等到他們站在死亡線上，前面只有死路一條的時候，便不能不「揭竿而起」了。而在這早期的農業社會裡，他們至少卻還能嘆息著呼吁著，訴著自己的被剝削，被掠奪的苦悶。

我們看〈七月〉這一篇詩寫農人們的辛勤的生活是如何的詳盡而逼真：

七月流火，九月授衣。一之日觱發，二之日栗烈，無衣無褐，何以卒歲，三之日于耜，四之日舉趾。同我婦子，饁彼南畝，田畯至喜。　七月流火，九月授衣。春日載陽。有鳴倉庚。女執懿筐，遵彼微行。爰求柔桑，春日遲遲。采蘩祁祁，女心傷悲，殆及公子同歸。　七月流火，八月萑葦，蠶月條桑，取彼斧斨，以伐遠揚，猗彼女桑。七月鳴鵙，八月載績。載玄載黃，我朱孔陽，為公子裳。　四月秀葽，五月鳴蜩。八月其穫，十月隕籜。一之日于貉，取彼狐狸，為公子裘，二之日其同，載纘武功，言私其豵，獻豜于公。　五月斯螽動股，六月莎雞振羽，七月在野，八月在宇，九月在戶，十月蟋蟀，入我床下，穹室熏鼠，塞向墐戶。嗟我婦子，曰為改歲，入此室處。　六月食鬱及薁，七月亨葵及菽，八月剝棗，十月穫稻。為此春酒，以介眉壽。七月食瓜，八月斷壺，九月叔苴，采荼薪樗，食我農夫。　九月築場圃，十月納禾稼。黍稷重穋。禾麻菽麥。嗟我農夫，我稼既同，上入

執宮功。晝爾于茅，宵爾索綯，亟其乘屋，其始播百穀。　二之日鑿冰沖沖，三之日納于凌陰，四之日其蚤，獻羔祭韭。九月肅霜，十月滌場，朋酒斯饗，曰殺羔羊。躋彼公堂，稱彼兕觥，萬壽無疆。（豳風）

卻也處處流露出不平之鳴。「無衣無褐，何以卒歲？」然而卻要採桑績絲「為公子裳」，卻要「取彼狐狸，為公子裘」，卻要「獻豜于公」。好容易到了十月，農事已畢，方才「朋酒斯饗」，安逸幾時。

畟畟良耜，俶載南畝。播厥百穀，實函斯活。或來瞻女，載筐及筥。其饟伊黍，其笠伊糾，其鎛斯趙，以薅荼蓼。荼蓼朽止，黍稷茂止。穫之挃挃，積之栗栗，其崇如墉，其比如櫛。以開百室，百室盈止。婦子寧止，殺時犉牡，有捄其角，以似以續，續古之人。（周頌）

這一篇〈良耜〉從播百穀，寫到耕耘，寫到收穫。是那樣的豐收，積粟竟至「其崇如墉，其比如櫛。以開百室，百室盈止」。於是全家「殺時犉牡」，很歡樂的結束了一歲的辛勤。〈大田〉所寫的和〈良耜〉相同，而比較的更為詳盡。

大田多稼，既種既戒。既備乃事，以我覃耜。俶載南畝，播厥百穀。既庭且碩，曾孫是若。　既方既皂，既堅既好。不稂不莠，去其螟螣，及其蟊賊，無害我田稺。田祖有神，秉畀炎火。　有渰萋萋，興雨祈祈。雨我公田，遂及我私。彼有不穫稺，此有不斂穧。彼有遺秉，此有滯穗，伊寡婦之利。　曾孫來止，以其婦子，饁彼南畝，田畯至喜。來方禋祀，以其騂黑，與其黍稷，以享以祀，以介景福。（小雅）

所謂「彼有不穫稺，此有不斂穧，彼有遺秉，此有滯穗，伊寡婦之利」，是說，在那時，當收穫的時候，凡田裡有遺下的秉、穗，都歸寡婦之所有。

〈甫田〉也是同性質的東西。

倬彼甫田，歲取十千。我取其陳，食我農人。自古有年，今適南畝。或耘或耔，黍稷薿薿。攸介攸止，烝我髦士。　以我齊明，與我犧羊。以社以方，我田既臧。農夫之慶，琴瑟擊鼓。以御田祖，以祈甘雨。以介我稷黍，以穀我士女。　曾孫來止，以其婦子。饁彼南畝，田畯至喜。攘其左右，嘗其旨否。禾易長畝，終善且有。曾孫不怒，農夫克敏。　曾孫之稼，如茨如梁。曾孫之庾，如坻如京。乃求千斯倉，乃求萬斯箱。黍稷稻粱，農夫之慶。報以介福，萬壽無疆。（小雅）

〈豐年〉一篇寫得最簡單；說的是豐收之後，將餘穀來「為酒為醴，烝畀祖妣」。

豐年多黍多稌，亦有高廩，萬億及秭。為酒為醴，烝畀祖妣。以洽百禮，降福孔皆。（周頌）

〈行葦〉和〈既醉〉都是描寫宴飲的情形的；或是鄉間社飲時所奏的樂歌吧，故多善禱善頌的話。〈行葦〉一篇寫宴飲的次第，寫「既燕而射」的投壺的情形，甚為生動。而〈既醉〉則不過是禱頌之祝語而已。

敦彼行葦，牛羊勿踐履。方苞方體，維葉泥泥。戚戚兄弟，莫遠具爾。或肆之筵，或授之几。　肆筵設席。授几有緝御。或獻或酢，洗爵奠斝。醓醢以薦，或燔或炙。嘉殽脾臄，或歌或咢。　敦弓既堅，四鍭既鈞。舍矢既均，序賓以賢。敦弓既句，既挾四鍭。四鍭如樹，序賓以不侮。　曾孫維主，酒醴維醹。酌以大斗，以祈黃耇。黃耇臺背，以引以翼。壽考維祺，以介景福。（大雅）

既醉以酒，既飽以德。君子萬年，介爾景福。　既醉以酒，爾殽既將。君子萬年，介爾昭明。　昭明有融，高朗令終。令終有俶，公尸嘉告。　其告維何？籩豆靜嘉。朋友攸攝，攝以威儀。　威儀孔時，君子有孝子。孝子不匱，永錫爾類。　其類維何？室家

之壺。君子萬年，永錫祚胤。　其胤維何？天被爾祿。君子萬年，景命有僕。　其僕維何？釐爾女士。釐爾女士，從以孫子。（大雅）

〈伐木〉也是寫「朋酒斯饗」的情形的。「坎坎鼓我，蹲蹲舞我」，農餘之暇，宴飲的時候，他們是知道怎樣的愉樂自己，以舒一歲的積勞的。

伐木丁丁，鳥鳴嚶嚶。出自幽谷，遷于喬木。嚶其鳴矣，求其友聲。相彼鳥矣，猶求友聲。矧伊人矣，不求友生？神之聽之，終和且平。　伐木許許，釃酒有藇。既有肥羜，以速諸父。寧適不來，微我弗顧。于粲灑埽，陳饋八簋。既有肥牡，以速諸舅。寧適不來，微我有咎。　伐木于阪，釃酒有衍。籩豆有踐，兄弟無遠。民之失德，乾餱以愆。有酒湑我，無酒酤我。坎坎鼓我，蹲蹲舞我。迨我暇矣，飲此湑矣。（小雅）

最後，還要一提〈無羊〉。〈無羊〉是一篇最漂亮的牧歌。「爾羊來思，其角濈濈，爾牛來思，其耳溼溼」那活潑生動的形容，在後人的詩裡還不曾見到過。「麾之以肱，畢來既升」的一段，正好作「日之夕矣，牛羊下來」的那一句話的形容。

誰謂爾無羊？三百維群。誰謂爾無牛？九十其犉。爾羊來思，其角濈濈；爾牛來思，其耳溼溼。　或降于阿，或飲于池，或寢或訛。爾牧來思，何簑何笠，或負其餱。三十維物，爾牲則具。　爾牧來思，以薪以蒸，以雌以雄。爾羊來思，矜矜兢兢，不騫不崩。麾之以肱，畢來既升。　牧人乃夢，眾維魚矣，旐維旟矣。大人占之。眾維魚矣，實維豐年；旐維旟矣，室家溱溱。（小雅）

六

《楚辭》裡也有許多民歌性質的東西。楚人善謳。楚歌在秦、漢間是最流行的一種歌聲。不僅項羽，就是劉邦和他的宮庭中人，對於楚歌也是極愛好的。屈原、宋玉之作，其受到民歌的影響是當然的。

在《楚辭》裡最可注意的是〈九歌〉和〈大招〉、〈招魂〉。

〈九歌〉大部分是迎神送神和祝神的樂曲。朱熹說：

> 昔楚南郢之邑，沅、湘之間，其俗信鬼而好祀。其祀必使巫覡作樂，歌舞以娛神。蠻荊陋俗。詞既鄙俚；而其陰陽人鬼之間，又或不能無褻慢淫荒之雜。原既放逐，見而感之，故頗為更定其詞，去其泰甚。

是朱氏承認〈九歌〉原為湘、沅之間祀神的樂歌，屈原僅「更定其詞，去其泰甚」而已。

〈九歌〉凡十一篇；「吉日兮辰良」的〈東皇太一〉疑是迎神之曲，恰好和〈禮魂〉的送神曲：「成禮兮會鼓之長，無絕兮終古」相終始的。不過屈原改作的成分太多了，已看不出民歌的原來的渾樸的氣質。

〈招魂〉相傳為宋玉作。朱熹說：「古者人死，則使人以其上服，升屋履危，北面而號曰：皋某復！遂以其衣三招之。乃下以覆尸，此禮所謂復也。荊、楚之俗，乃或以是施之生人。故宋玉哀閔屈原無罪放逐，恐其魂魄離散而不復還。遂因國俗，托帝命，假巫語以招之。」我們看〈招魂〉的語氣，確是招生魂之作。其描寫的層次，完全具有宗教儀式上的必要的共同的條件。後代的迎親曲，以至僧徒的「焰口」，放生咒等等，其結構都和此有些相同。故〈招魂〉之受有民歌極大的影響是無疑的，或竟是改作的「招魂曲」，為民間實際上應用的東西吧。

〈大招〉不知何人所作。「或曰屈原，或曰景差。」其性質和〈招魂〉完全相同；也恐是民間實際上應用的「招魂曲」。不過是〈招魂〉的異本，或流行於另一個地域的「招魂曲」而已。

現在把這兩篇「招魂曲」的內容列一表於下：

	招魂	大招
序曲	一、「朕幼清以廉潔兮」以下為離去的魂的自白。 二、「帝告巫陽曰」以下為帝命巫陽去招魂。	「魂魄歸徠，無遠遙只。魂乎歸徠，無東無西無南無北只。」
向東方招魂	東方有「長人千仞，惟魂是索。」又有「十日代出，流金鑠石。」魂其歸來，東方是「不可以托」的。	東有大海。「魂乎無東，湯谷寂寥只。」
向南方招魂	南方有吃人的蠻族，有吞人的蝮蛇，封狐。魂其歸來，南方「不可以久淫。」	南有炎火千里。蝮蛇虎豹極多。「魂乎無南，蜮傷躬只。」
向西方招魂	西方有流沙千里，五穀不生，又無所得水。魂其歸來。	西有流沙，又有豕頭縱目之物。「魂乎無西，多害傷只。」
向北方招魂	北方有「增冰峨峨，飛雪千里」，魂其歸來，「不可以久。」	北有寒山，代水深不可測。「魂乎無往，盈北極只。」
向天上招魂	天上有害人的虎豹，有豺狼，有九首的人。魂其歸來。否則恐危其身。	
向幽都招魂	下方幽都有可怕的吃人的土伯。魂其歸來。否則「恐自遺災」。	
以上敘魂的離去之危苦；下文敘魂的歸來之樂。		
反故居之樂(一)	衣服之舒暖	飲食之美
反故居之樂(二)	宮室之華美，淑女之媚態。	女樂之歡

	招魂	大招
反故居之樂(三)	飲食之美	宮室之麗
反故居之樂(四)	女樂之歡	功業之盛
終曲（亂曰）：	「魂兮歸來哀江南。」	

其內容雖略有不同，而結構卻是完全相同的（〈大招〉不向天上及幽都招魂，恐亦係地域的信仰關係）。先示之以各方的恐怖，都不可去，繼乃力闡歸來有無窮之樂。這完全是招生魂的話。故他們當是病危時所應用的巫師的樂曲。朱熹的解說，很是合理。在其間，我們不僅可以明白古代招魂的宗教儀式，且也可以明白秦、漢以前我們南方民族對於東西南北及上下各方的想像的描狀；較《山海經》簡單而更近於真相些。所謂千仞的長人，九首的人，所謂土伯，所謂豕頭縱目之人，都是很有趣的最早的神話的資料。

七

《詩經》以外的古代歌謠，實在沒有多少。逸「詩」經後人的辛勤的蒐輯，可靠的不過薄薄的一卷而已（《詩經拾遺》一卷，清郝懿行編，有《郝氏遺書》本）。且也無甚重要者。此外，古代各書所引的民間歌謠，大半也都不過是零句片語，不能成篇，且多半是一種諺語或格言，不足重視。姑引可靠的幾部古書裡所載的這一類諺語十幾則，以見一斑。

孟子所引諺語，像〈公孫丑篇〉：

齊人有言曰：雖有智慧，不如乘勢；雖有鎡基，不如待時。

又〈離婁篇〉上：

滄浪之水清兮，可以濯我纓；滄浪之水濁兮，可以濯我足。

都是格言式的東西。

《左傳》裡引「諺」最多，這裡也只能舉其數則。

狐裘龍茸，一國三公，吾誰適從？

——《春秋》左氏僖五年傳

輔車相依，脣亡齒寒。

原田每每，舍其舊而新是謀。

——《春秋》左氏僖公二十八年傳

取我衣冠而褚之，取我田疇而伍之。孰殺子產，吾其與之！

我有子弟，子產誨之，我有田疇，子產殖之。子產而死，誰其嗣之？

——《春秋》左氏襄公三十年傳

最後這一篇是成片段的民謠了。

此外《荀子》、《吳越春秋》和《家語》裡也有可注意的諺語。

《吳越春秋》：

同病相憐，同憂相救。

這也是一種格言。

《家語・辯政篇》：

天將大雨，商羊鼓儛。

又《家語・子路初見篇》：

相馬以輿，相士以居。

這種民間的成語，乃是從經驗裡得來的東西。

《荀子・大略篇》：

欲富乎？忍恥矣，傾絕矣，絕故舊矣，與義分背矣。

這卻帶些諷刺的罵世的意味了。

▣ 參考書目

1. 《毛詩傳箋》三十卷，鄭玄箋，有《相臺五經》本；坊刻本亦多。
2. 《毛詩正義》四十卷，孔穎達疏，有阮刻《十三經注疏》本。
3. 《詩集傳》八卷，朱熹撰，坊刻本極多。
4. 《詩三家義集疏》二十八卷，王先謙編。乙卯虛受堂刊本。
5. 《周人經說》八卷（存四卷），王紹蘭撰，有《功順堂叢書》本。關於《詩經》的，見第四卷。
6. 《詩經拾遺》一卷，郝懿行撰，有《郝氏遺書》本。
7. 《楚辭章句》，王逸注，刊本甚多。
8. 《楚辭集注》，朱熹注，刊本甚多。
9. 楊慎：《古今諺》二卷，有《升庵別集》本，有《函海》本。
10. 楊慎：《古今風謠》二卷，有《升庵別集》本，有《函海》本。
11. 馮惟訥：《古詩紀》，有萬曆刊本。
12. 杜文瀾：《古謠諺》一百卷，有原刊本。

第三章 漢代的俗文學

一

漢代的文學，並不怎樣的發達。為漢代文學之中心的辭賦，上乘的傑作實在很少。漢賦是古典主義的作品，是全然模擬古人的作風的東西。他們只走著兩條路，他們只具有兩種的不同的傾向。一種是作者的歎窮訴苦的東西；這是「辭」，這是從〈離騷〉模擬而來的。賈誼的〈弔屈原賦〉、〈鵩鳥賦〉還是有靈魂的文章。但到了東方朔的〈答客難〉，揚雄的〈解嘲〉，班固的〈答賓戲〉，崔駰的〈達旨〉便成了俳優式的文學了；只是個人主義的充滿了利祿觀念的作品了。東方朔曾經說道：「侏儒飽欲死，臣朔饑欲死！」這話充分的表白出東方朔為什麼要寫〈答客難〉的原因。狐狸吃不著葡萄，恨恨地走了開去，說道：「這葡萄太酸」，便是這個心理。這種個人主義的著作是並不怎樣可重視的。

一種是鋪張揚厲，頌德歌功的廟堂之作。這是「賦」，這是從〈大招〉、〈招魂〉，從枚乘〈七發〉模擬而得的東西。篇幅雖然很弘巨，結構卻是那樣的幼稚。〈七發〉的結構已是十分地鬆懈，其結束尤為勉強之至。而所謂〈子虛〉、〈上林〉、〈兩京〉、〈三都〉、〈長楊〉、〈羽獵〉諸賦，則更千篇一例，讀一知百，除了誇大的描狀之外，幾乎一無所有。他們自以為是「諷」諫。其實是「諷一而勸百」！古云：「登高能賦，可以為大夫。」他們便是文學侍從之臣的真相；專為皇帝裝飾門面，鋪張隆治的。這一類的作品較

之〈答客難〉等，尤為沒有生命；遠遠看見是一片的金光，走近來察之，卻不過是太陽照射在玻璃窗上所反映的光而已。

所以我嘗說，漢代乃是詩思最消歇的一個時代。

被古典的空氣的重重壓迫之下，民間的文學當然不能很發達。而時代相隔已久，我們也很難得到多量的材料。但即在所得到的材料裡面講來，古典主義究竟壓不死活潑潑的民間文學。民間作品在漢代依然能夠頑強地生存著。春草自綠，春水自波，決不會受人力的干涉而枯黃，乾涸了的。

二

漢高帝劉邦原來是一個無賴子；溺儒冠，亂罵人，「為天下者不顧家」，「幸分我一杯羹」，處處都表現其為一個無教育的人物。所以，他不會欣賞古典的東西的。他喜歡楚歌，愛看楚舞，他自己也會作楚歌。而楚歌，乃是當時流行的民歌，大約是隨了楚兵的破秦而大流行於世的。他有〈大風歌〉和〈鴻鵠歌〉，都是楚歌。

◆大風歌◆

《史記》：高祖既定天下，還過沛，留，置酒沛宮，悉召故人父老子弟佐酒。發沛中兒得百二十人，教之歌。酒酣，上擊筑自歌曰：

大風起兮雲飛揚，威加海內兮歸故鄉。安得猛士兮守四方？

◆鴻鵠歌◆

《史記》：高帝欲立戚夫人子趙王如意，後不果。戚夫人涕泣。帝曰：為我楚舞，我為若楚歌。其旨言：太子得四皓為輔，羽翼成就，不可易也。

鴻鵠高飛，一舉千里。羽翼已就，橫絕四海。橫絕四海，又可奈何！雖有繒繳，將安所施？

劉邦的妾戚夫人，為其妻呂后所囚，剪去她的頭髮；穿著赭衣，令在承巷裡舂米。戚姬一面舂，一面想念著她的兒子趙王如意，唱著楚歌道：

子為王，母為虜。終日舂薄暮，常與死為伍。相離三千里，當誰使告汝！

趙幽王劉友娶呂氏女而不愛，愛他姬。諸呂讒之於呂后。她大怒，令兵圍其邸，竟至餓死。他在被幽禁時，曾作歌道：

諸呂用事兮劉氏微，迫脅王侯兮強授我妃。我妃既妒兮誣我以惡，讒女亂國兮上曾不寤。我無忠良兮何故棄國，自決中野兮蒼天與直！于嗟不可悔兮寧早自賊！為王餓死兮誰者憐之？呂氏絕理兮托天報仇！

這不絕像口頭的說話麼？

諸呂用事，朱虛侯劉章心裡很不平。有一天，宮庭裡宴會的時候，呂后命他監酒。他起來歌舞，作〈耕田歌〉道：

深耕穊種，立苗欲疏。非其種者，鉏而去之。

這也是近乎白話的詩歌。

在漢初，自劉邦以下諸侯王未必都受過古典的教育，但往往能作楚歌，故自劉邦、戚姬以下，所作的楚歌，都是淺顯如話的。

到了漢武帝劉徹的時候，便有些不同了。這時，古典主義的勢力已經漸漸的大了。挾書之禁，早已除去。

劉徹他自己是最喜歡文學的。他看重枚乘、司馬相如等。他自己所作的楚歌，像〈秋風辭〉、〈落葉哀蟬曲〉等便作風有異了。這時的楚歌卻變成了逼肖〈離騷〉、〈九章〉了，而非復近乎口語的東西。

但像其長子燕剌王劉旦將自殺時的歌：

歸空城兮，狗不吠，雞不鳴。橫術何廣廣兮，因知國中之無人。

其第五子廣陵厲王劉胥的歌：

欲久生兮無終，長不樂兮安窮？奉天期兮不得須臾，千里馬兮駐待路。黃泉下兮幽深，人生要死，何為苦心？何用為樂？心所喜，出入無悰。為樂亟。蒿里召兮非門閭，死不得取代，庸身自逝。

都還帶著極濃厚的白話的氣息的，楊惲的〈答孫會宗書〉中有一詩云：

田彼南山，蕪穢不治。種一頃田，落而為萁。人生行樂耳，須富貴何時！

也是明白淺顯的。

張衡的〈四愁詩〉，也是楚歌，「我所思兮在太山，欲往從之梁甫艱，側身東望涕沾翰。……」而古典的氣息已是相當的濃厚了。

三

五言詩在什麼時候代替楚歌而起的呢？起於枚乘或李陵蘇武之說是不可靠的。最早的五言詩都是童謠民歌一類的東西。《漢書‧五行志》載漢武帝時童謠云：

邪徑敗良田，讒口亂善人。桂樹華不實，黃雀巢其顛。昔為人所羨，今為人所憐。

又《漢書》載承始、元延間（漢成帝時）長安人歌尹賞云：

安所求子死？桓東少年場。生時諒不謹，枯骨後何葬？

可靠的五言詩沒有更早於漢成帝（西元前三十二至七年）時候的。後漢的時代，五言詩的主體還是民歌民謠。《後漢書》載光武時，樊曄為天水太守，政嚴猛。人有犯其禁者，率不生出獄。涼州為之歌道：

遊子常苦貧，力子天所富。寧見乳虎穴，不入冀府寺。大笑期必死，忿怒或見置。嗟我樊府君，安可再遭值！

《後漢書》又載童謠歌云：

城中好高髻，四方高一尺。城中好廣眉，四方且半額。城中好大袖，四方全匹帛。

這些都可見出是民歌、民謠的本來面目。五言詩在這個時候，似還未為學士大夫們所注意。但班固卻很早的便注意到她。固在《漢書》裡已引五言，當然會受到影響。

三王德彌薄，惟後用肉刑。太倉令有罪，就逮長安城。自恨身無子，困急獨煢煢。小女痛父言，死者不可生。上書詣闕下，思古歌雞鳴。憂心摧折裂，晨風揚激聲。聖漢孝文帝，惻然感至情。百男何憒憒，不如一緹縈！

這是詠歌漢文帝時少女緹縈上書救父的事的。雖是「詠史」，卻已開了以五言詩體來寫「敘事詩」的大路了。張衡也有〈同聲歌〉：「邂逅承際會，得充君後房。情好所交接，恐慄若探湯」，頗富於民歌的趣味。漢末，五言詩始大行於世，但還未盡脫民歌的作風，有許多還是帶著很濃厚的口語的成分。「青青河邊草」的一首〈飲馬長城窟行〉，相傳為蔡邕作，惟《文選》以此首為無名氏作。但「青青河邊草」如非邕作，他實際上也曾作著五言詩的，像〈翠鳥〉：「庭陬有若榴，綠葉含丹榮。翠鳥時來集，振翼修形容。」託物見志，也有民歌的餘意。

酈炎的〈見志詩〉二首詩，也明白如話：

大道修且長，窘路狹且促。修翼無卑棲，遠趾不步局。舒吾凌霄羽，奮此千里足。超邁絕塵驅，倏忽誰能逐？賢愚豈常類，稟性在清濁。富貴有人籍，貧賤無天錄。通塞苟由己，志士不相卜。陳平教里社，韓信釣河曲。終居天下宰，食此萬鍾祿。德音流千載，功名重山嶽。

靈芝生河洲，動搖因洪波。蘭榮一何晚，嚴霜瘁其柯。哀哉二方草，不植泰山阿！文質道所貴，遭時用有嘉。絳灌臨衡宰，謂誼崇浮華。賢才抑不用，遠投荊南沙。抱玉乘龍驥，不逢樂與和。安得孔仲尼，為世陳四科。

趙壹的〈疾邪詩〉二首，最近於口語；他恃才倨傲，為鄉黨所擯。後屢抵罪，幾至死，友人救得免。「散憤蘭蕙，指斥囊錢」（《詩品》語），這是他處困境的呼號；

河清不可俟，人命不可延，順風激靡草，富貴者稱賢。文籍雖滿腹，不如一囊錢！伊優北堂上，骯髒倚門邊。

埶家多所宜，欬唾自成珠，被褐懷金玉，蘭蕙化為芻。賢者雖獨悟，所困在群愚。且各守爾分，勿復空馳驅！哀哉復哀哉，此是命矣夫！

孔融在漢末，清名令望，著於天下，曹操最忌他。後來，竟令路粹誣奏他，下獄棄市。二子也俱死。他遭著這樣不可言說的冤苦，在獄中，寫有〈雜詩〉一篇：

遠送新行客，歲暮乃來歸。入門望愛子，妻妾向人悲；聞子不可見，日已潛光輝。孤墳在西北，常念君來遲。褰裳上墟丘，但見蒿與薇。白骨歸黃泉，肌體乘塵飛；生時不識父，死後知我誰？孤魂遊窮暮，飄颻安所依！人生圖孠息，爾死我念追。俛仰內傷心，不覺淚沾衣。人生自有命，但恨生日希。

這是披肝瀝膽的哀音，和劉友具有同樣的情懷的。又臨終時，有詩一首，那是更近於口語的；他原是頗

敏感的人，對於俗諺方言，故能脫口即出：

◆臨終詩◆

言多令事敗，器漏苦不密。河潰蟻孔端，山壞由猿穴。涓涓江漢流，天窗通冥室。讒邪害公正，浮雲翳白日，靡辭無忠誠，華繁竟不實。人有兩三心，安能合為一。三人成市虎，浸漬解膠漆。生存多所慮，長寢萬事畢。

秦嘉為郡上計，其妻徐淑寢疾還家，不獲面別，乃作詩三首贈她，這三首詩顯然也是受當時流行的民歌的影響的：

人生譬朝露，居世多屯蹇！憂艱常早至，歡會常苦晚。念當奉時役，去爾日遙遠。遣車迎子還，空往復空返。省書情悽愴，臨食不能飯。獨坐空房中，誰與相勸勉？長夜不能眠，伏枕獨輾轉。憂來如循環，匪席不可卷。

皇靈無私親，為善荷天祿。傷我與爾身，少小罹煢獨。既得結大義，歡樂苦不足。念當遠別離，思念敘款曲。河廣無舟梁，道近隔丘陸。臨路懷惆悵，中駕正躑躅。浮雲起高山，悲風激深谷。良馬不回鞍，輕車不轉轂。針藥可屢進，愁思難為數。貞士篤終始，恩義不可促。

肅肅僕夫征，鏘鏘揚和鈴。清晨當引邁，束帶待雞鳴。顧看空房中，彷彿想姿形。一別懷萬恨，起坐為不寧。何用敘我心，遺思致款誠。寶釵好耀首，明鏡可鑒形。芳香去垢穢，素琴有清聲。詩人感木瓜，乃欲答瑤瓊。愧彼贈我厚，慚此往物輕。雖知未足報，貴用敘我情。

建安諸子所寫樂府及五言詩都多少地受民歌的影響。應瑒的〈鬥雞詩〉、〈別詩〉都很近於白話。應璩

的〈百一詩〉，就今所存者觀之，甚為淺顯通俗，極似民間流行的格言詩。已為王梵志、寒山、拾得們導其先路，像：

細微可不慎！堤潰有蟻穴。腠理早從事，安復勞鍼石？……
子弟可不慎！慎在選師友。師友必長德，中才可進誘。……

史稱其「雖頗諧，然多切時要」。

這種模擬民歌之作或受民歌影響的東西，至晉初而未絕，我們且引程曉的〈嘲熱客〉為結束。這雖不是漢詩，但可見五言詩在這時還未完全成為古典的。

平生三伏時，道路無行車。閉門避暑臥，出入不相過。今世褦襶子，觸熱到人家。主人聞客來，顰蹙奈此何！謂當起行去，安坐正咨嗟。所說無一急，嗜啥一何多？疲倦向之久，甫問君極那。搖扇髀中疾，流汗正滂沱。莫謂為小事，亦是一大瑕。傳戒諸高明，熱行宜見呵。

這是一首開玩笑的詩，不僅明白如話，且簡直引進了許多方言俗語，像「嗜啥一何多」，「甫問君極那」之類。這是俗文學史裡極可珍貴的材料。

四

無名氏的五言古詩，像〈古詩十九首〉等，作非一人，也非出於一時；必定是經過了許多人的修改、潤飾，而最後到了漢末方才寫定的。鍾嶸說道：「古詩眇邈，人世難詳。推其文體，固炎漢之制，非衰周之倡也」。他又道：「其外『去者日以疏』四十五首，雖多哀怨，頗為總雜。無疑是建安中，曹、王所制。」大約有許多古詩，到了曹、王時候方才有了最後的定本吧。

這些古詩，對於後代的影響頗大；自建安以後，受其影響的詩人們極多。同時，且帶著很濃厚的民歌的本色，使我們可以明白漢代的民歌究竟是如何樣子的——其實和〈子夜〉、〈讀曲〉乃至〈掛枝兒〉、〈馬頭調〉都同樣地以「哀怨」為主的。

〈古詩十九首〉以情詩為主，大抵這些情詩都是思婦懷人之作，其內容和辭語有些是不甚相遠的；這乃是民歌的特質之一；它是決不遲疑地襲用著他人之辭語的。

行行重行行，與君生別離，相去萬餘里，各在天一涯。道路阻且長，會面安可知？胡馬依北風，越鳥巢南枝。相去日已遠，衣帶日已緩。浮雲蔽白日，遊子不顧返。思君令人老，歲月忽已晚。棄捐勿復道，努力加餐飯！

這是南北兩地相隔而不能相見的情形。還是不用去思念著，而「努力加餐飯」吧。

第八首的「冉冉孤生竹」也是思女望男不至的哀怨之音。「思君令人老，軒車來何遲」，和〈行行重行行〉的「思君令人老，歲月忽已晚」是同樣的意義。

冉冉孤生竹，結根泰山阿。與君為新婦，兔絲附女蘿；兔絲生有時，夫婦會有宜。千里遠結婚，悠悠隔山陂。思君令人老，軒車來何遲！傷彼蕙蘭花，含英揚光輝；過時而不採，將隨秋草萎。君亮執高節，賤妾亦何為！

〈古詩三首〉中的〈橘柚垂華實〉一首，也有同樣的「過時不採」之感：

橘柚垂華實，乃在深山側。聞君好我甘，竊獨自雕飾。委身玉盤中，歷年冀見食。芳菲不相投，青黃忽改色。人儻欲我知，因君為羽翼。

〈古詩十九首〉裡第二首的〈青青河畔草〉，乃是春日懷人之作，較之唐人詩的：「忽見陌頭楊柳色，悔教夫婿覓封侯」，尤為深刻：

青青河畔草，鬱鬱園中柳。盈盈樓上女，皎皎當窗牖；娥娥紅粉妝，纖纖出素手。昔為

倡家女，今為蕩子婦。蕩子行不歸，空床難獨守。

第十九首〈明月何皎皎〉寫得更為溫柔敦厚：

明月何皎皎？照我羅床幃。憂愁不能寐，攬衣起徘徊。客行雖云樂，不如早旋歸。出戶獨彷徨，愁思當告誰？引領還入房，淚下沾裳衣！

第十六首〈凜凜歲云暮〉和第十七首〈孟冬寒氣至〉也都是懷人之曲；當冬寒歲暮的時候，遊子離家不歸，思婦獨宿在室中，長夜漫漫，其情緒是更為悽楚的：

孟冬寒氣至，北風何慘栗？愁多知夜長，仰觀眾星列。三五明月滿，四五蟾兔缺；客從遠方來，遺我一書札。上言長相思，下言久離別。置書懷袖中，三歲字不滅。一心抱區區，懼君不識察。

凜凜歲云暮，螻蛄夕鳴悲。涼風率已厲，遊子寒無衣。錦衾遺洛浦，同袍與我違。獨宿累長夜，夢想見容輝。良人惟古歡，枉駕惠前綏。願得長巧笑，攜手同車歸。既來不須臾，又不處重闈。亮無晨風翼，焉能凌風飛？盼睞以適意。引領遙相睎，徙倚懷感傷，垂涕沾雙扉。

第七首的〈明月皎夜光〉和〈孟冬寒氣至〉和〈明月何皎皎〉一首的情緒和辭語都有相同處：

明月皎夜光，促織鳴東壁，玉衡指孟冬，眾星何歷歷？白露沾野草，時節忽復易，秋蟬鳴樹間，玄鳥逝安適？昔我同門友，高舉振六翮。不念攜手好，棄我如遺跡！南箕北有斗，牽牛不負軛，良無磐石固，虛名復何益。

第十首〈迢迢牽牛星〉寫得最為清麗可喜：

迢迢牽牛星，皎皎河漢女。纖纖擢素手，札札弄機杼。終日不成章，泣涕零如雨。河漢清且淺，相去復幾許。盈盈一水間，脈脈不得語。

相傳為蘇武詩的〈燭燭晨明月〉一首，其情緒也是同樣的：

燭燭晨明月，馥馥秋蘭芳。芬馨良夜發，隨風聞我堂；征夫懷遠路，遊子戀故鄉。寒冬十二月，晨起踐嚴霜。俯觀江漢流，仰視浮雲翔。良友遠別離，各在天一方；山海隔中州，相去悠且長，嘉會難再遇，歡樂殊未央，願君崇令德，隨時愛景光！

〈古詩十九首〉裡第五首的〈西北有高樓〉和第十二首的〈東城高且長〉，都是以弦歌之聲來烘托出思婦之情懷的。「慷慨有餘哀」和「音響一何悲」是抱著很相同的哀怨之感的。「四時更變化」一語，寫所思不僅在一時一節，而是無時不在想念著的：

西北有高樓，上與浮雲齊，交疏結綺窗，阿閣三重階；上有弦歌聲，音響一何悲？誰能為此曲，無乃杞梁妻？清商隨風發，中曲正徘徊，一彈再三歎，慷慨有餘哀！不惜歌者苦，但傷知音稀。願為雙黃鵠，奮翅起高飛。

東城高且長，逶迤自相屬；迴風動地起，秋草萋以綠。四時更變化，歲暮一何速？晨風懷苦心，蟋蟀傷局促。蕩滌放情志，何為自結束？燕趙多佳人，美者顏如玉。被服羅裳衣，當戶理清曲。音響一何悲，弦急知柱促。馳情整巾帶，沉吟聊躑躅。思為雙飛燕，銜泥巢君屋。

被稱為蘇武詩的〈黃鵠一遠別〉一首，也是以「弦歌」來寫懷的：

黃鵠一遠別，千里顧徘徊。胡馬失其群，思心常依依；何況雙飛龍，羽翼臨當乖。幸有弦歌曲，可以喻中懷。請為遊子吟；泠泠一何悲，絲竹厲清聲，慷慨有餘哀。長歌正激烈，中心愴以摧。欲展清商曲，念子不能歸！俛仰內傷心，淚下不可揮。願為雙黃鵠，送子俱遠飛。

這一首和〈西北有高樓〉似是一詩的轉變；其間辭語的相同處很可使我們注意。

〈古詩十九首〉裡第六首〈涉江採芙蓉〉和第九首〈庭中有奇樹〉，其語意是很相同的。

> 涉江採芙蓉，蘭澤多芳草，採之欲遺誰？所思在遠道。還顧望舊鄉，長路漫浩浩。同心而離居，憂傷以終老！

> 庭中有奇樹，綠葉發華滋。攀條折其榮，將以遺所思。馨香盈懷袖，路遠莫致之。此物何足貴，但感別經時。

所謂香草美人之思，正是這一類的詩篇。採了芳草，摘了芙蓉將以送給什麼人呢？所思是在那遼遠的地方，如何可以「致之」呢？〈古詩三首〉裡的〈新樹蘭蕙葩〉，似也是這二詩的異本：

> 新樹蘭蕙葩，雜用杜蘅草。終朝採其華，日暮不盈抱。採之欲遺誰？所思在遠道。馨香易銷歇，緐華會枯槁；悵望何所言，臨風送懷抱。

〈古詩十九首〉裡第十八首的〈客從遠方來〉卻彈出一個異調了；這是歡愉之音；從情人的遺贈而更堅固其愛情的：「以膠投漆中，誰能別離此！」

> 客從遠方來，遺我一端綺。相去萬餘里，故人心尚爾！文彩雙鴛鴦，裁為合歡被，著以長相思，緣以結不解。以膠投漆中，誰能別離此！

五

〈古詩十九首〉給魏、晉文人的印象最深者，還是其中表現著「人生幾何」的直率的哲理詩的六首。這六首的情調大致是相同的。既然「人生寄一世」是「奄忽若飆塵」，那麼為什麼飲酒作樂呢？為什麼不秉燭夜遊呢？為什麼不追求於剎那的享受之後呢？這種情調是民歌裡所常見到的；李白的詩，元人的散曲都濃厚地沉浸在這種情調之中。建安曹、王諸人及其後諸詩人之作，也不時地表現著這種由悲觀主義而遁入剎那的

享受主義的人生觀。

青青陵上柏，磊磊澗中石。人生天地間，忽如遠行客。斗酒相娛樂，聊厚不為薄。驅車策駑馬，遊戲宛與洛。洛中何鬱鬱？冠帶自相索。長衢羅夾巷，王侯多第宅；兩宮遙相望，雙闕百餘尺。極宴娛心意，戚戚何所迫？

今日良宴會，歡樂難具陳，彈箏奮逸響，新聲妙入神；令德唱高言，識曲聽其真，齊心同所願，含意俱未伸。人生寄一世，奄忽若飆塵。何不策高足，先據要路津。無為守窮賤，撼軻長苦辛。

回車駕言邁，悠悠涉長道。四顧何茫茫，東風搖百草。所遇無故物，焉得不速老！盛衰各有時，立身苦不早。人生非金石，豈能長壽考。奄忽隨物化，榮名以為寶。

驅車上東門，遙望郭北墓。白楊何蕭蕭，松柏夾廣路；下有陳死人，杳杳即長暮。潛寐黃泉下，千載永不寤。浩浩陰陽移，年命如朝露。人生忽如寄，壽無金石固。萬歲更相送，賢聖莫能度。服食求神仙，多為藥所誤。不如飲美酒，被服紈與素。

去者日以疏，來者日以親。出郭門直視，但見丘與墳；古墓犂為田，松柏摧為薪。白楊多悲風，蕭蕭愁殺人。思還故里閭，欲歸道無因。

生年不滿百，常懷千歲憂。晝短苦夜長，何不秉燭遊？為樂當及時，何能待來茲！愚者愛惜費，但為後世嗤。仙人王子喬，難可與等期。

六

被稱為蘇武、李陵作的十幾首古詩，幾乎沒有一首不好。在〈古詩十九首〉之外，這若干首的古詩最足

以為我們注意。在其間，民歌的情趣是濃厚的。除了上文所引的和〈古詩十九首〉裡幾首相同的以外，其餘的也都可以看出：它們本來是民間歌曲，至少或是受民歌影響很深的。舊稱為蘇武〈答李陵詩〉的〈童童孤生柳〉：

童童孤生柳，寄根河水泥。連翩遊客子，於冬服涼衣。去家千里餘，一身常渴饑；寒夜立清庭，仰瞻天漢湄。寒風吹我骨，嚴霜切我肌。憂心常慘戚，晨風為我悲。瑤光遊何速，行願支荷遲。仰視雲間星，忽若割長帷。低頭還自憐，盛年行已衰。依依戀明世，愴愴難久懷！

和〈古詩十九首〉裡的〈冉冉孤生竹〉是頗為相同的。

被稱為蘇武〈別李陵〉詩「二鳧俱北飛」一首，是深情厚誼的「別詩」，辭意淺近而摯切：

二鳧俱北飛，一鳧獨南翔。子當留斯館，我當歸故鄉。一別如秦胡，會見何詎央！愴恨切中懷，不覺淚沾裳。願子長努力，言笑莫相忘！

所謂蘇武詩的〈骨肉緣枝葉〉和〈結髮為夫妻〉二首，語語都是切近而真摯的。民歌裡寫別後相思的最多；寫別離之頃的情緒而像這二首那麼雋美的卻極少。

骨肉緣枝葉，結交亦相因。四海皆兄弟，誰為行路人？況我連枝樹，與子同一身。昔為鴛與鴦，今為參與辰。昔者長相近，邈若胡與秦。惟念當乖離，恩情日以新；鹿鳴思野草，可以喻嘉賓。我有一尊酒，欲以贈遠人。願子留斟酌，敘此平生親。

結髮為夫妻，恩愛兩不疑。歡娛在今夕，燕婉及良時；征夫懷往路，起視夜何其。參辰皆已沒，去去從此辭。行役在戰場，相見未有期。握手一長歎，淚為生別滋！努力愛春華，莫忘歡樂時，生當復來歸，死當長相思。

又有所謂李陵〈答蘇武詩〉的二首：〈良時不再至〉和〈攜手上河梁〉，也都是寫「黯然魂消」的別時

情景的。《西廂記》的「眼閣著別離淚」一場寫得最好，而這裡「屏營衢路側，執手野踟躕」，已足以盡之。

良時不再至，離別在須臾。屏營衢路側，執手野踟躕。仰視浮雲馳，奄忽互相逾。風波一失所，各在天一隅！長當從此別，且復立斯須。欲因晨風發，送子以賤軀。

攜手上河梁，遊子暮何之？徘徊蹊路側，悢悢不能辭；行人難久留，各言長相思。安知非日月，弦望自有時；努力崇明德，皓首以為期。

無名氏的古詩，可稱的還很多。〈步出城東門〉一首極為清麗。「前日風雪中，故人從此去」，和《詩經》的「今我來思，雨雪霏霏」，足以並稱。「願為雙黃鵠，高飛還故鄉。」是古詩裡常見之語。在民歌裡辭句往往是不嫌蹈襲不避引用習語的：

步出城東門，遙望江南路。前日風雪中，故人從此去。我欲渡河水，河水深無梁。願為雙黃鵠，高飛還故鄉。

〈古詩四首〉裡的〈悲與親友別〉、〈四坐且莫喧〉、〈穆穆清風至〉三首都是很可稱道的。〈四坐且莫喧〉，以爐香為喻，頗有巧思；〈穆穆清風至〉則辭意清麗；「青袍似春草，長條隨風舒。」即物起興，也是民歌裡常用的方法：

悲與親友別，氣結不能言；贈子以自愛，道遠會見難！人生無幾時，顛沛在其間；念子棄我去，新心有所歡。結志青雲上，何時復來還？

四坐且莫喧，願聽歌一言。請說銅爐器，崔嵬象南山。上枝以松柏，下根據銅盤，雕文各異類，離婁自相連。誰能為此器？公輸與魯班。朱火然其中，青煙揚其間。從風入君懷，四坐莫不歎。香風難久居，空令蕙草殘。

穆穆清風至，吹我羅裳裾。青袍似春草，長條隨風舒。朝登津梁山，褰裳望所思。安得抱柱信，皎日以為期！

別有無名氏的〈古詩四首〉，都只有五言的四句，故《古詩源》乃別稱之為〈古絕句〉。這四首充分地表現著民歌的特色。〈稾砧今何在〉以隱語藏情意。在漢末，隱語是同時流行於雅士俗人之間的。〈菟絲從長風〉的寫法，也是民歌所常用的：

稾砧今何在？山上復有山。何當大刀頭，破鏡飛上天。

日暮秋雲陰，江水清且深。何用通音信，蓮花玳瑁簪。

菟絲從長風，根莖無斷絕；無情尚不離，有情安可別！

南山一樹桂，上有雙鴛鴦；千年長交頸，歡慶不相忘。

在無名氏〈古詩四首〉裡，有〈上山採蘼蕪〉，乃是很短雋的一篇敘事詩。

上山採蘼蕪，下山逢故夫。長跪問故夫，新人復何如？新人雖言好，未若故人姝，顏色類相似，手爪不相如。新人從門入，故人從閤去。新人工織縑，故人工織素。織縑日一匹，織素五丈餘；將縑來比素，新人不如故。

〈古詩三首〉裡的〈十五從軍征〉，乃是很悲痛的一首社會詩。十五歲當軍人去了，到了八十方回，而家中人已經是亡故甚久了。大有丁令威歸來之感。這一類的情緒，文人們往往託之以仙佛的奇蹟；歐文（W Irving）的〈睡鄉記〉（Rip Van Winkle）也是如此。惟此篇獨具人間性，而沒有一點神怪的成分。其情緒又是如何的悽楚難忍！

十五從軍征，八十始得歸。道逢鄉里人，家中有阿誰？「遙望是君家，松柏塚累累」。兔從狗竇入，雉從梁上飛。中庭生旅穀，井上生旅葵。烹穀持作飯，採葵持作羹。羹飯一時熟，不知貽阿誰？出門東向望，淚落沾我衣！

古詩裡，敘事之作本來不多。在一般民歌裡，也是抒情的作品多而敘事的篇章很少，除了古樂府裡所有的好幾篇的敘事詩之外，五言古詩裡只有〈上山採蘼蕪〉和〈十五從軍征〉二首及蔡邕女琰的悲憤詩而已。

蔡琰在漢末黃巾之亂時，為匈奴擄去。在胡中十二年，已生二子。曹操執政時，痛邕無後，乃以金璧贖之歸，嫁給董祀。她在離胡歸漢的時候，祖國之愛和母子之愛交戰於胸中；乃有〈悲憤詩〉之作。明人陳與郊作《文姬入塞》雜劇，頗能表白出這種交戰的情緒。

琰的〈悲憤詩〉凡二篇，一為五言體，一為楚歌體，又有〈胡笳十八拍〉一篇，相傳皆為她作。為什麼她要把這同一的情緒，同一的故事寫為三個不同體裁的詩篇呢？這是沒有理由可以解釋的。這三篇寫得都不壞。在古代珍罕的敘事詩裡乃是傑作。

這三篇都是以第一身的口氣出之。〈胡笳十八拍〉的結拍云：「胡笳本自出胡中，緣琴翻出音律同。十八拍兮曲雖終，鄉有餘兮思無窮」。似未必為琰本人所作，雖然結語有「天與地隔兮子西母東，苦我怨氣兮浩于長空，六合雖廣兮受之應不容」，大為深悲苦怨，而卻似從「還顧之兮破人情，心怛絕兮死復生」翻出的。

五言體的一首〈悲憤詩〉，一開頭便說道：「漢季失權柄，董卓亂天常。志欲圖篡弒，先害諸賢良。」不像蔡琰的口吻。她的父親和董卓是好友；卓被殺不久，邕也因卓黨遇害。她照理是不應該破口罵董卓的。

如果蔡琰寫過〈悲憤詩〉，則最可靠的一篇，還是楚歌體的；她幼年受過文學的教養很深，這樣的詩，她是可以寫得出的。這一首楚歌，無支辭，無蔓語，全是抒寫自己的身世，自己的遭亂被擄的事，自己的在胡中的生活，自己的別子而歸，踟躕不忍相別的情形。而尤著重於胡中的生活情形，全篇不到三百個字，是三篇裡最簡短的一篇，卻寫得最為真摰。

大約當她的〈悲憤詩〉出來之後，立刻便大為流行於世。當時五言詩正是一個新體，有文人便用之來添枝增葉地改寫了一遍。而同時歌唱的人，便也利用著〈胡笳十八拍〉的樂歌來描寫其事。這便是〈悲憤詩〉為什麼會有三篇的原因吧。

這三篇都寫得很可愛，現在全錄於下，以資讀者們的比勘：

◆（一）楚 歌◆

嗟薄祜兮遭世患，宗族殄兮門戶單！身執略兮入西關，歷險阻兮之羌蠻。山谷眇兮路漫漫，眷東顧兮但悲歎。冥當寢兮不能安，饑當食兮不能餐。常流涕兮眥不乾，薄志節兮念死難。雖苟活兮無形顏！惟彼方兮遠陽精，陰氣凝兮雪夏零。沙漠壅兮塵冥冥，有草木兮春不榮；人似禽兮食臭腥，言兜離兮狀窈停。歲聿暮兮時邁征，夜悠長兮禁門扃。不能寐兮起屏營，登胡殿兮臨廣庭。玄雲合兮翳月星，北風厲兮肅泠泠；胡笳動兮邊馬鳴，孤雁歸兮聲嚶嚶，樂人興兮彈琴箏，音相和兮悲且清。心吐思兮胸憤盈，欲舒氣兮恐彼驚，含哀咽兮涕沾頸！家既迎兮當歸寧，臨長路兮捐所生；兒呼母兮啼失聲，我掩耳兮不忍聽！追持我兮走煢煢，頓復起兮毀顏形。還顧之兮破人情，心怛絕兮死復生！

◆（二）五言詩◆

漢季失權柄，董卓亂天常，志欲圖篡弒，先害諸賢良。逼迫遷舊邦，擁王以自強，海內興義師，欲共討不祥，卓眾來東下，金甲耀日光，平土人脆弱，來兵皆胡羌；獵野圍城邑，所向悉破亡，斬截無子遺，屍骸相掌拒；馬邊懸男頭，馬後載婦女，長驅西入關，迥路險且阻。還顧邈冥冥，肝脾為爛腐！所略有萬計，不得令屯聚；或有骨肉俱，欲言不敢語！失意幾微間，輒言斃降虜，要當以亭刃，我曹不活汝！豈敢惜性命，不堪其詈罵，或便加棰杖，毒痛參並下。旦則號泣行，夜則悲吟坐，欲死不能得，欲生無一可。彼蒼者何辜，乃遭此厄禍？邊荒與華異，人俗少義理，處所多霜雪，胡風春夏起。翩翩吹我衣，肅肅入我耳，感時念父母，哀歎無終已！有客從外來，聞之常歡喜，迎問其消息，輒復非鄉里！邂逅徼時願，

骨肉來迎己，己得自解免，當復棄兒子。天屬綴人心，念別無會期，存亡永乖隔，不忍與之辭；兒前抱我頸，問：母欲何之？人言母當去，豈復有還時？阿母常仁惻，今何更不慈？我尚未成人，奈何不顧思？見此崩五內，恍惚生狂痴，號呼手撫摩，當發復回疑！兼有同時輩，相送告別離。慕我獨得歸，哀叫聲摧裂。馬為立踟躕，車為不轉轍，觀者皆噓唏，行路亦嗚咽；去去割情戀，遄征日遐邁，悠悠三千里，何時復交會？念我出腹子，胸臆為摧敗。既至家人盡，又復無中外。城郭為山林，庭宇生荊艾。白骨不知誰，從橫莫覆蓋；出門無人聲，豺狼嗥且吠，煢煢對孤景，怛吒靡肝肺！登高遠眺望，魂神忽飛逝，奄若壽命盡，傍人相寬大。為復強視息，雖生何聊賴。託命於新人，竭心自勖勵。流離成鄙賤，常恐復捐廢。人生幾何時，懷憂終年歲。

◆（三）胡笳十八拍◆

我生之初尚無為，我生之後漢祚衰。天不仁兮降亂離，地不仁兮使我逢此時。干戈日尋兮道路危，民卒流亡兮共哀悲。煙塵蔽野兮胡虜盛，志意乖兮節義虧。對殊俗兮非我宜，遭惡辱兮當告誰？笳一會兮琴一拍，心憤怨兮無人知！

戎羯逼我兮為室家，將我行兮向天涯。雲山萬重兮歸路遐，疾風千里兮揚塵沙。人多暴猛兮如虺蛇，控弦被甲兮為驕奢。兩拍張弦兮弦欲絕，志摧心折兮自悲嗟！

越漢國兮入胡城，亡家失身兮不如無生！氈裘為裳兮骨肉震驚，羯羶為味兮枉遏我情；鞞鼓喧兮從夜達明，胡風浩浩兮暗塞營。傷今感昔兮三拍成，銜悲畜恨兮何時平？

無日無夜兮不思我鄉土，稟氣含生兮莫過我最苦！天災國亂兮人無主，唯我薄命兮役我虜；殊俗心異兮身難處，嗜欲不同兮誰可與語？尋思涉歷兮多艱阻，四拍成兮益悽楚！

雁南征兮欲寄邊聲，雁北歸兮為得漢音，雁飛高兮邈難尋，空斷腸兮思愔愔！攢眉向月兮撫雅琴，五拍泠泠兮意彌深！

冰霜凜凜兮身苦寒，飢對肉酪兮不能餐。夜聞隴水兮聲嗚咽，朝見長城兮路杳漫；追思往日兮行李難，六拍悲來兮欲罷彈！

日暮風悲兮邊聲四起，不知愁心兮說向誰是？原野蕭條兮烽戍萬里，俗賤老弱兮少壯為美。逐有水草兮安家葺壘，牛羊滿野兮聚如蜂蟻，草盡水竭兮羊馬皆徙。七拍流恨兮惡居於此？

為天有眼兮何不見我獨漂流？為神有靈兮何事處我天南海北頭？我不負天兮天何配我殊匹？我不負神兮神何殛我越荒州？製茲八拍兮擬俳優，何知曲成兮心轉愁！

天無涯兮地無邊，我心愁兮亦復然。生倏忽兮如白駒之過隙，然不得歡樂兮當我之盛年！怨兮欲問天，天蒼蒼兮上無緣，舉頭仰望兮空雲煙，九拍懷情兮誰與傳？

城頭烽火不曾滅，疆場征戰何時歇。殺氣朝朝沖塞門，胡風夜夜吹邊月。故鄉隔兮音塵絕，哭無聲兮氣將咽！一生辛苦兮緣離別，十拍悲深兮淚成血！

我非貪生而惡死，不能捐身兮心有以生；仍冀得兮歸桑梓，死當埋骨兮長已矣。日居月諸兮在戎壘，胡人寵我兮有二子，鞠之育之兮不羞恥，湣之念之兮生長邊鄙。十有一拍兮因茲起，哀響纏綿兮徹心髓！

東風應律兮暖氣多，知是漢家天子兮布陽和；羌胡蹈舞兮共謳歌，兩國交歡兮罷兵戈。忽遇漢使兮稱迎詔，遺千金兮贖妾身。喜得生還兮逢聖君，嗟別稚子兮會無因！十有二拍兮哀樂均，去往兩情兮難具陳！

不謂殘生兮卻得旋歸，撫抱胡兒兮泣下沾衣。漢使迎我兮四牡騑騑，號失聲兮誰得知？

與我生死兮逢此時，愁為子兮日無光輝，焉得羽翼兮將汝歸？一步一遠兮足難移，魂消影絕兮恩愛遺！十有三拍兮弦急調，悲肝腸攪刺兮人莫我知！

身歸國兮兒莫知，隨心懸懸兮長如饑，四時萬物兮有盛衰，唯我愁苦兮不暫移！山高地闊兮見汝無期，更深夜闌兮夢汝來斯！夢中執手兮一喜一悲，覺後痛吾心兮無休歇時。十有四拍兮涕淚交垂，河水東流兮心是思！

十五拍兮節調促，氣填胸兮誰識曲？處穹廬兮偶殊俗，願得歸來兮天從欲。再還漢國兮歡心足；心有懷兮愁轉深。日月無私兮曾不照臨子？母兮離兮意難任。同天隔越兮如商參，生死不相知兮何處尋？

十六拍兮思茫茫，我與兒兮各一方。日東月西兮徒相望，不得相隨兮空斷腸！對萱草兮憂不忘，彈鳴琴兮情何傷；今別子兮歸故鄉，舊怨平兮新怨長！泣血仰頭兮訴蒼蒼，胡為生兮獨罹此殃？

十七拍兮心鼻酸，關山阻修兮行路難。去時懷土兮心無緒，來時別兒兮思漫漫！塞上黃蒿兮枝枯葉乾，沙場白骨兮刀痕箭瘢，風霜凜凜兮春夏寒，人馬饑尪兮筋力單。豈知重得兮入長安，歎息欲絕兮淚闌干！

胡笳本自出胡中，緣琴翻出音律同。十八拍兮曲雖終，響有餘兮思無窮！是知絲竹微妙兮均造化之功，哀樂各隨人心兮有變則通。胡與漢兮異域殊風，天與地隔兮子西母東。苦我怨氣兮浩於長空，六合雖廣兮受之應不容！

七

漢樂府裡有不少的民歌。樂府是王家的樂隊所歌唱的東西。但王家未必喜愛文學侍從之臣的歌功頌德之作，深奧難解之文。故王家的樂隊往往的很早地便採新聲入樂，以娛帝王后妃。我們觀於清代升平署所藏曲子的複雜，便可以知道其中的消息。漢代樂府之創始於武帝。劉徹自己雖是一個詩人，其趣味卻很廣泛。《漢書》（卷二十二）說道：

（武帝）乃立樂府，采詩夜誦。有趙、代、秦、楚之謳。以李延年為協律都尉。

同書（卷九十二）又道：

李延年中山人，身及父母兄弟皆故倡也。延年坐法腐刑，給事狗監中。女弟得幸於上，號李夫人……延年善歌，為新變聲。是時上方興天地諸祠，欲造樂，令司馬相如等作頌。延年輒承意弦歌所造詩，為之「新聲曲」。

是李延年不但收羅各地樂歌，而且也有造新聲了。

到了哀帝的時候，方才把樂府官罷去。但樂府官雖罷去，而民間和貴族們之喜愛鄭、衛之音則毫不受這位素樸的皇帝的影響。《漢書》（卷二十二）道：「百姓漸漬日久，又不製雅樂有以相變，豪富吏民湛沔自若。」其實，即製雅樂也不會變更了民眾的嗜好的。

《唐書・樂志》云：「平調、清調、瑟調皆周房中曲之遺聲，漢世謂之三調。又有楚調，漢房中樂也。與前三調，總謂之相和調。」此外，又有「吟歎曲」，也列於相和調。

《晉書・樂志》云：「凡樂章古辭，今之存者，並漢世街陌謠謳。〈江南可採蓮〉、〈烏生八九子〉、〈白頭吟〉之屬是也。」這話最為得其真相。今所見的古樂府，幾乎都是帶著很濃厚的民間歌謠的色彩的。

〈江南可採蓮〉和〈烏生八九子〉均見於〈相和歌辭〉的〈相和曲〉裡。〈相和曲〉是在「平」「清」「瑟」

「楚」四調及吟歎曲之外的。

江南可採蓮，蓮葉何田田！魚戲蓮葉間，魚戲蓮葉東，魚戲蓮葉西，魚戲蓮葉北。

這是真正民歌的本色，只是聲調鏗鏘，並沒有什麼意義。〈烏生八九子〉也是這樣無甚意義（還有〈雞鳴高樹巔〉也是如此），而只是順口歌唱著的。

在其間，〈公無渡河〉（一名〈箜篌引〉）是寫得很好的：

公無渡河！公竟渡河！墮河而死，當奈公何！

〈薤露歌〉和〈蒿里曲〉都是實際上應用著的挽歌：

薤上露，何易晞！露晞明朝更復落，人死一去何時歸！

蒿里誰家地？聚斂魂魄無賢愚。鬼伯一何相催促，人命不得少踟躕！

在其間，〈陌上桑〉（一作〈日出東南隅行〉）是寫得極好的一篇敘事歌曲，較之無名氏五言古詩裡的〈上山採蘼蕪〉一篇是進步得多了。

日出東南隅，照我秦氏樓，秦氏有好女，自名為羅敷。羅敷善蠶桑，採桑城南隅；青絲為籠系，桂枝為籠鉤，頭上倭墮髻，耳中明月珠，緗綺為下裙，紫綺為上襦。行者見羅敷，下擔捋髭鬚；少年見羅敷，脫帽著帩頭。耕者忘其犁，鋤者忘其鋤；來歸相怨怒，但坐觀羅敷。使君從南來，五馬立踟躕。使君遣吏往，問是誰家姝？「秦氏有好女，自名為羅敷。」「羅敷年幾何？」「二十尚不足，十五頗有餘。」使君謝羅敷，「寧可共載不？」羅敷前致詞：「使君一何愚！使君自有婦，羅敷自有夫。東方千餘騎，夫婿居上頭。何用識夫婿，白馬從驪駒，青絲繫馬尾，黃金絡馬頭，腰中鹿盧劍，可值千萬餘。十五府小史，二十朝大夫，三十侍中郎，四十專城居。為人潔白皙，鬑鬑頗有鬚，盈盈公府步，冉冉府中趨，坐中數千人，皆言夫婿殊。」

〈平調曲〉裡的歌辭，今所存者僅〈長歌行〉、〈君子行〉、〈猛虎行〉等三調。〈君子行〉：「君子防未然，不處嫌疑間。」亦見於《曹子建集》。可見在魏、晉間，擬古樂府之風甚盛，其作風之逼肖，竟有令人不能分別之感。〈長歌行〉的一首，〈青青園中葵〉：

青青園中葵，朝露待日晞。陽春布德澤，萬物生光輝。常恐秋節至，焜黃華葉衰！百川東到海，何時復西歸？少壯不努力，老大徒傷悲。

乃是民間的格言歌。〈猛虎行〉是遊子的哀怨之音：

飢不從猛虎食，暮不從野雀棲。野雀安無巢，遊子為誰驕？

〈清調曲〉有〈豫章行〉、〈董逃行〉；此二者今存的皆為晉樂所奏，非古辭。又有〈相逢行〉、〈長安有狹斜行〉，則為古辭。凡為魏、晉所奏的歌辭，不是變得典雅，無生氣，便是增飾得很多，變得臃腫不堪，只有在本辭（即樂府古辭）裡才可看出其本來面目。

◆相逢行◆

相逢狹路間，道隘不容車。不知何年少，夾轂問君家？君家誠易知，易知復難忘。黃金為君門，白玉為君堂。堂上置尊酒，作使邯鄲倡。中庭生桂樹，華燈何煌煌？兄弟兩三人，中子為侍郎。五日一來歸，道上自生光，黃金絡馬頭，觀者盈道傍。入門時左顧，但見雙鴛鴦。鴛鴦七十二，羅列自成行；音聲何噰噰，鶴鳴東西廂。大婦織綺羅，中婦織流黃，小婦無所為，挾瑟上高堂。丈人且安坐，調絲方未央。

◆長安有狹斜行◆

長安有狹斜，狹斜不容連；適逢兩少年，夾轂問君家。君家新市傍，易知復難忘。大子

二千石，中子孝廉郎；小子無官職，衣冠仕洛陽。三子俱入室，室中自生光；大婦織綺紵，中婦織流黃，小婦無所為，挾琴上高堂。丈人且徐徐，調弦詎未央。

〈瑟調曲〉裡的好歌最多，像〈婦病行〉、〈孤兒行〉都是民間產生的極漂亮的短篇的敘事歌曲，表現著最真切的社會的家庭的淒苦的生活之情景：

◆婦病行◆

婦病連年累歲，傳呼丈人前一言。當言未及得言，不知淚下一何翩翩！「屬累君兩三孤子，莫我兒饑且寒。有過慎莫笪笞。」「行當折搖，思復念之！」亂曰：抱時無衣，襦復無裡，閉門塞牖舍。孤兒到市，道逢親交泣，坐不能起。從乞求，與孤買餌，對啼泣，淚不可止。我欲不傷悲，不能已。探懷中錢，持授交。入門見孤啼，索其母抱。徘徊空舍中，行復爾耳。棄置勿復道！

◆孤兒行◆

孤兒生；孤兒遇生命當獨苦。父母在時乘堅車，駕駟馬。父母已去，兄嫂令我行賈。南到九江，東到齊與魯，臘月來歸，不敢自言苦。頭多蟣虱，面目多塵。大兄言辦飯，大嫂言視馬。上高堂，行趣殿下堂，孤兒淚下如雨。使我朝行汲，暮得水來歸，手為錯，足下無菲。愴愴履霜，中多蒺藜；拔斷蒺藜，腸肉中愴欲悲。淚下渫渫，清涕累累。冬無複襦，夏無單衣。居生不樂，不如早去，下從地下黃泉。春風動，草萌芽，三月蠶桑，六月收瓜。將是瓜車，來到還家。瓜車反覆，助我者少，啖瓜者多。願還我蒂，獨且急歸。兄與嫂嚴，當與較計。亂曰：里中一何譊譊，願欲寄尺書，將與地下父母，兄嫂難與久居。

像那樣深刻而婉曲的描敘，乃是〈上山採蘼蕪〉和〈十五從軍征〉等古詩裡所不見的，他們是率直的寫著；但在這二篇裡作者們已知道怎樣的曲曲的描寫入微了。這是一個大進步。

在〈楚調歌〉裡，只有〈皚如山上雪〉和〈怨詩行〉二篇。〈怨詩行〉是平常的一首歎生命的短促而欲「遊心恣所欲」的詩曲。〈皚如山上雪〉即是有名的〈白頭吟〉，《晉書・樂志》所舉的「漢世街陌謠謳」之一。晉樂所奏的此曲，分五解，較本辭約多出一倍。但本辭卻是極淒麗的絕妙好辭。

皚如山上雪，皎若雲間月。聞君有兩意，故來相決絕。今日斗酒會，明旦溝水頭。躞蹀御溝上，溝水東西流。淒淒復淒淒，嫁娶不須啼。願得一心人，白頭不相離！竹竿何嫋嫋，魚尾何簁簁。男兒重意氣，何用錢刀為？

於「相和歌辭」外，樂府古辭又有所謂〈舞曲歌辭〉及〈雜曲歌辭〉的。今存的〈舞曲歌辭〉像「鐸舞歌詩」，「巾舞歌詩」均極不易解；其間有許多重覆不可解處，當是有聲無義的助語；今則很難將其分別出來。「雜曲歌辭」裡的好歌很多。有極輕茜可喜的〈傷歌行〉、〈悲歌〉和〈古歌〉。〈傷歌行〉大類五言古詩的一篇；也許原是古詩，入樂來唱的。〈悲歌〉和〈古歌〉均結之以「心思不能言，腸中車輪轉」二語，正和有幾篇古詩同以「願為雙黃鵠，高飛歸故鄉」二語作結的情形一樣。我們在這裡更可以明白：民間歌曲是並不避忌襲用習見的成語的。

◆ 傷歌行 ◆

昭昭素明月，輝光燭我床。憂人不能寐，耿耿夜何長！微風吹閨闥，羅帷自飄揚。攬衣曳長帶，屣履下高堂。東西安所之，徘徊以傍徨。春鳥翻南飛，翩翩獨翱翔。悲聲命儔匹，哀鳴傷我腸。感物懷所思，泣涕忽沾裳。佇立吐高吟，舒憤訴穹蒼。

◆悲 歌◆

悲歌可以當泣，遠望可以當歸。思念故鄉，鬱鬱累累。欲歸家無人，欲渡河無船。心思不能言，腸中車輪轉。

◆古 歌◆

秋風蕭蕭愁殺人！出亦愁，入亦愁。座中何人，誰不懷憂！令我白頭。胡地多飆風，樹木何修修？離家日趨遠，衣帶日趨緩。心思不能言，腸中車輪轉。

也有極富風趣的〈枯魚過河泣〉：

◆枯魚過河泣◆

枯魚過河泣，何時悔復及？作書與魴鱮；相教慎出入！

更有一首古代最長的敘事詩，〈古詩為焦仲卿妻作〉：

◆古詩為焦仲卿妻作◆

漢末建安中，廬江府小吏，焦仲卿妻劉氏，為仲卿母所遣，自誓不嫁，其家逼之，乃投水而死。仲卿聞之，亦自縊於庭樹。時人傷之，為詩云爾。

孔雀東南飛，五里一徘徊；「十三能織素，十四學裁衣，十五彈箜篌，十六誦詩書，十七為君婦，心中常苦悲。君既為府吏，守節情不移，賤妾留空房，相見常日稀。雞鳴入機織，夜夜不得息，三日斷五匹，大人故嫌遲。非為織作遲，君家婦難為。妾不堪驅使，徒留

無所施。便可白公姥，及時相遣歸！」府吏得聞之，堂上啟阿母，「兒已薄祿相，幸復得此婦，結髮同枕席，黃泉共為友。共事三二年，始爾未為久，女行無偏斜，何意致不厚？」阿母謂府吏，「何乃太區區，此婦無禮節，舉動自專由。吾意久懷忿，汝豈得自由？東家有賢女，自名秦羅敷，可憐體無比，阿母為汝求。便可速遣之！遣去慎莫留！」府吏長跪告，伏惟啟阿母，「今若遣此婦，終老不復取！」阿母得聞之，椎床便大怒，「小子無所畏，何敢助婦語！吾已失恩義，會不相從許。」府吏默無聲，再拜還入戶。舉言謂新婦，哽咽不能語，「我自不驅卿，逼迫有阿母。卿但暫還家，吾今且報府。不久當歸還，還必相迎取，以此下心意，慎勿違我語。」新婦謂府吏，「勿復重紛紜！往昔初陽歲，謝家來貴門。奉事循公姥，進止敢自專。晝夜勤作息，伶俜縈苦辛，謂言無罪過，供養卒大恩。仍更被驅遣，何言復來還？妾有繡腰襦，葳蕤自生光，紅羅複斗帳，四角垂香囊。箱簾六七十，綠碧青絲繩，物物各自異，種種在其中，人賤物亦鄙，不足迎後人。留待作遺施，於今無會因，時時為安慰，久久莫相忘！」雞鳴外欲曙，新婦起嚴妝，著我繡裌裙，事事四五通。足下躡絲履，頭上玳瑁光；腰若流紈素，耳著明月璫，指如削蔥根，口如含珠丹，纖纖作細步，精妙世無雙。上堂拜阿母，阿母怒不止。「昔作女兒時，生小出野里，本自無教訓，兼愧貴家子。受母錢帛多，不堪母驅使。今日還家去，念母勞家裡。」卻與小姑別，淚落連珠子，「新婦初來時，小姑始扶床，今日被驅遣，小姑如我長。勤心養公姥，好自相扶將，初七及下九，嬉戲莫相忘。」出門登車去，涕落百餘行，府吏馬在前，新婦車在後，隱隱何甸甸，俱會大道口。下馬入車中，低頭共耳語，「誓不相隔卿，且暫還家去。吾今且赴府，不久當還歸，誓天不相負！」新婦謂府吏：「感君區區懷。君既若見錄，不久望君來。君當作磐石，妾當作蒲葦，蒲葦紉如絲，磐石無轉移。我有親父兄，性行暴如雷，恐不任我意，逆以煎我懷。」舉手長

勞勞，二情同依依。入門上家堂，進退無顏儀，阿母大拊掌，「不圖子自歸！十三教汝織，十四能裁衣，十五彈箜篌，十六知禮儀，十七遣汝嫁，謂言無誓違。汝今何罪過，不迎而自歸？」蘭芝慚阿母，「兒實無罪過。」阿母大悲摧。還家十餘日，縣令遣媒來，云有第三郎，窈窕世無雙，年始十八九，便言多令才。阿母謂阿女，「汝可去應之！」阿女含淚答：「蘭芝初還時，府吏見丁寧，結誓不別離，今日違情義，恐此事非奇。自可斷來信，徐徐更謂之。」阿母白媒人：「貧賤有此女，始適還家門，不堪吏人婦，豈合令郎君！幸可廣問訊，不得便相許。」媒人去數日，尋遣丞請還，說有蘭家女，承籍有宦官。云有第五郎，嬌逸未有婚，遣丞為媒人，主簿通語言，直說太守家，有此令郎君，既欲結大義，故遣來貴門。阿母謝媒人，「女子先有誓，老姥豈敢言。」阿兄得聞之，悵然心中煩，舉言謂阿妹，「作計何不量？先嫁得府吏，後嫁得郎君，否泰如天地，足以榮汝身！不嫁義郎體，其往欲何云？」蘭芝仰頭答，「理實如兄言，謝家事夫婿，中道還兄門，處分適兄意，那得自任專？雖與府吏要，渠會永無緣。登即相許和，便可作婚姻。」媒人下床去，諾諾復爾爾，還部白府君。「下官奉使命，言談大有緣。」府君得聞之，心中大歡喜，視曆復開書，便利此月內，六合正相應，良吉三十日，今已二十七，卿可去成婚。交語速裝束，絡繹如浮雲，青雀白鵠舫，四角龍子幡，婀娜隨風轉，金車玉作輪。躑躅青驄馬，流蘇金縷鞍，齎錢三百萬，皆用青絲穿。雜彩三百匹，交廣市鮭珍。從人四五百，鬱鬱登郡門。阿母謂阿女，「適得府君書，明日來迎汝，何不作衣裳？莫令事不舉。」阿女默無聲，手巾掩口啼，淚落便如瀉。移我琉璃榻，出置前窗下，左手持刀尺，右手執綾羅，朝成繡夾裙，晚成單羅衫，晻晻日欲暝，愁思出門啼。府吏聞此變，因求假暫歸。未至二三里，摧藏馬悲哀。新婦識馬聲，躡履相逢迎，悵然遙相望，知是故人來。舉手拍馬鞍，嗟歎使心傷，「自君別我後，人事不可量，果不如先願，又非君

所詳。我有親父母，逼迫兼弟兄，以我應他人，君還何所望？」府吏謂新婦，「賀卿得高遷！磐石方且厚，可以卒千年，蒲葦一時紉，便作旦夕間！卿當日勝貴，吾獨向黃泉。」新婦謂府吏：「何意出此言？同是被逼迫，君爾妾亦然。黃泉下相見。勿違今日言！」執手分道去，各各還家門，生人作死別，恨恨那可論！念與世間辭，千萬不復全。府吏還家去，上堂拜阿母，「今日大風寒，寒風摧樹木，嚴霜結庭蘭，兒今日冥冥，令母在後單，故作不良計，勿復怨鬼神，命如南山石，四體康且直。」阿母得聞之，零淚應聲落，「汝是大家子，仕宦於臺閣，慎勿為婦死，貴賤有何薄？東家有賢女，窈窕豔城郭，阿母為汝求，便復在旦夕。」府吏再拜還，長歎空房中，作計乃爾立。轉頭向戶裡，漸見愁煎迫。其日牛馬嘶，新婦入青廬。奄奄黃昏後，寂寂人定初。我命絕今日，魂去屍長留。攬裙脫絲履，舉身赴清池。府吏聞此事，心知長別離，徘徊顧樹下，自掛東南枝。兩家求合葬，合葬華山傍。東西植松柏，左右種梧桐，枝枝相覆蓋，葉葉相交通。中有雙飛鳥，自名為鴛鴦，仰頭相向鳴，夜夜達五更。行人駐足聽，寡婦起彷徨。多謝後世人，戒之慎勿忘。

這一篇敘事歌曲凡一千七百四十五字，較之〈上山採蘼蕪〉、〈陌上桑〉，乃至〈悲憤詩〉和〈胡笳十八拍〉均長得多了。

從〈上山採蘼蕪〉，很快地便進步到〈陌上桑〉和〈婦病行〉、〈孤兒行〉，更很快地便進步到〈古詩為焦仲卿妻作〉，乃是很自然的趨勢。很像滾丸下阪，不到底不止。

漢樂府尚有〈鼓吹饒歌十八曲〉，這些該是很古典的廟堂之樂了。但實際上仍有民歌在裡面。像〈戰城南〉、〈有所思〉、〈上邪〉等，都是絕好的民間歌曲。〈有所思〉和〈上邪〉，在民間情歌裡是極大膽，極熱情之作：

◆戰城南◆

戰城南，死郭北。野死不葬烏可食。為我謂烏：且為客豪！野死諒不葬，腐肉安能去子逃？水聲激激，蒲葦冥冥。梟騎戰鬥死，駑馬裴徊鳴。梁築室，何以南？何以北？禾黍不獲君可食？願為忠臣安可得！思子良臣，良臣誠可思。朝行出攻，暮不夜歸。

◆有所思◆

有所思，乃在大海南。何用問遺君？雙珠玳瑁簪，用玉紹繚之。聞君有他心，拉雜摧燒之。摧燒之，當風揚其灰。從今已往，勿復相思，相思與君絕。雞鳴狗吠，兄嫂當知之。妃呼豨，秋風肅肅晨風颸，東方須臾高知之。

◆上　邪◆

上邪，我欲與君相知，長命無絕衰。山無陵，江水為竭，冬雷震震，夏雨雪，天地合，乃敢與君絕。

八

漢代的俗文學在散文方面卻發展得極少。司馬遷作《史記》，善於描狀人物的神情口吻。最可注意的是，〈陳涉世家〉裡，記著陳涉的故人，進宮去看見涉為王的享用，便說道：

夥頤！涉之為王沉沉者！

這是如聞其聲的描寫。

用方言來寫人物的對話最足以表現其神情。在小說裡用此而成功的有《海上花列傳》，《三寶太監下西洋記》和《野叟曝言》反而在對話裡大談其學問，大做其文章，當然要成為十足陳腐的東西了。可惜在《史記》裡，像這樣的方言還不多。

漢宣帝的時候，有以辭賦起家的王褒（字子淵）卻在無意中流傳下來一篇很有風趣的俗文學的作品——〈僮約〉。這篇東西恐怕是漢代留下的唯一的白話的遊戲文章了。

〈僮約〉寫王褒以事到湔，住在寡婦楊惠家，其奴便了，頗為倔強。王褒命其酤酒，不應。乃買之。便了說道：「要做的事，都要寫在券上。不寫出的事，便了便不能做。」褒乃寫了這篇〈僮約〉。那趣味是很壞的，只是和不幸的人開著玩笑。好在本來是一篇遊戲文章；故結之以：便了說道；「早知當爾。為王大夫酤酒，真不敢作惡！」原是有韻的，其實是一篇「賦」。

蜀郡王子淵以事到湔，止寡婦楊惠舍。惠有夫時奴，名便了。子淵倩奴行酤酒，便了拽大杖上夫塚巔曰：「大夫買便了時，但要守家，不要為他人男子酤酒。」子淵大怒曰：「奴寧欲賣耶？」惠曰：「奴大忤人，無欲者。」子淵即決買券云云。奴復曰：「欲使皆上券，不上券，便了不能為也。」子淵曰：「諾。」

這是〈僮約〉的序。下面是〈僮約〉的本文，即是王褒同便了訂的買奴的條件。

神酌三年（西元前五九年）正月十五日，資中男子王子淵從成都安志里女子楊惠買亡夫時戶下髯奴便了，決賈萬五千。奴當從而役使，不得有二言：晨起早掃，食了洗滌；居當穿臼縛帚。裁衣鑿斗，……織履作粗，黏雀張烏，結網捕魚，繳雁彈鳧，登山射鹿，入水捕龜。……舍中有客，提壺行酤，汲水作餔，滌杯整桉；園中拔蒜，斷蘇切脯。……已而蓋藏關門塞竇；餵豬縱犬，勿與鄰里爭鬥。奴但常飯豆飲水，不得嗜酒，欲飲美酒，唯得染脣漬

口，不復傾盂覆斗。不得辰出夜入，交關伴偶。舍後有樹，當裁作船，上至江州下至湔；……往來都洛，當為婦女求脂澤，販於小市，歸都擔枲，轉出旁蹉，牽犬販鵝，武都買茶，楊氏擔荷（楊氏，池名，出荷）。……持斧入山斷輮裁轅。若有餘殘，當作俎幾木屐彘盤。……日暮欲歸，當送乾薪兩三束。……奴老力索，種莞織席；事訖休息，當舂一石。夜半無事，浣衣當白。……奴不得有奸私，事事當關白。奴不聽教，當笞一百。

讀券文適訖，詞窮詐索，仡仡叩頭，兩手自搏，目淚下落，鼻涕長一尺。「審如王大夫言，不如早歸黃土陌，丘蚓鑽額。早知當爾，為王大夫酤酒，真不敢作惡！」

■ 參考書目

1. 《樂府詩集》，宋郭茂倩編，有《四部叢刊本》。
2. 《古詩紀》，明梅鼎祚編，有萬曆間刊本。
3. 《古詩源》，清沈德潛編，坊刊本甚多。
4. 《全漢魏六朝詩》，近人丁福保編，有醫學書局鉛印本。
5. 《白話文學史》上卷，胡適著，商務印書館出版。可看其第二章至第六章。
6. 《插圖本中國文學史》，鄭振鐸著，北平樸社出版（再版本為商務印書館出版），可看第一冊第六章及第八章。
7. 《中國詩史》，陸侃如、馮沅君著，開明書店出版。
8. 《樂府文學史》，羅根澤著。
9. 《中國文學流變史》，鄭賓于著，北新書局出版。

第四章 六朝的民歌

一

六朝的民歌，有其特殊的地位。其地位較之明、清的民歌都重要得多。它像唐代的詞，元的散曲，立刻便得到許多文人學士們的擁護，立刻便被許多文人學士們所採納，立刻，這種新聲便有了廣大而普遍的影響。有人說，六朝文學是「兒女情長，風雲氣短」。又說是「連篇累牘，不出月露之形，積案盈箱，唯是風雲之狀。」為什麼六朝文學會成為這樣的一種風格呢？其主要的原因便是受民歌的影響。

六朝的民歌，從晉代的東遷開始，便在文壇上發生了很大的作用。

這些民歌大多數都是長江流域的產品。中原的人，遷到了江南，初時還有些故鄉的思念，故有新亭之泣，有起舞、擊楫之志。但到了後來，便安之樂之了。「暮春三月，江南草長。雜花生樹，群鶯亂飛。」「風煙俱淨，天山共色。從流飄蕩，任意東西。自富陽至桐廬一百許里，奇山異水，天下獨絕。水皆漂碧，千丈見底，游魚細石，直視無礙。」在這樣的好風光、好鄉地裡，所產生的情緒自然而然的會輕茜秀麗了。好女如花，柔情似水，能不沉醉於「相憶莫相忘」，「中夜憶歡時，抱被空中啼」，「春風復多情，吹我羅裳開」的歌聲裡麼？

二

六朝的民歌，總名為「新樂府」，和漢、魏傳下來的樂府不同。因為不復承漢、魏樂府的舊貫，而是從民間升格的，故別以新樂府稱之，在郭茂倩的《樂府詩集》和馮惟訥的《古詩紀》裡都把新樂府列入「清商曲辭」裡，和漢、魏樂府之列於「相和曲辭」等類裡的不同。

為什麼稱之為「清商曲辭」呢？

清商樂一曰清樂。關於「清樂」的解釋頗多牽強者。但我以為清樂便是「徒歌」之意，換一句話，也就是不帶音樂的歌曲之意。

凡民歌，其初都是「行歌互答」未必伴以樂器的。

更有一個很重要的證據，可以證明這些清商曲辭是徒歌。

〈大子夜歌〉云：

> 歌謠數百種，〈子夜〉最可憐。慷慨吐清音，明轉出天然。

又云：

> 絲竹發歌響，假器揚清音。不知歌謠妙，聲勢由口心。

這是說，「歌謠」是不假絲竹，而出心脫口自然成妙音的。〈大子夜歌〉只有二首，似即為〈子夜〉諸歌的總引子。未必是民歌的本來面目，大約是當時文士們寫來頌贊〈子夜〉諸歌的。其讚語的可靠性，是無可懷疑的。

在「清商曲辭」裡，有「吳聲歌曲」及「西曲歌」之分。

「吳聲歌曲」者，為吳地的歌謠，即太湖流域的歌謠；其中充滿了曼麗宛曲的情調，清辭俊語，連翩不絕，令人「情靈搖盪」（至今吳地山歌還為很動人的東西）。

「西曲歌」，即荊、楚西聲，也即長江上流及中流的歌謠；其中往往具著旅遊的匆促的情懷。我嘗有一種感覺，覺得吳聲歌曲富於家庭趣味，而西曲歌則富於賈人思婦的情趣。這大約是因為，太湖流域的人，多戀家而罕遠遊；且太湖裡港汊雖多，而多朝發可以夕至的地方。故其生活安定而少流動性。長江中流荊、楚各地，為碼頭所在。賈客過往極多。往往一別經年，相見不易。思婦情懷，自然要和吳地不同。

「清商曲辭」的時代，恰和六朝相終始。馮惟訥謂：「清商曲古辭雜出各代」而始於晉。這是不錯的。大約在東晉南渡之後，這些新聲方才為文人學士們所注意、所擬仿的。

三

「吳聲歌曲」以〈子夜歌〉為最重要。《唐書•樂志》謂：「晉有女子名子夜，造此聲。聲過哀苦」。《樂府解題》謂：「後人乃更為四時行樂之詞，謂之〈子夜四時歌〉。又有〈大子夜歌〉、〈子夜警歌〉、〈子夜變歌〉皆曲之變也」。今所見〈子夜歌〉和〈子夜四時歌〉等，情趣極為相同。「聲過哀苦」之語，實不可靠。〈子夜歌〉凡四十二首，幾乎沒有一首不好！

◆子夜歌◆

落日出前門，瞻矚見子度。冶容多姿鬢，芳香已盈路。
芳是香所為，冶容不敢當。天不奪人願，故使儂見郎。
宿昔不梳頭，絲髮被兩肩。婉伸郎膝下，何處不可憐！

自從別歡來，奩器了不開。頭亂不敢理，粉拂生黃衣。

崎嶇相怨慕，始獲風雲通。玉林語石闕，悲思兩心同。

見娘善容媚，願得結金蘭。空織無經緯，求匹理自難。

始欲識郎時，兩心望如一。理絲入殘機，何悟不成匹！

前絲斷纏綿，意欲結交情。春蠶易感化，絲子已復生。

今日已歡別，合會在何時？明燈照空局，悠然未有期。

自從別郎來，何日不咨嗟！黃蘗鬱成林，當奈苦心多！

高山種芙蓉，復經黃蘗塢。果得一蓮時，流離嬰辛苦。

朝思出前門，暮思還後渚。語笑向誰道？腹中陰憶汝。

攬枕北窗臥，郎來就儂嬉。小喜多唐突，相憐能幾時？

駐箸不能食，蹇蹇步幃裡。投瓊著局上，終日走博子。

郎為傍人取，負儂非一事。攤門不安橫，無復相關意。

年少當及時，蹉跎日就老。若不信儂語，但看霜下草。

綠攬迮題錦，雙裙今復開。已許腰中帶，誰共解羅衣？

常慮有貳意，歡今果不齊。枯魚就濁水，長與清流乖。

歡愁儂亦慘，郎笑我便喜。不見連理樹，異根同條起？

感歡初殷勤，歎子後遼落。打金側玳瑁，外豔裡懷薄。

別後涕流連，相思情悲滿。憶子腹糜爛，肝腸尺寸斷。

道近不得數，遂致盛寒違。不見東流水，何時復西歸？

誰能思不歌？誰能饑不食？日冥當戶倚，惆悵底不憶？

攬裙未結帶，約眉出前窗。羅裳易飄颺，小開罵春風。
舉酒待相勸，酒還杯亦空。願因微觴會，心感色亦同。
夜覺百思纏，憂歎涕流襟。徒懷傾筐情，郎誰明儂心！
儂年不及時，其於作乖離。素不知浮萍，轉動春風移。
夜長不得眠，轉側聽更鼓。無故歡相逢，使儂肝腸苦。
歡從何處來，端然有憂色？三喚不一應，有何比松柏？
念愛情慊慊，傾倒無所惜。重簾持自鄣，誰知許厚薄！
氣清明月朗，夜與君共嬉。郎歌妙意曲，儂亦吐芳詞。
驚風急素柯，白日漸微濛。郎懷幽閨性，儂亦恃春容。
夜長不得眠，明月何灼灼！想聞散喚聲，虛應空中諾。
人各既疇匹，我志獨乖違。風吹冬簾起，許時寒薄飛。
我念歡的的，子行由豫情。霧露隱芙蓉，見蓮不分明。
儂作北辰星，千年無轉移。歡行白日心，朝東暮還西。
憐歡好情懷，移居作鄉里。桐樹生門前，出入見梧子。
遣信歡不來，自往復不出。金桐作芙蓉，蓮子何能實！
初時非不密，其後日不如。回頭批櫛脫，轉覺薄志疏。
寢食不相忘，同坐復俱起。玉藕金芙蓉，無稱我蓮子。
恃愛如欲進，含羞未肯前。朱口發豔歌，玉指弄嬌弦。
朝日照綺錢，光風動紈素。巧笑茜兩犀，美目揚雙蛾。

這些民歌都是很可信的出於民間的，在山明水秀的江南，產生著這樣漂亮的情歌並不足驚奇。所可驚奇

的是，他們的想像有的地方，較之近代的〈掛枝兒〉，〈山歌〉以及〈馬頭調〉，更為宛曲而奔放，其措辭造語，較之《詩經》裡的情詩，尤為溫柔敦厚；只有深情綺膩，而沒有一點粗獷之氣；只有綺思柔語，而絕無一句下流卑汙的話。不像〈山歌〉、〈掛枝兒〉等，有的地方甚且在赤裸裸地描寫性欲。這裡是只有溫柔而沒有挑撥，只有羞卻與懷念而沒有過分大膽的沉醉。故她們和後來的許多民歌不同，她們是綺靡而不淫蕩的。她們是少女而不是蕩婦。

又有〈子夜四時歌〉，凡七十五首，也是沒有一首不圓瑩若明珠的。〈四時歌〉分春、夏、秋、冬，比較地寫得沒有〈子夜歌〉的天然流麗了。其中有一部分當是文人們的擬作。故論者歸之於晉、宋、齊三代，而不全屬之於晉。

在那七十五首的〈子夜四時歌〉裡，像〈冬歌〉的「果欲結金蘭，但看松柏林。經霜不墮地，歲寒無異心」一首，原為梁武帝作，則其中也盡有梁代之作在內了。

◆子夜四時歌◆

春歌二十首

春風動春心，流目矚山林。山林多奇采，陽鳥吐清音。
綠荑帶長路，丹椒重紫荊。流吹出郊外，共歡弄春英。
光風流月初，新林錦花舒。情人戲春月，窈窕曳羅裙。
妖冶顏蕩駘，景色復多媚。溫風入南牖，織婦懷春意。
碧樓冥初月，羅綺垂新風。含春未及歌，桂酒發清容。
杜鵑竹裡鳴，梅花落滿道。燕女遊春月，羅裳曳芳草。
朱光照綠苑，丹華粲羅星。那能閨中繡，獨無懷春情？

鮮雲媚朱景，芳風散林花。佳人步春苑，繡帶飛紛葩。
羅裳迮紅袖，玉釵明月璫。冶遊步春露，豔覓同心郎。
春林花多媚，春鳥意多哀。春風復多情，吹我羅裳開。
新燕弄初調，杜鵑競晨鳴。畫眉忘注口，游步散春情。
梅花落已盡，柳花隨風散。歎我當春年，無人相要喚。
昔別雁集渚，今還燕巢梁。敢辭歲月久，但使逢春陽。
春園花就黃，陽池水方綠。酌酒初滿杯，調弦始成曲。
娉婷揚袖舞，阿那曲身輕。照灼蘭光在，容冶春風生。
阿那曜姿舞，逶迤唱新歌。翠衣發華洛，回情一見過。
明月照桂林，初花錦繡色。誰能不相思，獨在機中織？
崎嶇與時競，不復自顧慮。春風振榮林，常恐華落去。
思見春花月，含笑當道路。逢儂多欲擿，可憐持自誤。
自從別歡後，嘆惜不絕響。黃蘗向春生，苦心隨日長。

夏歌二十首

高堂不作壁，招取四面風。吹歡羅裳開，動儂含笑容。
反覆華簟上，屏帳了不施。郎君未可前，待我整容儀。
開春初無歡，秋冬更增淒。共戲炎暑月，還覺兩情諧。
春別猶眷戀，夏還情更久。羅帳為誰褰？雙枕何時有？
疊扇放床上，企想遠風來。輕袖拂華妝，窈窕登高臺。
含桃已中食，郎贈合歡扇。深感同心意，蘭室期相見。

田蠶事已畢，思婦猶苦身。當暑理絺服，持寄與行人。
朝登涼臺上，夕宿蘭池裡。乘風採芙蓉，夜夜得蓮子。
暑盛靜無風，夏雲薄暮起。攜手密葉下，浮瓜沉朱李。
郁蒸仲暑月，長嘯北湖邊。芙蓉始結葉，拋豔未成蓮。
適見載青幡，三春已復傾。林鵲改初調，林中夏蟬鳴。
春桃初發紅，惜色恐儂摘。朱夏花落去，誰復相尋覓。
昔別春風起，今還夏雲浮。路遙日月促，非是我淹留。
青荷蓋淥水，芙蓉葩紅鮮。郎見欲採我，我心欲懷蓮。
四周芙蓉池，朱堂敞無壁。珍簟鏤玉床，繾綣任懷適。
赫赫盛陽月，無儂不握扇，窈窕瑤臺女，冶遊戲涼殿。
春傾桑葉盡，夏開蠶務畢。晝夜理機絲，知欲早成匹。
情知三夏熱，今日偏獨甚。香巾拂玉席，共郎登樓寢。
輕衣不重彩，飆風故不涼。三伏何時過？許儂紅粉妝。
盛暑非遊節，百慮相纏綿。泛舟芙蓉湖，散思蓮子間。

秋歌十八首

風清覺時涼，明月天色高。佳人理寒服，萬結砧杵勞。
清露凝如玉，涼風中夜發。情人不還臥，冶遊步明月。
鴻雁搴南去，乳燕指北飛。征人難為思，願逐秋風歸。
開窗秋月光，滅燭解羅裳。含笑帷幌裡，舉體蘭蕙香。
適憶三陽初，今已九秋暮。追逐泰始樂，不覺華年度。

飄飄初秋夕，明月耀秋輝。握腕同遊戲，庭含媚素歸。
秋夜涼風起，天高星月明。蘭房競妝飾，綺帳待雙情。
涼風開窗寢，斜月垂光照。中宵無人語，羅幌有雙笑。
金風扇素節，玉露凝成霜。登高去來雁，惆悵客心傷。
草木不常榮，憔悴為秋霜。今遇泰始世，年逢九春陽。
自從別歡來，何日不相思！常恐秋葉零，無復連條時。
掘作九州池，儘是大宅裡。處處種芙蓉，婉轉得蓮子。
初寒八九月，獨纏自絡絲。寒衣尚未了，郎喚儂底為？
秋愛兩兩雁，春感雙雙燕。蘭鷹接野雞，雉落誰當見？
仰頭看桐樹，桐花特可憐。願天無霜雪，梧子解千年。
白露朝夕生，秋風淒長夜。憶郎須寒服，乘月擣白素。
秋風入窗裡，羅帳起飄揚。仰頭看明月，寄情千里光。
別在三陽初，望還九秋暮。惡見東流水，終年不西顧。

冬歌十七首

淵冰厚三尺，素雪覆千里。我心如松柏，君情復何似？
途澀無人行，冒寒往相覓。若不信儂時，但看雪上跡。
寒鳥依高樹，枯林鳴悲風。為歡憔悴盡，那得好顏容！
夜半冒霜來，見我輒怨唱，懷冰暗中倚，已寒不蒙亮。
躡履步荒林，蕭索悲人情。一唱泰始樂，枯草銜花生。
昔別春草綠，今還墀雪盈。誰知相思老，玄鬢白髮生？

寒雲浮天凝，積雪冰川波。連山結玉岩，修庭振瓊柯。

炭爐卻夜寒，重袍坐疊褥。與郎對華榻，弦歌秉蘭燭。

天寒歲欲暮，朔風舞飛雪。懷人重衾寢，故有三夏熱。

冬林葉落盡，逢春已復曜。葵藿生谷底，傾心不蒙照。

朔風灑霰雨，綠池蓮水結。願歡攘皓腕，共弄初落雪。

嚴霜白草木，寒風晝夜起。感時為歡歎，霜鬢不可視。

何處結同心？西陵柏樹下。晃蕩無四壁，嚴霜凍殺我。

白雪停陰岡，丹華耀陽林。何必絲與竹，山水有清音。

未嘗經辛苦，無故強相矜。欲知千里寒，但看井水冰。

果欲結金蘭，但看松柏林。經霜不墮地，歲寒無異心。

適見三陽日，寒蟬已復鳴。感時為歡歎，白髮綠鬢生。

尚有〈大子夜歌〉二首（見前），〈子夜警歌〉二首，〈子夜變歌〉三首。但〈子夜警歌〉裡的一首「恃愛如欲進，含羞未肯前」，已見於上文引的〈子夜歌〉裡。在以〈子夜〉為名的一百二十四首（實際上只有一百二十三首）民歌裡，其情調是很單純的，不過是戀愛的歌頌而已。但超出於一般中國民歌的惡習之外，她們是肉的成分少，而靈的成分多。連陶淵明的〈閒情賦〉也還寫得那麼質實而富肉的感覺，想不到在六朝民歌裡，反有像「寄情千里光」，「無人相要喚」，「虛應空中諾」，「悲思兩同心」一類的情思綿遠的東西！

〈子夜變歌〉的三首，也沒有一首寫得不漂亮的：

人傳歡負情，我自未嘗見。三更開門去，始知子夜變！

歲月如流邁，春盡秋已至。熒熒條上花，零落何乃駛？

歲月如流邁，行已及素秋。蟋蟀吟堂前，惆悵使儂愁。

〈子夜歌〉外，存曲最多者，又有〈讀曲歌〉，凡存八十九首。《宋書•樂志》曰：「〈讀曲歌〉者，民間為彭城王義康所作也。其歌云：『死罪劉領軍，誤殺劉第四』是也。」《古今樂錄》曰：「〈讀曲歌〉者，元嘉十七年袁后崩，百官不敢作聲歌。或因酒宴，只竊聲讀曲細吟而已。」這些話都不大可靠。那八十九首的〈讀曲歌〉，其題材和情調和四十二首的〈子夜歌〉沒有兩樣，都是很漂亮的民間歌謠，根本上和什麼劉義康，或袁后不相干。

◆讀曲歌八十九首◆

花釵芙蓉髻，雙鬢如浮雲。春風不知著，好來動羅裙。

念子情難有，已惡動羅裙。聽儂入懷不？

紅藍與芙蓉，我色與歡敵。莫案石榴花，曆亂聽儂摘。

千葉紅芙蓉，照灼綠水邊。餘花任郎摘，慎莫罷儂蓮。

思歡久，不愛獨枝蓮，只惜同心藕。

打壞木棲床，誰能坐相思？三更書石闕，憶子夜啼碑。

奈何不可言！朝看莫牛跡，知是宿蹄痕。

娑拖何處歸？道逢播掿郎。口朱脫去盡，花釵復低昂。

所歡子，蓮從胸上度，刺憶庭欲死。

攬裳渡，跣把絲織履，故交白足露。

上知所，所歡不見憐，憎狀從前度。

思難忍，絡罌語猶壺，倒寫儂頓盡。

上樹摘桐花，何悟枝枯燥！迢迢空中落，遂為梧子道。

桐花特可憐，願天無霜雪，梧子解千年。

柳樹得春風，一低復一昂。誰能空相憶，獨眠度三陽？

折楊柳，百鳥園林啼，道歡不離口。

縠衫兩袖裂，花釵鬢邊低。何處分別歸？西上古餘啼。

所歡子，不與他人別，啼是憶郎耳。

披被樹明燈，獨思誰能忍？欲知長寒夜，蘭燈傾壺盡。

坐起歎汝好，願他甘叢香，傾筐入懷抱。

通發不可料，憔悴為誰睹？欲知相憶時，但看裙帶緩幾許。

憶歡不能食，徘徊三路間，因風覓消息。

朝日光景開，從君良燕遊。願如卜者策，長與千歲龜。

所歡子，問春花可憐，摘插裲襠裡。

芳萱初生時，知是無憂草。雙眉畫未成，那能就郎抱！

百花鮮。誰能懷春日，獨入羅帳眠？

聞歡得新儂，四支懊如垂。鳥散放行路，井中百翅不能飛。

憐歡敢喚名，念歡不呼字。連喚歡復歡，兩誓不相棄。

奈何許，石闕生口中，銜碑不得語！

白門前，烏帽白帽來。白帽郎是儂，不知烏帽郎是誰？

初陽正二月，草木鬱青青。躡履步前園，時物感人情。

青幡起御路，綠柳蔭馳道。歡贈玉樹箏，儂送千金寶。

桃花落已盡，愁思猶未央。春風難期信，托情明月光。

計約黃昏後，人斷猶未來。聞歡開方局，已復將誰期？
自從別郎後，臥宿頭不舉。飛龍落藥店，骨出只為汝。
日光沒已盡，宿鳥縱橫飛。徙倚望行雲，躞蹀待郎歸。
百度不一回，千書信不歸。春風吹楊柳，華豔空徘徊。
音信闊弦朔，方悟千里遙。朝霜語白日，知我為歡消。
合冥過藩來，向曉開門去。歡取身上好，不為儂作慮。
五鼓起開門，正見歡子度。何處宿行還，衣被有霜露？
本自無此意，誰交郎舉前？視儂轉邁邁，不復來時言。
自我別歡後，歡音不絕響。茱萸持撚泥，龕有殺子像。
家貧近店肆，出入引長事。郎君不浮華，誰能呈實意？
念日行不遇，道逢播掿郎。查滅衣服壞，白肉亦黯瘡。
歔欷暗中啼，斜日照帳裡。無油何所苦？但使天明爾。
黃絲咡素琴，汎彈弦不斷。百弄任郎作，唯莫廣陵散。
思歡不得來，抱被空中語。月沒星不亮，持底明儂緒？
詐我不出門，冥就他儂宿。鹿轉方相頭，丁倒期人目。
歡但且還去，遺信相參伺。契兒向高店，須臾儂自來。
欲行一過心，誰我道相憐？摘菊持飲酒，浮華著口邊。
語我不遊行，常常走巷路。敗橋語方相，欺儂那得度？
闊面行負情，詐我言端的。畫背作天圖，子將負星曆。
君行負憐事，那得厚相於？麻紙語三葛，我薄汝粗疏。

黃天不滅解，甲夜曙星出。漏刻無心腸，復令五更畢。
打殺長鳴雞，彈去烏臼鳥。願得連冥不，復曙一年都。
空中人住在，高檣深閣裡。書信了不通，故使風往爾。
儂心常慊慊，歡行由豫情。霧露隱芙蓉，見蓮詎分明。
非歡獨慊慊，儂意亦驅驅。雙燈俱時盡，奈許兩無由！
誰交強纏綿？常持罷作慮。作生隱藕葉，蓮儂在何處？
相憐兩樂事，黃作無趣怒。合散無黃連，此事復何苦！
誰交強纏綿，常持罷作意。走馬織懸簾，薄情奈當駛。
執手與歡別，合會在何時？明燈照空局，悠然未有期。
百憶卻欲噫，兩眼常不燥。蕃師五鼓行，離儂何太早！
含笑來向儂，一抱不能置。領後千里帶，那頓誰多媚？
歡相憐，今去何時來？裲襠別去年，不忍見分題。
歡相憐，題心共飲血。流頭入黃泉，分作兩死計。
嬌笑來向儂，一抱不能已。湖燥芙蓉萎，蓮汝藕欲死。
歡心不相憐，慊苦竟何已！芙蓉腹裡萎，蓮汝從心起。
下帷掩燈燭，明月照帳中。無油何所苦？但使天明儂。
執手與歡別，欲去情不忍。餘光照已藩，坐見離日盡。
種蓮長江邊，藕生黃蘗浦。必得蓮子時，流離經辛苦。
人傳我不虛，實情明把納。芙蓉萬層生，蓮子信重沓。
聞乖事難懷，況復臨別離。伏龜語石板，方作千歲碑。

鈴蕩與時競，不得尋傾慮。春風扇芳條，常念花落去。
坐倚無精魂，使我生百慮。方局十七道，期會是何處？
暫出白門前，楊柳可藏烏。歡作沉水香，儂作博山爐。
十期九不果，常抱懷恨生。然燈不下炷，有油那得明？
自從近日來，了不相尋博。竹簾裲襠題，知子心情薄。
下帷燈火盡，郎月照懷裡。無油何所苦。但令天明爾。
近日蓮違期，不復尋博子。六箸翻雙魚，都成罷去已。
一夕就郎宿，通夜語不息。黃蘗萬里路，道苦真無極。
登店賣三葛，郎來買丈餘。合匹與郎去，誰解斷粗疏！
儂亦粗經風，罷頓葛帳裡，敗許粗疏中。
紫草生湖邊，誤落芙蓉裡。色分都未獲，空中染蓮子。
閨閤斷信使，的的兩相憶。譬如水上影，分明不可得！
逍遙待曉分，轉側聽更鼓。明月不應停，特為相思苦！
罷去四五年，相見論故情。殺荷不斷藕，蓮心已復生。
辛苦一朝歡，須臾情易厭。行膝點芙蓉，深蓮非骨念。
慊苦憶儂歡，書作後非是。五果林中度，見花多憶子。

〈讀曲歌〉的形式很凌亂，多數是五言的四句；這和〈子夜歌〉相同；但也有五言的三句組成的；也有以一句三言，兩句或三句的五言組成的；甚至雜有一二句的七言的。我很懷疑這八十九首的〈讀曲歌〉原來不是一個曲調。〈讀曲歌〉或者便是一種「徒歌」的總稱；故其中曲調不是一律相同的。

此外，尚有〈上聲歌〉八首，〈歡聞歌〉一首，〈歡聞變歌〉六首，〈前溪歌〉七首，〈阿子歌〉三首，

〈團扇郎〉七首，〈七日夜女郎歌〉九首，〈長史變歌〉三首，〈黃生曲〉三首，〈黃鵠曲〉四首，〈桃葉歌〉四首，〈長樂佳〉八首，〈歡好曲〉三首，〈懊儂歌〉十四首，〈黃竹子歌〉一首，〈江陵女歌〉一首，〈神弦歌〉十一首（按〈神弦歌〉為總名，實共十一調，十八首），〈碧玉歌〉六首，〈華山畿〉二十五首；這些都是屬於「吳聲歌曲」的。

其中惟〈懊儂歌〉及〈華山畿〉最為重要。〈懊儂歌〉十四首，《古今樂錄》云：「晉石崇綠珠所作，唯『絲布澀難縫』一曲而已。後皆隆安初民間訛謠之曲。」今讀「絲布澀難縫」一曲：

絲布澀難縫，令儂十指穿。黃牛細犢車，遊戲出孟津。

仍是民謠，不會是石崇、綠珠所作的。其他十三首，也沒有一首不是很好的民間情歌：

江中白布帆，烏布禮中帷。潭如陌上鼓，許是儂歡歸。
江陵去揚州，三千三百里。已行一千三，所有二千在。
寡婦哭城頹，此情非虛假。相樂不相得，抱恨黃泉下。
內心百際起，外形空殷勤。既就頹城感，敢言浮花言。
我與歡相憐，約誓底言者。常歎負情人，郎今果成詐。
我有一所歡，安在深閣裡。桐樹不結花，何有得梧子！
長檣鐵鹿子，布帆阿那起。詫儂安在間，一去三千里。
暫薄牛渚磯，歡不下廷板。水深沾儂衣，白黑何在浣。
愛子好情懷，傾家料理亂。攬裳未結帶，落托行人斷。
月落天欲曙，能得幾時眠？淒淒下床去，儂病不能言。
髮亂誰料理？托儂言相思。還君華豔去，催送實情來。
山頭草，歡少四面風，趨使儂顛倒。

懊惱奈何許！夜聞家中論，不得儂與汝。

〈華山畿〉凡二十五首。《古今樂錄》云：「〈華山畿〉者，宋少帝時懊惱一曲，亦變曲也。少帝時，南徐一士子從華山畿往雲陽。見客舍有女子年十八九。悅之，無因。遂感心疾。母問其故。具以啟母。母為至華山尋訪，見女具說。女聞感之。因脫蔽膝令母密置其席下，臥之當已。少日，果差。忽舉席，見蔽膝而抱持。遂吞食而死。氣欲絕，謂母曰：葬時，車載從華山度。母從其意。比至女門，牛不肯前，打拍不動。女曰：且待須臾。妝點沐浴，既而出歌曰：華山畿，君既為儂死，獨活為誰施？歡若見憐時，棺木為儂開。棺應聲開，女遂入棺。家人叩打，無如之何。乃合葬，呼曰：神女塚。」這當然是一段神話，顯然是從韓朋妻的故事演化而來的。

◆華山畿二十五首◆

華山畿，君既為儂死，獨活為誰施？歡若見憐時，棺木為儂開。
聞歡大養蠶，定得幾許絲。所得何足言，奈何黑瘦為！
夜相思，投壺不得箭，憶歡作嬌時。
開門枕水渚，三刀治一魚，曆亂傷殺汝。
未敢便相許，夜聞儂家論，不持儂與汝。
懊惱不堪止，上床解要繩，自經屏風裡。
啼著曙，淚落枕將浮，身沉被流去。
將懊惱，石闕晝夜題，碑淚常不燥。
別後常相思，頓書千文闕，題碑無罷時。
奈何許！所歡不在間，嬌笑向誰緒？

隔津歡，牽牛語織女，離淚溢河漢。

啼相憶，淚如漏刻水，晝夜流不息。

著處多遇羅，的的往年少，豔情何能多？

無故相然我，路絕行人斷，夜夜故望汝。

一坐復一起，黃昏人定後，許時不來已。

摩可濃，巷巷相羅截，終當不置汝。

不能久長離，中夜憶歡時，抱被空中啼。

腹中如湯灌，肝腸寸寸斷，教儂底聊賴。

相送勞勞渚，長江不應滿，是儂淚成許。

奈何許！天下人何限，慊慊只為汝！

郎情難可道，歡行豆挾心，見荻多欲繞。

松上蘿，願君如行雲，時時見經過。

夜相思，風吹窗簾動，言是所歡來。

長鳴雞，誰知儂念汝？獨向空中啼！

腹中如亂絲，憒憒適得去，愁毒已復來。

這二十五首的民歌，只有頭一篇是有關「華山畿」的故事的，其餘都是〈子夜〉、〈讀曲〉的同儔；而有的歌像「腹中如湯灌，肝腸寸寸斷」，較〈子夜〉、〈讀曲〉尤為潑辣深切。

在吳聲歌曲裡還有〈碧玉歌〉數首，寫得也很可愛。

◆ 碧玉歌 ◆

碧玉破瓜時，郎為情顛倒。芙蓉陵霜榮，秋容故尚好。
碧玉小家女，不敢攀貴德。感郎千金意，慚無傾城色。
碧玉小家女，不敢貴德攀。感郎意氣重，遂得結金蘭。

◆同前二首◆

碧玉破瓜時，相為情顛倒，感郎不羞郎，回身就郎抱。
杏梁日始照，蕙席歡未極。碧玉奉金杯，淥酒助花色。

◆同　前◆

碧玉上宮妓，出入千花林。珠被玳瑁床，感郎情意深。

四

「西曲歌」為「荊、楚西聲」。其句法的結構和吳聲歌曲大致相同。其中重要的歌調，有〈三洲歌〉、〈採桑度〉、〈青陽度〉、〈孟珠〉、〈石城樂〉、〈莫愁樂〉、〈烏夜啼〉、〈襄陽樂〉等。其題材也是以戀愛為主，其情調也是充滿了別離相思之感，其作風也綺靡秀麗的。惟像「布帆百餘幅，環環在江津」那樣的情景，卻是在吳聲歌曲裡找不到的。

如果再仔細的把西曲歌多讀一下，便可以發見，因了地理環境的不同，他們和吳聲歌曲之間顯然是有了很不同的區別的。

◆三洲歌◆

送歡板橋灣，相待三山頭。遙見千幅帆，知是逐風流。
風流不暫停，三山隱行舟。願作比目魚，隨歡千里遊。
湘東醽醁酒，廣州龍頭鐺。玉樽金鏤碗，與郎雙杯行。

像這樣的廣泛的闊大的趣味，在吳聲歌曲裡是沒有的。

又像〈採桑度〉的七首：

蠶生春三月，春桑正含綠。女兒採春桑，歌吹當春曲。
冶遊採桑女，盡有芳春色。姿容應春媚，粉黛不加飾。
繫條採春桑，採葉何紛紛！採桑不裝鉤，牽壞紫羅裙。
語歡稍養蠶，一頭養百堰。奈當黑瘦盡，桑葉常不周。
春月採桑時，林下與歡俱。養蠶不滿百，那得羅繡襦！
採桑盛陽月，綠葉何翩翩。攀條上樹表，牽壞紫羅裙。
偽蠶化作繭，爛熳不成絲。徒勞無所獲，養蠶特底為？

其作風便比較的直捷了；那些情緒已不是「戀愛」「相思」所能範圍得住；那些話已變成了採桑女的呼吁之聲；所描寫的已是蠶家的生活而不是相戀的情緒了。

◆青陽度◆

隱機倚不織，尋得爛熳絲。成匹郎莫斷，憶儂經絞時。
碧玉搗衣砧，七寶金蓮杵，高舉徐徐下，輕搗只為汝。

青荷蓋綠水，芙蓉披紅鮮。下有並根藕，上生並頭蓮。

這幾首卻是〈子夜〉的同類。

像〈安東平〉和〈女兒子〉，其句子的結構卻變化得很多了。

◆安東平◆

淒淒烈烈，北風為雪。船道不通，步道斷絕。
吳中細布，闊幅長度。我有一端，與郎作褲。
微物雖輕，拙手所作。餘有三丈，為郎別厝。
製為輕巾，以奉故人。不持作好，與郎拭塵。
東平劉生，復感人情，與郎相知，當解千齡。

◆女兒子◆

巴東三峽猿鳴悲，夜鳴三聲淚沾衣。
我欲上蜀蜀水難，蹋蹀珂頭腰環環。

這些是四言和七言的，在〈西曲歌〉裡也很罕見。最多的還是五言的。底下的幾個曲調差不多全都是五言的。

◆那呵灘◆

我去只如還，終不在道邊。我若在道邊，良信寄書還。
沿江引百丈，一濡多一艇。上水郎擔篙，何時至江陵？
江陵三千三，何足特作遠？書疏數知聞，莫令信使斷。

聞歡下揚州，相送江津灣。願得篙櫓折，交郎到頭還。

篙折當更覓，櫓折當更安。各自是官人，那得到頭還！

百思纏中心，憔悴為所歡。與子結終始，折約在金蘭。

這幾首也是充滿了賈客的別離之感，充滿了水鄉的情緒的。〈孟珠〉裡的第二、第六、第八的幾首寫得漂亮極了：

◆孟 珠◆

人言孟珠富，信實金滿堂。龍頭銜九花，玉釵明月璫。

陽春二三月，草與水同色。攀條摘香花，言是歡氣息。

人言春復著，我言未渠央。暫出後湖看，蒲菰如許長。

揚州石榴花，摘插雙襟中。葳蕤當憶我，莫持豔他儂！

陽春二三月，草與水同色。道逢遊冶郎，恨不早相識！

望歡四五年，實情將懊惱。願得無人處，回身與郎抱。

陽春二三月，正是養蠶時。那得不相怨，其再許儂來！

將歡期三更，合冥歡如何？走馬放蒼鷹，飛馳赴郎期。

適聞梅作花，花落已成子。杜鵑繞林啼，思從心上起。

可憐景陽山，苕苕百尺樓。上有明天子，麟鳳戲中州。

〈石城樂〉和〈莫愁樂〉二曲都是石城（在竟陵）那個地方的民歌。〈莫愁樂〉的第二首「江水斷不流」寫得異常的大膽。

◆石城樂◆

生長石城下，開窗對城樓。城中諸少年，出入見依投。
陽春百花生，摘插環髻前。捥指蹋忘愁，相與及盛年。
布帆百餘幅，環環在江津。執手雙淚落，何時見歡還。
大艑載三千，漸水丈五餘。水高不得渡，與歡合生居。
聞歡遠行去，相送方山亭。風吹黃蘗藩，惡聞苦籬聲。

◆莫愁樂◆

莫愁在何處？莫愁石城西。艇子打兩槳，催送莫愁來。
聞歡下揚州，相送楚山頭。探手抱腰看，江水斷不流。

〈烏夜啼〉凡八曲。相傳〈烏夜啼〉為宋臨川王劉義慶（一作彭城王義康）所作。但審這八曲的口氣卻全是民歌，和義慶的故事毫不相涉。

◆烏夜啼◆

歌舞諸少年，娉婷無種跡。菖蒲花可憐，聞名不曾識。
長檣鐵鹿子，布帆阿那起。詫儂安在間，一去數千里。
辭家遠行去，儂歡獨離居。此日無啼音，裂帛作還書。
可憐烏臼鳥，強言知天曙。無故三更啼，歡子冒暗去。
烏生如欲飛，飛飛各自去。生離無安心，夜啼至天曙。

籠窗窗不開，蕩戶戶不動。歡下葳蕤龠，交儂那得往。
遠望千里煙，隱當在歡家。欲飛無兩翅，當奈獨思何！
巴陵三江口，蘆荻齊如麻。執手與歡別，痛切當奈何。

〈襄陽樂〉雖然相傳是宋・隨王誕所作，但也完全是民歌的風度，是〈子夜〉、〈讀曲〉的流亞，不會是個人的創作。

◆襄陽樂◆

朝發襄陽城，暮至大堤宿。大堤諸女兒，花豔驚郎目。
上水郎擔篙，下水搖雙櫓，四角龍子幡，環環江當柱。
江陵三千三，西塞陌中央。但問相隨否，何計道里長。
人言襄陽樂，樂作非儂處。乘星冒風流，還儂揚州去。
爛熳女蘿草，結曲繞長松。三春雖同色，歲寒非處儂。
黃鵠參天飛，中道鬱徘徊。腹中車輪轉，歡今定憐誰？
揚州蒲鍛環，百錢兩三叢。不能買將還，空手攬抱儂。
女蘿自微薄，寄託長松表。何惜負霜死，貴得相纏繞。
惡見多情歡，罷儂不相語。莫作烏集林，忽如提儂去。

〈壽陽樂〉的句法，較為變動。其第三、第六及第八首，都是絕妙好辭。

◆壽陽樂◆

可憐八公山，在壽陽，別後莫相忘。

東臺百餘尺，凌風雲，別後不忘君。
梁長曲水流，明如鏡，雙林與郎照。
辭家遠行去，空為君，明知歲月駛。
籠窗取涼風，彈素琴，一歎復一吟。
夜相思，望不來。人樂我獨愁！
長淮何爛熳，路悠悠，得當樂忘憂。
上我長瀨橋，望歸路，秋風停欲度。
銜淚出傷門，壽陽去，必還當幾載。

〈西烏夜飛〉相傳為宋沈攸之舉兵發荊州東下，未敗之前，思歸京師所作。這話也是毫無根據的。

◆西烏夜飛◆

日從東方出，團團雞子黃。夫婦恩情重，憐歡故在傍。
暫請半日給，徙倚娘店前。目作宴瑱飽，腹作宛惱饑。
我昨憶歡時，攬刀持自刺。自刺分應死，刀作離樓僻。
陽春二三月，諸花盡芳盛。持底喚歡來，花笑鶯歌詠。
感郎崎嶇情，不復自顧慮。臂繩雙入結，遂成同心去。

其中第二首「暫請半日給」所寫的情景，是六朝樂府裡所未有同儔的。

五

又有〈梁鼓角橫吹曲〉，那是受了胡曲影響之作，和吳聲歌曲及西曲歌完全異其情趣。《晉書・樂志》：「橫吹有鼓角，又有胡角，即胡樂也。」其來源，據相傳的話，可追溯到漢武帝時代。但我以為這些胡曲的輸入時代，最可靠的還是五胡亂華的那個時期。至於有歌辭可見的則惟在梁代。

在〈梁鼓角橫吹曲〉裡，以〈企喻歌〉、〈紫騮馬歌辭〉、〈隴頭流水歌〉、〈隔谷歌〉、〈折楊柳歌辭〉、〈幽州馬客吟歌辭〉等為最可注意。其中不盡是思婦懷人之曲了；不盡是綺靡之音了；即有戀歌，其作風也和〈子夜〉、〈讀曲〉、〈三洲〉等歌曲大殊。他們是充滿了北地的景色和風趣的。

〈企喻歌〉凡四曲，都是訴說北方健兒的心意的：

男兒欲作健，結伴不須多。鷂子經天飛，群雀兩向波。
放馬大澤中，草好馬著膘。牌子鐵裲襠，鉅鉾鸐尾條。
前行看後行，齊著鐵裲鐺。前頭看後頭，齊著鐵鉅鉾。
男兒可憐蟲，出門懷死憂。屍喪狹谷中，白骨無人收。

〈紫騮馬歌辭〉有一部分是漢辭。但像：

燒火燒野田，野鴨飛上天。童男娶寡婦，壯女笑殺人。
高高山頭樹，風吹葉落去。一去數千里，何當還故處？

卻是具有特殊的情趣的。

〈隴頭流水歌〉寫飄零道路之苦，極為深刻，那是南方旅人所未曾經歷過的。

隴頭流水，流離西下。念吾一身飄曠野。
西上隴阪，羊腸九回。山高谷深，不覺腳酸。

〈隴頭歌辭〉恐便是〈流水歌〉的同調或變調：

隴頭流水，流離山下。念吾一身，飄然曠野。
朝發欣城，暮宿隴頭。寒不能語，捲舌入喉。
隴頭流水，鳴聲幽咽。遙望秦川，心腸斷絕。

〈隔谷歌〉只有兩首，卻都是亂離時代最逼真的寫照：

兄在城中弟在外。弓無弦，箭無栝，食糧乏盡。若為活，救我來，救我來。
兄為俘虜受困辱，骨露力疲食不足。弟為官吏馬食粟，何惜錢力來我贖。

〈折楊柳歌〉裡的戀曲，像：

腸中愁不樂，願作郎馬鞭。出入擐郎臂，蹀座郎膝邊。
門前一株棗，歲歲不知老。阿婆不嫁女，那得孫兒抱。

遙看孟津河，楊柳鬱婆娑。我是虜家兒，不解漢兒歌。

立刻便可以辨得出那情趣和〈子夜〉、〈讀曲〉的如何相殊。

那也是很真切的畫出漢夷雜處的一個情景來的。

〈幽州馬客吟歌辭〉裡出的一個曲子：

快馬常苦瘦，剿兒常苦貧。黃禾起羸馬，有錢始作人。

和〈高陽樂人歌〉裡的：

可憐白鼻騧，相將入酒家。無錢但共飲，畫地作交賒。

寫流浪人的心境同樣的淒壯。

〈幽州馬客吟〉裡也有戀歌幾首，那歌聲是直捷的，粗率的不似吳、楚歌的宛曲曼綺：

熒熒帳中燭，燭滅不久停。盛時不作樂，春花不重生。

南山自言高，只與北山齊。女兒自言好，故入郎君懷。

郎著紫褲褶，女著彩夾裙。男女共燕遊，黃花生後園。

〈捉搦歌〉四曲，最有趣，都是詠過時待嫁的女兒們的心裡的，卻和「熒熒條上花，零落何乃駛」的隱露的哀怨不同了；他們是那樣的直率不諱：

粟穀難舂付石臼，敝衣難護付巧婦。男兒千凶飽人手，老女不嫁只生口。

誰家女子能行步，反著夾禪後裙露。天生男女共一處，願得兩個成翁嫗。

華陰山頭百丈井，下有流水徹骨冷。可憐女子能照影，不見其餘見斜領。

黃桑柘屐蒲子履，中央有絲兩頭繫。小時憐母大憐婿，何不早嫁論家計？

〈地驅樂歌〉裡的「驅羊入谷，白羊在前。老女不嫁，蹋地喚天」，也具著同樣的情調，其「側側力力，念君無極。枕郎左臂，隨郎轉側」，卻又是那樣的赤裸裸的北人的熱情的披露。

月明光光星欲墮，欲來不來早語我。

這一曲〈地驅樂歌〉卻是很蘊藉含蓄的。

〈琅琊王歌辭〉裡的：

新買五尺刀，懸著中梁柱。一日三摩娑，劇於十五女。

東山看西水，水流磐石間。公死姥更嫁，孤兒甚可憐。

客行依主人，願得主人強。猛虎依深山，願得松柏長。

其也是富有北地的情趣的。

■ 參考書目

1.《樂府古題要解》二卷，題唐吳兢著，有《津逮祕書》，《學津討源》及《歷代詩話續編》本。
2.《樂府詩集》一百卷，宋郭茂倩編，有汲古閣刊本，湖北書局刊本，四部叢刊本。
3.《古樂府》十卷，宋左克明編，有明刊本。
4.《古詩紀》一百五十六卷，明馮惟訥編，有明刊本。
5.《全漢魏六朝詩》，丁福保編，有醫學書局印本。
6.《插圖本中國文學史》，鄭振鐸編，商務印書館印本。本章可參考此書第一冊第十六章。

第五章 唐代的民間歌賦

一

唐代的通俗詩歌甚為發展。六朝的「楊五伴侶」，我們已經見不到，但在唐代卻還有王梵志、顧況、羅隱、杜荀鶴諸人的作品存在。白居易的詩，雖號稱婦孺皆解，但實在不是通俗詩；它們還不夠通俗，還不敢專為民眾而寫，還不敢引用方言俗語入詩，還不敢抓住民眾的心意和情緒來寫。像王梵志他們的詩才是真正的通俗詩，才是真正的民眾所能懂，所能享用的通俗詩。

王梵志詩在宋以後便不為人所知。黃庭堅很恭維他的東西。不知怎麼樣，後來便失了傳。沉埋了千餘年之後，到最近方才在敦煌石室裡發現了幾卷。梵志的生年，約在隋唐之間。《太平廣記》裡（卷八十二）有一則關於他的故事，很怪，說他是生於樹癭之中的。他的詩多出世之意；像：

城外土饅頭，餡草在城裡。一人吃一個，莫嫌沒滋味。

便很有悲觀厭世的觀念，就像他最好的詩篇：

吾有十畝田，種在南山坡。青松四五樹，綠豆兩三窠。熱即池中浴，涼便岸上歌。遨遊自取足，誰能奈何我！

也全是「自了漢」的話，他的詩，幾全是哲理詩、教訓詩、或格言詩。這種通俗詩流行於民間，根深柢固，

便造成了我們這個民族的「各人自掃門前雪，莫管他人瓦上霜」的自了漢的心理了。那影響是極壞的。

唐代的和尚詩人們，像寒山、拾得、豐干都是受他的影響的。拾得有詩道：「世間億萬人，面孔不相似。……但自修己身，不要言他己。」更是梵志精神上的肖子。

寒山有詩道：「有人笑我詩，我詩合典雅！不煩鄭氏箋，豈用毛公解。忽遇明眼人，即自流天下。」這是通俗詩人們的對於古典作家們的解嘲之作。

顧況詩在通俗詩裡獨彈出一種別調。他是一個大詩人，不是一個梵志式的哲理詩人。他並不厭世。他只是敢於引用方言俗語入詩中。他的詩，所寫的方面很廣。雖然也偶有梵志式的詩，像〈長安道〉：

長安道，人無衣，馬無草。何不歸來山中老？

但像〈田家〉那樣的社會詩，便是梵志們所未曾夢見的了。

帶水摘禾穗，夜搗具晨炊。縣帖取社長，嗔怪見官遲。

又像〈上古之什補亡訓傳十三章〉裡的〈囝〉一章，寫的是那末沉痛：

囝生閩方，閩吏得之，乃絕其陽。為臧為獲，致金滿屋。為髡為鉗，如視草木。天道無知，我罹其毒，神道無知，彼受其福，「郎罷」別囝，吾悔生汝。及汝既生，人勸不舉。不從人言，果獲是苦。囝別「郎罷」，心摧血下。隔地絕天，及至黃泉，不得在郎罷前。（原注：囝音蹇。閩俗呼子為囝，父為郎罷。）

這種掠奴的風俗，我們在沉這詩裡才詳細地知道。

唐末，通俗詩忽盛行於世。胡曾的〈詠詩史〉一百首，寫得很駑下，卻為了寫得淺，能投合民眾的口味，至今還為俗人所傳誦。羅隱、杜荀鶴、李山甫們的詩也有許多至今還為民眾的口頭禪，雖然他們不知道作者是誰。可見其潛伏的勢力之大。

在羅隱詩裡，像「今宵有酒今宵醉，明日愁來明日愁」；像「時來天地皆同力，運去英雄不自由」；像「採

得百花成蜜後，不知辛苦為誰甜」；像「只知事逐眼前去，不覺老從頭上來」，都已成了民間的成語諺語。

杜荀鶴的詩，像「舉世盡從愁裡老，誰人肯向死前休」；像「逢人不說人間事，便是人間無事人」；像「易落好花三個月，難留浮世百年身」，也都是最為人所傳誦的詩句。

李山甫的詩，像「南朝天子愛風流，盡守江山不到頭」；像「勸君不用誇頭角，夢裡輸贏總未真」等，也都是同一情調的東西。

在唐末的亂離時代，作家們自然會有這種冷笑的厭世的謙退之作的。但流行於民間，卻養成了我們的整個民族的不長進的怕事的風尚。這是要不得的！也許，正因為他們是這個怕事的民族的代言人，故遂成為通俗詩人吧。

但更有許多的通俗詩，其情趣是比較的廣賾的，特別的在敘事詩方面，在唐代有了很高的成就。

二

敦煌石室的發現，使我們對於唐代的通俗文學研究有了極重要的收穫。「變文」的發現，固然是最重要的消息，使我們對於宋、元的通俗文學的發展的討論上，有了肯定的結論，而同時，許多民間歌曲的被掘出，也使我們得到不少的好作品，同時並明白了後來的許多通俗作品的產生的線索與原因。

關於敦煌石室發現的經過與其重要性，我在別的地方已經說起過，這裡不必多談。只是這所被埋沒了近一千多年的石室寶庫的重被打開，卻出於一個匈牙利人史坦因之手。因此重要的完整些的材料多已被搬運到倫敦博物館去。而繼之而來的，又是一位法國人伯希和，他席捲了史坦因剩下的一部分重要的材料和寶物，運到巴黎國家圖書館。等到第三次由中國政府搜括「餘瀝」時，所餘的也實在只是糟粕了。又是沿途的被截留，被偷盜，散失了不少東西。所以現在收藏在北京圖書館裡的八千餘卷的敦煌抄本，好東西已是有限，特別關

於通俗文學的材料，更是沒有什麼重要的。我們所要獲得的材料，卻非遠到倫敦和巴黎去找不可。

我們應該感謝劉半農先生，他為我們抄回了，並傳佈了不少罕見的通俗作品。但可惜只限於巴黎的一部分，也還不能說是完全。關於倫敦的一部分，簡直還沒有什麼人去觸動過它們，利用過它們。著者曾經自己去抄錄過一部分，所得究竟寥寥有數。倫敦藏的敦煌寫本目錄，至今還不曾編好，我們簡直沒有法子知道其中究竟藏有多少珍寶。將來那部目錄出來的時候，我們也許更要添入不少的材料。這種添加或修正卻是我們所最為盼望著的。但現在卻只能就著者所獲得的材料而加以敘述。

三

我們第一要討論到的是「詞」。那民間的「詞」，和溫庭筠及韋莊、和凝他們所作的究竟有些不同。但在民間文學裡，其氣韻已是夠典雅的了。所以「詞」在唐的末年，恐怕已是被執持在文士們的手裡，而不盡是民間的通俗歌曲了。

今日所知的敦煌的「詞」，有《雲謠集雜曲子》一種，這已是文士們所編集的東西了，故多半文從字順，相當雅致，和一般粗鄙的小曲的氣息不同，但也還能看得出其初期的素樸的作風。

倫敦博物館所藏的一本《雲謠集雜曲子》原注「共三十首」，但實只有十八首，闕其十二首。巴黎國家圖書館所藏的也只有十四首。二本合之，除其重複，恰好足三十首之數。朱祖謀曾加以整理，刊於《彊村叢書》；其第二次整理的全稿，則刊於《彊村遺書》。著者也曾加以整理，編入《世界文庫》第一卷第六冊。這個集子的整理工作，相當的可以告一個結束。

◆ 鳳歸雲遍 ◆

征夫數載萍寄他邦，去便無消息，累換星霜。月下愁聽砧杵擬；塞雁行。孤眠鸞帳裡，往勞魂夢，夜夜飛颺。想君薄行更不思量，誰為傳書與，表妾衷腸？倚牖無言垂血淚，暗祝三光。萬般無奈處，一爐香盡，又更添香。

又

怨綠窗獨坐，修得為君書。征衣裁縫了，遠寄邊虞。想得為君貪苦戰，不憚馳驅。中朝沙磧里山，憑三尺勇戰奸愚。豈知紅粉淚的如珠！往把金釵，卜卦卦皆虛。魂夢天涯無暫歇，枕上長噓。待卿回故日，容顏憔悴，彼此何如！

像這樣的作風，放在《花間集》裡是很顯得粗俗的，但在民間歌曲裡已算是很文雅的了。但像下面所舉的二例，民間的風趣卻是更為濃厚的。

◆內家嬌◆

兩眼如刀，渾身似玉，風流第一佳人。及時衣著，梳頭京樣，素嬪豔麗情春。善別宮商，能調絲竹，歌令尖新。任從說洛浦陽臺，謾將比並無因。半含嬌態，逶迤換步出閨幃。搔頭重慵憁不插，只把同心千遍撚弄。來往中庭，應是降王母仙宮，凡間略現容真。

◆拜新月◆

蕩子他州去，已經新歲未還歸。堪恨情如水，到處輒狂迷，不思家國。花下遙指祝神明，直至於今，拋妾獨守空閨。上有穹蒼在，三光也合遙知。倚屏幃坐，淚流點的金粟羅衣，自嗟薄命緣業至於思。乞求待見面，誓不辜伊。

若「兩眼如刀」，「及時衣著，梳頭京樣」，「三光也合遙知」一類的語句在《花間》、《尊前》裡是絕對

找不到的。

《敦煌零拾》六，載有小曲三種，凡七首，民間的作風，便保存得更多了。

〈魚歌子〉一首，下注「上王次郎」，也還是《雲謠集》裡的東西：

◆魚歌子◆

春雨微，香風少，簾外鶯啼聲聲好。伴孤屏，微語笑，寂對前庭悄悄。當初去向郎道，莫保青娥花容貌。恨惶交，不歸早，教妾□在煩惱。

但〈長相思〉三首，其作風便完全不同了；這三首是皆銜接的，似更鄰近於「五更轉」一類的民歌：

◆長相思◆

侶客在江西，富貴世間稀。終日紅樓上，□□舞著棋。頻頻滿酌醉如泥，輕輕更換金卮。盡日貪歡逐樂，此是富不歸。

哀客在江西，寂寞自家知。塵土滿面上，終日被人欺。朝朝立在市門西，風吹淚□雙垂。遙望家鄉長短，此是貧不歸。

作客在江西，得病臥毫氂。還往觀消息，看看似別離。村人曳在道傍西，耶娘父母不知。□上剟排書字，此是死不歸。

寫得最好的〈雀踏枝〉的第一首：

◆雀踏枝◆

叵耐靈鵲多滿語，送喜何曾有憑據。幾度飛來活捉取，鎖上金籠休共語。比擬好心來送

喜，誰知鎖我在金籠裡。欲他征夫早歸來，騰身卻放我向青雲裡。

這是寫閨中思婦和「靈鵲」的對話。思婦見「靈鵲」常常來「送喜」，她丈夫卻還是不歸來，便把它來關在金籠裡。但「靈鵲」卻答她道：「原是好心來送喜的，卻反把囚在金籠裡了。你如果要征夫早早的歸來，還是放掉我飛到青雲裡去的好。」這樣有趣的「詞」，我們在唐、宋人作品裡是很少遇見的。

第二首〈雀踏枝〉卻是很平常的作品：

獨坐更深人寂寂，分離路遠關山隔。寒雁飛來無消息，□□牽斷心腸憶。仰告三光垂淚滴，□□耶娘甚處傳書覓。自歎夙緣作他邦客，辜負尊親虛勞力。

這七首東西，《敦煌零拾》的編者羅振玉並不說明原藏何處。他在後面跋道：「此小曲三種，〈魚歌子〉寫小紙上，〈長相思〉及〈雀踏枝〉寫《心經》紙背，訛字甚多，未敢臆改，姑仍其舊。」看樣子，大約是他自己所藏的東西。

《敦煌掇瑣》裡又載有〈獎美人〉一首，題作「同前獎美人」，不知前面是何詞調。劉半農先生以為「當是〈虞美人〉，但詞調與今所傳〈虞美人〉不同。」原本未寫完。但也不是什麼上好的作品。不過卻可見出是《雲謠》與《花間》之間的作品：

翠栁（疑當作柳）眉間綠，桃花臉上紅，薄羅衫子掩酥胸。一段風流難比像，白蓮出水……

尚有若干零星的作品，見於《掇瑣》或他處的，作風大致不殊，都不在此提及了。

但民間小曲，其地位卻更為重要，其作品也更多地保存著民間的素樸與粗鄙。

四

《敦煌零拾》五載「俚曲三種」，「上虞、羅氏藏」。這是最早刊佈唐代俚曲的勇敢的舉動。在那時候，像「俚曲」這樣的東西，士大夫們是根本看不起的。

俚曲三種，凡三首，計〈歎五更〉一首，〈十二時〉二首：

◆ 歎五更 ◆

一更初，自恨長養枉生軀，耶娘小來不教授，如今爭識文與書。
二更深，《孝經》一卷不曾尋，之乎者也都不識，如今嗟歎始悲吟。
三更半，到處被他筆頭算，縱然身達得官職，公事文書爭處斷。
四更長，晝夜常如面向牆，男兒到此屈折地，悔不《孝經》讀一行。
五更曉，作人已來都未了，東西南北被驅使，恰如盲人不見道。

◆ 天下傳孝十二時 ◆

平旦寅，叉手堂前咨二親，耶娘約束須領受，檢校好要莫生嗔。
日出卯，情知耶娘漸覺老，子父恩深沒多時，遞戶相勸須行孝。
食時辰，尊重耶娘生而身，未曾孝養歸泉路，來報生中不可論。
起中巳，耶娘漸覺無牙齒，隅坐力弱須人扶，飲食吃得些些子。
正南午，董永賣身葬父母，天下流傳孝順名，感得織女來相助。
日昃未，入門莫取外婿意，六親破卻不須論，兄弟惜他斷卻義。

哺時申，孝養父母莫生嗔，第一溫言不可得，處分小語過於珍。
日入酉，父母在堂少飲酒，阿闍世王不是人，殺父害母生禽獸。
黃昏戌，五擿之人何處出，空裡喚向百街頭，惡業牽將不揀足。
人定亥，世間父子相憐愛，憐愛亦得沒多時，不保明朝阿誰在。
夜半子，獨坐思維一段事，縱然妻子三五房，無常到來不免死。
雞鳴丑，敗壞之身應不久，縱然子孫滿山河，但是恩愛非前後。

◆禪門十二時◆

夜半子，監睡還須去，端坐政觀心，濟卻無朋彼。
雞鳴丑，擿木看窗牖，明來暗自知，佛性心中有。
平旦寅，發意斷貪嗔，莫令心散亂，虛度一生身。
日出卯，取鏡當心照，情知內外空，更莫生煩惱。
食時辰，努力早出塵，莫念時時苦，早取涅槃因。
隅中巳，火宅難歸□，恆在敗壞身，漂流生死海。
正南午，四大無梁柱，須知寡合身，萬佛皆為主。
日昃未，造罪相連累，無常念念至，徒勞漫破費。
哺時申，修見未來因，念身不救住，終歸一微塵。
日入酉，觀身知不救，念念不離心，數珠恆在手。
黃昏戌，歸依須暗室，罪垢亦未知，何時見慧日。
人定亥，吾今早欲斷，驅驅不暫停，萬物皆失壞。

這三首後有「時丁亥歲次天成二年七月十日」等字一行。按天成二年為西曆紀元九二七年，離今已是一千多年了。我們得見到一千多年前的「五更轉」一類的俚曲，這不是可欣幸的事麼？

〈歎五更〉和〈十二時〉的結構，都是相同的，不過一為以「五更」為次，一以「十二時」為次，故前者只有五段，後者便成為十二段了——每段都是以一句的三言，三句的七言組織起來的。

〈歎五更〉和今日的〈五更轉〉形式上是不同的，然其結構卻仍相似。像這樣的結構幼稚的歌曲，在民間當會是保存得很久的。不過「十二時」的一體，卻是失傳了。

《敦煌掇瑣》裡載有「五更轉」四篇。〈太子五更轉〉的結構和〈歎五更〉完全相同：

◆太子五更轉◆

一更初，太子欲發坐心思，須知耶娘防守到，何時度得雪山水
二更深，五百個力士睡昏沉。遮取黃羊及車匿，朱鬃白馬同一心。
三更滿，太子騰空無人見，宮裡傳聲悉達無，耶娘腸肝寸寸斷。
四更長，太子苦行萬里香，一樂菩提修佛道，不藉你世上作公王。
五更曉，大地下眾生行道了，忽見城頭白馬蹤，則知太子成佛了。

但〈南宗讚〉和〈太子入山修道讚〉的結構便不大相同了，其句法，首句也是三言，其後便雜著三言，五言及七言的了；而雜言的一部分也變得冗長多了。

◆南宗讚一本◆

一更長，如來智惠化中藏。不知自身本是佛，無明障蔽自荒忙。了五蘊，體皆亡，滅六識，不相當。行住坐臥常注意，則知四大是佛堂。

一更長，二更長，有□□往盡無常。世間造作應不及，無為法會聽皆亡。入聖使，坐金剛，詣佛國，邁十方。但諸世界願貫一，決定得入於佛行。

二更長，三更嚴，坐禪執定甚能甜。不宣諸天甘露蜜，願君眷屬出來看。諸佛教，實福田，持齋戒，得生天。生天天中歸，還墮落，努回心，趣涅槃。

三更嚴，四更闌，法身體性本來禪。凡天不念生分別。輪回六趣心不安。求佛性，向裡看，了佛意，不覺寒。廣大劫來常不悟，今生作意斷慳貪。

四更闌，五更口，菩提種子坐紅蓮。煩惱泥中常不染，恆□淨土共金顏。佛在世，八十年，般若意，不在言。朝朝恆念經，當初求覓一年川。

這讚，便有點像後來的寶卷。三言的夾入更多了。也許是原用梵歌唱出的，故不得不用這樣的體裁。這可見「五更轉」這個調子，原來只是指「結構」的五段而言，有意地將事蹟或情緒分作了由淺入深，或一段一段地分述著的「五則」的。至於每一段裡的句法和長短，或其歌唱的方法，卻是不拘的。

〈太子入山修道讚〉也是如此，其句法是三、五、七言互用的，和〈歎五更〉及〈太子五更轉〉比較起來，顯然是進步的。〈修道讚〉第五更的一段，特別的冗長；這是很可怪的一種別體。

◆太子入山修道讚◆

一更夜，月良東宮見道場，幡花傘蓋日爭光。燒寶香，共走天仙樂，皈資用宮傷，美人無拏，手頭忙，聲繞梁。太子無心戀，閉目不形相。將身不作轉輪王，只是怕無常。

二更夜，月明音樂堪人聽。美人纖手弄秦爭，皃監溪。姨毋專承事，耶輪相逐行。太子無心戀，色聲豈能聽。輪回三惡道，六趣在死生。從來改卻既般名，只是換身形。

三更夜，亦停須肥睡不醒。美人夢裡作音聲，往往迎。出家時欲至，天王號作瓶。宮中

聞喚太子聲，甚丁寧。我是四天主，故來遠自迎。珠鬃便躡紫雲騰，夜逾城。

四更夜，亦偏乘雲到雪山。端身正坐向欲前，坐禪迮。尋思父王憶，每常姨母憐。耶輸憶向我門看，眼應穿。便即喚車匿，分付與衣冠。將吾白馬卻歸還，傳我言。

五更夜，亦交帝釋度金刀。毀形落髮紺青毫，鵲頂巢。牧牛女獻乳，長者奉香葦，誓當作佛苦海橋，眉間放白毫。日食一麻麥，六載受懃勞。因中果滿自逍遙，三界超。金色三十二，八十相，好圓誓。於苦海，作舟舡，運載得生天。十二部，諸經贊，流在閻浮間。明人速悟轉讀看，盡得出三關，正向閻浮化波旬，請涅槃。口中發願不為言，臥在躍提邊。慈母雙林滅魔強，轉更圓。眾生苦海入本源，誰是救你慫。佛則歸圓寂，何日遇法山！猶如孩子沒耶娘，鄰宿在苦海邊。悟則歸常樂，注在法王家。一乘深法沒難遮，樂者請除耶。七祖運遭溪，傳法破遇迷暗傳。心地證菩提，愚者沒泥黎。明燈照裡燃，說者便升千。修行潔淨果周圓，必定往西天。時當第五百，耶法現人間。眾生命，盡信耶言，不解學參禪。

〈思婦五更轉〉（題擬）寫得最好：

一更初，夜坐調琴，欲秦相思傷妾心。每恨狂夫薄行跡，一過挽人年月深。君白去來經幾春，不傳書信絕知聞。願妾變作天邊雁，萬里悲鳥尋訪君。二更孤，帳理秦箏，若個弦中無怨聲。忽憶征夫鎮沙漠，遣妾煩怨雙淚盈。當本只言今載歸，誰知一別音信稀。賤妾杖自恆娥月，一片貞心。獨守空閒徼，索取筌篌歎征餘。為君王，效中節，都緣名列覓侯。願君早登丞相位，妾亦能孤守百秋。四更蕠竹弄弓商，每恨賢夫在魚陽。池中比目魚，游戲海鷗……

很可惜的是，四更的一段只剩了一半，五更的一段卻完全地缺失了。「二更」的一段，未注明，當是從「賤妾杖自恆娥月」一句開始的。這歌裡的錯字別字實在太多了。像很美麗的「願妾變作天邊雁，萬里悲鳥尋訪君」

一句裡，那「烏」字，一定是「鳴」字之訛。

關於「十二時」，《敦煌掇瑣》裡只有〈太子十二時〉（題擬）一篇，和〈太子五更轉〉相同，也是敘述釋迦成道故事的：

夜半子，摩耶夫人誕太子，步步足下生蓮花，九龍齊吐溫和水。雞鳴丑，昔日諸親本自有，黃羊車匿圈東西，不那千人自有心。平旦寅，太人因中是佛身。本有三十二相好，神通智惠異諸人。日出卯，出門忽逢病死老。即知此戒正堪修，便是回心求佛道。食時辰，本性持戒料貪嗔。不羨世間為國主，唯求涅成佛因。隅中巳，庫藏金銀盡布施。憐貧恤老及慈悲，每有苦今日是。正南午，太子修行實辛苦。每日持齋一麻麥，舍卻慳貪及父母。日未，太子神通實智惠。眉間放光照十方，救拔眾生及五趣。甫時申，太子廣開妙法門。降得魔王及外道，莎羅林裡見世尊。日入酉，閻浮提眾生難化誘。願求世尊陀羅尼，若有人聞誦持受。黃昏戌，佛聞雙林無有失。阿難合掌白佛言，文殊來問維磨詰。人定亥，十代弟子來懺悔。佛說西方淨土國，見聞自消一切罪。

《敦煌掇瑣》裡，又有〈女人百歲篇〉，其結構也和「五更轉」，「十二時」極為相同，從壹拾年到百年，歌詠「女人」的一生。這可見在當時，這樣幼稚的結構，在民間裡是很流行的。其中充滿了悲感的氣氛，卻不是什麼宗教的勸道歌。

女人百歲篇，從壹拾至百年。

壹拾花枝兩斯兼，優柔課那復嫛嫛。父娘恰似攜壹月，尋常不許出珠簾。貳拾笄年花蕊春，父娘矚許事功勳。香車暮逐隨夫婿，如同簫史曉從雲。三拾珠頰美小年，紗窗攬鏡□花錢。牡丹時節邀歌謠，撥棹乘船採壁連。肆拾當家主計深，三男五女惱人心。秦箏不理貪機織，只恐陽烏昏復沉。伍拾連夫怕被嫌，強相迎接事嫛纖。尋思二八多輕薄，不愁嫂姑阿嫁

嚴。陸拾面皺髮如絲，行走蹣踵少語詞。愁如未得溫新婦，優女隨夫別與居。柒拾衰羸爭那何，縱饒聞法豈能多。明風若有微風至，筋骨相連似打羅。捌拾眼暗耳偏聾，出門喚北卻來東。夢中長見親情鬼，勸妾歸來逐逝風。玖拾雷光似電流，人間萬事一時休。寂然臥枕高床上，殘葉凋零待暮秋。百歲山崖風似頹，如今身化作塵埃。四時祭拜兒孫絕，明月長年照土堆。

五

長篇的敘事歌曲，在敦煌文庫裡，我們也發現了〈太子讚〉、〈董永行孝〉（題擬）及〈大漢三年季布罵陣詞文〉三種。〈太子讚〉以五七言相間成篇，全是宗教的宣傳品。疑其也用梵音唱出。內容無可注意處。〈董永行孝〉的全本，藏於倫敦博物館（史坦因目錄S2204），是首尾完全的一篇，內容卻也不怎樣高明。董永事，見劉向〈孝子傳〉（有《黃氏逸書考》輯本），後人曾列入「二十四孝」裡，故為廣傳的故事之一。句道興的《搜神記》（《敦煌零拾》本）亦引之。

> 昔劉向〈孝子圖〉曰：有董永者，千乘人也。小失其母，獨養老父。家貧困苦。至於農月與輀車推父於田頭樹蔭下，與人客作，供養不闕。其父亡歿，無物葬送。遂從主人家典田，貸錢十萬文，語主人曰：「後無錢還主人時，求與歿身主人為奴，一世常力。」葬父已了，欲向主人家去。在路逢一女，願與永為妻。永曰：「孤窮如此，身復與他人為奴，恐屈娘子。」女曰：「不嫌君貧，心相願矣，不為恥也。」永遂共到主人家。主人曰：「本期一人，今二人來何也？」主人問曰：「女有何技能？」女曰：「我解織。」主人曰：「與我織絹三百疋，放汝夫妻歸家。」女織經一旬，得絹三百疋。主人驚怪。遂放夫妻歸還。行至本相見之處，

女辭永曰：「我是天女。見君行孝，天遣我借君償債。今既償了，不得久住。」語訖，遂飛上天；前漢人也。

這故事本來是「鵝女郎型」的故事之一，和《羅漢格林》（Lolgengren）故事，也是同一型的。不過羅漢格林是男的天使幫助了一個女郎，而董永的事，則是天女幫助了一個孝子而已。到了〈董永行孝〉，則其故事又變了，加入了一個董永的兒子董仲。董仲覓母事，尤近於「鵝女郎」的故事。首一節說董永喪了父母，將身賣與長者為奴。葬事已了，他要去做奴，半途卻遇了一位天女，要嫁與他為妻。

人生在世審思量，暫□吵鬧有何方。大眾志心須淨聽，先須孝順阿耶娘。好事惡事皆抄錄，善惡童子每抄將。孝感先賢說董永，年登十五二親亡。自歎福薄無兄弟，眼中流淚數千行。為緣多生無姊妹，亦無知識及親房。家裡貧窮無錢物，所買當身殯耶娘。便有牙人來勾引，所發善願便商量。長者還錢八十貫，董永只要百千強。領得錢物將歸舍，揀擇好日殯耶娘。父母骨肉在堂內，又領攀發出於堂。見此骨肉齊哽咽，號咷大哭是尋常。六親今日來相送，隨東直至墓邊傍。一切掩埋總以畢，董永哭泣阿耶娘。直至三日後墓了，拜罷父母幾田常。父母見兒拜辭次。願兒身健早歸鄉。又辭東鄰及西舍，便進前呈數里強。路逢女人來安問：「此個郎君住何方？何姓？何名？衣實說，從頭表白說一場。」「娘子記言再三問，一一具說莫分張。家緣本住眠山下，知姓稱名董永郎。忽然慈母身得患，不經數日早身亡。慈耶得患先身故，後乃便至阿娘亡。殯葬之日無錢物，所賣當身殯耶娘。」「世上莊田仍不賣，驚身卻入賤人行？所有莊田不將貨，棄貨今辰事阿郎。」「娘子有詢是好事，董永為報阿耶娘。」「郎君如今行孝儀，見君行孝感天堂。數內一人歸下界，暫到濁惡至他鄉。帝釋宮中親處分，便遣汝等共田常。不棄人微同千載，便與相逐事阿郎。」

這中間恐怕是闕失了一段，沒有說明董永答應娶她為妻，和她同到主人家的事，而底下緊接著便敘說董永到

了主人家裡，拜見著他：

董永向前便跪拜：「少喪父母大恓惶。」「所賣一身商量了，是何女人立於旁？」董永對言衣實說；「女人住在陰山鄉。」「女人身上解何藝？」「明機妙解織文章。」便與將絲分付了，都來只要兩間房。阿郎把數都計算，計算錢物千疋強。經絲一切總剛了，明機妙解織文章。從前且織一束錦，梭齊動地樂花香。日日都來總不織，夜夜調機告吉祥。錦上含儀對對有，兩兩鴛鴦對鳳凰。織得錦成便截下，揲將下來便入箱。阿郎見此箱中物，念此女人織文章。女人不見凡間有，生長多應住天堂。但織綾羅數已畢，卻放二人歸本鄉。二人辭了須好去，不用將心惡阿郎。二人辭了便進路，更行十里到永莊。卻到來時相逢處，辭君卻至本天堂。娘子便即乘雲去，臨別分付小兒郎。但言好看小孩子！董永相別淚千行。董仲長年到七歲，街頭由喜道邊傍。小兒行留被毀罵，盡道董仲沒阿娘。遂走家中報慈父，「汝等因何沒阿娘？」「當時賣身葬父母，感得天女共田常。」如今便即思憶母，眼中流淚數千行。董永放兒覓父（？），往行直至孫賓傍。夫子將身來誓掛，「此人多應覓阿娘。」

底下恐怕又少了幾句；應該敘述孫賓怎樣教導董仲去覓娘的。董仲依了他的指示，便藏到阿耨池邊的樹下。

阿耨池邊澡浴來，先於樹下隱潛藏。三個女人同作伴，奔波直至水邊旁。脫卻天衣便入水，中心抱取紫衣裳。此者便是董仲母，此時縱見小兒郎。「我兒幽小爭知處？孫賓必有好陰陽！」阿娘擬收孩兒養，「我兒不儀住此方。」

這裡也似闕失了幾句。底下應該敘述天女抱了董仲到天上去，但又放了他下凡，給他一個金瓶。

將取金瓶歸下界，撚取金瓶孫賓傍。天火忽然前頭現，先生央卻走忙忙。

將為當時總燒卻，檢尋卻得六十張。此因不知天上事，總為董□覓阿娘。

這結束，非常的有趣，人間的不知天上事，原是為了董仲覓母，而把孫賓的天書燒掉之故。

句道興的《搜神記》，有一篇較長的田昆侖娶得天女的故事，寫：田昆侖見三個天女在池中洗浴，抱得了一個天女的衣服。她不得乘空而去，只得嫁了他。但後來得到了衣服，便又飛去。這和董仲事頗相類。

最好的一篇敘事歌曲，乃是〈季布罵陣詞文〉，這篇弘偉的詩篇，著者用了四種不同的本子，互相校勘，勉強整理出一本比較可讀的東西來。那不同的四本，都是零落的殘文，經了整理之後，卻可連接成為一篇了；但可惜仍有殘缺，不能完全恢復舊觀。

季布事，見《史記》卷一百（《季布欒布列傳》）

> 季布者，楚人也。為氣任俠，有名于楚。項籍使將兵，數窘漢王。及項羽滅，高祖購求布千金。敢有舍匿，罪及三族。季布匿濮陽周氏。周氏曰：「漢購將軍急，跡且至臣家。將軍能聽臣，臣敢獻計。即不能，願先自剄。」季布許之。乃髡鉗季布，衣褐衣，置廣柳車中，並與其家僮數十人，之魯朱家所賣之。朱家心知是季布，乃買而置之田。誡其子曰：「田事聽此奴，女與同食。」朱家乃乘軺車之洛陽，見汝陰侯滕公。……滕公待間，果言如朱家指。上乃赦季布。

這裡沒有敘及季布罵陣事，只是說他「數窘漢王」，《漢書》布傳（卷三十七）也是這樣說。但〈罵陣詞文〉卻把季布罵陣事很誇張地描寫著，而於後半季布被赦的經過，寫得也很生動。

此歌首部已缺，但缺失的恐怕並不很多。今存的最先的一部分，乃是巴黎國家圖書館所藏的一卷（P.2747）。

這一卷，從楚、漢相爭，季布向項王獻計說：「虎鬥龍爭必損人，臣罵漢王三五口，不施弓弩遣收軍。」項王遂准其所奏，許他罵漢王事開始，而中止於漢王平定天下後，出敕於天下，搜求季布，「捉得賞金官萬戶，藏隱封刀砍一門。」季布遂不得不狼狽奔逃的事。

> □□□□□□，各憂勝敗在逡□。□□□□□□□，官為御史大夫身。遂奏霸王誇辯

捷，□□□□□□□。「臣見兩軍排陣叩，虎鬥龍爭必損人。臣罵漢王三五口，不施弓弩遣收軍。」霸王聞奏如斯語，「據卿所奏大忠臣！戈戟相沖猶不退，如何聞罵肯收軍？卿既舌端懷辯捷，不得妖言誤寡人。」季布既蒙王許罵，意似穉龍擬作雲。遂喚上將鍾離末，各將輕騎後隨身。出陣抛騎強百步，駐馬攢蹄不動塵。腰下狼牙椗西羽，臂上烏號掛六勻。順風高綽低牟幟，迸箭長垂鎖甲裙。遙望漢王招手罵，發言可以動乾坤。高聲直噉呼季布：「公是徐州豐縣人，毋解緝麻居村裡。父能收放住鄉村，公曾泗水為亭長，□□闤闠受饑貧。因接秦家離亂後，自無為主假亂真。□□如何披風翼，黿龜爭敢掛龍鱗？百戰百輸天下佑，□□□□析五分。何不草繩而自縛，歸降我王乞寬恩？□君執迷誇鬥敵，活捉生擒放沒因。」鼙鼓未旗未播□，□□言高一一聞。漢王被罵牽宗祖，羞盲左右恥君臣。□□寒鴉嫌樹鬧，龍怕凡魚避水昏。拔馬揮鞭而便走，陣似山崩遍野塵。走到下坡而憩歇，重勅戈牟問大臣：「昨日兩家排陣戰，忽聞二將語芬芸。陣前立馬搖鞭者，□□高聲是甚人？」問訖蕭何而奏曰：「昨朝二將騁頑嚚，□□□王臣等辱，罵觸龍威天地嗔。駿馬雕鞍穿鎖甲，旗下依依認得真。只是季布、鍾離末，終諸更不是餘人。」漢王聞語深懷怒，拍案頻眉叵耐嗔！不能助漢余柱寇，□政迋君毀寡人。寡人若也無天分，公然萬事不言論。若得片雲遮項上，楚將投來總安存。唯有季布、鍾離末，火炙油煎未是迍！卿與寡人同記著，抄錄姓名莫因循。忽期南面稱尊日，活捉粉骨細颺塵。」後至五年冬三月，會垓滅楚靜煙塵。項羽烏江而自刎，當時四塞絕芬芸。楚家敗將來投漢，漢王與賞盡垂恩。唯有季布、鍾離末，始知口是禍之門。不敢顯名於聖代，分頭逃難自藏身。是時漢帝興王業，洛陽登極獨稱尊。四人樂業三邊靜，八表來蘇萬姓忻。聖德魏魏而偃武，皇恩蕩蕩盡修文。心念未能誅季布，常是龍顏眉不分。遂令出敕於天下，遣捉艱凶搜逆臣。捉得賞金官萬戶，藏隱封刀砍一門。旬日敕文天下遍，

不論州縣配鄉村。季布得知皇帝恨，驚狂莫不喪神魂。唯嗟世上無藏處，天寬地窄大愁人。遂入歷山嵠谷內，偷生避死隱藏身。夜則村裡偷餐饌，曉入林中伴獸群。嫌日月，愛星辰，晝潛暮出怕逢人。大丈夫兒遭此難，都緣不識聖明君。如斯旦夕愁危難，時時自歎氣如雲。「一自漢王登九五，黎庶朝蘇萬姓欣。惟我罪濃憂性命，究竟如何向□□？」自刎他誅應有日，沖天入地若無因。忍饑□□□□□，□□□義舊恩情。

這底下大約缺失了幾行。巴黎國家圖書館別藏有一殘卷（P. 2648），恰好接了下去。劉半農先生說：「兩號原本紙色筆意並排列行款均甚相似。疑一本斷而為二；中間復有缺損。」這推測是很對的。以下寫的是，他到處奔逃，無法潛身，只好逃到周氏家裡去。這是和《史記》的記載相合的。

初更乍黑人行少，走□直入馬坊門。更深潛至堂階下，花藥園中影樹身。周氏夫妻餐饌次，須更敢得動精神。罷飲停餐驚耳熱，撚箸橫起怪眼瞤。忽然起立望門閭：「階下于當是鬼神？若是生人須早語，匆然是鬼莽丘墳。問著不言驚動僕，利劍鋼刀必損君！」季布暗中輕報曰：「可想階前無鬼神。只是舊時親分義，夜送千金與來君。」周諡按聲而問曰：「凡是千金須在恩。記道遠來酬分義，此語應虛莫再論。更深越牆來入宅，夜靜無人但說真。」季布低聲而對曰：「切語莫高動四鄰！不問未能咨說得，暨蒙垂問即申陳。夜深不必盤名姓，僕是去年罵陣人。」周氏便知是季布，下階迎接敘寒溫。乃問大夫自隔闊，寒暑頻移度數春。自從有敕交尋促，何處藏身更不聞？季布聞言而啼泣，「自佳艱危切莫論！一從罵破高皇陣，潛山伏草受艱辛。似鳥在羅憂翅羽，如魚問鼎惜岐鱗。特將殘命投仁弟，如何垂分乞安存？」周氏見言心懇切，「大夫請不下心神。一身結交如管鮑，宿素情深舊拔塵。今受困危天地窄，更問何邊投莽人。九族潘遭為敕罪，死生相為莫憂身。」執手上當相對坐，素飯同餐酒數巡。周氏向妻甲子細，還道情濃舊故人。「今遭國難來投僕，輒莫談揚聞四鄰。」季布遂藏覆壁

內，鬼神難知人莫聞。周氏身名緣在縣，每朝巾情入公門。處分交妻送盤飦，禮同翁伯好供殷。爭那高皇酬恨切，扇開簾倦問大臣：「朕遣諸州尋季布，如何累月音不聞？應是官寮心怠慢，至今逆賊未藏身。」遂遣使司重出敕，改條換格轉精懃。白土拂牆交畫影，丹青畫影更邈真。所在兩家團一保，察有知無且狀申。先折重棚除覆壁，後交播土更颺塵。尋山逐水薰嚴入，踏草搜林塞墓門。察兒期名擒捉得，賞金賜王拜宮新。藏隱一餐停一宿，滅族誅家陣六親。仍差朱解為齊使，面別天階出國門。驟馬遙鞭旬日到，望捉奸凶貴子孫。來到濮陽公館下，具述天心宣敕文。州官縣宰皆憂懼，捕捉惟愁失帝恩。其時周氏聞宣敕，由如大石陌心珍。自隱時多藏在宅，骨寒毛豎失精神。歸到壁前看季布，面如土色結眉頻。良久沉吟無別語，唯言禍事在逡巡！季布不知新使至，卻著言詞怪主人。

這裡所謂朱解，便是《史記》裡所說的朱家。大約〈罵陣詞文〉的作者把朱家、郭解混作一人了。巴黎本「季布不知新使至，卻著言詞怪主人」之下，闕了一大段（劉氏云：此處原本缺一段）。但這一大段，恰好倫敦有一個殘本（見《敦煌零拾》三，作〈季布歌〉）足以補入。但有十三句（從「且述天心宣敕文」到「卻著言辭怪主人」）卻是和巴黎本重複的，我們把它們刪去了。底下接著便敘述周氏無計可施，季布卻教他一計，將自己髡鉗為奴，設法賣給了朱解，隨他「歸朝闕」。其間寫季布「便索剪刀臨欲剪」的心理是極為動人的。

「院長不須相恐嚇，僕且常聞俗諺云。古來久住令人賤。從前又說水頻昏。君嫌叨瀆相輕棄，別處難安有罪身。結交語斷人情薄，僕應自殺在今晨。」周氏低聲而對曰：「兄且聽言不用嗔。皇帝恨兄心緊切，專使新來宣敕文。黃牒分明□在市，垂賞堆金條格新。先折重棚除覆壁，後交播土更颺塵。如斯嚴迅交尋捉，兄身弟命大難存。兄且以曾為御史，德重官高藝絕倫。氏且一家甘鼎鑊，可惜兄身變微塵！」季布驚憂而問曰：「只今天使是誰人？」

周氏報言：「官御史，名姓朱解受皇恩。」其時季布聞朱解，點頭微笑兩眉分。「若是別人憂性命，朱解之徒何足論。見論無能虛受福，心粗闕武又虧文。直饒墮卻千金賞，遮莫高堆萬挺銀。皇威刺牒雖嚴迅，颺塵播土也無因。既交朱解來尋捉，有計隈依出得身。」周氏聞言心大怪，「出語如風弄國君。本來發使交尋捉，兄且如何出得身？」季布乃言：「今日計，弟但看僕出這身。九髮剪頭披短褐，假作家生一賤人。但道兗州莊上漢，隨君出入往來頻。待伊朱解回歸日，扣馬行頭賣僕身。朱家忽然來買口，商量莫共苦爭論。忽然買僕身將去，擎鞭執帽不辭辛。天饒得見皇高恨，猶如病鶴再凌雲。」便索剪刀臨欲剪，改形移貌痛傷神。解髮撚刀臨擬剪，氣填胸臆淚紛紛。自嗟告其周院長，「僕恨從前心眼昏！枉讀詩書虛學劍，徒知氣候別風雲。輔佐江東無道主，毀罵咸陽有道君。致使髮膚惜不得，羞看日月恥星辰。本來事主誇忠赤，變為不孝辱家門。」言訖撚刀和淚剪，占項遮眉長短勻。浣染為瘡煙肉色，吞炭移音語不真。出門入戶隨周氏，鄰家通道典倉身。朱解東齊為御史，歇息因行入市門。見一賤人長六尺，遍身肉色似煙熏。神迷勿惑生心買，持將逞似洛陽人。問此賤人誰是主？「僕擬商量幾貫文。」周氏馬前來唱喏，「一依錢數且咨聞。氏買典倉緣欠闕，百金即買救家貧。大夫若要商量取，一依處分不爭論。」朱解問其周氏曰：「有何能得直千金？」周氏便誇身上藝，雖為下賤且超群。小來父母心憐惜，緣是家生撫育恩。偏切按摩能柔軟，好衣彩攝著煙熏。送語傳言磨識字，會交伴戀入庠門。若說乘騎能結綰，曾向莊頭牧馬群。莫惜百金促買取，商量驅使莫頑嚚。朱解見誇如此藝，遂交書契驗虛真。典倉牒絺而捐筆，便呈字勢似崩雲。題姓署名似鳳舞，書年著月若烏存。上下撒花波對當，行間鋪錦草和真。朱解低頭親看札，口呿目瞪忘收脣。良久搖鞭相嘆羡，看他書札置功勳。非但百金為上價，千金於口合交分。遂給價錢而買得，當時便遣涉風塵。季布得他相接引，擎鞭執帽不辭辛。朱解

相貌何所似？猶如煙影嶺頭雲。不經旬月歸朝闕，具奏東齊無此人。

卻不料季布已隨在他身邊了。這和《史記》所敘朱家明知其為季布而買了下來的話又不大相同。下面敘季布把本來面目對朱解揭開了，嚇得朱解「驚狂輾轉喪神魂」。但季布卻要求朱解請眾大臣宴會，由他出來親自乞命。朱解只好答應了他。第二天侯嬰、蕭何們便都來了。這和《史記》敘朱家自去懇求滕公的話也不同。這裡只有侯嬰、蕭何卻沒有滕公這重要的人物出現。

皇帝既聞無季布，「勞卿虛去涉風塵。放卿歇息歸私邸，是朕寬腸未合分。」朱解殿前聞帝語，懷憂拜舞出金門。歸宅親故來軟腳，開筵列饌廣鋪陳。買得典倉緣利智，廳堂誇嚮往來賓。閑來每共論今古，悶即堂前語典墳。從此朱解心憐惜，時時誇說向夫人。「雖然買得愚庸使，實是多知而廣聞。天罰帶鉗披短褐，似山藏玉蛤含珍。是意存心解相向，僕應抬舉別安存。」商量乞與朱家姓，脫鉗除褐換衣新。今既收他為骨肉，令交內外報諸親。莫喚典倉稱下賤，總交喚作大郎君。試教騎馬撚球仗，忽然擊拂便過人。馬上盤槍兼弄劍，彎弓倍射勝陵君。勒轡邀鞍雙走馬，蹺身獨立似生神。揮鞭再騁堂堂貌，敲鐙重誇擅擅身。南北盤旋如掣電，東西懷協似風雲。朱解當時心大怪，愕然直得失精神。心粗買得庸愚使，看他意氣勝將軍。名曰典倉應是假，終知必是楚家臣。笑向廳前而問曰；「濮陽之日為因循，用卻百金為買得，不曾子細問根由。看君去就非庸賤，何姓何名甚處人？」季布既蒙子細問，心口思維要說真。擊分聲嘶而對曰：「說著來由愁殺人！不問且言為賤士，既問須知非下人。楚王辯士英雄將，漢帝怨家季布身。」三臺八座甚忙紛，又奏逆臣星出現。早疑恐在百寮門，不期自己遭狼狽。將此情□何處申？解誅斬身甘受死，一門骨肉盡遭迍，季布得知心裡怕。甜言美語卻安存。「不用驚狂心草草，大夫定意在安身。見今天下搜尋僕，捉得封官金百斤。君促送僕朝門下，必得加官品位新。」朱解心粗無遠見，擬呼左右送他身。季布出言而便嚇，

「大夫便似醉昏昏！順命受恩無酌度，合見高皇嚴敕文。捉僕之人官萬戶，藏僕之家斬六親。況在君家藏一月，送僕先憂自滅門。」朱解被其如此說，驚狂輾轉喪神魂。「藏著君來憂性命，送君又道滅一門。世路盡言君是計，今且如何免禍迍？」季布乃言：「今有計，必應我在君亦存。明日廳堂排酒饌，朝下總呼諸大臣。座中促說東齊事。道僕愆尤罪過頻。僕即出頭親乞命，脫禍除殃必有門。」屈得酇侯蕭相至，登筵赴會讓卑尊。朱解自緣心裡怯，東齊季布便言論。侯嬰當得心驚怪，遂與蕭何相顧頻。（下闕）

倫敦本至此而畢，下文皆闕。但巴黎和它相銜接處，似仍缺了幾句。這幾句大約說的是，蕭何答應了救季布。巴黎本下面便說及蕭何囑侯嬰去奏皇帝，季布不可得，人民被擾過甚，不如休尋捉他吧。皇帝答應了他。他很高興地去和季布說，布卻叫他再去奏，說怕他投戎狄，「結集狂兵侵漢土，」要皇帝以千金招取他出來做官。侯嬰又去奏。皇帝也答應了，遂以千金召布來。布上表謝恩，並來朝見皇帝。

據君良計大尖新，要其舍罪□呈敕，半由天子半由□。今日與君應面奏，後世徒知人為人。蕭何便囑侯嬰奏，面對天階見至尊。且奏東齊人失業，望金徒費罷耕耘。陛下舍愆休尋捉，兌其金玉感犁艮。皇帝既聞無季布，失聲憶得尚書云：民惟邦本傾資惠，本同寧在養人恩。「朕聞舊酬荒土國，荏苒交他四海貧。依卿所定休尋捉，解究釋罷言論。」侯嬰拜舞辭金殿，來看季布助歡忻。「皇帝舍愆收敕了，君作無憂散憚身。」季布聞言心更大！「僕恨多時受苦辛，雖然奏徹休尋捉，且應潛伏守灰塵。君非有敕千金詔，乍可遭誅徒現身。」侯嬰聞語懷嗔怒，「爭肯將金詔逆臣！」季布鞠躬重啟曰：「再奏應聞堯、舜恩。但言季布心頑硬，不慚聖聽得皇恩。自知罪濃憂鼎鑊，怕投戎狄越江津。結集狂兵侵漢土，邊方未免動煙塵。一似再生東項羽，二憂重去定西秦。陛下千金招召取，必能廷佐作忠臣。」侯嬰聞說如斯語，「據君可以撥星辰。僕便為君重奏去，將表呈時潘帝嗔。乞待早朝而入內，具表前

言奏帝聞。」「昨奉聖慈舍季布，國泰人安喜氣新。臣憂季布多頑逆，不慚聖澤皆皇恩。陛下登朝休尋捉，怕投戎狄越江津。結集狂兵侵漢土，邊方未逸動煙塵。一似再生東項羽，二如重去定西秦。臣聞季布能多計，巧會機謀善用軍。權鋒狀似霜凋葉，破陣由如風卷雲。但立千金招召取，必有忠貞報國恩。」皇帝聞言情大悅，「勞卿忠諫奏來頻。朕緣爭位遭傷中，變體油瘡是箭痕。夢見楚家由戰酌，況憂季布動乾坤。依卿所奏千金召，山河為誓典功勳。」季布既蒙賞排石，頓改愁腸修表文。

表曰：

「臣作天尤合粉身，臣住東齊多樸真。生居陋巷長蓬門，不知階下懷龍分。輔佐東江狼虎君，狂謀罵陣牽親祖。自致煎熬鼎鑊迍，陛下登朝寬聖代，大開舜日布堯雲，罪臣不煞將金詔，感恩激切卒難申！乞臣殘命將農業，生死榮華九族忻。」當時隨來於朝闕，所引對入金門。皇帝捲簾看季布，思量罵陣匆然嗔！遂令……

這一卷至此而止。這是最危急的一個關頭。劉邦見了季布，忽然生了氣，又要想殺他。我們且看季布怎樣地替他自己逃脫此險。

巴黎國家圖書館藏有第三本的〈罵陣詞文〉。恰好結束了這一首長歌。(P. 3386)

「以勝煎熬不用存，臨至投到蕭牆外。」季布高聲殿上聞，「聖明天子堪匡佐！謾語君王何處論！分明出敕千金詔，賺到朝門卻煞臣。臣罪授誅雖本分，陛下爭堪後世聞！」皇帝登時聞此語，回嗔作喜卻交存。「憐卿計策多謀掠，舊惡些些總莫論。賜卿錦帛並珍玉，兼拜齊州為太君。放卿意錦歸鄉井，光榮祿重貴宗親。」季布得官如謝敕，拜舞天街喜氣新。密報先謝朱解得，明明答謝濮陽恩。敲鐙臨歌歸本去，搖鞭喜得脫風塵。若論罵陣身登首，萬古千秋只一人。具說漢書修制制，莫道辭人唱不嗔。

此卷末有「大漢三年季布罵陣詞文一卷」一行，當即此長歌的本名。

在一般的通俗文學裡，此歌算是很重要的一篇；在描寫上看來，實不失為傑作。其層層深入，處處吃緊的佈局，實是無懈可擊的。當是《董西廂諸宮調》一類的弘偉的作品的先聲吧。在當時必能吸引住許多的聽眾的，在她被歌唱出來時。

六

賦在這時被利用作為遊戲文章的一體了，在民間似頗為流行著。原來〈大言〉、〈小言〉諸賦，已含有機警的對答。在這一條線上發展下來，便成為幽默和機警的小品賦了。《敦煌文庫》裡〈晏子賦〉一首便是此類賦裡的一篇出色之作。那些有趣的小機警，當會為民間所傳誦不衰的。但那些小機警的對話，其來歷卻是很複雜的，不全從一個來源汲取而得。其間也偶有不可解與錯誤處。像「山言見大，何益？」一句，疑「山」字誤，且其上必尚有數字，像「王曰」一類的文字。最後道：「出語不窮，是名晏子。」也是「賦」的一個常例。對於這樣的作品，我們是很珍惜的，後世也有之，其氣韻卻常常惡劣得多，遠沒有寫得這樣輕巧超脫，這樣機警可喜的：

◆晏子賦一首◆

昔者齊、晏子使於梁國為使。梁王問左右，對（對字疑衍）曰：其人形容何似？左右對曰：「使者晏子，極其醜陋，面目青黑，且脣不附齒，髮不附踝，腰不附踝，既皃觀占，不成人也。」梁王見晏子，遂喚從小門而入。梁王問曰：「卿是何人，從吾狗門而入？」晏子對王曰：「王若置造作人家之門，即從人門而入，君是狗家，即從狗門而入，有何恥乎？」

梁王曰：「齊國無人，遣卿來。」晏子對曰：「齊國大臣七十二相，並是聰明志惠，故使向智梁之國去。臣最無志，遣使無志國來。」梁王曰：「不道卿無智，何以短小？」晏子對王曰：「梧桐樹須大，裡空虛；井水須深，裡無魚。五尺大蛇卻蜘蛛，三寸車轄製車輪。得長何益，得短何嫌！」梁王曰：「不道卿短小，何以黑色？」晏子對王曰：「黑者天地□性也，黑羊之肉豈可不食，黑牛駕車豈可無力；黑狗趁兔豈可不得，黑雞長鳴豈可無則；鴻鶴雖白，長在野田；卮車雖白，恆載死人；漆雖黑，向在前，墨梃雖黑，在王邊。採桑椹，黑者先嘗之。」「山言見大，何益？」晏子對王曰：「劍雖尺三，能定四方；麒麟雖小，聖君瑞應。箭雖小，煞猛虎，小錘能鳴大鼓，方之此言，見大何意！」梁王問曰：「不道卿黑色，卿先祖是誰？」晏子對王曰：「體有於卮生於事，粳糧稻米，出於糞土，健兒論切，儜兒說苦。今臣共其王言，何勞問其先祖。」王乃問晏子曰：「汝知天地之綱紀，陰陽之本性，何者為公，何者為母，何者為左，何者為右，何者為夫，何者為婦，何者為表，何者為裡，風從何處出，雨從何處來，霜從何處下，露從何處生，天地相去幾千萬里，何者是小人，何者是君子？」晏子對王曰：「九九八十一，天地之綱紀；八九七十二，陰陽之性。天為公，地為母；日為夫，月為婦；南為表，北為裡，東為左，西為右；風出高山，雨出江海；霧出青天，露出百草，天地相去，萬萬九千九百九十九里；富貴是君子，貧者是小人。」出語不窮，是名晏子。

〈韓朋賦〉恰好和〈晏子賦〉相反，卻是很沉痛的一篇敘事詩，雖然其中也包含些機警的隱語——這些隱語是民間作品裡所常常見得到的，一般人對它，一定有很高的興趣。在宋代，「商謎」曾成了一個專門的職業；元代的文士們寫作的隱語集也不少，其群眾都是民間的，而非上層階級的。

明人傳奇，有〈韓朋十義記〉，但所敘與〈韓朋賦〉非同一之事。賦中的韓朋原應作韓憑。大約抄寫者

因「憑」字不好寫，而音又相同，故遂改作「朋」。

韓憑妻的故事，在古代流傳甚廣；也是孟姜女型的故事之一。這故事的流行，可見出一般人對於荒淫之君王的憤怒的呼號。這故事的大概，是如此：

> 宋・韓憑，戰國時為宋康王舍人。妻何氏美。王欲之。捕舍人築青陵臺。何氏作〈烏鵲歌〉以見志云：「南山有烏，北山張羅。烏自高飛，羅當奈何！」又云：「烏鵲雙飛，不樂鳳凰。妾是庶人，不樂宋王。」又作歌答其夫云：「其雨淫淫，河大水深，日出當心。」康王得書，以問蘇賀。賀曰：「雨淫淫，愁且思也；河水深，不得往來也；日當心，有死志也。」俄而憑自殺。妻乃陰腐其衣。王與登臺，遂自投臺下。左右攬之，衣不中手。遺書於帶曰：「王利其生，不利其死。願以屍骨賜憑而合葬。」王怒，弗聽。使里人埋之，塚相望也。宿昔，有交梓木生於二塚之端。旬日而大合抱，屈曲體相就，根交於下。又有鴛鴦雌雄各一，恆棲樹上，交頸悲鳴。宋人哀之，號其木曰相思樹。（汪廷訥《人鏡陽秋》卷十六）

〈韓朋賦〉把這悲慘的故事發展得更深摯、更動人些，成了一篇崇高的悲劇；在文辭上，也少粗鄙的語句。大約是抄寫的人之過吧，別字錯字還是不少。

〈韓朋賦〉第一節寫朋意欲遠仕，而慮母獨居，故遂娶婦貞夫（賦裡不說是何氏）。貞夫美而賢。入門三日，二人的情感，如魚如水，相誓各不相負。在這裡，「賦」的描寫與敘述，顯然是把簡樸的故事變為繁瑣些了。

> 昔有賢士，姓韓名朋，少小孤單，遭喪遂失父，獨養老母。謹身行孝，用身為主。意遠仕，憶母獨注。賢妻成功，素女始年十七，名曰貞夫。已賢至聖，明顯絕華，形容窈窕，天下更無。雖是女人身，明解經書。凡所造作，皆今天符。入門三日，意合同居。共君作誓，各守其軀。君不須再娶婦，如魚如水。意亦不再嫁，死事一夫。

第二節寫韓朋出遊，仕於宋國，六年不歸。朋妻寄書給他。朋得書，意感心悲。那封書顯然是廓大了〈烏鵲歌〉的第一首的，卻更為深刻。「欲寄書」與「人」與「鳥」，與「風」一段，乃是這賦裡最好的抒寫之一則。

韓朋出遊，仕於宋國。期去三年，六秋不皈。朋母憶之，心煩總。其妻寄書與人，恐人多言焉；欲寄書與鳥，鳥恆高飛；意欲寄書與風，風在空虛；書君有感，直到朋前。韓朋得書，解讀其言。書曰：浩浩白水，回波如流，皎皎明月，浮雲映之，青青之水，各憂其時，失時不種，和亙不茲。萬物吐化，不為天時。久不相見，心中在思。百年相守，竟一好時。君不憶親，老母心悲；妻獨單弱，夜常孤棲。常懷大憂。蓋聞百鳥失伴，其聲哀哀，日暮獨宿，夜長棲棲。太山初生，高下崔嵬，上有雙鳥，下有神龜。晝夜遊戲，恆則同皈。妾今何罪，獨無光明。海水蕩蕩，無風自波。成人者少，破人者多。南山有鳥，北山張羅。鳥自高飛，羅當奈何！君但平安，妾亦無化。韓朋得書，意感心悲。不食三日，亦不覺饑。

但不幸，這封書卻為宋王所拾得。王遂欲得朋妻。梁伯奉命，用詐術去迎接了她來。這一節是原來的故事裡所沒有的；寫得是那樣的婉曲而層層深入。這裡的梁伯，當便是故事裡的蘇賀了。

韓朋意欲還家，事無因緣。懷書不謹，遺失殿前。宋王得之，甚愛其言。即召群臣，並及太史；誰能取得韓朋妻者，賜金千金，封邑萬戶。梁伯啟言王曰：臣能取之。宋王大憶。即出八輪之車，爪騮之馬，便三千餘人，從發道路，疾如風雨。三日三夜，往到朋家，使者下車，打門而喚。朋母出看，心中驚怕。供問喚者，是誰使者。使者答曰：我從國之使來，共朋同友。朋為公曹，我為主簿。朋友秋書，來寄新婦。阿婆回語新婦，如客此言，朋今事官，且得勝途。貞夫曰：新婦昨夜夢惡，文文莫莫，見一黃蛇，咬妾床腳，三鳥並飛，兩鳥相搏，一鳥頭破齒落，毛下紛紛，血流洛洛，馬蹄踏踏，諸臣赫赫。上下不見鄰里之人，何況千里之客！客從遠來，終不可信。巧言利語，詐作朋書。言在外。新婦出看，阿婆報客。

> 但道：新婦病臥在床，不勝醫藥。承言謝客，勞苦遠來。使者對曰：婦聞夫書，何古不憘！必有他情，在於鄰里。朋母年老，能察意。新婦聞客此言，面目變青變黃。如客此語，道有他情，即欲結意，返失其里，遣妾看客，失母賢子。姑，從今已後，亦夫婦，婦亦姑，道下機謝其玉被。千秋萬歲，不傷識汝。井水淇淇，何時取汝！釜灶尫尫，何時久汝。床廗閨房，何時臥汝，庭前蕩蕩，何時掃汝，薗菜青青，何時拾汝！出入悲啼，鄰里酸楚。低頭卻行，淚下如雨。上雨拜客，使者扶譽貞夫上車，疾如風雨。朋母於後，呼天喚地大哭。鄰里驚聚，貞夫曰：呼天何益，喚地何免，駟馬一去，何歸返！

「下機謝其玉被」一段，充盈了惜別的深情厚意，其動人，在我們的文學裡還不曾有過第二篇，恰好和印度劇聖卡里臺莎（Kali-daso）的不朽之作梭孔特妣（Sakantola）所寫的梭孔特妣別了森林之居而去尋夫時的情景相同；其美麗的想像也不相上下。然而我們的〈韓朋賦〉，卻被埋沒了一千年！

第四節寫貞夫被騙入宮，憔悴不樂，病臥不起。這裡，仍很巧妙地運用了〈烏鵲歌〉的第二首進去。

> 梁伯信連日日漸遠，初至宋國九千餘里，光照宮中。宋王怪之，即召群臣，並及太吏，開書卜問，怪其所以。悟土答曰：今日甲子，明日乙丑，諸臣聚集，王得好婦。言語未訖，貞夫即至。面如凝脂，腰如束素，有好文理。宮中美女，無有及以。宋王見之，甚大歡喜。三日三夜，樂可可盡。即拜貞夫以為皇吉。前後事從，入其宮裡。貞夫入宮，憔悴不樂，病臥不起。宋王曰：卿是庶人之妻，今為一日之母，有何不樂！衣即綾羅，食即咨口，黃門侍郎，恆在左右。有何不樂，亦不歡憘？貞夫答曰：辭家別親，出事韓朋，生死有處，貴賤有殊。蘆葦有地，荊棘有藂，豺狼有伴，雉筆有雙，魚鱉百水，不樂高堂，燕若群飛，不樂鳳凰，妾庶人之妻，不歸宋王之婦。

這以下似乎闕失了幾句，上下語便不大能銜接。大約宋王又來問群臣以如何可以釋貞夫之憂的方法。但

梁伯卻又有一個壞主意了！

人愁思，誰能諫？梁伯對曰：臣能諫之。朋年三十未滿，廿有餘，姿容窈窕，黑髮素失，齒如軻珮，耳如懸珠，是以念之，情意不樂。唯須疾害身朋，以為困徒。宋王遂取其言，遂打韓朋二扳齒，並著故破之衣，常使作清凌之臺。

第五節寫貞夫和韓朋相見於青凌臺。貞夫作書繫於箭上，射給朋。朋得之，便自殺。

貞夫聞之，痛切軒腸，情中煩惌，無時不思。貞夫咨宋王；既築清凌臺訖，乞願暫往看下。宋王許之。賜八輪之車，爪騮之馬，前後事從三千餘人，往到臺下。乃見韓朋，剉草飼馬。見妾恥，杞草遮面。貞夫見之，淚下如雨。貞夫曰：宋王有衣，妾亦不著；王若吃食，妾亦不嘗，妾念思君，如渴思漿。見君苦痛，割妾心腸。形容憔悴，決報宋王。何足著恥！避妾隱藏！韓朋答曰：南山有樹，名曰荊棘，一枝兩刑，葉小心平。刑容憔悴，無有心情。蓋聞東流之水，西海之魚，去賤就貴，於意如何？貞夫聞語，低頭卻行，淚下如雨。即裂群前三寸之帛，卓齒取血，且作臺書，繫著箭上，射於韓朋。朋得此，便即自死。宋王聞之，心中驚愕。即子諸臣：若為自死，為人所煞？梁伯對曰：韓朋死時，有傷損之處，唯有三寸素書，在朋頭下。宋王即讀之，貞書曰：天雨霖霖，魚游池中，大鼓無聲，小鼓無音。王曰：誰能辨之？梁伯對曰：臣能辨之。天雨霖霖，是其淚；魚游池中，是其意；大鼓無聲，是其氣；小鼓無音，是其思。天下事此是，卿其言義大矣哉！

第六節寫貞夫見韓朋死，便求王以禮葬之。葬時，貞夫自腐其衣，投於墓中，左右攬之不得。和故事所說的自投青凌臺下，略有不同。「左攬右攬，隨手而無」上下，疑略有缺失，故文意不甚明白。

貞夫曰：韓朋以死，何更再言！唯願大王有恩，以禮葬之，可不得我後。宋王即遣人城東輊百文之曠，三公葬之。貞夫乞往觀看，不取久高。宋王許之。令乘棄車，前後事從三千

餘人，往到墓所。貞夫下車，繞墓三匝，嗥啼悲哭，聲入雲中。喚君君亦不聞，回頭辭百官，天能報恩。蓋聞一馬不被二安，一女不事二夫。言語未此，遂即至室。苦酒侵衣，遂脆如蔥。左攬右攬，隨手而無。百官忙怕，皆悉槌胸，即遣使者報宋王。

最後一節便寫宋王救貞夫不得，而在墓中得二石。他棄此二石於道之東西，即生二樹，枝枝相當，葉葉相籠。宋王又伐之。而「二札落水」，變成雙鴛鴦飛去。鴛鴦落下了一根羽毛，宋王拾得之，卻起火焚燒了他的身體；這樣的報復了韓朋夫婦的仇。

王聞此語，甚大嗔怒。床頭取劍，煞臣四五，飛輪來走，百官集聚。天下大雨，水流曠中，難可得取。梁伯諫王曰：只有萬死，無有一生。宋王即遣舍之。不見貞夫，唯得兩石。一青一白。宋王睹之，青（石）捨遊道東，白石捨於道西。道西生於桂樹，道東生於梧桐。枝枝相當，葉葉相籠。根下相連，下有流泉，絕道不通。宋王出遊見之。此是何樹？對曰；此是韓朋之樹。誰能解之？梁伯對曰；臣能解之。枝枝相當，是其意；葉葉相籠，是其恩，根下相連，是其氣；下有流泉，是其淚。宋王即遣誅罰之。三日三夜，血流汪汪。二札落水，變成雙鴛鴦，舉翅高飛，還我本鄉。唯有一毛，甚相好端政。宋王得之，即磨芬其身。

復仇的一段，乃是「故事」所沒有的。「故事」裡只說墓上生二樹，樹上棲有雙鴛鴦。這裡卻說，墓中拾得二石，石棄於道旁，生了二樹，樹被斫去，乃生雙鴛鴦，雙鴛鴦飛去，落下一羽毛，為他們復了仇。這樣的變異，正合一般民間故事的方式；仙杜瑞拉型（Cin-dellela）的故事便是這樣的。還有兩篇〈燕子賦〉，也是絕妙的好辭。我們如果喜歡伊索的寓言，喜歡〈列那狐的故事〉，我們便會同樣地喜歡這兩篇〈燕子賦〉。這兩篇性質是相同的，故事也相同，描寫的方法，卻完全兩樣了；一篇寫得很機警，寫得神采奕奕，另一篇卻是頗為駑下之作。但我們讀著它們，一邊卻不禁地會浮現出〈列那狐的故事〉的若干幕的圖畫來。〈燕子賦〉產生的背景，和〈列那狐〉有些相同，其諷刺的意味當然也相同。對於黑暗的中世紀的社會，在這裡，我們

可以略略得到些消息。人民們不敢公然地對帝王、對卿相、對地方官吏、對土豪劣紳報仇或指責，便只好隱隱約約地在寓言裡咒罵著了。

〈燕子賦〉寫得是燕雀爭巢事。燕巢被雀所占，向它理會，反被毆傷，於是向鳳凰處去起訴。第一篇〈燕子賦〉，對於爭巢的經過，已失去了，只從被燕子被毆，訴之鳳凰開始。

◆燕子賦◆

緣沒橫羅□□□□□□□□□□□□□□□□□□云：明敕招客標□□□□□□□□□□□□□□錯，是我表丈人，鶉鳩是我家，百州□□□□□□□□離我門，前少時終須吃摑。燕子不分，以理從索。遂被撮頭拖曳，捉衣扯擘。遼亂尊拳，交橫禿剔，父子數人，共相敲擊，燕子被打，傷毛墮翮，起上不能，命垂朝夕。伏乞檢驗，見有青赤。不勝冤屈，請王科責。鳳凰云：燕子下牒，辭理懇切，雀兒豪橫，不可稱說。終須兩家，對面分雪。但知撼否，然可斷決。專差鴟鵂往捉。

鴟鵂捉雀兒的一段，寫得極有風趣。雀兒在巢裡私語，「約束男女，必莫開門。有人覓我，道向東村」那些話，讀之不禁失笑。還不和列那狐同樣的狡獪麼?但雀兒究竟沒有列那狐的智計，只好被鴟鵂捕去。

鴟鵂奉命，不敢久庭，半走牛馰，疾如奔星。行至門外，良久立聽。正聞雀兒窟裡語，聞聲云：昨夜夢惡，今朝眼瞤，若不私鬥，克被官嗔。比來徭役，征已應頻；多是燕子，下牒申論。約束男女，必莫開門。有人覓我，道向東村。鴟鵂隔門遙喚：阿你莫漫輒藏，向來聞你所說，急出共我平章。何謂奪他宅舍，仍更打他損傷！奉府命遣我追捉，手足還是身當。入孔亦不得脫，任你百種思量。雀兒怕怖，悚懼恐惶，渾家大小，亦總驚忙。遂出跪拜鴟鵂，喚作大郎，二郎，使人遠來充熱，且向窟裡逐涼。卒客無卒主人，暫坐撩裏家常。鴟鵂曰：

者漢大痴，好不自知。恰見寬縱，苟徒過時。飯食朗道，我亦不饑。火急須去，恐王怪遲。雀兒已愁，貴在淹流，千返不去，□得脫頭。乾言強語，千祈萬求。通容放致，明日還有些束羞。鵨鷂惡發，把腰即揹。雀兒煩惱，兩眉不鄒。捺瞻噤去，須臾到州。

雀兒雖替自己辯解，卻湮滅不了具在的事實。鳳凰乃判決它決五百，枷項禁身，下於獄中。

　　奉王帖追，匍匐奔走，不敢來遲。燕子文牒，並是虛辭。眯目上下，請王對推。鳳凰云：者賊無賴，眼惱蠹害，何由可奈！骨是捉我支配！將出脊背，拔出左腿，搊去腦蓋。雀兒被嚇擔碎。號唯稱死罪，請喚燕子來對。燕子忽𨀍出頭，躬曲分疏。雀兒奪宅，今見安居；所被傷損，亦不加諸；目驗取實虛。雀兒自隱欺負面孔，縫是攢沅，請乞設誓，口舌多端。若實奪燕子宅舍，即願一代貧寒。朝逢鷹隼，暮逢痴竿，行即著網，坐即被彈。經營不進，居處不安。日埋一□，渾家不殘。咒雖萬種作了，鳳凰要自難漫。燕子曰：人急燒香，狗急驀墻，只如釘瘡病癩，埋卻屍腔。總是雀兒（轉開作）徒擬，誑惑大王。鳳凰大嗔，狀後即判雀兒之罪。不得稱苄，推問根由，仍生拒捍。責情且決五百，枷項禁身推斷。

對於這樣的判決，燕子自然是稱快。雀兒的昆季鵙鴿卻大為不平，罵了它一頓。添了這個波折，便添了風趣不少。

　　燕子唱快，憙慰不以。奪我宅舍，捉我巴毀，將作你吉達到頭；何期天還報你！如今及阿莽次，第五下乃是調子。鵙鴿在傍，乃是雀兒昆季，頗有急難之情，不離左右看侍。既見燕子唱快，便即向前填置。家兄觸快明公，下走實增厚鬼。切聞狐死兔悲，惡傷其類，四海盡為兄弟，何況更同臭味。今日自能論竟，任他官府處理。死鳥就上更彈，何須逐後罵詈。

下面寫雀婦去獄中探望雀兒；那情景還不是唐代監獄的描述麼？

　　婦聞雀兒被杖，不覺精神沮喪。但知捶胸拍臆，垂頭憶想阿莽。兩步並作一步，走向獄

中看去。正見雀兒臥地，面色恰似勃土。脊上縫個服子，彷彿亦高尺五。既見雀兒困頓，眼中淚下如雨。口裡便灌小便，瘡上還貼故紙。當時骸骸勸諫，拗戾不相用語。無事破囉啾唧，果見論官理府。更披枷禁不休，于身有阿沒好處。乃是自招禍恤，不得怨他灶祖。雀兒打硬，猶自流漫語；男兒丈夫，事有錯誤，脊被揎破，更何怕懼！生不一回，死不兩度！俗語云：寧值十狼九虎，莫逢痴兒一怒。如今會遭夜莽赤椎，揔是者黑嫗兒作祖。吾今在獄，寧死不辱。汝可早去，喚取鸜鴿。他家頭尖，憑伊覓曲，咬齧勢要，教向鳳凰邊遮囑。但知免更吃杖，與他祁摩一束。

雀兒在獄，總想設法脫枷及免罪。像他這樣的一個強梁的東西，到此地步，也只好「口中念佛，心中發願：若得官事解散，險（繕）寫《多心經》一卷」了。這諷刺得多麼可笑！

　雀兒被禁數日，求守獄子脫枷。獄子再三不肯，雀兒美語咀啜：官不容針私客車，叩頭與脫到晚衙。不相苦死相邀勒，送飯人來定有叙。獄子曰：浩今未得清雪，所已留在黃沙。我且忝為主吏，豈受資賄相遮。萬一王耳目，碎即恰似油麻。乍可從君懊惱，不得遣我著查。雀兒歎曰：古者三公厄於獄卒，吾乃今朝自見。惟須口中念佛，心中發願：若得官事解散，險寫多心經一卷。遂乃嗢圖本典，日徒沙門，辨曹司上下，說公白健。今日之下，些些方便。還有紙筆當直，莫言空手冷面。本典曰：你亦放鈍，為當退顛。奪他宅舍，不解卑㖩，卻事凶粗，打他見困。你是王法罪人，鳳凰命我責問。明日早起過案，必是更著一頓。杖十已上開天，未死不過半寸。但辨脊背□□，何用密箄相骸。

雀兒對案時的情景，寫得有風趣極了！我們看它是怎樣地替它辯護的？

　雀兒被額，更額氣憤，把得問頭，特地更悶。問：燕子造舍，擬自存活，何得粗豪，輒敢強奪！仰答：但雀兒之名瞇子，交被老烏趁急，走不擇險，逢孔即入，暫投燕舍，勉被拘

執。實緣避難，事有急疾，亦非強奪，願王體悉。又問：既稱避難，何得恐赫，仍更躚打，使令墜翮。國有常形，舍答決一百。有何別理，以此明白？仰答：但雀兒只緣腦子避難，暫時留燕舍，既見空閒，暫歇解卸。燕子到來，望風惡罵。父子團頭，牽及上下。忿不思難，便即相打。燕子既稱墜翮，雀兒今亦跛跨。兩家損處，彼此相亞。若欲確論坐宅，請乞酬其宅價。今欲據法科繩，實即不敢咋呀。見有請上柱國勳，請與收其贖罪。

它想到了要以「上柱國勳」來贖罪。

又問：奪宅恐赫，罪不可容。既有高勳，究於何處立功？仰答：但雀兒去貞十九年大將軍征計遼東，雀兒□充傔，當時被入先鋒，身不□，手不彎弓，口銜□火，送著上風，高麗逐滅，因此立功。一例蒙上柱國，見有勳告數通。必期欲得磨勘，請檢《山海經》中。鳳凰判云；雀兒剔禿，強奪燕屋，推問根由，元無臣伏。既有上柱國勳收贖，不可久留在獄。宜即適放，勿煩案牘。

「必期欲得磨勘，請檢《山海經》中。」作者是那麼警敏地在開著玩笑！

雀兒既被釋，遂和燕子和解了。有一多事鴻鶴，卻罵了它們一頓。這和後來的〈蔬果爭奇〉、〈梅雪爭奇〉、〈童婉爭奇〉一類的東西，以及〈茶酒論〉是結構相同的。但未免卻落了套。不過最後的燕雀同詞而對的一首詩，卻救她出於「平庸」。

雀兒得出，憙不自勝。遂喚燕子，且飲二升。比來觸誤，請公哀矜。從今已後，別解□□。人前並地，更莫吶吶。燕雀既和，行至憐並，乃有一多事鴻鶴，借問：比來諫竟雀兒不退，靜開眼尿床，違他格令，賴值鳳凰恩擇，放你一生草命。可中鷂子搦得，百年當鋪了竟。遂罵燕子：你甚頑嚣！些些小事，何得紛紅！直欲危他性命，作得如許不仁！兩個都無所識，宜悟不與同群！燕雀同詞而對曰：何其鳳凰不嗔，乃被鴻鶴責所！你亦未能斷事，到

頭沒多詞句！必其倚有高才，請乞立題詩賦。鴻鶴好心，卻被譏刺。乃與一詩，以程二子。

鴻鶴宿心有遠志，燕雀由來故不知。一朝自到青雲上，三歲飛鳴當此時。燕雀同詞而對曰：

大鵬信徒南，鷦鷯巢一枚。逍遙各自得，何在二蟲知！

〈燕子賦〉的作者，一定是很有修養的文士。「逍遙各自得，何在二蟲知？」那樣的思想，是陶潛、莊周他們所抱有著的。

另一篇〈燕子賦〉，首尾完全，但內容卻平凡得多了。姑附錄於後，以資對讀。

此歌身自合，天下更無過。雀兒和燕子，合作〈開元歌〉。

燕子實難及，能語復嘍羅；一生心快健，禽裡更無過。居在堂梁上，銜泥來作窠。追朋伴親侶，濫鳥不相過。秋冬石窟隱，春夏在人間。二月來梭叢，八月卻販。口銜長命草，餘事且閑閑。經冬若不死，今歲重回還。遊蕩雲中戲，宛轉在空飛。還來歸舊室，冬自本巢依。叢中逢一鳥，稱名自雀兒。搖頭徑野說，語裡事哆⿰口規。

雀兒實贊念，變弄別浮沉。知他窠窟好，乃即橫來很。問燕何山鳥？掇地作音聲。徒勞來索窟，放你且放心。燕子語雀兒：好得輒行非，問君向者語，元本未相知。一冬來住居，溫暖養妻兒。計你合慚愧，卻被怨辯之。雀兒語燕子：恩澤莫大言，高聲定無理。不假觜頭喧，官司有道理。正敕見明宣，空閑石得坐。雀兒起自專。燕子語雀兒：好得合頭痴，向吾宅裡坐，卻捉主人欺。如今見我索，荒語說官司。養蝦蟆得痳病；報你定無疑。雀兒語燕子：不由君事觜頭。問君行坐處。元本住何州？宅家今括客，特敕捉浮逃。黠兒別設訥，轉急且抽頭。燕聞拍手笑，不由君事。落荒大宅居山所，此乃是吾莊，本貫屬京兆，生緣在帝鄉。但知還他窟，野語不相當。縱使無籍貫，終是不關君。我得永年福，到處即安身。此言並是實，天下亦知聞。是君不信語，乞問讀書人。

雀兒語燕子：何用苦分疏！因何得永年福，言詞總是虛。精神目驗在，活時解自如。功夫何處得？野語誑鄉閭。頭似獨舂鳥，身如七搕形。緣身豆汁染，腳手似針釘。恆常事誇大，俚欲漫胡瓶。撫國知何道，聞我永年名。

昔本吾王殿，燕子作巢窟，宮人夜遊戲，因便捉窠燒。當時無住處，堂梁寄一宵。其王見憐愍，愍念亦優饒。莫欺身幼小，意氣極英雄。堂梁一百所，遊颺在雲中。水上呑浮蟻，空裡接飛蟲。真城無比較，曾娉海龍宮。海龍王第三女，髮長七尺強。銜來腹底臥，燕豈在稱揚。請讀論語驗，問取公冶長。當時在縲絏，緣燕免無常。

雀兒語燕子：側耳用心聽。如欲還君窟，且定觜頭聲。赤雀由稱瑞，兄弟在天庭。公王共執手，朝野悉知名。一種居天地，受某不相當。麥孰我先食，禾孰在前嘗。寒來及暑往，何曾別帝鄉。子孫滿天下，父叔遍村坊。自從能識別，慈母實心平，恆思十善業，覺悟欲無常。饑恆餐五穀，不煞一眾生。憐君是遠客，為此不相爭。

燕子自咨嗟，不向雀兒誇，饑恆食九醞，渴即飲丹砂，不能別四海，心裡戀洪牙。莫怪經冬隱，只為樂山家。久住人增賤，希來見喜歡。為此經冬隱，不是怕饑寒。幽嚴實快樂，山野打盤珊。本擬將身看，卻被看人看。

一猇雖然猛，不如眾狗強。窠被奪將去，嚇我作官方。空爭並無益，無過見鳳凰。雀既被燕撮，直見鳥中王。鳳凰臺上坐，百鳥四邊圍。徘徊四顧望，見燕口銜詞。橫被強奪窟，投名訴雀兒。抱屈來諫訢，啟奏大王知。雀兒及燕子，皆總立王前。鳳凰親處分，有理當頭宣。燕子於先語，臣作一言，依實說事狀，發本述因緣。被侵宅舍苦，理屈豈感言。不分黃頭雀，朋博結豪強。燕有宅一所，橫被強奪將，理屈難緘嘿，伏乞願商量。日月雖耀赫，無明照覆盆。空辭元無力，誰肯入王門。鳳凰嗔雀兒，何為挺他斯！彼此有窠窟，忽爾輒行非。

雀兒向前啟鳳凰：王今怎不知，窮研細諸問，豈得信虛辭。

雀兒但為鳥，各自住村坊。彼此無宅舍，到處自安身。見一空閒窟，破壞故非新。久訪元無主，隨便即安身。成功不了毀，不能移改張。隨便裡許坐，愛護得勞藏。

燕子啟大王：雀兒漫洛荒。亦是窮奇鳥，構探足詞章。銜泥來作窟，口裡見瘡生。王今不信語，乞問主人郎。鳳凰當處分：二鳥近前頭。不言我早悉，事狀見嘍嘍。薄媚黃頭雀，便漫說緣由。急手還他窟，不得更勾留。雀兒啟鳳凰；吩付亦甘從。王遣還他窟。乞請再通容。雀兒是課戶，豈共外人同。

燕子時來往，從坐不經冬。鳳凰語雀兒：急還燕子窟。我今已判定，雀兒不合過。暖是百鳥主，法令不阿磨。理引合如此，不可有偏頗。

燕子理得舍，歡喜復歡忻。雀兒終欲死，無處可安身。

燕子不求人，雀兒莫生嗔。昔問古人語：三鬥始成親。往者堯王聖，寫位二十年；鄭喬事四海，對面即為婚。元百在家患，臣鄉千埋期。燕王怨，怨秦國，位馬變為驎，並糧坐守死，萬代得稱傳。百挑憶朝廷，哽咽淚交連。斷馬有王義，由自不能分。午子骨罰楚，二邑亦無言。不能攀古得，二人並鳥身。緣爭破壞窟，徒特費精神。錢財如糞土，人義重於山。燕今實罪過，雀兒莫生嗔。

雀兒語燕子：別後不須論。室是君家室，合理不虛然。一冬來修理，泥落悉皆然。計你合慚愧，卻攥我見王身。鳳凰住化法，不擬煞傷人。忽然責情打，幾許愧金身。

燕子語雀兒：此言亦非嗔。緣君修理屋，不索價房錢。一年十二月，月別伍伯文。可中論房課，定是賣君身。

〈茶酒論〉一篇，可附於本章敘述之；這也是「賦」之一體。這篇題作「鄉貢進士王敷撰」，其生平未

能考知。像這樣的遊戲文章，唐人並不忌諱去寫。韓愈也作了〈毛穎傳〉。「爭奇」一類的寫作，本來也是從〈大言〉、〈小言賦〉發展出來的。明人鄧志謨卻把這幼稚的文體廓大而成為二冊三冊的一種「爭奇」的專書了。

茶和酒在爭論著：「兩個誰有功勳？」茶先說其可貴，酒乃繼而自誇其力，反覆辨難，終乃各舉其「過」。「兩個政爭人我，不知水在旁邊。」水乃出來和解道：茶酒要不得水，將成什麼形容呢？水對於萬物，功績最大，但他並不言功。茶酒又何必爭功呢？「從今已後，切須和同。酒店發富，茶坊不窮。長為兄弟，須得始終。」

大規模的〈三都〉、〈兩京賦〉，其結構和作用也都是這樣的幼稚的。

「若人讀之一本，永世不害酒顛茶風。」這二句話恐怕是受了印度作品的影響。像這樣的自贊自頌的結束方法，在我們文學作品裡是很少見到的。

為了讀者的方便，把〈茶酒論〉也附錄於下。關於〈茶酒論〉，日本的鹽谷溫教授曾有過一篇考釋。

〈茶酒論〉一卷並序，鄉貢進士王敷撰：

竊見神農，曾嘗百草，五穀從此得分。軒轅制其衣服，流傳教示後人。蒼頡致其文字，孔丘闡化儒因。不可從頭細說，撮其樞要之陳。暫問茶之與酒，兩個誰有功勳？阿誰即合卑小，阿誰即合稱尊？今日各須立理，強者先飾一門。茶乃出來言曰：「諸人莫鬧，聽說些些些夕；百草之首，萬木之花，貴之取蕊，重之擲芽，呼之名草，號之作茶。貢五侯宅，奉帝王家。時時獻入，一世榮華。自然尊貴，何用論誇！」酒乃出來：「可笑詞說，自古之今，茶賤酒貴。單醪投河，三軍告醉。君王飲之，叫呼萬歲。群臣飲之，賜卿無畏。和死定生，神明歆氣。酒食問人，終無惡意。有酒有令，仁義禮智。自合稱尊，何勞比類？」茶謂酒曰：「阿，你不聞道：浮梁歙州，萬國來求：蜀川流頂，其山驀嶺；舒城太胡，買婢買奴，越群餘杭，金帛為囊。素紫天子，人間亦少。商客來求，舡車塞紹。據此蹤由，阿誰合少！」酒

謂茶曰：「阿，你不聞道：劑酒乾和，博錦博羅，蒲桃九醞，於身有潤；玉酒瓊漿，仙人杯觴；菊花竹葉，中山趙母；甘甜美苦，一醉三年。流傳今古，禮讓鄉侶。調和軍府，阿你頭惱，不須乾努。」茶謂酒曰：「我之茗草，萬木之心，或白如玉，或似黃金，明僧大德，幽隱禪林，飲之語話，能去昏沉。供養彌勒，奉獻觀音。千劫萬劫，諸佛相欽。酒能破家散宅，廣作邪婬，打卻三盞以後，令人只是罪深。」酒謂茶曰：「三文一缸何年得富，酒通貴人，公卿所慕。曾道趙王彈琴，秦王擊缶，不可把茶請歌，不可為茶交舞。茶吃只是腰痛，多吃令人患肚。一日打卻十杯，腸脹又同衙鼓。若也服之三年，養蝦蟆得水病報。」茶謂酒曰：「我三十成名，束帶巾櫛，驀海其江，來朝今室。將到市鄽，安排未畢。人來買之，錢財盈溢。言下便得富饒，不在明朝後日。阿你酒能昏亂，吃了多饒啾唧。街中羅織平人，脊上少須十七。」酒謂茶曰：「豈不是古人才子，吟詩盡道渴來，一盞能生養命，又道酒是消愁藥，又道酒能養賢。古人糠粕，今乃流傳。茶賤三文五碗，酒賤中半七文。致酒謝坐，禮讓周旋。國家音樂，本為酒泉。終朝吃你茶水，敢動些些管弦。」茶謂酒曰：「阿你不見道：男兒十四五，莫與酒家親。君不見生生鳥為酒喪其身。阿你即道茶吃發病，酒吃養賢。即見道有酒黃酒病，不見道有茶瘋茶顛。阿闍世王為酒報父害母，劉伶為酒一死三年。吃了張眉豎眼，怒鬥宣拳。狀上只言粗豪酒醉，不曾有茶醉。相言不免求首，杖子本典索錢。大枷榼頂，背上抛椓。便即燒香斷酒，念佛求天，終身不吃，望逸迍邅。」兩個政爭人我，不知水在旁邊。水謂茶酒曰：「阿你兩個，何用忿忿！阿誰許你，各擬論功。言詞相毀，道西說東。人生四大，地水火風。茶不得水，作何相貌！酒不得水，作何形容！米麴乾吃，損人腸胃，茶行乾吃，只糲破喉嚨。萬物須水，五穀之宗；上應乾象，下順吉凶；江河淮濟，有我即通；亦能漂蕩天地；亦能涸煞魚龍，堯時九年災跡，只緣我在其中。感得天下欽奉，萬姓依從，

由自不說能聖；兩個用爭功！從今已後，切須和同。酒店發富，茶坊不窮，長為兄弟，須得始終。」若人讀之一本，永世不害酒顛茶風。

最後，有一篇〈齖齣新婦文〉①，也應該一提。這是後來流行甚廣的〈快嘴李翠蓮記〉（見《清平山堂話本》）的故事之最早的一個本子。雖然寫得並不怎樣好，但在民間是發生了相當的作用的。在那裡，反映著民間婚姻制度的不合理，與由此制度所產生的種種痛苦。

> 夫齖齣新婦者，本自天生，鬥脣闔舌，務在喧爭。欺兒踏婿，罵詈高聲，翁婆共語，殊總不聽。入廚惡發，翻粥撲羹（甲本作餪）。轟盆打會甑，雹釜打鐺。嗔似水牛料鬪（乙本作斟），笑似轆轤作聲。若說軒裙撥（乙本作簸）尾直，是世間無比。鬥亂親情，欺鄰逐里。阿婆嗔著，終不合觜。將頭自（甲本作白）搕，竹天竹地。莫著臥床，佯病不起。見婿入來，滿眼流淚。夫問來由，有何事意，沒可分梳（乙本作疏），口（乙本作只）稱是事（乙本作是），翁婆罵我作奴作婢之相，只是擔（甲本作擡）服夜睡，莫與飯（乙本作飰），吃餓（乙本作我）自起。阿婆問（乙本作向）兒言說（乙本作曰），索（乙本作色）得個屈期。醜物入來，與（甲本作已）我作底。新婦聞之，從床忽起。當初緣甚不嫌，便即下財下禮。色我將來，道我是底。未許之時，求神拜鬼，及至入（乙本作將）來，說我如此。新婦乃索離書廢我，別嫁可曾夫婿。翁婆聞道色離書（自廢我至離書十五字乙本有甲本無），忻忻喜喜。且（乙本作是）與緣（乙本作沿）房衣物，更別造一床氈被，乞求趁卻，願更莫逢相值。新婦道辭便去，口裡咄咄罵詈。不徒錢財產業，且離怨（甲本作恐）家老鬼。新婦慣喚（喚字

---

① 劉半農曰：此文有二五六四號二六三三號兩本，今以二五六四號為甲本，二六三三號為乙本，互校其差異附注本文之下。

乙本無），向村中自由自在。禮宜（乙本無宜字）不學女翁不愛，只是手提竹籠，恰似（恰似二字乙本無），傍田拾菜。如此之流須為監解。看是名家之流，不交自解。本性齖齣打煞也不改。已後與兒索婦，大須穩（甲本作隱）審趁逐，莫取媒人之配。阿家詩曰：齖齣新婦甚典硯，直得親（乙本作新）情不許見。千約萬束不取語，惱得老人腸肚爛。新婦詩曰：本性齖齣處處知，阿婆何用事悲悲（乙本作卑卑）！若覓下官（乙本作棺）行婦禮，更須換卻百重皮。

參考書目

1. 《中國文學史中世卷》，鄭振鐸作，商務印書館印行，已絕版。
2. 《插圖本中國文學史》第二冊，鄭振鐸作，北平樸社，新版將由商務印書館出版。
3. 《敦煌俗文學參考資料》，鄭振鐸編，燕京大學、暨南大學油印本。
4. 《敦煌零拾》，羅振玉編。（自印本）
5. 《敦煌掇瑣》第三輯，劉復編，中央研究院出版。
6. 《彊村叢書》，朱祖謀編。（自印本）
7. 《彊村遺書》，龍沐勳編。（自印本）
8. 《世界文庫》第一卷第六冊，鄭振鐸編，生活書店出版。

第六章　變　文

一

在敦煌所發現的許多重要的中國文書裡，最重要的要算是「變文」了。在「變文」沒有發現以前，我們簡直不知道「平話」怎麼會突然在宋代產生出來？「諸宮調」的來歷是怎樣的？盛行於明、清二代的寶卷、彈詞及鼓詞，到底是近代的產物呢？還是「古已有之」的？許多文學史上的重要問題，都成為疑案而難於有確定的回答。但自從三十年前史坦因把敦煌寶庫打開了而發現了變文的一種文體之後，一切的疑問，我們才漸漸地可以得到解決了。我們才在古代文學與近代文學之間得到了一個連鎖。我們才知道宋、元話本和六朝小說及唐代傳奇之間並沒有什麼因果關係。我們才明白許多千餘年來支配著民間思想的寶卷、鼓詞、彈詞一類的讀物，其來歷原來是這樣的。這個發現使我們對於中國文學史的探討，面目為之一新。這關係是異常的重大。假如在敦煌文庫裡，只發現了韋莊的〈秦婦吟〉，王梵志的詩集，許多古書的鈔本，許多佛道經，許多民間小曲和敘事歌曲，許多遊戲文章，像〈燕子賦〉和〈茶酒論〉之類，那不過是為我們的文學史添加些新的資料而已。但「變文」的發現，卻不僅是發現了許多偉大的名著，同時，也替近代文學史解決了許多難以解決的問題。這便是近十餘年來，我們為什麼那樣的重視「變文」的發現的原因。本書以專章來研究「變文」，其原因也即在此。如果不把「變文」這一個重要的已失傳的文體弄明白，則對於後來的通俗文學的作

品簡直有無從下手之感。

在敦煌的許多重要作品裡，「變文」是最後為我們所注意的。史坦因和伯希和獲得了敦煌文庫裡的許多文卷之時，他們並不注意到有這樣的一種特殊的「文體」。許多人抄錄著、影印著敦煌文卷之時，他們也沒有注意到這樣重要的一種發現。

最早將這個重要的文體，「變文」發表了出來的，是羅振玉。他在《敦煌零拾》裡，翻印著《佛曲三種》（《敦煌零拾》四）。這是羅氏他自己所藏的東西。這三種都是首尾殘闕的，所以羅氏找不到原名，只好稱之為「佛曲」。但在他的跋裡，他已經知道，這樣的「佛曲」，和宋代的「說話人」的著作有關係了：

佛曲三種，皆中唐以後寫本。其第二種演《維摩詰經》，他二種不知何經。考《古杭夢遊錄》，載說話有四家。一曰小說，謂之銀字兒。如煙粉、靈怪、傳奇、公案，皆是搏拳提刀趕棒，及發跡變態之事。說經謂演說佛書，說參謂參禪，說史，謂說前代興廢戰爭之事。《武林舊事》載諸技藝，亦有說經。今觀此殘卷，是此風肇於唐而盛于宋兩京。元、明以後，始不復見矣。甲子三月，取付手民。卷中訛字甚多，無從是正，一仍其舊。

羅氏把「佛曲」作為宋代「說經」的先驅，這是很對的。可惜他並沒有發現其他「非說經」的「變文」，所以，不知道「變文」並也是「小說」和「說史」的先驅。

這《佛曲三種》，今已知其原名者為：

（一）《降魔變文》

（二）《維摩詰經變文》

其他一種，演有相夫人升天事，不知其原名為何。陳寅恪先生名之為「有相夫人升天曲」。但實非「曲」也。

後來日本的幾位學者對於「變文」也有一番研究，卻均不能得其真相所在。

劉半農先生在巴黎國家圖書館抄得了不少的敦煌卷子，曾刊為《敦煌掇瑣》三輯。其中收「變文」不少。但獨遺漏了最重要的若干卷的《維摩詰經變文》，實可遺憾！大約他為了這是演佛經故事的，故忽視了它。北平書肆曾出現了一卷完全的《降魔變文》，到了劉先生手裡，他也未收。幸為胡適之先生所得，不至流落國外。

胡適之先生在《倫敦讀書記》裡，獨能注意到《維摩詰經變文》的重要，這是很可佩服的。可惜他的《白話文學史》沒有續寫下去，這一部分的材料，他便也不能有整理和發表有系統的研究的機會。

我在《中國文學史》中世卷上冊裡，曾比較詳細地討論到「變文」的問題。但那個時候，所見材料甚少，《敦煌掇瑣》也還不曾出版。將那些零零落落的資料作為研究的資料，實在有些嫌不夠。我在那裡，把「變文」分為「俗文」和「變文」兩種，以演述佛經者為「俗文」，以演述「非佛教」的故事者為「變文」，這也是錯誤的。總緣所見太少，便不能沒有臆測之處（那時，北京圖書館目錄上，是有「俗文」的這個名稱的，故我便沿其誤了）。

在我的《插圖本中國文學史》（第二冊）裡，對於「變文」的敘述便比較地近於真確，我現在的見解，還不曾變動。但所得的材料，比那個時候卻又多了不少。

二

在沒有找到「變文」這個正確的名稱之前，我們對於這個「文體」是有了種種的臆測的稱謂的。我們知道它們是被歌唱的，且所唱的又大致都是關於故事，故有的學者便直稱之曰：「佛曲」。但這和唐代流行的「佛曲」有了很可混淆的機會。有少數的人，竟把「變文」和唐代「佛曲」混作一談。但這實在是很不對的。他們之間有著極大的區別。「佛曲」是梵歌，是宗教的贊曲，但「變文」卻是一種嶄

新的不同的成就更為偉大的文體。

把「變文」稱為「佛曲」是毫無根據的。

我們又知道它們是大部分演述佛經的故事的；甚至，像《維摩詰經變文》之類，它們是先引一段「經文」，然後再加以闡發和描狀的。所以，有的人便稱之曰：「俗文」。

所謂「俗文」之稱，大約是指其將「佛經」通俗化了的意思。

但這也是毫無根據的。今所見到的「變文」，沒有一卷是寫作「俗文」的，除了從前北京圖書館的目錄上如此云云地記錄著。

亦有稱之曰：「唱文」。

在巴黎所藏的《維摩詰經變文》，凡五卷，目錄（《伯希和目錄》）上均作：《維摩唱文》殘卷（這五卷，號碼是一個P. 2873）。同時，伯希和目錄上，又有《法華經唱文》一卷（P. 2305），不知原名是否如此？倫敦博物館所藏，有：《維摩唱文綱領》一卷（S. 3113），或者「變文」在當時說不定也被稱為「唱文」。

或有稱之曰：「講唱文」。

這個名稱，只見一例，即倫敦博物院所藏的一卷：《溫室經講唱押座文》。恐怕，所謂「講唱押座文」，只是當時寫者或作者隨手拈來的一個名稱吧。

其他，尚有人稱之曰：「押座文」，或稱之曰：「緣起」的。稱「押座文」的，頗多，像：《維摩押座文》（S. 1441）、《降魔變押座文》（P. 2287）、《破魔變押座文》（P. 2887）上舉的《溫室經講唱押座文》也是其一。但我們要注意的，在「押座文」之上，還有一個「變」字（「變文」或簡稱為「變」）。所謂「押座文」實在並不是「變文」的本身的別一名稱；所謂「押座文」，大約便是「變文」的引端或「入話」之意。

「緣起」也許也便是「入話」之類的東西吧。但也許竟是「變文」的別一稱謂。以「緣起」為名的變文凡三見：

（一）《醜女緣起》（P. 3248）

（二）《大目錄緣起》（P. 2193）

（三）《善財入法界緣起鈔卷四》（P. ?）

在這三卷裡，只有第一卷，我們是讀到的。中有「上來所謂醜變」之語，可見其名稱仍當是「醜女變文」。在這裡，把「緣起」作為「變文」的別名，當不會十分的錯誤。

但就今日所發現的文卷來看，以「變文」為名的，實在是最多，例如：

（一）《降魔變文》（胡適之藏）

（二）《舜子至孝變文》（P. 2721）

（三）《大目乾連冥間救母變文》（P. 1319，又S.）

（四）《八相成道變》（北京圖書館藏）

凡有新發現，大抵皆足證明「變文」之稱為最普遍。

且也還有別的旁證，足為我們的這個討論的根據。

《太平廣記》（卷二百五十一）裡，記載著張祜和白居易的一段故事：

> 「祜亦嘗記得舍人《目連變》。」白曰：「何也？」曰：「『上窮碧落下黃泉，兩處茫茫皆不見。』非《目連變》何邪？」（出王定保《摭言》）

張祜所謂「目連變」，也許指的便是我們所知道的《目連變文》吧？

在唐代，有所謂「變相」的，即將佛經的故事，繪在佛舍壁上的東西。張彥遠《歷代名畫記》記之甚詳。吳道子便是一位最善繪「地獄變」（「變相」也簡稱為「變」）的大畫家。

像沒有一個寺院的壁上沒有「變相」一樣，大約，在唐代，許多寺院裡，也都在講唱著「變文」吧。

唐趙璘《因話錄》（卷四）有一段描寫寺廟裡說故事的記載，最值得我們的注意：

有文溆僧者，公為聚眾譚說，假託經論。所言無非淫穢鄙褻之事。不逞之徒，轉相鼓扇扶樹。愚夫冶婦，樂聞其說，聽者填咽寺舍。瞻禮崇拜，呼為和尚教坊。效其聲調，以為歌曲。其甿庶易誘。釋徒苟知真理，及文義稍精，亦甚嗤鄙之。近日庸僧，以名繫功道使，不懼臺省。府縣以士流好窺其所為，視衣冠過於仇讎。而溆僧最甚。前後杖背，流在邊地數矣。

趙璘根本上看不慣這種「聚眾譚說，假託經論」之事；也極「嗤鄙」其文辭。

《盧氏雜說》（《太平廣記》卷二百四引）云：

文宗善吹小管。時法師文漵為入內大德。一日，得罪，流之。弟子入內收拾院中籍入傢俱籍，猶作法師講聲。上采其聲為曲子，號《文漵子》。

這一段話，和《因話錄》的一段，對讀起來，可知文漵即文溆。《樂府雜錄》云：

長慶中，俗講僧文敘，善吟經，其聲宛暢，感動里人。

所謂「俗講僧」，當即是講唱「變文」的和尚吧。為了變文中唱的成分頗多，故被文宗（或愚夫冶婦，如《因話錄》所說）「采入其聲為曲子。」（或效其聲調，以為歌曲）。

像「變相」一樣，所謂「變文」之「變」，當是指「變更」了佛經的本文而成為「俗講」之意（變相是變「佛經」為圖相之意）。後來「變文」成了一個「專稱」，便不限定是敷演佛經之故事了（或簡稱為「變」）。

三

「變文」是「講唱」的。講的部分用散文；唱的部分用韻文。這樣的文體，在中國是嶄新的，未之前有的。故能夠號召一時的聽眾，而使之「轉相鼓扇扶樹。愚夫冶婦，樂聞其說。聽者填咽寺舍。」這是一種新的刺激，新的嘗試！

在古代，散文裡偶然也雜些韻文，那也「引詩以明志」的舉動，和「變文」之散韻交互使用者決非「同科」。劉向《列女傳》之「贊」和班固《漢書》的「贊」，雖用的韻文散文不同，其作用則一也。《韓詩外傳》所用的「詩」，也不外是以故事來釋「詩」，都非「變文」的祖禰。

「變文」的來源，絕對不能在本土的文籍裡來找到。

我們知道，印度的文籍，很早地便已使用到韻文散文合組的文體。最著名的馬鳴的《本生鬘論》也曾照原樣地介紹到中國來過。一部分的受印度佛教的陶冶的僧侶，大約曾經竭力地在講經的時候，模擬過這種新的文體，以吸引聽眾的注意。得了大成功的文淑或文漵便是其中的一人。

從唐以後，中國的新興的許多文體，便永遠地烙印上了這種韻文散文合組的格局。講唱「變文」的僧侶們，在傳播這種新的文體結構上，是最有功績的。

「變文」的韻式，至今還為寶卷、彈詞、鼓詞所保存。真可謂為源微而流長了！

考「變文」所用的韻式（就今日所見到的許多「變文」歸納起來說），最普通的是七言；像《維摩詰經變文》（第二十卷）：

佛言童子汝須聽，勿為維摩病苦縈，四體有同臨岸樹，雙眸無異井中星。
心中憶問何曾罷，丈室思吾更不停，斟酌光嚴能問活，吾今對眾遣君行。
丁寧金口贊當才，切莫依前也讓退，汝見維摩情款曲，維摩見汝喜徘徊。
不於年臘人中選，直向聰明眾裡差，必是分憂能問病，莫須排當唱將來。

像《降魔變文》：

長者既蒙聖加護，一切迷信頓開悟，舍利弗相隨建道場，擬請如來開四句。
巡城三面不堪居，長者怨煩心猶預，乘象思村向前行，忽見一園花果茂。
須達舍利乘白象，往向城南而顧望，忽見寶樹數千株，花開異色無般當。

祥雲瑞蓋滿虛空，白鳳青鸞空裡颺，須達嗟歎甚希奇，瞻仰尊顏問和尚。
舍利回頭報須達，此園妙好希難遇，聖鐘應現樹林間，空裡天仙持供具。
遇去諸佛先安居，廣度眾生無億數，明知聖力不思議，此是如來說法處。
須達聞說甚驚疑，觀此園亭國內希，未知本主誰人是，百計如何買得之。
世上好物人皆愛，不賣之人甚難期，良久沉吟情不悅，心裡回惶便忸怩。
喚得園人來借問，園主當今是阿誰，我今事物須相見，火急具說莫遲違。
園人叉手具分披，園主富貴不隨宜，現是東宮皇太子，每日來往自看之。
不向園來三數日，倍加修飾勝常時。長者欲識其園主，乃是波斯國王兒。

像《八相變文》：

無憂樹下暫攀花，右脅生來釋氏家，五百夫人隨太子，三千宮女棒摩耶。
堂前再政鴛鴦彼，彼象危休登舉車，產後孩童多瑞福，明君聞奏喜無涯。

也有於「七言」之中夾雜著「三言」的。這「三言」的韻語，使用著的時候，大都是兩句合在一處的。仍似是由「七言」語句變化或節省而來。像《維摩詰經變文》（第二十卷）：

智惠圓　福德備，佛杲將成出生死，牟尼這日發慈言，交往毗耶問居士。
載天冠　服寶帔，相好端嚴注王子，牟尼這日發慈言，交往毗耶問居士。
越三賢　超十地，福德周圓入佛位，牟尼這日發慈言，交往毗耶問居士。
足詞才　多智惠，生語總瑞無相裡，牟尼這日發慈言，交往毗耶問居士。
果報圓　已受記，末世成佛號慈氏，牟尼這日發慈言，交往毗耶問居士。
難測度　難思議，不了二門自他利。牟尼這日發慈言，交往毗耶問居士。

後來的許多寶卷、彈詞、鼓詞的三七言夾雜使用著的韻式便是直接從「變文」這個韻式流演下來的。

也有使用六言的，像《八相變文》：

當日金團太子，攢身來下人間，福報合生何處，遍看十六大國。從門皆道不堪，唯有迦毗羅城，天子聞多第一，社稷萬年國主。祖宗千代輪王，我觀過去世尊，示現皆生佛國，看了卻歸天界。隨於菩薩下生，時昔七月中旬，托陰摩耶腹內，百千天子排空下。同向迦毗羅國生。

但那是極罕見到的式子。也間有使用到五言的，像《八相變文》：

老人道：

拔劍平四海，橫戈敵萬夫。一朝床枕上，起臥要人扶。

那也是極不多見的韻式。

就一般地說來，「變文」的韻式，全以七言為主而間雜以三言：僅有極少數的例子，是雜以五言或六言的。即雜五言或六言的「變文」，其全體仍是以「七言」組織之的。

關於散文部分，「變文」的作者們大體使用著比較生硬而幼稚的白話文，像《八相變文》：

太子作偈已了，即便歸宮，顏色忙祥，愁憂不止。大王聞太子還宮，遣宮人遂喚太子，「吾從養汝，只是懷愁。昨日游觀西門，見於何物？」太子奏大王曰，「昨日遊玩，不見別物，見一病兒，形骸羸瘦。遂遣車匿，去問病者只是一人？他道世間病患之時，不論貴賤。聞此言語，實積憂愁。謹咨大王，何必怪責。」大王遂遣太子，來日卻往巡遊，至於北門。忽見一人，歸於逝路四支全具，九孔□□。臥在荒郊，膖脹壞爛。六親號叫，九族哀啼，散髮披頭，渾搥自撲。遂遣車匿往問。問云「此是何人？」喪主具說實言道；「此是死事。」「即公一個死？世間亦復如然？」喪主道，「王侯凡庶，一般死相，亦無二種。」

像《伍子胥變文》：

楚王太子長大，未有妻房，王問百官，「誰有女堪為妃后？朕聞國無東宮半國曠，地無東海流泉溢，樹無枝半樹死。太子為半國之尊，未有妻房，卿等如何？」大夫魏陵啟言王曰：「臣聞秦穆公之女，年登二八，美麗過人，眉如盡月，頰似凝光，眼似流星，面如花色，髮長七尺，鼻直顏方，耳似璫珠，手垂過膝，拾指纖長。願王出敕，與太子平章。倘如得稱聖情，萬國和光善事。」遂遣魏陵召募秦公之女。楚王喚其魏陵曰：「勞卿遠路，冒陟風霜。」其王見女姿容麗質，忽生狼虎之心。魏陵曲取王情：「願陛下自納為妃后。東宮太子，別與外求。美女無窮，豈妨大道。」王聞魏陵之語，喜不自升，即納秦女為妃，在內不朝三日。伍奢聞之忿怒，不懼雷霆之威，披髮直至殿前，觸聖情而直諫。王即驚懼，問曰：「有何不祥之事？」伍奢啟曰：「臣今見王無道，慮恐失國喪邦。忽若國亂臣逃，豈不由秦公之女！與子娶婦，自納為妃。共子爭妻，可不慚於天地！此乃混沌法律，顛倒禮儀。臣欲諫交，恐社稷難存。」王乃面慚失色，羞見群臣。「國相，可不聞道：成謀不說，覆水難收。事以斯，勿復重諫。」伍奢見王無道，自納秦女為妃，不懼雷霆之威，觸聖情而直諫。「陛下是萬人之主，統領諸邦，何得信受魏陵之言！」

但也有作者是使用著當時流行的駢偶文的。像《維摩詰經變文》的作者便是一位最善於驅遣駢偶文來描狀人情，形容物態的。想不到駢偶文的使用會有了這一方面的發展（唐代是把駢偶文當作應用文的時代。有了陸宣公的奏議，又有「變文」的創作，其發展可謂為已達到了最高的與最有彈性的階段。唐末以來，駢文的格律更為嚴格而偏狹，變成了「四六文」，那便是僵化的時代了）。

三萬二千菩薩，八千餘數聲聞，盡總顆顆合掌，無非楚楚斂容。宣命者如抱慚惶，怕羞者盡懷憂懼。會中悄悄，飲氣吞聲。天花落一枝兩枝，甘露灑十點五點。世尊乃重開金口，

別選一人。傳牟尼安慰之詞，問居士纏綿之相。有一童子，名號光嚴，相圓明而特異眾人，心朗曜而回然高士。修行曩劫，磨練多生。煩拙之海欲枯，智惠之山將乾。隨緣化物，愛處及塵。如蓮不染於淤泥，似桂無侵於霜雪。諸佛祕藏，說之而義若湧泉，菩薩法門，入之而去同流水。身三口四，喻日月之分明；言直心真，現嬰童之純禮。不居淨土，也往娑婆。渾俗塵寧顯姓名，為道者全亡人事。此日聽佛說法，亦在庵薗，貯謙謹於情懷，處卑微之座位。佛於大眾，乃命光嚴：汝須從塵起來，聽我今朝敕命。光嚴被喚，便整容儀，纖手舉而淡濘風光，玉步移而威儀庠序，蹤虔恭跡之禮，仰示慈尊。寶冠亞而風颯符枝，瓔珞瑤而霞飛錦柱。天人齊看，凡聖皆歡。卓然立在於佛前，側耳專聽於敕命。世尊告曰：汝且須知，吾有一大事因緣，藉汝佛與吾弘傳至教。內外維摩居士，是我們徒作俗中引道之師，為世上照人之鏡。忽爾於攝治，今有病生，纏綿於丈室枕床，妨礙於大城遊履。麈首麈尾，藥滿雞窗。有心憑機以呻吟，無力杖梨而救化。我今憋念，欲擬女存。聊伸法乳之情，貴表師資之義。我尋乎小聖，五百聲聞，分疏之皆曰不任，盡總乃苦遭罵辱。我也委知難去，不是階齊。如熒火之光明，敲夫陽之赫奕。必知菩薩，問得維摩。三空之理既同，七辯之詞不異。未上先呁彌勒，令入坒耶成佛。雖在龍華為使，不任詣彼。誰知彌勒也有瑕疵。對知足天人之前，曾被維摩問難。適來汝兄彌勒，若問推詞——問疾佛使——不可暫停。居士便長時懸望。我今知汝家教聰明，無瑕玼似童子一般，有行解與維摩無異。汝於今日更莫推詞，共為苦海之舟航，同作人天之眼目。莫藏智釼，勿怪囊錐，事須為我分憂，問疾略過方丈。

《降魔變文》的作者，對於駢偶文的使用更為圓熟純練，已臻流麗生動的至境。

六師既兩度不如，神情漸加羞恧。強將頑皮之面，眾裡化出水池。四岸七寶莊嚴，內有金沙布池。浮泮茭草，遍緣水而竟生，弱柳芙蓉，匝靈沼而氛氳。舍利弗見池奇妙，亦不驚

嗟。化出百象之王，身軀廣潤，眼如日月，口有六牙。每牙吐七枚蓮花，華上有七天女，手撙弦管，口奏弦歌。聲雅妙而清新，姿逶迤而姝麗。象乃徐徐動步，直入池中，蹴踏東西，迴旋南北。已鼻吸水，水便乾枯。岸倒塵飛，變成旱地。於時六師失色，四眾驚嗟，合國官僚，齊聲歎異。

最妙的是，《維摩詰經變文》的「持世菩薩」卷，作者頗能於對偶之中，顯露其華豔絕代的才華。

是時也波旬設計，多排婇女嬪妃，欲惱聖人剩烈。奢化豔質希奇魔女一萬二千，最異珍珠千般，結果出塵菩薩不易惱他，持世上人如何得退。莫不剩裝美貌，元非多著嬋娟。若見時交坧出言詞，稅調著必生退敗。其魔女者，一個個如花菡萏，一人人似玉無殊。身柔軟兮新下巫山，貌婷婷兮才離仙洞。盡帶桃花之臉，皆分柳葉之眉。徐行時若風颯芙蓉，緩步處似水搖蓮亞。朱脣旖旎，能赤能紅；雪齒齊平，能白能淨。輕羅拭體，吐異種之馨香；薄縠掛身，曳殊常之翠彩。排於坐右，立在宮中。青天之五色雲舒，碧沼之千般花發。罕有罕有，奇哉奇哉。空將魔女嬈他，糸恐不能驚動。更請分為數隊，各逞逶迤。擎鮮花者殷勤獻上，焚異香者倍切虔心。合玉指而禮拜重重，出巧語而詐言切切。或擎樂器，或即或哦；或施窈窕，或即唱歌。休誇越女，莫說曹娥。任伊持世堅心，見了也須退敗。大好大好，希哉希哉。如此麗質嬋娟，爭不忘生動念。自家見了，尚自魂迷；他人睹之，定當亂意。任伊修行緊切，稅調著必見回頭；任伊鐵作心肝，見了也須粉碎。魔王道：「我只役去，定是菩薩識我。不如作帝釋隊仗，問許伊時菩薩」。於是魔王大作奢花，欲出宮城，從天降下。周回捧擁，百迎千連，樂韻弦歌，分為二十四隊。步步出天門之界，遙遙別本住宮中。波旬自乃前行，魔女一時從後。擎樂器者宣宣奏曲，向聒清霄；爇香火者灑灑煙飛，氤氳碧落。竟作奢華美貌，各申窈窕儀容。擎鮮花者共花色無殊，捧珠珍者共珠珍不異。琵琶弦上，韻合春鶯；簫管中，

聲吟鳴鳳。杖敲揭鼓，如拋碎玉柃盤中；手弄奏箏，似排雁行柃弦上。輕輕絲竹，太常之美韻莫偕；浩浩唱歌，胡部之豈能比對。妖容轉盛，豔質更豐。一群群若四色花敷，一隊隊似五雲秀麗。盤旋碧落，菀轉清霄。遠看時意散心驚，近睹者魂飛目斷。從天降下，若天花亂雨於乾坤；初出魔宮，似仙娥芬霏於宇宙。天女咸生喜躍，魔王自己欣歡。此時計較得成，持世修行必退。容貌恰如帝釋，威儀一似梵王。聖人必定無疑，持世多應不怪。天女各施於六律，人人調弄五音。唱歌者者詐作道心，供養者假為虔敬。莫遣聖人省悟，莫交菩薩覺知。發言時直要停騰，稅調處直須穩審。各請擎鮮花於掌內，為吾燒沉麝於爐中。呈珠豔而剩逞妖容，展玉貌而更添豔麗。浩浩簫韶前引，喧喧樂韻齊聲。一時皆下於雲中，盡入修禪之室內。

這樣誇奢鬥豔的寫法，在印度是「司空見慣」的，但在中國便成了奇珍異寶了。雖以漢賦的恣意形容，多方誇飾，也不足以與之比庸。我很疑心，後來小說裡的四六言的對偶文學來形容宮殿、美人、戰士、風景以及其他事物，其來源恐怕便是從「變文」這個方面的成就承受而來的。

四

但「變文」的作者們是怎樣地將韻文部分和散文部分組合起來呢？這是有種種不同的方式的。但大別之不外兩類。第一類是將散文部分僅作為講述之用，而以韻文部分重覆地來歌唱散文部分之所述的。這樣重疊的敘述，其作用，恐怕是作者們怕韻文歌唱起來，聽眾不容易瞭解，故先用散文將事實來敘述一遍，其重要還在歌唱的韻文部分。像《維摩詰經變文》「持世菩薩」卷：

［白］當日持世菩薩告言帝釋曰；天宮壽福有期，莫將富貴奢花，便作長時久遠。起坐有自

然音樂，順意笙歌。所以多異種香花，隨心自在。天男天女，捧擁無休；寶樹寶林，巡遊未歇。隨心到處，便是樓臺；逐意行時，自成寶香。花開便為白日，花合即是黃昏。思衣即羅綺千重，要飯即珍羞百味。如斯富貴，實即奢花。皆為未久之因緣，盡是不堅之福力。帝釋、帝釋、要知、要知。休於五欲留心，莫向天宮恣意。雖即壽年長遠，還無究竟之多；雖然富貴驕奢，豈有堅牢之處。壽天力盡，終歸地獄三途；福德才無，卻入輪回之路。如火然盛，木盡而變作塵埃；似箭射空，勢盡而終歸墮地。未逃生死，不出無常。速指內外之珍財，證取無為之妙果。懃於仙法，悟取真如。少戀榮華，了知是患。深勞帝釋，將謝道從。與君略出，甚深悟取，超於生死。

「古吟上下」天宮未免得無常，福德才徵卻墮落。富貴驕奢終不久，笙歌恣意未為堅。
任誇玉女貌嬋娟，任逞月娥多豔態，任你奢花多自在，終歸不免卻無常；
任誇錦繡幾千里，任你珍羞餐百味，任是所須皆總葥，終歸難免卻無常；
任教福德相嚴身，任你眷屬長圍繞，任你隨情多快樂，終歸難免卻無常；
任教清樂奏弦歌，任使樓臺隨處有，任遣嬪妃隨後擁，終歸難免也無常；
任伊美貌最希奇，任使天宮多富貴，任有花開香滿路，終歸難免卻無常；
莫於上界恣身心，莫向天中五欲深？莫把驕奢為究竟，莫耽富貴不修行！
還知彼處有傾摧，如箭射空隨志地。多命財中能之了，修行他不出無常。
索將勞帝釋下天來，深謝弦歌皷樂排。玉女盡皆覺悟取，嬋娟各要出塵埃。
天宮富貴何時了？地獄煎熬幾萬迴。身命財中能悟解，使能久遠出三災。
須記取，傾心懷，上界天宮卻請迴。五欲業山隨日滅，耽迷障嶽逐時摧。
身終使得堅牢藏，心上還除染患胎。帝釋敢師兄說法力，著何酬答唱將來。

那韻文部分還不是散文部分的放大的重述麼？

但比較的更合理（？）的「變文」的結構，乃是第二類的以散文部分作為「引起」，而以韻文部分來詳細敘狀。在這裡，散文、韻文便成了互相的被運用，互相的幫助著，而沒有重床疊屋之嫌了。這種式樣，像《大目乾連冥間救母變文》：

「和尚卻歸，為傳消息，交令造福，以救亡人。除佛一人，無由救得。願和尚菩提涅槃，尋常不沒，運載一切眾生智惠，鈕勤磨不煩惱林而誅威行，普心於世界，而諸佛之大願，倘若出離泥犁，是和尚慈親普降。」目連問以，更往前行。時向中間，即至五道將軍坐所，問阿娘消息處：

五道將軍性令惡，金甲明晶，劍光交錯，左右百萬餘人，總是接長手腳。叫謶似雷驚振動，怒目得電光耀鶴，或有劈腹開心，或有面皮生剝。

目連雖是聖人，煞得魂驚膽落。目連啼哭念慈親，神通急速若風雲。
若聞冥途刑要處，無過此個大將軍。左右攢槍當大道，東西立杖萬餘人。
縱然舉目西南望，正見俄俄五道神。守此路來經幾劫，千軍萬眾定刑名。
從頭自各尋緣業，貧道慈母傍行檀。魂魄飄流冥路間，若問三塗何處苦，
咸言五道鬼門關。畜生惡道人遍繞，好道天堂朝暮閒。一切罪人於此過，
伏願將軍為檢看。將軍合掌啟闍梨，不須啼哭損容儀，尋常此路恆沙眾，
卒問青提知是誰。太山都要多名部，察會天曹並地府。文牒知司各有名，
符帛下來過此處。今朝弟子是名官，暫與闍梨檢尋看。百中果報逢名字，
放覓縱由亦不難。

將軍問左右曰：「見一青提夫人以否？」左邊有一都官啟言：「將三年已前，有一青提

夫人，被阿鼻地獄牒上索將，見在阿鼻地獄受苦。」目連聞語，啟言將軍。報言：「和尚，一切罪人，皆從王邊斷決，然始下來。」

像《伍子胥變文》，其韻文部分和散文部分更是互相聯鎖著，分析不開，無接痕可尋，無裂縫可得了。

女子答曰：「兒聞古人之語，蓋不虛言，情去意難實留，斷弦由可續。君之行李，足亦可知。見君盼後看前面帶愁容，而步涉江山，迢遞冒染風塵。今乃不棄卑微，敢欲邀君一食。」兒家本住南陽縣，二八容光如皎練。泊沙潭下照紅妝，水上荷花不如面。客行由同海泛舟，薄暮皈巢畏日晚。倘若不棄是卑微，願君努力當餐飯。子胥即欲前行，再三苦被留連。人情實亦難通，水畔存身即坐。吃飯三口，便即停餐。愧賀女人，即欲進發。更蒙女子勸諫，盡足食之。慚愧彌深，乃論心事。子胥答曰：「下官身是伍子胥，避楚逝遊入南吳。慮恐平王相捕逐，為此星夜涉窮途。蒙賜一餐甚充飽，未審將何得相報？身輕體健目精明，即欲取別登長路。僕是棄背帝卿賓，今被平王見尋討。恩澤不用語人知，幸願娘子知懷抱。」子胥語已向前行，女子號咷發聲哭。哀客煢煢實可念，以死匍匐乃貪生。食我一餐由未足，婦人不愜丈夫情。君雖貴重相辭謝，兒意慚君亦不輕。語已含啼而拭淚，君子容儀頓憔悴。倘若在後被追收，必道女子相帶累。世不若與丈夫言，與母同居住鄰里。嬌愛容光在目前，烈女忠貞良虛棄。喚言仵相勿懷疑，遂即抱石投河死。子胥回頭聊長望，念念女子懷惆悵。遙見抱石透河亡。不覺失聲稱冤枉。無端潁水滅人蹤，落淚悲嗟倍悽愴。倘若在後得高遷，唯贈百金相殯葬。

其他關於「變文」的結構，尚有可注意的幾端。

「變文」原來是演經的。他們講唱佛經的故事，其根據自在佛經裡。大約為了「徵信」或其他理由，講唱「變文」者，在初期的時候，必定是先引「經文」，然後才隨加敷演的。像《維摩詰經變文》，每段之首，

必引「經」文一小段，然後盡情地加以演說與誇飾，將之化成光彩絢爛的錦繡文字。還有《阿彌陀經變文》，也是如此的。不過其結構更為幼稚（或許是最初期之作吧）。其散文部分，便是「經文」，其下即直接著歌唱的韻文。

［前缺］復次，舍利弗，彼國有種種奇妙雜色之鳥。此鳥韻□分五，一總標羽唉，二別顯會名，三轉和雅音，四詮論妙法，五聞聲動念。

西方佛淨土，從來九異禽。偏翻呈瑞氣，寥亮演清音。

每見祛塵網，時聞益道心。彌陀親所化，方悟願緣深。

青黃赤白數多般，端政珍奇顏色別。不是鳥身受業報，並是彌陀化出來。

白雲野鶴鄽州進，輕毛岾雪翅開霜，紅觜能深練尾長。

但大多數的「變文」，像《大目乾連冥間救母變文》，像《八相變文》，像《降魔變文》等，都是不引用經文的。他們直捷了當地講唱故事，並不說明那故事的出處，更不注意到原來的經文是如何的說法。至於一般的不說唱佛經的故事的變文，自然更無須乎要「引經據典」的了。

一部分「變文」，講唱佛教故事的，往往於說唱之間，夾雜入「宣揚佛號」的「合唱」。這個習慣，現在唱寶卷的人們還保持著沒有失去。

在應該「宣揚佛號」的地方，作者便注明「佛子」二字。像《八相變文》：

雖是泥人，一步一倒，直至大王馬前，禮拜乞罪。（佛子）

記得胡適之先生曾解釋「佛子」二字為「看官們」之意，說是對聽眾說的話，其實是錯的。在有的地方，「變文」的作者便直捷地寫出「佛號」來。這難道也是聽眾的稱呼麼？

此外，尚有「吟」、「斷」、「平」這一類的特用辭語（像《維摩詰經變文》用的這一類的辭語便最多），大約也不外乎是「詩曰」，「偈曰」之意；故其間用處相同而用辭不同的地方很多。即作者們自己似也是混

用著的。

五

「變文」的分類很簡單。大別之，可分為：

（一）關於佛經的故事的；

（二）非佛經的故事的。

講唱佛經的故事的變文，又可分為：

（一）嚴格的「說」經的；

（二）離開經文而自由敘狀的。

第一類的變文，上文已經舉出過，是《維摩詰經變文》及《阿彌陀經變文》等。

《維摩詰經變文》為今所知的「變文」裡的最弘偉的著作。巴黎國家圖書館所藏的《維摩詰經變文》第二十卷，才講到要持世上人去問疾的事。但《持世菩薩問疾》卷，今所見的已是第二卷了，還只唱到持世見到魔王波旬所送的天女，狼狽不堪，而「天女當時不肯去，阿誰與解救」呢？恐怕其後還有三兩卷，而《文殊問疾》，今所見到的，也只有第一卷，才講唱到文殊允去問疾，到維摩詰居士去的事。而底下恐還不止兩三卷。這樣，則這部偉大的變文，恐怕總有三十卷以上的篇幅了。這可算是唐代最偉大的一部名著了。也可以是往古未有的一部偉大弘麗的敘事詩了。可惜今日所能見到，只有：（一）《維摩詰經變文》第二十卷（巴黎國家圖書館藏）、（二）《維摩詰經變文持世菩薩》第二卷（《敦煌零拾》本）、（三）《維摩詰經變文文殊問疾》第一卷（北京圖書館藏）這三卷而已。其實我們所知，今存的實不止此數，在巴黎國家圖書館裡的，至少尚有下列的幾卷：（一）《維摩唱文殘卷》、（二）《維摩唱文殘卷》、（三）《維摩唱文殘卷》、（四）

《維摩唱文殘卷》、（五）《維摩唱文殘卷》。伯希和將以上五卷合編為一號（P. 2873），但目錄上既分列為五項，當是五卷，必非一卷也。又胡適之先生從巴黎國家圖書館所抄來的一卷，是首尾完全的，（P. 2293），其目錄卻又另列一處，可見其中也許尚不止有此六卷。

倫敦博物館所藏《維摩詰經變文》也有五卷：（一）《維摩變文殘卷》、（二）《維摩變文殘卷》、（三）《維摩變文殘卷》、（四）《維摩變文殘卷》、（五）《維摩變文殘卷》。以上五卷也合編為一號（S. 4571）。但既分為五卷，恐也必非「一卷」了。此外，又有（六）《維摩唱文綱領》（S. 3113）、（七）《維摩押座文》（S. 1441）等有關係的文字二卷。今日所有的這部「變文」大約總在十五卷以上的（其中當然有一部分是殘闕不全的）。很可惜的是，我們讀到的只是其中五之一。但就這五之一讀到的而論，我們已為其弘偉的體制，描狀的活躍，辭彩的駿麗，想像的豐富所震撼了。印度經典素以描狀繁瑣著稱，但我們的作者卻從《維摩詰經》上更引伸、更廓大、更加渲染而成為這部《維摩詰經變文》，較原文增大了至少三十倍以上。這不能不說是自印度文學輸入以來的一個最大的奇蹟了。

《維摩詰經》本來是一部最富於文學趣味的著作。很早的時候（在三國的時候），吳支謙，一位最早的佛典翻譯家，便介紹了這部經典給我們。

佛說《維摩詰經》二卷　吳・支謙譯（《大藏經》本）。

到了姚秦的時候，最大的佛經翻譯家鳩摩羅什又重譯了一次。

《維摩詰所說經三卷》　姚秦・鳩摩羅什譯（《大藏經》本）。

後人為《維摩詰所說經》作注作疏者也不止三五家：

《維摩詰所說經注》十卷　姚秦・僧肇注（弘教書院印《大藏經》本）。

《維摩經文疏》二十八卷　隋・智顗撰（《續藏經》本）。

《維摩經玄疏》六卷　隋・智顗撰（《大藏經》本）。

《維摩經義記》八卷　隋・慧遠撰（《續藏經》本）。
《維摩經義疏》六卷　隋・吉藏撰（《大藏經》本）。
《維摩經疏記》三卷　唐・湛然述（《續藏經》本）。
《維摩經評注》十四卷　明・楊起元評注（《續藏經》本）。

明末湖州閔刻的朱墨本文學名著裡也有《維摩詰經》三卷。這可見這部經典是如何的為各時代的學者和文人們所重視。《維摩詰經變文》的作者把握住了這樣的一部不朽的大著而作為他自己創作的根據，逞其才華，逞其想像力的奔馳，也便成就了一部不朽的大著。在文學的成就上看來，我們本土的創作，受佛經的影響的許多創作，恐將以這部「變文」為最偉大的了。

我們想像到：當時開講這部《維摩詰經變文》的時候，聽眾們的情形是如何的熱烈讚歎。這「變文」，講述的時間，恐怕是延長到一年半載的。《維摩詰經變文》第二十卷，末有題記云：

> 廣正十年八月九日在西川靜真禪院寫此第二十卷
> 文書恰遇抵黑書了，不知如何得到鄉地去。
> 年至四十八歲於州中寇明寺開講極是溫熱。

廣正十年是後漢劉知遠的天福十二年（西曆紀元九四七年）。離現在已有一千年了。所謂「開講」時的「極是溫熱」的空氣，我們到今日還有些感覺到吧。

但這位寫作《維摩詰經變文》的偉大作者是誰呢？這是無人能夠回答的。胡適之先生為方便計，即以「廣正十年八月九日在西川靜真禪寺寫此第二十卷」的僧徒為這部「變文」的作者。這是一位四十八歲的能夠「開講」變文的僧人，心裡是充滿了鄉愁的，故有「不知如何得到鄉地去」的云云。但根據「八月九日」這一天，「寫此第二十卷文書，恰遇抵黑書了」的話，恐怕這位開講《維摩詰經變文》的僧徒，未見得便是這部偉大變文的作者。因為這「第二十卷」全部字數在一萬字左右，用一天的功夫，從早上到天黑便寫作完畢，是很

難得使我們置信的事；特別的，像「變文」的這樣一種韻散合組的文體，絕難在一天之內便可完成近一萬字的一卷的。我猜想，這位僧徒，恐怕只是一位抄手，故能在一天之內抄寫完一卷。這也有一個很好的旁證：即這部鈔本（當是這位僧徒的原來手跡吧），破體字和別字甚多。以《維摩詰經變文》的那位偉大作家，似乎決不會這樣地草率寫就的。

這位抄手的姓名，大約是靖通。在這「第二十卷」的開首，他有一個短箋：

普賢院主比丘　靖通

右靖通謹祇候

起居陳

賀

院主大德謹狀

正月　日普賢院主比丘靖通狀

這短箋，寫於「正月」。恐怕是寫而未用的，故便將餘紙來抄寫這部《維摩詰經變文》第二十卷了。

《維摩詰經變文》是全依《維摩詰經》為起訖的。在每卷每節的講述之前，必先引經文一則。然後根據這則經文加以橫染，加以描寫。往往是，十幾個字或二三十個字的經文，會被作者敷衍成三五千字的長篇大幅。像《維摩詰經變文》第二十卷的首節：

經云　佛告彌勒菩薩，汝行詣維摩詰問疾。

世尊見諸聲聞五百，並總不堪。此菩薩位超十地，果滿三祇，十號將圓，一生成道。證不可說之實際，解不可說之法門，神通能動於十方，智惠廣弘於沙界，隨無量之欲性，現無量之身形，入慈不捨於四弘，觀察唯除於六道，其相貌也，面如滿月，目若青蓮，白毫之光彩晞暉，紫磨之身形隱約，諸根寂靜，手指纖長，載七寶之天冠，著六殊之妙眼。說法則清

音廣大，辯才乃洪注流波。外道怖雷吼而心降，小聖蒙密言而意解。是以諸佛卤記，眾聖保持，成佛向未來世中，度脫於龍花會裡，現居兜率，來到庵菌。世尊遣問維摩，使於眾中喚出。彌勒承於聖旨，忙忙從座起來，動天冠而花寶玲瓏，整妙眼而珠瓔瀝落，禮儀有度，感德無倫，仰瞻三界之師，旋繞七珍之座，合十指掌，逦兩足尊，立在佛前，専齋處方。世尊乃告彌勒，此時有事商量，維摩臥疾於毗耶，今日與吾問去。吾之弟子，十大聲聞，尋常盡覓於名夠，誠使多般而辭退，舍利弗林間晏座，瞭被輕呵，目健連里巷談經，盡遭摧挫，大迦葉求貧捨富，平等之道里全乖，須菩提求富捨貧，解空之聲名虛忝，富樓那迦旃遮之輩，總因說法遭呵，阿那律優波離之徒，儘是目逢自風被辱，羅喉說出家有利，不知無利無為，阿難乞乳憂疾，不了牟尼可現，總推智短，盡說才微，皆言怕懼維摩，不敢過他方丈。況汝位超十地，果滿三祇，障盡習除，福圓惠滿，將成佛果，看座花臺，無私若杲日當天，不染似白蓮出水，上間天上，此界他方，置賴汝提攜，六道一家君赦度，汝已竭愛增海，汝已消傾惱魔，汝已代愛稠林，汝已割貪羅網，已度無邊眾，已絕有漏因，已到涅盤城，已上金剛座，佛法中龍象，賢聖內鳳鱗，在會若鵲處雞群，出眾似鵬遊霄漢，智惠威德，眾所讚揚。居士丈室染疾，使汝毗野傳語，速須排比，不要推延。若與維摩相見時，慰問所疾痊可否。

詩云：

小乘昔日總遭嗔，若往分疏各說因，知汝神通超小聖，想君詞辯越聲聞。
不唯早證三身位，兼亦曾修萬德門。今為維摩身染疾，事須勿傳語莫因循。
世尊喚命其彌勒，彌勒忩忩從座起。合十指爪設卑儀，問千花座聽尊旨。
六鉢衣裓襯金霞，七寶簪冠動朱翠，立在師前候聖言，仁無見者生歡喜。
辯才無得眾降伏，威德難傳佛贊景，牟尼這日發慈言，交往毗耶問居士。

智惠圓　福德備，佛杲將成出生死，牟尼這日發慈言，交往毗耶問居士。
載天冠　服寶帔，相好端嚴法王子，牟尼這日發慈言，交往毗耶問居士。
越三賢　超十地，福德周圓入佛位，牟尼這日發慈言，交往毗耶問居士。
足詞才　多智惠，出語總娣無相里，牟尼這日發慈言，交往毗耶問居士。
果報圓　已受記，來世成佛號慈氏，牟尼這日發慈言，交往毗耶問居士。
難測度　難思議，不了二門自他利，牟尼這日發慈言，交往毗耶問居士。
牟尼這日發慈言，處分他家語再三，十大聲聞多恐失，一生菩薩計應椹。
靖詞辯海人難及，妙智如泉眾共設，若見維摩傳慰問，好生只對莫羞慚。
吾今對眾苦求哀，請汝依言莫逆懷，小聖從頭遭挫辱，大權次第合推排。
隨時行李看將出，奔魯排比不久回，更莫分疏說理路，便須與去唱將來。

「經文」只有十四個字，但我們的作者卻把它烘染到散文六百十三字，韻語六十五句。這魄力還不夠偉大麼？這想像力還不夠驚人麼？

最奇怪的是，經文的重覆或相類似的敘述，我們的作者卻能完全免避了重覆，以全然不同的手法和辭藻來描狀那相同的情形。我們看了在經文裡，釋迦遣諸門徒去問維摩居士疾時，每一段的開首，都是大致相同的。

（一）佛告彌勒菩薩，汝行詣維摩詰問疾；

（二）佛告光嚴童子，汝行詣維摩詰問疾；

（三）佛告文殊師利，汝行詣維摩詰問疾。

但我們的作者對於這樣同樣的場地和情形，卻有了極不雷同的描寫的手法。第一例第二例，上文均已引起，現在再舉第三例：

經云：佛告文殊師利，汝行詣維摩詰問疾。

言佛告者，是佛相命之詞。緣佛於會上，告盡聖賢五百，聲聞八千菩薩，從頭遣問，盡曰不任，皆被責呵，無人敢去。酌量才辯，須是文殊。其他小小之徒，實且故非難往，失來妙德，亦是不堪。今仗文殊，便專問去。於是有語告文殊曰：

三千界內總聞名，皆道文殊藝解精。體似蓮花敷一朵，心如明鏡照漂清。
常宣妙法邪山碎，解演真乘障海傾。今日筵中須授敕，與吾為使廣嚴城。

於是庵園會上，敕喚文殊：「勞君暫起於花臺，聽我今朝敕命。吾為維摩大士，染疾毗耶，金粟上人，見眠方丈。會中有八千菩薩，筵中見五百個聞聲，從頭而告，盡遍差至佛，而無人敢去。舍利子聰明弟一，陳情而若不堪任；迦葉是德行最尊，推辭而為年老邁，十人告盡，咸稱怕見維摩。一會遍差，差著者怕於居士。吾又見告於彌勒，兼及持世上人，光嚴則辭退千般，善德乃求哀萬種。堪為使命，須是文殊。敵論維摩，難偕妙德。汝今與吾為使，親往毗耶，詰病本之因由，陳金仙之懇意。汝看吾之面，勿更推辭。領師主之言，便須受敕。況乃汝久成證覺，果滿三祇，為七佛之祖師，作四生之慈父。來辭妙喜，助我化緣。下降娑婆，爾現於菩薩之相，你且身嚴瓔珞，光明而似月舒空，頂覆金冠，清淨而如蓮映水。一名超於法會，眾望難偕，詞辯迴播於筵中，五天贊說。慈悲之行，廣布該三途六道之中，救苦之心，遍施散三千界之剎內。當生之日，瑞相十般，表菩薩之最尊，彰大士之無比。而又眉彎春柳，舒揚而宛轉芬芳，面若秋蟾，皎潔而光明晃曜。有如斯之德行，好對維摩，且爾許多威名，堪過丈室。況以居士見染纏痾，久語而上算，不任對論，多應虧汝。勿生辭退，便仰前行。傾大眾而速別庵園，逞威儀而早過方丈。龍神盡教引路，一伴同行，人天總去相隨，兩邊圍繞。到彼見於居士，申達慈父之言。道吾憂念情深，故遣我來相問。」

佛有偈告贊文殊：

牟尼會上稱宣陳，問疾毗耶要顯真。受敕且希離法會，依言勿得有辭辛。
維摩丈室思吾切，臥病呻吟已半旬。望汝今朝知我意，權時作個慰安人。

又有偈告文殊曰：

八千菩薩眾難偕，盡道文殊足辯才。身作大仙師主久，名標三世號如來。
神通解滅邪山碎，智慧能銷障海摧。為使與吾過丈室，便須速去別花臺。
世尊會上告文殊，為使今朝過丈室。傳吾意旨維摩處，申問慇懃勿得遲。
前來會裡眾聲聞，個個推辭言不去。皆陳大士維摩詰，盡道毗耶我不任。
眾中彌勒又推辭，筵內光嚴申懇款。八千大士無人去，五百聲聞沒一個。
汝今便請速排諧，萬一與吾為使去。威儀一隊相隨逐，銜敕毗耶問淨名。
菩薩身為七佛師，久證功圓三世佛。親辭淨土來凡世，助我宣揚轉法輪。
巍巍身若一金山，蕩蕩眾中無比對。眉分皎潔三秋月，臉寫芬芳九夏蓮。
堪為丈室慰安人，堪共維摩相對論。堪將大眾庵園去，堪作毗耶一使人。
便依吾敕赴前程，便請如今別法會。若逢大士維摩詰，問取根由病所因。
文殊德行十方聞，妙德神通百億悅。能摧外道皆歸正，能遣魔軍盡隱藏。
依吾告命速前行，依我指蹤過丈室。般勤慰問維摩去，巧著言詞問淨名。
是時聖主振春雷，萬億龍神四面排，見道文殊親問病，人天會上喜咍咍。
此時便起當筵立，合掌顒然近寶臺。由贊淨名名稱煞，如何白佛也唱將來。

這十四個字的經文，我們的作者又將它擴大到五百七十字的散文，七十二句的韻語。我們看作者是怎樣地在竭力地以不同的場面、不同的人物、不同的辭語來烘染同一的情景的；我們不能不驚駭於作者寫法的高明了。

對於彌勒和光嚴童子的不願意去的心理，他們的辭謝的最後答語，原都是相同的，而我們的作者也都把他們寫成很不雷同的局面。這樣高超的描寫手法，我們在中國文學上是很少見到的。在每則不同的情景的描寫，我們的作者也均盡其想像力之所及，各加以詳盡的敘描和烘染。難怪當時聽眾們聽講時是「極其溫熱」。今日，千年後的今日，突然發現了這樣的一部偉大的名著，除開了別種理由之外，已足夠使我們興奮，使我們讚頌喜歡之不已了。

像《維摩詰經變文》同樣的引經據典的變文，還有一部《阿彌陀經變文》（S. 2955），那一卷東西，殘闕已甚，我們自然不能就這戔戔的殘文來批評其全部。但在描寫方面，我們覺得也是很不壞的。這一部變文，如上文所已說的，恐怕是比較初期的著作。故散文部分，即以「經文」充之，而作者只是以韻語來烘染、來闡揚其故事。

六

以佛教經典為依據，而並不「引經據典」，句句牢守經典本文的變文，今日所見的甚多。這一階段，恐怕是從「引經」的一個階段發展而來的。他們只是拿了佛經裡的一個故事，一個傳說，而由作者們自己很自由地去抒寫、去闡揚、去烘染的。故在寫作上，比較地容易揮遣得多。可惜除了《降魔變文》之外，其餘的都是「零縑斷絹」，很少高明的東西。且別字和缺漏之處，連篇累牘，不易整理。恐怕是出於真正的通俗的民間的僧侶作家們之手吧。

這一部分的變文，又可分為兩類，一類是僅演述經文而不敘寫故事的，像《地獄變文》、《父母恩重經變文》等。在後來的寶卷裡，這一類性質的東西也很不少。這些，只是「說經」、「唱經」的一流，完全是宗教性的東西，故不能有很高明的成就。

《地獄變文》今藏於北京圖書館（依字五十三號），向達先生的《敦煌叢鈔》（《北京圖書館館刊》）曾刊其全文；只是一個殘卷，並沒有什麼重要的價值。

既將鐵棒，直至墓所，覓得死屍，且亂打一千鐵棒。呵責道：恨你在生之日，慳貪疾妒，日夜只是算人，無一念饒益之心，只是萬般損害，頭頭增罪，種種造殃，死值三涂。號菩薩佛子。

在生恨你極無量，貪愛之心日夜忙。老去和頭全換卻，少年眼也擬碗將。
百般放聖謾依著，千種為難為口糧。在生憂他總恰好，業排眷屬不分張。
緣男為女添新業，憂家憂計走忙忙。盡頭呵責死屍了，鐵棒高臺打一場。

《父母恩重經變文》今亦藏於北京圖書館（何字第十二號）。內容也是訓人勸善的；殘闕極多，毫不足觀。這一類的變文，向來編目，皆和經典混在一處，不易分別，如果我們仔細地在巴黎、倫敦二地去搜尋，一定還可以得到不少的。

第二類是敘寫佛經的故事的。其中又可分為二類：一為敘寫佛及菩薩之生平及行事的；一為敘寫佛經裡的故事的。

第一類所寫者，以關於釋迦牟尼的生平及行事的為最多，不僅寫到他的「成道」的故事（《佛本行集經》），也寫到他的過去「無量生」（《佛本生經》）的故事。

關於釋迦佛的「成道」的故事的變文有：

（一）八相成道變殘卷（北京圖書館藏、雲字二十四號）。

（二）八相成道變殘卷（北京圖書館藏、乃字九十一號）。

（三）八相成道變殘卷（北京圖書館藏、麗字四號）。

在這三卷裡，第一卷和第二卷文字悉同，惟第一卷較完善，第二卷缺闕極多。第三卷也相差不遠。這卷

變文，作者也不可考知。從釋迦過去諸生說起：

爾時釋迦如來，於過去無量世時，百千萬劫，多生波羅奈國。廣發四弘誓願，直求無上菩提。不惜身命，常以己身及一切萬物，給施眾生。慈力王時，見五夜叉，為啖人血肉，饑火所逼，其王哀愍，與身佈施，餧五夜叉。歌利王時，割截身體，節節支解。屍毗王時，割股救其鳩鴿。月光王時，一夕樹下，施頭千遍，求其智慧。寶燈王時，剜身千龕，供養十方諸佛，身上燃燈千盞。薩埵王子時，捨身數度，濟其餓虎。悉達太子時，廣開大藏，佈施一切饑餓貧乏之人，令得飽滿。兼所有國城妻子象馬七珍等，施與一切眾生。或時為王，或時太子，於波羅奈國五天之境，捨身捨命，不作為難。非只一生如是，百千萬億劫精練身心，發其大願。種種苦行，無不修斷，令其心願滿足。故於三無數劫中，積修善行。以為功𠅘果滿，方成佛位。佛者何語，佛者覺也。覺悟身中真如之性，覺心內煩惱之怨。出生死之劣勞，踐菩提之閫城。六通具足，五眼無明。為三界大師，作四生慈父。從清淨土，著蔽垢衣，出現娑婆，化諸弟子。

三大僧祇願力堅，六波羅蜜行周旋。百千功德身將滿，八十隨形相欲全。
未向此間來救度，且於何處大基緣？當時不在諸餘國，示現權居兜率天。
未審兜率陀者，是梵語，秦言「知足」天。兜名少欲，率是知足，此是欲界第四天也。況說欲界，有其六天：第一天王天；第二忉利天；第三須夜摩天；第四兜率陀天；第五樂變化天；第六他化自在天。如是六天之內，近上則玄極太寂；近下則鬧動煩喧，中者兜率陀天，不寂不鬧。所以前佛後佛，總補在依此宮。今我如來世尊，亦當是處。

然後講到他，「觀見閻浮眾生，業障深重，苦海難離，欲擬下界勞籠，拔超生死。」於是先遣金團天子下凡去尋覓一個地方，堪供「世尊托質」的。金團天子尋到了迦毗羅城的王家。於是世尊便「托蔭」於摩耶腹內。

他於摩耶右脅誕出。

太子既生之下，感得九龍吐水，沐浴一身。舉左手而指天，垂右手而於地，東西徐步，起足蓮花。凡人觀此皆殊祥，遇者顧瞻之異端。當爾之時，道何言語：

九龍吐水浴身胎，八部神光曜殿臺。希期瑞相頭中現，菡萏蓮花足下開。

又道：

指天天上我為尊，指地地中最勝仁。我生胎兮今朝盡，是降菩薩最後身。

但大臣們卻以為他是妖精鬼魅，要國王殺了太子，否則，「必定破家滅國」。文殊菩薩恐世尊被殘害，遂化作一臣，諫國王道：「此是異聖奇仁，不同凡類。」並叫他去請教阿斯陀仙。阿斯陀仙見了太子，流淚滿目，呼嗟傷歎，說道：

「太子是出世之尊。不是凡人之數，大王今若不信，城南有一泥神，置世以來，人皆視驗。王疑太子魑魅，但出親驗神前。的是鬼類妖精，其神化為凝血，若不是精奸之類，只合不動不變。」於爾之時，有何言語：

城南有一摩醯神，見說尋常多操嗔。世上或行詐偽事，就前定驗現其真。

大王但將此太子，才見必令始知聞。若是禎祥於本主，的定妖邪化為塵。

不料泥神卻離廟而出，一步一倒，直至太王馬前，禮拜乞罪。於是國王才知太子是異人，不復加害。

但太子年登十九，戀著五欲。天帝釋欲感悟他，乃各化一身，於此四門，乘太子巡歷四門之時，欲令太子，「悟其生死」。太子周歷了四門之後，便感到「生老病死」的苦痛，而決意欲棄去一切而到雪山修道。這裡寫太子歷見生老病死之苦的情形，當然要比《太子贊》一類的敘事歌曲寫得詳細，寫得高明。太子在雪山修道時，「日食一麻或一麥，鵲散巢窠頂上安。」

太子一從守道，行滿六年。當臘月八日之時下山，於熙連河沐浴。為久專懇行，身力全

無，唯殘骨筋，體尤困頓。河中洗濯，浣膩潔清，既欲出來，不能攀岸。感文殊而垂手，接臂虛空，承我佛於河灘，達於彼岸。遂逢吉祥長者，鋪香草以殷勤，紫磨嚴身，金黃備體。云云：

六年苦行志殷勤，四智俱圓感覺身。下向熙連河沐浴，上登草座勸黎民。紫金滿覆於其體，白毫光相素如銀。文殊長者設願厚，供養如來大世尊。

我如來既登草座，觀心未圓，忽逢姊妹二人，一時迎前拜禮，口稱名號。是阿難陀田中牧牛，常遊野陌，每將乳粥，供養樹神。偶見世尊，回特獻俸。又感四天王掌鉢，來奉於前，並四鉢納一盂中，可集三斗六升。三斗者降其毒，六升者則六波羅蜜因是也。既備功圓，便能至聖。遂往金剛座上，獨稱三界之尊，鷲嶺峰前，化誘十方情識。降天魔而戰攝，伏外道以魂驚。顯正摧邪，歸從釋教。云云：

自登草座睹難陀，回將乳粥獻釋迦。四王掌鉢除三毒，功圓淨行六波羅。金剛座中嚴靈相，鷲嶺峰前定天魔。八十隨形皆願備，三十二相現娑婆。

況說如來八相，三秋未盡根原，略以標名，開題示目。今具日光西下，座久迎時。盈場並是英奇仁，闔郡皆懷雲雅操。眾中俊哲，藝曉千端，忽滯淹藏，後無一出。伏望府主允從，則是光揚佛日。恩矣恩矣。

作者以「頌聖」之語為結束，可見這一部「變文」，原是極崇敬的宗教經卷，講唱的時候是以極虔敬的態度出之的。

（四）《佛本行集經變文》（北京圖書館藏，潛字八十號）。

這一卷殘闕過甚；所敘的事，和《八相成道變》大致相同，但也略有殊異之處，像泥神禮拜之事，在這裡便沒有敘到。

關於釋迦佛的過去「生」的故事，即所謂「佛本生經」的故事的變文，今所知的並不多。但想來一定是不會很少的。有許多的佛教故事，大半是和釋迦過去「生」的生活有關係的。今日最完全的「佛本生」的故事（Jataka），凡有五百數十則之多。今姑舉所知的身餵餓虎經變文（殘卷）為例：這一卷是我在北京所獲得的。就寫本的紙色和字體看來，乃是中唐的一個寫本。這是敘述釋迦的本生故事之一。釋迦在過去的一「生」裡，為一個王子。有一天和好幾個兄弟，一同經過一山。路上遇見一隻餓虎，病不能覓食。諸兄弟皆不顧而去。釋迦卻捨身走近虎邊，要給他吃去。但這餓虎連開口的精力都沒有。釋迦於是以竹枝自刺其身，將血滴入虎口。那隻虎方才漸漸地有生氣起來，把這捨身的聖人吃了去。雖然是殘卷，但大部分是保存著的。

關於第二類的釋迦以外的「佛」「菩薩」的故事，今所見者有：

（一）《降魔變文》（胡適之先生藏）。

這和《維摩詰經變文》是唐代變文裡的雙璧。惟篇幅較短。但乳虎雖小，氣足吞牛。羅氏《敦煌零拾》裡的佛曲三種，其第一種便是《降魔變文》的殘文，所存者十不及一。但已使我們震撼於其文辭的晶光耀目，想像力的豐富奔放。一旦獲得了其全文，自然是欣慰不置的。

這部「變文」的作者，今也不可考知。惟知其為唐玄宗天寶（西元七四二～七五五年）時代的人物。其著作的時期，當約略地和《身餵餓虎經變文》同時。

這部「變文」的開頭，有一篇序。這是極重要的一個文獻。

贊善哉（……闕……）晶暉四果，咸遣我人三寶……人、正牙……ヲリ……骨兴六空類有情，咸歸滅度。初キイ之佈施，下是為多；盡十方之虛空，叵知其量。諸相非想，見如來之法身，生等先生，得真妄之平等。然則，窮大千之七寶，化四句而全輕；後五濁之眾生，一聞而超勝境。然後法尚應舍，戀筏卻被沉淪。渾彼我於空空，泯是非於妙有，不染六塵之境，契會菩提，即於六識推求，萬像皆會於般若三世諸仙，從此經生，最妙菩提，從此經出。

加以括囊群教，諸為眾經之要目，傳譯中夏，年餘數百。雖則諷誦流布，章疏芬然，猶恐義未合於聖心，理或乖於中道。伏惟我大唐漢朝聖主，開元天寶聖文神武應道皇帝陛下，化越千古，聲超百王，文該五典之精微，武析九夷之肝膽。八表總無為之化，四方歌堯舜之風。加以化洽之餘，每弘揚於三教。或以探尋儒道，盡性窮原，注解釋宗，句深相遠。聖恩與海泉俱深，天開譽日齊明，道教由是重興，佛日因茲重曜。寶林之上，喜見葉而爭開，總持園中，沠法雲而廣潤。然今題首《金剛般若波羅蜜經》者，金剛以堅銳為喻，般若以智慧為稱，波羅彼岸到，弘名蜜多，經則貫穿為義，善政之儀，故號《金剛般若波羅蜜經》。大覺世尊，於舍衛國、《祇樹洽孤之園》，宣說此經，開我蜜藏，四眾圍繞，群仙護持，天雨四花，雲廊八境。蓋如來之妙力，難可名言者哉！須達為人慈善，好給濟於孤貧。是以因行立名。給孤布金買地，修建伽藍，諸佛延僧，是以列名經內。只陀睹其重法，施樹同營，緣以君重臣輕，標名有其先後。委被事狀，述在下文。

在這篇序文裡，說得很明白，這篇「變文」是敘述須達布金買地，修建伽藍所引起的許多故事的。本於《金剛經》；卻全然成了迷人的東西，不朽的傑作，我們簡直忘記了其為「勸善書」了。「下文」所敘的「事狀」，是這樣的：

「昔南天竺有一大國，號舍衛城。其王威振九重，風揚八表。」他有一個賢相，名須達多，「邪見居懷，未崇三寶」。他有小子未婚妻室，遣使到外國求之。使者到了一個地方，遇佛僧阿難乞食。一小女奔走出於門外，五輪投地，瞻禮阿難。這小女儀貌絕倫，「西施不足比神姿，洛浦詎齊其豔彩」。他訪問了鄰人，才知道是當地首相護彌之女。後須達多自去求親，又遇見了佛僧。他感知佛的威力，倍增敬仰之心，思念如來，吟嗟歎息。

「須達歎之既了，如來天耳遙聞，他心即知，萬里殊無障隔，又放神光照耀，城門忽

然自開。須達既見門開，尋光直至佛所，旋繞數十餘匝，竭專精之心，注目瞻仰尊顏，悲喜交集，處若為陳。須達佛心開悟，眼中淚落數千行。弟子生居邪見地，終朝積罪仕魔王。◯伏願天師受我請，◯降神舍作橋樑。佛知善根成熟，堪化異調。遂即應命依從，受他啟請。喚言長者：吾為上界之主；最勝最尊。進心安詳，天龍侍衛，梵王在左，帝釋引前，天仙□□虛空，四眾雲奔衢路。事須廣殿造塔，多達堂房。吾今門第眾多，住心無令退小。汝亦久師外道，不識軌儀。將我舍利弗相隨，一一問他法或。」

於是須達便和舍利弗同歸。他們到了舍衛城，四處找不到一個適當的地方來建造伽藍。有一天，他們到了城南，去城不近不遠，忽見一園，景象異常，堪作伽藍。但這園乃是東宮太子所有。須達便到了東宮，要求太子賣這園給他。他對太子說了一個謊，道：昨天經過太子園所，見妖災並起，怪鳥群鳴，池亭枯涸，花果凋疏。太子問他如何厭禳。須達說：「物若作怪，必須轉賣與人。」於是太子書榜四門，道園出賣。買者必須平地遍佈黃金，樹枝銀錢皆滿。但揭榜來買這園的人卻便是須達。於是太子大怒，要須達和他同見國王。須達為法違情，不懼亡軀喪命。但首陀天王空里聞語，化身作一老人，來諫阻太子。說：要須達將黃金佈滿平地，銀錢遍滿樹枝方可賣給他，諒他也沒有這能力。省得太子失信。太子許之。於是須達便開庫藏搬出紫磨黃金，選牡象百頭，馱舁至園鋪地。太子為他所感，問他買地何用。須達乃宣揚佛道，說明要建立伽藍之意。太子亦便生信仰心，樹上銀錢，由他施捨出來。

須達和太子由園歸來，途遇「六師外道」。他見他們騎從不過十騎，頗以為怪。乃問其由。太子說：須達買園，要請如來來說法。六師聞言笑不已。出言謗佛。

六師聞請佛來住，心生忽怒。頰悵嘶高，雙眉外豎，切齒沖牙，非常慘醋，乍可決命一回，不能虛生兩度。門徒盡被詃將，遣我不存生路。到處即被欺凌，終日被他作袒。帝王尚自降地，況復凡流下庶。吾今怨屈何申，須向王邊披訴！鹿行大步，奔走龍庭，擊其怨鼓。

王遣所司問其根要緒。六師哽噎聲嘶；良久沉吟不語。啟言大王：臣聞開闢天地，即有君臣，日月貞明，賴聖主之感化。即今八方歎懇，四海來賓。唯有逆子賊臣，欲謀王之國政，懷邪杞讓，不謹風謠，叨居相國之榮，虛食萬鍾之祿。臣聞佞臣破六國，佞婦辟六親。須達祇陀，於今即是。豈有禾聞天珽，外國鉤引胡神，幻惑平人，自稱是佛，不孝父母，恆乖色養之恩，不敬君王，違背人臣之禮，不勤產業，逢人即與剃頭，妄說地獄天堂，根尋無人的見。若來至此，只恐損國喪家。臣今露膽披肝，伏望聖恩照察。

國王遂命人去擒了太子和須達來。王問其故。須達乃對王力贊佛道，宣傳教義。王問：「卿之所師，敵得和尚（即六師）已否？」須達道：「千鈞之弩，不為鼷鼠發機，百尺炎爐，不為毫毛爇炳。不假我大聖天師，最小弟子，亦能抵敵。」乃決定以舍利弗和六師鬥法。須達道「六師若勝，臣當萬斬，家口沒官。」

描寫舍利弗和六師鬥法的一大段文字，乃是全篇最活躍的地方。寫鬥法的小說，像《西遊記》之寫孫悟空、二郎神的鬥法，以及《封神傳》和三寶太監《西洋記》的許多次的鬥法，似都沒有這一段文字寫得有趣，寫得活潑而高超。

波斯王匿見舍利佛，即敕群嫽，各須在意。佛家東邊，六師西畔，朕在北面，官應南邊。勝負二途，各須明記。和尚得勝，擊金鼓而下金籌。公家若強，扣金鐘而點尚字。各處本位，即任施張。舍利弗徐步安詳，升師子之座，勞度叉身居寶帳，擇擁四邊。舍利弗即升寶座，如師子之王，出雅妙之聲，告四眾言曰：然我佛法之內，不立人我之心。顯政摧邪，假為施設。勞度叉有何變現，既任施張。六師聞語，忽然化出寶山，高數由旬，欽岑碧玉，崔嵬白銀，頂侵天漢，叢竹芳薪。東西日月，南北參晨。亦有松樹參天，藤蘿萬段，頂上隱士安居，更有諸仙遊觀，駕鶴乘龍，佛歌聊亂。四眾誰不驚嗟，見者咸皆稱歎。舍利弗雖見此山，心裡都無畏難。須臾之頃，忽然化出金剛。其金剛乃作何形狀？其金剛乃頭圓像天，天圓只堪

為蓋；足方六里，大地才足為鑽。眉欝萃如青山之兩崇，口吒嘏猶江海之廣闊。手執寶杵，杵上火焰沖天，一擬邪山，登時粉粹，山花萎悴飄零，竹木莫如所在。百嬚齊歎希奇，四眾一時唱快！故云：金剛智杵破邪山處。若為：

六師岔怒情難止，化出寶山難可比。嶄岩可有數由旬，紫葛金藤而覆地。
山花欝萃錦文成，金石崔嵬碧雲起。上有王喬、丁令威，香水浮流寶山裡。
飛佛往往散名華，大王遙見生歡喜。舍利弗見山來入會，安詳不動居三昧。
應時化出大金剛，眉高額闊身軀礌，手持金杵火沖天，一擬邪山便粉碎。

於時帝王驚愕，四眾忻忻。此度不如他，未知更何神變。其時須達長者，遂擊鴻鐘，手執金牌，奏王索其尚字。六師見寶山摧倒，憤氣沖天。更發嗔心，重奏王曰：然我神通變現，無有盡期。一般雖則不如，再現保知取勝。勞度叉忽於眾裡，化出一頭水牛，其牛乃瑩角驚天，小蹄似龍泉之劍，垂斛曳地，雙眸猶日月之明。喊吼一聲，雷驚電吼。四眾嗟歎，咸言外道得強。舍利弗雖見此牛，神情宛然不動。忽然化出師子，勇銳難當。其師子乃口似溪豁，身類雪山，眼似流星，牙如霜劍，奮迅哮吼，直入場中。水牛見之，亡魂跪地。師子乃先懾項骨，後拗脊跟。未容咀嚼，形骸粉碎。帝主驚歎，官庶怡然。六師乃悚懼恐惶。太子乃不勝慶快處。若為：

六師岔怒在王前，化出水牛甚可憐。直入場中驚四眾，磨角握地喊連天。
外道齊聲皆唱好，我法乃違國人傳。舍利座上不驚忙，都緣智惠甚難量。
整裡衣服女心意，化出威棱師子王。哮吼兩眼如星電，纖牙迅抓利如霜。
意氣英雄而振尾，向前直擬水牛傷。兩度佛家皆得勝，外道意極計無方。

下寫六師化出七寶池，卻為舍利弗所化出的大象，將池水吸乾的一段，已引見上文。此下卻寫六師化出毒龍事。

六師頻頻輸失，心裡加懊惱。今朝怪不如他，昨夜夢相顛倒。面色粗赤粗黃，脣口異常乾燥。腹熱狀似湯煎，腸痛猶如刀攪。瞿曇雖是惡狼，不禁群狗眾咬。舍利弗小智拙謀，曾斑前頭出巧，者回忽若得強，打破承前並滔。不忿欺屈，忽然化出毒龍。口吐煙雲，昏天翳日，揭眉眴目，震地雷鳴，閃電乍暗乍明，祥雲或舒或卷。驚惶四眾，恐動平人。舉國見之，怪其靈異。舍利弗安詳寶座，珠無怖慎之心。化出金翅鳥王，奇毛異骨，皷騰雙翊，掩敝日月之明，抓距纖長，不異豐城之劍。從空直下，若天上之流星。遙見毒龍，數回博接。雖然不飽我一頓，且□噎饑。其鳥乃先啄眼睛，後嚵四豎，兩回動嘴，兼骨不殘。六師戰懼驚嗟；心神恍忽。舍利既見毒龍到，便現奇毛金翅鳥，頭尾擢判不將難，下口其時先啅腦。

筋骨粉碎作微塵，六師莫知何所道。三寶威神難惻量，魔王戰悚生煩腦。

王曰：和尚猥地誇談，千般伎術，人前對驗，一事無能。更有何神，速須變現。六師強打精神，奏其王曰：我法之內，靈變卒無盡期。忽於眾中，化出二鬼，形容醜惡，軀貌揚薈，面北填而更青，目類朱而復赤，口中出火，鼻裡生煙，行如奔電，驟似飛旋，揚眉瞬目，恐動四邊。見者寒毛卓豎。舍利弗獨自安然。舍利弗踟躕思忖，毗沙門踴現王前。威神赫奕，甲杖光鮮，地神捧足，寶劍腰懸，二鬼一見，乞命連綿處。若為：

六師自道無般比，化出兩個黃頭鬼。頭腦異種醜屍駭，驚恐四邊今怖畏。
舍利弗舉念暫思惟，毗沙天王而自至。天主回顧震睛看，二鬼迷悶而擗地。
外道是日破魔軍，六師膽懾盡亡魂。賴活慈悲舍利弗，通容忍耐盡威神。
驢騾負重登長路，方知可活比龍鱗。只為心迷邪小徑，化遣歸依大法門。

六師雖五度輸失，尚不歸降。更試一回看，看後功將補前過，忽然差馳更失，甘心啟首歸他。思惟既了，忽於眾中，化出大樹，婆娑枝葉，敝日干雲，聳幹芳條，高盈萬仞。祥禽

瑞鳥，遍枝葉而和鳴，蓽葉芳花，周數里而升暗。於時見者，莫不驚差。舍利弗忽於衆裡，化出風神，又手向前，啟言和尚。三千大千世界，須臾吹卻不難。況此小樹纖毫，敢能當我風道。出言已訖，解袋即吹。於時地卷如綿，石如塵碎，枝條進散他方，莖幹莫知何在。外道無地容身，四眾一時喝快處。若為：

六師頻輸五度，更向王前化出樹。高下可有數由旬，枝條蓊蔚而滋茂。
舍利弗道力不思議，神通變現甚希奇。群佛故來降外道，次第總遣火風吹。
神王叫聲如雷吼，長蛇擿樹不殘枝。瞬息中間消散盡，外道飄搖無所依。
六師被吹腳距地，香爐寶子逐風飛。寶座頃危而欲倒，外道怕急扶之。
兩兩平章六師弱，芥子可得類須彌！

時王啟言和尚，朕比日已來，虛加敬金，廣施玉帛，枉費國儲，故知真金濫輸，目驗分扮，龍蛇渾雜，方辨其能。和尚力盡勢窮，事事皆弱，總須低心屈節，摧伏歸他。更莫虛長我人，論天說地。六師聞語，唯諾依從，面帶羞慚，容身無地。舍利弗見邪徒折伏，悅暢心神，非是我身健力能，皆是如來加被！遂騰身直上，勇在虛空，高七多羅樹，頭上出火，足下出水，或現大身，惻塞虛空，或現小身，猶如芥子。神通變化，現十八般。合國人民，咸皆瞻仰處，若為：

舍利弗倏忽現神通，通身直上在虛空。或現大身遍法界，小身藏形芥子中。
勞度叉愕然合掌五，我法活豈與他同。共汝捨邪歸政路，相將慚謝盡卑恭。
鬥聖已來極下劣，回心豈敢不依從。各擬悔謝歸三寶，更亦無心事火龍。
累歷歲月枉氣力，終日從空復至空。各自抽身奉仕佛，免被當來鐵碓舂。

《降魔變文》到了這裡便告結束了。是「勸善」的教訓歌，卻寫的是如此的不平常，令人讀之，不忍釋手，

惟恐其盡。作者描寫的伎倆，確是極為高超的。

惟抄手未必是在作者的同時，故抄的時候，訛誤處甚多。大約是一位西陲的粗識文字者吧——「變文」及敦煌文卷的許多抄手大都是這一流人物——他自己很謙虛地在卷末寫著道：

或見不是處，有人讀者，即與政著。

但在今日，有的地方，改正起來便覺得很困難了。

巴黎國家圖書館藏有《降魔變押座文》（P. 1319）一卷，又《破魔變押座文》（同上號）一卷，不知與這部《降魔變文》有什麼不同處。或是另一個抄本吧？而「破魔變」，不知和「降魔變」又有什麼不同。惜今日未讀到原文，尚不能為定論。

《大目乾連冥間救母變文》（巴黎國家圖書館藏，P. 1319）一作《大目犍連變文》（倫敦不列顛博物館藏），敘述佛弟子目連救母出地獄事。這故事曾成了無數的圖畫及戲曲的題材。唐人畫「目連變」者不止一家。明鄭之珍有《目連救母行孝戲文》三卷（一百齣），為元、明最弘偉的傳奇之一。清人又廓大之，成為十本的《勸善金科》。其他，尚有「寶卷」唱本等等。至今，目連救母，乃為民間婦孺周知的故事。各省鄉間尚有在中元節連演「目連戲」至十餘日的，成為實際上的宗教戲。最有名的「尼姑思凡」與「和尚下山」的「插曲」，即出於《行孝戲文》（《綴白裘》題作《孽海記》，實無此名目）。唐人的《大目犍連變文》在其間，雖顯得幼稚、粗野，而其氣魄的偉弘，卻無多大的遜色。在戲曲、寶卷裡，這一部「變文」乃是今所知的最早的著作。目連的故事，見於佛經者，有《經律異相》，《撰集百緣經》及《雜譬喻經》中者不止一端。關於目連的經典有：佛說目連所問佛一卷宋、法天譯（《大藏經》本）、佛說目連五百問經略解二卷明性祇述（《續藏經》本）、佛說目連五百問戒律中輕重事經釋二卷明永海述（《續藏經》本）。其他，《大莊嚴論經》裡，有《目連教二弟子緣》（卷七），《阿毗達磨識身足論》亦有《目乾連蘊》（卷一）。他在佛經裡是一位常見的人物。目連救母故事的緣起，在於《經律異相》。

今所見的《目連變文》不止一本，除倫敦、巴黎所藏的二本外，巴黎國家圖書館又有《大目連緣起》一卷（P. 2193）惜未得見，北京圖書館所藏，又有三卷：（一）《大目犍連變文》（霜字八十九號）、（二）《大目犍連變文》（麗字八十五號）、（三）《大目連變文》（成字九十六號）。第三種似是另一作者所寫，其故事與描寫，較上列各本俱不甚同。第一及第二種則全同化倫敦及巴黎本。在其間，倫敦本最為首尾完全。余遊倫敦時，曾手錄一卷歸。但北京本則分為二卷，不知何故。

倫敦本首有序，說明七月十五日「天堂啟戶，地獄門開」，盂蘭會的緣起。末有：「貞明七年辛巳歲（按即西元九二一年）四月十六日淨土寺學郎薛安俊寫」，又有「張保達文書」數字。當是薛安俊為張保達寫的一卷。作者不詳。或者便是張祜所謂：「上窮碧落下黃泉」的《目連變》吧。那麼，其著作的年代，至遲當在西元八百二十年左右了。離此寫本的抄錄時代，已有一百年了。

這變文敘寫的是，佛弟子目連，出家為僧，以善果得證明羅漢果。借了佛力，他到了天堂，見到了父親。但當他尋覓他的母親時，卻不在天堂裡。她到底在什麼所在呢？他便很悽惶地去問佛。佛說，「她在地獄裡呢。」目連便借了佛力，遍歷地獄，訪求其母。

目連到了幾個地方，都回說沒有他的母親青提夫人在。

> 目連言訖，更向前行。須臾之間，至一地獄。目連啟言獄主：「此個地獄中，有青提夫人已否？是頻道阿娘，故來認覓。」獄主報言：「和尚，此獄中總是男子，並無女人。向前問有刀山地獄之中，問必應得見。」目連前行，至地獄，左名刀山，右名劍樹。地獄之中，鋒劍相向，涓涓血流，見獄主驅無量罪人，入此地獄。目連問曰：「此個名何地獄？」羅察答言：「此是刀山劍樹地獄。」目連問曰：「獄中罪人，作何罪業，當墮此地獄。」獄主報言：「獄中罪人，生存在日，侵損常住游泥伽藍，好用常住水果，盜常住柴薪，今日交伊手攀劍樹，支支節節，皆零落處。」

刀山白骨亂縱橫，劍樹人頭千萬顆。欲得不攀刀山者，無過寺家填好土。栽接果木入伽藍，佈施種子倍常住。阿你個罪人不可說，累劫受罪度恆沙。從佛涅槃仍未出。此獄東西數百里，罪人亂走肩相㨖；業風吹火向前燒，獄卒把杈從後押。身手應是如瓦碎，手足當時如粉沫。沸鐵騰光向口澆，著者左穿如右穴。銅箭傍飛射眼睛，劍輪直下空中割。為言千載不為人，鐵把樓聚還交活。

目連聞語啼哭咨嗟，向前問言：「獄主，此個地獄中，有一個青提夫人已否？」獄主啟言：「和尚是，何親眷？」目連啟言：「是頻道慈母。」獄主報言：「和尚，此個獄中無青提夫人。向前地獄之中，總是女人，應得相見。」目連聞以，更往前行。至一地獄，高下有一由旬，黑煙蓬勃，臰氣勳天。見一馬頭羅剎，手把鐵杈意而立。目連問曰：「此個名何地獄？」羅剎答言：「此是銅柱鐵床地獄。」目連問曰：「獄中罪人，生存在日，有何罪業，當墮此獄。」獄主答言：「在生之日，女將男子，男將女人，行淫欲於父母之床，弟子於師長之床，奴婢於曹主之床，當墮此獄之中，東西不可竿，男子女人相和一半。」

女臥鐵床釘釘身，男抱銅柱凶懷爛，鐵鑽長交利鋒劍，饞牙快似如錐鑽。腸空即以鐵丸充，唱渴還將鐵汁灌。蒺藜入腹如刀臂，空中劍戟跳星亂。刀剜骨肉仟仟破，劍割肝腸寸寸斷，不可言地獄天堂相對疋，天堂曉夜樂轟轟。地獄無人相求出。父母見存為造福，七分之中而獲一；縱令東海變桑田。受罪之人仍未出。

目連言訖，更往前行。須臾之間，至一地獄。啟言獄主：「此個獄中，有一青提夫人已否？」獄主報言：「青提夫人是和尚阿娘？」目連啟言：「是慈母。」獄主報和尚曰：「三

年已前，有一青提夫人，亦到此間獄中，被阿鼻地獄牒上索將。今見在阿鼻地獄中。」目連悶絕，僻良久氣通，漸漸前行，即逢守道羅刹問處：

但守道羅刹告訴他說，阿鼻地獄是極可怕的所在。「灌鐵為城銅作壁，葉風雷振一時吹，到者身骸似狼寂。」和尚是絕對的走不進的。還不如早些回來，去見如來，不必在這裡捶胸懊惱了。目連只好回到婆羅林，繞佛三匝，卻坐，向如來訴苦。如來道：「且莫悲哀泣。火急將吾錫杖與，能除八難及三災。促知勤念吾名字，地獄應為如□開。」

目連丞佛威力，騰身向下，急如風箭，須臾之間，即至阿鼻地獄，空中見五十個牛頭馬腦，羅刹夜叉，牙如劍樹，口似血盆，聲如雷鳴，眼如掣電，向天曹當直。逢著目連，遙報言：「和尚莫來！此間不是好道！此是地獄之路。西邊黑煙之中，總是獄中毒氣，吸著和尚，化為灰塵處：」

和尚不聞道阿鼻地獄，鐵石過之皆得殃。
地獄為言何處在？西邊怒那黑煙中。目連念佛若恆沙，地獄原來是我家。
拭淚空中搖錫杖，鬼神當即倒如麻。白汗交流如雨溼，昏迷不覺自噓嗟。
手中放卻三榜棒，臂上遙槐六舌叉。如來遣我看慈母，阿鼻地獄救波吒。
目連不住騰身過，獄主相看不敢遮。

目連行前至一地獄，相去一百餘步，被火氣吃著，而欲仰倒。其阿鼻地獄，且鐵城高峻，莽蕩連雲，劍戟森林，刀槍重疊，劍樹千尋，以勞拔針刺相楷，刀山萬仞橫連，巉亂岩倒，猛犬掣滑，似震吼咷踉，滿天劍輪，嵠嵠似星明。灰塵模地，鐵蛇吐火，四面張鱗；銅狗吸煙，三邊振吠。蒺藜空中亂下，穿其男子之腰；錐鑽天上旁飛，剜刺女人背。鐵杷踔眼，赤血西流，銅叉剉腰，白膏東引。於是刀山入爐灰，髑髏碎，骨肉爛，筋皮折，豐膽斷，碎肉

迸濺於四門之外，凝血滂沛於獄壚之畔，聲號叫天，岌岌汗汗。雷地，隱隱岸岸。向上雲煙，散散漫漫，向下鐵鏘，繚繚亂亂；箭毛鬼嘍，嘍嘍竄竄；銅嘴鳥，吒吒叫叫；喚獄卒數萬餘人，總是牛頭馬面；饒君鐵石為心，急得亡魂膽戰處：

目連執錫向前聽，為念阿鼻意轉盈。一切獄中皆有息，此個阿鼻不見停，
恆沙之眾同時入，共變其身作一刑。忽若無人獨自入，其身急滿鐵圍城。
案案難難粻鐵，吸岌雲空□□□。轟轟鏘鏘梏地雄，長蛇皎皎三曾黑。
大鳥崖柴兩翅青，萬道紅爐扇廣炭。千重赤炎迸流星，東西鐵鑽讒凶斤。
左右骨鉸石眼精，金鏘亂下如風雨。鐵針空中似灌傾，哀哉苦哉難可忍！
更交腹背下長釘，目連見以唱其哉。專心念佛幾千回，風吹毒氣遙呼吸。
看著身為一聚灰，一棖黑城關鎖落。再振明門兩扇開，目連那邊伋未喚。
獄卒擎叉便出來，和尚欲覓阿誰消息？其城廣闊萬由旬，卒倉沒人關閉得。

目連依仗佛力，開了阿鼻地獄的門。獄主問他來此何事，目連說，來找阿娘青提夫人。獄主聞言，卻入獄中高樓之上「超白幡，打鐵鼓。」他問第一隔中有青提夫人否？第一隔中無。直問到第六隔中，均無青提夫人在內。但第七隔中，實有青提夫人。問到時，她卻不敢答應。這裡寫青提夫人的心理，卻寫得很好：

獄卒行至第七隔中，迢碧幡，打鐵鼓。第七隔中有青提夫人已否？其時青提第七隔中，身上下二十九道長釘，鼎在鐵床之上，不敢應。獄主更問：「第七隔中有青提夫人已否？」「若看覓青提夫人者，罪身即是。」「早個緣甚不應？」「恐畏獄主更將別處受苦，所以不敢應。」獄主報言：門外有一三寶剃除鬚髮，身披法服，稱言是兒。故來訪看，青提夫人聞語，良久思惟，報言獄主：「我無兒子出家，不是莫錯？」獄主聞語，卻回行至高樓，報言和尚：「緣有何事，詐認獄中罪人是阿娘？緣沒事謾語。」目連聞語悲泣，兩淚啟言：「獄

主，貧道解應傳語錯。頻道小時自羅卜父母亡沒已後，投佛出家，剃除鬚髮，號曰大目乾連。獄主莫嗔，更問一回去。」獄主聞語，卻回至第七隔中，報言：「罪人門外三寶，小時自羅卜。父母終沒已後，投佛出家。剃除鬚髮，號曰大目乾連。」青提夫人聞語，門外三寶，若小時字羅卜，是也罪身一寸腸嬌子。獄主聞語，扶起青提夫人，毋瘦卻二十九道長釘鐵鎖，腰生杖圍繞，驅出門外，母子相見處；

作者寫目連母子相見的情形是那樣地淒慘！

生杖魚鱗似雪集，千年之罪未可知。七孔之中流血汁，猛火從娘口中出。蒺蔾步從空入，由如五百乘破車聲。腰脊豈能於管舍，獄卒擎叉左右遮。牛頭把鎖東西立，一步一倒向前來。目連抱母號咷泣，哭曰由如不孝順，殃及慈母落三塗。積善之家有餘慶，皇天只沒煞無辜！阿娘昔日勝潘安，如今憔悴頻摧滅。曾聞地獄多辛苦，今日方知行路難。一從遭禍取娘死，每日墳陵常祭祀。娘娘得食吃已否，一過容顏總憔悴。阿娘既得目連言，嗚呼怕梟淚交連！昨與吾兒生死隔，誰知今日重團圓。阿娘生時不修福，十惡之愆皆具足，當時不用我兒言，受此阿鼻大地獄。阿娘昔日極芬榮，出入羅幃錦帳行。那勘受此泥梨苦，變作千年餓鬼行。口裡千回拔出舌，凶前百過鐵犁耕。骨節筋皮隨處斷，不勞刀鈒自凋零。一向須臾千過死，於時唱道卻回生。入此獄中同受苦，一論貴賤與公卿。汝向家中勤祭祀，只得鄉閭孝順明。縱向墳中澆歷酒，不如抄寫一行經。目連哽噎啼如雨，便即回頭諮獄主。頻道須是出家兒，力小那能救慈母！五服之中相容隱，此即古來賢聖語。惟願獄主放卻娘，我身替娘長受苦。獄主為人情性剛，嗔心默默色蒼芒。弟子雖然為獄主，斷決皆由平等王。阿娘有罪阿娘受，阿師受罪阿師當。金牌士諫無揩洗，卒然無人輒改張。受罪祇金時以至，須將刑殿上刀槍。和尚欲得阿娘出，不如歸家燒寶幡。目連慈母語聲哀，獄卒擎叉兩畔催。欲至獄前而欲到，

便即長悲好住來。青提夫人一個手，托著獄門回顧盼。言好住來罪身，一寸長腸嬌子。娘娘昔日行慳始，不具來生業報恩。言作天堂沒地獄，廣煞豬羊祭鬼神。促悅其身眼下樂，寧知冥路拷亡魂。如今既受泥犁苦，方知及悟悔自家身。悔時海然知何道，覆水難收大俗云。何時出離波吒苦，豈敢承聖重作人。阿師如來佛弟子，足解知之父母恩。忽若一朝登聖覺，莫望娘娘地獄受艱辛。目連既見娘娘別，恨不將身而自滅。舉身自仆太山崩，七孔之中皆灑血。啟言娘娘且莫入，回頭更聽兒一言。母子之情天生也，乳哺之恩是自然。兒與娘娘今日別，定知相見在何年？那堪聞此波吒苦，其心楚痛鎮懸懸。地獄不容相替代，唯知號叫大稱寃。隔是不能相救濟，兒急隨娘娘身死獄門前。

目連卻以身代母受罪而不可得，眼睜睜地望著阿娘回到地獄裡去；他切骨傷心，舉身投地，七孔之中，皆流迸鮮血，暈絕死去，良久方蘇。乃兩手按地起來，整頓衣裳，又騰空往世尊處而來。他告訴如來見的經過。如來聞言慘然，雙眉緊斂，說道：「汝母生前多造罪孽，非我自去救她不可。」於是如來領八部天龍，到了地獄。放光動地，救地獄苦。地獄全為破壞。「餓丸化作摩尼寶，刀山化作琉璃地，銅汁變作功德水。」一切罪人，皆得生於天上。唯有目連阿娘卻因罪根深結，仍難免「地獄之酸，墮入餓鬼之道。」累日經年，受饑餓之苦。「遠見清源冷水，近著投作膿河；縱得美食香餐，便即化為猛火。」目連也無法救她。便辭了她，到王舍城中次第乞飯。他得了飯食，回到母親那裡，「手提金匙而自哺」。但青提夫人到了這時，慳貪之念，猶未除去。見兒將得飯缽來，復生悋惜，生怕別人搶了她的飯去。但「食來入口，變為猛火。」目連痛哭不已。青提夫人要喝水，目連到恆河取水。但夫人近口，便又成了膿河猛火。目連搥胸痛哭，又到如來那裡去求救。如來道：

「目連，汝阿娘如今未得吃飯，無過周匝一年，七月十五日，廣造盂蘭盆，始得飯吃。」

目連見阿娘饑，白世尊，「每月十三十四日可不否？要須待一年之中，七月十五日始得飯

吃？」世尊報言，「菲促汝阿娘，當須此日，廣造盂蘭盆，諸山坐禪戒下日，羅漢得道日，提婆達多罪滅日，閻羅王歡喜日，一切餓鬼總得普同飽滿。」目連承佛明教，便向王舍城邊塔廟之前，轉讀大乘經典，廣罪盂蘭盆善根。阿娘猶此盆中，始得一頓飽飯吃。

但目連母親，吃了飯以後，便又不見了。目連到處地尋找她，母子總不得相見。目連不得已，又到如來那裡去問。如來道：「她現在王舍城中變作黑狗。」

目連諸處尋覓阿娘不見，悲泣雨淚，來向佛前，繞佛三匝卻住，一面合掌蹁跪，白言世尊：「阿娘吃飯成火，吃水成火。蒙世尊慈悲，救得阿娘火難之苦。從七月十五日得一頓飯吃已來，母子更不相見。為當墮地獄？為復向餓鬼之塗？」世尊報言：「汝母急不墮地獄餓鬼之塗。汝轉經功德，造盂蘭盆善根，汝母轉餓鬼之身，向王舍城中作黑狗身去。汝欲得見阿娘者，心行平等，次第乞食，莫問貧富。行至大富長者家門前，有一黑狗出來捉汝袈裟，銜著作人語，即是汝阿娘也。」目連蒙佛敕，遂即托缽持盂，尋覓阿娘，不問貧富坊巷，行衣迎合，總不見阿娘。行至一長者家門前，見一黑狗，身從宅裡出來，便捉目連袈裟，銜著即作人語。語言：「阿娘孝順入忽是，能向地獄冥路之中，救阿娘來。即日何不救狗身之苦？」目連啟言：「慈母由兒不孝順，殃及慈母，墮落三塗，寧作狗身於此，你作餓鬼之途。」阿娘喚言：「孝順兒，受此狗身，音啞報，行住坐臥，得存，饑即於坑中食人不淨。渴飲長流，以濟虛朝。聞長者念三寶，莫聞娘子誦尊經。寧作狗身受大地不淨，口中不聞地獄之名。」目連引得阿娘，住於王舍城中佛塔之前，七日七夜，轉誦大乘經典，懺悔念戒，阿娘乘此功德，轉卻狗身，退卻狗皮，掛於樹上，還得女人身，全具人扶圓滿。目連啟言阿娘：「人身難得，中國難生。佛法難聞，善心難發。」喚言：「阿娘，今得人身，便即修福。」目連將母於娑羅雙樹下，繞佛三匝，卻住。一面白言世尊，與弟子阿娘看業道已來，從頭觀占，更

有何罪。世尊不違目連之語，從三業道觀看，更率私之罪。目連見母罪減，心甚歡喜。啟言：「阿娘歸去來！閻浮提世界，不堪停生付死。本來無住處。西方佛國，最為精敢，得龍奉引。」其前忽得天女來迎接。一往仰前刀利天受快樂。最初說偈度俱輪。當時此經時有八萬冊冊八萬僧八萬優婆塞八萬□作禮圍繞，歡喜信受，奉行。

這「變文」便終止於佛法的頌揚與歌贊聲中。

北京本《大目犍連變文》在如來自去阿鼻地獄救青提夫人事以前，作第一卷。「卷第二」開始於：

如來領龍神八部，前後圍繞，放光動地，救地獄之苦。

其中文字，諸本各有不同；但差異處也不甚多。惟北京本第三種（成字九十六號）一卷，獨大異。茲附錄這一殘卷的全文於下，以資比勘。

上來所說序分竟，自下第二正宗者。

昔佛在日，摩竭國中有大長者，名拘離陀。其家巨富，財寶無論，於三寶有信重之心，向十善起精崇之志。宮中夫人，號曰靖提，端正雖世上無雙，慳貪又欺誑佛法。生育一子，號曰目連，塵劫而深種善因，承事於恆沙諸佛。未見我佛在俗之時，家竭所有七珍，設粢佈施於一切。忽於一日，思往他方。家財分作於三亭，二分留與於慈母，內之一分，用充慈父之衣糧，更分資財，粢粢佈施於四遠。囑付已畢，拜別而行。母生慳悋之心，不肯設菜佈施，到後目連父母壽盡，各取命終。父承善力而生天，母招慳報墮地獄。或值刀山劍樹，穿穴五藏而分離；或招爐炭灰河，燒炙碎塵於四體。或在餓鬼受苦，瘦損軀骸，百節火然，形容憔悴。喉咽別細如針鼻，飲咽滴水而不容。腹藏則寬於太山，盛集三江而難滿。當爾之時，有何言語？

目連父母並凶亡，輪回六道各分張。母招惡報墮地獄。父承善力上天堂。

思衣羅繡千重現，思食珍羞百味香；足躡庭臺七寶地，身倚幃幌白銀床。

置問母受多般苦，穿剜燒苿不可量。鐵磓磓來身粉碎，鐵叉叉得血汪汪。

饑餐盂火傷喉胃，渴飲鎔銅損肝脹。錢財豈肯隨已益，不救三塗地獄殃。

目連葬送父母，安置丘墳，持服三周，追衆十忌。然後捨卻榮貴，投佛出家，精勤持誦修行，遂證阿羅漢果，三明自在，六用神進，能遊三千大千石壁，不能障得尋。即晏座禪定，觀訪二親：父在忉利天宮，受諸快樂；卻觀慈母，不見去處蹤由。道眼他心。草知次第。

目連父母亡沒，殯送三周禮畢，遂即投佛出家，得蒙如來賑恤。

頭上鬚髮自落，身裏袈裟化出，精修證大阿羅，六用神通第一。

目連出俗證阿羅，六通自在沒人過。身往虛空瞨日月，傍遊世界遍娑婆。

履水如地無搖動，入地如水現騰波。忽下山宮澄禪觀，威凌相貌其巍峨。

目連雖割親愛，捨俗出家，偏向二親，甚能孝道，尋思往乳哺，未有報答劬勞。先知父在天宮，先知父在天堂，未審母生何界。遂即騰身天上，到於父前，借問娘娘，趣向甚處？

是時目連運神通，須臾鄭騰鄭到天宮。足下外欄琉璃地，金錫令敲門首鐘。

父聞從內走出戶，下基祇接禮虔恭。臺頭合掌問和尚：本從何來到此中？

目連道，「貧道生自下界，長自閻浮。母是靖提夫人，父名構離長者。貧遭少生，名字號曰羅卜。父母並遭衰喪，我自投佛出家。果證羅漢，功就神通，道眼他心，隨無障得。見父生於天上，封受自然，未知母在何方，受諸快樂。故來騰身到此。而問因由。願父莫惜情懷，說母所生之處。」

長者聞言情愴悲，始知和尚是親兒。互訴寒溫相借問，不覺號咷淚雙垂。

報言我子能出俗，斯知心願不思議。為僧能消萬劫苦，在俗惡業墮阿鼻。

汝母生存多慳誑，受之業報亦如斯。常在冥間受苦痛，大難得逢出離期。

爾時其父長者，聞說情懷，踟跪尊前，回答所以。「我昔在於世上，信佛敬僧，受持五戒八粂，得生天上。汝母在生慳誑，欺妄三尊，不能捨施濟貧，現墮阿鼻地獄。夫妻雖然恩愛，各修行業不同。天地路殊，久隔互不相見。雖則日夜思憶，無力救他。願尊起大慈悲，速往冥間尋問。」目連聞此，哽噎悲哀，自樸渾堆，口稱禍苦。當即辭於天界，連往下方，趣入冥間，訪覓慈母。

目連聞此哭哀哀，渾搥自樸不可栽。父子相接皆號叫，應見諸天淚溼腮。

父雖備設天廚供，聖者不餐唱苦哉。當即返身辭上界，速就冥間救母來。

聖者來於幽逕，行至奈河邊，見八九個男子女人，逍遙取性無事。其人遙見尊者，禮拜於謁再三。和尚就近其前，便即問其所以。

善男善女是何人？共行幽逕沒災迍。閒閒夏泰禮貧道，欲說當本修佰因。

諸人見和尚問著，共白情懷，啟言和尚。

同姓同名有千嫪，煞鬼交錯枉追來，勘點已經三五日，無事得放卻歸回。

早被妻兒送墳塚，獨臥荒郊孤土搥。四邊為是無親眷，狼鴉□□□□□。（下闕）

這一卷較巴黎、倫敦及其他諸本，文字均整飭得多，似是經過文人學士的修改的一個本子。可惜殘闕太多，不能夠得其全般的面目。

七

《醜女緣起》（巴黎國家圖書館藏，P. 3248）為佛的故事之一。寫的是釋迦佛在世之日，度脫醜女一事。

有一善女，生世之時，也曾供養羅漢。雖有佈施之緣，「心裡便生輕賤」。她身死之後，投生於波斯匿王宮裡，才生三日，便醜陋異常。波斯匿王見之，大為驚駭道：

祇首思量也大奇，朕今王種起如斯！醜陋世間人總有，未見今朝惡相儀。穹崇踻蹜如龜鱉，渾身又似野豬皮，饒你丹青心裡巧，彩色千般畫不成。宮人見則皆驚怕，獸頭渾是可憎兒！國內計應無比並，長大將身娉阿誰？

大王自覺羞恥，吩咐宮人不得傳言於外。便遣送深宮留養，不令相見。這醜女是，「醜陋世間希！」

黑靴皮，雙腳跟頭皴又僻。髮如驢尾一枚了，看人左右和身轉。舉步何曾會禮儀，十指纖纖如露柱，一雙跟子似木槌。……公主全無窈窕，差事非常不小。上脣半斤有餘，鼻孔筒渾小。生來未有喜歡，見說三年一笑。覓他行步風流，卻是趙土襪楜。

波斯匿王深為憂慮，恐她長大了，沒人肯娶她。她在深宮裡，一步也不令外出。日來月往，她年齡漸漸的長大了。夫人也日夜憂愁，恐大王不肯「發遣」她。有一天，夫人乘閑奏大王道：「金光醜女年成長，爭忍令受不事人！」大王聞奏，良久沉吟不語，夫人又曰：「所生三女，雖然娟醜不同，總是大王親骨肉。十指雖然長與短，個個從頭誠咬看。」大王答道：「並非不令她嫁人，只是容貌醜差，說來尚尤心裡怕，如何囑嫁向他門。」夫人道：「大王若無意發遣，妾也不敢再言。如有心令遣事人，妾今有一計在此。」她便獻了一計，說可私令宰相、尋一薄落兒郎，給以官職，令其成為夫婦。大王允之。急詔一臣，交作良媒。只要事成，「陪些房臥不爭論。」大臣受敕，便即私行坊市，巡歷諸州。後遇一貧生，肯來娶她。便與他同見大王。大王即令醜女出見。雖然珠翠滿頭，衣衫錦繡，卻看來仍極怕人。那少年一見，為之唬倒在地。宮人扶起，連忙以水灑面，眾人勸慰了他許久時候。這少年只好娶了她在家。卻無法推得這精怪出門。但因妻貌不揚，不能出外與大臣貴戚往返，心裡悶悶不樂。其妻再三盤問，少年乃以實告。

娘子被王郎道著醜兒，不兑雨淚羞恥，怨恨此身，種何曰菓，今生減得如斯！公主才聞

淚數行，聲中哽咽轉悲傷。怨恨前生何罪孽，今生醜陋異子尋常！再三自家嗟歎了，無計遂罪妝臺。心中。億佛乞苗加護，懊惱今生皃不強。緊盤雲髻罪紅妝，豈料我無端正相！置令暗裡苦高量，胭脂合子檢抛卻，釵朵瓏璁調一傍。兩淚焚香思法會，遙告靈山大法王。於是娥媚不掃，雲鬢罷梳遙，靈山便告世尊。珠淚連連怨復差，一種為人面皃差，玉葉木生端正相，金騰結朵野田花。見說牟尼長丈六，八十隨形號釋迦。唯願世尊加被我，三十二相與紫紫。

她遙求如來，與以更容變貌的方便。世尊便已遙知金剛醜女焚香發願。遂於醜女居處，從地踴出。醜女禮拜世尊，極訴其苦悶。

自歎前生惡葉因，置令醜陋不如人。毀謗聖賢多造罪，敢昭容皃似煙董。生身父母多嫌棄，姊妹朝朝一似嗔。夫主入來無喜色，親羅未看見殷勤。時時懊惱流雙淚，往往咨嗟怨此身。聞道靈出三界主，所以焚香告世尊。

如來果如所願，立地將她的容貌改易了。

佰頭禮拜心轉志，容顏頓改舊時容，百醜變作千般媚。醜女既得世尊加被，換卻舊時醜質，敢得貌若春花。夫主入來不識。公主輕盈世不過，還同越女及娘娥。紅花臉似輕輕圻，玉質如棉白雪和。比來醜陋前生種，今日端嚴遇釋迦。夫主人來全不識，卻覓前頭醜阿婆。妻云道：識我否？夫云：不識。我是你妻。夫主云：唬人！娘子比來是獸頭，交我人前滿面羞。今日因何端正相？請君與我說來由。妻語夫曰：自居前時，憂我身醜陋，羞見他朝官。妾懊惱再三，遂乃焚香禱祝靈山尊。蒙佛慈悲，便垂加佑，換卻醜陋之形。軀變作端嚴之相好。公主目道：我今天生貌不強，深慚日夜尋王郎。遙相釋家三界主，不捨慈悲降此方。便禮拜，更添香，不覺形容頓改張。我得今朝端正相，感附靈山大法王。王郎見妻端正，指手

喜歡道：數聲可曾《走入內，裡，奏上大王。王郎指手歡喜，走報大王宮裡。丈人丈母不知，今日渾成差事。少娘子如今變也，不是舊時精魅。欲識公主此是容，一似佛前菩薩子。大王聞說喜盈懷，火急忙然覓女來。夫人隊丈離宮內，大王御輦到長街。才見女，喜徘徊，灼灼桃花滿面開。大王夫人歡喜哂，囚慈持地送資財。公主因佛端正，事須慚謝大聖。明朝速往祈園，禮拜志恭敬。

因了醜女的突變，大王們便去拜佛致謝，並求問因果：

於是槍旗耀日，皂毒縣隱暖，百遼從駕，千官咸命，同赴祇園，謝主公號端正。下御輦，禮金人，更將珍寶獻慈尊。我女前生何罪過，一場醜陋卒難陳！頰為如來親加被，還同枯木再生春。唯願如來慈念力，為說前生修底因。佛告波斯匿王言：此女前生發言，曾輕慢聖賢。感得此生，形容醜陋。世尊又道：此女前生供養辟支佛，為道面醜，供養因緣，生於國家為女，發惡言之事，感得面貌不強。佛勸諸人佈施，直須喜歡。前生為謗辟支迦，感得形容貌不羞。為緣不識阿羅漢，百般笑效苦兮竹皅。將為惡言發便了，他家葉報更差。得見牟尼身懺悔，當時卻似一團花。只為前生發惡言，今枎杲報不然虛。誹謗阿羅歎杲葉，致令人自不周旋，兩腳出來如露主，壹雙可膊似鹿椽。才禮世尊三五拜，當時白淨軟如綿。上來所說醜變……（下闕）

這一卷《醜女緣起》雖殘闕一部分，但故事已畢，所闕的並不怎麼重要。

還有一卷《有相夫人升天變文》（題擬）見《敦煌零拾》（《佛曲三種》之一），為上虞羅氏所藏，殘闕極多，但其雋美，卻遠在《醜女變》之上。《有相變文》（陳寅恪先生題作《有相夫人升天曲》）寫的是，有相夫人為其夫所寵愛，生活如意，諸事滿足。但有一天，忽知自己的生命已盡，沒有幾天在世可活。便憂愁不已。舉宮惶惶，不知所措。她去見她父母。也無計可留。這裡寫她對於人世間生活的留戀，極為可喜。

但後來，她父母命她求救於一女仙。那女仙卻指示她以天上的快樂，解脫她對於現實生活的戀念。她回宮後，便若換了一個人，心裡脫然無累，毫不以「死」為懼了。這一卷變文，雖是宣傳佛道，卻令我們得到了一卷最輕倩可愛的抒情詩似的絕妙好辭。我們所最注意的，並不是後半的佛道的宣傳，卻是前半的有相夫人對於「生」的留戀。讀了這，大似讀希臘悲劇 Antigone 和 Ajax 二篇，那二篇寫 Antigone 和 Ajax 二人在臨死之前，對於「生」的留戀，也是異常的感動人心。

在「變文」裡，像這樣漂亮的成就是很少有的。為了《敦煌零拾》比較易得，這裡便不再引本文了。

八

非佛教故事的變文，今所見的也不少。為什麼在僧寮裡會講唱非佛教的故事呢？大約當時宣傳佛教的東西，已為聽眾所厭倦。開講的僧侶們，為了增進聽眾的歡喜，為了要推陳出新，改變群眾的視聽，便開始採取民間所喜愛的故事來講唱。大約，這作風的更變，曾得了很大的成功。像上文所引的僧文漵的故事，他便是一個大膽的把講唱的範圍，從佛教的故事廓大到非佛教的人間的故事的。當時聽眾的如何熱烈的歡迎，如何讚歎表示的滿意，我們可於趙璘《因話錄》那段記載裡想像得之。

但後來也因為僧侶們愈說愈野，離開宗教的勸誘的目的太遠，便招來了一般士大夫乃至執政者們的妒視。到了宋代（真宗）變文的講唱，便在一道禁令之下被根本的撲滅了。然而廟宇裡講唱變文之風雖熄，「變文」卻在「瓦子」裡以其他的種種方式重蘇了；且產生了許多更為歧異的偉大的新文體出來。

今所見的非佛教的變文，可分為兩類。一類是講唱歷史的或傳說的故事的；一類是講唱當代的有關西陲的「今聞」的。為什麼會雜有當代的，特別是西陲的「今聞」呢？這恐怕是適應於西陲的需要。一部分留在西陲的僧侶們，特別為此目的而寫作的吧。

先講第一類歷史的或傳說的變文。

在這一類裡，《伍子胥變文》（題擬）似最為流行。倫敦不列顛博物館藏有殘文一卷（目作《列國傳》），巴黎國家圖書館也藏有殘文二卷（P. 2794 及 P. 3213）。是我們所見，共有三卷了。但把這三卷拼合起來，仍不能成為完整的一部。為了別字和脫漏的過多，讀起來也頗不易。但這部變文的氣魄卻甚為弘偉。大似〈季布罵陣詞文〉，雖充滿了粗野，卻自有其不可掩沒的精光在著。

伍子胥故事，見於《史記》諸書者，已足令人酸辛。後人卻更將苦難的英雄的一生烘染得更為悽楚。元雜劇有《伍員吹簫》，明・邱濬有《舉鼎記》，都是寫伍員故事的。梁辰魚的《浣紗記傳奇》，也寫到伍員事。明刊本《列國志傳》寫伍員事也極為活躍（明末本《新列國志》與清刊本《東周列國志》，已把這段活躍的故事刪除了一大部分）。今皮黃戲裡，尚有「伍子胥過昭關」（《文昭關》）一本，為最流行的戲之一。

但把伍子胥的故事作為民間文學裡的題材者，據今所知的，當以這一卷《伍子胥變文》為祖禰。

《伍子胥變文》以倫敦為最完整；巴黎本二卷，均殘闕極甚。P. 2794 號一卷，為倫敦本中間的一段，我們可以不必注意。但 P. 3213 號的一卷，卻為倫敦本所無，恰足補在倫敦本的前面（但還不能銜接）。大約，今所有者，約已十得其八。所闕的並不甚多。

楚王無道，強奪其子媳為妻，伍子胥父伍奢諫之，不聽，反殺之，並殺其子伍尚。子胥乃亡命在外，欲報父仇。但楚地關禁甚嚴，子胥不易逃脫。他在逃亡裡，遇見浣紗女及漁父，他們都幫助著他。但都犧牲生命來替他隱瞞著。這些，都還是史書裡所有的。「變文」裡所創造的故事，乃是子胥見姊及子胥二甥的追舅。這一段故事，寫得頗為離奇可怪；把伍子胥競變成一個「術士」了。

子胥哭已，更復前行。風塵慘面，蓬塵映天，精神暴亂，忽至深川。水泉無底，岸闊無邊，登山入谷，繞澗尋源，龍蛇塞路，拔劍蕩前，虎狼滿道，遂即張弦。餓乃蘆中餐草，喝飲岩下流泉。丈夫讎為發憤，將死由如睡眠。川中忽遇一家，遂即叩門乞食。有一婦人出應。

遠蔭弟聲，遙知是弟子胥，切語相思，慰問子胥，減口不言。知弟渴乏多時，遂取葫蘆盛飯，並將苦苣為虀。子胥賢士，逆知問姊之情，審細思量，解而言曰：「葫蘆盛飯者，內苦外甘也。苦苣為虀者，以苦和苦也。義含遣我速去，速去不可久停！」便即辭去。姊問弟曰：「今乃進發，欲投何處？」子胥答曰：「欲投越國。父兄被殺不可不讎。」阿姊抱得弟頭，哽咽聲嘶，不敢大哭，歎言：「痛哉，苦哉！自模槐棰，共弟前身，何罪受此孤淒！」

曠大劫來有何罪，如今孤負前耶娘。雖得人身有富貴，父南子北各分張。忽憶父兄行坐哭，令兒寸寸斷肝腸。不知弟今何處去？遣我獨自受悽惶。我今更無眷戀處，恨不將身自滅亡。子胥別姊稱好住，不須啼哭淚千行。父兄枉被刑誅戮，心中寫火劇煎湯。丈夫今無天日分，雄心結怨苦倉倉。倘逢天道開通日，誓願活捉楚平王。挖心並戀割，九族總須亡。若其不如此，誓願不還鄉。作此語了，遂即南行。行得二十餘里，遂乃眼瞤。畫地而卜，占見外甥來趁。用水頭上之，將竹插於腰下，又用木劇倒著，並畫地戶天門。遂即臥於蘆中，咒而言曰：「捉我者殃，趁我者亡。急急如律令。」子胥有兩個外甥子安、子承，少解陰陽。遂即畫地而卜占。見阿舅頭上有水，定落河傍，腰間有竹，塚墓城荒，木劇倒著，不進傍徨。若著此卦，定必身亡。不假尋覓，廢我還鄉。子胥屈節看看，乃見外甥來趁。遂即奔走星夜不停。川中又遇一家，牆壁異常嚴麗，孤莊獨立，四遍無人。不恥八尺之軀，遂即叩門乞食，

子胥臥於蘆中，作法自護一事，大似《封神傳》裡姜尚替武吉禳災卻捕的故事（在《武王伐紂書》裡已有這故事）。

更奇怪的，「變文」裡又添出了一段子胥和其妻相見的事。其妻明知子胥是夫，卻不敢相認，子胥也不敢相認她。

子胥叩門從乞食，其妻斂容而出應。劇見知是自家夫，即欲敬言相認識。婦人卓立審思

量，不敢向前相附近。以禮設拜乃逢迎，怨結啼聲而借問：妾家住在荒郊側，四遍無鄰獨棲宿。君子從何至此間？面帶愁容有饑色。落草獐狂似怯人，屈節攢刑而乞食。妾雖禁閉在深閨，與君影響微相識。子胥報言娘子曰：僕是楚人充遠使，涉歷山川歸故里。在道失路乃迷昏，不覺行由來至此。鄉關迢遠海西頭，遙遙阻隔三江水。適來專輒橫相忤，自恨於身實造次。貴人多望錯相認，不省從來識娘子。今欲進發往江東，幸願存情相指示。

其妻遂作藥名問曰：「妾是仵茄之婦，細辛早仕於梁。就禮未及當歸，使妾閒居獨活。青莨薑芥，澤瀉無憐，仰歎檳榔，何時遠志！近聞楚王無道，遂發材狐之心，誅妾家破芒消，屈身苜蓿，葳蕤怯弱，石膽難當，夫怕逃人，茱萸得脫，潛刑蔥草，匿影藜蘆。狀似被趁野天，遂使狂夫莨菪。妾憶淚沾赤石，結恨青葙。野寝難可決明，日念舌乾卷柏。聞君乞聲厚朴，不覺躑躅君前。謂言夫智麥門，遂使蓯蓉緩步。看君龍齒，似妾狼牙。桔梗若為，願陳枳鼓。」子胥答曰：「余亦不是仵茄之子，不是避難逃人。聽是途之行出，余乃於巴蜀，長在霍鄉；父是蜈公，生居貝母，遂使金牙採寶之子，遠行劉以奴是餘。賤用徐長，卿為貴友。共疫囊阿，彼寒水傷身。二伴芒消，唯余獨活。每日懸腸斷續，情思飄飄，獨步恆山，石膏難渡。彼岩已戟，數值柴胡。乃憶款冬，忽逢鍾乳。流心半夏，不見鬱金。余乃返步當歸，芎窮至此。我之羊齒，非是狼牙，桔梗之清，願知其意。」

妻答：君莫急，路遙長。縱使從來不相識，錯相識認有何妨。妾是公孫、鐘齗女，疋配君子是貞賢。夫主姓仵身為相，束髮千里事君王。自從一去音書絕，憶君愁腸氣欲結。遠道冥冥斷寂寥，兒家不慣長欲別。紅顏憔悴不如常，相思淚落曾無歇，年華虛擲守空閨。誰能疰對芳菲節！青樓日夜滅容光，口濛蕩子事於梁。懶向庭前步明月，愁歸帳裡抱鴛鴦。遠府雁書將不達，天塞阻隔路遙長。欲識殘機情不喜，畫眉羞對鏡中妝。偏憐鵲語蒲桃架，念□

雙棲白玉堂。君作秋胡不相識，接亦無心學採桑。見君當前雙板齒，為此識認意相當。鹿飦一飧中不惜，願君且住莫荒忙。子胥被認，不免相辭謝。萬便軟言相帖寫，娘子莫謗惜錯慽，大有人間相似者。娘子夫主身為相，僕是寒門居草野。倘見夫覔為通傳，以理勸諫令歸舍。緣事急往江東，不停留復日夜。其婦知胥謀大事，更不驚動。如法供給，以理發遣。子胥被婦認識，更亦不言。丈夫未達於前，遂被婦人相認。豈緣小事，敗我大儀，列士抱石而行，遂即柯其齒落。

他們夫妻二人竟各不相認，即別離而去，為了婦人言，「見君當前雙板齒，為此認識。」子胥竟將雙板齒打落。

這裡，子胥妻以藥名作隱語，子胥也以藥名作隱語答她，乃是民間作品裡所慣見的文字遊戲。前一節，子胥姊的以菜具作隱語，也是如此。

底下寫子胥逃吳，起兵報仇，鞭平王屍，大致和史書無多大的出入。最後寫到吳、越的相爭，寫到子胥的死，寫到吳國的滅亡，也和史書不甚相遠。

伍子胥被吳王賜以寶劍，要他自殺。

子胥得王之劍，報諸臣、百官等：「我死之後，割取我頭懸安城東門上，我尚看越軍來伐吳國者哉。」煞子胥了，越從吳貸粟四百萬石。吳王遂與越王粟依數。分付其粟將後，越王蒸粟還吳，乃作書報吳王曰：「此粟甚好，王可遣百姓種之！」其粟還吳被蒸，入土並皆不生。百姓失業一年，少乏饑虛。五載，越王即共范蠡平章吳國：「安化治人，多取宰彼之言。共卿作何方計，可伐吳軍？」范蠡啟王曰：「吳國賢臣伍子胥，昊王令遣自死。屋無強梁，必尚頹毀，牆無好土，不久即崩。國無忠臣，如何不壞，今有佞臣宰彼，可以貨求必得。」王曰：「將何物貨求？」范蠡啟言王曰：「宰彼好之金寶，好之美女，得此物女是開路？更

無疑慮。」越王聞范蠡此語，即遣使人麗水取之黃金，荊山求之白玉，東海採之明珠，南國娉之美女。越王取得此物，即著勇猛之人，往向吳國，贈與宰彼。宰彼見此物，美女輕盈，明珠昭灼，黃金煥爛，白玉無瑕。越贈宰彼，宰彼乃歡忻受納。王見此佞臣受貨求之，又問范蠡曰：「吳王煞伍子胥之時，吳國不熟二年，百姓乏少饑虛。經今五載。」越王喚范蠡問曰：「寡人今欲伐吳國，其事如何？」范蠡啟言王曰：「王今伐吳，正是其時。」越王即將兵動眾四十萬人，行至中路，恐兵仕不齊，路逢一怒蝸在道，努鳴，下馬抱之。左右問曰：「王緣何事抱此怒蝸？」王答：「我一生愛勇猛之人。此怒蝸在道努鳴，遂下馬抱之。」兵眾各白平章，「王見怒蝸，由自下馬抱之。我等亦須努力，身強力健，王見我等，還如怒蝸相似。」兵士悉皆勇健，怒叫三聲。王見兵仕如此，皆賜重賞。行至江口，未過小口，停歇河邊。有一人上王一瓠之酒。「王飲不盡，吹在河中。兵事日共寡人同飲。其兵總飲河水。倒聞水中有酒氣味，兵吃河水，皆得醉。」王聞此語，大喜。單醪投河，三軍告醉。越王將兵北渡河口欲達吳國。其吳王聞越來伐，見百姓饑虛氣力衰弱，無人可敵。吳王夜夢見忠臣伍子胥言曰：「越將兵來伐，王可思之。」……「平章：朕夢見忠臣伍子胥言越將兵來……」

（下缺）

底下所缺的一部分，當是寫吳的滅亡的。吳夫差終於因為失去了伍子胥，而招致亡國之禍了。編目者或因見這變文敘述的一部分是吳、越相爭之事，故便冠以列國傳的名目。其實，這變文是全以伍子胥的故事為中心的，故仍以巴黎國家圖書館的目錄名伍子胥為當。

《王昭君變文》（《敦煌遺書》作《小說明妃傳殘卷》）藏於巴黎國家圖書（P. 2553），亦為民間極流行的故事之一。這故事，在魏、晉六朝間，似即亦流傳甚廣。《西京雜記》裡記載此事。〈明妃曲〉的作者，在六朝時也不止一人。在元雜劇有馬致遠的《孤雁漢宮秋》，明人傳奇有《青塚記》及《王昭君和戎記》，

又有雜劇《昭君出塞》（陳與郊作）。清人小說有《雙鳳奇緣》。但從《西京雜記》和〈明妃曲〉變到《漢宮秋》，這其間的連鎖，卻要在這一部《王昭君變文》（題擬）裡得之。

這變文當為二卷，故本文裡有：「上卷立鋪畢，此入下卷」的話。上卷敘的是，明妃到了匈奴之後，蕃王百般求得其歡心（前半闕得太多，沒有寫出她來到匈奴之經過）。但明妃總是思念漢地，鬱鬱不樂。無窮盡的草原，更無城郭，局處於牙帳之中，不見高樓深宇。黃沙時飛，天日為暗，目無所見，所見惟千群萬郡的黃羊野馬。那生活是這樣的和漢地不同！單于令樂人奏樂以娛明妃。但她聽之，卻更引起鄉愁。上卷的鋪敘，終於她的終日以眼淚洗臉的情形中。

下卷敘的是單于見她不樂，又傳令非時出獵。但她「一度登山，千回下淚。慈母只今何在，君王不見追去。」遂得病不起，漸加羸弱。終於不救而死。她死時，叮囑單于，要報與漢王知。單于把她很隆重的埋了，「墳高數尺號青塚」。

最後一段，寫到漢哀帝發使和蕃，遂差漢使楊少征來弔明妃。

明明漢使逢邊隅。高高蕃王出帳趨。大漢稱尊成命重，高聲讀敕弔單于。
昨咸來表知其向，今歎明妃奄逝殂。故使教臣來弔祭，遠道兼問有所須。
此間雖則人行義，彼處多應禮不殊。附馬賜其千匹彩，公主子仍留十解珠。
雖然與朕山河隔，每每憐鄉歲月孤。秋末既能安葬了，春間暫請赴京都。
單于受弔復含渧，漢使聞言悉以悲。丘山義重恩難捨，江海雖深不可齊。
一從歸漢別連北，萬里長懷霸岸西。閒時淨坐觀羊馬，悶即徐行悅鼓鼙。
嗟呼數月連非禍，誰為今冬急解奚？乍可陣頭失卻馬，那堪向老更亡妻。
靈儀好日須安曆，葬事臨時不敢稽。莫怪帳前無掃土，直為渧多旋作泥。
漢使弔訖，當即使乃行至蕃漢界頭，遂見明妃之塚。青塚寂遼，多經歲月。使人下馬，

設樂沙場，宮非單布，酒心重傾，望其青塚，宣哀帝之命。乃述祭詞：維年月日，謹以清酌之奠，祭漢公主王昭軍之靈：惟靈天降之精，地降之靈，姝越世之無比婥妁，傾國和陟娉。丹青寫刑，遠稼使匈奴拜首，方代伐信義，號罷征。賢感敢五百里年間：出德邁應，黃河號一清，祚永長傳，萬古圖書，且載著往聲。嗚呼，嘻噫，在漢室者昭軍，亡桀紂者泥妃。驪姿兩不團，矜誇興皆言。為美捧荷，和國之殊功。金骨埋於萬里，嗟呼！別翠之寶帳，長居突厥之穹廬。特也黑山杜氣，擾攘凶奴，猛將降喪，計竭窮謀，漂遙有懼於檢杭，衛、霍怯於強胡。不稼昭軍，紫塞難為運策定單於，欲別攀戀拜路跪。嗟呼！身歿於蕃裡，魂兮豈忘京都！空留一塚齊天地，岸瓦青山萬載孤。

以這樣的祭詞作結束，在「變文」裡是僅見。

變文裡說起「可惜明妃奄從風燭八百餘年，墳今上（尚）在。」則這部變文的作者，當是唐代中葉的人物（肅宗時代左右）。從漢元帝（西元前四八～三三年）到唐肅宗、代宗（西元後七五六～七七九年）恰好是八百餘年；至遲是不會在懿宗（西元後八六〇～八七三年）之後的。因為在懿宗以後，便要說是九百餘年了。

《舜子至孝變文》一卷，藏巴黎國家圖書館（P. 2721），前面殘闕一部分，後面完全，並有原題及《百歲詩》。作者不詳。寫本的年代，是天福十五年己酉。

舜的故事，《史記》裡已有之；後又見於劉向的《孝子傳》（見《黃氏逸書考》）。變文把這故事廓大了，添上了不少的枝葉，成為民間故事之一。大約原來這故事便是很古老的仙杠瑞拉的故事之一，原來是從民間出來的東西。

這卷變文敘的是，瞽叟離家出外，歸來後，見「後妻向床上臥地不起。瞽叟問言：娘子前後見我不歸得，甚能歡能喜。今日見我歸家，床上臥不起。為復是鄰里相爭？為復天行時氣？」後妻乃流下眼淚，答曰：「自

從夫去潦陽，遣妾勾當家事。前家男女不孝，見妾後園摘桃，樹下多裡（疑當作『埋』）惡刺，刺我兩腳成瘡，疼痛直連心髓。當時便擬見官。我看夫妻之義。老夫若也不信，腳掌上見有膿水。見妾頭黑面白，異生豬狗之心。」瞽叟便喚了舜子來，說道；「阿耶暫到潦陽，遣子勾當家事。緣甚於家不孝？阿娘上樹摘桃，樹下多埋惡刺，刺他兩腳成瘡？這個是阿誰不是？」。「舜子心自知之。恐傷母情，舜子與招伏罪過。又恐帶累阿娘已身，『是幾千重萬過，一任阿耶鞭恥。』」瞽叟聞言，便高聲喚了象來，說道：「與阿耶三條荊杖來與，打殺前家哥子。」象兒走入阿娘房裡，報云：「阿耶交兒取杖，打殺前家哥子。」後妻又在火上加油，同瞽叟說道：「男女罪過須打，更莫教分疏道理。」瞽叟便揀了一根粗杖，把舜子吊打一頓，流血遍地。因為舜子是孝順之男，帝釋「化一老人，便往下界來至，方便與舜，猶如不打相似。」

這是今所見的殘存的《舜子至孝變文》的第一段，也便是舜被大杖毒打而不死的一個故事，也便是他的第一次的磨難。

舜的第二個磨難是，舜即歸來書堂裡先念《論語》、《孝經》，後讀《毛詩》、《禮記》。後妻見之，嗔心便起，又對瞽叟說，舜子大杖打又不死，不知他有甚魔術，怕堯王得知，連累了她。快把離書交來，她當離去。瞽叟道：「只要有計除得他，無不聽從。」後妻說，既然如此，那是小事。「不經三兩日中間後妻設得計成。」她告訴瞽叟說，要舜子去修理後院空倉。他們卻在四畔放火，把他燒死。瞽叟道：「娘子雖是女人，說計大能精細。」便依從了她的計，叫舜子上倉。舜子討了兩個笠子，便上了倉舍。剛剛上去，他們便在下放起火來。紅炎連天，黑煙迷地。舜子恐大命不存，權把兩個笠子為助翼，騰空飛下倉舍。因他是有道君王，感得地神擁護，不損毫毛。

這是第二個磨難了。舜子渡過這個磨難，又歸來書堂裡，先念《論語》、《孝經》，後讀《毛詩》、《禮記》。後娘見之，嗔心便起。又對瞽叟說舜子大杖打又不死，火燒不煞，怕有些魔術。若堯王得知，連她也要遭帶累，快把離書交來，她當離去。瞽叟道：「只要有計除得他，無不聽從。」後妻說，既然如此，那是小事。「不

經三兩日中間後妻設得計成。」她告訴瞽叟說，要舜子到廳前枯井裡去淘井，等他下井後，取大石填壓死。瞽叟道：「娘子雖是女人，設計大能精細。」便依從了她的計，叫舜子下井。舜子心知必遭陷害，便脫衣井邊，跪拜入井淘泥。帝釋密降銀錢五百文入於井中。舜子便把銀錢放在罇中，教後母挽出。數度已盡，舜子說道：「上報阿耶娘，井中水滿錢盡，遣我出井吧。」但後妻又去謊報瞽叟，用大石把井填塞了。但帝釋化一黃龍，引舜通穴，往東家井出。恰值一老母取水，便把他牽挽出來，與他衣服穿著。老母對他說道：「你莫歸家，但到你親娘墳上去，必見阿娘現身。」舜子便依言到了親阿娘墳上。果然見阿娘現身出來。舜子悲泣不已，阿娘道：「你莫歸家。但取西南角歷山躬耕，必當貴。」舜依言，與母相別，到了山中。群豬與他耕地開壟，百鳥銜子抛田，天雨澆溉。

這一節故事，更是仙杜瑞拉型的正宗結構了。見到親娘的魂，受到她的指示，而得發達亨泰，豈不是每一個正宗的仙杜瑞拉型的故事所必具的情節嗎？

卻說，那一年，天下不熟，舜卻獨豐，收得數百石穀。心欲思鄉，報父母之恩。走到河邊，見幾個商人，問他家事。他們說，有一個姚姓家，自遣兒淘井，填塞井口殺了他後，阿耶即兩目不見，「母即頑遇，負薪詣市。更一小弟，亦復痴顛，極受貪乏，乞食無門。」舜將米往本州，見後母負薪易米。每次交易，舜卻依舊把糴米之錢安著米囊中還她。如是非一。瞽叟怪之，疑是舜子。後妻牽他到市。他與舜對答，識得音聲道：「此正似我舜子聲乎？」舜曰：「是也。」即前抱父頭，失聲大哭。舜子見父下淚，以舌舔之，雙目即明，母亦聰惠，弟復能言。市人見之，無不悲歎。瞽叟回家，欲殺卻後妻，又為舜苦苦求免。自此一家快活，天下傳名，堯帝聞之，妻以二女，後傳位於他。

這變文至此而寫畢，但不知是抄者或是作者，卻在紙末，引《百歲詩》及《歷帝記》二書關於舜的記載，作為考證。這兩部唐代通俗之書的引用，在我們今日看來，卻是頗為有趣的事。

九

第二類的非佛教故事寫當代的「今聞」者，今所存的只有《西征記》（《敦煌掇瑣》本）一本。孫楷第先生稱之為《張義潮變文》（見《大公報》、《圖書副刊》一四五期，〔二十五年八月二十七日出版〕《敦煌寫本張義潮變文跋》）。

這一本變文當是歌頌功德之作，特為張義潮而寫作的；這可見和尚們於講唱變文的時候，也不得不顧慮到環境，或甚至不得不獻媚於軍府當道。

這是僅有的這樣一種作風與題材的變文，特錄殘卷的全文於下。

（上缺）諸川吐蕃兵馬還來劫掠沙州。奸人探得事宜，星夜來報僕射，吐渾王集諸川蕃賊欲來侵凌抄掠，其吐蕃至今尚未齊集。僕射聞吐渾王反亂，即乃點兵□凶門而出，取西南上把疾路進軍。才經信宿，即至西同側近。便擬交鋒。其賊不敢拒敵，即乃奔走。僕射遂號令三軍：便須追逐。行經一千里已來，直到退渾國內，方始趁趚。僕射即令整理隊伍，排比兵戈：展旗幟，動鳴鼉，縱八陣，騁英雄。分兵兩道，裡合四邊。人持白刃，突騎爭先。須臾陣合，昏霧漲天，漢軍勇猛而乘勢，拽戟沖山直進前。蕃戎膽怯奔南北，漢將雄豪百當千。

忽聞戎犬起狼心，叛逆西同把險林。星夜排兵奔疾道，此時用命總須擒。
雄雄上將謀如雨，蠢愚蕃戎計豈深？十載提戈驅醜虜，三邊獲猂不能侵。
何期今歲興殘害，輒爾依前起逆心。今日總須摽賊首，斯須霧合已霃霃。
將軍號令兒郎曰：克勵無辭百戰勞。丈夫名筐向槍頭取，當敵何須避寶刀。
漢家持刃如霜雪，虜騎天寬無處逃。頭中鋒鉎陪隴土，血濺戎屍透戰襖。
一陣吐渾輸欲盡，上將威臨煞氣高。

決戰一陣，蕃軍大敗。其吐渾王怕急。突圍便走。登涉高山，把險而住。其宰相三人，當時於陣面上生擒。只向馬前，按軍令而寸斬。生口細小等活捉三百餘人。收奪得駝馬牛羊二千頭匹。然後唱大陣樂而歸軍幕，敦煌北一千里鎮伊州城西有納職縣。其時回鶻及吐渾居住在彼，頻來抄劫伊州，俘虜人物，侵奪畜牧，曾無暫安。僕射乃於大中十年六月六日，親統甲兵，詣彼擊逐伐除。不經旬日中間，即至納職城。賊等不虞漢兵忽到，無準備之心。我軍遂列烏雲之陣，四面急攻。蕃賊倡狂，星分南北。漢軍得勢，押背便追。不過五十里之間，煞戮橫屍遍野。處敦煌上將漢諸侯，棄卻西戎朝鳳樓。聖主委令摧右地，但是凶奴盡總仇。昨聞獫狁侵伊鎮，俘劫邊甿旦夕憂。元我叱吒揚眉怒，當即行兵出遠收。兩軍相見如龍鬥，納職城西赤血流。我將軍意氣懷文武，威脅蕃渾膽已浮。犬羊才見唐軍勝，星散回兵所在抽。遠來今日須誅剪，押背擒羅豈肯休。千人中矢沙場殪，銛鍔刟務（七彫反）墜賊頭。搠鑠紅旗晶耀日，不忝田丹從火牛。

漢主神資通造化，稱卻殘凶總不留。

僕射與犬羊決戰一陣，回鶻大敗，各自蒼黃拋棄鞍馬，走投入納職城，把勞而守。於是中軍舉華角，連擊錚錚，四面□兵，收奪駝馬之類一萬頭疋。我軍大勝，疋騎不輸。遂即收兵，卻望沙州而返。即至本軍，遂乃朝朝秣馬，日日練兵，以備凶奴，不曾暫暇。先去大中十載，大唐差冊立回鶻使御史中丞王端章持節而赴單于。下有押衙陳元弘走至沙州界內，以遊弈使佐承珍相見。丞珍忽於曠野之中，迥然逢著一人，猖狂奔走，遂處分左右領至馬前，登時盤詰。陳元弘進步向前，稱是漢朝使命北入回鶻充冊立使，行至雪山南畔，被背叛回鶻劫奪國信，所以各自波逃，信脚而走，得至此間，不是惡人。伏望將軍希垂照察。承珍知是漢朝使人，與馬馱，至沙州，即引入參見僕射。陳元弘拜跪起居，具述根由，立在帳前。僕

射問陳元弘使人：於何處遇賊？本使伏是何人？元弘進步向前，啟僕射：元弘本使王端章，奉敕持節北入單于，充冊立使。行至雪山南畔，遇逢背逆回鶻一千餘騎，當被劫奪國冊及諸敕信。元弘等出自京華，素未諳野戰，彼眾我寡，遂落奸虞。僕射聞言，心生大怒。這賊爭敢輒爾猖狂，恣行兇害。向陳元弘道：使人且歸公館，便與根尋。由未出兵之間，十一年八月五日，伊州刺史王和清差走馬使至云：有背叛回鶻五百餘帳，首領翟都督等將回鶻百姓已到伊州側。（下缺）

十

變文的時代，就今所知，當不出於盛唐（玄宗）以前，而在今日所見的變文，其最後的時代，則為梁貞明七年（西元九二一年）。

但今所知的敦煌寫本，有早至西元四〇六年者，也有晚至西元九九五年者（見L. Giles, Dated Chinese Manuscripts in the SteinC0llection, the Bulletin of the School of Oriental Studies, LondonInstitution, V0l·VII, Part 4.），最晚的變文寫本和最晚的其他寫本其年代相差還不遠（不過七、八十年），而最早的變文寫本和最早的其他寫本，其年代競相差到三百多年之久，可見變文在這三百多年間，實在是未曾成形。

變文在實際上銷聲匿跡的時候，是在宋真宗的時代（西元九九八~一〇二二年），在那時候，一切的異教，除了道、釋之外，竟完全的被禁止了。而僧侶們的講唱變文，也連帶的被明令申禁。

但變文的名稱雖不存，她的軀體雖已死去，她雖不能再在寺院裡被講唱，但她卻幻身為寶卷，為諸宮調，為鼓詞，為彈詞，為說經，為說參請，為講史，為小說，在瓦子裡講唱著，在後來通俗文學的發展上遺留下最重要的痕跡。

參考書目

1. A. Stein, Serindia。
2. Pilliot《敦煌鈔本目錄》（法文本）。
3.《敦煌零拾》，羅振玉編，羅氏鉛印本。
4.《敦煌遺書》第一集，伯希和、羽田亨合編，上海出版。
5.《敦煌掇瑣》，劉復編，中央研究院出版。
6.《敦煌劫餘錄》，陳垣編，北京圖書館出版。
7.《變文及寶卷選》，鄭振鐸編，商務印書館出版。
8.《敦煌叢鈔》，向達編，見北京圖書館館刊。
9.《中國文學史中世卷》，鄭振鐸編（已絕版）。
10.《插圖本中國文學史》第二冊，鄭振鐸編，樸社出版。
11. 巴黎圖書館所藏《敦煌書目》及倫敦博物館所藏敦煌鈔本目錄的一部分，見北京大學《國學季刊》第一卷第一期及第四期。

第七章 宋金的「雜劇」詞

一

宋、金的「雜劇」詞及「院本」，其目錄近千種（見周密《武林舊事》及陶宗儀《輟耕錄》），向來總以為是戲曲之祖，王國維的《曲錄》也全部收入（《曲錄》卷一）。但這種雜劇詞及院本性質極為複雜，恰和被稱為「雜」劇的意義相當，和流行於元代的北劇，所謂「雜劇」者，是毫不相涉的。以今語釋之，或可算是「雜耍」同流之物吧。

在「雜劇」詞中大約以「大曲」為最多，實際上恐怕最大多數是歌詞，而不是什麼有戲劇性的東西。在其間可分為：

（一）六么　（二）瀛府　（三）梁州　（四）伊州　（五）新水

（六）薄媚　（七）大明樂　（八）降黃龍　（九）胡渭州　（十）逍遙樂

（十一）石州　（十二）大聖樂　（十三）中和樂　（十四）萬年歡　（十五）熙州

（十六）道人歡　（十七）長壽仙　（十八）法曲　（十九）劍器　（二十）延壽樂

（二一）賀皇恩　（二二）採蓮　（二三）寶金枝　（二四）嘉慶樂　（二五）萬年歡

（二六）慶雲樂　（二七）相遇樂　（二八）泛清波　（二九）彩雲歸

這些都是以曲調為雜劇名目的。此外，最多的，有所謂「爨」的，有所謂「孤酸」、「卦鋪兒」等名目，又有所謂「單調」、「搭雙手」、「三入舍」、「四國朝」一類的東西。

今將《武林舊事》所載宋官本雜劇段數，全目附載於下：

爭曲六么一本、扯攔六么一本、教聲六么一本、鞭帽六么一本、衣籠六么一本、廚子六么一本、孤奪旦六么一本、王子高六么一本、崔護六么一本、骰子六么一本、照道六么一本、鶯鶯六么一本、大宴六么一本、驢精六么一本、女生外向六么一本、慕道六么一本、三偌慕道六么一本、雙攔哮六么一本、趕厥夾六么一本、羹揚六么一本

右「六么」凡二十本。按六么即綠腰。王國維云：「《宋史・樂志》教坊十八曲中，中呂調，南呂調，仙呂調，均有綠腰曲。」

索拜瀛府一本、厚熟瀛府一本、哭骰子瀛府一本、醉院君瀛府一本、懊骨頭瀛府一本、賭錢望瀛府一本

右「瀛府」凡六本，瀛曲亦為曲名。《宋史・樂志》教坊部，正宮、南呂宮中均有「瀛州曲」。

四僧梁州一本、三索梁州一本、詩曲梁州一本、頭錢梁州一本、食店梁州一本、法事饅頭梁州一本、四哮梁州一本

右「梁州」凡七本，王國維云：「梁州亦作『伊州』。」

領伊州一本、鐵指甲伊州一本、鬧五伯伊州一本、裴少俊伊州一本、食店伊州一本、

右「伊州」凡五本。「伊州」亦為曲名，見《宋史・樂志》。

桶擔新水一本、雙哮新水一本、燒花新水一本

右「新水」凡三本。亦曲名。《宋史・樂志》教坊部雙調中「新水調」曲。王國維云：「新水或即『新水調』之略也。」

　　簡帖薄媚一本、請客薄媚一本、錯取薄媚一本、傳神薄媚一本、九妝薄媚一本、本事現薄媚一本、打調薄媚一本、拜褥薄媚一本、鄭生遇龍女薄媚一本

右「薄媚」凡九本。《宋史‧樂志》教坊部道調宮、南呂宮中，均有「薄媚曲」。

　　土地大明樂一本、打球大明樂一本、三爺老大明樂一本

右「大明樂」凡三本。《宋史‧樂志》教坊部，大石調中有「大明樂」。

　　列女降黃龍一本、雙旦降黃龍一本、柳玭上官降黃龍一本、入寺降黃龍一本、偷標降黃龍一本

右「降黃龍」凡五本。按「降黃龍」亦為曲名。王國維云：「黃鐘宮曲名，宋志無考」。

　　趕厥胡渭州一本、單番將胡渭州一本、銀器胡渭州一本、看燈胡渭州一本

右「胡渭州」凡四本，亦為曲名，見《宋史‧樂志》教坊部。

　　打地鋪逍遙樂一本、病鄭逍遙樂一本、瀍涵逍遙樂一本

右「逍遙樂」凡三本，詞曲調名。曲入「雙調」。王國維云：「宋志無考」。

　　單打石州一本、和尚那石州一本、趕厥石州一本

右「石州」凡三本，亦曲名，見《宋史‧樂志》教坊部越調中。

　　塑金剛大聖樂一本、單打大聖樂一本、柳毅大聖樂一本

右「大聖樂」凡三本。按《宋史‧樂志》，道調宮中有「大聖樂」大曲。

　　霸王中和樂一本、馬頭中和樂一本、大打調中和樂一本、封涉中和樂一本

右「中和樂」凡四本。按《宋史‧樂志》，黃鐘宮中有「中和樂」大曲。

　　喝貼萬年歡一本、託合萬年歡一本

右「萬年歡」凡二本。按《宋史‧樂志》，中呂宮中，有「萬年歡」大曲。

迓鼓兒熙州一本　　駱駝熙州一本　　二郎熙州一本

右「熙州」凡三本。《宋史‧樂志》大曲中，無「熙州」之名。王國維引洪邁《容齋隨筆》卷十四云：「今世所傳大曲，皆出於唐，而以州名者五：伊、涼、熙、石、渭也。」是「熙州」亦大曲名。

大打調道人歡一本、會子道人歡一本、雙拍道人歡一本、越娘道人歡一本

右「道人歡」凡四本。按《宋史‧樂志》，中呂調中有「道人歡」大曲。

打勘長壽仙一本、偌賣旦長壽仙一本、分頭子長壽仙一本

右「長壽仙」凡三本。按《宋史‧樂志》，般涉調中有「長壽仙」大曲。

棋盤法曲一本、孤和法曲一本、藏瓶兒法曲一本、車兒法曲一本

右「法曲」凡四本。按《宋史‧樂志》有法曲部。王國維云：「《詞源》（卷下）謂大曲片數（即遍數）與法曲相上下，則二者略相似也。」

病爺老劍器一本、霸王劍器一本

右「劍器」凡二本。按《宋史‧樂志》，中呂宮、黃鐘宮中均有「劍器」大曲。

黃傑進延壽樂一本、義養娘延壽樂一本

右「延壽樂」凡二本。按《宋史‧樂志》仙呂宮中有「延壽樂」大曲。

扯籃兒賀皇恩一本、催妝賀皇恩一本

右「賀皇恩」凡二本。按《宋史‧樂志》林鐘商中有「賀皇恩」大曲。

唐輔採蓮一本、雙哮採蓮一本、病和採蓮一本

右「採蓮」凡三本。按《宋史‧樂志》雙調中有「採蓮」大曲。

諸宮調霸王一本、諸宮調卦冊兒一本

右「諸宮調」凡二本。按「諸宮調」為宋以來的一種敘事歌曲，以諸宮調填曲，而間雜以敘事的散文。

實為唐代變文以後最重要的韻文、散文合組的重要文體。詳見下章。

相如文君一本、崔智韜艾虎兒一本、王宗道休妻一本、李勉負心一本

右四本，僅以人名及故事為題，而不著其曲名。疑脫。關漢卿《謝天香雜劇》云：「鄭六遇妖狐，崔韜逢雌虎，大曲內盡是寒儒。」則原有崔韜的大曲，流行於世。又，董解元《西廂記》云：「也不是崔韜逢雌虎，也不是鄭子遇妖狐」，則演崔韜事者並有諸宮調了。不知此四本是諸宮調抑是大曲？

四鄭舞楊花一本

右「舞楊花」一本。按宋詞中有「舞楊花」調名。

四偌皇州一本

右「皇州」一本。王國維云：「原脫『滿』字。按『滿皇州』為宋詞調名。」

檻偌寶金枝一本

右「寶金枝」凡一本。按《宋史・樂志》，仙呂宮中有「寶金枝」大曲。

浮漚傳永成雙一本

按「永成雙」疑為宋詞調名。

浮漚暮雲歸一本

右「暮雲歸」一本。按宋詞調中有「暮雲歸」。

老孤嘉慶樂一本

右「嘉慶樂」凡一本。按《宋史・樂志》小石調中有「嘉慶樂」大曲。

兩相宜萬年芳一本

按「萬年芳」疑為宋詞調名。

進筆慶雲樂一本

右「慶雲樂」凡一本。按《宋史・樂志》歇拍調中有「慶雲樂」大曲。

裴航相遇樂一本

右「相遇樂」凡一本。按《宋史・樂志》歇拍調中有「君臣相遇樂」大曲。

能知他泛清波一本、三釣魚泛清波一本

右「泛清波」凡二本。按《宋史・樂志》林鐘商中有「泛清波」大曲。

五柳菊花新一本

右「菊花新」一本。按「菊花新」為宋詞調名。

夢巫山彩雲歸一本、青陽觀碑彩雲歸一本

右「彩雲歸」凡二本。按《宋史・樂志》仙呂調中有「彩雲歸」大曲。

四季夾竹桃花一本

右「夾竹桃」一本。按宋詞中有「夾竹桃」調名。

禾打千秋樂一本

右「千秋樂」一本。秋一作春。按《宋史・樂志》黃鐘羽中有「千春樂」大曲。

牛五郎罷金征一本

右「罷金征」一本。王國維云：「征當作鉦。」《宋史・樂志》，南呂調中有「罷金鉦」大曲。

新水爨一本、三十拍爨一本、天下太平爨一本、百花爨一本、三十六拍爨一本、四子打三教爨一本、孝經借衣爨一本、大孝經孫爨一本、喜朝天爨一本、說月爨一本、風花雪月爨一本、醉青樓爨一本、宴瑤池爨一本、錢手拍爨一本（原注云：小字太平歌）、詩書禮樂爨一本、醉花陰爨一本、錢爨一本、鶻鶻爨一本、借聽爨一本、大徹底錯爨一本、黃河賦爨一

本、睡爨一本、門兒爨一本、上借門兒爨一本、抹紫粉爨一本、夜半樂爨一本、火發爨一本、借彩爨一本、燒餅爨一本、調燕爨一本、棹孤舟爨一本、木蘭花爨一本、月當廳爨一本、醉還醒爨一本、鬧夾棒爨一本、撲蝴蝶爨一本、鬧八妝爨一本、鍾馗爨一本、銅博爨一本、戀雙雙爨一本、惱子爨一本、像生爨一本、金蓮子爨一本

右「爨」凡四十三本。陶宗儀《輟耕錄》云：「院本……又謂之五花爨弄。或曰：宋徽宗見爨國人來朝，衣裝鞋履巾裹傅粉墨，舉動如此，使優人效之以為戲。」周密《武林舊事》（卷一）云：「雜劇吳師賢已下，做《君聖臣賢爨》，斷送《萬歲聲》。」

按做《君聖臣賢爨》只在天基聖節（正月五日）的宴樂時第四盞間演奏之。似也只是「雜耍」或「大曲」之流的東西。下文當再加以闡釋。

思鄉早行孤一本、睡孤一本、迓鼓孤一本、論禪孤一本、諱藥孤一本、大暮故孤一本、小暮故孤一本、老姑遣妲一本（姑一作孤）、孤慘一本、雙孤慘一本、三孤慘一本、四孤醉留客一本、四孤夜宴一本、四孤好一本、四孤披頭一本、四孤擂一本、病孤三鄉題一本

右「孤」凡十七本。按《輟耕錄》云：「院本五人：一曰裝孤。」《太和正音譜》云：「孤，當場裝官者。」疑「孤」即男角之總稱，若元劇中之「正末」，明戲文中之「生」。凡此諸本，似皆以「孤」為主的雜耍。所謂「睡孤」、「論禪孤」、「諱藥孤」，似皆以「孤」裝作可笑之事，發滑稽之言者。又「雙孤」、「三孤」及「四孤」云云，則似當場有「雙孤」乃至「四孤」出場，若今日雜耍場上之「對口相聲」或「雙簧」一類的東西吧。

王魁三鄉題一本、強偌三鄉題一本

按「三鄉題」似為曲調名。

文武問命一本、兩同心卦鋪兒一本、一井金卦鋪兒一本、滿皇州卦鋪兒一本（按「滿皇州」為宋詞調名）、變貓卦鋪兒一本、白苧卦鋪兒一本（按「白苧」為宋詞調名）、探春卦

鋪兒一本（按「探春」為宋詞調名）、慶時豐卦鋪兒一本（按「慶時豐」為金、元曲調名）、

三哮卦鋪兒一本

右「卦鋪兒」凡八本。

三哮揭榜一本、三哮上小樓一本（按「上小樓」為金、元曲調名）、三哮文字兒一本、三哮好女兒一本（按「好女兒」為宋詞調名）、三哮一檐腳一本、襤哮合房一本、襤哮店休妲一本、襤哮負酸一本、秀才下酸擂一本、急慢酸一本、眼藥酸一本、食藥酸一本

右「酸」凡五本。《少室山人筆叢》云：「元人以秀才為細酸。《倩女離魂》首折，末扮細酸為王文舉是也。」蓋述秀才們的事以為笑樂者。與上文之「孤」相類。

風流藥一本、黃元兒一本、論淡一本、醫淡一本、醫馬一本、調笑驢兒一本、雌虎一本（原注云：崔智韜）、解熊一本、鶻打兔變二郎一本（按「鶻打兔」為金、元曲）、二郎神變二郎神一本（按「二郎神」為宋詞調名）、毀廟一本、入廟霸王兒一本、單調霸王兒一本、單調宿一本、單背影一本、單頂戴一本、單唐突一本、單折洗一本、單兜一本、單搭手一本、雙厥送一本、雙厥投拜一本、雙打球一本、雙頂戴一本、雙園子一本、雙索帽一本、雙三教一本、雙虞候一本、雙養娘一本、雙快一本、雙捉一本、雙禁師一本、雙羅羅啄木兒一本、賴房錢啄木兒一本、圍城啄木兒一本

按「啄木兒」為金、元曲調名。

大雙頭蓮一本、小雙頭蓮一本

按「雙頭蓮」為宋詞調名。

大雙慘一本、小雙慘一本、小雙孛一本、雙排軍一本、醉排軍一本、雙賣妲一本、三入舍一本、三出舍一本、三笑月中行一本（按「月中行」為宋詞調名）、三登樂院公狗（按「三

登樂」為宋詞調名）、三教安公子一本（按「安公子」為宋詞調名）、三社爭賽一本、三頂戴一本、三偌一賃驢一本、三盲一偌一本、三教鬧著棋一本、三借窯貨兒一本、三獻身一本、三教化一本、三京下書一本

按《三京下書》亦見《武林舊事》卷一「天基聖節」所演雜劇名目中。

三短韃一本、打三教庵宇一本、普天樂打三教一本（按「普天樂」為宋詞調名）、滿皇州打三教一本（按「滿皇州」為宋詞調名）、領三教一本、三姐醉還醒一本（按「醉還醒」為宋詞調名）、三姐黃鶯兒一本、賣衣黃鶯兒一本

按「黃鶯兒」為宋詞調名。

大四小將一本、四小將一本、四國朝一本（按「四國朝」為金、元曲調名）、四脫空一本、四教化一本、泥孤一本

以上凡二百八十本。但在《武林舊事》卷一「天基聖節」所演雜劇中，我們又可得到三本未見於上文的雜劇名目。

君聖臣賢爨一本、楊飯一本、四偌少年遊一本

這裡所謂「雜劇」，其實只是「雜耍」而已。並非真正的戲曲，若元代所謂「雜劇」者。陶宗儀說得最明白：

唐有傳奇，宋有戲曲唱諢詞說，金有院本、雜劇、諸宮調。院本、雜劇，其實一也。國朝，院本雜劇始釐而二之。（《輟耕錄》卷二十五。）

這是說，金之院本、雜劇，原只是一個東西。但到了元代，卻成了截然不同的二物了。蓋「雜劇」的名目雖同，而雜劇的本質，卻全異了。在金代，雜劇便是所謂「院本」，所謂「五花爨弄」，其內容是極為複雜的。但在元代，這一種東西卻別名之為「院本」，而「雜劇」之名卻用來專指「戲曲」的一個體裁了（即所謂「北劇」）。

周密所謂「官本雜劇段數」，便是宋代的雜劇（即院本），其性質和金代的雜劇、院本是沒有兩樣的。陶宗儀《輟耕錄》（卷二十五）云：

院本則五人。一曰副淨，古謂之參軍；一曰副末，古謂蒼鶻，鶻能擊禽鳥，末可打副淨，故云；一曰引戲，一曰求泥，一曰裝孤。又謂之五花爨弄。

這裡是五個腳色。但五個腳色或未必完全出場。仍只是「弄人」的滑稽講唱之流亞，並不是真正的戲曲。最早的雛形的「雜劇」，當即為唐代的「參軍戲」。趙璘《因話錄》（卷一）云：

肅宗宴於宮中，女優有弄假官戲。其綠衣秉簡者，謂之參軍樁。

《樂府雜錄》云：「開元中，黃幡綽、張野狐弄參軍……開元中，有李仙鶴善此戲，明皇特授韶州同正參軍，以食其祿。是以陸鴻漸撰詞，言韶州參軍，蓋由此也。」

范攄《雲溪友議》（卷九）裡也有一則關於參軍戲的事：

元稹廉問浙東，有俳優周季南、季崇及妻劉採春，自淮甸而來，善弄陸參軍，歌聲徹雲。

這裡所謂「歌聲徹雲」，很可注意。大約參軍戲裡歌唱的成分是很多的。又《因話錄》有所謂「女優」弄假官戲，可見參軍、蒼頭二色也可以由「女優」來裝扮。

今所知的參軍戲，大抵只有參軍、蒼頭二色（詳見王國維《宋元戲曲史》第一章）。但到了宋、金的雜劇、院本便變成了五個腳色了。

《宋史・樂志》教坊部敘述「每春秋聖節三大宴」的節目單其第十及第十五均為雜劇。周密《武林舊事》（卷一）也記載「理宗朝禁中壽筵樂次」，頗為詳盡。凡分「上壽」、「初坐」、「再坐」的三大禮節。「上壽」凡行酒十三盞，「初坐」凡行酒十盞，「再坐」凡行酒二十盞。「雜劇」的演出，只是在行酒一盞間，和笙、笛、觱篥、琵琶、嵇琴等的吹彈佔著同樣的時間。可見其演唱並不佔有多少的時候。在那一張「天基聖節排當樂次」裡述及「雜劇」的，有：

初坐第四盞……吳師賢已下，上進小雜劇。
雜劇吳師賢已下做《君聖臣賢爨》，斷送《萬歲聲》。
第五盞……雜劇周朝清已下，做《三京下書》，斷送《繞池遊》。
再坐第四盞……雜劇何晏喜已下，做《楊飯》斷送《四時歡》。
第六盞……雜劇時和已下做《四偌少年遊》，斷送《賀時豐》。

其下又有「祗應人」的全部名單。「雜劇色」是和「簫色」、「琵琶色」、「嵇琴色」、「笙色」、「笛色」等並列的。「雜管」為周德清、陸恩顯二人。「雜劇色」則有十五人：

吳師賢、趙恩、王太一、朱旺（豬兒頭）、時和、金寶、俞慶、何晏喜、陸壽、沈定、吳國賢、王壽、趙甯、胡甯、鄭喜

這十五人，連第二次上場的周德清共十六人，分為四班，至少每班有四個人。可惜不曾提到腳色的如何分配。但在同書的第四卷，記錄「乾淳教坊樂部」一則裡，卻有了更詳盡的敘述。在那一則裡，把「雜劇色」的名單，全開列了出來：

雜劇色

德壽宮

劉景長使臣、王喜保義郎頭，名都管使臣。又名公謹，號玩隱老人、茆山重節芽頭、蓋門貴、蓋門慶末、侯諒侯大頭次末、張順、曹辛、宋興燕子頭、李泉現引兼舞三臺

衙前

龔士英使臣都管、劉恩深都管、陳嘉祥節級、吳興祐德壽宮引兼舞三臺、吳斌、金彥升管幹教頭、王青、孫子貴引、潘浪賢引兼末部頭、王賜恩引、胡慶全蠟燭頭、周泰次、郭名顯引、宋定次德壽宮蚌蛤頭、劉信副部頭、成貴副、陳煙息副大口、王侯喜副、孫子昌副末節級、焦金色、楊名高末、宋昌榮副歡喜頭

前教坊

伊朝新、王道昌

前鈞容直

仵谷豐五味粥、李外喜

和顧

劉慶次劉袞、梁師孟、朱和次貼衙前鱔魚頭、甯貴甯鑊、蔣寧次貼衙前利市頭、司進絲瓜兒、郝成次衙前小鍬、高門興、高門顯羔兒頭、高明燈搭兒、劉貴、段世昌段子貴、司政仙鶴兒、張舜朝、趙民歡、龔安節、嚴父訓、宋朝清、宋昌榮二名守衙前、周旺丈八頭、卞疇、宋吉、伊俊、汪泰、王原全次貼衙前、王景、鄭喬、王來宣、張顯守闕只應黑俏、焦喜焦梅頭

以上共六十六人。每人姓名下所注的有「別名」，有「綽號」，最多仍是指明所演的腳色。像「頭」指的便是「戲頭」，「引」便是「引戲」，「次」便是「次淨」，「副」便是「副末」。所謂「次末」，所謂「末」，當也便是「副末」。至於所謂「侯大頭」、「絲瓜兒」、「五味粥」、「燈搭兒」之類便是「綽號」了。

在下文，周氏接著寫「雜劇三甲」的「名錄」。大約「三甲」便是最好的幾個雜劇班吧。每「甲」裡的名色都注了出來，除「甲」首不注明有何任務外，其餘的腳色，左右不過是：（一）戲頭、（二）引戲、（三）次淨、（四）副末等四個腳色而已。而次淨在一「甲」裡又可多至三人，像劉景長的「一甲」。

「雜劇三甲」

劉景長一甲八人

戲頭——李泉現；引戲——吳興佑；次淨——茆山重、侯諒、周泰；副末——王喜；裝旦——孫子貴

蓋門慶進香一甲五人

戲頭——孫子貴；引戲；吳興佑；次淨——侯諒；副末——王喜

內中祗應一甲五人

戲頭——孫子貴；引戲——潘浪賢；次淨——劉衮；副末——劉信

潘浪賢一甲五人

戲頭——孫子貴；引戲——郭名顯；次淨——周泰；副末——成貴

所謂「一甲」疑即是「一班」之稱謂。每班最多者不過八人，普通的只有五人。大約當是以五人為定數。和陶宗儀的話，合起來看，雖腳色名目略有不同，而其組織是很相同的。惟最可注意的是，劉景長一甲裡，有「裝旦」的一腳色，卻是很新鮮的發見。可見「雜劇」是有「女角」的。又各「甲」人名，相同的很多，可見演唱「雜劇」的最有聲望的人才並不怎樣多。在上文所提及的王宮宴樂的「祗應人」裡，「笛色」多至四十八人，雜劇卻只有十五、六人而已。

「內中上教博士」有王喜、劉景長、曹友聞、朱邦直、孫福、胡永年（各支銀一十兩）等六人。大約是「內中」教師的班頭。其雜劇的教師則為王喜、侯諒、吳興福、吳興佑、劉景長、張順等人。

二

在雜劇的腳色方面論之，每一組雜劇演唱時，定數當為五人。其中戲頭、引戲、次淨、副末的四「色」是確定的（陶宗儀《輟耕錄》有副淨而無次淨，似即同一腳色。又無戲頭而有求〔求，當作末〕泥，當亦相同。惟多出一「裝孤」而已。在《武林舊事》裡，卻間有「裝旦」的一色出現）。

吳自牧《夢粱錄》（卷二十）云：「散樂傳學教坊十三部，唯以雜劇為正色。……其諸部諸色，分服紫、緋、綠三色寬衫，兩下各垂黃義襴。雜劇部皆諢裹，餘皆幞頭帽子。」這些話很可注意。雜劇色的衣服原是紫、緋或綠色的寬衫，但頭部卻是諢裹，與其他諸色不同。所謂「諢裹」，當是種種滑稽的或擬仿的或像生的裝

扮的意思。

吳自牧又謂：「且謂雜劇中，末泥為長，每一場四人或五人。……末泥色主張，引戲色分付，副淨色發喬，副末色打諢。或添一人，名曰裝孤。先吹曲破斷送，謂之把色。」這把雜劇色的分別說得很明白了。

至於雜劇的演出的情形，《夢粱錄》（卷二十）的記載也較為詳細：

先做尋常熟事一段，名曰豔段。次做正雜劇。通名兩段。大抵全以故事，務在滑稽唱念，應對通遍。此本是鑒戒，又隱於諫諍，故從便跣露，謂之無過蟲耳。若欲駕前承應，亦無責罰。一時取聖顏笑。凡有諫諍，或諫官陳事，上不從，則此輩妝做故事，隱其情而諫之，於上顏亦無怒也。又有雜扮，或曰雜班，又名經元子，又謂之拔和，即雜劇之後散段也。頃在汴京時，村落野夫，罕得入城，遂撰此端。多是借裝為山東、河北村叟，以資笑端。

在同書（卷三）敘述「宰執親王南班百官入內上壽賜宴」的一則裡，描寫雜劇演唱的情形頗詳：

諸雜劇色皆諢裹，各服本色紫、緋、綠寬衫，義襴鍍金帶。自殿陛對立，直至樂棚。每遇供舞戲，則排立七手，舉左右盾，動足應拍，一齊群舞，謂之按曲子。……第四盞進御酒，宰臣百官各送酒，歌舞並同前。教樂所伶人，以龍笛腰鼓發諢子。參軍色執竹竿拂子，奏俳語口號，祝君壽。新劇色打和畢，且謂：奏罷今年新口號，樂聲驚裂一天雲。參軍色再致語，勾合大曲舞……第五盞進御酒……樂部起三臺舞。參軍色執竿奏數語，勾雜劇入場。一場兩段。是時教樂所雜劇色何雁喜、王見喜、金寶、趙道明、王吉等，俱御前人員，謂之無過蟲。……第七盞……宰臣酒，慢曲子；百官酒，舞三臺。參軍色作語，勾雜劇入場。

大致「雜劇」是分為兩段的，第一段為豔段，次為正雜劇。豔段為尋常熟事；正雜劇則內容不同。大抵全為故事。這一種雛形的故事的演唱，似還未脫歌舞隊的拘束，故雜劇色每兼舞「三臺」，次段又做「大曲舞」（即正雜劇）。但觀「務在滑稽唱念，應對通遍」之語，似於歌舞之外，又雜有對白（念）。當「變文」

流行已久，且已脫胎而成為平話、諸宮調、說經之流的時候，歌舞班之雜入滑稽的道白是很自然的事。我們可以說，宋、金雜劇是連合了古代王家的「弄臣」與歌舞班而為一的。

其內容當然並不純粹。我們一考察周密《武林舊事》所載的二百八十本「官本雜劇段數」，便可以知道，所謂「雜劇」，還是所謂「雜歌舞戲」的總稱。其中最大多數的雜劇當然是純正所謂「大曲舞」者是。大曲舞是用「大曲」的調子，以歌舞表演出一件故事，或滑稽的裝扮的。

在那二百八十本的「雜劇」裡，用大曲來歌唱者，已有：《六么》二十本、《瀛府》六本、《梁州》七本、《伊州》五本、《新水》四本、《薄媚》九本、《大明樂》三本、《胡渭州》四本、《石州》三本、《大聖樂》三本、《中和樂》四本、《萬年歡》二本、《道人歡》四本、《長壽仙》三本、《劍器》二本、《延壽樂》二本、《賀皇恩》二本、《採蓮》三本、《寶金枝》一本、《嘉慶樂》一本、《慶雲樂》一本、《君臣相遇樂》一本、《泛清波》一本、《彩雲歸》二本、《千春樂》一本、《罷金鉦》一本。計凡九十五本，共用大曲二十六調。按《宋史•樂志》教坊部凡十八調，四十大曲，「雜劇」已用過半。又《降黃龍》（五本）、《熙州》（三本）二調，雖不見於宋史，而灼然可知其亦為大曲。則共用大曲二十八（共一百零三本）。

這二十八大曲的歌詞的形式是怎樣的呢？

觀那一百零三本的名目，其題材當是很複雜的；有的顯然知其為敘述故事的，有的則知其為嘲笑、滑稽之作；有的則是粉飾太平的頌揚之作。像《鶯鶯六么》，當是以「六么」的一個大曲來敘述鶯鶯、張生之故事的；像《鄭生遇龍女薄媚》則是以「薄媚」大曲來歌詠鄭生遇龍女之故事的。像《哭骰子瀛州》等，則顯然是開玩笑的滑稽曲。

可惜在那目錄裡面的東西，已一本俱不能得到了。但其歌詞（即雜劇詞），我們卻很有幸的能夠在曾慥的《樂府雅詞》（卷上）（《詞學叢書本》）裡找到了一個例子：

◆薄媚 西子詞／董穎◆

排遍第八

怒潮卷雪，巍岫布雲，越襟吳帶如斯，有客經遊，月伴風隨。值盛世觀此江山美，合放懷何事卻興悲？不為回頭舊谷天涯，為想前君事。越王嫁禍獻西施吳即中深機。闔廬死，有遺誓，勾踐必誅夷。吳未干戈出境，倉卒越兵，投怒夫差。鼎沸鯨鯢，越遭勁敵。可憐無計脫重圍，歸路茫然，城郭邱墟，飄泊稽山裡，旅魂暗逐戰塵飛，天日慘無輝。

排遍第九

自笑平生，英氣凌雲，凜然萬里宣威。哪知此際，熊虎塗窮，來伴麋鹿卑棲。既甘臣妾，猶不許，何為計？爭若都蟠寶器，盡誅吾妻子，徑將死戰決雌雄。天意恐憐之。偶聞太宰正擅權，貪賂市恩私。因將寶玩獻誠，雖脫霜戈，石室囚繫，憂嗟又經時。恨不如巢燕自由歸。殘月朦朧，寒雨瀟瀟有血都成淚。備嘗嶮厄返邦畿，冤憤刻肝脾。

第十攧

種陳謀，謂吳兵正熾，越勇難施。破吳策，惟妖姬。有傾城妙麗，名稱（一作字）西子歲方笄。算夫差惑此，須致顛危。范蠡微行，珠貝為香餌，苧蘿不釣釣深閨，吞餌果殊姿。素肌纖弱，不勝羅綺。鸞鏡畔，粉面淡勻，梨花一朵瓊壺裡，嫣然意態嬌春。寸眸剪水，斜鬟松翠，人無雙，宜名動君王，繡履容易，來登玉陛。

入破第一

穿湘裙，搖漢珮，步步香風起。斂雙蛾，論時事，蘭心巧會君意。殊珍異寶，猶自朝臣未與，妾何人被此隆恩！雖令效死奉嚴旨。隱約龍姿忻悅，重重甘言說。辭俊雅，質娉婷，

天教汝眾美兼備。聞吳重色，憑汝和親，應為靖邊陲，將別金門，俄揮粉淚靚妝洗。

第二虛催

飛雲馭香車，故國雖回睇。芳心漸搖，迤邐吳都繁麗。忠臣子胥，預知道為邦祟，諫言先啟，願勿容其至。周亡褒姒，商傾妲己。吳王卻嫌胥逆耳，才經眼，便深恩愛，東風暗綻嬌蕊，彩鸞翻妒伊。得取次于飛共戲，金屋看承，他宮盡廢。

第三袞遍

華宴夕，燈搖醉粉，菡萏籠蟾桂。揚翠袖，含風舞，輕妙處，驚鴻態，分明是瑤臺瓊榭，閬苑蓬壺景，盡移此地。花繞仙步，鶯隨管吹。寶帳暖，留春百和，馥郁融鴛被。銀漏永，楚雲濃，三竿日猶褪霞衣。宿酲輕腕嗅宮花，雙帶繫合同心時，波下比目，深憐到底。

第四催拍

耳盈絲竹，眼遙珠翠，迷樂事，宮闈內。爭知漸國勢陵夷，奸臣獻佞，轉恣奢淫。天譴歲屢饑，從此萬姓離心解體。越遣使陰窺虛實，蚤夜營邊備。兵未動，子胥存，雖堪伐，尚畏忠義。斯人既戮，又是嚴兵卷土赴黃池，觀釁種蠡，方云可矣。

第五袞遍

機有神，征鼙一鼓，萬馬襟喉地。庭喋血，誅留守。憐屈服，斂兵還。危如此，當除禍本，重結人心。爭奈竟荒迷。戰骨方埋，靈旗又指。勢連敗，柔荑攜泣，不忍相拋棄。身在兮心先死，宵奔兮兵已前圍。謀窮計盡，淚鶴啼猿，聞處分外悲。丹穴縱近，誰容再歸！

第六歇拍

哀誠屢吐，甬東分賜，垂暮日置荒隅。心知愧，寶鍔紅委，鸞存鳳去，辜負恩憐，情不似虞姬。尚望論功，榮還故里。降令曰：吳之赦汝，越與吳何異！吳正怨越方疑，從公論合

去妖□類。蛾眉宛轉，竟殞鮫綃。香骨委塵泥，渺渺姑蘇，荒蕪鹿戲。

第七煞袞

王公子，青春更才美，風流慕連理。耶溪一日，悠悠回首凝思。雲鬟鬌，玉珮霞裙，依約露妍姿。送目驚喜。俄迂玉趾。同仙騎洞府歸去，簾櫳窈窕戲魚水。正一點犀通，遽別恨何已！媚魄千載，教人屬意，況當時金殿裡！

自排遍第八至第七煞袞，共十遍；敘的是西施亡吳的故事，而以王生遇西子事為結。這裡把有功的西子，使之「蛾眉宛轉，竟殞鮫綃」，未免殘忍，和清初徐坦庵的《浮西施》的結局有些相同。明梁辰魚的《浣紗記》卻使西施得到更圓滿的結果。

大曲在實際上尚不止十遍。唐時大曲已有排遣、入破、徹（《樂府詩集》卷七十九）。而排遍、入破又各有數遍。徹則為入破之末一遍。王灼《碧雞漫志》（卷三）謂：「凡大曲有散序、靸、排遍、攧、正攧、入破、虛催、實催、袞遍、歇拍、煞袞，始成一曲，謂之大遍。」則大曲往往是多至「數十解」的。但宋人卻多不用其全。像董穎《薄媚》實際上只用到了：（一）排遍第八、第九，（二）攧，（三）入破第二，（四）第二虛催，（五）第三袞遍，（六）第四催拍，（七）第五袞遍，（八）第六歇拍，（九）第七煞袞。和王灼所說，大致不殊，而廢去「散序」、「靸」等不用，「排遍」也只從「第八」起。可見這種敘事歌曲，原可由作者自己的編排，沒有固定的「遍」或「解」數的。但在宋詞曲裡，這種體裁已是最冗長的了，故用來敘述故事，極為相宜。

今所用的尚有曾布《水調歌頭》（王明清《玉照新志》卷二）及史浩《採蓮》（《鄮峰真隱漫錄》卷四十五）等。

王國維《宋元戲曲史》（第四章）云：「現存大曲，皆為敘事體，而非代言體。即有故事，要亦為歌舞戲之一種，未足以當戲曲之名也。」這話很對。我們猜想，所謂「雜劇詞」大抵都只是這種式樣的體裁而已，

「未足以當戲曲之名也」。這一百零三本的以大曲組成的「雜劇詞」既然如此，其他恐怕也不會相殊很遠（詳後）。那裡面也許雜有「念白」（雜劇詞原是唱念，即講唱並用的），恐怕也仍是敘述體而已（像變文、鼓子詞及諸宮調同樣的東西）。

最早的雜劇詞，或當為宋《崇文總目》（卷一）所著錄的：

周優人曲辭二卷。原注云：周吏部侍郎趙上交，翰林學士李昉，諫議大夫劉陶，司勳郎中馮古，纂錄燕優人曲辭。

既名為曲辭，當是歌曲。「大曲」之作為優人歌唱之資，恐怕其淵源當在宋之前。《宋史・樂志》云：「真宗不喜鄭聲。而或為雜劇詞，未嘗宣布於外。」這位皇帝自作的雜劇詞，當是大曲一類的東西吧。

吳自牧《夢粱錄》（卷二十）云：「向者汴京教坊大使孟角球會做雜劇本子。葛守誠撰四十大曲，丁仙現捷才知音。」這三個都是伶人。孟角球所做的雜劇本子和葛守誠所撰的四十大曲當是同一的東西無疑。

三

在二百八十本的「官本雜劇段數」裡，有四本是「法曲」。按張炎《詞源》（卷下）謂大曲片數（即遍數）與法曲相上下，則二者的體裁當是很相近的。

其中又有二本是「諸宮調」。按「諸宮調」的性質，純是代言體的敘事歌曲（講唱的）。其和大曲不同者僅在：大曲是以同一宮調的曲子數遍歌唱一個故事的，而諸宮調所用的曲子，則不拘拘在於同一宮調中的，她可以使用好幾個宮調裡的曲子來組成一套敘事歌曲（詳見下章）。

其以宋詞調來歌唱的，有《逍遙樂》四本、《滿皇州》三本、《醉還醒》二本、《黃鶯兒》二本、《舞楊花》

一本、《暮雲歸》一本、《菊花新》一本、《夾竹桃》一本、《醉花陰》一本、《夜半樂》一本、《木蘭花》一本、《月當廳》一本、《撲蝴蝶》一本、《白苧》一本、《探春》一本、《好女子》一本、《二郎神》一本、《雙頭蓮》二本、《月中行》一本、《三登樂》一本、《安公子》一本、《普天樂》一本，共三十本。又其所用歌調，不見於宋詞而見於金、元曲調的，有《啄木兒》三本、《整乾坤》一本、《棹孤舟》一本、《慶時豐》一本、《上小梯》一本、《鶻打兔》一本、《四國朝》一本，共凡九本。此當是當時的俗曲而為雜劇詞作者所引用的。其他尚有可知其為當時的俗曲而不見於後來曲調者，像《萬年芳》、《三鄉題》等尚有不少。又例以《崔智韜艾虎兒》之為大曲，則其他單標故事名目而無曲調名者，尚亦多半為大曲可知。

總之，這二百八十本的雜劇詞，其為敘事歌曲者至少在一百五十本以上。其他當也是這一類的歌曲。用宋詞調或俗曲歌唱的，其唱法與大曲當略有不同；似是像歐陽修〈採桑子〉的詠西湖，凡用十一段〈採桑子〉來描寫西湖景色，而上加一引。又似像趙德璘的詠鶯鶯故事的〈蝶戀花〉鼓子詞，或像宋人詞話裡的《刎頸鴛鴦會》（以〈醋葫蘆〉小令詠其故事），都是以十遍或十遍以上的同一詞調或曲調來歌詠一個故事的。

「爨」在這二百八十本裡佔了四十三本；又以「孤」名者凡十七本，「酸」名者凡五本。「爨」即「五花爨弄」，也即「院本」或雜劇詞的別名。陶宗儀《輟耕錄》敘說「爨」的性質頗詳（見上文）。其以「爨」為名者，當係表示其為院本或雜劇詞，像今日所見的《金瓶梅詞話》、《王仙客無雙傳奇》之標出「詞話」及「傳奇」之名目來無異（陶氏以「爨」始於宋徽宗，則大誤。我們上文已把其來歷說得很為明白）。

「孤」、「酸」之標出，則似也像元劇《風雨還年末》、《中秋切鱠旦》之標出腳色「末」或「旦」出來相同，都只是表明性質或題材的內容的，無甚深意。

又，宋代流行的雜耍，有所謂「三教」的。《東京夢華錄》（卷十）云：「十二月，即有貧者三教人，為一火，裝婦人神鬼，敲鑼擊鼓，巡門乞錢，俗號為打夜胡。」而在二百八十本的雜劇詞裡，有所謂《門子打三教爨》、《雙三教》、《三教安公子》、《三教鬧著棋》、《打三教庵宇》、《普天樂打三教》、《滿

皇州打三教》、《領三教》等，當即其類。

又有所謂「訝鼓」者。《續墨客揮犀》（卷七）云：「王子醇初平熙河，邊陲寧靜。講武之暇，因教軍士為訝鼓戲。數年間遂盛行於世。」《朱子語類》（卷一百三十九）云：「如舞訝鼓，其間男子婦人僧道雜色，無所不有，但都是假的。」在上面雜劇詞目錄裡，也有《迓鼓兒熙州》、《迓鼓孤》。《武林舊事》（卷二）記舞隊，名色甚多，中有《四國朝》、《撲蝴蝶》二種，似即目錄中之《四國朝》及《撲蝴蝶爨》二種。

又，周密《齊東野語》（卷十）云：「州郡遇聖節賜宴，率命猥妓數十，群舞於庭，作天下太平字，殊為不經。而唐王建〈宮詞〉云：每過舞頭分兩向，太平萬歲字當中。則此事由來久矣。」今目錄中有《天下太平爨》及《百花爨》當即其類，所謂「花舞」、「字舞」者是。

從上面的許多話看來，我們可以大膽的斷定說，所謂宋代的「雜劇」，乃是歌舞戲一類的東西；其歌辭則被稱為「雜劇詞」。這種歌舞戲，是以四人或五人組成之的。他們演唱故事，但往往以「滑稽唱念，應對通遍」為尚；也有不演故事而全為嘲戲或像《天下太平爨》之全為頌揚王室之歌舞的。他們的裝扮，衣衫和其他祗應樂人，若笙色、琵琶色、笛色等人物無多大的區別，其區別唯在頭部。他色人皆「幞頭帽子」，而他們雜劇部卻諢裹，即以不同的裹巾或帽子來擬仿古人。他們的臉部並傅以粉墨。但他們並不在演戲曲。他們所歌舞的雖是故事，他們雖也扮作古人，但他們的歌詞卻是敘述的，並不是代言的。其所以扮作古人者，極似今日之「化裝灘簧」一類的東西，取其悅人而已。其本身全未脫離歌舞戲的階段，並不曾踏上正式的「戲曲」的道路（雖其「末泥」、「副淨」諸色曾為後來戲曲所採用）。他們是否兼用說白，像「諸宮調」那樣的講唱著，今已不可知。但《夢粱錄》既說其為「念唱」的，則似兼有念白，至少戲頭或參軍色，「執竹竿拂子，奏俳語口號，頌君壽」的時候，是有唸詞的；這念詞便是「致語」或勾隊詞（像我們今日所見「勾小兒隊」致語之類的東西）。

這樣的說明，當是很明白的吧。所可憾的是，在那二百八十餘本的敘事歌曲裡，必有不少的絕妙好辭（董穎的《薄媚》便是很不壞的敘事曲），而我們現在卻一本也見不到了！這是很大的一種損失！

四

離開周密的抄錄宋代「官本雜劇段數」不到一百年，陶宗儀又抄錄了一份更為繁賾的「院本」或新劇名目（見《輟耕錄》卷二十）。所著錄的院本名目凡七百十三本，較周密所著錄的多出四百三十三本。其中相同的名目很少。可見在這不到一百年間，雜劇詞亡失得實在太多，太快了。但其名目不甚同，也還有一個緣故，即周密所錄為南宋即流行於南方的東西，而陶宗儀所著錄的卻是北方的東西，從金到元（甚至可上溯到北宋）都有。

那六百九十本的「院本」，可謂洋洋大觀，無所不包。雖然現在已是一本不存，但就其名目上，也可以使我們更明白「雜劇」或「院本」的性質。

在宋、金的時代，雜劇和院本便是一個東西。到了元代，院本便專指的是敘事體的歌舞戲了。「雜劇」的名稱則給了成為真正的「戲曲」的北劇。故陶宗儀說：「國朝院本、雜劇始釐而二之。」

有一個最好的例證在著。《宦門子弟錯立身》戲文（見《永樂大典》卷之一萬三千九百九十一，今有翻印本）裡有一段話：

（末白）你會甚雜劇？

（生唱）〔鬼三臺〕我做《朱砂糖浮漚記》、《關大王大刀會》，做《管寧割席》破體兒，《相府院》扮張飛，《三脫槊》扮尉遲敬德，做陳驢兒《風雪包體別》，吃推勘柳成錯背，要扮宰相做《伊尹扮湯》，學子弟做羅帥末泥。

（末白）不嫁做新劇的，只嫁個做院本的。

（生唱）〔調笑令〕我這爨體不番離，格樣全學賈校尉。趨搶咀臉天生會，偏宜扶土搽灰。打一聲哨土響半日，一會兒牙牙小來胡為。

（末白）你會做甚院本？

（生唱）〔聖藥王〕更做《四不知》、《雙鬥醫》，更做《風流浪子兩相宜》，黃魯直打得底，馬明王村裡會佳期，更做《搬運太湖石》。

當時把雜劇和院本當作截然不同之物；雖有的伶人兼擅之，但其性質決不可混合。在這戲文裡，主角延壽馬（生）所唱舉的院本名目有：（一）四不知、（二）雙鬥醫（二本或是一本）、（三）風流才子兩相宜、（四）黃魯直、（五）馬明王、（六）搬運太湖石。「雜劇官本段數」有《兩相宜萬年芳》一本，疑即延壽馬所舉的《風流才子兩相宜》。又《雙鬥醫》、《馬明王》、《太湖石》三本均見於陶氏著錄的六百九十本的院本名目中。

王國維氏定陶氏著錄之《院本》為金代之作。這是不可靠的。不能以六百九十本裡間有金人之作，便全都定為金代的東西。最可能的解釋是，這六百九十本的院本，其時代是很久的；其中當有北宋的東西，也有金代的東西，而以元代的作品為最多。陶宗儀云：「偶得院本名目，用載於此，以資博識者之一覽。」他並沒有說明那名目是金代的東西。

「院本」的解釋是怎樣的呢？《太和正音譜》云：「行院之本也。」元刊《張千替殺妻雜劇》云：「你是良人良人宅眷，不是小末小末行院。」王國維氏據此，謂「行院者，大抵金、元人謂倡伎所居，其所演唱之本，即謂之院本云爾。」這話也大錯。《張千替殺妻雜劇》明說「小末小末行院」，則是歌舞班而非倡伎可知。我們讀了《永樂大典》本《宦門子弟錯立身戲文》，和明刊本《藍彩和雜劇》等之後，便知所謂「行院」是什麼性質的東西。以今語釋之，蓋即「遊行歌舞班」之謂也。以其「沖州撞府」，到處遊行著，故謂之「行院」。

行院所用的演唱的本子，便謂之院本（詳見著者的《行院考》）。到了元代，行院所演唱的以雜劇、戲文為多，而「院本」之名，則仍沿襲舊習，專用以指宋、金的「歌舞戲」。劉東生《嬌紅記》說及「院本」的地方凡三：

（一）院本上開，下，雜劇上（《世界文庫》本，頁五）。

（二）院本《黃丸兒》，院本上（同上本，頁二十六）。

（三）申綸引院本《師婆旦》上（同上本，頁二十八）。

這可知院本是隨意可插入雜劇中的；《黃丸兒》是說醫生的院本；《師婆旦》是寫女巫的院本。

今轉抄陶氏所錄的院本名目於下，而略加以說明。有許多不可解的，只好不加什麼解釋了。

和曲院本

月明法曲、鄆王法曲、燒香法曲、送使法曲（通行本「使」作「香」）、上墳伊州、燒花新水、熙州駱駝、列良瀛府、病鄭逍遙樂、四皓逍遙樂、賀貼萬年歡、錯上皇、夢周公、思鄉怨、降黃龍（按「電」應作「龍」）、列女降黃電（按「電」應作「龍」）

右《和曲院本》凡十三本（但通行本《輟耕錄》另有《四酸逍遙樂》一本，合為十四本），和宋官本雜劇重出者有五本（以•為號）。王國維云：「其所著曲名，皆大曲、法曲，則和曲殊大曲，法曲之總名也。」按和曲或可解作和唱之曲。

上皇院本

壺春堂、太湖石、金明池、戀鰲山、六變妝、萬歲山、打花陣、賞花燈、錯入內、悶相思、探花街、斷上皇、打球會、春從天上來

右上皇院本凡十四本。王國維云：「上皇者謂徽宗也。」則此十四本皆敘宋徽宗事矣。

題目院本

柳絮風、紅索冷、牆外道、共粉淚、楊柳枝、蔡消閒、方偷眼、呆太守、畫堂前、夢周

公、梅花底、三笑圖、脫布衫、呆秀才、隔年期、賀方回、王安石、斷三行、競尋芳、雙打梨花院

右《題目院本》凡二十本。王國維解釋「題目」二字，最精確。王氏云：「按題目，即唐以來合生之別名。高承《事物紀原》（卷九）「合生」條言：《唐書武平一傳》：平一上書，比來妖伎胡人，於御座之前，或言妃主清貌，或列王公名質，詠歌舞踏，名曰合生。始自王公，稍及閭巷。即合生之原，起於唐中宋時也。今人亦謂之唱題目云云。此云題目，即唱題目之略也。」可知所謂題目院本者皆是以詠歌舞踏來形容人之面貌體質的。

霸王院本

悲怨霸王、范增霸王、草馬霸王、散楚霸王、三官霸王、補塑霸王

右《霸王院本》凡六本。王國維云：「疑演項羽之事。」（《宋元戲曲史》）又云：「愚意霸王即調名。」（《曲錄》）此二說相矛盾。按以「演項羽事」一說為當。

諸雜大小院本

喬託孤（《曲錄》「託」作「記」）、旦判孤、計算孤、雙判孤、百戲孤、哨店孤、燒棗孤、孝經孤、菜園孤、貨郎孤（以上「孤」凡十本。其主演的，當為「裝孤」色者）、合房酸、麻皮酸、花酒酸、狗皮酸、還魂酸、別離酸、三纏酸（《曲錄》「三」作「王」），疑誤）、謁食酸、三禖酸、哭貧酸、插撥酸（以上「酸」本凡十一本）、酸孤旦（按此本似以酸、孤、旦三色同時出場）、毛詩旦、老孤遣旦、纏三旦、禾哨旦、哮賞旦、貧富旦（以上「旦」本，凡七本。《武林舊事》雜劇色有「裝旦」的名目）、書櫃兒、紙襴兒、蔡奴兒、剁手兒、喜牌兒、卦冊兒、繡篋兒、粥碗兒、侶娘兒、卦鋪兒、師婆兒、教學兒、雞鴨兒、黃丸兒、稜角兒、田牛兒、小九兒（《曲錄》「九」作「丸」）、醜奴兒、病裹王、馬明王、

鬧學堂、鬧浴堂、寬布衫、泥布衫、趕湯瓶、紙湯瓶、鬧棋亭（《曲錄》，「棋」作「旗」，疑誤）、夫容亭（《曲錄》作芙蓉亭）、壞食店、鬧酒店、壞粥店、莊周夢、花酒夢、蝴蝶夢、三出舍、三入舍、瑤池會、八仙會、蟠桃會、洗兒會、藏鬮會、打五臟、蘭昌宮、廣寒宮、鬧結親、倦成親、強風惜（《曲錄》「惜」作「情」）、大論情、三園子、紅娘子、太平還鄉、衣錦還鄉、四論藝、殿前四藝、競敲門、都子撞門、呆大郎、四酸擂、問前程、十樣錦、長慶館、癩將軍、兩相同、競花枝、五變妝、洪福無疆、白牡丹、赤壁鏖兵、窮相思、金壇謁宿、調奴漸（「奴」應從《曲錄》作「雙」為是）、官吏不和、鬧巡鋪、判不由已、大勘力、同官不睦、鬧平康、趕門不上、賣花容、同官賀授、無鬼論、四酸諱偌、鬧棚闌、雙藥盤街、鬧文林、四國來朝（當即《四國朝》）、酒色財氣、醫作媒、風流藥院、監法童、漁樵閒話、鬥鶴鶉、杜甫遊春、死央簡、四酸提猴、滿朝歡、月夜聞箏、鼓角將、鬧夫容城（《曲錄》作「芙蓉城」）、雙鬧醫、張生煮海、賒徐饅頭（《曲錄》無「徐」字，疑此字衍）、文房四寶、謝神天、陳橋兵變、雙揭榜、朦啞質庫（《曲錄》「朦」作「矇」）、雙福神、院公狗兒、告和來、佛印燒豬、酸賣倈、琴劍書箱、花前飲、五鬼聽琴、白雲庵、迓鼓二郎、壞道場、獨腳五郎、賣花聲、進奉伊州、錯上墳、醫五方、打五鋪、拷梅香、四道姑、隔簾聽、硬竹蔡（《曲錄》「竹」作「行」）、義養娘、啗師姨、論秋蟬、劉盼盼、牆頭馬、刺董卓、鋸周樸（《曲錄》「樸」作「村」）、四柏板、大論淡、牽龍舟擊梧桐、渰藍橋、入桃園、雙防送、海常春（《曲錄》「常」作「棠」）、香藥車、四方和、九頭頂、鬥元宵（《曲錄》「鬥」作「鬧」）、趕村禾（《曲錄》「村」作「材」）、眼藥孤、兩同心、更漏子、陰陽孤、提頭巾、三索債、防送哨、偌賣旦、是耶酸、怕水酸、回回梨花院、晉宣成道記

右諸雜大小院本凡一百八十九本，與宋官本雜劇重出者僅五本耳。

院么

海棠軒、海棠園、海棠怨、海棠院、魯李三（《曲錄》「三」作「王」）、慶七夕、再相逢、風流婿、王子端捲簾記、紫雲迷四季、張與孟楊妃、女狀元春桃記、粉牆梨花院、妮女梨花院、龐方溫道德經、大江東注、吳彥皋、不抽開、不掀簾、紅梨花、玎璫天賜暗姻緣

右《院么》凡二十一本。「院么」之名未詳。或是均以《六么》大曲來歌唱的吧。

諸雜院爨

鬧夾棒六么、鬧夾棒法曲、望瀛法曲、分拐法曲、送宣道人歡、逍遙樂打馬鋪、扯彩延壽樂、諱老長壽仙、夜半樂打明星、歡呼萬里、山水日月、集賢賓打三鼓、打白雪歌、地水火風、夜深深三磕胞、佳景堪遊、十四十五郎（《曲錄》無「十四」二字）、喜遷鶯剁草鞋、太公家教、琴棋書畫、滕王鬧閣入妝（《曲錄》「入」作「八」）、春夏秋冬、風花雪月、上小樓衮頭子、噴水朝僧、打注論語、恨秋風鬼點偌、詩書禮樂、論語謁食、下角瓶大醫淡、再遊恩地、累受恩深、送羹湯放火子、擂鼓孝經、香茶酒果、船子和尚四不犯、徐演黃河、單兜望梅花、皇都好景、四偌大提猴、雙聲疊韻、上皇四軸畫、三偌一卜、調猿卦鋪、倬刀饅頭、河轉迓鼓、背箱伊州、酒樓伊州、蓑衣百家詩、埋頭百家詩、偷酒牡丹香、雪詩打樊噲、抹面長壽仙、四偌賣諢、四偌祈雨、松竹龜鶴、王母祝壽、四偌抹紫粉、四偌劈馬樁、截紅鬧浴堂、和燕歸梁、蘇武和番、羹湯六么、河湯舅舅（《曲錄》「湯」作「陽」）、偌請都子、雙女頗飯（《曲錄》「頗」作「賴」）、一貫質庫兒、私媒質庫兒、清朝無事、豐稔太平、一人有慶、四海氏和、金皇聖德、皇家萬歲、背鼓千字文、變電千字文（《曲錄》「電」作「龍」）、摔盒千字文、錯打千字文、木驢千字文、埋頭千字文、講來年好、講聖州序、講樂章集、講道德經、神農大說藥、食店提猴、人參腦子爨、斷朱溫爨、變二郎爨、

講百果爨、講百花爨、講蒙求爨、講百禽爨、講心字爨、變柳七爨、三跳澗爨、打王樞密爨、水酒梅花爨、調猿香字爨、三分食爨、煎布衫爨、賴布衫爨、雙揲紙爨、謁金門爨、跳布袋爨、文房四寶爨、開山五花爨

右諸院爨一百七本。與宋官本雜劇同者僅一本。「爨」即院本之別名，見上文。

衝撞引首

打三十、打謝樂、打八哥、錯打了、錯取鬼（《曲錄》「鬼」作「兒」）、說狄青、憨郭郎、技頭巾、小鬧摑、鶖哥貓兒、大陽唐、小陽唐、歇貼韻、三般尿、大鶖睡、小鶖睡、大分界、小分界、雙雁兒、唐韻六貼、我來也、情知本分、喬捉蛇、鐺鍋釜灶、代元保、母子御頭、嵩笛兒（《曲錄》「笛」作「苗」）、山梨柿子、打淡的、一日一個、村城詩、胡椒雖小、蔡伯喈、遮截架解、窄磚兒、三打步、穿百倬、盤榛子、四魚名、四坐山、撮頭帶、天下樂、四怕水（《曲錄》「帕」作「怕」）、四門兒、說古人、山麻秸、喬道場、黃風蕩、拖下來、啞伴哥、劉千劉義、歡會旗、生死鼓、搗練子、三群頭、酒槽兒、淨瓶兒、賣官衣、苗青根白、調笑令、鬥鼓笛、柳青娘、論句兒、請車兒、身邊有藝、調劉滾、霸工草（《曲錄》「工」作「王」）、難古典、左必來、香供養、合五百、妳妳嗔、一借一與、已己巳、舞秦始皇、學像生、支道饅頭、打調劫、驢城白守、呆木大、定魂刀、說罰錢、年紀太小、打扇、盤蛇、相眼、告假、捉記、照淡、朦啞、投河、略通、調賊、多筆、僉押、扯狀、羅打、記水、來楞（《曲錄》「來」作「求」）、燒奏、轉花枝、計頭兒、長嬌惓（《曲錄》「惓」作「憐」）、歇後語、蘆子語、回且語、大支散

右《衝撞引首》凡一百九十本。所謂「衝撞引首」頗費解。按行院既以「衝州撞府」為生，則「衝撞引首」云者，或可作「院本」的「引首」解。即所謂前半段的雜劇，也即所謂「豔段」吧。

拴搐豔段

襄陽會、驢軸不了、抛繡球（《曲錄》無此一本）、鞭敲金鐙、門簾兒、天長地久、眼藥裡（《曲錄》無此一本）、衙府則例、金含楞、天下太平（宋官本雜劇《天下太平》爨，當即一本）、歸塞北、春夏秋冬、鬥百草、叫子蓋頭、大劉備、石榴花詩、啞漢書、說古棒、唱柱杖、日月山河、胡餅大、嵩揾地、屋裡藏、罵呂布、張天覺、打論語、十果頑、十般乞、還故里、劉令帶、四草蟲、四廚子、四妃豔、望長安、長安住、罵江南、風花雪月、錯寄書、睡起教柱、打婁來（《曲錄》作「打婆束」）、三文雨樸、大對景、小護鄉、少年遊、打青提、千字文、酒家詩、三拖旦、睡馬杓、四生屬（《曲錄》「屬」作「厲」）、喬唱諢、桃李子、麥屯兒、大菜園、喬打聖、杏湯來、謝天地、十隻足（《曲錄》「足」作「腳」）、請生打納、建成、縛食、球棒豔、破巢豔、開封豔、鞍子豔、打虎豔、四王豔、蝗蟲豔、撅子豔、七捉豔、修行豔、般調豔、棗兒豔、蠻子豔、快樂豔、慈烏豔、眼裡喬、訪戴、眾牛（《曲錄》「牛」作「半」）、陳蔡、范蠡、扯休書、鞭塞（《曲錄》「塞」作「寨」）、金鈴、感吾智、諸宮調、鍬杴帚竹、雕出板來、套靴、舌智、俯飯、釵髮多、襄陽府、仙哥兒

右拴搐豔段凡九十二本。「豔段」即「焰段」。陶宗儀云：「又有焰段，亦院本之意，但差簡耳。取其如火焰易明而易滅也。」吳自牧云：「先做尋常熟事一般，名曰豔段。次做正雜劇。」是豔段即正雜劇之「得勝頭回」或入話也。

打略拴搐

星象名、果子名、草名、軍器名、神道名、燈火名、衣裳名、鐵器名、書集名、節令名、虀菜名、縣道名、州府名、相樸名、法器名、樂人名、草名、軍名、門名、魚名、菩薩名

以上二十一本，《曲錄》刪去不載。

賭撲名

　照天紅、藩棋名、哀骰子、琴家弄、悶葫蘆、握龜

官職名

　說駕頭、敲待制、上官赴任、押刺花赤

飛禽名

　青鴟（原無鴟字，據《曲錄》補）、老雅、厮料、鷹鷂鵰鶻

花名

　石竹子、調狗、散水

吃食名

　廚難偌、孽茹來

佛名

　成佛（《曲錄》「佛」下有「板」字）、爺娘佛

難字兒

　盤驢、害字、劉三

一板子

酒下拴

　數酒、四子三元

唱尾聲

　孟姜女、遮蓋了、詩頭曲尾、虎皮袍

猜謎

杜大伯、大黃

和尚家門

禿醜生、窗下僧、坐化、唐三藏

先生家門

入口鬼、則耍胡孫、大燒餅、清閒真道本

秀才家門

大口賦、六十八頭、拂袖便去、紹運圖、十二月、胡說話、風魔賦、寮丁賦（《曲錄》「寮」作「療」）、牽著駱駝、看馬、列良家門、胡孫、說卦象、田命賦（《曲錄》「田」作「由」）、混星圖、柳篋箕、二十八宿、春從天上來

禾下家門

萬民快樂、咬得響、莫延、九斗一石、共牛

大夫家門

三十六風、傷寒賦（《曲錄》無「賦」字）、合死漢、馬屁勃、安排鍬钁、二百六十骨節、撒五穀（《曲錄》無此本）、便癰賦

卒子家門

計幾線（《曲錄》「計」作「針」）、甲仗庫、軍鬧、陣敗

良頭家門

方頭賦、水雹吟（《曲錄》「雹」作「龍」）

邦老家門

腳言腳語、則是便是賊

都子家門（《曲錄》「子」作「下」）

　後人收、桃李子、上一上

孤下家門

　朕聞上古、刁待制包（《曲錄》「刁」作「刀」）、絹兒來

司吏家門

　罷筆賦、事故榜（《曲錄》「事」作「是」）

仵作家門

　一遍生活

橛倈家門

　受胎成氣

右《打略拴搐》凡一百十本。（《曲錄》作八十八種）。所謂《打略拴搐》，其意義不可解。但這一百十本的內容卻比較的容易明瞭，即其所分別的各門類，也可使我們推測其性質。大約此種《打略拴搐》，只是市井戲謔之作，全以舌辨之機警及滑稽見勝，並不包含什麼故事（詳後）。

諸雜砌

　摸石江、梅妃、浴沸、三教、姜武、救駕、趙娥娥、石婦吟、變貓、水毋、玉環、走鷴哥、上料、瞎腳、易基、武則天、告子、拔蛇、鹿皮、新公太（《曲錄》「公太」作「太公」）、黃巢、恰來、蛇師、沒字碑、臥單（《曲錄》「單」作「草」）、衲襖、封陟（《曲錄》「陟」作「碑」，疑即《官本雜劇》之《封陟中和樂》）、鋸周樸（《曲錄》「樸」作「村」）、史弘筆（《曲錄》「筆」作「肇」）、懸頭梁上

右《諸雜砌》凡三十本，和《官本雜劇》名目相同者一本。所謂「諸雜砌」，未詳其義。王國維云：「案

《蘆浦筆記》謂：街市戲謔，有打砌打調之類。疑雜砌亦滑稽戲之流。然其目則頗多故事則又似與打砌無涉。」他又疑「雜砌」或即「雜扮」之類。按「雜扮」亦即「街市戲謔」之一種，疑即是「切砌、打調之類」。所謂「諸雜砌」，當即指諸種雜扮（詳後文）。

以上凡院本七百十三本（《曲錄》作六百九十本，此據元刊本《輟耕錄》增二本。《曲錄》不計「打略拴搐」裡的「星象名」、「果子名」等二十一本，大誤。今亦為補入。故增多二十三本。），分為：（一）和曲院本，（二）上皇院本，（三）題目院本，（四）霸王院本，（五）諸雜大小院本，（六）院么，（七）諸雜院爨，（八）衝撞引首，（九）拴搐豔段，（十）打略拴搐，（十一）諸雜砌的十一類。粗視之，似若錯雜凌亂，不可究詰，其實，其類別是犁然明白的。第一部為「院本」；自和曲院本到諸雜院爨的七類俱可歸入此部。第二部為「豔段」，即院本的「前段」（相當於小說的「入話」）；衝撞引首及拴搐豔段二類可歸之。第三部為「打略」（或雜砌、雜扮），即院本的「後散段」（詳後），打略拴搐及諸雜砌二類可歸之。其分類的次第是井然不亂的。

在這七百十三本的「院本」裡，用大曲、法曲、詞曲調的名目為名者仍不少；計大曲凡十六本，法曲凡七本，詞曲調凡三十七本，共凡六十本。其中想來還有為失傳之詞曲調而為我們所未知者在。但較之宋雜劇之過半數以大曲、法曲、詞曲調之名目為名，則似情形不同矣。但我們知道，周密所著錄的是「官本雜劇段數」，是宮庭中的供奉、祗應的雜劇名目，故比較的整飭、雅馴。而陶宗儀所著錄的則是「行院」所用的「院本」，故顯得凌亂、繁雜，無所不包，充分的表現出，「行院」乃是「雜耍班」；「院本」名目乃是宋、金、元三代的許多雜玩意兒的俗曲本子的總目錄。

於正宗的「雜劇」或院本之外，那名目裡面最可注意的是，包括了許許多多的顯然不是演唱故事，而只背誦機警的或滑稽的市井所好的事物的名色以為歡笑之資而已。像《酒色財氣》、《漁樵問答》、《文房四寶》、《山水日月》、《地水火風》、《琴棋書畫》、《松竹龜鶴》、《春夏秋冬》、《風花雪月》、《詩書禮樂》、《香茶酒果》等等的狀述，以至於《蓑衣百家詩》、《埋頭百家詩》、《背鼓千字文》、《變龍千字文》、《摔

盒千字文》、《錯打千字文》、《木驢千字文》、《埋頭千字文》等等的文字遊戲，以至於《講來年好》、《講聖州序》、《講樂章序》、《講道德經》、《講蒙求爨》、《講心字爨》、《訂注論語》、《論語謁食》、《播鼓孝經》、《唐韻六帖》一類的談經說子，以至於《神農大說藥》、《講百果爨》、《講百花爨》、《講百禽爨》等等，博徵草木蟲魚之名以炫其舌辨與歌唱的警敏，其情形蓋甚與近日之唱誦「寶卷」或說「相聲」的情形相類似。

在《打略拴搐》裡，尤洋洋大觀的集背誦名物，以炫博識的那一類俗曲本子的大全。有所謂星象名、果子名、草名、軍器名、神道名、燈火名、衣裳名、鐵器名、書籍名、節令名、虀菜名、縣道名、州府名、相撲名、法器名、門名、革名、軍名、魚名、菩薩名、樂人名等等；而賭撲名乃多至七種，官職名多至四種，飛禽名也多至四種，其他花名、吃食名、佛名也在二種以上。這樣的以無意義的名辭拼合來歌唱的盛行的風氣，頗令我們想到明代永樂時刊行的浩瀚無比的《諸佛菩薩名曲經》。像這樣的風氣，到今日也還在民間的俗曲本子裡占著相當的勢力。

《打略拴搐》之名稱最費解。那一百十本的《打略拴搐》，內容也最為繁雜。但如果細加分析，便可知道：除了背誦名物一類的俗曲子之外，又有所謂「唱尾聲」及「猜謎」的；這似都是仿擬當時瓦市裡流行的唱調和「商謎」的。但更可注意的是各種「家門」；計有：

（一）和尚家門（四本）（當是以和尚為主角而施其嘲笑或機警的諷刺的）。

（二）先生家門（四本）（這當然是譏嘲道士先生們的曲本了）。

（三）秀才家門（十本）（這是和秀才們開玩笑的）。

（四）列良家門（六本）（所謂「列良」，當指的是占、星、相一流人物）。

（五）禾下家門（五本）（疑指的是農夫們）。

（六）大夫家門（七本）（這當然指的是醫生們了；在雜劇或戲文裡，和醫生們開玩笑的話很不少）。

（七）卒子家門（四本）（以兵士們為對象的）。

（八）良頭家門（二本）（「良頭」未詳）。

（九）邦老家門（二本）（「邦老」即竊盜之別稱）。

（十）都下家門（三本）（「都下」未詳）。

（十一）孤下家門（三本）（「孤」即「裝孤」吧。但這三本，所謂「孤」，指的並不是官而是帝王）。

（十二）司吏家門（二本）（寫「吏」之生活的）。

（十三）仵作行家門（一本）（寫「仵作」生活的）。

（十四）橛俫家門（一本）（「橛俫」未詳）。

除「良頭」、「都下」、「橛俫」未詳外，其餘所敘的是官家、司吏、仵作、卒子，是秀才、竊盜、和尚、道士，是醫、卜、星、相，是農夫，總之，是社會上形形色色的人物與其生活。

《夢粱錄》云：「又有雜扮，或曰雜班，又名經元子，又謂之拔和，即雜劇之後散段也。頃在汴京時，村落野夫，罕得入城，遂撰此端。多是借裝為山東、河北村叟，以資笑端。」《蘆浦筆記》謂：街市戲謔，有打砌打調之類。所謂「打調」，當即是「打略拴搐」的**打略**，也正是街市戲謔的俗曲本子。「雜砌」云云，便是「諸般打砌之意」。打砌和打調本是性質相同的東西，故編在一處。

「打略」（或打調）的性質，正是「借裝為山東、河北村叟以資笑端」，不過借裝的範圍卻由村叟而更擴大到醫、卜、星、相，到和尚、道士，乃至到官家、秀才們身上了。也正合「雜扮」的真正意義。

參考書目

1. 周密：《武林舊事》。
2. 吳自牧：《夢粱錄》。
3. 陶宗儀：《輟耕錄》。
4. 王國維：《宋大曲考》。
5. 王國維：《宋元戲曲史》。
6. 王國維；《曲錄》。
7. 鄭振鐸：《行院考》。
8. 曾慥：《樂府雅詞》。

第八章 鼓子詞與諸宮調

一

宋、金、元雜劇詞（或院本）的性質，我們既已明瞭；惟有一點尚為未解之謎；雜劇詞究竟有無念白（除了致語或俳語口號之外），如果有其念白或散文部分究竟佔多少的成分。如果每段均有念白，或念白是夾雜在歌舞之間的，則宋、金之雜劇不是什麼純粹的歌舞戲了（其內容當是複雜歧出）；不僅和弄人及歌舞有關，至少也應受到些「變文」的影響。可惜我們除了詠馮燕故事的《水調歌頭》，詠西子故事的《薄媚》等三數本之外，得不到別的更完整的例證，因之，我們這一個謎，便不能有解決的希望（元以後的院本，其受到金、元的戲曲的影響而略變其性質，是很顯明的）。

我們今日所知的最早受到「變文」的影響的，除說話人的講史，小說以外，要算是流行於宋、金、元三代的鼓子詞與諸宮調了。鼓子詞僅見於宋，是小型的「變文」，是用流行於宋代的詞調來歌唱的；當為士大夫受到「變文」影響之後的一種典雅的作品。但「變文」在民間卻更流行而成為重要的一種新文體，即所謂諸宮調者是。諸宮調是「變文」以後很浩瀚的有力之作。在歌唱一方面，努力的採用當時流行的新歌曲，而改易了「變文」的單調的歌唱，是取精用宏、氣魄極大的東西。說話人抄襲了「變文」的講唱的方法而特別的著重於散文（即講說）一部分。其和「變文」同樣的著重於韻文（即歌唱）部分的，除了「寶卷」之外，

便是這個新文體諸宮調了。

諸宮調為比較的後起之秀，其歌唱部分的組織，顯然受有鼓子詞、唱賺、大曲以至「轉踏」等等的影響。惟其寫作的與發揮歌唱的威力的才能卻偉大得多了。

二

「鼓子詞」是一種敘事的講唱文；和「變文」相同，也是韻文、散文相間雜的組織成功的。惟其篇幅比「變文」縮小得多了。當是宴會的時候，供學士大夫們一宵之娛樂的。故文簡而事略，每篇大約只有十章的歌唱。趙德璘說：崔鶯鶯的故事，「惜乎不被之以音律，故不能播之聲樂，形之管弦」。是鼓子詞乃是以「管弦」伴之歌唱的，和諸宮調之單用「弦索」（即弦樂）伴唱者不同。在《商調蝶戀花》鼓子詞的開頭，趙氏說道：「調曰商調，曲名〈蝶戀花〉。句句言情，篇篇見意。奉勞歌伴，先定格調，後聽蕪詞。」其後，每一段歌唱的開始，必先之以「奉勞歌伴，再和前聲」。是知鼓子詞的講唱者至少須以三人組成；一人是講說的，另一人是歌唱的。講唱者或兼操弦索，或兼吹笛，其他一人則專吹笛或操弦。今先將趙氏的《蝶戀花》鼓子詞錄載於下：

◆元微之崔鶯鶯商調蝶戀花詞◆

夫傳奇者，唐元微之所述也。以不載於本集而出於小說，或疑其非是。今觀其詞，自非大手筆孰能與於此！至今士大夫極談幽玄，訪奇述異，無不舉此以為美話。至於娼優女子，皆能調說大略。惜乎不被之以音律，故不能播之聲樂，形之管弦。好事君子，極飲肆歡之際，願欲一聽其說。或舉其末而忘其本，或紀其略而不終其篇。此吾曹之所共恨者也。今於暇日，詳觀其文，略其煩褻，分之為十章。每章之下，屬之以詞。或全摭其文，或止取其意。又別

為一曲，載之傳前，先敘前篇之義。調曰商調，曲名〈蝶戀花〉。句句言情，篇篇見意。奉勞歌伴，先定格調，後聽蕪詞。

麗質仙娥生月殿，謫向人間，未免凡情亂。宋玉牆東流美盼，亂花深處曾相見。密意濃歡方有便，不孛浮名，旋遣輕分散。最恨多才情太淺，等閒不念離人怨。

傳曰：余所善張君，性溫茂，美豐儀，寓於蒲之普救寺。適有崔氏孀婦將歸長安，路出於蒲，亦止茲寺。崔氏婦，鄭女也。張出於鄭，緒其親乃異派之從母。是歲，丁文雅不善於軍，軍人因喪而擾，大掠蒲人。崔氏之家財產甚厚，多奴僕。族寓惶駭，不知所措。先是張與蒲將已黨有善，請吏護之，遂不及於難。鄭厚張之德甚。因飾饌以命張，中堂燕之。復謂張曰：姨之孤嫠未之，提攜幼稚，不幸屬師徒太潰，實不保其身。弱子幼女，猶君之所生也。豈可比常恩哉！今俾以仁兄之禮相見，冀所以報恩也。乃命其子曰歡郎，可十餘歲，容其溫美，次命女曰鶯鶯，出拜爾兄。爾兄活爾！久之，辭疾。鄭怒曰：張兄保爾之命，不然，爾且虜矣！能復遠嫌乎？又久之，乃至。常服睟容，不加新飾。垂環淺黛，雙臉斷紅而已。顏色豔異，光輝動人。張驚，為之禮。因坐鄭旁。凝睇怨絕，若不勝其體。張問其年幾。鄭曰：十七歲矣。張生稍以詞導之，不對。終席而罷。奉勞歌伴，再和前聲。

錦額重簾深幾許？繡履彎彎，未省離朱戶。強出嬌羞都不語，絳綃頻掩酥胸素。黛淺愁紅妝淡佇，怨絕情凝，不肯聊回顧。媚臉未勻新淚汙，梅英猶帶春朝露。

張生自是惑之。願致其情，無由得也。崔之婢曰紅娘。生私為之禮者數四。乘間遂道其衷。翌日，復至，曰：郎之言，所不敢言，亦不敢泄。然而崔之族姻，君所詳也。何不因其媒而求娶焉？張曰：予始自孩提時，性不苟合。昨日一席間，幾不自持。數日來，行忘止，食忘飯，恐不能逾旦暮。若因媒氏而娶，納采問名，則三數月間，索我於枯魚之肆矣！婢曰：

崔之貞順自保，雖所尊不可以非語犯之。然而善屬久。往往沉吟章句，怨慕者久之。君試為偷情詩以亂之。不然，無由得也。張大喜。立綴〈春詞〉二首以授之。奉勞歌伴，再和前聲。

懊惱嬌痴情未慣，不道看看，役得人腸斷。萬語千言都不管，蘭房跬步如天遠。
廢寢忘餐思想遍，賴有青鸞，不必憑魚雁。密寫香箋倫繾綣，〈春詞〉一紙芳心亂。

是夕，紅娘復至，持綵牋而授張曰：崔所命也。題其篇云：〈明月三五夜〉。其詞曰：待月西廂下，迎風戶半開。拂牆花影動，疑是玉人來。奉勞歌伴，再和前聲。

庭院黃昏春雨霽，一縷深心，百種成牽繫。青翼蓦然來報喜，魚箋微諭相容意。
待月西廂人不寐，簾影搖光，朱戶猶慵閉。花動拂牆紅萼墜，分明疑是情人至。

張亦微諭其旨。是夕，歲二月，旬又四日矣。崔之東牆有杏花一樹，攀援可逾。既望之夕，張因梯其樹而逾焉。達於西廂。則戶半開矣。無幾，紅娘復來。連曰：至矣！至矣！張生且喜且駭，謂必獲濟。及女至，則端服儼容，大數張曰：兄之恩，活我家厚矣！由是慈母以弱子幼女見依。奈何因不令之婢，致淫泆之詞。始以護人之亂為義，而終掠亂求之。是以亂易亂，其去幾何！誠欲寢其詞，則保人之奸不義；明之母，則背人之惠不祥。將寄於婢妾，又恐不得發其真誠。是用紀於短章，願自陳啟。猶懼兄之見難，是用鄙靡之詞，以求其必至。非禮之動，能不愧心！特願以禮自持，毋及於亂。言畢，翻然而逝。張自失者久之，復逾而出。由是絕望矣！奉勞歌伴，再和前聲。

屈指幽期惟恐誤，恰到春宵，明月當之五。紅影壓牆花密處，花陰便是桃源路。
不謂蘭城金石圈，斂袂怡聲，恣把多才數。惆悵空回誰共語？只應化作朝雲去。

後數夕，張君臨軒獨寢，忽有人覺之。驚欻而起，則紅娘斂衾攜枕而至。撫張曰：至矣！至矣！睡何為哉？並枕重衾而去。張生拭目危坐久之，猶疑夢寐。俄而紅娘捧崔而至。則嬌

羞融冶，力不能運支體。曩時之端莊，不復同矣。是夕，旬有八日，斜月晶熒，幽輝半床。張生飄飄然且疑神仙之徒，不謂從人間至也。有頃，寺鐘鳴曉，紅娘促去。崔氏嬌啼宛轉，紅娘又捧而去。終夕無一言。張生辨色而興，自疑曰：豈其夢耶？所可明者，妝在臂，香在衣，淚光熒熒然猶瑩於茵席而已。奉勞歌伴，再和前聲。

數夕孤眠如度歲，將謂今生，會合終無計。正是斷腸凝望際，雲心捧得嫦娥至。
玉困花柔羞抆淚，端麗妖嬈，不與前時比。人去月斜疑夢寐，衣香猶在妝留臂。

是後又十餘日，杳不復知。張生賦〈會真詩〉之十韻未畢，紅娘適至。因授之以貽崔氏。自是復容之。朝隱而出，暮隱而入。同安於曩所謂西廂者幾一月矣。張生將之長安。先以情愉之。崔氏宛無難詞，然愁怨之容動人矣！欲行之再夕，不復可見。而張生遂西。奉勞歌伴，再和前聲。

一夢行雲還暫阻，盡把深誠，綴作新詩句。幸有青鸞堪密付，良宵從此無虛度。
兩意相歡朝又暮，爭索郎鞭，暫指長安路。最是動人愁怨處，離情盈抱終無語。

不數月，張生復游於蒲舍，於崔氏者又累月。張雅知崔氏善屬文。求索再三，終不可見。雖待張之意甚厚，然未嘗以詞繼之。異時，獨夜操琴，愁弄淒惻。張竊聽之。求之，則不復鼓矣。以是愈感之。張生俄以文調及期，又當西去。臨去之夕，崔恭貌怡聲，徐謂張曰：「始亂之，今棄之，固其宜矣。愚不敢恨。必也君始之，君終之，君之惠也。則沒身之誓，其有終矣！又何必深憾於此行？然而君既不懌，無以奉寧。君嘗謂我善鼓琴。今且往矣。既達君此誠。」因命拂琴，鼓〈霓裳羽衣序〉。不數聲，哀音怨亂，不復知其是曲也。左右皆欷歔。張亦遽止之。崔投琴擁面，泣下流漣。趣歸鄭所，遂不復至。奉勞歌伴，再和前聲。

碧沼鴛鴦交頸舞，正恁雙棲，又遣分飛去。灑翰贈言終不許，援琴請盡奴衷素。

曲未成聲先怨慕，忍淚凝情，強作〈霓裳〉序。彈到離愁淒咽處，弦腸俱斷梨花雨。

詰旦，張生遂行。明年，文戰不利，遂止於京。因貽書於崔，以廣其意。崔氏緘報之詞，粗載於此。曰：捧覽來問，撫愛過深。兒女之情，悲喜交集。兼惠花信一合，口脂五寸，致耀首膏脣之飾，雖荷多惠，誰復為容！睹物增懷，但積悲歎耳。伏承便於京中就業。於進修之道，固在便安。但恨鄙陋之人，永以遐棄。命也如此，知復何言！自去秋以來，嘗忽忽如有所失。於諠嘩之下，或勉為笑語。閒宵自處，無不淚零。乃至夢寐之間，亦多敘感咽離憂之思。綢繆繾綣，暫尋常。幽會未終，驚魂已斷。雖半衾如暖，而思之甚遙。一昨拜辭，倏如舊歲。長安行樂之地，觸緒牽情。何幸不忘幽微，眷念無斁！鄙薄之志，無以奉酬。至於終始之盟，則固不忒。鄙與中表相因，或同宴處。婢僕見誘，遂致私誠。兒女之情，不能自固。君子有援琴之挑，鄙人無投梭之拒。及荐枕席，義盛恩深。愚幼之情，永謂終託。豈期既見君子，不能以禮定情。致有自獻之羞，不復明侍巾櫛。沒身永恨，含歎何言！倘仁人用心，俯遂幽劣，雖死之日，猶生之年。如或達士略情，捨小從大，以先配為醜行，謂要盟之可欺，則當骨化形銷，丹忱不泯，因風委露，猶託清塵。存沒之誠，言盡於此！臨紙嗚咽，情不能申！千萬珍重！奉勞歌伴，再和前聲。

別後想思心目亂，不謂芳音，忽寄南來雁。卻寫花箋和淚卷，細書方寸教伊看。

獨寐良宵無計遣，夢裡依稀，暫若尋常見。幽會未終雲已斷，半衾如暖人猶遠。

玉環一枚，是兒嬰年所弄，寄先君子下體之佩。玉取其堅潔不渝，環取其終始不絕。兼欲彩絲一絇，文竹茶合碾子一枚。此數物不足見珍。意者欲君子如玉之潔，鄙志如環不解，淚痕在竹，愁緒縈絲。因物達誠，永以為好耳。心邇身遐，拜會無期。幽憤所鍾，千里神合。千萬珍重，春風多厲，強飯為佳。慎言自保，毋以鄙為深念也。奉勞歌伴，再和前聲。

尺素重重封錦字，未盡幽閨，別後心中事。佩玉彩絲文竹器，願君一見知深意。

環玉長圓絲萬繫，竹上爛斑，總是相思淚。物會見郎人永棄，心馳魂去心千里。

張之友聞之，莫不聳異。而張之志固絕之矣。歲餘，崔已委身於人，張亦有所娶。適經其所居。乃因其夫言於崔，以外兄見。夫已諾之，而崔終不為出。張怨念之誠動於顏色。崔知之，潛賦一詩寄張曰：自從消瘦減容光，萬轉千回懶下床。不為旁人羞不起，為郎憔悴卻羞郎。竟不之見。復數日，張君將行，崔又賦一詩以謝絕之。詞曰：棄置今何道！當時且自親。還將舊來意，憐取眼前人。奉勞歌伴，再和前聲。

夢覺高唐雲雨散，十二巫峰，隔斷相思眼。不為旁人移步懶，為郎憔悴羞見郎。

青翼不來孤鳳怨，路失桃源，再會終無便。舊恨新愁無計遣，情深何似情俱淺。

逍遙子曰：樂天謂微之能道人意中語。僕於是益知樂天之言為當也。何者？夫崔之才華婉美，詞彩豔麗，則於所載緘書詩章盡之矣。如其都愉淫冶之態，則不可得而見。及觀其文飄飄然仿佛出於人目前。雖丹青摹寫其形狀，未知能如是工且至否。僕嘗採摭其意，撰成《鼓子詞》十一章，示余友何東白先生。先生曰：文則美矣！意猶有不盡者。胡不復為一章於其後，具道張之與崔，既不能以理定其情，又不能合之於義。始相遇也，如是之篤；終相失也，如是之遽。必及於此則完矣。余應之曰：先生真為文者也。言必欲有終始箴戒而後已。大抵鄙靡之詞，止歌其事之可歌，不必如是之備。若夫聚散離合，亦人之常情，古今所共惜也。又況崔之始相得而終至相失，豈得已哉！如崔已他適，而張詭計以求見。崔知張之意，而潛賦詩而謝之，其情蓋有未能忘者矣！樂天曰：天長地久有時盡，此恨綿綿無盡期！豈獨在彼者耶？予因命此意，復成一曲，綴於傳末云：

鏡破人離何處問？路隔銀何，歲會知猶近。只道新來消瘦損，玉容不見空傳信。

棄擲前歡俱未忍，豈料盟言，陡頓無憑准。地久天長終有盡，綿綿不似無窮恨。

這篇《元微之崔鶯鶯商調蝶戀花詞》，見於趙氏的《侯鯖錄》（卷五）。趙氏名令畤，字德麟，燕王德昭玄孫；為安定郡王，所與遊處，多元佑勝流，蘇軾尤深識其才美。德麟以為張生即元微之自況，所傳鶯鶯事，蓋即微之自己所經歷的（詳見《侯鯖錄》卷五《辨傳奇鶯鶯事》）。故逕題曰：「元微之、崔鶯鶯《商調蝶戀花詞》。」全篇連首尾二曲，凡十二章。散文部分即截取《鶯鶯傳》文為之。

像這樣的「鼓子詞」，在宋人著作裡是僅見。但可知在當時是極流行的。《清平山堂話本》裡有《刎頸鴛鴦會》（《警世通言》選入，題作《蔣淑貞刎頸鴛鴦會》）一本，其格局正同。雖入「話本」之選，殆也是一篇鼓子詞吧。其韻文部分以十篇〈醋葫蘆〉小令組成之，其散文部分則為流利的白話文的記事（當是用作講念的）。和趙德麟之引用《鶯鶯傳》原文，似沒有什麼兩樣。而其每人歌唱處，亦必曰：「奉勞歌伴」，也正和〈蝶戀花〉相同。

我們玄想，這樣小型的敘事講唱文（鼓子詞），以當時流行的詞調來歌出，以管弦來配奏的，在當時，必定和說話人之講說「小說」（短篇的話本，大都每次都可講畢）是同樣受到聽眾之熱烈歡迎的。

三

尚有所謂「轉踏」者，也是敘事歌曲的一流，其性質正和鼓子詞不殊。不過其散文部分卻又轉變而成為「詩句」了。如此的以「詩」和「詞調」相間成文，卻也頗足注意。

這也是詠歌故事的，連續的以同一的詞調若干首組成之。

為什麼這種「轉踏」會把散文部分變成了「詩」句呢？

原來「轉踏」本是歌舞相兼的，隨歌隨舞，並不容有說白的間雜，故勢不得不易「散文」而為另一種的

韻文。也為了是歌舞的東西，故上面必冠以「致語」，最後必有「放隊」。然其以「詩」「詞」相間而組成，猶未盡失「變文」的遺意。

「轉踏」又謂之「傳踏」，亦謂之「纏達」（《夢粱錄》卷二十）。其和鼓子詞不同者，即每篇不僅敘述一事，而是連續的敘述性質相同的若干事的（每一曲敘一事）。今日所見的無名氏〈調笑轉踏〉，鄭彥能〈調笑集句〉，晁無咎〈調笑〉（均見曾慥《樂府雅詞》卷上）均是如此的。又有無名氏的〈九張機〉，也是「轉踏」之一，卻純然是抒情小歌曲而並無故事的了。但亦有合若干首歌曲而僅詠一個故事，像鼓子詞一樣的。《碧雞漫志》（卷三）謂：石曼卿作〈拂霓裳轉踏〉，述開元、天寶遺事（今佚）。可見「轉踏」的格律是固定的，而其題材卻是千變萬殊的。今將《樂府雅詞》的四篇，並抄錄於下：

◆調笑集句◆

蓋聞行樂須及良辰，鍾情正在吾輩。飛觴宰白，目斷五山之暮雲；綴玉聯珠，韻勝池塘之春草。集古人之妙句，助今日之餘歡。

珠流璧合暗連文，月入千江體不分。此曲只應天上有，歌聲豈合世間聞！

◆巫　山◆

巫山高高十二峰，雲想衣裳花想容。欲往從之不憚遠，丹峰碧障深重重。樓閣玲瓏五雲起，美人娟娟隔秋水。江天一望楚天長，滿懷明月人千里。

千里楚江水，明月樓高愁獨倚。井梧宮殿生秋意，望斷巫山十二。雪肌花貌參差是，朱閣五雲仙子。

◆桃　源◆

漁舟容易入春山，別有天地非人間。玉顏亭亭花下立，鬢亂釵橫特地寒。留君不住君須去，不知此地歸何處？春來遍是桃花水，流水落花空相誤。相誤桃源路，萬里蒼蒼煙水暮。留君不住君須去，秋月春風閑度。桃花零亂如紅雨，人面不知何處！

◆洛　浦◆

豔陽灼灼河洛神，態濃意遠淑且真。入眼平生未曾有，緩步佯羞行玉塵。凌波不過橫塘路，風吹仙袂飄飄降。來如春夢不多時，夭非花豔輕非霧。非霧花無語，還似朝雲何處去。凌波不過橫塘路，燕燕鶯鶯飛舞。風吹仙袂飄飄降，擬倩遊絲惹住。

◆明　妃◆

明妃初出漢宮時，青春繡服正相宜。無端又被東風誤，故著尋常淡薄衣。上馬即知無返日，寒山一帶傷心碧。人生憔悴生理難，好在氈城莫相憶。相憶無消息，日斷遙天雲自白。寒山一帶傷心碧，風土蕭疏胡國。長安不見浮雲隔，縱使君來爭得！

◆班　女◆

九重春色醉仙桃，春嬌滿眼睡紅綃。同輦隨君侍君側，雲鬢花顏金步搖。一霎秋風驚畫扇，庭院蒼苔紅葉遍。蕊珠宮裡舊承恩，回首何時復來見！

來見蕊宮殿，記得隨班迎鳳輦。餘花落盡蒼苔院，斜掩金鋪一片。千金買笑無方便，和淚盈盈嬌眼。

◆文　君◆

錦城絲管月紛紛，金釵半醉坐添春。相如正應居客右，當軒下馬入錦茵。斜倚綠窗鴛鑑女，琴彈秋思明心素。心有靈犀一點通，感君綢繆逐君去。

君去逐鴛侶，斜倚綠窗鴛鑑女。琴彈秋思明心素，一寸還成千縷。錦城春色知何評？那似遠山眉嫵！

◆吳　娘◆

素技瓊樹一枝春，丹青難寫是精神。偷啼自揾殘妝粉，不忍重看舊寫真。珮玉鳴鸞罷歌舞，錦瑟華年誰與度？暮雨瀟瀟郎不歸，含情欲說獨無處。

無處難輕訴，錦瑟華年誰與度？黃昏更下瀟瀟雨，況是青春將暮。花雖無語鶯能語，來道：曾逢郎否？

◆琵　琶◆

十三學得琵琶成，翡翠簾開雲母屏。暮雨朝來顏色故，夜半月高弦索鳴。江水江花豈終極，上下花間聲轉急。此恨綿綿無絕期，江州司馬青衫溼。

衫濕情何極！上下花間聲轉急。滿船明月蘆花白，秋水長天一色。芳年未老時難得，目斷遠空凝碧。

◆放　隊◆

玉爐夜起沉香煙，喚起佳人舞繡筵。去似朝雲無處覓，游童陌上拾花鈿。

除了「致語」和「放隊」外，這篇「轉踏」凡八章，每章各詠一事：（一）巫山，（二）桃源，（三）洛浦，（四）明妃，（五）班女，（六）文君，（七）吳娘，（八）琵琶。其題材的性質是相同的，故便合組成一篇了。「集古人之妙句，助今日之餘歡」，明言這是「當筵則歌」的東西。

◆調笑轉踏　鄭彥能◆

良辰易失，信四者之難並。佳客相逢，實一時之盛事。用陳妙曲，上助清歡。女伴相將，調笑入隊。

秦樓有女字羅敷，二十未滿十五餘。金環約腕攜籠去，攀枝折葉城南隅。使君春思如飛絮，五馬徘徊芳草路。東風吹鬢不可親，日晚蠶饑欲歸去。

歸去攜籠女，南陌柔桑三月暮。使君春思如飛絮，五馬徘徊頻駐。蠶饑日晚空留顧，笑指秦樓歸去。

石城女子名莫愁，家住石城西渡頭。拾翠每尋芳草路，採蓮時過綠蘋洲。五陵豪客青樓上，醉倒金壺待清唱。風高江闊白浪飛，急催艇子操雙槳。

雙槳小舟蕩，喚取莫愁迎疊浪。五陵豪客青樓上，不道風高江廣。千金難買傾城樣，那聽繞梁清唱。

繡戶朱簾翠幕張，主人置酒宴華堂。相如年少多才調，消得文君暗斷腸。斷腸初認琴心挑，么弦暗寫相思調。從來萬曲不關心，此度傷心何草草！

草草最年少，繡戶銀屏人窈窕。瑤琴暗寫相思調，一曲關心多少。臨卬客合成都道。共恨相逢不早。

緩緩流水武陵溪，洞裡春長日月遲。紅英滿地無人掃，此度劉郎去移迷。行行漸入清流淺，香風引到神仙館。瓊漿一飲覺身輕，玉砌雲房瑞煙暖。

煙暖武陵晚，洞裡春長花爛熳。紅英滿地溪流淺，漸聽雲中雞犬。劉郎迷路香風遠，誤到蓬萊仙館。

少年錦帶佩吳鉤，鐵馬追風寒草愁。憑仗匣中三尺劍，掃平驕虜取封侯。紅顏少婦桃花臉，笑倚銀屏施寶靨。明眸妙齒起相迎，青樓獨佔陽春豔。

春豔桃花臉，笑倚銀屏施寶靨。良人少有平戎膽，歸路光生弓劍。青樓春永香幃掩，獨把韶華都佔。

翠蓋銀鞍馮子都，尋芳調笑酒家徒。吳姬十五夭桃色，巧笑春風當酒壚。玉壺絲絡臨朱戶，結就羅裙表情素。紅裙不惜裂香羅，區區私愛徒相慕。

相慕酒家女，巧笑明眸年十五。當壚春永尋芳去，門外落花飛絮。銀鞍白馬金吾子，多謝結裙情素。

樓上青簾映綠楊，江波千里對微茫。潮平越賈催船發，酒熟吳姬喚客嘗。吳姬綽約開金盞，的的嬌波流美盼。秋風一曲採菱歌，行雲不度人腸斷。

腸斷浙江岸，樓上青簾新酒軟。吳姬綽約開金盞，的的嬌波流盼。採菱歌罷行雲散，望斷儂家心眼。

花陰轉午漏頻移，寶鴨飄簾繡幕垂。眉山斂黛雲堆髻，醉倚春風不自持。偷眼劉郎年最少，雲情雨態知多少！花前月下惱人腸，不獨錢塘有蘇小。

蘇小最嬌妙，幾度樽前曾調笑。雲情雨態知多少？悔恨相逢不早。劉郎襟韻正年少，風月今宵偏好。

金翹斜嚲淡梳妝，綽約天葩自在芳。幾番欲奏陽關曲，淚溼春風眼尾長。落花飛絮青門道，濃愁不散連芳草。孤鸞乘鶴上蓬萊，應笑行雲空夢悄。

夢悄翠屏曉，帳裡薰爐殘蠟照。賞心樂事能多少？忍聽陽關聲調。明朝門外長安道，悵望王孫芳草。

綽約妍姿號太真，肌膚冰雪怯輕塵。霞衣乍牢紅搖影，按出霓裳曲最新。舞叙斜嚲烏雲髮，一點春心幽恨切。蓬萊雖說浪風輕，翻恨明皇此時節。

時節白銀闕，洞裡春情百和爇。蘭心底事多悲切？消盡一團冰雪。明皇恩愛雲山絕，誰道蓬萊安悅！

江上新晴暮靄飛，碧蘆江蓼夕陽微。富貴不牽漁父目，塵勞難染釣人衣。白鳥孤飛煙柳杪，採蓮越女清歌妙。腕呈金釧棹鳴榔，驚起鴛鴦歸調笑。

調笑楚江渺，粉面修眉花鬥好。擎荷折柳爭相調，驚起鴛鴦多少。漁歌齊唱催殘照，一葉歸舟輕小。

千里潮平小渡邊，簾歌白紵絮飛天。蘇蘇不怕梅風遠，空遺春心著意憐。燕叙玉股橫青髮，怨託琵琶恨難說。擬將幽恨訴新愁，新愁未盡絲聲切。

聲切恨難說，千里潮平春浪闊。梅風不解相思結，忍送落花飛雪。多才一去芳音絕，更對珠簾新月。

◆放隊◆

新詞宛轉遞相傳，振袖傾鬟風露前。月落烏啼雲雨散，游童陌上拾花鈿。

這一篇比較〈調笑集句〉長，除了致語和放隊二段，還有十二章。其題材的性質和〈調笑集句〉是完全相同的，敘的也是女子的故事。

觀其「致語」：「良辰易失，信四者之難並，佳客相逢，實一時之盛」云云，則也是宴會時的歌曲。大約像「轉踏」一類的歌舞，比較的是小規模的，所以士大夫們家裡都可以供養得起；平常的賓朋宴會都能夠使用得著。觀「女伴相將，〈調笑〉入隊」，則舞踏者似都是女子。

鄭彥能名僅。

晁無咎的〈調笑〉，其題材也無殊於前二者，皆是很豔麗的戀愛的故事。「上佐清歡，深慚薄伎」，這是替歌舞者說的。全篇只有七章，卻沒有「放隊」，不知何故。也許因其習見而去之；也許是脫落掉。

這裏所選的三篇〈轉踏〉都是用「調笑」這個曲調的。「轉踏」似是慣用〈調笑〉這一曲的。

◆調笑◆

蓋聞民俗殊方，聲音異好。洞庭九奏，謂踴躍於魚龍，〈子夜四時〉，亦欣愉於兒女。欲識風謠之變，請觀〈調笑〉之傳。上佐清歡，深慚薄伎。

◆西子◆

西子江頭自浣紗，見人不語入荷花。天然玉貌非朱粉，消得人看隘若耶。游冶誰家少年伴？三三五五垂楊岸。紫騮飛入亂紅深，見此踟躕但腸斷。

腸斷越江岸，越女江頭紗自浣。天然玉貌鉛紅淺，自弄芙蓉日晚。紫騮嘶去猶回盼，笑入荷花不見。

◆宋　玉◆

楚人宋玉多微詞，出遊白馬黃金羈。殷勤扣戶主人女，上客日高無乃飢？琴彈秋思明心素，女為客歌無語。冠纓定掛翡翠釵，心亂誰知歲將暮！

將暮亂心素，上客風流名重楚。臨街下馬當窗戶，飯煮彫胡留住。瑤琴促軫傳深語，萬曲梁塵不顧。

◆大　堤◆

妾家朱戶在橫塘，青雲作髻月為璫。常伴大堤諸女士，誰令花豔獨驚郎。踏堤共唱〈襄陽樂〉，軻峨大艑帆初落。宜城酒熟持勸郎，郎今欲渡風波惡。

波惡倚江閣，大艑軻峨帆夜落。橫塘朱戶多行樂，大堤花容綽約。宜城春酒郎同酌，醉倒銀缸羅幕。

◆解　珮◆

當年二女出江濱，容止光輝非世人。明璫戲解贈行客，意比驂鸞天漢津。恍如夢覺空江暮，雲雨無蹤珮何處？君非玉斧望歸來，流水桃花定相誤。

相誤空凝佇，鄭子江頭逢二女。霞衣曳玉非塵土，笑解明璫輕付。月從雲墮勞相慕，自有驂鸞仙侶。

◆回 紋◆

寶家少婦美朱顏，藁砧何在山復山！多才況是天機巧，象床玉手亂紅間。織成錦字縱橫說，萬語千言皆怨列。一絲一縷幾縈回，似妾思君腸寸結。

寸結肝腸切，織錦機邊音韻咽。玉琴塵暗薰爐歇，望盡床頭秋月。刀裁錦斷詩可滅，恨似連環難絕。

◆唐 兒◆

頭玉磽磽翠刷眉，杜郎生得好男兒。惟有東家嬌女識，骨重神寒天妙姿。銀鸞照衫馬絲尾，折花正值門前戲。儂笑書空意為誰？分明唐字深心記。

心記好心事，玉刻容顏眉刷翠。杜郎生得真男子，況是東家妖麗。眉尖春恨難憑寄，笑作空中唐字。

◆春 草◆

劉郎初見小樊時，花面丫頭年未笄。千金欲置名春草，圖得身行步步隨。郎去蘇臺雲水國，青青滿地成輕擲。聞君車馬向江南，為傳春草遙相憶。

相憶頓輕擲，春草佳名慚贈壁。長州茂苑吳王國，自有芊綿碧色。根生土長銅駝陌，縱欲隨君爭得！

這裡很可注意的是，唱詞與詩句的敘述和情調是完全相同的；唱詞只是詩句的重述而已。其間辭句且多重複者。又唱詞的頭二字，必和詩句的末二字必定是相同的。如晁氏〈調笑〉的最末一章，詩句之末為「為

傳春草遙相憶」，而唱詞的第一句則為「相憶頓輕擲」，「相憶」二字必要重複一次。

《樂府雅詞》又載有〈九張機〉二篇，也在「轉踏」中，但並不敘述故事，而是抒情的。其第二篇並缺「勾隊詞」及「放隊詞」。恐怕這種「勾隊」「放隊」的辭語是可以互相襲用的。又〈九張機〉二篇，均只有唱詞而沒有「詩」（僅第一篇開首有一詩，又，未多二唱詞）。不知是原來如此的還是被刪去了的。也許原來這種歌舞的抒情曲或故事曲，其格律比較鬆懈，作者可以自由抒寫。或故事曲非有「詩」不可，而抒情曲則可以不用吧。但似以被刪去的話為更可靠。

〈九張機〉的二篇，均無作者姓名。

◆九張機　無名氏◆

〈醉留客〉者，樂府之舊名，〈九張機〉者，才子之新調。憑戛玉之清歌，寫擲梭之春怨。章章寄恨，句句言情。恭對華筵，敢陳口號。

一擲梭心一縷絲，連連織就九張機；從來巧思知多少？苦恨春風久不歸！

一張機，織梭光景去如飛，蘭房夜水愁無寐，嘔嘔軋軋織成春恨，留著待郎歸。

兩張機，月明人靜漏聲稀，千絲萬縷相縈繫，織成一段回紋錦字，將去寄呈伊。

三張機，中心有朵耍花兒，嬌紅嫩綠春明媚，君須早折一枝濃豔，莫待過芳菲。

四張機，鴛鴦織就欲雙飛，可憐未老頭先白，春波碧草曉寒深處，相對浴紅衣。

五張機，芳心密與巧心期，合歡樹上枝連理，雙頭花下兩同心處，一對化生兒。

六張機，雕花鋪錦半離披，蘭房別有留春計，爐添小篆日長一線，相對繡工遲。

七張機，春蠶吐盡一生絲，莫教容易裁羅綺，無端剪破仙鸞彩鳳，分作兩般衣。

八張機，纖纖玉手住無時，蜀江濯盡春波媚，香遺囊麝花房繡被，歸去意遲遲。

九張機，一心長在百花枝，而花共作紅堆被，都將春色藏頭裡面，不怕睡多時。輕絲象床，玉手出新奇。千花萬草光凝碧，裁縫衣著，春天歌舞，飛蝶語黃鸝。春衣素絲，染就已堪悲。塵世昏汙無顏色，應同秋扇，從茲永棄，無復奉君時。歌聲飛落畫梁塵，舞罷香風卷繡茵。更欲縷成機上恨，尊前忽有斷腸人。斂袂而歸，相將好去。

◆同前 無名氏◆

一張機，採桑陌上試春衣，風晴日暖慵無力，桃花枝上啼鶯言語，不肯放人歸。
兩張機，行人立馬意遲遲，深心未忍輕分付，回頭一笑花間歸去，只恐被花知。
三張機，吳蠶已老燕雛飛，東風宴罷長洲苑，輕綃催趁館娃宮女，要換舞時衣。
四張機，咿啞聲裡暗顰眉，回梭織朵垂蓮子，盤花易綰愁心難整，脈脈亂如絲。
五張機，橫紋織就沈郎詩，中心一句無人會，不言愁恨不言憔悴，只恁寄相思。
六張機，行行都是耍花兒，花間更有雙蝴蝶，停梭一晌閑窗影裡，獨自看多時。
七張機，鴛鴦織就又遲疑，只恐被人輕裁剪，分飛兩處一場離恨，何計再相隨。
八張機，回紋知是阿誰詩，織成一片淒涼意，行行讀遍厭厭無語，不忍更尋思。
九張機，雙花雙葉又雙枝，薄情自古多離別，從頭到底將心縈繫，穿過一條絲。

四

又有所謂「曲破」者，在宋代也流行一時。她也是一種舞曲，和「轉踏」有些相同。《宋史・樂志》：「太

宗洞曉音律，制曲破二十九。」其辭惜不傳。王國維云：「此在唐五代已有之，至宋時又藉以演故事。」其性質，實是「轉踏」一類的東西。我們從「曲破」的歌舞的情形，似可約略的證明出「轉踏」的歌舞的方法。惟「曲破」規模較大，已為王家樂隊裡的東西，「轉踏」則比較的小規模，似沒有那麼隆重的局面。

王國維氏在史浩的《鄮峰真隱漫錄》（卷四十六）裡，找到了《劍舞》的一則。這是最可珍異的材料！雖然全篇有念白，有動作的指示，卻獨缺樂部所唱的曲子，不知何故。但全部「曲破」的歌舞的規則，我們卻可以完全看到了：

◆劍舞◆

（二舞者對廳立裀上（下略），樂部唱劍器曲破，作舞一段了，二舞者同唱霜天曉角）。

瑩瑩巨闕，左右凝霜雪；且向玉階掀舞，終當有用時節。唱徹，人盡說，寶此剛不折，內使奸雄落膽；外須遣豺狼滅。

（樂部唱曲子，作舞劍器曲破一段。舞罷二人分立兩邊，別二人漢裝者出，對坐，桌上設酒桌，竹竿子念。）

伏以斷蛇大澤，逐鹿中原，佩赤帝之真符，接蒼姬之正統，皇威既振，天命有歸，量勢雖盛於重曈，度德難勝於隆准。鴻門設會，亞文輸謀，徒矜起舞之雄咨，厥有解紛之壯士。想當時之賈勇激烈飛揚，宜後世之效顰，回翔宛轉。雙鸞奏技，四座騰歡。

（樂部唱曲子，舞劍器曲破一段，一人左立者上裀舞，有欲刺右漢裝者之勢，又有一人舞進前，翼蔽之。舞罷，兩舞者並退，漢裝者亦退。復有兩人唐裝者出，對坐，桌上設筆硯紙，舞者一人換婦人裝，立裀上，竹竿子念。）

伏以雪鬢聳蒼壁，霧縠罩香肌，袖翻紫電以連軒，手握青蛇而的皪花影下游龍自躍，飾

茵上踏鳳來儀，逸態橫生，瑰姿譎起，領此入神之枝，誠為駭目之觀，巴女心驚燕姬色沮。豈唯張長史草書大進，抑亦杜工部麗句新成稱妙，一時流芳萬古，宜呈雅態以洽濃歡。

唱賺是具有偉大的體製的嶄新的創作。它創出了幾種動人的新聲，它更革了遲笨繁重的唐、宋大曲的音調。我們文學史裏知道在同一宮調裡，任意選取了若干支曲子，來組成一個套數，第一次乃是由於「唱賺」者的創作。這個影響極大。由單調的以二段曲子組成的詞，由單調的以八支或十支以上的同樣的曲調組成的大曲，反覆歌唱，聲貌全同，豈不會令聽者覺得厭倦麼？一個嶄新的新聲便在這個疲乏的空氣中產生出來。

唱賺產生於何時，據宋人記載，約略可知。耐得翁《都城紀勝》說：

唱賺在京師，只有纏令纏達。有引子尾聲為纏令。引子後只以兩腔遞且循環間用者為纏達。中興後，張五牛大夫，因聽動鼓板中，又有四太平令或賺鼓板（即今拍板大篩揚處是也），遂撰為賺。賺者，誤賺之義也。令人正堪美聽，不覺已至尾聲。是不宜為片序也。今又有覆賺；又且變花前月下之情及鐵騎之類。凡賺最難，以其兼慢曲、曲破、大曲、嘌唱、要令、番曲，叫聲諸家腔譜也。

吳自牧《夢粱錄》所敘唱賺的情形，與《都城紀勝》全同，惟載「今杭城老成能唱賺者如竇四官人、離七官人、周竹窗、東西兩陳九郎、包都事、香沈二郎、雕花楊一郎、招六郎、沈媽媽等」姓名。周密《武林舊事》也載唱賺者姓氏，自濮三郎、扇李二郎以下，凡二十二人。唱賺在南宋是成為一門專業的。

唱賺有纏令纏達二體之分。纏令之體，有引子，有尾聲，正同上列的那種形式。惟上列賺詞當為南宋後半期之作（《武林舊事卷》同三及《夢粱錄》卷十九，所載各社名，均有「遏雲社唱賺」云云，而《事林廣記》載此賺詞，其前恰為〈遏雲要訣〉、〈遏雲致語〉，則此賺詞自當與遏雲社有關係）。初期的賺詞，究竟有沒有這樣的複雜，卻是一個疑問。看了：「賺者誤賺之意也。令人正堪美聽，不覺已至尾聲」的云云，我們總要覺得初期的賺詞，大約不會是很長的，或者只要「有引子，有尾聲」便已足夠了罷。

（樂部唱曲子，舞劍器曲破一段，非龍蛇蜿蜒曼舞之勢兩人唐裝者起，二舞者一男一女對舞，給劍器曲破徹竹竿子念。）

項伯有功扶帝業，大娘馳譽滿文場，合茲二妙甚奇特，欲使嘉賓酹一觴。霍如羿射九日落，矯如群帝驂龍翔，來如雷霆收？震怒，罷如江海含晴光。歌無既終，相將好去。

（念了二舞者出隊。）

今日「劍舞」已失傳，但在日本，猶得見之。嘗獲睹日本人的劍舞；是四人組成之的。二人持劍作擊刺狀，一人吹「尺八」，一人歌誦詞語。其來源似當較宋代的劍舞為猶古。唱曲子的「樂部」，在日本的劍舞裡是沒有的。

五

另一種敘事歌曲，所謂「唱賺」的，似較「鼓子詞」、「轉踏」尤得市井的歡迎。「唱賺」的詞文（賺詞），亡失已久，王國維氏始於《事林廣記》中發見之。其前且有唱賺規則。現在錄之如下：

〔遏雲要訣〕。夫唱賺一家，古謂之道賺，腔必真，字必正，欲有墩亢掣拽之殊，字有脣喉齒舌之異，抑分輕清重濁之聲，必別合口半合口之字，更忌馬囂鐙子，俗語鄉談。如對聖案，但唱樂道山居水居清雅之詞，切不可以風情花柳豔冶之曲；如此，則為瀆聖。社條不賽，筵會吉席，上壽慶賀，不在此限。假如未唱之初，執拍當胸，不可高過鼻，須假鼓板村掇，三拍起引子，唱頭一句。又三拍至兩片結尾，三拍煞，入序尾三拍巾斗煞，入賺頭一字當一拍，第一片三拍，後仿此。出賺三拍，出聲巾斗又三拍煞，尾聲總十二拍；第一句三拍，

第二句五拍，第三句三拍煞，此一定不逾之法。

〔曷雲致語〕（筵會用）

〔鷓鴣天〕遇酒當歌酒滿斟，一觴一詠樂天真，三杯五盞陶情性，對月臨風自賞心。環列處，總佳賓，歌聲嘹亮遏行雲，春風滿座知音者，一曲教君側耳聽。

〔圓社市語〕〔中呂宮〕〔圓裡圓〕

〔紫蘇丸〕相逢閒暇時，有閑的打喚瞞兒，呵喝羅聲嗽道膁廝，俺嗏歡喜，才下腳，須和美，試問伊家有甚夾氣，又管甚官場側背，算人間落花流水。

〔縷縷金〕把金銀錠打旋起，花星照臨我，怎躲避？近日間遊戲，因到花市簾兒下，瞥見一個表兒圓，咱每便著意。

〔好女兒〕生得寶妝蹺，身分美，繡帶兒纏腳，更好肩背，畫眉兒入札春山翠，帶著粉鉗兒，更綰個朝天髻。

〔大夫娘〕忙入步，又遲疑，又怕五角兒衝撞我沒蹺踢。網兒儘是札，圓底都鬆例，要拋聲忒壯果難為，真個費腳力。

〔好孩兒〕供送飲三杯先入氣，道今宵打歇處。把人拍惜，怎知他水脈透不由得你。咱們只要表兒圓時，復兒一合兒美。

〔賺〕春遊禁陌，流鶯往來穿梭戲，紫燕歸巢，葉底桃花綻蕊。賞芳菲，蹴鞦韆高而不遠，似踏火不沾地，見小池風擺，荷葉戲水。素秋天氣，正玩月斜插花枝。賞登高佶料沙羔美。最好當場落帽，陶潛菊繞籬。仲冬時，那孩兒忌酒怕風，帳幕中纏腳忒稔膩。講論處下梢團圓到底，怎不則劇。

〔越恁好〕勘腳並打二步步隨定伊，何曾見走衮。你於我，我與你，場場有踢，沒些拗

背。兩個對壘，天生不枉作一對腳頭，果然廝稠密密。

〔鶻打兔〕從今復一來一往，休要放脫些兒。又管甚攪閑底拽，閑定自打賺廝，有千般解數，真個難比。

〔骨自有〕

〔尾聲〕五花叢裡英雄輩，倚玉偎香不暫離，做得個風流第一。

這是歌詠蹴球之事的；圓社即「蹴球」之社。其前有「致語」，是為「筵會用」，而不是為圓社用的。我們現在不知道賺詞裡有沒有散文的成分在內。但覆賺是很複雜的，敘述「花前月下之情及鐵騎之類」，變而成為長篇的敘事歌曲了。或正是諸宮調的雛形吧。

六

「諸宮調」是宋代「講唱文」裡最偉大的一種文體，不僅以篇幅的浩瀚著，且也以精密、嚴飭的結構著。她不是像「轉踏」、「唱賺」那樣的小規模的東西，她必需有最大的修養，最大的耐力去寫作的。她是「變文」的嫡系子孫，卻比「變文」更為進步——至少在歌唱一方面，她是宋代許多講唱的文體裡的登峰造極的著作；她有了極崇高的成就；她有了最偉大的作品遺留下來——雖然不過寥寥的三部。她在宋、金、元三代的民間，有了極大的勢力。有專門的班子到各地講唱「諸宮調」；講唱的時間，不止一天兩天，也許要連續到半月至三、兩月，然而聽眾並不覺得疲倦。

《劉智遠諸宮調》最後有「曾想此本新編傳，好伏侍您聰明英賢」的話；董解元《西廂記諸宮調》的開頭有「比前覽樂府不中聽，在諸宮調裡卻著數」云云，又有「窮綴作，腌對付，怕曲兒撚到風流處，教普天下顛不剌的浪兒每許」的話；王伯成《天寶遺事諸宮調》的引裡，也有「俺將這美聲名傳萬古，巧才能播四方，

歎行中自此編絕唱，教普天下知音盡心賞」的話。這都可看出其為實際的講唱的本子。在元人石君寶[①]《諸宮調風月紫雲亭》一劇裡，對於講唱諸宮調的班子，有很重要的描寫：

〔點絳脣〕怎想俺這月館風亭，竹溪花徑，變得這般嘿光景！我每日撇嵌為生，俺娘向諸宮調裡尋爭竟。

〔混江龍〕他那裡問言多傷幸，拏得些家宅神長是不安寧。我勾欄裡把戲得四五回鐵騎，到家來卻有六七場刀兵。我唱的是《三國志》，先饒十大曲；俺娘便《五代史》，添續八陽經。爾覷波，比及攛斷那唱叫，先索打拍那精神。起末得便熱鬧，團搦得更滑熟。並無那脣甜句美，一剗地希嶮艱難，銜撲得些掂人髓，敲人腦，剝人皮，釘腿得回頭硬。娘呵，我看不的爾這般粗枝大葉，聽不的爾那裡野調山聲。……

〔醉中天〕我唱道那雙漸臨川令，他便惱袋不嫌聽，搔起那馮員外，便望空裡助采聲，把個蘇媽媽便是上古賢人般敬，我疋唱到不肯上販茶船的少卿，向那岸邊相刁蹬，俺這虔婆道，兀得不好拷末娘七代先靈。……

〔賞花時〕也難奈何俺那六臂那吒般狠柳青，我唱的那七國裡龐涓也沒這短命，則是個八怪洞裡愛錢精。我若還更九番家廝並，他比的十惡罪尚尤輕。

這裡敘的是一位以唱「諸宮調」為職業的女子韓楚蘭，和一位少年靈春馬的戀愛的故事。那個時候，使用「諸宮調」這個新文體所歌唱的題材是很廣泛的，已有所謂《三國志》、《五代史》、《雙漸蘇卿》、《七國志》等等的諸宮調了。其中除了《雙漸蘇卿諸宮調》以外，都是所謂「鐵騎兒」；在《董西廂》的開頭，

① 據《楝亭十二種》本及暖紅室刊本《錄鬼薄》，石君寶和他的同時人戴善甫各著有《諸宮調風月紫雲亭》一本（戴氏所著，名《宮調風月紫雲亭》，無「諸」字）。今姑將此劇歸石君寶。

作者曾有過一段話道：

〔風吹荷葉〕打拍不知個高下，誰曾慣對人唱他說他，好弱高低且按捺，話兒不是扑刀捍棒，長槍大馬。

〔尾〕曲兒甜，腔兒雅，裁剪就雪月風花，唱一本兒倚翠偷期話。

他也特別的提出他的「話兒，不是扑刀捍棒，長槍大馬」，可見「扑刀捍棒，長槍大馬」的諸宮調，在當時是特別的流行的，在《張協狀元》戲文的開端，代替了通常的「家門始末」、「副末開場」等等的規律的，卻是由「末」色登場，先來唱一則《張協諸宮調》以為引子，這可見「諸宮調」的勢力在南戲裡也是很大的。

在《諸宮調風月紫雲亭》劇裡又有一段話道：

〔耍孩兒四煞〕楚蘭明道是做場養老小，俺娘則是個敲郎君置過活。他這幾年間衠攢下胡倫課。這條衝州撞府的紅塵路，是俺娘剪徑截商的白草坡。兩隻手衠勞模，恁逢著的瓦解，俺到處是嗚珂。

則他們也是「衝州撞府」的去「做場」，不專在一個地方賣藝的了。《武林舊事》（卷十），載官本雜劇段數二百八十本，其中有諸宮調二本；則諸宮調在南宋的時代已和大曲、法曲諸「雜劇詞」同為「官本」，即御前供奉之具的了（《綴耕錄》所載的「院本」名目裡，也有「諸宮調」一本）。

諸宮調之興，在南宋之前。宋孟元老的《東京夢華錄》（卷五），載「崇、觀以來在京瓦肆伎藝」，中有「孔三傳《耍秀才諸宮調》」之語。又耐得翁《都城紀勝》記載臨安雜事，亦有「諸宮調本京師孔三傳編撰傳奇靈怪八曲說唱」之語。在《碧雞漫志》及《夢粱錄》裡，也並有類似的記載：

熙豐元祐間，兗州張山人以詼諧獨步京師，時出一兩解。澤州孔三傳者，首創諸宮調古傳，士大夫皆能誦之。（王灼《碧雞漫志》卷二）

說唱諸宮調。昨汴京有孔三傳，編成傳奇靈怪，入曲說唱。今杭城有女流熊保保及後輩

女童，皆效此說唱，亦精於上鼓板無二也。（《夢粱錄》卷二十）

是諸宮調之創始，當在熙豐、元祐間（西元一〇六八年至一〇九三年之間），而創作諸宮調者，則為澤州孔三傳其人。孔三傳的生平，惜不可知。所可知者，他當為汴京瓦肆中讐技之一人——既能在諸藝雜呈，萬流輻輳之「京都瓦肆中」占一席地，與小唱、小說、般雜劇、懸絲傀儡、說三分、賣《五代史》諸專家爭雄長，則其「新詞」必當有甚足動人之處。且既使「士大夫」皆能誦之，則其文辭必也甚為精瑩可喜可知。又周密《武林遺事》（卷六）所載「諸色伎藝人」中，有：

諸宮調傳奇

高郎婦、黃淑卿、王雙蓮、袁太道（祕笈本，「太」作「本」）。

是說唱諸宮調的藝人在南宋末年卻不為少。可惜這些藝人的著作，今皆隻字不存，不能為我們所取證。像宋代說話人之「話本」在今尚陸續被發見的好運，恐怕他們是不會有的。

然創作諸宮調的孔三傳的著作以及產生諸宮調的「宋都」，與乎繼續維持著故都的風氣而仍在說唱著諸宮調的臨安府的「諸宮調」之本子，今雖絕不可得見，但諸宮調的影響卻流播得很遠。經了北宋末年的大亂，一部分的說唱諸宮調的藝人，雖隨了貴族士人們遷徙到中國南部去，而其他一部分卻仍留居於北部；或遷徙西陲的邊疆上去。他們在異族所統治的地方，仍在說唱著，仍在散播他們的影響。這影響便發生結果於今存的兩大部諸宮調：《董西廂》與《劉知遠》的身上；這使諸宮調的本來面目，至今尚能為我們所知。這使諸宮調的弘偉的體制至今更為我們所認識。且即在那個異族統治著的地方，又發生出別一個極偉大的影響出來。

在元代的前半葉，彈唱「諸宮調」的風氣，似也未曾過去。王伯成的《天寶遺事諸宮調》當亦為供當時實際彈唱之資的一部著作罷。

我們知道諸宮調的祖禰是「變文」，但其母系卻是唐、宋詞與「大曲」等。他是承襲了「變文」的體制而引入了宋、金流行的「歌曲」的唱調的。姑截取「諸宮調」中的一、二段以為例：

（生辭夫人及聰，皆曰好行。夫人登車，生與鶯別。）〔大石調驀山溪〕離筵已散，再留戀應無計。煩惱的是鶯鶯，受苦的是清河、君瑞。頭西下控著馬，東向馭坐車兒。辭了法聰。別了夫人，把樽俎收拾起。臨上馬還把征鞍倚，低語使紅娘更告一盞以為別禮。鶯鶯、君瑞彼此不勝愁。廝覷者總無言，未飲心先醉。

〔尾〕滿酌離杯長出口兒氣，比及道得個我兒將息，一盞酒裡白冷冷的滴殼半盞來淚。

（夫人道：教郎上路，日色晚矣。鶯啼哭，又賦詩一首贈郎。詩曰：棄置今何道，當時且自親。還將舊來意，憐取眼前人。）

——《董西廂》卷下

（天道二更已後，潛身私入莊中來別三娘。）

〔仙呂調勝葫蘆〕月下劉郎走一似煙，口兒裡尚埋冤，只為牛驢尋不見。擔驚忍怕，捻足潛蹤，迤邐過桃園。辭了俺三娘入太原，文了面再團圓。抬腳不知深共淺，只被夫妻恩重，跳離陌案，腳一似線兒牽。

〔尾〕恰才撞到牛欄圈，侍朵閃應難朵閃，被一人抱住劉知遠。

（驚殺潛龍！抱者是誰？回首視之，乃妻三娘也。兒夫來何太晚，兼兄嫂持棒專待爾來。知遠具說因依。今夜與妻故來相別，不敢明白見你。）

——《劉智遠諸宮調第二》

她的散文部分是最流暢、最漂亮的口語文，和「變文」之往往以駢偶文堆砌而成者大為不同。其韻文的部分，則棄去了「變文」的三言七言的成法，而別從唐、宋大曲，從賺詞，從唐、宋詞調，從宋、金、元三代流行的曲調裡，任意著採取著可用的資材和悅耳的新聲。諸宮調的作者們，揮使音樂的能力都是很大的。所以，許多不同的歌曲，一到了他們的手上，便都成了融然的一片，極諧和，極貼伏，極愉快，好像頑鐵們

進了洪爐一樣，經過了極高度的熱力融化了一下，便被煉成繞指柔的純鋼了。

集合同一宮調的曲調若干支，組合成一個歌唱的單位，有引有尾（但也有無尾聲的），那便是所謂套數。諸宮調是充分的應用到套數的。我們如研究一下諸宮調所使用的數套，便可看出他們所用的套數，其性質是極為複雜的，其組成法是有好幾種不同的；由那裡，可以充分的看出諸宮調作者們融冶力的弘偉，收容量的巨大。差不多自唐、宋詞調以下，凡宋教坊大曲宋，流行大曲，以至宋唱賺等等的不同的套數的組織，無不被網羅以盡。我們在那裡，開始看見那些不同的式套數的被混合，被割裂，被自由的任意的使用著。我們可以說，像諸宮調作家們那末具有果敢無前的驅遣前人的遺產以為自己的便利之勇氣者，在中國文學史上似還不曾見到第二群過！

綜觀諸宮調所用的套數，其方式大別之有下列的三種：

（一）組織二個同樣的支曲以成者；

（二）組織二個或二個以上同樣的支曲，並附以尾聲而成者；

（三）組織數個不同樣的支曲並附以尾聲者。

試以《董西廂》為例。全書中，其組織套數之方式，可歸在甲類者共有五十三套（內有〈吳音子〉二曲，是支曲非套數），姑舉二例：

〔高平調〕〔木蘭花〕從自齋時，等到日轉過，沒個人倸問。酪子裡忍餓，侵晨等到合昏個，不曾湯個水米，便不餓損卑末。〇果是咱饑變做渴，咽喉乾燥肚兒裡如火。開門見法本來參賀：恁那門親事議論的如何？

〔雙調〕〔惜奴嬌〕絕早侵晨，早與他忙梳裹，不尋思虛脾個真。你試尋思秀才家，平生餓無那，空倚著門兒咽唾。〇去了紅娘會聖肯書幃裡坐？坐不定一地裡篤麼。覷著日頭兒暫時閑齋時過殺剎，你不成紅娘鄧我！

可歸在乙類者共有九十四套。茲舉一例：

〔仙呂調〕〔賞花時〕酒入愁腸悶轉多，百計千方沒奈何！都為那人呵！知他你姐姐知我此情麼？眼底閒愁沒處著，多謝紅娘見察。我與你試評度，這一門親事，全在你成合。

〔尾〕些兒禮物莫嫌薄，待成親後再有別酬賀。奴哥託付你方便之個！

可歸在丙類者較少，共有四十六套，茲舉一例：

〔中呂調〕〔棹孤舟纏令〕不以功名為念，五經三史何曾想！為鶯娘，近來妝就個腌浮浪。也囉！老夫人做事搊搜相，做個老人家說謊。白甚鋪謀退群賊，到今日方知是枉。

囉！一陌兒來直恁地難偎傍，死冤家，無分同羅幌，也囉！待不思量，又早隔著窗兒望。贏得眼狂心癢癢，百千般悶和愁，盡總撮在眉尖上。也囉！

〔雙聲疊韻〕燭熒煌，夜未央，轉轉添惆悵。枕又閑，衾又涼，睡不著，如翻掌。謾歎息，謾悒怏，謾道不想怎不想，空贏得肚皮兒在勞攘。〇淚汪汪，昨夜甚短，今夜甚長，挨幾時東方亮！情似痴，心似狂，還煩惱如何向？待漾下又瞻仰，道忘了是口強，難割捨我兒模樣！

〔迎仙客〕宜淡玉，稱梅妝，一個臉兒堪供養。做為掙，百事搶，只少天衣，便是捻塑來的觀音像。〇除夢裡曾到他行。燒盡獸爐百和香，鼠窺燈偎著矮床。一個孽相的娥兒，繞定那燈兒來往。

〔尾〕淅零零的夜雨兒擊破窗，窗兒破處風吹著忒飄飄的響，不許愁人不斷腸！

七

諸宮調是說唱的東西，和「變文」，及宋代的「鼓子詞」、「話本」等的說唱的情形是同樣的。毛奇齡

說：①

金章宗朝董解元不知何人，實作《西廂搊彈調》，則有白有曲，專以一人搊彈，並念唱之。

這情形大有似於今日的說唱「彈詞」。就石君寶的《諸宮調風月紫雲亭》一劇所寫的說唱諸宮調的情形看來，也更有類於今日流行於北方落子館裡的大鼓書的歌唱似的。元人戲文《張協狀元》的開端，有一段由「末」說唱的諸宮調：

（末白）〔水調歌頭〕韻華催白髮，光景改朱容。人生浮世，渾如萍梗逐東西。陌上爭紅鬥紫，窗外鶯啼燕語，花落滿庭空。世態只如此，何用苦匆匆。但咱們雖宦裔總皆通，彈絲品竹，那堪詠月與嘲風。苦會插科使砌，何吝搽灰抹土；歌笑滿堂中，一似長江千尺浪，別是一家風。（再白）暫息喧嘩，略停笑語，試看別樣門庭，教場格範，緋綠可仝聲。酬酢詞源諢砌聽，談論四座皆驚。渾不比乍生後學，謾自逞虛名。《狀元張叶傳》前回曾演，汝輩搬成。這番書會，要奪魁名。占斷東甌盛事，諸宮調唱，出來因廝羅響。賢門雅靜，仔細說教聽。（唱）『鳳時春』張叶詩書遍歷，困故鄉功名未遂。欲占春圍登科舉，暫別爹娘獨自離鄉里。（白）看的世上萬般俱下品，思量惟有讀書高。若論張叶，家住四川成都府，兀誰不識此人！兀誰不敬重此人！真個此人朝經暮史，晝覽夜習，口不絕吟，手不停披。正是：煉藥爐中無宿火，讀書窗下有殘燈。忽一日堂前啟覆爹媽：今年大比之年，你兒欲待上朝應舉，覓些盤費之資，前路支用。爹媽不聽這句話，萬事俱休，才聽此一句話，托地兩行淚下。孩兒道：十載學成文武藝，今年貨與帝王家。欲改換門閭，報答雙親，何須下淚。（唱）〔小

① 見《西河詞話》（《毛西河全集》本）

重山〕前時一夢斷人腸，教我暗思量。平日不曾為官旅，憂患怎生當。（白）孩兒覆爹媽，自古道一更思，二更想，三更是夢。大凡情性不拘，夢幻非實。大底死生由命，富貴在天。何苦憂慮：爹娘見兒苦苦要去，不免與他數兩金銀以作盤纏，再三叮囑孩兒道：未晚先投宿，雞鳴始過關。逢橋須下馬，有渡莫爭先。孩兒領爹娘慈旨，目即離去。（唱）〔浪淘沙〕迤里離鄉關，回首望家，白雲直下，把淚偷彈。極目荒郊無旅店，只聽得流水潺潺。（白）話休絮煩。那一日正行之次，自覺心兒裡悶。在家春不知耕，秋不知收，真個嬌妳妳也。每日詩書為伴侶，筆硯作生涯。在路平地尚可，那堪頓著一座高山，名做五磯山。怎見得山高？巍巍侵碧漢，望望入青天。鴻鵠飛不過，猿狖怕扳緣。積積層層，奈人行鳥道，齁齁䶎䶎，為藤柱須尖。人皆平地上，我獨出雲登。雖然本赴瑤池宴，也教人道散神仙。野猿啼子，遠聞咽咽嗚嗚，落葉辭柯，近睹得撲撲簌簌，前無旅店，後無人家。（唱）〔犯思園〕刮地朔風柳絮飄，山高無旅店，景蕭條。躋跧何處過今宵？思量只恁地路迢遙。（白）道猶未了，只見怪風淅淅，蘆葉飄飄，野鳥驚呼，山猿爭叫。只見一個猛獸，金睛閃爍，尤如兩顆銅鈴，錦體斑爛，好若半園霞綺，一副牙如排利刃，十八爪密佈鋼鉤，跳出林浪之中，直奔草徑之上。唬得張叶三魂不附體，七魄漸離身，仆然倒地。霎時間只聽得鞋履響，腳步鳴。張叶抬頭一看，不是猛獸，是個人。如何打扮？虎皮磕腦虎皮袍，兩眼光輝志氣號。使留下金珠饒你命，你還不肯不相饒。（末介唱）〔繞池游〕張叶拜啟，念是讀書輩，往長安擬欲應舉。此少裡足，路途裡，欲得支費，望周全，不須劫去。（白）強人不管它說，怒從心上起，惡向膽邊生。左手捽住張叶頭稍，右手扯住一把光霍霍冷搜搜鼠尾樣刀，番過刀背去張叶左肪上劈，右肋上打。打得它大痛無聲。奪去查果金珠。那時張叶性分如何？慈鴉共喜鵲同枝，吉凶事全然未保。似恁唱說諸宮調，何如把此話文敷演後行腳色。力齊鼓兒，饒個攛掇末泥

色，鐃個踏場。

這已很明白的指示諸宮調的說唱的情形。但到了元代的末葉，諸宮調是否仍在說唱卻是一個疑問。《錄鬼簿》（卷下）有一段記載：

胡正臣，杭州人，與志甫、存甫及諸公交遊。《董解元西廂記》，自「吾皇德化」至於終篇，悉能歌之。

既誇說胡正臣的能歌董解元《西廂記》終篇，則可見當時能歌之者的不多。當西元一三三〇年，即《錄鬼簿》編著的那一年，諸宮調在實際上的說唱的運命，或已經停止了罷。

明代有無說唱諸宮調的風氣，記載上不可考知。惟焦循《劇說》（卷二）曾引張元長《筆談》的一段很可怪的話：

董解元《西廂記》曾見之盧兵部許。一人援弦，數十人合座，分諸色目而遞歌之，謂之磨唱。盧氏盛歌舞。然一見後無繼者。趙長白云：「一人自唱。」非也。

據張氏的所見，則董解元《西廂記》乃是一人援弦而多人遞歌之的了：易言之，諸宮調的說唱乃非一人的事業，而為數十人的合力的了。但他這話極不可靠。在明代，諸宮調既已無人能解，則盧兵部偶發豪興，「自我作古」，創作出什麼「一人援弦，數十人，分諸色目而遞歌之」的式樣來，那也是很有可能的事。惟諸宮調的本來的說唱面目則全非如此耳。在一種文體，久已失傳了之後，具有熱忱復古的人們，如果真要企圖恢復「古狀」的話，往往會鬧出這樣的笑話來的。

八

在諸宮調的結構裡，最有趣的一點是，作者於緊要關頭，每喜故作驚人的筆調，像這一類的驚人的敘述，

《西廂記諸宮調》裡最為常見：

〔尾〕二歌（哥）不合盡說與，開口道不彀十句，把張君瑞送得來腌受氣。被幾句雜說閑言，送一段風流煩惱。道甚的來？道甚的來？

這是店小二指教張君瑞到蒲東普救寺去遊玩的一節事；這樣的一引，全部崔、張故事，皆引出來了，故須如此的慎重其事的敘說著。

〔大石調伊州滾〕張生見了，五魂俏無主。道不曾見恁好女！普天之下，更選兩個應無。膽狂心醉，使作得不顧危亡便胡做。一向痴迷，不道其閑是誰住處。忒昏沉，忒粗魯，沒掂三，沒思慮，可來慕古。少年做事，大抵多失心粗。手撩衣袂，大踏步走至根前欲推戶。腦背後個人來，你試尋思怎照顧？

〔尾〕凜凜地身材七尺五，一隻手把秀才捽住，吃搭搭地拖將柳陰裡去。真所謂貪趁眼前人，不防身後患。捽住張生的，是誰？是誰？

這是寫張生見了鶯鶯，便欲隨鶯鶯入門，不料為一人從背後拖住了。這人是誰呢？這正是一個緊要的關頭，不能不寫得如此骨突的。又在張生百無聊賴的，與長老在啜茶閒話時：

〔尾〕傾心地正說到投機處，聽啞的門開。瞬目覷是個女孩兒，深深地道萬福。

這又是一個很突然的情景的轉變。在正與老僧閒話的時候，忽然的聽見啞的門開，看有一個女孩兒走了進來。底下便有無窮的事可以接著敘來的了。

又在後半部，敘鄭恆正迫著鶯鶯嫁他的時候，他說了許多的話，但忽然的又生了一個大變動，全出於意想之外：

〔尾〕言未訖，簾前忽聽得人應喏已，道鄭衙內且休胡說，兀的門外張郎來也。鄭恆手足無所措，珙已至簾前。

總要在山窮水盡的當兒，方才用幾句話一轉，便又柳暗花明似的現出別一個天地來。這當然是作者有意的賣弄他的伎倆之處。但張珙雖回，鶯鶯卻已是許了鄭恆。鶯鶯心裡異常的難過，她特地去見張生。

〔渠神令〕……許了姑舅做親，擇下吉日良時。誰知今日見伊，尚兀子鰥居獨自，又沒個婦兒妻子！心上有如刀刺，假如活得又何為，枉惹萬人嗤！

鶯解裙帶擲於梁

〔尾〕譬如往日害相思，爭如今夜懸自盡，也勝他時憔悴死！珙曰：生不同偕，死當一處。

他便也把皀條兒搭在梁間，預備雙雙自吊。在這個危急存亡的當兒，有誰來解救呢？作者便迫法聰和尚說出「偕逃」之策來，用以變更了這個不能不情死的局面。

這些都是作者故弄驚人的手腕之處。像這樣驚人的關節，《西廂記諸宮調》裡，幾乎到處皆然。在鶯鶯與張生唱和著詩時，張生正欲大踏步走到鶯鶯跟前，卻被一人高聲喝道：「怎敢戲弄人家宅眷！」這來的是誰？來的是誰？在鶯鶯被圍普救寺，正欲跳階自殺，卻見著有一人拍手大笑。眾人皆覷笑者是誰？是誰？在張生絕望，自殺，已把皀條繫在梁間時，又有一人從後把他拖住，這人是誰？是誰？……

像這樣的筆調是舉之不盡的。《劉知遠諸宮調》也是這樣的：每在一個緊要的關目，即在每一個節目的終了處，便都有一種令人聽了不知究竟而又不能不聽下去的待續的口調：在《知遠走慕家莊沙佗村入舍第一》之末，正敘著知遠目丈人丈母死後，被李洪義、洪信二人欺壓不堪。有一天洪義叫了知遠去。說是，「你身上穿著羅綺，不種田，不使牛，莊家裡怎放得住你。」說著，便「手持定荒桑棒，展臂，一手捽定劉知遠衣服。」以下的事怎樣呢？這便要「且聽下回分解」了。

在《知遠探三娘與洪義廝打第十一》之末：正敘著知遠的李洪義，洪信諸人圍住了廝打，不得脫身時，忽然來了兩個「殺人魔君」，舉起扁擔，闖入圍中來，幫助知遠。這場廝殺的結果如何呢？這又要聽後文的

鋪敘的了。

不僅在大關目處是如此，即在本文的中間，也往往故意要弄這些驚人的筆法。在李翁正欲將三娘嫁給知遠，說是只怕洪信兄弟生脾鰲時，恰來了一人向前訴說，道是：「大哥二哥來到也。」在李洪義等在暗地裡，欲害知遠時，見一個大漢越牆而過，他便一棒攔腰打去，其人倒臥，方欲再下毒手時，不料其人說了一話，卻把洪義唬走了三魂。原來打倒的卻不是知遠！在李三娘進房取物時，知遠在窗外見她把頭髮披開在砧子上，舉斧斫下。唬殺了劉郎，要救也來不及！在知遠娶了岳司公女正在歡宴時，忽有兩個莊漢，從沙陀李家莊來，說是要找知遠說話！……像這些都頗可使我們注意。我們要明白，「欲知後事如何，且聽下回分解」的散場的交待，果然是使諸宮調的作者們喜用這種要等「下文交待」的筆法的重要原因，但並不是唯一的原因。為了要說唱的增加姿態，為了要講述的加重語勢，這種的故意驚人的文筆，也有時時使用的必要。聽眾於此或特感興趣罷。諸宮調為了是實際上的說唱的東西。故往往要儘量的採用著這種筆調，以避免單調的平鋪直敘的說唱。在實際的講壇上平鋪直敘是最易令聽眾厭疲的。諸宮調作者們於此或有特殊的經驗罷。

九

前期的諸宮調，孔三傳諸人之所作者，今已不可得見。今所見的《劉知遠諸宮調》、《西廂記諸宮調》等作，如上所述，已滲透入不少南宋的唱賺的成分在內，顯然都是後期之作。茲先就見存的幾種，加以敘述。次更將諸種載籍中所著錄的或所提到的各諸宮調名目，一一加以討論。

《西廂記諸宮調》，董解元作。明時傳本至罕，故時人往往與王實甫《西廂記雜劇》相混。《徐文長評本北西廂記》卷首題記云：

> 齋本乃從董解元之原稿，無一字差訛。余購得兩冊，都偷竊。今此本絕少。惜哉！本謂

崔張劇是王實甫撰，而《輟耕錄》乃曰董解元。陶宗儀元人也。宜信之。然董又有別本《西廂》，乃彈唱詞也，非打本。豈陶亦從以彈唱為打本也耶？不然，董何有二本？附記以俟知者。

是徐文長曾經見過《董西廂》的。不過他誤解了陶宗儀的話，故有此疑。陶氏的原文是：

金章宗時董解元所編《西廂記》，世代未遠，尚罕有人能解之者；況今雜劇中曲調之冗乎？（《輟耕錄》，「雜劇曲名」一條）

他的意思，只是慨歎於《董西廂》世代未遠，已鮮人能解，並沒有說董解元所編的《西廂記》是雜劇。到了明萬曆以後，《西廂記諸宮調》方才盛行於世。今所見的，至少有下列的幾種版本：

（一）黃嘉惠刻本：萬曆間，二卷。

（二）屠赤永刻本：萬曆間，二卷。

（三）湯玉茗評本：萬曆間，二卷（？）。

（四）閔齊伋刊朱墨本：天啟崇禎間，四卷。

（五）閔遇五刊《西廂六幻》本：崇禎間，二卷。

（六）暖紅室刊本（即據閔齊伋本翻刻）：四卷。

此外，尚有今時坊間之鉛印本一二種，妄施改削，不足據。

董解元的生世不可考。關漢卿所著雜劇有《董解元醉走柳絲亭》一本（今佚）說的便是他的事罷。陶宗儀說他是金章宗（西元一一九〇～一二〇八年）時人。鍾嗣成的《錄鬼簿》列他於「前輩已死名公，有樂府行於世者」之首，並於下注明：「金章宗時人，以其創始，故列諸首。」涵虛子的《太和正音譜》也說他「仕於金，始製北曲」。毛西河《詞話》則謂他為金章宗學士。大約董氏的生年，在金章宗時代的左右，是無可致疑的。但他是否仕金，是否曾為「學士」，則是我們所不能知道的。他大約總是一位像孔三傳、袁本道似

的人物，以製作並說唱諸宮調為生涯的。《太和正音譜》說他「仕於金」，恐怕是由《錄鬼簿》「金章宗時人」數字，附會而來的。而毛西河的「為金章宗學士」云云，則更是曲解「解元」二字與附會「仕於金」三字而生出來的解釋了。「解元」二字，在金元之間用得很濫，並不像明人之必以中舉首者為「解元」。故《西廂記》劇裡，屢稱張生為張解元；關漢卿也被人稱為「關解元」。彼時之稱人為「解元」，蓋為對讀書人之通稱或尊稱，猶今之稱人為「先生」或宋時之稱說書者為某「書生」，某「進士」，某「貢士」①，未必被稱者的來歷，便真實的是「解元」、「進士」等等。②

《西廂記諸宮調》的文辭，凡見之者沒有一個不極口的讚賞。明胡應麟《少室山房筆叢》說：

> 《西廂記》雖出唐人《鶯鶯傳》，實本金董解元。董曲今尚行世，精工巧麗，備極才情，而字字本色，言言古意，當是古今傳奇鼻祖。金八一代文獻盡此矣。

《黃嘉惠》本引云：「解元史失其名，時論其品，如朱汗碧蹄，神采駿逸。」

清焦循《易餘籥錄》則更以董曲與王實甫《西廂》相比較，而儘量的抑王揚董：

> 王實甫《西廂記》，全藍本於董解元。談者未見董書，遂極口稱道實甫耳。如〈長亭送別〉一折，董解元云：「莫道男兒心如鐵，君不見滿川紅葉，儘是離人眼中血。」實甫則云：「曉來誰染霜林醉，總是離人淚。」淚與霜林，不及血字之貫矣。又董云：「且休上馬，若

① 見《武林舊事》（卷六）《諸色伎藝人》條下「演史」一目裡。在同一目裡，並有「張解元」一名，可見宋時已有「解元」之稱。

② 況周頤的《蕙風詞話》（卷三）云：「金董解元《西廂記》，謅彈詞奇也。時論其品，如朱汗碧蹄，神采駿逸。董有〈哨遍〉詞云：太皞司春，春工著意……韻華早晴中歸去。」此詞連情發藻，妥貼易施，體格於樂章為近。……董為北曲初祖，而其所為詞，於屯田有沆瀣之合。曲由詞出，淵源斯在。董詞僅見《花草粹編》，它書概未之載，《粹編》之所以可貴，以其多載昔賢不經見之作也。」不知「太皞司春」的一支〈哨遍〉，正在董氏《西廂記諸宮調》的開卷。況氏目未睹《董西廂》，故有這一大片議論。

> 無多淚與君垂。此際情緒你爭知！」王云：「閣淚汪汪不敢垂，恐怕人知。」……兩相參玩，王之遜董遠矣。若董之寫景語，有云：「吸塞鴻啞啞的飛過暮雲重。」有云：「回頭孤城，依約青山擁」……前人比王實甫為詞曲中思王、太白。實甫何可當，當用以擬董解元。

吳蘭修在他的校本《西廂記》劇①的卷首說道：「此記即王實甫所本。有青出於藍之歎。然其佳者，實甫莫能過之。漢卿以下無論矣。余尤愛其『愁何似？似一川煙草黃梅雨』二語。乃南唐絕妙好詞。王元美《曲藻》竟不之及。何也？」邵詠②在將董本與其王本對讀之後也說道：「覺元本字字參活，天然妙相。惜其妍媸互見，不及實甫竟體芳蘭耳。」他們雖沒有焦循那末沒口的歌頌，卻也給董西廂以很同情的批評。大約讀過董作的人，至少也總要是為其妍新俊逸的辭采所沉醉的。

但董作的偉大，並不在區區的文辭的漂亮，其佈局的弘偉，抒寫的豪放，差不多都可以說是「已臻化境」。這是一部「盛水不漏」的完美的敘事歌曲，需要異常偉大的天才與苦作以完成之的。我們只要看他：把不到二千餘字的〈會真記〉，把不到十頁的《蝶戀花鼓子詞》，放大到那末弘偉的一部「諸宮調」，便可想像得到，董氏的著作力的富健，誠是古今來所少有的。我們的文學史裡，很少偉大的敘事詩。唐五代的諸變文，是絕代的創作，宋金間的各諸宮調，也是足以一雪我們不會寫偉大的「史詩」或「敘事詩」之恥的。諸宮調今傳者絕少。《劉知遠諸宮調》僅傳殘帙，《天寶遺事諸宮調》，今始集其餘骸；則諸宮調之完整的一部書，僅此《西廂記諸宮調》耳。對於這樣的一部絕代的偉著，我們是抱著「讚歎」以上的情懷以敘述著的。

崔、張的故事，發端於唐元稹的《會真記》；趙德麟的《商調蝶戀花鼓子詞》，亦敘崔、張事，但對於微之所述，無所闡發，其散文部分，且全襲微之《會真記》本文。真實的一部使崔、張的故事大改舊觀的卻

---

① 吳氏桐花閣校本《西廂記》有清道光間刊本。

② 邵詠的話也見於桐華閣校本《西廂記》的卷首。

是這部《西廂記諸宮調》。自從有了此作，崔、張的故事，便永遠脫離了〈會真記〉，而攀附上董解元的此編的了。董作是崔、張故事的改弦重張的張本，卻也便是崔、張故事的最後的定本。以後王實甫、李日華、陸天池諸人的所作，小小的所在雖間有更張，大關鍵卻是無法變更的。

十

我最初讀到的《劉知遠傳》，乃是向覺明先生的手抄本，特地為了我而抄寄的。他還在卷首，題了一頁的「題記」：

> 述劉知遠事戲文殘文一冊，現存四十二頁，藏俄京研究院亞洲博物館。一九〇七年至一九〇八年，俄國柯智洛夫探險隊考察蒙古、青海，發掘張掖、黑水故城，獲西夏文甚夥。古文湮沉，至是復顯。此劉知遠事戲文，殘本四十二頁，即黑水故城所得諸古書之一也。柯氏所得有時次者，有乾祐二十年（南宋光宗紹熙元年西元後一一九〇年）刊《觀彌勒上生兜率天經》、《金剛般若波羅密經大方廣佛華嚴普賢行願品》，二十一年刊骨勒茂材之《蕃漢合時掌中珠》。又有平陽姬氏刊歷代美女圖版畫：大都為十二世紀左右之物。此劉知遠事戲文當亦與之同時也。

以上是向先生文中的一段。他推測《劉知遠傳》當為十二世紀左右之物，這是對的，後來我在趙蜚雲先生處，見到原書的影片，大有宋刻的規模。指為宋版云云，當不會是相差很遠的。何況乾祐二十年恰是金章宗的明昌元年。相傳做《西廂記諸宮調》的董解元是金章宗時人，則《劉知遠傳》的出於同一時代，大是一個可注意的消息。或竟是金版流入西夏的罷。

再者，就風格而言，也大是董解元同時的出產。其所用的曲調，更與董解元所用者絕多相同；其中有許

多是元劇及元散曲所已成為「廣陵散」了的，例如：

醉落托　　繡帶兒

戀香衾　　整花冠

雙聲疊韻　解紅

枕屏兒　　踏陣馬

等等皆是。這大約是很強的一個證據，除了版刻的式樣以外，證明它並不是元代或其後的著作。

但向先生稱它做「劉知遠事戲文」卻是錯了。就它的體裁上看來，絕對不是戲文，而是《西廂記諸宮調》的一個同類。有了《劉知遠諸宮調》的發見，《西廂記諸宮調》便是「我道不寡」的了。

在元石君寶的《諸宮調風月紫雲亭》劇裡有道：

我唱的是《三國志》先饒十大曲；俺娘便《五代史》續添八陽經。

又在董解元的《西廂記諸宮調》的開頭特地說明他自己的那部諸宮調：

話兒不是扑刀捍棒，長槍大馬。

大約這部《劉知遠傳》便是「五代史諸宮調」裡的一個別枝，便是「扑刀捍棒」云云的話兒的一類作品罷。

《劉知遠諸宮調》的原本，大約是有十二則：今僅殘存《知遠走慕家莊沙陀村入舍第一》、《知遠別三娘太原投事第二》、《知遠充軍三娘剪髮生少主第三》（僅殘存二頁）、《知遠投三娘與洪義廝打第十一》、《君臣弟兄子母夫婦團圓第十二》等五則；在這五則中也尚有少許的殘缺，那卻無關緊要。但最可怪的是，為什麼不缺佚了首尾，卻只缺失了第四到第十的七則。照常例，一部書的亡佚，如不全部失去，則便往往是亡失其前半或後半，很少是保存了首尾而反缺失了中間的一大部分，如《劉知遠諸宮調》般的。故我們頗懷疑，大概從俄京學士院攝來的底片，本不是完全的罷。為了圖省事，只是攝取了前半部與後半部，以為示例，這也是在意想中的事。我們頗想直接的再從俄京攝一個全份來。或者，原書是完全不缺的罷！但也有可能，原

書竟是缺失其中部。我們看：宋版《大唐三藏取經記》[1]原是分著第一、第二、第三的三卷的，今乃存第一的後半，第三的全部，而亡失其第二的全部。這可見，中部亡佚的事，並不是沒有其例。

《劉知遠諸宮調》全部故事如何進展，為了開頭的幾頁，並沒有像《西廂記諸宮調》或王伯成《天寶遺事諸宮調》那樣的具有「引」或「發端」，故我們無從曉得。《劉知遠諸宮調》的開頭，只是寫著道：

〔商調回戈樂〕悶向閑窗檢文典，曾披攬，把一十七代看，自古及今，都總有罹亂。共工當日征於不周，蚩尤播塵寰，湯伐傑，周武動兵，取了紂河山。〇併合吳越，七雄交戰，即漸興楚漢。到底高祖洪福果齊天，整整四百年間社稷。中腰有奸篡王莽立，昆陽一陣，光武盡除剪。〇末後三分，舉戈鋋，不暫停閑。最傷感，兩晉陳隋，長是有狼煙。大唐二十一朝帝主，僖宗聽讒言，朝失政。後興五代，飢饉嗞艱難。

〔尾〕自從一個黃巢反，荒荒地五十餘年，交天下黎民受塗炭。如何見得《五代史》罹亂相持？古賢有詩云：

自從大駕去奔西，貴落深坑賤出泥。邑封盡封元亮牧，郡君卻作庶人妻。

扶犁黑手番成笏，食肉朱脣強吃齋。只有一般憑不得，南山依舊與雲齊。

底下接著便開始敘述劉知遠故事的本文了：

〔正宮應天長纏令〕自從罹亂士馬舉，都不似梁、晉交馬多戰賭。豪家變得貧賤，窮漢卻番作榮富。幸是宰相為黎庶，百姓便做了臺輔。話中只說應州路，一兄一弟，艱難將自老母。哥哥喚做劉知遠，兄弟知崇，同共相逐。知遠成人過的家，知崇八九歲正痴愚。

〔甘草子〕在鄉故在鄉故，上輩為官，父親多雄武。名目號光挺，因失陣身亡歿。蓋為

① 上虞羅氏印《吉金盦叢書本》

新來壞了家緣，離故里，往南中趁熟，身上單寒，沒了盤費，直是悽楚。

〔尾〕兩朝天子，子爭時不遇。知崇是隱跡河東聖明主，知遠是未發跡潛龍漢高祖。

（《五代史》，漢高祖者，姓劉諱知遠，即位更名曰高。其先沙陀人也。父曰光挺，失陣而卒。後散家產，與弟知崇，逐母趁熟於太原之地。有陽盤六堡村慕容大郎，娶母為後嫁，又生二子，乃彥超、彥進。後長立弟兄不睦。知遠獨離莊舍，投托於他所。奈別無盤費。）

以下接著便敘：知遠缺少盤費，途中受飢餓。一日，見一村莊，便走了進去，到牛七翁所開的酒館裡坐地。牛七翁給了他一頓飯吃。這時，忽走進一條惡漢，一方人只叫他做活太歲的，無端將七翁百般辱罵。此漢乃沙佗，小李村住，姓李，名洪義。七翁戰戰兢兢的侍候著他，一聲也不致響。知遠旁觀大怒，痛責洪義一頓。洪義豈肯服善，二人便撲打起來。知遠力大，打得洪義滿身是血。滿酒務中人皆喝彩。洪義垂頭喪氣而去。但從此與知遠結下海般深仇。這夜，知遠宿於牛七翁莊舍。天明，辭七翁登途。走了一回，時當三月，「落花飛，柳絮舞，慵鶯困蝶。」到了一個莊院，「榆槐相接，樹影下，權時氣歇。」不覺睡著。莊中有一老翁，攜筇至於樹下，忽地心驚，望見槐影之間紫霧紅光，有金龍在戲珠，再仔細一看，卻見是一人臥於樹下，鼻息如雷。老翁歎曰：「此人異日必貴！」移時，知遠睡覺，老翁因詢鄉貫姓名，欲與結識。知遠便訴說自己身世，淚下如雨。老翁說，「如不相棄，可到老漢莊中傭力，相守一年半歲。」知遠便從引至莊上，請王學究寫文契了畢。不料到了老翁家中，見了大哥，卻原來是昨日酒務中相打的李洪義。洪義見了知遠，提了棒向前便打。虧得老翁李三傳，把他扯住了。洪義不說昨日之事，只說是不喜此人。老翁引知遠宿於西房。當夜李三傳女，號曰三娘的，好燒夜香，明月之下，見一金蛇，長約數寸，盤旋入於西房。三娘趕到房中，燈下看見土床上臥著個少年人，閉目熟睡。「紅光紫霧罩其身，蛇通鼻竅來共往。」三娘時下好喜。她想昔有相士算她合為國母，莫非應在此人身上。等知遠醒來，便拔下金釵，將一股與了知遠，約為姻眷。第二天，三娘對父私言夜來所見。李翁甚喜，便央媒將三娘嫁與知遠為妻。洪義及其弟洪信意欲阻止，李翁不聽。成

婚時，滿村中人皆來賀喜，並皆喜悅，只有洪信、洪義及其妻們怒氣沖沖。知遠入舍不及百日，不料丈人丈母並亡。依禮掛孝，殯埋持服。弟兄不仁，加之兩個妯娌唆送，致令洪義、洪信更為鰲燥。二人便使機關，待損知遠。他們「開口叫做劉窮鬼，喚知遠階前侍立。」說他身上穿著羅綺；卻不鋤田，不使牛，不耕地，「莊家裡怎生放得你」！說時，洪義手持定荒桑棒，展臂，一手捽定知遠衣服。

第一則止於此處；第二則接著說，李洪義剝了知遠身上衣服，與布衫布袴穿著了，使交桃園去。知遠不知是計。洪義卻在黑處先等。約過二鼓，陌然地見他跳過頹垣，欲奔草房去。洪義喜道，「這漢合死，今得報仇。」他便追了去，從後舉棒，攔腰打去。七尺身軀，仆地倒下。洪義心狠，更欲打得他身亡。聽得那人言語，便唬去了三魂。連忙將那人扶起，在朦朧月色之下認來，原來不是那窮神，卻是李洪信。洪義且驚且哭。洪信忍痛說道：「小弟恐兄落窮神之手，故來覷你。」這時，才見知遠相從數人，帶酒而來。被洪義扯住，「新近亡卻丈人丈母，怎敢飲酒！」眾村人說道，「是俺與他收淚。」二人終是不休。至天明，用繩索綁定，欲要送官。被做媒的李三翁見了，他說，「若您弟兄送他，我卻官中共您理會。」兼著旁人勸免。以此洪義方休。後經數日弟兄定計，交知遠草房內睡，怕今夜乳牛生犢。三娘也不知道。知遠在草房中長歎，戀著三娘，欲去不忍。到夜深，知遠睡熟，洪義卻在草房外放起火來。究竟帝王有福，天上沒雲沒霧，平白地下起雨來，把火熄了。知遠驚覺，方知洪義所為，也不敢申訴。至次日，知遠「引牛驢，拽拖車，三教廟左右做生活。」暫於廟中困歇熟睡。忽然霹靂喧轟，急雨如注，牛驢驚跳；拽斷麻繩，走得不知所在。知遠醒來，尋至天晚不見，不敢歸莊。意欲私走太原投軍，又念三娘情重，不能棄捨。於明月之下，去住無門，時時歎息。二更以後，知遠潛身私入莊中，來別三娘，恰到牛欄圈，被一人抱住。知遠驚得一跳。抱者是誰？回頭視之，乃妻三娘也。她說，「兒夫來何太晚！兄嫂持棒，專待爾來。」知遠具說因依，並言欲到太原投軍，「特來與妻相別」。三娘聞語，心若刀割。說是，已懷身三個月，若太原聞了名，早早來取她。她是決不改嫁，也不肯自尋短見，任兄嫂怎樣魔難，也是要守著他的。說時悲涕不已。她說：「劉郎略等，取些小盤費去。」

去移時，不至。知遠自來看她，見她手攜斫桑斧，「把頭髮披開砧子上，斧舉處唬殺劉郎。」三娘性命如何？卻是用斧截青絲一縷，並紫皂花綾團襖一領，開門付與劉郎。她相送到牆下。「二儀初分天地，也有聚散別離底，想料也不似這夫妻今宵難捨難棄！」二人淚點多如雨點。正在這時，洪義、洪信兄弟二人持棒前來，欲毆辱知遠。知遠大怒道，「我去也，我去也！異日得志，終不捨汝輩！」弟兄笑道：「你發跡後，俺句鼻內呷三斗三升釅醋。」兩個妯娌也道：「俺吃三斗三升鹽！」四口兒扯了三娘回去，劉知遠獨上太原。次日到并州試了武藝，團練岳司公見知遠頂上有紅光結成鬥龍形勢。暗歎曰；「此人異日富貴，不可言盡。」便賜酒一瓶錢三貫，且令營中歇息。又叫人作媒，將女嫁他。知遠聞言淚下，說起已有前妻李三娘。但作媒者動以利害。知遠不得已而許之，把定物收了。

第二則止於此，第三則敘的是，「知遠充軍，三娘剪髮生少主」事。卻說知遠收了定，滿營軍健，都皆喜悅。不久，知遠和岳公小姐便成了婚。第二天正在設宴賀喜之時，門吏報覆，有兩個大漢，莊家打扮，說是沙陀村李家莊來的，要尋劉知遠。知遠嚇了一跳，以為是洪義、洪信二舅。出營門來覷。來者非是二舅，乃李四叔及莊客沙三。李四叔是李三傳房弟，知遠丈人行也。知遠問他們為何前來。沙三道：「您妻子交來打聽消息的。你卻這裡又做女婿！」知遠道，營中軍法，不得已而為之。「四叔，你也休見罪，凡百事息言，莫傳與洪信、洪義。」原書第三則止於此，以下皆缺。故我們沒有法子知道，以下所敘的事是什麼，僅就其題目所指示，知其下半所敘的乃為「三娘剪髮生少主」的事而已。這一般事，在《五代史平話》及元傳奇《白兔記》裡，[1]都寫得很詳細，很可以根據此二書而得到些影像。惟《白兔記》有「汲水挨磨，磨房中產下嬰兒，當時痛苦咬兒臍」（用《富春堂》本《白兔記》第一折中語）諸情節，而《劉知遠諸宮調》則似無咬斷兒臍一事。

① 《白兔記》今日流行之本，有明萬曆間富春堂刊本，有明末汲古閣刊本，二本文辭絕不相同，惟節目則大略相似。汲古閣本文辭樸質，當是元人舊本。

據《劉知遠諸宮調》的後半都，關於三娘事，似只有「最苦剪頭髮短，無冬夏教我幾曾飽暖」及推磨，汲水諸事。從第三則下半節以後，直到第十則原書皆缺失，不知內容為何。但如依據了《五代史平話》及《白兔記》二書，則其中情節也約略的可以知道。

《五代史平話》在「劉知遠去太原投軍」的一個節目與「知遠見三娘子」的一個節目之間，共有下列的十幾個節目：

《劉知遠去太原投軍》、《知遠與石敬塘結為兄弟》、《石敬塘為河東節使》、《劉知遠跟石敬塘往河東》、《劉知遠勸石敬塘據河東》、《敬塘稱帝授知遠為平章》、《劉知遠為北京留守》、《軍卒報劉承義娘子消息》、《劉知遠自到孟石村探妻》、《知遠妝做打草人》、《劉知遠見李敬業》、《知遠見三娘子》

這些事都是著重在劉知遠的本身的；《白兔記》的所敘，則其中一部分，並著重在李三娘一方面。茲據《汲古閣》刊《六十種曲》本《白兔記》列其自知遠「投軍」以下至「私會」止的節目如下：

投軍、強逼、巡更、拷問、挨磨、分娩、岳贅、送子、求乳、見兒、寇反、討賊、凱回、受封、汲水、訴獵、私會

凡「挨磨」等等，旁有。為記者皆專敘三娘的節目。

以我們的想像推測之，《劉知遠諸宮調》之所敘，當未必與《五代史平話》及《白兔記》完全相同；在那已失的七則裡，敘述知遠的故事或當較多於敘述三娘的罷。在原書的第十二則裡，寫著；三娘對她的哥哥說道：「自從劉郎相別了，莊上十二三年，最苦剪頭髮短，無冬夏教我幾曾飽暖。咱是的親爹生長，似奴婢一般摧殘。及至凌打，您也恁怯怚懊煎。記得恁打考千千遍，任苦告不肯擔免。恁時卻不看姊妹弟兄面！」如此，則三娘的事，只是「剪髮」、「挨餓」、「似奴婢一般摧殘、凌打」等等而已，但在同「則」裡，又從劉知遠口中說出三娘被凌虐的情形來：「因吾打得渾身破折，到得明頭露腳，交擔水負柴薪，終日搗碓推磨」云云。如此，則當時已有挨磨等等以後的所有的傳說了。惟「咬臍」一事似尚未發生。但三娘汲水遇子的事，

則在《劉知遠諸宮調》裡也已有之。在其第十一則裡，有著這樣的記載：

知遠說罷，三娘尋思道：是見來。昨日打水處，見個小禿廝兒，身上一領布衫似打魚網那底，更還兩個月深秋奈何！

又有「昨日個向莊裡臂鷹走犬，引著諸僕吏打獵為戲」諸語，是「汲水」、「訴獵」兩個節目，在本書裡自必有之。惟當時三娘見到「劉衙內」時，未知便是其子，且也並無「白兔」為引介之物耳。

至於知遠的故事，則原書僅敘其做到「九州安撫使」，並未更詳其中的情節，故我們也不能十分的明白。第十一則敘「知遠探三娘，與洪義廝打」事，蓋即《白兔記》所敘的「相會」的一幕，也即《五代史平話》「知遠見三娘子」及以後數節中所敘的故事。惟其描敘的婉曲深摯，則遠非《平話》與《白兔記》所可與之拮抗。在這個所在，我們充分可以看出，《劉知遠諸宮調》的作者，確是一位不同凡俗的有偉大的天才及極豐富的想像力與描寫力的作家。然而這位無名的大作家及其偉大的作品卻埋在我們的西陲的黃沙之中，將及千載而無人知！偉大的作品未必便是必傳的作品罷。而許多庸腐的詩，古文辭卻傳誦到今！

第十一則的頭三頁，已經缺失，第四頁開始，敘的是，劉知遠仍改妝為窮漢模樣，與李三娘見面，三娘訴說：自己怎樣的為了不肯改嫁，把頭髮剪去，又脫下綺羅，換卻布衣，為了「窮劉大」，「淚痕染得布衣紅，儘是相思眼內血。」又問知遠，「我兒別後在和亡？」知遠笑嘻嘻的說道：「你兒見在，到如今許大身材，眉清目秀，腮紅耳大，你昨天不是見到他了麼？」三娘想起，昨天在水處見個小禿廝，身上一領布衫似打魚般的破爛，大約便是的罷。便道：「這孩子這般襤褸，這兩幅布裙比較新，且與他托肩換袖。」知遠笑道：「不用布裙三兩幅，恁兒身穿錦繡衣。小禿廝兒也不是你兒。你昨日不曾見個劉衙內問你因甚著麻衣，青絲髮剪得眉齊。你把行蹤去跡說明白，他垂雙淚，騎馬便歸麼？那面貌還不是像我的一般？如今恰是十三歲了。」三娘怒道：「衙內怎生是你兒？想你窮神，怎做九州安撫使？」知遠恐他妻不信，便於懷中取出一物給她看，那便是九州安撫使的金印。三娘見了，喜不自勝，知遠真個發跡了也！三娘便把這金印藏在懷中。知遠向其

再三告取，三娘終不與。知遠道：「收則收著，不要失落了，在三日內，將金冠霞帔，依法取你來。」（元劉唐卿有《李三娘麻地捧印》劇，敘的是此事罷）正在夫妻相會，未忍離別之際，李洪義執了荒桑棒，當下驚散鴛鴦。洪義道，「你害饑，交三叔取飯，卻覓不著，兩個在這裡！」送的是破罐裏盛著殘飯。知遠大怒，將這殘飯潑在洪義面上。洪義怒叫，洪信及二婦人皆至。四個一齊圍定劉知遠，罵：「窮神怎敢如此無知！好飯好食，充你驢肚！」知遠不懼，一條扁擔，使得熟會，獨自個當敵四下裡，只把三娘嚇得呆了。但知遠雖是英雄，畢竟寡不敵眾。虧得有兩個英雄，來助他一臂之力，一個是郭彥威，一個是史洪肇。

第十一則敘至郭、史助力為止，第十二則裡，敘的便是「君臣弟兄子母夫婦團圓」的事。卻說郭、史二人兩條扁擔，向前救護知遠，洪義、洪信弟兄雖勇，畢竟敵不過他們，四口兒便簇定三娘，向莊奔走而去。三娘到莊，定是吃殘害。知遠入府至衙，與夫人岳氏從頭說起三娘之事。第二天，商量著要接取三娘。臨衙時，卻聽見階前叫屈之聲，叫屈的乃是洪信、洪義。知遠問論誰。洪義說，「小人久住沙陀種田為活。十三年前，招女婿名知遠，性氣乖訛。為了責備他些兒，便投軍到太原去，把妹子三娘拋棄。生下孩子，曾送與他。他卻又娶了岳司公女。昨日他又到莊上，說是在經略衙中辦事。一言不合，便相廝打，又有郭彥威、史洪肇二人相助，打得洪義、洪信重傷，兩個媳婦，若不走脫，也險些兒命喪黃泉。伏望經略向衙中搜刷劉大。」洪信、洪義正在叨叨地訴說劉大的事，劉知遠頻頻冷笑，叫左右備刀，並怒喝洪信弟兄，「你覷吾身！」兩人凝眸，認得經略卻正是女婿劉郎。當下二人渾如小鬼見天王。刀斧手正待下手，知遠喝住，教取得三娘及妗子再斷罪。傳令下去，五百個兵披凱甲，導領一輛鳳香車，要去迎接三娘。方欲出門，忽門吏荒忙來報，有一個急腳，言有機密事奉告。急腳報的是，有五百個強人，把小李村圍住，搜括財寶，臨行擄了三娘而去。知遠嚇得三魂七魄渾無主，急叫郭彥威、史洪肇統兵去捉那些強人並救回夫人。不料史洪肇出戰，卻為賊人所捉；郭威力戰不屈。正在勢急，知遠統軍親來接應。二賊人見了，即棄手中兵器，說，軍中自有尊長，欲求相見。原來出來的是，劉知遠母親，二人乃慕容彥超、慕容彥進兄弟，他們因劉知遠貴了，故來相投。於是夫妻母

子兄弟一時相會。知遠教人到小李村取李三翁兩個妗子入並州大衙。岳夫人親捧金冠霞帔，與三娘，三娘不受，說是村莊中人帶不得金冠，且又髮短齊眉。岳夫人再三相讓。三娘見其真意，便禱天說，若梳髮得長，便受金冠，否則，便只合做偏室之人。言絕，三梳，隨手青絲拂地。眾人皆稱奇。合府皆喜。李三翁道，「你夫妻團聚，老漢死也快活。」正飲間，人報道，兩個舅舅妗子害飢也。知遠命取將四人來。他們四人在階前淚滴如雨，苦苦哀告。知遠說道，「要是你們吃盡三斗三升鹽，呷盡那一斗三升醋，便也不打不罵，不誅戮。」洪信告說，「是當日戲言，貴人怎以為念。」知遠大怒，命推去斬首。四人又哀告三娘。三娘不理。衙內並岳夫人諸官，盡皆勸諫經略。知遠方才怒解，解了綁繩，命登筵席。洪義自悔萬千，欲當眾用手剜去雙目。眾人救了。皆大歡喜！正在這時，門外有一個後生，年方三十，登門求見，自言與經略有親。知遠一見大喜，原來是他同胞親弟知崇。他母親也甚為欣悅。這正是：

弟兄夫婦團圓日，龍虎君臣濟會時。

後來知遠更為顯達，稱朕道寡，坐升金殿。

《劉知遠諸宮調》全書便終結於此。作者在最後說道：

曾想此本新編傳，好伏侍您聰明美賢，有頭尾結束劉知遠。

這部諸宮調的風俗，極渾樸，極勁遒，有元雜劇的本色，卻較他們更為近於自然，近於口語。單就一部偉大的傑作論之，已是我們文學史上罕見的巨著；只有一部同類的《西廂記諸宮調》才可與之拮抗罷。其他一切擬仿的，無靈魂的什麼詩，什麼文，當其前是要立即粉碎了的。何況在古語言學等等方面更有不可磨滅的重要在著呢。

十一

《天寶遺事諸宮調》，元王伯成著。伯成，涿州人，生平未詳。《鍾嗣成錄鬼簿》載其雜劇二本：

《李太白貶夜郎》（今存，見《元刊雜劇三十種》）

《張騫泛浮槎》（佚）

王國維《曲錄》據無名氏《九宮大成譜》，又增《興劉滅項》一本。鍾嗣成謂伯成有「《天寶遺事諸宮調》行於世」。賈仲名補《錄鬼簿凌波仙曲》，也極稱其《天寶遺事》的美妙：

> 伯成涿鹿俊豐標，公末文詞善解嘲。《天寶遺事諸宮調》，世間無，天下少。《貶夜郎》關目風騷。馬致遠忘年友，張仁卿莫逆交。超群類一代英豪。①

「馬致遠忘年友，張仁卿莫逆交」二語，是他處所絕未見者；伯成的生平，可知者惟此而已。②致遠的卒年約在西元一三〇〇年以前，伯成當亦為那一時代的人物。鍾嗣成的《錄鬼簿》成於西元一三三〇年，已稱「伯成」為「前輩名公」則其時代當亦必在一三〇〇年以前也。

然《天寶遺事》自明以後，便不甚傳於世。乾隆間所刊《九宮大成譜》卷二十八，錄〈天寶遺事踏陣馬〉一套，其後附注云：

> 首闋〈踏陣馬〉，《北詞廣正譜》及《曲譜大成》，皆收此曲。但第七句皆脫一字，今考原本改正。

又在同書卷五十三所錄〈天寶遺事一枝花〉套，卷七十四所錄〈天寶遺事醉花陰〉套，皆有很重要的考正。

① 見明藍格抄本《錄鬼簿》（天一閣舊藏，今藏寧波某氏）。

② 《雨村曲話》（《函海》本，《重訂曲苑》本）卷上，謂：「王伯成號丹邱先生」。其語無據，故不著。

難道乾隆間《大成譜》的編者們，尚能見到《天寶遺事》的原本麼？然此原本今絕不可得見。長沙楊恩壽作《詞餘叢話》，在其中有一段很可笑的話：

明曲《天寶遺事》相傳為汪太涵手筆。當時傳播藝林，以余觀之，不及洪昉思遠甚。《窺浴》一出，洪作細賦風光，柔情如繪，汪則索然也。

——《詞餘叢話》卷二①

此誠不知而作者。恩壽不僅不知《天寶遺事》為何人所作，並亦不知《天寶遺事》為何時代的作品，可謂疏謬之至！然亦可見知《天寶遺事》者之鮮。

《天寶遺事》原本今既不可見，幸明嘉靖時郭勳所編的《雍熙樂府》，選錄《天寶遺事》套曲極多；明初涵虛子的《太和正音譜》，清初李玉的《北詞廣正譜》以及乾隆時周祥鈺諸人所編之《九宮大成南北詞宮譜》等書，並也選載《天寶遺事》的遺文不少。數年前我曾從這幾部書裡輯錄出一部《天寶遺事》來；但這一部輯本，其篇幅與原本較之，大約相差定是甚遠的，且也沒有道白。友人任二北先生也有輯錄此書之意，成書與否，惜不能知道。《天寶遺事》的全部結構，在其《遺事引》裡大約可以看出。《遺事引》今存者凡三套：

（一）哨遍　「天寶年間遺事」　見《雍熙樂府》卷七
（二）八聲甘州　「開元至尊」　見《雍熙樂府》卷四
（三）八聲甘州　「中華大唐」　見《雍熙樂府》卷四

這三套所述大略相同，惟第一套《哨遍》為最詳。茲錄其前半有關《遺事》的情節的曲文如下：

◆哨遍　遺事引◆

① 《詞餘叢話》有《坦園叢稿》本，有《重訂曲苑》本。

天寶年間遺事，向錦囊玉罅新開創。風流醞藉李三郎，殢真妃日夜昭陽恣色荒。惜花憐月寵恩雲，霄鼓逐天杖。繡領華清宮殿，尤回翠輦，洛出蘭湯。半酣綠酒海棠嬌，一笑紅塵荔枝香。宜醉宜醒，堪笑堪嗔，稱梳稱妝。〔么篇〕銀燭熒煌，看不盡上馬嬌模樣。私語向七夕間，天邊織女牛郎，自還想。潛隨葉靖，半夜乘空，遊月窟來天上。切記得廣寒宮曲，羽衣縹渺仙珮玎璫。笑攜玉筋擊梧桐，巧稱彫盤按霓裳。不提防禍隱蕭牆。〔牆頭花〕無端乳鹿入禁苑，平欺誑，憤得個祿山野物，縱橫恣來往。避龍情子母似恩情，登鳳榻夫妻般過當。〔么篇〕如穿人口，國醜事難遮當。將祿山別遷為蘇州長。便與心買馬軍，合下手合朋聚黨。〔么篇〕恩多決怨深，慈悲反受殃。想唐朝觸禍機，敗國事皆因偃月堂。張九齡材野為農，李林甫朝廷拜相。〔耍孩兒〕漁陽燈火三千丈，統大勢長驅虎狼。響珊珊鐵甲開金戈，明晃晃斧鉞刀槍，鞭颩剪剪搖旗影。衡水粼粼射甲光。憑驍健，馬雄如獬豸，人劣似金剛。〔四煞〕潼關一鼓過元平蕩，哥舒翰應難堵當。生逼得車駕幸西蜀。馬嵬坡簽抑君王。一聲閫外將軍令，萬馬蹄邊妃子亡。扶歸路愁觀羅襪，痛哭香囊。

這裡所說的只是幾個大節目。在每一個節目之下，《遺事》都有很詳細的描狀；譬如，「哭楊妃」的一個節目，有明皇的哭，有高力士的哭，又有安祿山的哭；在「憶楊妃」的節目之下，有明皇的憶，也有祿山的憶。在當時的寫作的時候，作者是憑著浩瀚的才情而恣其點染的。故白仁甫的《梧桐雨》、《遊月宮》，關漢卿的《哭香囊》，都不過是一本的雜劇，而伯成的《遺事》則獨成為一部弘偉的「諸宮調」。在這部弘偉的「諸宮調」裡，所受到的前人的影響一定是很不少的。例如，〈哭香囊〉的一節，當然是會受有關氏的雜劇的影響的。

依據了上面的節略，我們便可以將現在所輯得的《天寶遺事》的遺文，排列成一個較有系統的東西。

（一）夜行舡　明皇寵楊妃「一片雲天上來」（《雍熙樂府》卷十二）

（二）醉花陰　楊妃出浴「膩水流清漲新綠」（同書卷一）（又此套亦載《九曲大譜》卷七十四：自《梁州

第七》以下與《雍熙》所載大異）

（三）禊神急　楊妃澡浴「髻收金索」（《雍熙》卷四）

（四）一枝花　楊妃剪足「脫鳳頭宮樣鞋」（同書卷十）

（五）翠裙腰　太真閉酒「香閨捧出風流況」（同書卷四）

（六）抛球樂　楊妃病酒「雨雲新擾」（同書卷一）

（七）一枝花　楊妃梳妝「蘇合香蘭芷膏」（同書卷十）（又見《九宮大成譜》卷五十三；《大成譜》注曰：「《雍熙樂府》原本，於〈梁州第七〉第三句下，誤接黃鐘調〈楊妃出浴〉套，〈醉花陰〉之又一體及〈神仗兒〉、〈神仗煞〉等曲，反將此套〈梁州第七〉之第三目以下及三煞、二煞、煞尾，接入〈楊妃出浴〉，〈醉花陰〉套內，蓋因同用一韻，以致錯誤如此。」）

以上七則，正是《遺事引》裡所謂「浴出蘭湯，半酣綠酒海棠嬌。一笑紅塵荔枝香。宜醉宜醒，堪笑堪嗔，稱梳稱妝」的一段；只是「一笑紅塵荔枝香」的一則情事，其遺文已無從考見。

（八）一枝花　玄宗捫乳「掌中白玉圭」（《雍熙樂府》卷十）

（九）哨遍　楊妃肚腰「千古風流旖旎」（同書卷七）

（十）瑞鶴仙　楊妃藏鉤會「小杯橙釀淺」（同書卷四）

（十一）一枝花　楊妃捧硯「金瓶點素痕」（同書卷十）

以上四則，雖其事未見《遺事引》提起，似亦當在第一部分之中。又下面的一則，似亦當為《遺事》的「引子」之一，未及附前，也姑列於此。

（十二）摧拍子　楊妃「明皇且休催花柳」（《雍熙樂府》卷十五）

底下的兩則所寫的便是《遺事引》裡所說的「銀燭熒煌，看不盡上馬嬌模樣，私語七夕間，天邊織女牛郎，自還想」的數語。

（十三）六么序　楊妃上馬嬌「烹龍炮鳳」（《雍熙樂府》卷四）

（十四）一枝花　長生殿慶七夕「細珠絲穿繡針」（同書卷十）

《遺事引》裡所謂「潛隨葉靖，半夜乘空，遊月窟來天上」的一段情節，伯成卻盡了才力來仔細描狀。

（十五）點絳脣　十美人賞月「為照芳妍，有如皎練」（《雍熙樂府》卷四）

這一套，大約是先敘宮中美人們賞月事，用以烘染明皇的遊月宮的事的。

（十六）六么令　明皇遊月宮「冰輪光展」（《雍熙樂府》卷五）

（十七）玉翼蟬煞　遊月宮「似仙闕，若帝居」（同書卷十五）

（十八）點絳脣　明皇遊月宮「玉豔光中素衣叢裡」（同書卷四）

（十九）青杏兒　明皇喜月宮「一片玉無瑕」（同書卷四）

（二十）點絳脣　明皇哀告葉靖「人世塵清」（同書卷四）

這些著力描寫的所在，大約與白仁甫的《唐明皇遊月宮》雜劇（今佚）總有些關係罷。以下便是「笑攜玉筋擊梧桐，巧稱彫盤按霓裳」的一段極盛的狀況，一節極倚膩的風光的故事的敘寫了。

（二一）勝葫蘆　明皇擊梧桐「朝罷君王宣玉容」（《雍熙樂府》卷四）

（二二）一枝花　楊妃翠荷葉「攏髮雲滿梳」（同書卷十）

正在這個時候，一個禍根便埋伏下了。「無端野鹿入禁苑，平欺誑，慣得個祿山野物，縱橫恣來往。避龍情子母似恩情，登鳳榻夫妻般過當。」這一段事在底下二套裡寫著。

（二三）牆頭花　祿山偷楊妃「玄宗無道」（同書卷七）

（二四）醉花陰　祿山戲楊妃「羨煞尋花上陽路」（《雍熙樂府》卷一）

像這樣的比較隱祕，比較穢褻的事，清人洪昇的《長生殿》便很巧妙、很正當的把它捨棄去了不寫。

（二五）踏陣馬　祿山別楊妃「天上少世間無」（《九宮大成譜》卷二十八）

（二六）勝葫蘆 貶祿山漁陽「則為我爛醉佳人錦瑟傍」（《雍熙樂府》卷四）

這二段便是「如穿人口，國醜事難遮當，將祿山別遷為蘇州長」的事了。

（二七）一枝花 祿山謀反「蒼煙擁劍門」（《雍熙樂府》卷十）

（二八）賞花時 祿山叛「擾擾氈車慘霧生」（同書卷五）

（二九）耍三臺 破潼關「殢風流的明皇駕」（《九宮譜》卷二十七）

以上便是「漁陽燈火三千丈，統大勢長驅虎狼」云云的祿山起兵與過潼關的一段事了。潼關一破，勢如破竹，不得不「生逼得車駕幸西蜀」。接著便是「馬嵬坡簽抑君王。一聲閫外將軍令，萬馬蹄邊妃子亡」的慘酷絕倫的事發生了。關於幸蜀事，《天寶遺事》的遺文惜無存者；而關於楊妃的亡與明皇的憶則正是伯成千鈞之力之所集中者；當是《遺事》裡最哀豔、最著重的文字。這一節故事的遺文，今見存最多；這不能不說是一件幸事。

（三十）醉花陰 楊妃上馬嵬坡「愁據雕鞍翠眉鎖」（《雍熙樂府》卷一）

（三一）醉花陰 明皇告代楊妃死「有句衷言細詳察」（同書卷一）

（三二）願成雙 楊妃乞罪「一壁廂死猶熱，血未乾」（同書卷一）

（三三）集賢賓 楊妃訴恨「飛花落絮無定止」（同書卷十四）

（三四）村裡迓古 明皇哀告陳玄禮「六軍不進」（同書卷四）

（三五）勝葫蘆 踐楊妃「是去君王不奈何」（同書卷五）

（三六）祆神急 埋楊妃「霧昏秦嶺日」（同書卷四）

（三七）集賢賓 祭楊妃「人咸道太真妃」（同書卷十四）

楊妃死後，明皇哭之，憶之。高力士也哭之，憶之。這噩耗傳到了安祿山那裡，祿山也哭之，憶之。關於哭楊妃的事，伯成又是以千鈞之力來去描寫的。原來的排列如何，今不可知，姑以哭、憶事為一類列下。

（三八）粉蝶兒　哭楊妃「玉骨香肌」（《雍熙樂府》卷七）

（三九）新水令　憶楊妃「翠鸞無語到南柯」（同書卷十一）

（四十）粉蝶兒　力士泣楊妃「若不是將令行疾」（同書卷七）

（四一）粉蝶兒　祿山泣楊妃「雖則我肌體豐肥」（同書卷七）

（四二）行香子　祿山憶楊妃「被一紙皇宣」（同書卷十二）

（四三）新水令　祿山憶楊妃「舞腰寬褪獘貂衣」（同書卷十一）

（四四）夜行舡　明皇哀詔「不覺天顏珠淚籟」（同書卷十二）

（四五）一枝花　陳玄禮駭赦「錦宮除禍機」（同書卷十）

（四六）端正好　玄宗幸蜀「正團圓成孤另」（同書卷三）

（四七）八聲甘州　明皇望長安「中秋夜闌」（同書卷四）

從〈粉蝶兒〉套〈哭楊妃〉到〈八聲甘州〉套〈望長安〉的十則，都只是寫一個「哭」字，一個「憶」字。更有：

（四八）新水令　祿山夢楊妃「駕著五雲軒」（《雍熙樂府》卷十一）

一套，似也可以附在這個所在。

（四九）一枝花　楊妃繡鞋「傾城忒可憎」（《雍熙樂府》卷十）

（五十）賞花時　哭香囊「據刺繡描寫巧伎倆」（同書卷四）

以上的二則，便是《遺事引》裡所謂的「愁觀羅襪，痛哭香囊」的二語了。可惜這裡只有關於楊妃繡鞋的一則，卻沒有關於羅襪的。最後尚有一則：

（五一）賞花時　明皇夢楊妃「天寶年間事一空」（《雍熙樂府》卷五）

從「天寶年間事一空，人說環兒似玉容」起，直說到「貪歡未能，驚回清夢，玉階前疏雨響梧桐」，似為一個結束或一個「引言」。但說是附於「疏雨響梧桐」的一則故事之後的一個結束，大約是不會很錯的。伯成

的「疏雨梧桐」的節目，或甚得白仁甫的那一部《梧桐雨》的雜劇的暗示的罷；正如〈哭香囊〉的一個節目之得力於關漢卿的《唐明皇哭香囊》一劇一樣。但很可惜的，「疏雨響梧桐」遺文，我們卻已無從得見了。

洪昇的《長生殿》，其下卷幾全敘楊妃死後的事，特別著重於「臨卭道士鴻都客，能以精誠致魂魄」云云的一段虛無縹渺的天上的故事。白氏的《梧桐雨》劇，則截然的終止於「秋雨梧桐葉落時」的一夢，恰正獲得最高超的悲劇的氣分，遠勝於《長生殿》之拖泥帶水。伯成的《天寶遺事》，是否也終止於「秋雨梧桐」，今不可知，但賞花時「天寶年間事一空」套若果為一個總的結束，則其「尾聲」當然會是「秋雨梧桐」的一夢的。這部弘偉的《天寶遺事諸宮調》若果真終止於此，則其識力，當更過於董解元；其風格的完美，其情調的雋逸，也當更較《西廂記諸宮調》為遠勝。

《天寶遺事諸宮調》的遺文，除過於零星者不計外，凡得上列的五十四套（連《遺事引》三套）。可說是，已盡了可能的搜輯的工力了。大部分都被保存在《雍熙樂府》裡。這部空前的浩瀚的「曲集」，其中所收羅著的重要的材料不知凡幾。《天寶遺事》五十餘套，便是重要的材料的一種。在較《雍熙樂府》的刊行為早的《盛世新聲》及約略同時的《詞林摘豔》二書裡，《天寶遺事》的曲子連一套也不曾收著。這真有點可怪！《太和正音譜》，及《北詞廣正譜》所收的《遺事》的曲子，卻又是極為零星的。《九宮大成譜》又開始注意到《遺事》，但所錄《遺事》的曲文，出於《雍熙樂府》外者僅二套耳。故輯錄遺事的遺文，終當以《雍熙》為淵藪。

五十四套的曲文，當然不能盡《遺事》的全部。就《西廂記諸宮調》有一百九十三套，《劉知遠諸宮調》殘存三分之一的篇幅，而也有八十套的事實看來，《天寶遺事》大約總也會有二百套左右的吧。今輯得的五十四套，只當得全文的四分之一吧。最明顯的遺漏是：「曉日荔枝香」、「霓裳舞」、「夜雨梧桐」等等重要的情節。伯成以那麼許多套的曲子，來寫明皇的遊月宮，來寫安祿山的離京，來寫楊貴妃的死，來寫明皇等的哭與憶，便知所遺者一定是不在少數。

假如有一天，像發見《劉知遠諸宮調》似的，也發見了《天寶遺事諸宮調》的原本，那豈僅僅是一件驚人的快事而已！要是《九宮大成譜》的編者們不說謊，果真猶及見到《天寶遺事》的原書，則在今日（離他們不到二百年）而若得到此弘偉的名著，恐怕也不是什麼太突然的事罷。

「天寶遺事」很早的便成為談資；〈長恨歌〉以外，宋人已有《太真外傳》（樂史著，有《顧氏文房小說》本）及《梅妃傳》（無作者姓名，亦見於《顧氏文房小說》）諸作，頗盡描狀的姿態。《輟耕錄》所載「院本名目」中，也有《擊梧桐》一本。元人雜劇，關於此故事者更多：於關、白二氏諸作外，更有庾天錫的《楊太真霓裳怨》一本（今佚，《錄鬼簿》著錄），《楊太真華清宮》一本（同上）。又有岳伯川的《羅光遠夢斷楊貴妃》一本（今佚，《錄鬼簿》著錄）。而王伯成則為總集諸作的大成者。其魄力的弘偉，誠足以壓倒一切。像那麼浩瀚的一部「天寶遺事」，在他之前，還不曾有人敢動過筆呢。在他之後，明人之作誠多，若《驚鴻》，若《彩毫》，皆是其中表表者，然若置之這部偉大的諸宮調之前，則惟有自慚其醜耳。

十二

在董解元《西廂記諸宮調》的開卷，曾有一般話道：

〔太平賺〕……比前覽樂府不中聽，在諸宮調裡卻著數。一個個旖旎流風濟楚，不比其餘。

〔柘枝令〕也不是崔韜逢雌虎，也不是鄭子遇妖狐，也不是井底引銀瓶，也不是雙女奪夫。也不是離魂倩女，也不是謁漿崔護，也不是雙漸豫章城，也不是柳毅傳書。

在這裡，我們可得到不少的諸宮調的名目：

（一）崔韜逢雌虎諸宮調

（二）鄭子遇妖狐諸宮調
（三）井底引銀瓶諸宮調
（四）雙女奪夫諸宮調
（五）倩女離魂諸宮調
（六）崔護謁漿諸宮調
（七）雙漸趕蘇卿諸宮調
（八）柳毅傳書諸宮調

這些，全部是與「西廂」同科的「倚翠偷期話」，而非「扑刀捍棒，長槍大馬」之流。

又，在石君寶的《諸宮調風月紫雲亭》劇裡，由韓楚蘭的口中，[①]也可以蒐到下列幾種的諸宮調的名目：

（一）三國志諸宮調
（二）五代史諸宮調
（三）雙漸趕蘇卿諸宮調
（四）七國志諸宮調

其中除了第三種《雙漸趕蘇卿諸宮調》已見於董解元所述者外，其他幾種，都完全是「鐵騎兒」或「長槍大刀」一類的著作。

周密《武林舊事》（卷十）所載的諸宮調二本：

（一）諸宮調霸王
（二）諸宮調卦鋪兒

---

① 劇文引見前。

其性質不很明瞭，但其為最早期的諸宮調則可斷言。

始創諸宮調的孔三傳，所作唯何，今不可知。耐得翁《都城紀勝》云「孔三傳編撰傳奇靈怪入曲說唱」。則其所編撰，當必不止一二種。孟元老《東京夢華錄》有「孔三傳《耍秀才諸宮調》」語，與「毛詳，霍伯醜商迷，吳八兒合生」並舉，則「耍秀才」如果不是人名，便當是諸宮調名了。

王伯成《天寶遺事諸宮調引》，有云：

〔三煞〕好似火塊般曲調新，錦片似關目強，如沙金璞玉逢良匠。愁臨阻險頻搔首，曲到關情也斷腸。雖脂妝，不比送君南浦，待月西廂。

——《雍熙樂府》七引卷

「待月西廂」指的當然是《西廂記諸宮調》了；「送君南浦」的情節，見於《琵琶記》，難道趙貞女蔡二郎事，也曾見之於諸宮調麼？

《永樂大典》所載《張協狀元戲文》，其開頭便是彈唱一段諸宮調，說是：「這番書會，要奪魁名，占斷東甌盛事。諸宮調唱，出來因廝羅響。賢門雅靜，仔細說教聽。」當時或者竟有全部《張協狀元諸宮調》也說不定。

《輟耕錄》所著錄的「院本名目」《拴搐豔段》一部裡有「諸宮調」一本，然不詳其名。關於諸宮調的著錄，殆已盡於此矣。

十三

諸宮調的影響，在後來是極偉大的；一方面「變文」的講唱的體裁，改變了一個方向，那便是不襲用「梵唄」的舊音，而改用了當時流行的歌曲來作彈唱的本身。這個影響在「變文」的本身上，幾乎也便倒流似的

受到了。我們看「變文」的嫡系的兒子「寶卷」，在襲用了「變文」的全般體格之外，還加上了金字經、掛金索等等的當時流行的歌曲，①這不能不說是諸宮調所給予的恩物或暗示。本該是以單調的梵唄組成的《諸佛名經》等等，今所見的永樂間刊本，卻全是用浩瀚的歌曲組織成功的。這大約也是受有諸宮調的暗示的可能。在南戲方面，諸宮調也頗有所給予。②

但諸宮調的更為偉大的影響，卻存在元代雜劇裡。元人雜劇與宋代「雜劇詞」並非一物。這在我的上文裡，已屢次的說到。就文體演進的自然的趨勢看來，從宋的大曲或宋的「雜劇詞」而演進到元的「雜劇」，這其間必得要經過宋、金諸宮調的一個階段；要想躐過「諸宮調」的一個階段幾乎是不可能的。或者可以說，如果沒有「諸宮調」的一個文體的產生，為元人一代光榮的「雜劇」，究竟能否出現，卻還是一個不可知之數呢。

元人雜劇，在體制上所受到的諸宮調的影響，是極為顯著的。我們都知道，諸宮調是由一個人彈唱到底的，有如今日流行的彈詞鼓詞。凡是這一類的有曲有白的講唱的敘事詩，從最原始的變文起，到最近尚在流行的彈詞鼓詞止，幾乎沒有一種不是「專以一人」「念唱」的。這既已在上文說得很明白。這一點，在元人雜劇裡便也維持著。元劇的以正末或正旦獨唱到底的體裁是最可怪的，與任何國的戲曲的格調都不相同，與任何種的文體也俱不同類。但卻獨與「諸宮調」的體例極為符合。如果元劇的旦或末獨唱到底的體例是有所承襲的話，則最可能的祖禰，自為與之有直接的淵源關係的「諸宮調」。戲曲的元素最重要者為對話，而元劇則對話僅於道白見之，曲詞則大多數為抒情的一人獨唱的。雖亦有與道白相對答的，卻絕無二人對唱之例。這種有對白而無對唱的戲曲，誠然是前無古人後無來者的。宋、元的戲文，其體例便與之截然不同。但這體例，這格式，決不會從天上落下來的。諸宮調的那個重要的文體，恰好足以供給我們明白元劇所以會有如此的格

① 今日所見的寶卷，以作者所藏的元、明間抄本的《目連救母出離地獄升天寶卷》為最古，其中曾雜用《金字經》、《掛金索》二調。

② 參看王國維的《宋元戲曲史》第十四章。

例之故。更有趣的是：在宋、金的時候講唱諸宮調者，原有男人，有女人。元人雜劇之有旦本（即以正旦為主角，獨唱到底者）、有末本（即以正末為主角，獨唱到底者），也當與此有些重要的關係罷。否則，在旦末並重的情節的諸劇裡，為何旦末始終沒有並唱的呢。

僅有一點，元人雜劇與諸宮調是不同的；即前者的唱詞是代言體或以第一身的口吻出之的，後者的唱詞卻是第三身的敘述與描狀。但即在這一點上，元劇也還不曾「數典忘祖」。在好些地方，能夠用第三身的敘狀的時候，元劇的作者便往往的要借用第三身的口吻出之。這種格局，不僅在表演舞臺上不能或不便表演的情狀時用之，即舞臺上盡可表演的，也還要用到它。最明顯的例子，像描狀兩個武士狠鬥的情形，元劇作者們總要借用像探子的那一流人物的報告（此例，元劇中最多，像尚仲賢的《尉遲恭單鞭奪槊》、《漢高祖濯足》《氣英布》等等皆是）。又無名氏的《貨郎擔》一劇（見《元曲選》），其第四節正旦所唱的《九轉貨郎兒》一套，更是正式的敘事歌曲與「諸宮調」的格調無甚歧異的了。

在歌曲的本身劇，諸宮調所給予元劇的影響尤為重大。《錄鬼簿》在董解元的名字之下，注云：

> 以其創始，故列諸首云。

其意，大概是說，董解元為北曲的「創始」者，故列他於「前輩名公有樂章傳於世者」之首。《太和正音譜》也說：「董解元，仕於金，始製北曲。」其實，董解元雖未必是唯一的一位北曲的創「始」者，他和其他的「諸宮調」的諸位作者們，對於北曲的創作卻是最為努力，最為有功的。如果在北曲創作的過程裡，沒有那些位諸宮調的作者們出現，其情形一定是很不相同的。

諸宮調的套數，結構頗繁，而承襲之於北宋時代的唱賺的成法者尤多，這在上文也已說明過。唱賺的曲調組成法，有纏令纏達二種。纏令最流行於諸宮調裡。纏達較少，像《西廂記諸宮調》卷三所載的一套〈六么實催〉，《劉知遠諸宮調》第一則所載的〈安公子纏令〉大約都是的罷。像這兩種的套數的組成法，今見於諸宮調裡者，究竟是否與唱賺的成法完全相同，已不可知。然若與元劇的套數較之，則元劇套數的組成法

之出於諸宮調卻是彰彰在人耳目間。諸宮調的套數，短者最多；於纏令纏達外，其餘各套，殆皆以一曲一尾組成之，像：

（中呂調）（牧羊關）……（尾）

——見《劉知遠諸宮調》第二

這似乎在北曲裡較少見到。然其實，諸宮調在這個所在，其所用之曲調，殆皆為同調二曲之合成，有如「詞」的必以二段構成，或如南北曲的換頭、前腔或么篇。故上面的一套也可以這樣的寫法：

（中呂調）（牧羊關）——（么）——（尾）

以這樣簡單的曲調組成的套數，在元人裡也不是沒有，像：

（般涉調）（哨遍）——（急曲子）——（尾聲）

——《北詞廣正譜》九帙引朱庭玉喚起瑣窗套

至於「纏令」則大都較長，至少連尾聲總有三支曲調，加上么篇也至少有四支至五支曲調。像《西廂記諸宮調》卷四的〈侍香金帝纏令〉：

（黃鐘宮）（侍香金帝纏令）……（雙聲疊韻）……（刮地風）……（整金冠令）……（賽兒令）……（柳葉兒）……（神仗兒）……（四門子）……（尾）

則簡直可以與元劇裡最長的套數相拮抗的了：

（越調）（鬥鵪鶉）……（紫花兒序）……（小桃紅）…（東原樂）……（雪裡梅）……（紫花兒序）……（絡絲娘）……（酒旗兒）……（調笑令）……（鬼三臺）……（聖藥王）……（眉兒彎）……（耍三臺）……（收尾）

——楊梓《豫讓吞炭》劇

這數套，其曲調之數都是在十支以上的。若楊顯之的《瀟湘夜雨》劇內：

（黃鐘宮）醉花陰……喜遷鶯……出隊子……么……山坡羊……刮地風……四門子……古水仙子……尾聲

關漢卿《切膾旦》劇內：

（雙調）新水令……沉醉東風……雁兒落……得勝令……錦上花……么……清江引等套，其曲調皆在十支以內，其格律是更近於諸宮調內所用的各套數的了。

至於纏達的一體，也曾經由諸宮調而傳達於元劇的套數裡。直接的像那麼除一引一尾外，中間「只以兩腔遞且循環間用」者，元劇裡原是不多；然在正宮裡的許多套數的組織裡，我們還很明顯的看出這個影響來。試舉關漢卿的《謝天香》劇為例：

（正宮）端正好……滾繡球……倘秀才……滾繡球……倘秀才……窮河西……滾繡球……倘秀才……呆骨朵……倘秀才……醉太平……三煞……煞尾

其以〈滾繡球〉、〈倘秀才〉二調「遞且循環間用」正是纏達的方式。不僅漢卿此劇這樣。凡〈正宮端正好套〉，用到〈滾繡球〉及〈倘秀才〉幾莫不都是如此的「遞且循環間用」的，惟其中並用〈窮河西〉、〈醉太平〉等等他曲，則與纏達有不盡同者，此蓋因中間已經過諸宮調的一個階段之故。

大抵連結若干支曲調而成為一部套數其風雖始於大曲（或雜劇詞）及唱賺，而發揮光大之，使之成為一種重要的文體者則為諸宮調無疑，元劇離開北宋的大曲及唱賺太遠。其所受的影響，自當得之於諸宮調而非得之大曲及唱賺。

最後，更有一點，也是諸宮調給予元雜劇的不可磨滅的痕跡；那便是，組織幾個不同宮調的套數，而用來講唱（就元雜劇方面說來，便是搬演）一件故事。在大曲或唱賺裡，所用的曲調惟限於一個〈宮調〉裡的；他們不能使用兩個宮調或以上的曲子來連續唱述什麼。但諸宮調的作者們卻更有弘偉的氣魄，知道連結了多數的不同宮調的套數，供給他們自由的運用。這乃是諸宮調所特創的一個敘唱的方法。這個方式，在元雜劇

裡便全般的採用著。元劇至少有四折，該用四個不同宮調的套數；但像王實甫的《西廂記雜劇》，吳昌齡的《西遊記雜劇》，劉東生的《嬌紅記雜劇》等，其卷數在二卷以上者，則其所需要的不同宮調的套數，往往是在八個乃至二十幾個以上的。這全是諸宮調的作者們給他們以模式的。

以上所述，係就元劇受到諸宮調影響的各個單獨之點而立論，其實，那些影響原是整個的，不可分離的，不可割裂的。元雜劇是承受了宋、金諸宮調的全般的體裁的，不僅在支支節節的幾點而已；只除了元雜劇是邁開足步在舞臺上搬演，而諸宮調卻是坐（或立）而彈唱的一點的不同。我們簡直的可以說，如果沒有宋、金的諸宮調，世間便也不會出現著元雜劇的一種特殊的文體的。這大約不會是過度的誇大的話罷。鍾嗣成、涵虛子敘述北雜劇，都以董解元為創始者，這是很有見地的。不過以董解元的一人，來代替了自孔三傳以下的許多偉大的天才們，未免有些不公平耳。

參考書目

1. 耐得翁：《都城紀勝》。
2. 吳自牧：《夢粱錄》。
3. 王國維：《宋元戲曲史》。
4. 鄭振鐸：《插圖本中國文學史》。
5. 鄭振鐸：〈宋金元諸宮調考〉（本章關於諸宮調一部分，多節用本文）。

第九章 元代的散曲

一

散曲是流行於元代以來的民間歌曲的總稱。唐、宋詞原來也是民間的歌曲，惟到了五代及北宋，已成了貴族的樂歌，到了南宋，已是僵化了的東西。於是散曲起而代之，大流行於元代；還是活潑潑的民間之物。到了明代中葉以後，散曲才成了僵化的東西。但還不斷的有新的俚曲加入其中，使之空氣常是新鮮不腐。在清代也是如此。

散曲是「清唱」的；故亦名「清曲」（張旭初《吳騷合編》凡例：「《南詞韻選》及《遴奇》、《振雅》諸俗刻所載清曲，大略雷同」）。所謂「清曲」，是對「戲曲」而言的。戲曲包括動作、歌唱、說白三者；清曲則無動作及道白，只是歌唱而已；故被稱為清唱。唱時，只用弦索、笙笛、鼓板等，不用鑼鼓。魏良輔《曲律》云：「清唱俗語謂之冷板凳，不比戲場借鑼鼓之勢。全要閒雅整肅，清俊溫潤。」

散曲可分為套數及小令二類。楊朝英《陽春白雪》卷首所載「燕南芝庵先生撰」《唱論》，有云：「成文章曰樂府；有尾聲名套數；時行小令喚葉兒。」所謂「成文章」的樂府，大約泛指成篇的散曲或戲曲而言。

套數亦有無「尾聲」者；唯以具有尾聲為原則。最簡單的套數，僅一首一尾（北曲），或僅以引曲，一過曲，一尾聲（南曲）組成之。但大多數的套數，總以屬於同宮調的「曲調」五六個以上組成之；和宋大曲

的組成法有些相同。

元末，有所謂南北合套的東西出現，即一篇散曲，是以南曲調及北曲調混合組成者。

小令通常以一首為一篇，若唐、宋詞調的慣例。惟有所謂「重頭」者，往往以二首以上之小令，詠述一事或同一情調的東西，有時多至百首（像明人王九思、李開先詠〈傍妝臺〉各一百首）。

二

論述元代散曲，因了這十多年來新資料層見疊出的緣故，尚不甚感困難。元劇的文章，最好的恰可達到深淺濃淡，無所不宜的「火候」；也便是達到雅俗共賞的程度。元代的散曲也是如此。他們絕對不是粗鄙惡俗的俚曲，他們不是出於未經文學修養者的手筆。他們裡有極多乃是最好的抒情詩人們的傑作。他們乃是經過琢磨的美玉，乃是經過披揀的黃金。其中有一部分，也許不怎麼諧俗，不怎麼上乘，可是，大多數卻都是深入民間的，仿佛有些像宋人所謂「有井水飲處，無不歌柳詞」般的情形。當詞調一出現的時候，立刻便來了一個溫庭筠、韋莊、馮延巳和南唐二主的大時代。同樣的，散曲一出現的時候，立刻也便來了一個關漢卿、馬致遠、張小山、喬夢符們的大時代。

從前論述元代散曲的，只知道張小山、喬夢符（《四庫全書》只著錄《張小山小令》）二家；最多，也只知道關、馬、鄭、白（以他們的劇曲為更有名）而已。但現在，我們的眼界廣大得多了；我們所知道的散曲作家們也更多了。

本章於論述重要的作家們之外，並及無名詩人們的散曲；其中，有些是當時的俚曲，我們應該特別的加以注意。

散曲不完全是抒情詩篇，其中也盡有很多的敘事歌曲。我們於〈燕子賦〉一類的幽默詩之後，久不見有

這一類的東西出現了。但在這個時候，我們在散曲裡仍可得到不少的最好的諷刺的或幽默的詩篇，像馬致遠的《借馬》，睢景臣的《高祖還鄉》等，都是令人忍俊不禁的絕妙好辭，這是唐詩宋詞裡所罕見的一種珍奇。

三

元代散曲的作家，《錄鬼簿》記載得最有次第。鍾嗣成把寫散曲者和寫劇曲者分開。寫散曲的「前輩名公」自董解元（鍾云：「金章宗時人，以其創始，故列諸首云。」）以後，有：

（一）太保劉公夢正
（二）張子益平章
（三）商政叔學士
（四）杜善甫散人
（五）王和卿學士
（六）閻仲章學士
（七）盍士常學士
（八）胡紫山宣尉
（九）盧疏齋憲使
（十）姚牧庵參軍
（十一）史中書丞相天澤
（十二）徐子芳憲使
（十三）不忽木平章
（十四）楊西庵參軍
（十五）張九元帥弘範
（十六）荊幹臣參軍
（十七）陳草庵中丞
（十八）馬彥良孝事
（十九）劉中庵承旨
（二十）闞彥舉學士
（二一）趙子昂承旨
（二二）滕玉霄應奉
（二三）白無咎學士
（二四）鄧玉賓同知
（二五）馮海粟學士
（二六）暫克明尚書
（二七）張夢符憲使
（二八）曹光輔學士（名元用）
（二九）貫酸齋學士
（三十）張雲莊參議
（三一）奧殷周侍御
（三二）趙伯甯中丞
（三三）郝新庵左丞
（三四）劉時中待制
（三五）李沉之學士
（三六）薩天錫照磨
（三七）曹子貞學士
（三八）馬昂夫總管
（三九）班恕齋知縣

（四十）王元鼎學士　（四一）馬守芳府判　（四二）劉士常省掾

（四三）虞伯生學士　（四五）元遺山好問

連董解元，他所記載的凡四十五人。他說，「右前輩公卿大夫居要路者，皆高才重名，亦於樂府用心。蓋文章政事，一代典型，乃平昔之所學，而舞曲辭章，由乎味順積中，英華自然發外者也。自有樂章以來，得其名者止於如此。蓋風流蘊藉，自天性中來。若夫村樸鄙陋固不足道也。」這裡所舉的都是名公巨卿。兼寫劇曲的關漢卿、馬致遠諸散曲作家，鍾氏卻不舉出了。

鍾氏的《錄鬼簿》自序，署至順元年（西元一三三〇年）。郝經題《錄鬼簿蟾宮曲》則署至正庚子（西元一三六〇年），那時，鍾氏已經死了。鍾氏著作《錄鬼簿》時代的年齡，最少是三〇歲。則他所不及見的「前輩公卿大夫」，總是西元一三〇〇年以前的人物。我們把這四十多個作家，放在西元一二〇一到一三〇〇年的一百年間，當不會有什麼大錯的。這構成元代散曲的第一期。

在鍾氏所舉的「方今才人相知者」裡，曾寫作散曲的，有以下的許多人：

（一）范冰壺（名居中）　（二）施君承（承一作美）

（三）黃德澤（名天澤）　（四）沈珙之

（五）趙君卿（名臣弼）　（六）陳彥實（名無妄）

（七）康弘道（名毅）　（八）睢舜臣（字嘉賢）（舜一作景）

（九）吳中立（名本）　（十）周仲彬（名文質）

（十一）宮大用（名天挺）　（十二）鄭德輝（名光祖）

（十三）金志甫（名仁傑）　（十四）曾瑞卿

（十五）沈和甫　（十六）吳仁卿（名弘道）

（十七）劉宣子（字昭叔）　（十八）秦簡夫

（十九）喬夢符（名吉一）
（二十）趙文寶（名善慶）
（二一）王仲元
（二二）張小山（名可久）
（二三）錢子雲（名霖）
（二四）黃子允（名公望）
（二五）徐德可（名再思）
（二六）顧君澤（名德潤）
（二七）曹明善（名德）
（二八）汪勉之
（二九）高敬臣（名克禮）
（三十）王守中（名位）
（三一）蕭德祥（名天瑞）
（三二）陸仲良（名登善）
（三三）朱士凱
（三四）王日新（名曄）
（三五）吳純卿（名樸）
（三六）李齊賢
（三七）王思順
（三八）蘇彥父
（三九）屈英夫
（四十）李用之
（四一）顧廷玉
（四二）俞姚夫
（四三）張以仁
（四四）高可道
（四五）董君瑞
（四六）高安道
（四七）李邦傑

以上四十七人都是鍾嗣成同時代的作家，有相知的，也有不相知的；這便是元代散曲的第二期了——從西元一三〇一年到西元一三六〇年。

在這第二期裡，鍾嗣成他自己也是一位重要的作家。而編輯《陽春白雪》、《太平樂府》的楊朝英和著作《中原音韻》的周德清，也都是不凡的詩人。

楊朝英的《太平樂府》編於至正辛卯（十一年，即西元一三五一年），《陽春白雪》的編成，其時代當

也相差不遠。楊氏在這二書的卷首（《陽春白雪》殘本卷首有「古今姓氏」），都有「姓氏」。這些作家們和鍾氏所載的諸家，有一大部分是相同的；其時代，當然也是相同的。

「太平樂府姓氏」所載凡八十五人。楊氏云：「已上八十五人外，又有不知名氏者所作；具見集中。比它編有名無曲者不同。」（《錄鬼簿》所載的作家凡九十三人，其中二書姓氏相同者，不別作符記）。

白無咎	關漢卿	商政叔	馬致遠	盧疏齋	馬東籬
元遺山	馬謙齋	王和卿	姚牧庵	白仁甫	呂止庵
貫酸齋	馬九皋	張雲莊	楊西庵	馮海粟	呂濟民
周德清	張小山	鄧玉賓	喬夢符	查德卿	吳西逸
徐甜齋	孫周卿	武林隱	王元鼎	阿里耀卿	西瑛
衛立中	李伯瞻	趙顯宋	劉逋齋	景無啟	唐毅夫
高栻	李愛山	宋方壺	王愛山	吳仁卿	劉時中
杜善夫	趙天錫	朱庭玉	盍西村	李伯瑜	顧君澤
胡紫山	仇州判	王伯成	李德載	吳克齋	王敬甫
魯瑞卿	程景初	鍾繼先	趙彥輝	杜遵禮	孫季昌
趙明道	鄭德輝	秦竹村	周仲彬	李致遠	童童學士
沙正卿	王仲誠	李邦基	王仲元	庾吉甫	睢景臣
魯褐夫	孛羅御史	呂大用	陸仲良	任則明	姚守中
楊澹齋	楊立齋	侯正卿	高安道	董君瑞	行院王氏
珠簾秀歌者					

殘元本《陽春白雪》卷首的「古今姓氏」，除古代的蘇東坡、晏叔原、辛稼軒、司馬想、柳耆卿、鄧千江、

吳彥高、朱淑真、蔡伯堅、張子野等十人外，其餘的六十人，都是元人：

王修甫	白無咎	彭壽之	張子益	京幹臣	石子章
閻仲章	蒲察善長	王嘉甫	元遺山	王和卿	鮮于伯機
呂元禮	劉太保	商政叔	徐子芳	芝庵	盧疏齋
胡紫山	姚牧庵	貫酸齋	劉逋齋	崔彧	李秋谷
奧敦周卿	嚴忠濟	庾吉甫	馬九皋	阿魯威	阿里耀卿
史知州	馬謙齋	仇州判	馮海粟	吳克齋	張子友
盍志學	侯正卿	吳正卿	關漢卿	白仁甫	馬致遠
王伯成	左敬之	鄭德輝	鄭廷玉	杜善夫	亢文苑
張小山	呂止庵	趙文一	高文秀	李茂之	紀君祥
楊君擇	冀子奇	孫叔順	王仲誠	不忽麻平章	李邦基
高安道	董君瑞	陳子厚	趙明道	景元啟	李壽卿
劉時中	楊澹齋				

其作品見於《陽春白雪》及《殘本陽春白雪》中而姓氏未見於上表者尚有：

商左山　呂止軒　呂侍中　吳仁卿　徐容齋　楊西庵　趙天錫　薛昂夫

等八人。但疑呂止軒、呂侍中和表中的呂止庵是一人。

在永樂二十年（西元一四二二年）賈仲明編的《續錄鬼簿》裡，記載著不少的元末明初的散曲作家。其中有一部分，像鍾嗣成、周德清、劉廷信、蘭楚芳等都是元人。這些作家們——從西元一三六一年到一四二二年——我們也在這裡順便的述及了。這可算是元代散曲的第三期。

賈氏所記載的作家們，有：

鍾繼先（名嗣成） 羅貫中 汪元亨（原作「享」誤） 谷子敬
丁野夫 郝仲誼（名經） 陸進之 李時英
須子壽 金文質 湯舜民 楊景賢（名暹，後改名訥）
李唐賓 陳伯將 張鳴善 高茂卿
劉君錫 陶國瑛 唐以初（名復） 夏伯和
周德清 劉廷信 蘭楚芳 金子仁
詹時雨 劉士昌 花士良 宣庸甫
金元素 金文石 金堯臣 盛從周
劉元臣 龔敬臣 龔國器 趙元臣
臧彥洪 莊文昭（名麟） 王文新 張伯剛
王景榆 陳敬齋 月景輝 賽景初
沐仲易 虎伯恭 魏士賢 王彥仲
徐景祥 丁仲明 沈士廉 俞行之
賈伯堅（名固） 倪瓚 孫行簡 徐孟曾
楊彥華 郝啟文 劉東生 賈仲明

在這些作家們裡，大多數是寫散曲的。可惜，其作品存在於今的，實在太少了。故講述這第三期的作家的時候，頗有些文獻無徵之感。

楊鐵崖（維楨）嘗為周月湖、沈子厚二人的「今樂府」作序；但周沈二人之作，今也不可得見。在《樂府群玉》、《樂府新聲》、《詞林摘豔》、《雍熙樂府》、《太和正音譜》、《北宮詞紀》、《北詞廣正譜》諸書裡，尚可發見有若干作家。其中，像：

陳德和　張子堅　丘士元　張彥文　柴野愚諸人，比較的可以注意。

四

在第一期的作家裡，關漢卿無疑的佔著一個極重要的地位。《錄鬼簿》未言其寫作散曲，但他在散曲上的成就，和他在戲曲上的成就是不相上下的。他寫作雜劇至六十餘本；就今所存的十餘本者來看，幾乎沒有一本是不好的。他的散曲，從《陽春白雪》、《太平樂府》、《詞林摘豔》、《堯山堂外紀》諸書所載的搜輯起來，也可成薄薄的一冊，在這薄薄的一冊裡，也幾乎沒有一句不是溫瑩的珠玉。《太和正音譜》稱他為「可上可下之才」，實是不可信的批評。

關漢卿的生平，若明若昧。《錄鬼簿》云：「大都人，太醫院尹，號己齋叟。」《堯山堂外紀》則增飾之云：「金末為太醫院尹，金亡不仕。好談妖鬼。所著有《鬼董》。」按《鬼董》今存（《涵芬樓祕笈》本）。是否為關氏所著，不可知。「金亡不仕」語，疑為後人的附會。王和卿為元學士。他和和卿是很好的朋友；往來得很密切。當時，他一定是住在大都的，且也必定還做著「太醫院尹」一類的官。他有詠〈杭州景〉（南呂一枝花）的一篇套曲，中有「大元朝新附國，亡宋家舊華夷」語。在南宋亡後（元兵在西元一二七六年入臨安），他必定到過杭州。故他的雜劇亦有題為「古杭新刊」的。如果他是金的遺民，且在金時已為太醫院尹，則在金亡的時候（西元一二三四年），他至少已是一位三十歲以上的人了。那末，到了宋亡的時候，他至少已有七十多歲了。我很懷疑，他做太醫院尹是元代的事。他也許像白仁甫一樣，在童年的時候看見蒙古兵的滅金。但他不會是「金亡不仕」。在金時，恐怕他根本不曾出仕過。《錄鬼簿》記載董解元，特別提出「金章宗時人」等話。但記著關漢卿的事時，卻沒有一字涉及「金」。其非仕金可知。

在雜劇裡，我們一點看不出關氏的生平和他的自己的情緒來。他的全副力氣是用在刻劃他所創造的人物的身形、行動和思想、情緒上去了。但在散曲裡，我們卻可看出一位深情繾綣的人物。他也許和柳耆卿是同流，終生沉酣在歌妓間的。他為他們寫下許多的雜劇，也為他們寫下許多的散曲。他有一篇〈不伏老〉（南呂一枝花），恐怕便是他的自供吧：

（南呂一枝花）攀出牆朵朵花，折臨路枝枝柳。花攀紅蕊嫩，柳折翠條柔。浪子風流，憑著我折柳攀花手，直煞得花殘柳敗休。半生來弄柳拈花，一世裡眠花臥柳。

（梁州第七）我是個普天下郎君領袖，蓋世界浪子班頭，願朱顏不改常依舊。花中消遣，酒內忘憂。分茶攧竹，打馬藏鬮。通五音六律滑熟，甚閒愁到我心頭！伴的是銀箏女銀臺前理銀箏笑倚銀屏，伴的是玉天仙攜玉手並玉肩同登玉樓，伴的是金釵客歌金縷捧金尊滿泛金甌。你道我老也暫休。佔排場風月功名首，更玲瓏，又剔透。錦陣花營都帥頭，四海遨遊。

◆隔　尾◆

子弟每是個茅草岡沙土窩初生的兔羔兒乍向圍場上走，我是個經籠罩受索網蒼翎毛老野雞踏踏得陣馬兒熟。經了些窩弓冷箭蠟槍頭，不曾落人後。恰不道人到中年萬事休，我怎肯虛度了春秋！

◆黃鐘煞◆

我卻是蒸不爛煮不熟槌不匾炒不爆響噹噹一粒銅豌豆，恁子弟誰教鑽入他鋤不斷斫不下解不開頓不脫慢騰騰千層錦套頭。我玩的是梁園月，飲的是東京酒，賞的是洛陽花，板的是章臺柳。我也會吟詩，會篆籀，會彈絲，會品竹，我也會唱鷓鴣，舞垂手，會打圍，會蹴踘，

會圍棋，會雙陸。你便是落了我牙，歪了我口，瘸了我腿，折了我手，天與我這幾般兒歹症候，尚兀自不肯休！只除是閻王親令喚，神鬼自來勾，三魂歸地府，七魄喪冥幽，那其間才不向煙花路兒上走。

寫得多末有風趣！他的許多小令，寫閨情，寫別怨，寫小兒女的意態，寫無可奈何的歎息，寫稱心快意的滿足的，幾乎沒有一首不好，不入木三分，比柳詞還要諧俗，卻也比柳詞還要深刻活潑；比山谷詞還要豔蕩，卻也比山谷詞還要令人沉醉，同時卻又那樣的溫柔敦厚，一點也不顯出粗鄙惡俗。

◆沉醉東風◆

咫尺的天南地北，霎時間月缺花飛！手執著餞行杯，眼閣著別離淚。剛道得聲保重將息，痛煞煞教人捨不得。好去者望前程萬里！

憂則憂鸞孤鳳單，愁則愁月缺花殘。為則為俏冤家，害則害誰曾慣！瘦則瘦不似今番，恨則恨孤幃繡衾寒，怕則怕黃昏到晚！伴夜月銀箏鳳閑，暖東風繡被常慳。信沉了魚，書絕了雁，盼雕鞍萬水千山。本利對相思若不還，則告與那能索債愁眉淚眼。

◆碧玉簫◆

盼斷歸期，劃損短金篦。一捻腰圍，寬褪素羅衣。知他是甚病疾，好教人沒理會。揀口兒食，陡恁的無滋味。醫，越恁的難調理！簾外鳳篩，涼月滿閑階。燭滅銀臺，寶鼎串煙埋。醉魂兒難掙挫，精采兒強打捱。那裡每來，你取閑論詩才。臺，定當的人來賽。

〈題情〉的〈一半兒〉四首，沒有一首不是俊語連翩，豔情飛蕩的：

◆一半兒◆

雲鬟霧鬢勝堆鴉，淺露金蓮簌絳紗，不比等閒牆外花。罵你個俏冤家，一半兒難當一半兒耍。

碧紗窗外靜無人，跪在床前忙要親。罵了個負心回轉身。雖是我話兒嗔。一半兒推辭一半兒肯。

銀臺燈滅篆煙殘，獨入羅幃淹淚眼。乍孤眠好教人情興懶！薄設設被兒單，一半兒溫和一半兒寒。

多情多緒小冤家，拖逗得人來憔悴煞。說來的話先瞞過咱！怎知他，一半兒真實一半兒假！

〈楚臺雲雨會巫峽〉套（〈雙調新水令〉），寫得是那末蕩魄驚魂。「顫欽欽把不住心頭怕，不敢將小名呼咱，只索等候他。」那情景是如何的緊張。〈玉驄絲鞚錦鞍韂〉套（〈雙調示換頭新水令〉）寫憶別的情懷，寫重會時的喜歡和誤解，都是達到很不容易達到的深刻的描寫的程度：

〔一錠銀〕心友每相邀列著管弦，卻只待勸解動淒然！十分酒十分悲怨，卻不道怎生般消遣！

〔阿那忽〕酒勸到根前，只辦的推延。桃花去年人面，偏怎生冷落了今年？

〔不拜門〕酒入愁腸悶怎生言！疏行瀟瀟西風戰。如年，如年似長夜天，正是恰黃昏庭院。

這是寫「憶」。但當那男人有了一個機會，「忙加玉鞭，急催駿騐，飛到那佳人家門前」時：

〔喜人心〕人叢裡遙見，半遮著羅扇。可喜的風流業冤，兩葉眉兒未展。百般的陪告，

一創的求和，只管裡熬煎。他越將個龐兒變，咱百般的難分辨。

好容易方才去了她的疑心，和她和好。「天若肯為人，為人是今生願，盡老同眠也者，也強如雁底關河路兒遠」。

他的〈白鶴子〉：「鳥啼花影裡，人立粉牆頭。春意雨絲牽，秋水雙波溜。」是如何漂亮的一首抒情小詩！他也寫些「閒適」的小曲，那卻並無什麼出色之處，像〈四塊玉〉（題作〈閒適〉，凡四首）：

適意行，安心坐。渴時飲，飢時餐，醉時歌；困來時就向莎茵臥。日月長，天地闊，閒快活。

舊酒沒，新醅潑。老瓦盆邊笑呵呵，共山僧野叟閒吟和。他出一對雞，我出一個鵝，閒快活。

意馬□，心猿鎖，跳出紅塵惡風波，槐陰午夢誰驚破！離了利名場，攢入安樂窩，閒快活。

商畝耕，東山臥，世態人情經歷多。閒將往事思量過，賢的是他，愚的是我，爭甚麼！

又像〈碧玉簫〉的一首：

秋景堪題，紅葉滿山溪。松徑偏宜，黃菊繞東籬。正清樽斟潑醅，有白衣勸酒杯。官品極，到底成何濟！歸，學取他淵明醉！

蓋為題材所限，很不容易有驚人之作。

漢卿的朋友王和卿，也是一位風流人物，一生追逐於歌妓之後的。他也是大都人，《錄鬼簿》稱他為「學士」。《堯山堂外紀》（卷六十八）云：「關漢卿同時。和卿數譏謔關。關雖極意還答，終不能勝。」和卿所詠，多半雜以諧謔，無多大的深刻的情緒，像詠蝶的〈醉中天〉，「詠禿」的〈天淨紗〉，詠「王妓浴房中被打」的〈撥不斷〉（「你本待洗腌臢，倒惹得不乾淨」）都過於滑稽挑達，沒有大作家的風度。惟〈題情〉的〈一

半兒〉：

鴉翎般水鬢似刀裁，小顆顆芙蓉花額兒穿，待不梳粧怕娘左猜。不免插金釵，一半兒鬅鬆一半兒歪。

較好；但比之關氏的〈一半兒〉卻差得很遠。

王實甫也和關氏同時。他的不朽的《西廂記雜劇》，相傳其第五本是關氏所續。他的散曲流傳得最少，卻沒有一首不好。〈別情〉的〈堯民歌〉云：

自別後遙山隱隱，更那堪遠水粼粼！見楊柳飛綿袞袞，對桃花醉臉醺醺。透內閣香風陣陣，掩重門暮雨紛紛。

怕黃昏不覺又黃昏，不銷魂怎地不銷魂！新啼痕壓舊啼痕，斷腸人憶斷腸人。今春香肌瘦幾分？摟帶寬三寸。

其俊語何減《西廂》！又「春睡」〈山坡羊〉寫的是那末有風趣！

雲鬆螺髻，香溫鴛被，掩春閨一覺傷春睡。柳花飛小瓊姬，一片聲雪下呈祥瑞。把團圓夢兒生喚起，誰不做美？呸！卻是你！

五

白有仁甫名樸（後改字太素），號蘭谷先生，真定人，文舉（名華）之子。贈嘉議大夫太常卿。他是金之遺民。八歲時，金亡。他父親和元好問是好友。好問遂挈他北渡。他因為自己是亡國之民，舉目有山川之異，恆鬱鬱不樂。放浪形骸，期於適意。恐怕多少是受有遺山的影響。中統初，有欲荐之於朝的，他再三遜謝，不就。有《天籟集》。他寫雜劇十餘本，《秋夜梧桐雨》尤盛傳於世。他的〈慶東原〉小令道：

黃金縷，碧玉簫，溫柔鄉裡尋常到。青春過了，朱顏漸老，白髮凋騷。只待強簪花，又恐傍人笑。

大約是他的自況吧。他的〈寄生草〉（〈勸飲〉）和〈沉醉東風〉（〈漁父詞〉）：

◆寄生草　勸飲◆

長醉後方何礙，不醒時有甚思？糟醃兩個功名字，醅渰千古興亡事，面埋萬丈虹霓志。不達時皆笑屈原非，但知音盡說陶潛是。

◆沉醉東風　漁父詞◆

黃蘆岸白蘋渡口，綠楊堤紅蓼灘頭。雖無刎頸交，卻有忘機友。點秋江白鷺沙鷗，傲殺人間萬戶侯，不識字煙波釣叟。

二篇，略略可以看出他的強為曠達的情懷來。而〈對景〉（〈雙調喬木查〉）一套，尤有黍離之感。在元曲裡，像這樣情調的作品是極罕見的：

（雙調喬木查）海棠初雨歇，楊柳輕煙惹，碧草茸茸鋪四野。俄然回首處，亂紅堆雪。

（么篇）恰春光也，梅子黃時節。映日榴花紅似血，胡葵開滿院，碎剪宮纈。

（掛搭沽序）倏忽早庭梧墜，荷蓋缺，院宇砧韻切，蟬聲咽，露白霜結，水冷風高，長天雁字斜，秋香次第開徹。

（么篇）不覺的冰澌結，彤雲布朔風凜冽。亂撲吟窗，謝女堪題，柳絮飛，玉砌長郊萬里，粉汙遙山千疊。去路賒，漁叟散，披蓑去，江上清絕。幽悄閒庭，舞榭歌樓酒力怯，人在水晶宮闕。

（么篇）歲華如流水，消磨儘自古豪傑。蓋世功名總是空，方信花開易謝，始知人生多別。憶故園，漫歎嗟！舊遊池館，翻做了狐蹤兔穴。休痴休呆，蝸角蠅頭，名親共利切。富貴似花上蝶，春宵夢說。

（尾聲）少年枕上歡，杯中酒好天良夜，休辜負了錦堂風月。

他的〈陽春曲〉（〈知機〉四首）大約寫的是無可奈何的悲哀吧：

知榮知辱牢緘口，誰是誰非暗點頭。詩書叢裡且淹留。閑袖手，貧煞也風流。

今朝有酒今朝醉，且盡樽前有限杯。回頭滄海又塵飛。日月疾，白髮故人稀！

不因酒困因詩困，常被吟魂惱醉魂。四時風月一閑身。無用人，詩酒樂天真。

張良辭漢全身計，范蠡歸湖遠害機。樂山樂水總相宜。君細推，今古幾人知！

他頗長於寫景色。春、夏、秋、冬的四題，已被寫得爛熟，但他的〈天淨沙〉四首，卻是情詞俊逸，不同凡響。

◆天淨沙◆

春　春山暖日和風，闌干樓閣簾櫳，楊柳秋千院中。啼鶯舞燕，小橋流水飛紅。

夏　雲收雨過波添，樓高水冷瓜甜，綠樹陰垂畫簷。紗廚藤簟，玉人羅扇輕縑。

秋　孤村落日殘霞，輕煙老樹寒鴉，一點飛鴻影下。青山綠水，白草紅葉黃花。

冬

一聲畫角譙門，半亭新月黃昏，雪裡山前水濱。竹籬茅舍，淡煙衰草孤村。

「孤村落日殘霞」的一首，殊不下於馬致遠的「枯藤老樹昏鴉」。

他也善作情語。〈德勝令〉的幾首和〈陽春曲〉的幾首都是不下於關漢卿、王實甫諸作的。

◆德勝令 三首◆

獨自寢，難成夢。睡覺來懷兒裡抱空。六幅羅裙寬褪，玉腕上釧兒鬆。

獨自走，踏成道。空走了千遭萬遭。肯不肯疾些兒通報，休直到教耽擱得大明了！

紅日晚，殘霞在。秋水共長天一色。寒雁兒呀呀的天外，怎生不捎帶個字兒來？

◆陽春曲 題情四首◆

輕拈斑管書心事，細摺銀箋寫恨詞。可憐不慣害相思。只被你個肯字兒，拖逗我許多時。

從來好事天生險，自古瓜兒苦後甜。奶娘催逼緊拘鉗。苗是嚴，越間阻越情忺。

笑將紅袖遮銀燭，不放才郎夜看書。相偎相抱取歡娛。止不過迭應舉，及第待何如！

百忙裡鉸甚鞋兒樣？寂寞羅幃冷串香。向前摟定可憎娘。止不過趕嫁妝，誤了又何妨！

六

馬致遠的時代，當略後於關、王、白諸人。《錄鬼簿》云：「致遠大都人，號東籬。老江浙省務提舉。」蓋終於江南者。他的雜劇，最得明人的讚頌。故《太和正音譜》首列之（「宜列群英之上」），稱之為「朝

陽鳴鳳」，贊之曰：「有振鬣長鳴，萬馬皆瘖之意。」明人不知欣賞關漢卿而獨抬高馬致遠，可知馬氏的作品，如何的投合於文人學士的心境。他是第一個元曲作家，把自己的情思，整個的寫入雜劇和散曲裡的。他發牢騷，由牢騷而厭世，由厭世而故作超脫語。這是深足以打動文人們的情懷的。但離開民眾卻很遠了。民眾是不愛聽那一套的酸氣撲鼻的歎窮訴苦的話的。從他以後，元曲便漸漸的成了文人之所有，作為發洩文人自己的苦悶的東西，而益益的遠離了民間了。但他也還有些遊戲之作，頗能打動一般人的歡笑的。到了明代中葉以後，除了受俚曲影響的作家之外，便只有一味的自吹自彈，完全和民間隔離開了。

馬氏的散曲，寫得清俊，寫得尖新，頗像蘇軾評陶淵明之所說的「外枯而中膏，似淡而實美」的作風；又像以淡墨禿筆作小幅山水，雖寥寥數筆，而意境無窮。這是他的不可及處。他的最有名的〈天淨沙〉（〈秋思〉）：

枯藤老樹昏鴉，小橋流水人家，古道西風瘦馬。夕陽西下，斷腸人在天涯。

便正可代表他的作風吧。其實，在他的小令裡，同樣清俊的東西，也還不少：

◆壽陽曲◆

山市晴嵐

花村外，草店西，晚霞明雨收天霽。四圍山一竿殘照裡，錦屏風又添鋪翠。

遠浦帆歸

夕陽下，酒旆閑，兩三航未曾著岸。落花水香茅舍晚，斷橋頭賣魚人散。

平沙落雁

南傳信，北寄書，半棲遲岸花汀樹。似鴛鴦失群迷伴侶，兩三行海門斜去。

煙寺晚鐘

寒煙細，古寺清，近黃昏禮佛人靜。順西風降鐘三四聲，怎生教老僧禪定！

漁村夕照

鳴榔罷，閃暮光，綠楊堤數聲漁唱。掛柴門幾家閑晒網，都撮在捕魚圖上。

但他所最打動文人學士們的心的，還不是這些寫景的東西，而是那些充塞了悲壯的情懷的厭世的歌聲。我們看：

◆秋思◆

（雙調夜行船）百歲光陰一夢蝶，重回首往事堪嗟。今日春來，明朝花謝，急罰盞夜闌燈滅。

（喬木查）想秦宮漢闕，都做了衰草牛羊野。不恁麼漁樵沒話說！縱荒墳橫斷碑，不辨龍蛇。

（慶宣和）投至狐蹤與兔穴，多少豪傑。鼎足雖堅半腰裡折，魏耶？晉耶？

（落梅風）天教你富，莫太奢，沒多時好天良夜。富家兒更做道你心似鐵，爭辜負了錦堂風月！

（風入松）眼前紅日又西斜，疾似下坡車。不爭鏡裡添白雪，上床與鞋履相別。休笑鳩巢計拙，葫蘆提一向妝呆。

（撥不斷）利名竭，是非絕。紅塵不向門前惹。綠樹偏宜屋角遮，青山正補牆頭缺，更那堪竹籬茅舍！

（離亭宴煞）蛩吟罷一覺才寧貼，雞鳴時萬事無休歇。何年是徹！看密匝匝蟻排兵，亂紛紛蜂釀蜜，鬧穰穰蠅爭血。裴公綠野堂，陶令白蓮社。愛秋來時那些；和露摘黃花，帶霜

分紫蟹，煮酒燒紅葉。想人生有限杯，渾幾個重陽節？人問我，頑童記者；便北海探吾來，道東籬醉了也。

這是最有名的一篇傳誦不朽的東西了；但東籬的悲壯激昂的作風，赤裸裸的自敘其憤激的情懷的，還不在此而在彼。像〈般涉調哨遍〉「半世逢場作戲」一套，才極甚痛快淋漓的披肝瀝膽的呼號著呢：

（般涉調哨遍）半世逢場作戲，險些兒誤了終焉計。白髮勸東籬，西村最好幽棲，老正宜。芳廬竹徑，藥井蔬畦，自減風雲氣，嚼蠟光陰無味。傍觀世態，靜掩柴扉。雖無諸葛臥龍岡，原有嚴陵釣魚磯。成趣南園，對榻青山，繞門綠水。

（耍孩兒）窮則窮落覺囫圇睡，消甚奴耕婢織。荷花二畝養魚池，百泉通一道清溪。安排老子閑風月，準備閒人洗是非。樂亦在其中矣。僧來筍蕨，客至琴棋。

（二）青門幸有栽瓜地，誰羨封侯百里？桔槔一水韭苗肥，快活煞學圃樊遲。梨花樹底三杯酒。楊柳陰中一片席，倒大來無拘繫。先生家淡粥，措大家黃齏。

（三）有一片凍不死衣，有一口餓不死食。貧無煩惱知閑貴，譬如風浪乘舟去，爭似田園拂袖歸。本不愛爭名利，嫌貧汙耳，與鳥忘機。

（尾）喜天陰喚錦鳩，愛花香哨畫眉。伴露荷中煙柳外風蒲內，綠頭鴨黃鶯兒啅七七。

同樣的情懷，也拂拭不去的滲透在他的小令裡：

◆撥不斷　六首◆

九重天，二十年，龍樓鳳閣都曾見。綠水青山任自然，舊時王謝堂前燕，再不復海棠庭院。

歎寒儒，慢讀書，讀書須索題橋柱。題柱雖乘駟馬車，乘車誰買長門賦？且看了長安回去。

路傍碑，不知誰，春苔綠滿無人祭。畢卓生前酒一杯，曹公身後墳三尺，不如醉了還醉。

布衣中，問英雄，王圖霸業成何用！禾黍高低六代宮，楸梧遠近千官塚，一場惡夢。

競江山，為長安，張良放火連雲棧，韓信獨登拜將壇，霸王自刎烏江岸，再誰分楚漢！

子房鞋，買臣柴，屠沽乞食為僚宰，版築躬耕有將才，古人尚自把天時待，只不如且酩子裡胡捱。

◆慶東原◆

歎世三首

拔山力，舉鼎威，喑嗚叱吒千人廢。陰陵道北，烏江岸西，休了衣錦東歸。不如醉還醒，醒而醉！

明月閑旌旆，秋風助鼓鼙，帳前滴盡英雄淚。楚歌四起，烏騅漫嘶。虞美人兮，不如醉還醒，醒而醉。

誇才智，曹孟德，分香賣履純狐媚。奸雄那裡？平生落的，只兩字征西。不如醉還醒醒而醉。

◆清江引◆

野興八首

樵夫覺來山月低，釣叟來尋覓。你把柴斧拋，我把魚船棄，尋取個穩便處閑坐地。

綠蓑衣紫羅袍誰是主？兩件兒都無濟。便作釣魚人，也在風波裡。則不如尋個穩便處閑坐地。

山禽晚來窗外啼，喚起山翁睡。恰道不如歸，又叫行不得。則不如尋個穩便處閑坐地。天之美祿誰不喜，偏只說劉伶醉。畢卓縛甕邊，李白沉江底。則不如尋個穩便處閑坐地。楚霸王火燒了秦宮室，蓋世英雄氣。陰陵迷路時，船渡烏江際。則不如尋個穩便處閑坐地。

◆四塊玉◆

林泉隱居誰到此？有客清風至。會作山中相，不管人間事。爭甚麼半張名利紙！

西村日長人事少，一個新蟬噪。恰待葵花開，又早蜂兒鬧。高枕上夢隨蝶去了。

東籬本是風月主，晚節園林趣。一枕葫蘆架，幾行垂楊樹，是搭兒快活閑住處。

恬退二首

綠水邊，青山側，二頃良田一區宅，閑身跳出紅塵外。紫蟹肥，黃菊開，歸去來！

酒旋沽，魚新買，滿眼雲山畫圖開，清風明月還詩債。本是個懶散人，又無甚經濟才，歸去來！

◆蟾宮曲◆

歎世二首

東籬半世蹉跎，竹裡遊亭，小宇婆娑。有個池塘，醒時魚笛，醉後漁歌。嚴子陵他應笑我，孟光臺我待學他。笑我如何？到大江湖，也避風波。

咸陽百二山河，兩字功名，幾陣干戈。項廢東吳，劉興西蜀，夢說南柯。韓信功兀的般證果，蒯通言那裡是風魔？成也蕭何，敗也蕭何，醉了由他！

像這樣透徹的厭世觀，是那黑暗的時代自然的產物吧。「便作釣魚人，也在風波裡」，這樣的退避、躲藏者，在實際上乃是徹頭徹尾的一個極端的個人主義者。

而其結果，當然非變成一個極端的享樂主義者不可了：

白玉堆，黃金垛，一日無常果如何？良辰媚景休空過！琉璃鍾琥珀濃，細腰舞皓齒歌，到大來閑快活！

對於世事，便也失去了是非心，爭競心，乃至一切的熱忱了：

酒杯深，故人心，相逢且莫推辭飲，君若歌時我慢斟。屈原清死由他恁！醉和醒爭甚！

這樣的人生觀，實在是太可怕了！卻正投合了一般的文人學士們的心境。叔孫通、錢謙益一流的人物，其對於人生的觀點，恐怕不會和這有什麼兩樣的。

但馬致遠之所作，卻也有極富風趣的諧俗之作，像〈借馬〉的〈耍孩兒〉套；那雖是遊戲的小文章，卻刻劃得那一個慳吝人的心理如此的深入顯出：

◆借馬◆

（般涉調耍孩兒）近來時買得匹蒲梢騎，氣命兒般看承愛惜。逐宵上草料數十番，喂飼得膘息胖肥。但有些穢汙卻早忙刷洗，微有些辛勤便下騎。有那等無知輩，出言要借，對面難推。

（七煞）懶習習牽下槽，意遲遲背後隨，氣忿忿懶把鞍來鞴。我沉吟了半晌語不語，不曉事頹人知不知？他又不是不精細，道不得他人弓莫挽，他人馬休騎！

（六煞）不騎啊西棚下涼處拴，騎時節揀地皮平處騎。將青青嫩草頻頻的喂，歇時節肚帶鬆鬆放，怕坐的困尻包兒款款移。勤覷著鞍和轡，牢踏著寶鐙，前口兒休提。

（五煞）饑時節喂些草，渴時節飲些水。著皮膚休使塵氈屈，三山骨休使鞭來打，磚瓦上休教穩著蹄。有口話你明明的記，飽時休走，飲了休馳。

（四煞）抛糞時教乾處抛，綽尿時教淨處尿。拴時節揀個牢固樁橛上繫，路途上休要踏磚塊，過水處不教踐起泥。這馬知人義，似雲長赤兔，如翼德烏騅。

（三煞）有汗時休去簷下拴，渲時休教侵著頹。軟煮料草煎底細，上坡時款把身來聳，下坡時休教走得疾。休道人忒寒碎，休教鞭颩著馬眼，休教鞭擦損毛衣。

（二煞）不借時惡了弟兄，不借時反了面皮。馬兒行囑咐叮嚀記，鞍心馬戶將伊打，刷子去刀莫作疑。只歎的一聲長吁氣，哀哀怨怨，切切悲悲。

（一煞）早辰間借與他，日平西盼望你，倚門專等來家內。柔腸寸寸因他斷，側耳頻頻聽你嘶。道一聲好去，早兩淚雙垂。

（尾）沒道理，沒道理！忒下的，忒下的！恰才說來的話君專記，一口氣不違借與了你。

這是馬致遠的真正的崇高的成就。詼諧之極的局面，而出之以嚴肅不拘的筆墨，這乃是最高的喜劇；正和最偉大的哲人以詼諧的口吻在講學似的；他的態度足夠嚴肅的，但聽的人怡然的笑了。流行的昆劇裡，有一齣《借靴》（時劇），顯然是脫胎於馬氏這一篇〈借馬〉，卻點金成鐵，變成了惡俗不堪入耳目的東西了。

他也寫些極漂亮的情詞。凡是散曲的能手，寫情詞差不多都可脫口成章，且無不是俊逸異常，而又婦孺能解，諧俗之極，而又令雅士沉吟不捨的。這是新鮮的，永遠不會老的東西。《詩》裡的鄭、衛、齊、陳諸風，六朝的〈子夜〉、〈讀曲歌〉，明末的〈掛枝兒〉都是同一個階段，同一類的東西吧——是最好的詩人和民歌初次接觸到而受到其影響來試試身手的一個時期的東西——是以絕代的天才來嘗試那新發見的民間詩體的一個時期的東西。文士走入民間，打破了與雅俗的界限，便寫成了雅俗共賞的東西了。關、馬二人的情詞便是如此過程裡的作品。

馬氏的〈壽陽曲〉，寫情的十餘首，絕妙好辭很不少，可作為他的情詞的代表：

雲籠月，風弄鐵，兩般兒助人淒切。剔銀燈欲將心事寫，長吁氣一聲吹滅。

磨龍墨，染兔毫，倩花箋欲傳音耗。真寫到半張卻帶草，敘寒溫不知個顛倒。

從別後，音信絕，薄情種害殺人也！逢一個見一個因話說，不信你耳輪兒頭熱。

從別後，音信杳，夢兒裡也曾來到。問人知行到一萬遭，不信你眼皮兒不跳！

心間事，說與他，動不動早言兩罷。罷字兒磣可可你道是耍，我心裡怕那不怕！

人初靜，月正明，紗窗外玉梅斜映。梅花笑人體弄影，月沉時一般孤另。

實心兒待，休做謊話兒猜。不信道為伊曾害。害時節有誰曾見來？瞞不過主腰胸帶。

蝶慵戲，鶯倦啼，方是困人天氣。莫怪落花吹不起，珠簾外晚風無力。

他心罪，咱便捨，空擔著這場風月。一鍋滾水冷定也，再攛紅幾時得熱？

相思病，怎地醫？只除是有情人調理。相偎相抱診脈息，不服藥自然圓備。

琴愁操，香倦燒，盼春來不知春到。日長也小窗前一睡著，賣花聲把人驚覺。

因他害，染病疚，相識每勸咱是好意。相識若知咱究裡，和相識也一般憔悴。

七

在鍾嗣成所記的「前輩名公〔有〕樂章傳於世者」的四十餘人裡，其作風相同的很多；他們不是登山臨水，流連風景，便是於宴會歌舞之間，替伎女作曲子；偶有所感，便也學學流行的時套，寫些「歸隱」、「閒適」、「道情」一類的東西。差不多很少具有深刻的情思的，只不過歌來適耳而已。關於「歸隱」、「閒適」之作尤特別的多；大約，作者或是別有所感，或是受了流行性的傳染病，人云亦云；寫著「閒適」、「歸隱」

一類的題目，便不得不如此的說。

馬致遠具有一肚子的牢騷，以高才而浮沉於下僚，他的憤激是有理由的。但不忽麻平章、張雲莊參議、胡紫山宣慰們也都說著同樣的話，便令人覺得有些可駭怪。我們可以張養浩為代表。

◆普天樂　辭參議還家◆

昨日尚書，今朝參議，榮華休戀。歸去來兮，遠是非，絕名利，蓋座團茆松陰內，更穩似新築沙堤。有青山勸酒，白雲伴睡，明月催詩。

這是雲莊辭了參議的時候所寫的，還覺得有些道理——雖然已不免近於做作。但我們如果讀著他的：

◆折桂令◆

想為官枉了貪圖，正直清廉，自有亨衢，暗室汙心，縱然致富，天意何如？白圖甚身心受苦，急回頭暮景桑榆。婢妾妻孥，玉帛珍珠，都是過眼的風光，總是空虛。

功名事一筆都勾，千里歸來兩鬢驚秋。我自無能，誰言道勇退中流。柴門外春風五柳，竹籬邊野水孤舟。綠蟻新芻，瓦缽甆甌。直共青山醉倒方休。

◆慶東原◆

海來闊風波內，山般高塵土中，整做了三個十年夢。被黃花數叢，白雲幾峰，驚覺周公夢。辭卻鳳皇池，跳出醯雞甕。

人羨麒麟畫，知它誰是誰！想這虛名聲，到底元無益。用了無窮的氣力，使了無窮的見識，費了無限的心機，幾個得全身！都不如醉了重還醉。

晁錯元無罪，和衣東市中，利和名愛把人般弄。付能刓刻成些事功，卻又早遭逢著禍凶，不見了形蹤。因此上向鵲華莊把白雲種。

◆雁兒落兼得勝令◆

往常時為功名惹是非，如今對山水忘名利。往常時趁雞聲赴早朝，如今近餉午猶然睡。往常時秉笏立丹墀，如今把菊向東籬，往常時俯仰承權貴，如今逍遙謁故知。往常時狂痴險犯著笞杖徒流罪，如今便宜課會風花雪月題。

也不學嚴子陵七里灘，也不學姜太公磻溪岸，也不學賀知章乞鑒湖，也不學柳子厚遊南澗。俺住雲水屋三間，風月竹千竿。一任傀儡棚中鬧，且向昆侖頂上看。身安。倒大來無憂患，遊觀，壺中天地寬。

便覺得有些過度的誇張了。至於像〈沽美酒〉以下的三篇：

◆沽美酒◆

在官時只說閑，得閒也又思官，直到教人做樣看。從前的試觀：那一個不遇災難！楚大夫行吟澤畔，伍將軍血汙衣冠，烏江岸消磨了好漢，咸陽市乾休了丞相。這幾個百般，要安，不安，怎如俺五柳莊逍遙散誕！

◆梅花酒兼七弟兄◆

它每日笑呵呵，它道淵明不如我！跳出天羅，佔斷煙波，竹塢松坡，到處婆娑，倒大來清閒快活。更看時節醉了呵，休怪它笑歌詠歌似風魔，它把功名富貴皆參破。有花有酒有行

窩，無煩無惱無災禍。年紀又半百過，壯志也消磨。暮景也蹉跎，鬢髮也都皤。想人生有幾何！恨日月似欃梭，得魔駝處且魔酡。向樽前休惜醉顏酡，古和今都是一南柯。紫羅襴未必勝漁蓑，休只管戀它！急回頭好景已無多。

◆ 胡十八 ◆

正妙年不覺的老來到，思往常似昨朝。好光陰流水不相饒，都不如醉了睡著。任金烏搬廢興，我只推不知道。

所謂「古和今都是一南柯」，所謂「任金烏搬廢興，我只推不知道」，便完全是一個出世的無容心的極端的個人主義者了。這是要不得的態度，卻出之於一個休職閒居的大官吏的筆下，不能不說是一種傳染病了。有意的在以此鳴高。

雲莊名養浩，字希孟，濟南人，仕元至陝西行省御史中丞，贈濱國，諡文忠。退休後，搆雲莊，「凡所接於目而得於心者」（艾俊序《雲莊休居樂府》語）皆作為小令，因集為《雲莊休居自適小樂府》。這部樂府，幾乎全部都是同一情調的，即所謂「閒適」者是。

不忽麻平章的〈辭朝〉和孛羅御史的〈辭官〉，其情調也完全和雲莊相同：

◆ 點絳脣　辭朝／不忽麻平章 ◆

寧可身臥糟丘，賽強如命懸君手。尋幾個知心友，樂以忘憂，願作林泉叟。〔混江龍〕布袍寬袖樂然何處謁王侯？但尊中有酒，身外無愁。數著殘棋江月曉。一聲長嘯海門秋。山間深住，林下隱居，清泉濯足。強如閒事縈心。淡生涯一味誰參透？草衣木食，勝如肥馬輕裘。〔油葫蘆〕雖住在洗耳溪邊不飲牛。貧自守樂閑身翻作抱官囚。布袍寬褪拿雲手，玉霄

佔斷談天；口吹簫訪伍員，棄瓢學許由。野雲不斷深山岫，誰肯官路裡半途休！〔天下樂〕明放著伏事君王不到頭，休休！難措手！游魚兒見食不見鉤，都只為半紙名一筆勾。急回頭兩鬢秋。〔那吒令〕誰待似落花般，鶯朋燕友，誰待似轉燈般龍爭鬥？你看這迅指間烏飛兔走。假若名利成，至如田園就，都是些去馬來牛。〔鵲踏枝〕臣則待，醉江樓，臥山丘，一任教談笑虛名，小子封侯。臣向這仕路上為官倦首，枉塵埋了錦袋吳鉤。〔寄生草〕但得黃雞嫩，白酒熟，一任教疏籬牆缺茅庵漏，則要窻明坑暖蒲團厚。問甚身寒腹飽麻衣舊，飲仙家水酒兩三甌，強如看，翰林風月三千首。〔村裡迓鼓〕臣離了九垂官闕，來到這八方宇宙，尋幾個詩朋酒友，向塵世外消磨白晝。臣則待領著紫猿，攜白鹿，跨蒼虬，觀著山色，聽著水聲，飲著玉甌，倒大來省氣力如誠惶頓首。〔元和令〕臣向山林得自遊，比朝市內不生受。玉堂金馬間瓊樓，控珠簾十二鉤，臣向草庵門外，見瀛州，看白雲天盡頭。〔上馬嬌〕但得個月滿州，酒滿甌，則待雄飲醉時休。紫簫吹斷三更後，暢好是孤鶴唳一聲秋。〔遊四門〕世間閒事掛心頭，唯酒可忘憂。非是微臣常戀酒，歎古今榮辱，看興亡成敗，則待一醉解千愁。〔後庭花〕揀溪山好處遊，向仙家酒旋蒭；會三島十洲客，強如宴功臣萬戶侯，不索你問緣由，把玄關洩漏。這簫聲世間無，天上有。非微臣說強口，酒葫蘆掛樹頭，打魚船纜渡口。〔柳葉兒〕則待看山明水秀，不戀您市曹中物穰人稠。想高官重職難消受。學耕耨種田疇，倒大來無慮無憂。〔賺尾〕既把世情疏，感謝君恩厚，臣怕飲的是黃封御酒。竹杖芒鞋任意留。揀溪山好處追遊。就著這曉雲收，冷落了深秋。飲遍金山月滿舟，那其間潮來的正悠。船開在當溜，臥吹簫管到楊州。

◆亂官 孛羅御史◆

〔一枝花〕懶簪獬豸冠，不入麒麟畫。旋栽陶令菊，學種邵平瓜，覷不的鬧攘攘蟻陣蜂衙。賣了青驄馬，換耕牛度歲華。利名場再不行踏，風波海其實怕它。〔梁州〕盡燕雀喧簷聒耳，任豺狼當道磨牙。無官守，無言責，相牽掛。春風桃李，夏月葉麻，秋天禾黍，冬月梅茶，四時景物清佳，一門和氣歡洽。歎子牙渭水垂鈞，勝潘岳河陽種花，笑張騫河漢乘槎。這家那家黃雞白酒安排下，撒會頑，放會耍，拚撒著老瓦盆邊醉後扶，一任它風落了烏紗。〔牧羊關〕王大戶相邀請，趙鄉司扶下馬，則聽得樸冬冬社鼓頻撾，有幾個不求仕的官員，東莊措大地每都拍手歌豐稔，俺再不想巡案去奸猾，御史臺開除我，堯民圖添上咱。〔賀新郎〕奴耕婢織足生涯，隨分村疃，人情，賽強如憲臺風化。趁一溪流水浮鷗鴨，小橋掩映蒹葭，蘆花千頃雪，紅樹一川霞。長江落日，牛羊下。山中閑宰相，林外野人家。〔隔尾〕誦詩書稚子無閒暇，奉甘旨萱堂到白髮，伴轆轤村翁說一會挺膊子話，閒時即笑咱，醉時即睡咱。今日裡無是無非快活煞！

這都是故作超脫之態的。我們讀王實甫《四丞相高會麗春堂》雜劇，那位被貶到濟南府歇馬的四丞相，還不是這樣的自適的高歌著麼？但到了後來，君王再招，東山再起時，還不是一樣的熱腸好事！

姚牧庵參軍（名燧）的〈感懷〉和〈滿庭芳〉，也都是具有同樣的情懷：

◆醉高歌 感懷◆

十年燕月歌聲，幾點吳霜鬢影。西風吹起鱸魚興，已在桑榆暮景。◯榮枯枕上三更，傀儡場頭四並。人生幻化如泡影，那個臨危自省！◯岸邊煙柳蒼蒼，江上寒波漾漾。陽關舊曲

低低唱，只恐行人斷腸。○十年書劍長吁，一曲琵琶暗許。月明江上別湓浦，愁聽闌舟夜雨。

◆滿庭芳◆

天風海濤，昔人曾此。酒聖詩豪，我到此閑登眺。日遠天高山接水，茫茫眇眇水連天，隱隱迢迢供吟笑。功名事了，不待老僧招。

浙江秋，吳山夜，愁隨潮去，恨與山疊。塞雁來，芙蓉謝，冷雨清燈讀書舍。待離別，怎忍離別。今宵醉也，明朝去也，寧奈些些！

帆收釣浦，煙籠淺沙，水滿平湖，晚來盡灘頭聚。笑語相呼魚有剩，和煙旋煮酒無多，帶月影沽。盤中物，山肴野蔬，且盡葫蘆。

但他的作風，有時卻還瀟灑，不盡一味的牢騷，不盡一味的冷眼看世事。他的〈壽陽曲〉：「誰信道也曾年少」和〈撥不斷〉：「破帽多情卻戀頭」諸句，還不失為俊逸之作。

◆壽陽曲◆

酒可紅雙頰，愁能白二毛，對尊前盡可開懷抱。天若有情天亦老，且休教少年知道。○紅顏歡，綠鬢凋，酒席上漸疏了歡笑。風流近來都忘了，誰信道也曾年少！

◆撥不斷◆

楚天和，好追遊。龍山風物全依舊，破帽多情卻戀頭。白衣有意能擕酒，好風流重九。

但像〈陽春曲〉：「人海闊，無日不風波」諸語便又不免染上了老毛病了。

◆陽春曲◆

金魚玉帶羅袍就，皂蓋朱幡賽五侯，山河判斷筆尖頭，得志秋，分破帝王憂。◯筆頭風月時時過，眼底兒曹漸漸多。有人問我事如何？人海闊，無日不風波。

劉太保秉忠（夢正）的有名的〈乾荷葉〉小令之一：

南高峰，北高峰，慘澹煙霞洞。宋高宗，一場空！吳山依舊酒旗風，兩渡江南夢。

也是具著出世的情調的。但同時，在同一個曲調上，他又彈出了極漂亮的情歌出來：

夜來個，醉如酡，不記花前過。醒來呵，二更過。春衫惹定茨蘼，科拌倒花抓破。◯乾荷葉，水上浮，漸漸浮將去。根將你去隨將去。你問當家中有媳婦。問著不言語。◯腳兒尖。手兒纖。雲髻梳兒露半邊，臉兒鴟，話兒粘，更宜煩惱更宜忺。直恁風流倩！

其他真正詠〈乾荷葉〉的「乾荷葉，色蒼蒼，老柄風搖盪，減了清香越添芳」諸首，卻是詠物小詞之流，無甚深意的。

盧疏齋憲使（名處道）的〈蟾宮曲〉四首，便全然是出世觀的歌頌了；像「傲煞人間伯子公侯」，和「無是無非，問什麼富貴榮華」，和「古和今都是一南柯」並無二致。

◆蟾宮曲◆

碧波中，范蠡乘舟，殢酒簪花，樂以忘憂。蕩蕩悠悠，點秋江白鷺沙鷗，怎掉不過黃蘆岸，白蘋渡口。且灣住綠楊堤，紅蓼灘頭。醉時方休，醒時扶頭。傲煞人間伯子公侯！◯想人生七十猶稀，百歲光陰，先過了卅。七十年間，十歲頑童，十載尫羸，五十歲除分晝黑，剛分得一半兒白日。風雨相催，兔走烏飛，子細沉吟，都不如快活了便宜。◯奴耕婢織生涯，

門前栽柳，院後桑麻。有客來，汲清泉自煮茶芽。稚子謙和禮法，山妻軟弱賢達。守著些實善鄰家，無是無非，問甚麼富貴榮華。○沙三伴哥採茶，兩眼青泥，只為撈蝦。太公莊上，楊柳陰中，磕破西瓜。小小哥昔涎剌塔，碌軸上渰著個琵琶。看蕎麥開花，綠豆生芽，無是無非，快活煞莊家。

總之，由了厭世轉入了玩世，便自然生出了「都不如快活了便宜」的剎那的享樂觀了。他們是以個人的受用為主眼的。鮮于伯機的〈八聲甘州〉套，充分的說明了「受用」的妙境：

◆八聲甘州　鮮于伯機◆

江天暮雪，最可愛青簾搖曳長杠。生涯閒散，占斷水國漁邦。煙浮草屋，梅涵砌欹，水繞柴扉山對窗。時復竹籬傍，吠吠汪汪。〔么〕向滿目夕陽影裡，見遠浦歸舟，帆力風降。山城欲閉時，聽戍鼓鼕鼕，群鴉晚千萬噪點，寒雁書空三四行。盎向小屏間，夜夜停釭。〔大安樂〕從人笑我愚和戇，瀟湘影裡且妝呆。不談劉項與孫龐，近小窗，誰羨碧油幢？〔元和令〕粳米炊長腰，鯿魚煮縮項，悶攜村酒飲空釭。是非一任講，恣情拍手掉魚歌，高低不論腔。〔尾〕浪滂滂，水床床，小舟斜纜壞槁椿。輪竿蓑笠，落梅風裡釣寒江。

元遺山（好問）為金之遺民，他的思想，自然是更傾向於這一方面了；但像這一類的散曲卻不多：

◆驟雨打新荷◆

人生有幾！念良辰美景，一夢初過。窮通前定，何用苦張羅！命友邀賓玩賞。對方樽淺酌低歌。且酩酊，任它兩輪日月，來往如梭。

八

但在散曲裡，也不盡是這樣淺薄的厭世的、出世的、玩世的情調。也有很熱烈的討論著人世間的問題的；可惜卻不怎麼多。

我們永遠不能忘記了劉時中待制（名致）的兩篇〈上高監司〉的為人民訴疾苦的大文章。這是元代散曲裡的白氏〈新樂府〉，不能不把他們全引了來。

◆端正好　上高監司◆

眾生靈遭磨障，正值著時歲饑荒。謝恩光拯濟皆無恙，編做本詞兒唱。〔滾繡球〕去年時正插秧，天反常那裡取若時雨降。旱魃生，四野災傷。穀不登，麥不長。因此萬民失望。一日日物價高漲，十分料鈔加三倒，一斗粗糧折四量，煞是淒涼。〔倘秀才〕殷實戶欺心不良，停塌戶瞞天不當，吞象心腸歹伎倆，各中添秕有，米內插粗糠，怎指望它兒孫久長。〇〔滾繡球〕甑生塵，老弱饑，米如珠，少壯荒。有金銀那裡每典當。盡枵腹高臥斜陽。剝榆樹餐，挑野菜嘗，吃黃不老勝如熊掌，蕨根粉以代餱糧，鵝腸苦菜連根煮，荻筍蘆蒿帶葉咗，則留下杞柳株樟。〔倘秀才〕或是捶麻柘稠調豆漿，或是煮麥麩稀和細糖。他每早合掌擎拳謝上蒼。一個個黃如婭娫，一個個瘦似豺狼，填街臥巷。〔滾繡球〕偷宰了些闊角牛，盜斫了些大葉桑。遭時疫無棺活葬，賤賣了些家業田莊。嫡親兒共女等閒參與商，痛分離是何情況。乳哺兒沒人要，撇入長江。哪裡取廚中剩飯杯中酒，看了些河裡孩兒岸上娘，不由我不哽咽悲傷。〔倘秀才〕私牙子舡灣外港，打過河，中宵月朗，則發跡了些無徒米麩行，牙錢加倍解，賣面處兩般裝；昏鈔早先除了四兩。〔滾繡球〕江鄉相有義倉，積年錢稅戶掌，

借貸數補答得十分停當，都侵用過將宮府行唐，那近日勸糶到江鄉，按戶口給月糧。富戶都用錢買放，無實惠儘是虛椿。充饑畫餅誠堪笑，印信憑由卻是謊。快活了些社長知房。〔伴讀書〕磨滅盡諸豪壯，斷送了些閑浮浪。抱子攜男扶筇杖，尫羸傴僂如蝦樣，一絲好氣沿途創，闔淚汪汪。〔貨郎〕見餓莩成行，街上乞出攔門鬥搶，便財主每也懷金鵠立待其亡。感謝這監司主張，似汲黯開倉，披星帶月熱中腸，濟與糶親臨發放。見孤孀疾病無皈向。差醫煮粥分廂巷。更把贓輸錢分例米多般兒區處，約最優長。眾饑民共仰，似枯木逢春，萌芽再長。〔叨叨令〕有錢的販米穀置田莊添生放，無錢的少過活分骨肉無承望。有錢的納寵妾買人口偏興旺，無錢的受饑餒填溝壑遭災障。小民好苦也麼哥！小民好苦也麼哥！便秋收，鬻妻賣子家私喪。〔三煞〕這相公愛民憂國無偏黨，發政施仁有激昂，恤老憐貧，視民如子，起死回生，扶弱摧強，萬萬人感恩知德，刻骨銘心，恨不得展革垂韁，覆盆之下，同受太陽光。〔二〕天生社稷真卿相，才稱朝廷作棟梁，這相公主見宏深，秉心仁恕，治政公平，蒞事慈祥，可與蕭曹比並，伊傅齊肩，周召班行。紫泥宣詔，花襯馬蹄忙。〔一〕願得早居玉筍朝班上，佇看金甌姓字香。入閣朝京，攀龍附鳳，和鼎調羹，論道興邦，受用取貂蟬濟楚，衮繡崢嶸，珂珮丁當，普天下萬民樂業，都知是前任繡衣郎。〔尾聲〕相門出相前人獎，官上加官後代昌。活彼生靈恩不忘，粒我烝民得怎償！父老兒童細較量，樵叟漁夫曹論講。共說東湖柳岸傍，那裡清幽更舒暢。靠著雲卿蘇圃場，與徐孺子流芳。把清沉蓋一座祠堂人供養，立一統碑碣字數行，將德政因由都載上，使萬萬代官民見時節想。

這雖不過是一篇歌頌官吏德政的歌曲，卻寫得極為沉痛。第二篇，尤為重要。

◆端正好◆

既官府甚清明，採輿論聽分訴。據江西劇郡洪都，正該省憲親臨處，願英俊開言路。〔滾繡球〕庫藏中鈔本多，貼庫每弊怎除。縱關防住誰不顧，壞鈔法恣意強圖。都是無廉恥賣買人，有過犯駔儈徒，倚仗著幾文錢，百般胡做，將官府覰得如無。則這素無行止喬男女，都整扮衣冠學士夫，一個個膽大心粗。〔倘秀才〕堪笑這沒見識街市匹夫，好打那好頑劣江湖伴侶，旋將表得官名相體呼，聲音多廝稱，字樣不尋俗。聽我一個個細數。〔滾繡球〕糶米的喚子良，賣肉的呼仲甫。做皮的是仲才、邦輔，喚清之必定開活，賣油的喚仲明，賣鹽的稱士魯，號從簡是采帛行鋪，字敬先是魚鮓之徒，開張賣飯的呼君寶，磨麵登羅底叫得夫，何足云乎！〔倘秀才〕都結結過如手足，但聚會分張耳目。探聽司縣何人可共處，哪問它無根腳，只要肯出頭顱，扛扶著便補。〔滾繡球〕三二百定費本錢，七八下裡去乾取，詐捏作曾縮卷。假如名目偷俸錢，表裡相符。這一個圖小倒，那一個苟俸祿。把官錢視同己物，更很如盜跖之徒。官攢庫子均攤著，要弓手門軍，哪一個無，試說這廝每貪汙。〔倘秀才〕提調官非無法度，爭奈蠹國賊操心太毒。從出本處先將科鈔除。高低還分例，上下沒言語，貼庫每他便做了鈔主。〔滾繡球〕且說一年中事：例錢開作時，各自與庫子每隨高低預先除去。軍百戶十定無虛，攢司五五拏，官人六六除，四牌頭每一名是兩封足數，更有合千人把門軍弓手殊途，那裡取官民兩便通行法，赤緊他賄賂單宜左道術。于汝安乎？〔倘秀才〕為甚但開庫諸人不伏，倒籌單先須計咒。苗子錢高低隨著鈔數，放小民三二百報花戶，一千餘將官錢陪出。〔滾繡球〕一任你叫覷昏，等到午，佯呆著不瞅不覷。他卻整塊價卷在包袱，著纖如晃庫門，與販的論百價數，都是真楊州、武昌客旅，窩藏著家裡安居，排的文語呼為繡，

假鈔公然喚做殊。這等兒三七價明估。〔倘秀才〕有揭字馳字襯數，有赫心剜心異呼，有鈔腳頻成印上字模，半逐子尤自可捶。你鈔甚胡笑，這等兒四六分價喚取。〔滾繡球〕赴解時弊更多。作下人就似夫。撿塊數幾曾詳數，止不過得南新吏貼相符。哪問它料不齊，數不足，連櫃子一時扛去，怎教人心悅誠服。自古道：人存政舉，思它前輩；到今日法出奸生，笑煞老夫。公道也私乎？〔倘秀才〕比及燒昏鈔先行擺佈，散夫錢僻靜處俵與，暗號兒在燒餅中間覷有無。一名夫半定社長總收貯，燒得過便吹笛擂鼓。〔塞鴻秋〕一家家傾銀注玉多豪富，一個個烹羊挾妓誇風度，撥標手到處稱人物，妝旦色取去為媳婦。朝朝寒食春，夜夜元宵暮。吃筵席喚做賽堂食，受用盡人間福。〔呆骨朵〕這賊每也有誰堪處！怎禁它強盜每追逐。要飯錢排日支持，索齎發無時橫取。奈表裡通同做，有上下交征去。真乃是源清流亦清，從今後人除弊不除。〔脫布衫〕有聰明正直嘉謨，安得不剪其繫蕪，成就了閭閻小夫，壞盡了國家法度。〔小梁州〕這廝每玩法欺公膽氣粗，恰便似餓虎當途。二十五等則例盡皆無，難著日他道陪鈔待如何。〔么〕一等無辜被害這羞辱廝攀指，一地裡胡突，自有他通神物。見如今虛其府庫，好教它鞭背出蟲蛆。〔十二月〕不是論我黃數黑，怎禁它惡紫奪朱。爭奈何人心不古，出落著馬牛襟裾。口將言而囁嚅，足欲進而趑趄。〔堯民哥〕想商鞅徙木意何如？漢國蕭何斷其初。法則有準使民服，期於無刑佐皇圖。說與當途：無毒不丈夫，為如如把平生誤。〔耍孩兒十三煞〕天開地辟由盤古，人物才分下士。傳之三代幣方行，有刀圭泉布促初。九府圜法俱周制，三品堆金乃漢圖。止不過貿易通財物，這的是黎民命脈，朝世權付。〔十二〕蜀冠城交子行，宋真宗會子舉，都不如當今鈔法通商賈。配成五對為官本，工墨三分任倒除。設制久無更，故民如按堵，法比通衢。〔十一〕己自六十秋楮幣則行，這兩三年法度沮被無知賊了為撓蠹私，更徹謾心無愧。哪想官有嚴刑罪必誅，忒無忌憚無憂懼。你道

是成家大寶，你想是取命官符。〔十〕窮漢刀將綽號稱，把頭每表得呼。巴不得登時事了乾回付，向庫中鑽刺真強盜，卻不財上分明大丈夫，壞盡今時務。怕不你人心奸巧，爭念有造物乘除。〔九〕醜乘孛模樣哏，扭蠻腰禮儀疏。不疼錢一地裡胡分付，宰頭羊日日羔兒會，沒手盞朝朝仕女圖。怯薛回家去，一個個欺凌親戚，眇視鄉閭。〔八〕沒高低妾與妻無分限，兒共女大時打扮，炫珠玉雞頭般珠子緣鞋口，火炭似真金裹腦梳，服色例休題取。打扮得怕不賽天人樣子，脫不了市輩規模。〔七〕他哪想赴京師關本時，受官差在旅途耽驚受怕，過朝暮受了五十四站風波，虧苦殺數百千程遞運夫。哏生受哏搭負廣，費了些首思分例，倒換了些沿路文書。〔六〕到省庫中將官本收，得無琉虞朱鈔足；那時才得安心緒。常想著半江春水番風浪，愁得一夜秋霜染鬢鬚。歷垂難博得個根基固，少甚命不快遭逢賊寇，霎時間送了身軀。〔五〕論宣差情如酌貪泉，吳隱之廉似還桑椹，趙判府則為忒慈仁，反被相欺侮。每持大體諸人服，若說私心半點無。本棟梁材，若早使居朝輔，肯蘇民瘼，不事苞苴。〔四〕急宜將法變更，但因循弊若初，嚴刑峻法休輕恕。則遣二攢司，過似蛇吞象，再差十大戶，尤如插翅虎。一半兒弓手先芟去，合干人同知數目，把門軍切禁科需。〔三〕提調官免罪名，鈔法房選吏胥，攢典俸多田路吏差著做；廉能州吏從新點，貪濫軍官合滅除。准倉庫，先升補。從今倒鈔，各分行鋪，明寫坊隅。〔二〕逐戶兒編褙成料例，來各分旬。將勘合書，逐張兒背印拘鈐住，即時支料還元主。本日交昏入庫府，（另有細說）直至起解時才方取。免得它撐舡小倒，提調官封鎖無虞。〔一〕緊拘收在庫官切關防起解夫，鈔面上與官攢，俱各親標署。庫官但該一貫須點配，庫子折算三錢便斷除，滿百定皆抄估。捶鈔的揭剝的不怕它人心似鐵，小倒的興販的明放著官法如爐。〔尾〕忽青天開眼覷，這紅巾合命殂。且舉其綱，若不怕傷時務，他日陳言終細數。

這裡是一幅最真實的民生疾苦圖。在元曲裡充滿了個人的愁歎，而這裡卻是為民眾而呼吁著；這不能不說是空谷足音了。時中的文筆是那樣的明白如話，那樣的婉曲形容，不僅是白居易的〈新樂府〉的同流，也有類於陸贄的奏議了。以不易驅遣的文體來描狀社會情形，來宣達民生的疾苦，來寫出奸商滑吏的操縱市面，鈔票流行時的種種積弊的實況，令我們有如目睹，其技巧是很不可及的。在文學裡寫這種問題的，古今來很罕見，而這一篇最成功；較之前一篇之「流民圖」，尤為重要。

時中還描些滑稽的時曲，像馬致遠的〈借馬〉似的東西，〈代馬訴冤〉，但在其間，卻似也具著不少的憤慨：

◆新水令　代馬訴冤◆

世無伯樂怨它誰！乾送了挽鹽車騏驥。空懷伏櫪心，徒負化龍威，索甚傷悲！用之行，捨之棄。〔駐馬聽〕玉鬣銀蹄，再誰想三月襄陽綠草齊，雕鞍金轡，再誰敢一鞭行色夕陽低。花間不聽紫騮嘶，帳前空歎烏騅逝。命乖我自知，眼見的千金駿骨無人貴。〔雁兒落〕誰知我汗血功？誰想我垂韁義。誰憐我千里才？誰識我千鈞力？〔得勝令〕誰念我當日跳檀溪救先主出重圍？誰念我單刀會隨著關羽。誰念我美良川扶持敬德？若論著今日，索輸與這驢群隊。果必有征敵，這驢每怎用的？〔胡水令〕為這等乍富兒曹，無知小輩，一染他把人欺，驀地裡快躥輕踮，亂走胡奔，緊先行不識尊卑。〔折桂令〕致令得官府聞知，驗數日存留，分官品高低，準備著竹杖芒鞋，免不得奔走驅馳。再不敢鞭駿騎向街頭鬧起，則索扭蠻腰將足下殃及。為此輩無知，將我連累，把我埋沒在蓬蒿，失陷汙泥。〔尾〕有一等逞雄心屠戶貪微利，咽饞涎豪客思佳地，一味把姓命汙圖，百般地將刑法陵持。唱道：任意欺公，全無

道理。從今去誰買誰騎。眼見得無客販，無人喂。便休說站赤難為，則怕你東討西征，那時節悔！

他也寫些「村北村南，山花山鳥，盡意相娛」（〈閒居自適〉），「浮生大都空白忙。功也是謊，名也是謊」（〈孤山遊飲〉），卻知道這是不可能的。「早賦歸兮，卻恨紅塵，不到吾廬！」（〈自適〉）他總是不能忘情於人世間的。「楚江空闊楚天長，一度懷人一斷腸，此心不在肩輿上。」（〈寓意武昌元貞〉）有時不免也跟隨別人高唱著「得失到頭皆物理」，但他的作風究竟是豪邁的，非一味裝作沒心情的頹唐者可比。

他也寫些戀歌，但那卻非他之所長了。

九

杜善夫散人，名仁傑。他能以最通俗的口語，傳達給我們刻劃得極深刻的景象。最有名的〈莊家不識勾欄〉：

【莊家不識勾欄】（耍孩兒）風調雨順民安樂，都不似俺莊家快活。桑蠶五穀十分收，官司無甚差科，當村許下還心願，來到城中買些紙火。正打街頭過，見吊個花碌碌紙榜，不似那答兒鬧穰穰人多。〔六煞〕見一個人手撐著椽做的門，高聲的叫請請，道遲來的滿了無處停坐，說道前截兒院本《調風月》，背後么末敷演《劉耍和》。高聲叫：趕散易得，難得的妝哈。〔五〕要了二百錢放過咱，入得門上個木坡，見層層疊疊團圞坐，抬頭覷是個鐘樓模樣，往下覷卻是人旋窩，見幾個婦女面臺兒上坐。又不是迎神賽社，不住的擂鼓篩鑼。〔四〕一個女孩兒轉了幾遭，不多時引出一夥。中間裡一個央人貨，裹著枚皂頭巾，頂門上插一管筆，滿臉石灰，更著些黑道兒抹。知它待是如何過？渾身上下則穿領花布直裰。〔三〕

念了會詩共詞，說了會賦與歌，無差錯，脣天口地無高下，巧語花言記許多。臨絕末，道了低頭撮，卻爨罷將么撥。〔二〕一個妝做張太公，他改做小二哥，行行行說向城中過，見個年少的婦女向簾兒下立，那老子用意鋪謀，待取做老婆。教小二歌相說合，但要的豆穀米麥，問甚布絹紗羅。〔一〕教太公往前那不敢往後那，抬左腳不敢抬右腳，翻來覆去由它一個。太公心下實焦燥，把一個皮棒捶則一下打做兩半個。我則道與詞告狀，剗地大笑呵呵。〔尾〕則被一胞尿，爆的我沒奈何，剛捱剛忍更待看些兒個，枉被這驢頭笑殺我。

他寫得是「勾欄」（劇場）裡的情形，從場門口的攬觀客的人寫起，一直寫到演劇的情況。莊家果然是少見多怪——那時是劇場初興，所以莊家見過演劇的場面者極少——而今日讀之，卻也甚覺可笑。他還有一套〈耍孩兒〉（喻情），幾乎全用當時的村言俗話來寫出：

【喻情】（耍孩兒）我當初不合見擘口和你言盟誓，惹得你鬼病厭厭掛體。鬼相撲不曾使甚養家錢，鬼廝赴刁蹬的心灰。若是攜得歌妓家中去，便是袖得春風馬上歸。同獄司蹬弩勞神力，望梅止渴，畫餅充饑。〔哨遍〕鐵球兒漾在江心內，實指望團圓到底。失群孤雁往南飛，比目魚永不分離。王屠倒臟牽腸肚，毛寶心毒不放龜，老母狗跳牆做得個快勢，把我做撲燈蛾相戲，掉水燕雙飛。〔五煞〕臘月裡桑採甚的？肚臍裡爆豆實心兒退。木貓兒守窟瞧他甚？泥狗兒看家守甚嘿！天長觀裡看水庵相識，濟元唐裡口頭把我拋持。〔四〕唐三藏立墓銘，空費了碑，閑槽枋裡躲酒無巴避。悲天院裡下象無錢遞，左右司蒸糕省做媒。蓼兒窪裡太廣乾不濟，鄭元和在曲江邊擔土，閒話兒把咱埴持。〔三〕泥捏的山不信是石，相撲漢賣藥千陪了擂，鏡臺前照面你是你，警巡院倒了牆賊見賊。大蟲窩裡蒿草無人刈，看山瞎漢不下高低。〔二〕小蠻婆看染紅擔是非，張果老切鱠先施鯉，布博士踏鬼隨機而變，囊大姐傳神反了面皮，沙三燒肉牛心兒炙，沒梁的水桶桂口體提。〔一〕秦始皇鞋無道履，綿帶

子拴腿無繫，開花仙藏撅過瞞得你，街道司衙門嚇得過誰？尉遲恭搗米胡支對，蜂窩兒呵欠口口是虛脾。〔尾〕楮樹下梯要摘梨，藏瓶中灰骨是個不自由的鬼，谷地裡瓜兒單單的記著你。

而這些村言俗話街諺市語，卻無不成了絕妙的文章。元曲裡使用俗語的地方不少，卻很少有這樣的成功與完善。想不到當時的學士大夫們使用村言市語的能力已到了這樣的爐火純青的程度。

胡紫山宣尉名祗遹；他所作的卻是比較典雅的，有類於「詞」的東西，像〈春景〉和〈四景〉：

【春景】（陽春曲）幾枝紅雪牆頭杏，數點青山屋上屏，一春能得幾晴明？三月景，宜醉不宜醒。○殘花醞釀蜂兒蜜，細雨調和燕子泥，綠窗春睡覺來遲。誰喚起，窗外曉鶯啼？○一簾紅雨桃花謝，十里清陰柳影斜，洛陽花酒一時別，春去也，閑煞舊蜂蝶。

【四景】（一半兒）輕衫短帽七香車，九十春光如畫圖。明日落紅誰是主！漫躊躇，一半兒因風一半兒雨。○紗廚睡足酒微醒，玉骨冰肌涼自生。驟雨滴殘才住聲，閃出些月兒明。一半兒陰一半兒晴。○荷盤減翠菊花黃，楓葉飄紅梧幹蒼。死被不禁昨夜涼，釀秋光。一半西風一半兒霜。○孤眠嫌煞月兒明，風力禁持酒力醒。窗兒上一枝梅弄影，被兒底夢難成。一半溫和一半兒冷。

〈一半兒〉最容易寫得入俗，但這裡卻是「雅」氣撲鼻的，一望而知其非民間的作品。白無咎學士（名賁）的有名的〈百字折桂令〉也是雅致而不通俗的東西。

◆百字折桂令◆

弊裘墮土壓征鞍，鞭卷裊蘆花弓劍，蕭蕭一逕入煙霞。動羈懷西風木葉，秋水兼葭，千點萬點，老樹昏鴉；三行兩行，寫長空啞啞雁落平沙。曲岸西邊近水灣，魚網綸竿釣槎，斷

橋東壁傍溪山，竹籬茅舍人家，滿山滿谷，紅葉黃花。正是傷感淒涼時候，離人又在天涯。

他的〈妖神急〉套，卻比較的肯使用些「鋪陳下愁境界」、「攛掇得那人來」一類的句子，但究竟也不會是通俗的東西。恐怕即付之歌伎，她們是不會明白瞭解其意義的。

◆妖神急◆

綠陰籠小院，紅雨點蒼苔。誰想來，君也是人間客。縱分連理枝，謾解合歡帶，傷春早是心地窄。愁山和悶海，暢會桃栽。

〔六么遍〕更別離怨，風流債，雲歸楚岫，月冷秦臺，當時眷愛，如今阻隔。準備從今因它害。傷懷，冷清清日月怎生挨！

〔元和令〕鸞交何日重？鴛夢幾時再？清明前後約歸期，到如今牡丹開。空等待，翠屏香裡掩東風，鋪陳下愁境界。

〔後庭花煞〕無情子規聲更哀，暢好明白。既道不如歸去，看作幾聲兒，攛掇得那人來。

楊西庵參軍（名果）的〈小桃紅〉八段，其作風也和胡紫山、白無咎的相同，當時的俗人是不會懂得的。他們是為了自己的一群而寫作的，不是為民眾而寫的；他們是南宋詞壇的繼承者，卻不是當行出色的元曲作家。

◆小桃紅◆

碧湖湖上採芙蓉，人影隨波動。涼露沾衣翠綃重。月明中。畫船不載凌波夢，都來一段紅幢翠蓋，香盡滿城風。

滿城煙水月微茫，人倚蘭舟唱。常記相逢若耶上。隔三湘。碧雲望斷空惆悵。美人笑道：

蓮花相似，情短藕絲長。

採蓮人和採蓮歌，柳外蘭舟過。不管鴛鴦夢驚破。夜如何。有人獨上江樓臥。傷心莫唱，南朝舊曲，司馬淚痕多。

碧湖湖上柳陰陰，人影澄波浸。常記年時對花飲。到如今，西風吹斷回文錦。羨它一對鴛鴦飛去，殘夢蓼花深。

玉簫聲斷鳳凰樓，憔悴人別後。留得啼痕滿羅袖，去來休。樓前風景渾依舊。當初只恨，無情煙柳，不解繫行舟。

茨花菱葉滿秋塘，水調誰家唱。簾卷南樓日初上，採秋香。畫船穩去無風浪。為郎偏愛，蓮花顏色，留作鏡中妝。

錦城何處是西湖，楊柳樓前路。一曲蓮歌碧雲暮，可憐渠。畫船不載離愁去。幾番曾過，鴛鴦汀下，笑煞月兒孤。

採蓮湖上棹船回，風約湘裙翠。一曲琵琶數行淚，望君歸。芙蓉開盡無消息。晚涼多少，紅鴛白鷺，何處不雙飛。

馮海粟（名子振）學士以有名的〈鸚鵡曲〉得到許多人的讚歎，但其實也是不是什麼當行出色之作，不過時有些雋句而已。他有篇序道：

白無咎有〈鸚鵡曲〉云：儂家鸚鵡洲邊住，是個不識字漁父。浪花中一葉扁舟，睡煞江南煙雨。覺來時滿眼青山，抖擻綠蓑歸去。算從前錯怨天公，甚也有安排我處。余壬寅歲留上京，有北京伶婦御園秀，之屬相從風雪中，恨此曲無續之者。且謂前後多親炙士大夫，拘於韻度。如第一個父字，便難下語，又甚也有安排我處，甚字必須去聲字，我字必須上聲字，音律始諧。不然不可歌。此一節又難下語。諸公舉酒索余和之。以汴吳上都天京風景，試續

之。

其中像「霎時間富貴虛花，落葉西風殘雨」（〈榮華短夢〉），「笑長安利鎖名韁，定沒個身心穩處」（〈愚翁放浪〉），「十年枕上家山，負我湘煙瀟雨」（〈故園歸計〉），都沒有什麼好處，似都不如白無咎的原作。惟像〈農夫渴雨〉、〈燕南百五〉、〈園父〉的幾首，卻有些田園詩的風趣。

【農夫渴雨】年年牛背扶犁住，近日最懊惱殺農父。稻苗肥恰待抽花，渴煞青天雷雨。〔么〕慢殘霞不近人情，截斷玉虹南去。望人間三尺甘霜，看一片閑雲起處。

【燕南百五】東風留得輕寒住，百五鬧蝶母蜂父。好花枝半出牆頭，幾點清明微雨。〔么〕繡彎彎溫透羅鞋，綺陌踏青回去。約明朝後日重來，靠淺紫深紅暖處。

【園父】柴門雞犬山前住，笑語聽傴背園父。轆轤邊抱甕澆畦，點點陽春膏雨。〔么〕菜花間蝶也飛來，又趁暖風雙去。杏稍紅韭嫩泉香，是老瓦盆邊飲處。

商政叔學士（名挺）所作多情詞。有的時候寫得異常的文雅，像胡紫山他們，但有的時候，卻也寫得相當的通俗。不過總不敢像杜善夫那樣的放膽拾取俗語方言來用。驅遣方言俗語入詞曲而寫得漂亮，能夠雅俗共賞，本來是件極不容易的事。

◆雙調風入松◆

嫩橙初破酒微溫，銀燭照黃昏。玉人座上嬌如許，低低唱白雪陽春。誰管狂風過處，那知瑞雪屯門。（喬牌兒）畫堂更漏冷，金爐串煙盡。廝偎廝抱心兒順，百年姻，兩意肯。（新水令）曉雞三唱，鳳離群空，回首楚臺雲耿。枕上歡霎兒思，漏永更長，怎支持許多悶！（攪箏琶）縈方寸兩葉翠眉顰，萬想千思，行眠立獨。半世買風流費盡精神，呆心兒掩然容易親，吃不過溫存。（離亭燕煞）客窗夜永愁成陣，冷清清有誰存問？漢宮中金閨夢斷，秦臺上玉

簫聲盡。昨夜歡，今宵恨，都只為風風韻韻。相見話偏多，孤眠睡不穩。

下面的一首，寫得比較得通俗些；但和關漢卿、杜善夫之作對讀起來，便覺得平直無深致了。

◆雙調夜行船◆

風裡楊花水上萍，蹤跡自來無定，帷上溫存，枕邊僥幸，嫁字兒把人來領。○花底潛潛月下等，幾度柳影花陰。錦機情詞石鐫，心事半句兒幾時曾應。（風入松）都是些鈔兒根底假恩情，那裡有倘買的真誠。鬼胡由眼下掩光陰，終不是久遠前程。自從少個蘇卿，閑煞豫章城。（阿納忽）合下手合平，先負心先贏，休只待學那人薄幸，往和它急竟。（尾聲）俏家風兒那與小後生，識破這酒愁花病，兩不留情。分開鸞鏡既曾經，只被紅粉香中賺得醒。

侯正卿，真定人，號艮齋先生，《錄鬼薄》云：「有〈良夜迢迢露花冷〉黃鐘行於世。」今「良夜迢迢露花冷」套，尚存於世；其作風和商正叔的不相遠；不敢過分的古雅，卻又不敢十分的入俗，他是徘徊於雅俗之間的——恰可以代表著大多數的元代散曲作家的作風：

◆黃鐘醉花陰◆

涼夜厭厭（《錄鬼薄》：「厭厭」作「迢迢」）露華冷，天淡淡銀河耿耿。秋月浸閑亭，雨過新涼，梧葉凋金井。（喜遷鶯）困騰騰鬌墠鸞釵不欲整，正是更閒人靜。強披衣出戶閑行，傷情處故人別後，黯黯愁雲銷鳳城。心緒哽，新愁易積，舊約難憑。（出隊子）闌干斜憑，強將玉漏聽。十分煩惱恰三停，一夜悽惶才二更，暗屈春纖緊數定。（刮地風）短歎長吁千萬聲，幾時到得天明！被賓鴻喚回離愁興，雨淚盈盈。天如懸磬，月如明鏡，桂影浮，素魄輝，玉盤光靜，澄澄萬里晴，一縷雲生。（四門子）恰遮了北斗杓兒柄，這淒涼有四星。

望鴛鴦盡老無孤另，乍分飛可慣經！日日疏，迤邐生，逐朝盼望逐日候等。行裡焦，夢裡驚，心不暫停。（水仙子）甚識曾半霎兒，他行不至誠，氣命兒般看成，心肝般欽敬，到將人草芥般輕慢。不過天地神明說來的咒誓，終朝應在心。神鬼還靈聖，腸欲斷，淚如傾。（賽雁兒）牢成牢成一句句罵得心疼，據蹤跡疏狂似浮萍。山般誓，海樣盟，半句兒何曾應。（神仗兒）他待做臨川縣令，俺不做蘆州小卿，學亞仙元和王魁桂英，心腸兒可憐，模樣兒堪憎。往常時所事依憑雖愚濫，可慣經。（節節高）近新來特改的心腸硬，全不問入繡幃帳，羅衾盛接，雙棲鴛枕共誰並？你縱寶馬，跳金鞍，玩玉京，迷戀著良辰媚景。（掛金索）業重心腸，挨不過氣流病。短命冤家，斷不了疏狂性。第一才郎俺行失信行，第二佳人自古多薄幸。（柳葉兒）冷落了綠苔芳逕，寂寞了霧帳雲屏，消疏了象板鸞笙，生疏了錦瑟銀箏。（黃鐘尾）錦幃繡幕冷清清，銀臺畫燭碧熒熒，金風亂吹黃葉聲，沉煙潛消白玉鼎。檻竹篩，酒又醒。寒雁歸，愁越添。簷馬劣，夢難成，早是可慣孤眠，則這些最難打掙。痛恨西風太薄幸，透窗紗吹滅盞殘燈，到少了個伴人清瘦影！

十

第二個時期的散曲作家們，不盡是文人學士們了。在第一個時期裡，作劇本的多是不得志之士，而寫散曲的卻多半是大人先生們。但在第二個時期裡，寫散曲的卻也多半是窮困牢愁之士了。因為他們的散曲集子也要和劇本似的須求得投合大眾的嗜好與心理，所以倒還離得民眾不怎樣遠，並不比第一時期的作家們更向古典或更向文雅倩麗的路上走去。

第一個時期並沒有什麼專業的散曲作家們；但在這時期卻有以專門寫作散曲為事的作家了。第一時期的

作家們多半以寫散曲為餘興，為消遣；但在這個時候卻把散曲的製作，看作名山事業了。故態度更嚴肅，更慎重，遣辭鑄語也更精工。

同時，散曲的選本，在坊間出現了不少；於楊朝英的《陽春白雪》、《太平樂府》外，還有《江湖清思集》（錢霖編）、《中州元氣》、《詩酒餘音》、《樂府新聲》、《樂府群玉》、《樂府群珠》、《百一選曲》、《仙音妙選》等等；作曲的方法書也出現了——周德清的《中原音韻》——這時代的情形可以相當於南宋時代的詞壇的情形。文人學士們已公認散曲是能夠攀登於文壇詩社的一個新詩體了。

這時期的散曲作家以喬夢符、張小山為領袖，人稱之曰：喬、張，以比於唐之李白、杜甫。

喬夢符名吉。《錄鬼簿》云：「太原人，號笠鶴翁，又號惺惺道人。美容儀，醉辭章。有《天風》、《環佩》、《撫掌》三集。」這三集疑都是散曲集子。他的雜劇，今傳於世者《揚州夢》、《兩世姻緣》及《金錢記》。李開元重刊夢符散曲，序之云：「蘊藉包含，風流調笑，種種出奇，而不失之怪，多多益善，而不失之略，句句用俗，而不失其為文。」這話是很對的。許光治謂：「張小山、喬夢符散曲猶有前人規矩在。儷辭追樂府之工，散句擷宋、唐之秀。惟套曲則似涪翁俳詞，不足鼓吹風雅也。」（《江山風月譜》自序）這恰成其為清人的見解而已，其所賞乃在彼而不在此。其實，小山套曲也甚清雅，所謂「似涪翁（黃庭堅）俳詞」者，乃指夢符的套曲而言。夢符的套曲，大似杜善夫，運用俗語方言，最為精巧得當，正是元人出色當行之作。像〈私情〉的〈一枝花〉套：

（一枝花）雲髻金雀翹，山隱青鸞鑒，藕絲輕織粉，湘水細揉藍。性子兒岩嵌，小可的難搖撼。起初兒著莫咱，假撇清面北眉南，實怕攢紅愁綠慘。

（梁州第七）不顯豁意頭兒甚好，不尋常眼腦兒偏饞。酒席間閒話兒將他來探，都笑科兒承答，冷諢兒包含。不能夠空便，因此上雲雨尷尷。老婆婆坐守行監，狠橛丁暮四朝三。不能夠偷工夫，恰喜喜歡歡，怕蹶撒也卻忑忑忐忐，知消息早噥噥喃喃。攢科，鬥喊，風聲

兒惹起如何按！徒那遊，再誰敢，有等乾咽唾的杓徠死嘴嘶，委實難耽！

（尾）從今將鳳凰巢鴛鴦殿遮籠教暗，將金縫鎖玉連環對勘的嚴，錦片也似前程做的來不愚濫。非是咱不甘，不是你不堪，只被這受驚怕的恩情都嚇破我膽。

又像〈離情〉（〈一枝花〉）：

（一枝花）粉雲香臉試搽，翠煙膩眉學畫。紅酥潤冰筍手，烏金漬玉粳牙。鬢攏宮鴉，改樣兒新鞋襪，挑粉垢修指甲。收拾得所事兒溫柔，妝點得諸餘裡顆恰。

（梁州）堪笑這沒分曉的媽媽，只抱得不啼哭娃娃。小心兒一見了相牽掛，腿廝捺著說話。手廝把著行踏，額廝撈著作耍，腮廝揾著溫存，肩廝挨著曲和琵琶，尋題目頂針續麻。常只是笑沒盈弄盞傳杯，好喫闌同床共榻，熱兀羅過飯供茶。那些喜呷，天來大，怪膽幾無些怕。這些時變了卦，小則小心腸兒到狡猾，顯出些情雜。

（罵玉郎）但些兒頭疼眼熱，我早心驚訝。著疹熱，只除咱。尋方裹藥占龜卦，直到吃得粥食，離了臥榻，恰撇得心兒下。

（感皇恩）看承似美玉無瑕，誰敢做野草閑花！曹大姑賣杏虎，裴小蠻學撒龜，溫太真索妝蝦。麗春園北撇，嗚珂巷南衙，現而今如嚼蠟，似咬瓦，若搏沙。

（採茶歌）喜時節臉烘霞，笑時節眼生花，一霎時一天風雪冷鼻凹。本待做曲呂木頭車兒隨性打，原來是滑出律水晶球子怎生拿。

這漂亮的兩套乃是元曲最高的成就。那樣純熟的便捷的警機的驅遣著俗諺市語，和慨慨無生氣的儷辭豔語比起來，在當時一定是更博得彩聲的。

明、清人所喜的，卻別有在。夢符的小令，有極尖新可愛的，像：

◆暮春即事◆

（水仙子）風吹絲雨噀窗紗，苔和酥泥葬落花，卷雲鉤月簾初掛。玉鉤香徑滑，燕藏春銜向誰家？鶯老羞尋伴，蜂寒懶報衙，啼殺饑鴉。

◆秋　思◆

（折桂令）紅梨葉染胭脂，吹起霞綃，絆住霜枝。正萬里西風，一天暮雨，兩地相思。恨薄命佳人在此，問雕鞍遊子何之？雁未來時，流水無情，莫寫新詩。

◆香　篆◆

（憑闌人）一點雕盤螢度秋，半縷宮奩雲弄愁。情緣不到頭，寸心灰未休。

◆金陵道中◆

（憑闌人）瘦馬馱詩天一涯，倦鳥呼愁村數家。撲頭飛柳花，與人添鬢華。

◆登江山第一樓◆

（殿前歡）拍闌干，霧花吹鬢海風寒，浩歌驚得浮雲散。瞰數青山，指蓬萊一望間。紗巾岸，鶴背騎來慣，舉頭長嘯，直上天壇。

◆遊越福王府◆

（水仙子）笙歌夢斷蒺藜沙，羅綺香餘野菜花，亂雲老樹夕陽下。燕休尋王謝家。恨與

亡怒煞鳴蛙。鋪錦池埋荒甃，流杯亭堆破瓦，何處也繁華！

◆楚儀贈香囊賦以報之◆

（水仙子）玉絲寒皺雪紗囊，金剪裁成冰筍涼，梅魂不許春搖盪。和清愁一處裝，芳心偷付檀郎。懷兒裡放，枕袋裡藏，夢繞龍香。

◆書所見◆

（紅繡鞋）臉兒嫩難藏酒暈，扇兒薄不隔歌塵，佯整金鈎暗窺人。涼風醒醉眼，明月破詩魂。料今宵怎睡得穩！

我們不能不說這些是好詩：可是這是六朝詩和宋詞所已達到的境界，不是元曲的特色。最足以表現元曲的特色者，乃在夢符的套曲及一部分的更通俗、更活潑動人的小令。我們看：

◆為友人作◆

（水仙子）攪柔腸離恨病相兼，重聚首佳期卦怎占？豫章城開了座相思店。悶勾肆兒逐日添，愁行貨頓塌在眉尖。稅錢比茶船上欠，斤兩去等秤上掂，吃緊的曆冊般拘鈐。

◆嘲少年◆

（水仙子）紙糊鍬輕吉列枉折尖，肉膘膠乾支刺有甚粘！醋葫蘆嘴古邦佯裝欠。接梢兒雖是謟。抱牛腰只怕傷廉。性兒神羊也似善，口兒蜜缽也似甜，火塊兒也似情忺。

這些，才是六朝唐詩，五代宋詞裡所不曾見到的作風和辭藻；這些，才是元曲所獨擅的光榮。以山谷的

俳詞和他們來比較，他們是活躍、生動得多了。

不過在夢符的散曲裡，這一類的曲子可惜還不多；最多的乃是沒有忘記了文士的積習一向雅麗尖新走去——而同時卻又不自覺的夾雜些俗語方言進去的東西，像：

◆傷　春◆

（水仙子）鶯花笑我病三春，香玉知他瘦幾分。屏床猶自懷孤悶，那些兒喫喜人？界微紅斜印腮痕，山枕淺啼晴露，洞簫寒吹夢雲，風雨黃昏。

◆席上賦李楚儀歌一曲以酒送維揚賈侯◆

（水仙子）鴛鴦一世不知愁，何事年來白盡頭，芙蓉水冷胭脂瘦，占西塘曉鏡秋，菱花慢替人羞。擎架著十分病，包籠著百倍憂，老死也風流。

◆憶　情◆

（水仙子）紅粘綠惹泥風流，雨念雲思何日休？玉憔花悴今番瘦，擔著天來大一擔愁，說相思難撥回頭。夜月雞兒巷，春風燕子樓，一日三秋。

元曲裡，大多數是這一類的作品，不僅夢符一人善寫之而已。

《錄鬼簿》云：「夢符以威嚴自飭，人敬畏之。居杭州太乙宮前。有題西湖〈梧葉兒〉百篇，名公為之序。胥疏江湖間四十年。欲刊所作，竟無成事者。至正五年（西元一三四五年）二月，病卒於家。」他的生平是那樣的可憐！在他的小令裡，有不少篇的〈自述〉、〈自敘〉，可略窺見其生平抱負：

◆自　述◆

〈綠么遍〉不占龍頭選，不入名賢傳。時時酒聖，處處詩禪。煙霞狀元，江湖醉仙，笑談便是編修院。留連，批風抹月四十年。

◆自　述◆

〈折桂令〉華陽巾鶴氅蹁躚，鐵笛吹雲，竹杖撐天。伴柳怪花妖，麟翔鳳瑞，酒聖詩禪。不應舉江湖狀元，不思凡風月神仙，斷簡殘編，翰墨雲煙，香滿山川。

◆自　敘◆

〈折桂令〉斗牛邊纜住山槎，酒甕詩瓢，小隱煙霞。厭行李程途，虛花世態，老草生涯。酒腸渴柳陰中揀，雲頭剖瓜，詩句香梅梢上掃，雪片烹茶。萬事從他。雖是無田，勝似無家。

這是貌為曠達而實牢騷的說法。「雖是無田，勝似無家。」雖強自慰藉，卻是含著兩眼酸淚的。他又有〈自警〉、〈自適〉二作，也都是自己寬慰的東西。

◆自　警◆

〈山坡羊〉清風閑坐，白雲高臥，面皮不受時人唾。樂跎跎，笑呵呵，看別人搭套項推沉磨。蓋下一枚安樂窩，東，也在我，西，也在我。

◆自　適◆

〈雁兒落帶過得勝令〉黃花開數朵，翠竹栽些個，農桑事上熟，名利場中捋。禾黍小莊

科，籬落放雞鵝。五畝清閒地，一枚安樂窩。行呵，官大憂愁大。藏呵，田多差役多。

同樣的情緒，在他的許多小令裡，隨處都表現出來，像：

◆寓　興◆

（山坡羊）鵬摶九萬，腰纏十萬，揚州鶴背騎來慣。事間關，景闌珊，黃金不富英雄漢。一片世情天地間，白，也是眼，青，也是眼。

◆冬日寫懷三曲◆

（山坡羊）離家一月，閒居客舍，孟嘗君不費黃齏社。世情別，故交絕，床頭金盡誰行借？今日又逢冬至節，酒，何處賒？梅，何處折？

朝三暮四，昨非今是，癡兒不解榮枯事。攢家私，寵花枝，黃金壯起荒淫志。千百錠買張招狀紙，身，已至此，心，猶未死。

冬寒前後，雪晴時候，誰人相伴梅花瘦？釣鰲舟，纜汀洲，綠蓑不耐風霜透。投至有魚來上鈎，風，吹破頭，霜，皴破手。

◆樂　閑◆

（醉太平）煉秋霞汞鼎，煮晴雪茶鐺，落花流水護茅亭。似春武風陵。喚樵青椰瓢傾雲，浅松醪剩，倚團屏洞仙酣露，冷石床淨，掛枯藤野猿啼月，淡紙窗明。老先生睡醒。

◆漁樵閒話◆

〔醉太平〕柳穿魚旋煮。柴換酒新沽。鬥牛兒乘興老樵漁，論閑言倀語。燥頭顱束雲擔雪耽辛苦，坐蒲團扳風釣月窮活路，按葫蘆談天說地醉模糊，入江山畫圖。

◆ 習 穩 ◆

〔水仙子〕拖條藜杖裹枚巾，蓋座團標容個身，五行不帶功名分。臥芙蓉頂上雲，濯青泉兩足遊塵。生不願黃金印，死不離老瓦盆，俯仰乾坤。

◆ 毗陵晚睡 ◆

〔折桂令〕江南倦客登臨，多少豪雄，幾許消沉。今日何堪！買田陽羨，掛劍長林，霞縷爛誰家畫錦？月鉤橫故國丹心。窗影燈深，磷火青青，山鬼喑喑。

◆ 荊溪即事 ◆

〔折桂令〕問荊溪溪上人家，為甚人家，不種梅花？老樹支門，荒蒲繞岸，苦竹圈笆。寺無僧狐狸弄瓦，官省事烏鼠當衙。白水黃沙，倚遍欄干，數盡啼鴉。

〈冬日寫懷三曲〉寫得最為沉痛。「黃金壯起荒淫志」，這話罵盡了世人。而他自已是「世情別，故交絕，床頭金盡誰行借？」甚至於弄到了要「千百錠買張招狀紙」。可是，「身已至此，心未死」，其志實可哀已！為了「五行不帶功名分」，遂不能不「坐蒲團板風釣月窮活路，按葫蘆談天說地醉模糊」了。這和大人先生們的談高隱，說休居閒適是大為不同的。他具有真實的憤慨，而他們不過人云亦云的自鳴高潔而已。

十一

張小山名可久（《堯山堂外紀》作「名伯遠，字可久。」《四庫全書總目提要》作「字仲遠」，均不知何據），慶元人，以路吏轉首領官，有樂府盛行於世（賈本，樂府上有「今」字）。又有《吳鹽》、《蘇堤漁唱》等曲。」（《錄鬼簿》）

今所傳《張小山北曲聯樂府》三卷，外集一卷，為最足本。雖將各集割裂，分入數卷，而仍可看出《今樂府》、《蘇堤漁唱》、《吳鹽》及《新樂府》的面目。此皆小令。又有散套，見《詞林摘豔》及《北宮詞紀》。

小山曲最為明、清人所稱，也因其深投合於士大夫們的趣味。他的作風清麗而瘦削，「有不吃煙火食氣」（《太和正音譜》）。李開先云：「小山清勁，瘦至骨立，而血肉銷化俱盡。乃孫悟空煉成萬轉金鐵軀矣。」其實，小山曲亦間有凡庸的意境，陳腐的辭語，遠不如夢符之尖新清俊，空所依傍。

小山曲以寫景者為多，且似久居於西湖，故所詠不出「湖上」，固不僅《蘇堤漁唱》之全為西湖曲子也。《今樂府》似為他的最早的曲集；似係初到江南之作。故於西湖外，尚及吳門、會稽，以及吳淞江等地；且也不僅是寫景，還有詠物——像〈紅指甲〉——及抒情的作品。但寫春秋景色實是他的特長。有的時候，他的想像確很清俏像：

◆山居春枕◆

（清江引）門前好山雲占了，盡日無人到。松風響翠濤，槲葉燒丹灶。先生醉眠春自老。

◆秋思二首◆

（水仙子）天邊白雁寫寒雲，鏡裡青鸞瘦玉人，秋風昨夜愁成陣，思君不見君，緩歌獨

自開樽。燈挑盡，酒半醺，如此黃昏。海風吹夢破衡茅。山月勾吟掛柳梢，百年風月供談笑。可憐人易老，樂陶陶，塵世飄飄。醉白酒眠牛背，對黃花持蟹螯，散誕逍遙。

◆石塘道中◆

（折桂令）雨依微天淡雲陰，有客徜徉。緩轡登臨，老樹危亭，午津短棹，遠店疏砧。傲塵世山無古今，避波風鷗自浮沉，霜後園林，萬綠枝頭，一點黃金。

◆湖上　二首◆

（憑闌人）遠水晴天明落霞，古岸漁村橫釣槎。翠簾沽酒家，畫橋吹柳花。

二客同遊過虎溪，一徑無塵穿翠微。寸心流水知，小窗明月歸。

◆春　夜◆

燈下愁春愁未醒。枕上吟詩吟未成。杏花殘月明，竹根流水聲。

◆村庵即事◆

（折桂令）掩柴門嘯傲煙霞，隱隱林巒，小小仙家，樓外白雲，窗前翠竹，井底硃砂。五畝宅無人種瓜，一村庵有客分茶。春色無多，開到薔薇，落盡梨花。

◆西湖秋夜◆

（水仙子）個宵爭奈月明何，此地那堪秋意多！舟移萬頃冰田破。白鷗還笑我，拚餘生

詩酒消磨。雲母舟中飯，雪兒湖上歌，老子婆娑。

◆秋日湖上◆

（人月圓）笙歌蘇小樓前路，楊柳尚青青。畫船來往，總相宜處，濃淡陰晴。杖藜閒暇，孤墳梅影，半嶺松聲。老猿留坐，白雲洞口，紅葉山亭。

◆春晚次韻◆

（人月圓）萋萋芳草春雲亂，愁在夕陽中。短亭別酒，平湖畫舫，垂柳驕驄。一聲啼鳥，一番夜雨，一陣東風。桃花吹盡，佳人何在？門掩殘紅。

◆雪中遊虎丘◆

（人月圓）梅花渾似真真面，留我倚闌干。雪晴天氣，松腰玉瘦，泉眼冰寒。興亡遺恨，一丘黃土，千古青山。老僧同醉，殘碑休打，寶劍羞看。

◆吳山秋夜◆

（水仙子）山頭老樹起秋聲，沙嘴殘潮蕩月明，倚闌不盡登臨興。骨毛寒環佩輕，桂香飄雨袖風生。攜手乘鸞去，吹簫作鳳鳴，回首江城。

◆山中書事◆

（人月圓）興亡千古繁華夢，詩眼倦天涯。孔林喬木，吳宮蔓草，楚廟寒鴉。數間茅舍，

藏書萬卷，投老村家。山中何事？松花釀酒，春水煎茶。

在《吳鹽》和《蘇堤漁唱》裡，寫景之作更多了。《蘇堤漁唱》全是詠歌西湖景色的，故氣象很局促，《吳鹽》所寫的也全是江南的景物。

◆三溪道院◆

（水仙子）斷橋楊柳臥枯槎，秋水芙蕖著晚花。蹇驢行過三溪汊，訪白陽居士家，拂藤床兩袖煙霞。道童能唱，村醪當茶，仙棗如瓜。

這是見於《吳鹽》的。像《蘇堤漁唱》，所寫雖多，清雋之什實在太少，像：

◆湖上晚歸◆

（滿庭芳）亭亭翠雲，娟娟鷺羽，細細魚鱗，一方瑞錦香成陣，明月隨人。愛蓮女纖纖玉筍，唱菱歌采采白蘋。相親近，盈盈水濱，羅襪暗生塵。

有什麼深厚的情在著呢？惟亦間有漂亮之作夾雜在裡面。那卻正是他用俗語入曲的作品：

◆失　題◆

（醉太平）人皆嫌命窘，誰不見錢親！水晶環入麵糊盆，才沾粘便滾。文章糊了盛錢囤，門庭改做迷魂陣，清廉貶入睡餛飩，胡蘆提到穩。

在《新樂府》裡，也有很活脫躍動的東西，像：

◆酒　友◆

（山坡羊）劉伶不戒，靈均休怪！沿村沽酒尋常債。看梅開，過橋來，青旗正在疏籬外。醉和古人安在哉！窄，不夠篩。哎，我再買。

「我再買」那三個字把全篇的精神全都振作起來，令我們讀之，還似猶聞其語。

他的〈湖上晚歸〉：「景天落彩霞」套，論者以為足與馬致遠「百歲光陰」相比肩。其實，其情調是很不相同的。

◆湖上晚歸◆

（一枝花）長天落彩霞，遠水涵秋鏡。花如人面紅，山似佛頭青。生色圍屏，翠冷松雲徑，嫣然眉黛橫，但攜將旖旎濃香，何必賦橫斜瘦影。

（梁州）挽玉手留連錦英，據胡床指點銀瓶，素娥不嫁傷孤另。想當年小小，問何處卿卿？東坡才調，西子娉婷，總相宜千古留名。吾二人此地私行，六一泉亭上詩成，三五夜花前月明，十四弦指下風生。可憎，有情！捧紅牙存華屋羊曇，興足竹林阮咸，醉居林甫曹參。放開酒膽，恨狂風盡把花搖撼，歎陽和又虛賺。拚了齣醄飲興酣，於理何慚！

（尾聲）紫霜毫入硯深深蘸，吟幾首鶯花詩滿函，一望紅稀綠陰暗，正遊人不甘。奈僕童執驂，不由咱倦把驕驄轡頭兒攬。

他的套曲本來不多，好的更少，不像喬夢符之篇篇珠玉。《詞林摘豔》曾載其詠春夏秋冬四景的四套，現在引錄〈春景〉一套於下，可見其作風並不怎樣的出色。

◆春　景◆

（一枝花）滾香綿柳絮輕，飄白雪梨花淡。怨東風牆杏色，醉曉日海棠酣。景物偏堪，車馬遊人覽，賞晴明三月三，綠苔撒點點青錢，碧草鋪茸茸翠毯。

（梁州第七）流水泛江湖暖浪，輕雲鎖山市晴嵐。恐無多光景疾相探。雕鞍奇轡，紗帽羅衫，珍饈滿桌，玉液盈壇，歌兒舞妓那堪！詩朋酒侶交談，吃的個生合和伊川令。萬籟寂，四山靜。幽咽泉流水下聲，鶴怨猿驚。

（尾）岩阿禪龕鳴金磬，波底龍宮漾水精。夜氣清，酒力醒，寶篆銷，玉漏鳴。笑歸來彷彿二更，煞強似踏雪尋梅灞橋冷。

他的所長，卻在情詞。他的詠物和寫景，時有腐語，但其情詞卻極為清俊可喜。像《北宮詞紀》所載的〈春怨〉：

（一枝花）鶯穿殘楊柳枝，蟲蠹損薔薇刺，蝶蜂乾芍藥粉，蜂蹙斷海棠絲。怕近花時。白日傷心事，清宵有夢思。間阻了洛浦神仙，沒亂殺蘇州刺史。

（梁州第七）俏姻緣別來久矣！巧魂靈夢寢求之。一春多少傷心事！著情疼熱，痛口嗟咨，往來迢遞，終始參差。一簡書寫就了情詞，三般兒寄與嬌姿。麝臍薰五花瓣翠羽香鈿，貓眼嵌雙轉軸烏金戒指，獺髓調百和香紫蠟胭脂。念茲，在茲，愁和淚頻傳示，更囑付兩三次。訴不盡心間無限思，倒羞了燕子鶯兒。

（尾聲）無心學寫鍾王字，遣興閑觀李杜詩，風月關情隨人志。酒不到半卮，飯不到半匙，瘦損了青春少年子。

寫正在相思的少年子，其情調很深摯。但這還不是他的最好的；像《今樂府》裡的：

◆秋夜閨思◆

（折桂令）剔殘燈數盡寒更，自別了鶯鶯，誰更卿卿！竹影疏櫺，蛩聲廢井，桂子閒庭。淹淚眼羞看畫屏，瘦人兒不似丹青。盼殺多情，遠信休憑，好夢難成。

◆寄情 二首◆

寄情虛把彩牋緘，排砌偷將底句攙。隔簾怪他嬌眼饞。話兒斷，一半兒佯羞一半兒敢。

臂銷閒把玉纖掐，髻袒慵拈金鳳插。粉淡偷臨青鏡搽。劣冤家，一半兒真情一半兒假。

也還只是平常；但像《吳鹽》裡的許多小令：

◆閨 情◆

（朝天子）與誰，畫眉。猜破風流謎。銅駝巷裡玉驄嘶，夜半歸來醉。小意收拾，怪膽禁持，不識羞誰似你！自知，理虧，燈下和衣睡。

◆收心 二首◆

（普天樂）姓名香，行為俏，花花草草，暮暮朝朝。關心三月春，開口千金笑。惜玉憐香何時了？綵雲空聲斷鶯簫。朱顏易老，青山自好，白髮難饒。

舊行頭，家常扮鴛鴦被冷，燕子樓拴。偷將心事傳，掇了梯兒看。繫柳監花喬公案，關防的不似今番。姨夫暗攢，行院門侃，子弟先赸。

◆失 題◆

（寨兒令）虧負咱，怎禁他！覷著頭玉容憔悴煞。愛處行踏，陡恁情雜，和俺意兒差。步蒼苔涼透羅襪，掩朱門香冷金鴨。把你做心事人，望的我眼睛花。嗏！因甚不來家？

我志誠，你胡伶，一雙兒可人龐道撐。鬥草踏青，語燕啼鶯，引動俏魂靈。繡窗前殘酒為盟，花陰下明月知情。寶香寒靜悄悄，羅襪冷戰兢兢曾，直等到二三更。

（寨兒令）斂翠蛾，搵香羅，病懨懨為誰憔悴我？啞謎猜破，冷句調唆。便知道待如何？阻牛郎萬古銀河，渰藍橋千丈風波。偷工夫來覷你，說破綻盡由它。哥，越間阻越情多。

這些都是警語連篇的。想來在當時歌宴裡唱來一定會是雅俗共賞的。《太和正音譜》又載有〈錦橙梅〉小令一篇：

◆失 題◆

（錦橙梅）紅馥馥的臉衫霞，黑髭髭的鬢堆鴉。料應他，必是個中人打扮的堪描畫。顫巍巍的插著翠花，寬綽綽的穿著輕紗，兀的不風韻煞人也，嗏！是誰家？我不住了偷睛兒抹。

這可以抵得上《西廂記》的張生初遇鶯鶯的一幕了。

小山在第二期裡，年輩較早。他嘗稱馬致遠為先輩。但他和盧疏齋、貫酸齋相贈答，馮海粟、劉時中又嘗題其集。其活動的時代當在西元一三三〇年到一三六〇年間。

十二

睢景臣（「景」，賈本作「舜」）字嘉賢。《錄鬼簿》云：「自維揚來杭，余與之識。心性聰明，嗜音律。維揚諸公俱作〈高祖還鄉〉套數。公〈哨遍〉，製作新奇。諸公者皆出其下。又有南呂〈題情〉云：『人歸燕子樓，帳冷鴛鴦錦，酒空鸚鵡枝，釵斷鳳皇金。』亦為工巧，人所不及也。」

他有雜劇三本：《牡丹記》、《千里投人》及《屈原投江》，惜均不傳。今所傳者惟〈高祖還鄉〉等數套耳。〈高祖還鄉〉確是奇作。他能夠把流氓皇帝劉邦的無賴相，用旁敲側擊的方法曲曲傳出。他使劉邦的榮歸故鄉的故事，從一個村莊人眼裡和心底說出。村莊人心直嘴快，直把這個故使威風的大皇帝，弄得啼笑皆非。這雖是遊戲作，卻嬉笑怒罵，皆成文章了。

【高祖還鄉】社長排門告示，但有的差使，無推故。這差使不尋俗，一壁廂納草也根，一邊又要差夫索應付。又言是車駕，都說是鑾輿，今日還鄉故。王鄉老執定瓦臺盤，趙忙郎抱著酒胡蘆，新刷來的頭巾，恰糨來的紬衫，暢好是妝么大戶。〔耍孩兒〕瞎王留引定火喬男女，胡踢蹬吹笛擂鼓。見一颩人馬到莊門，匹頭裡幾面旗舒。一面旗白胡闌套住個迎霜兔，一面旗紅曲連打著個畢月烏，一面旗雞學舞，一面旗狗生雙翅，一面旗蛇纏胡蘆。〔五煞〕紅漆了叉，銀錚了斧，甜瓜苦瓜黃金鍍，明晃晃馬鐙槍尖上桃，白雪雪鵝毛扇上鋪。這幾個喬人物，拿著些不曾見的器仗，穿著些大作怪衣服。〔四〕轅條上都是馬，套頂上不見驢，黃羅傘柄天生曲，車前八個天曹判，車後若干遞送夫。更幾個多嬌女，一般穿著，一樣妝梳。〔三〕那大漢下的車，眾人施禮數。那大漢覷得人如無物。眾鄉老屈腳舒腰拜，那大漢那身著手扶，猛可裡抬頭覷，覷多時認得險氣破我胸脯。〔二〕你須身姓劉，您妻須姓呂，把你兩家兒根腳，從頭數。你本身做亭長，耽幾盞酒。你丈人教村學，讀幾卷書。曾在俺莊東住，

也曾與我餵牛切草，拽壩扶鋤。〔一〕春採了桑，冬借了俺粟，零支了米麥無重數，換田契強秤了麻三秤，還酒債偷量了豆幾斛，有甚胡突處，明標著冊曆，現放著文書。〔尾〕少我的錢差發內旋撥還，欠我的粟稅糧中私准除。只道劉三，誰肯把你揪捽住，白甚麼改了姓，更了名，喚做漢高祖！

這不是一篇絕妙好辭麼？「只道劉三，誰肯把你揪捽住？白甚麼改了姓，更了名，喚做漢高祖！」作者是有意的，還是無意的在譏嘲著一切的流氓皇帝，一切的權威者呢？

景臣也寫些情詞，但似乎沒有〈高祖還鄉〉那末潑辣活躍了；像〈六國朝收心〉套，「陳言」是太多了些：

【收心】〔六國朝〕長江浪險，平地風恬。恨世態柳顰眉，順人情花笑靨。烏兔東西急，白髮重添，寒暑往來侵，朱顏退染。穿花蝶愁扃綠鎖，營巢燕限欵朱簾，蝶入夢魂潛，燕經秋社閃。〔催拍子〕拜辭了桃腮杏臉，追逐回雪鬢霜髯。死灰絕焰，腹難容曩日杯盤，身怎跳而今坑塹，去奢從儉。六橋雲錦，十里風花，慶賞無厭，四時獨占。花溪信馬，蓮浦乘舟。菊綻霜嚴，雪殘梅塹，烏呼人至鶴送猿迎。酒殺隨分，費用從廉。就清流洗痕濯玷。〔么〕煙花薄斂，風塵戶掩，再誰曾掣關抽店。盡亞仙嫁了元和，由蘇氏放番雙漸，罷思絕念，舊遊魔女魂香，野狐涎甜，覺來有驗，抽箱羅帕，倒袋香囊，將俺拘鉗做科撒阽。浮花浪蕊，剩馥殘膏，你能搽抹，誰敢粘沾！到榻鬼賴人支墊。〔歸塞北〕呆嬌豔自要若厭厭。覓見銀山無採取，尋著錢樹不楸撏，典賣盡妝奩。〔尾〕零替了家私怕搜檢，缺少了些人情我應點，情瞞兒出尖，誰負債，拿著我還欠。

但在〈寓僧舍〉（《黃鶯兒》套）裡，我們卻看出了他的寫景抒情的能力來；在寂寞的僧舍裡，暫寄一宵，「蚊帳矮，獨擁單衾」，能不「一宵如半載」麼？這淒清的情境是很獨創的。

【寓僧舍】〔黃鶯兒〕秋色秋色，幾聲悲愴，孤鴻出塞，滿園林野火烘霞，荷枯柳敗。

〔踏莎行〕水館煙中，暮山雲外，泊孤舟古渡側息風霾淨塵埃，實剎清涼境界，僧相待，借眠何礙。〔垂絲釣〕風清月白有感，心酸不耐。更觸目淒涼景物，供將愁悶來。月被雲埋，風鳴天籟。〔蓋天旗〕僧舍窄，蚊帳矮，獨擁單衾，一宵如半載。舊恨新愁深似海。情緣在，人無奈，幾般兒可怪。〔隨煞〕促織絮，惱情懷砧杵韻，無聊賴。簷馬奢，殿鐸鳴，疏雨滴西風，煞能斷送楚臺雲，會禁持異鄉客。

但可怪的是，鑄辭用語，仍未脫陳套。尖新的字句很罕見。為什麼與〈高祖還鄉〉套那樣的不相稱呢？是他的才盡罷？或者，元曲是特別適宜於寫若莊若諧的敘事歌曲的罷？

我們覺得元曲是，「俗」則佳，趨「雅」則要變成懨懨無生氣的了。景臣諸作，除〈高祖還鄉〉外，都是嫌其不夠「俗」的。

十三

徐再思字德可。「好食甘飴，號甜齋。嘉興路吏。多有樂府行於世。為人聰敏。與小山同時。」（《錄鬼簿》）再思所作，今所存者，全為小令，除《樂府群玉》錄其〈紅錦袍〉四首外，餘近百首，皆見於《太平樂府》。

他喜於寫情，有極漂亮的尖新的東西，但同時也有比較的平凡的。像〈春情〉、〈相思〉的幾首，幾逼肖關漢卿：

〔沉醉東風〕【春情】一自多才間闊，幾時盼得成合？今日個猛見他門前過，待喚著怕人瞧科。我這裡高唱當時水調歌，要識得聲音是我！

〔清江引〕【私歡】梧桐畫開明月斜，酒散笙歌歇。梅香走將來，耳畔低低說，後堂中

正夫人沉醉也。【相思】相思有如少債的，每日相催逼。常挑著一擔愁，准不了三分利，這太錢見它時才算得。

〈壽陽曲〉【春情】心疼事，腸斷詞，背秋千淚痕紅漬，剔春纖碎榴花瓣兒，就窗紗砌成愁字。〇昨宵是你自說許著咱，這般時節到西廂，等的人靜也。又不成再推明夜？

〈蟾宮曲〉【春情】平生不會相思。才會相思，便害相思。身似浮雲，心如飛絮，氣若遊絲。空一縷餘香在此，盼千金遊子何之？證候來時，正是何時。燈半昏時，月半明時。

〈水仙子〉【春情】九分恩愛九分憂，兩處相思兩處愁，十年迤逗十年受，幾遍成幾遍休，半點事半點慚羞。三秋恨三秋感舊，三春怨三春病酒，一世害一世風流。

像〈閒情〉的二首，也顯得極玲瓏剔透：

〈金字經〉【閨情】一點心間事，兩山眉上秋，括起金針還又休。羞見人，推病酒，懨懨瘦，月明中空倚樓。〇歌扇泥金縷，舞裙裁縫綃，一撚瘦香楊柳腰。嬌殢人，教鬥草，貪歡笑，倒插了金步搖。

他也有很豪邁的作品，清麗異常而氣概不凡，最好的，像〈水仙子〉，有些似馬致遠的最好的作品了：

〈水仙子〉【夜雨】一聲梧葉一聲秋，一點芭蕉一點愁，三更歸夢三更後。落燈花棋未收，歎新豐孤館人留。枕上十年事，江南二老憂，都到心頭。

他的詠史、詠物、詠景色之作，有時也寫得不壞。但總不如他情詞的刻劃深切，宛轉入情：

〈金字經〉【春】紫燕尋田壘，翠鴛棲暖沙，一處處綠楊堪繫馬。他問前村沽酒家，秋千下，粉牆邊，紅杏花。【水亭開宴】犀筋銀絲鱠，象盤冰蔗漿，池閣南風紅藕香，將紫霞白玉觴，低低唱，唱著道：今夜涼。

〈壽陽曲〉【梅影】枝橫水，花未雪，鏡中春，玉痕明滅，梨雲夢殘人瘦也，弄黃昏半

囪明月。【手帕】香多處，情萬縷。織春愁，一方柔玉寄多才，怕不知心內苦，漬胭脂淚痕將去。

◆蟾宮曲　徐甜齋◆

【西湖】十年不到湖山，齊楚秦燕，皓首蒼顏。今日重來，鶯嫌花老，燕怪春慳。所越女鸞簫象板，惱司空霧鬢雲環。道院禪關，酒會詩壇，萬古西湖天上人間。【江淹寺】紫霜毫是是非非，萬古虛名一夢初回。失又何愁，得之何喜，悶也何為。落日外蕭山翠微，小橋邊古寺殘碑。文藻珠幾，醉墨淋漓，何似班超，投卻毛錐。【登太和樓】白雲中湧出峰來，俯視西湖，圖畫天開。暮雨珠簾，朝雲畫棟，夜月瑤臺。書籍會三千劍客，管弦聲十二金釵。對酒興懷，拊髀憐才，寄語玲瓏，王粲曾來！

「失之何愁，得之何喜，悶也何為」，這也是無可奈何的悲哀！

顧德潤字君澤，杭州人，松江路吏。「自刊《九仙樂府》（一作九山）二集，售於市肆。道號九仙。」（《錄鬼簿》）他的曲子，也俱見《太平樂府》，今存者已無多。不見得有什麼出色當行之作。惟〈罵玉郎帶過感皇恩〉、〈採茶歌〉的〈述懷〉二首：

蛛絲滿甑麈生釜，浩然氣尚吞吳，并州每恨無親故。三匝烏，千里駒，中原鹿。走遍長途，反下喬木，若立朝班乘驄馬，駕高車。常懷卞玉，敢引辛裾。羞歸去，休進取，任揶揄。暗投珠，歎無魚。十年窗下萬言書，欲賦生來驚人語，必須苦下死工夫。

人生傀儡棚中過，歎烏兔似飛俊，消磨歲月新功課。尚父蓑，元亮歌，靈均些。安樂行窩，風流花磨，閑呵諏，歪嗑發喬科，山花婀娜，老子婆娑，心猶倦，時未來，志將何？愛風魔，怕風波，識人多處是非多。適興吟哦無不可，得磨跎處且磨跎。

卻是一般沉屈下僚者的「同聲一歎」之作。

他的套曲，像〈四友爭春〉、〈憶別〉等，都沒有什麼重要的。

高敬臣名克禮，號秋泉。《錄鬼簿》云：「見任縣尹。小曲樂府，極為工巧，人所不及。」《元詩選癸集》以他為河間人。張小山與他為友，嘗有曲說到他。他的散曲，今存者不過《樂府群玉》裡的四首，卻沒有一首不是尖新的。〈黃薔薇〉、〈過慶元貞〉的〈失題〉二首尤好：「燕燕別無甚孝順，哥哥行在意殷勤」，大似關漢卿的〈詐妮子調風月〉的一幕。其第一首，似是詠楊貴妃的。「又不曾看生見長，便這般割肚牽腸。喚你你酩子裡賜賞，撮醋醋孩兒弄璋」，其運用俗語是異常的妥貼得當的。

鄭光祖為元代四大家之一（關、馬、鄭、白）。其實他不僅不及關遠甚，連馬、白也不容易追得上。他的戲曲幾乎都是仿擬前輩的，其散曲存者不多，而好的也很少。其最高的成就，不過是像：

◆夢中作◆

（蟾宮曲）半窗幽夢微茫，歌罷錢塘，賦罷高唐。風入羅幃，爽入疏欞，月照紗窗。縹緲見梨花淡妝，依稀聞蘭麝餘香。喚起思量，待不思量，怎不思量？

而已。一般的辭意，都不過是盜竊古人的成語而略加以變化之耳。「呀，那些個投以木桃，報以瓊瑤，我便似日影中捕金烏，月輪中擒玉兔，雲端裡覓黃鶴。」（〈題情〉）這和杜善夫、喬夢符諸人之作，差得多少！但他在當時卻負有盛名。《錄鬼簿》云：「所作聲振閨閣。伶倫輩稱鄭老先生，皆知其為德輝也。」這是很可怪的。德輝是他的字。他為平陽襄陽人，以儒補杭州路吏。卒葬西湖。

吳仁卿字弘道，號克齋，歷仕府判，致仕。所作有《金縷新聲》；也寫雜劇（五本），但俱失傳。今存於《陽春白雪》、《太平樂府》的二十多篇的小令套曲，俱無甚驚人之語，不過是尋常的題情及閒適之作而已。

（金字經）今人不飲酒，古人安在哉！有酒無花眼倦開。鼓吹臺，玉入伏下階。妨何礙！青春不再來！

（金字經）道人為活計，七件兒為伴侶，茶、藥、琴、棋、酒、畫、書。世事虛似草梢擎露珠。還山去，更燒殘藥爐。

周仲彬名文質。其先建德人，後居杭州，因家焉。家世業儒，俯就路吏。「善丹青，能歌舞，明曲調，諧音律。」和鍾嗣成是很好的朋友。

他有詠少卿事的套曲，不過尋常之作而已，像〈悟迷〉，卻頗好：

【悟迷】〔蝶戀花〕楊柳樓臺春蘭索，庭院深沉，不把相思鎖。睡去猶然有夢合，愁來無處容身躲。〔喬牌兒〕想秦樓金縷歌，風流共歡樂。和香折得花一朵，記當時它付託。〔神曲纏〕咱彼各休生間闊，便死也同其棺槨。雖然未可妻夫過活，且遙受心愛的哥哥。猛可折剉。藍橋路千里煙波，桃源洞百結藤蘿。細尋思冰人頗可，好前程等閒差錯。〔二〕鼓盆歌寂寞，天差我從新賡和。盼芳容同棲繡幄，奈懦風難立鳴珂。歎書生輕別素娥，看佳人輸與拔禾。〔三〕分薄連枝樹柯，斫來燒妖廟火。病魔心如刀剉，對青銅知鬢皤畫閣，更深羅幕，伴燈花珠淚落。〔離亭宴尾〕著迷本是伊之禍，辜恩非是咱之過。如之奈何？朱門深閉，賈充香，蘭房強揣鄭生玉，青樓空擲潘安果。壺中籌掣做籤，盤內棋排成課，待卜個它心怎麼？界殘妝枕上哭，扣皓齒神前咒，啟檀口人行唾。紙如海樣闊，字比針關大，也寫不盡腸許多！和恨染至誠它，連愁書負心我。

錢子雲名霖，松江人。棄俗為黃冠，更名抱素，號素庵。多遊名公卿間。類輯時人之作，名曰《江湖清思集》。又自作曲集名《醉邊餘興》。今皆不傳，他和徐再思同時。再思嘗有送他赴都的曲子。大約他曾有一時功名還熱吧。但終於不遇而回。所作〈清江引〉（失題），很有清雋的情思：

夢回晝長簾半卷，門掩荼蘼院。蛛絲掛柳棉，燕嘴粘花片，啼鶯一聲春去遠。

高歌一壺新釀酒，睡足烽衙後。雲深鶴夢寒，不老松花瘦，不如五株門外柳。

趙文寶名善慶，饒州樂平人。善卜術，任陰陽學正。有雜劇七本，今並無存。他的散曲，佳者足追張小山、馬致遠。像「雨痕著物潤如酥，草色和煙近似無，嵐光照日濃如霧」（〈水仙子〉），又像：

（落梅風）楓枯葉，柳瘦絲，夕陽閒畫闌十二。理情空瑩然如片紙，一行雁一行愁字。

【江流晚眺】

都足以令人吟味。

曹明善名德，衢州人，路吏。《錄鬼簿》云：「甘於自適。在都下賦長門柳之詞者乃先生也。」又稱其樂府華麗自然，不在小山之下。所謂「長門柳」，乃指他的〈清江引〉二首（失題），相傳是刺伯顏的。茲引其一；其情趣是很獨創的。

長門柳絲千萬結，風起花如雪。離別復離別，攀折更攀折，苦無多舊時枝葉也！

任則明名昱，四明人。少年狎游平康，以小樂章流布裙釵。曾有曲子送曹明善北回。所作無多大當行出色之作。像「吳山越山山下水，總是淒涼意」之類，毫無什麼新意。

王曄（日華）和朱凱曾合作〈題雙漸小青問答〉（見《樂府群玉》），人多稱賞。其實也並沒有多大的重要。

十四

曾瑞卿，大興人。《錄鬼簿》云：「喜江、浙人才之名，景物之盛，因家焉。公手采卓異，衣冠整肅，悠遊市井，儼然如神仙中人。志不屈物，故不敢仕。因號褐夫。公善丹青，工隱語，有《詩酒餘音》行於世。」他的雜劇《才子佳人娛元宵》，盛行於世。散曲傳者也獨多。其〈自序〉是重要的自敘曲子之一：

【自序】〔端正好〕一枕夢魂驚，千載風雲過，將古來英俊評跋。誰才能？誰霸道？誰王佐？只落得高塚麒麟臥。〔么〕百年身，隙外白駒過，事無成潘鬢雙皤。既生來命與時相挫，去狼虎叢服低將。〔袞繡球〕時與命道不合，我和它氣不和，皆前定並無差錯。雖聖賢胸次包羅，待據六合要並一鍋。其中有千萬人，我，各有天時地利人和。氣難吞吳魏，亡了諸葛；道不行齊梁喪了孟軻，天數難那。〔倘秀才〕舉伊尹有湯王倚托，微管仲無桓公不可，相公子糾偏如何不九合？失時也亡了家國，得意後霸了山河，也是君臣每會合。〔脫布衫〕時不遇版築為活，時不遇荊南落魄，時不遇窬垣而躲，時不遇在陳忍餓。〔小梁州〕勇兒貧困果如何？擊缶謳歌，甘貧守分，淡消磨顏回樂，知足後一瓢多。既功名不入凌煙閣。放疏狂落落陀陀。就著老瓦盆浮香糯，直吃的徹未，醒後又如何？〔袞繡球〕學劉伶般酒裡酡，仿波仙般詩裡魔。樂閑身有何不可。說幾句不傷時信口開合，折莫時憤悱啟發平科。見破綻呵閑榼，教人道我豪放風魔。由它似斗筲之器般看得微末，似糞土之牆般覷得小可，一任由他，〔醉太平〕看別人揮鞭登劍閣。舉棹泛滄波，爭如我得磨跎處且磨跎，無名韁利瑣。攜壺策杖穿林落，臨風對月閑吟課，有花有酒且高歌，居村落快活，〔叨叨令〕聽樵歌牧唱依腔和，整絲綸獨釣垂鉤坐。鋪苔茵展綠張雲幕，披漁蓑帶雨和煙臥，快活也么哥，快活也麼哥！且潛居抱道隨緣過。〔二〕也不學采薇自潔埋幽壑，不學舉國獨醒葬汨羅，也不學墨子回車，巢由洗耳，河老騰雲，許子衣褐，也不仰天長歎，也不待相宣言，也不扣角為歌，卻回光照我，圖甚苦張羅！〔三〕忘食智上齊君果，不吐嫌兄仲子鵝。飽養雞豚，廣栽桃李，多植桑麻，剩種粳禾。蓋數椽茅屋，買四角黃牛，租百畝莊窠。時不遇也恁麼，且耕種置個家活。〔四〕甕頭白酒新醅潑，碗內黃齏坌醬和。詩裡乾坤，杯中日月，醉醒由己，清濁從他。我量寬似海，杯吸長鯨，酒泛洪波，醉鄉寬闊，不飲待如何？〔五〕忘憂陋巷於咱可，

樂道窮途奈我何？右抱琴書，左攜妻子，無半紙功名，躲萬丈風波。看別人日邊牢落，天際驅馳，雲外蹉跎。咱圖個甚莫！未轉首總南柯。〔尾〕既無那抱關擊柝名煎聒，且守這養氣收心安樂窩。用時行，舍時躲居山村，離城郭，對樽罍遠鼎鑊。黃菊東籬栽數科，野菜西山鋤幾陀。聽一笛斜陽下遠坡，看幾縷殘霞蘸淺波。醉袖乘風鵬翼拖，蹇個臨溪鰲背馱。杲杲果秋陽曝已過，洶洶清江濯幾合骨角成形我切磋，玉石為珪自琢磨，華岳干將劍不磨，唾噗經綸手不搓，養拙潛身躲災禍，由恁是非滿乾坤，也近不得我！

這是如何深刻徹底的個人無政府主義呢？他什麼都不聞不問，只是自己消遣著，懶散的靜享田園之樂。這是一般不得志的放懷謳歌；這是屈子的〈離騷〉，是東方朔的〈答客難〉，是韓愈的〈正學解〉，而瑞卿卻比他們都聰明得多了。但人世間果有：「由恁是非滿乾坤，也近不得我！」的境地麼？也只是文人的烏托邦而已。

他的〈歎世〉也是如此的情調：

【歎世】〔行香子〕名利相簽，禍福相兼，使得人白髮蒼髯。殘花雨過，落絮泥沾，似夢中身，石中火，水中鹽。〔么〕跳下竿尖，擺脫鉤鉗，樂天真休問人嫌，顧前盼後，識恥知廉。是漢張良，越范蠡，晉陶潛。〔喬木查〕盡秋霜鬢染，老去紅塵厭，名利為心無半點。莊周蝶夢甜，疏散威嚴。〔攪箏琶〕君休欠何故苦厭厭！月滿還虧杯盈自灩。榮貴路景稠粘，沾惹情忺，把穿絕業貫，休再添徒爾趨炎。〔撥不斷〕棄雕簷隱閭閻，灰心打滅燒身焰，袖手擘開鎖頂鉗，柔舌砍鈍吹毛劍，舊由絕念。〔離亭宴帶歇指煞〕無錢妝富剛為僭，有財合散休從儉。狂夫不厭為口腹，遙天外置網羅。貪賄賂滿肚裡生荊棘，爭人我平地工橛坑塹。六印多你尚貪，一瓢足咱無欠。君子退謙，把兩字利名勾。向百歲光陰裡，將一味清閒占。供庖廚野齏香，忘寵辱村醪釅，無客至柴荊晝掩。臥松菊北窗涼，躲風波世途險。

他的話並不比張雲莊、不忽麻平章兩樣多少，他的作風也不比他們高明了多少。但我們總覺得曾褐夫的話是

真情實話，是有所為而發的；而張雲莊他們卻是無病的呻吟，做作的清高，虛偽的呼吁。這因為其境地是完全不同的。

他的〈村居〉，寫的也便是那清高的生活了；也許真的是樂在其中：

【村居】〔哨遍〕人性善皆由天命，氣清濁列等為賢聖，萬物內最為靈，又幸為男子淨嶸要自省，姸媸貴賤，壽天窮通，這幾事皆前定。使不著吾強我性，歎時乖運拙，隨坎止流行。既知鐘鼎果無緣，好向林泉且埋名。除去浮花修養殘軀，安排暮景。〔么〕量力經營，數間茅屋臨人境，車馬少，得安寧。有書堂藥室茶亭，甚齊整，魚池內菱芡，溪岸上雞鵝，壯觀我乘高興，繅車響蟬聲相應。妻蠶女繭，婢織奴耕，隴頭殘月荷鋤歌，牛背夕陽短笛橫，聽農家野調山聲。〔耍孩兒〕雖然蔬圃衡畦徑，攙造化，奪時發生也和治世一般平。桔槔便當權衡。堤防著雨澇開溝洫，準備著天晴，澮水坑栽排定。生涯要久遠，養子望聰明。〔么〕把閑花野草都鋤淨，尚又怕稊稗交生。桑榆高接暮雲平，筍黃菜綠瓜青。葫蘆花發香風細，楊柳陰濃暑氣清。開心鏡，靜觀消長，閑考虧盈。〔三煞〕菜老便枯，菜嫩便榮，榮枯消長，教人為證。菜園澆灌多榮旺，人為功名苦戰爭。徒然競百年身世，數度陰晴。〔四〕興來畫片山，閑來看卷經。推敲訪友針詩病，消磨世態杯中酒，聚散人情水上萍。心方定，但緣有酒，與世忘形。〔三〕無愁心自安，高眠夢不驚。不乏衣食為僥倖，身閑才見公途險，累少方知擔子輕。成家慶，頑童前引，稚子隨行。〔二〕樵夫又了柴，漁翁扳了罾，故來下訪相欽敬。盤中熟筍和生菜，甕裡新醅潑酤清。行歪令，飲竭正盞斟滿罰觥。〔尾〕漁說它強，樵說它能。我攢頦抱□可寧聽，閑看會漁樵壯廝徒。

褐夫又寫些〈羊訴冤〉一類的遊戲文章：

【羊訴冤】〔哨遍〕十二宮分了巳未，稟乾坤二氣成形質。顏色異種多，般本性，善群

獸難及。向塞北李陵臺畔，蘇武坡前，爵臥夕陽外，趁滿目無窮草地，散一川平野，走四塞荒陂。馭車善致晉侯歡，拂石能逃左慈危。捨命於家，就死成仁，殺身報國。〔么〕告朔何疑代釁鐘，偏稱宣王意。享天地，濟民饑，據雲山水陸無敵。盡之矣，駞蹄熊掌，鹿脯獐豝，比我都無滋味。折莫烹炮煮煎，燂蒸炙，便鹽淹，將卮醋，拌糟焙肉麋肌鮓，可為珍，尊菜鱸魚有何部，於四時中無不相宜。〔耍孩兒〕從黑河邊趕我到東吳內，我也則望前程萬里。想道是物離鄉貴，有些崢嶸。撞有個王人翁少東沒西，無料喂，把腸胃都抛做糞，無水飲，將脂膏盡化作做尿，便似養虎豹牢監繫，從朝至暮，坐守行隨。〔么〕見一日八十番覷我膘脂，除我柯杖外別有甚的。許下浙江等處惡神祇，又請過在城新舊相知，待任與老火者殘歲裡呈高戲，要雇與小子弟新年中扮杜直，窮養的無巴避，待准折舞裙歌扇，要打摸暖帽春衣。○〔一煞〕把我蹄指甲要舒心晃窗，頭上角要鋸做解錐，瞅著頷下鬚緊要拴搊筆，待生擰我毛裔鋪氈襪，待活剶我監兒踏碑皮。眼見的難回避，多應早晚不保朝夕。〔二〕火裡赤磨了快刀，忙古歹燒下熱水。若客都來，抵九千鴻門會。先許下神鬼，颩了前膊，再請下相知，揣了後腿，圍我在垓心內，便休想一刀兩段，必然是萬剮凌持。〔尾〕我如今刺搭著兩個焉耳朵，滴溜著一條粗硬腿，我便似蝙蝠臀內精精地，要祭賽的窮神下的呵喫。

他也寫了不少的情詞，但似非其所長，像：

◆元宵憶舊◆

〔醉花陰〕凍雪才消，臘梅謝卻，早擊碎泥牛應節。柳眼吐些些，時序相催鬥，把鰲山結。〔喜遷鶯〕暢豪奢，聽鼓吹喧天，那歡悅，好交我心如刀切。淚珠兒搵不迭，哭的似痴呆。自從別後，這滿腹相思何處說？流痛血，瑤琴怎續，玉簪難接。〔出隊子〕想當初時節，

那濃歡怎棄捨？新愁裝滿太平車，舊恨常堆幾萬疊。若負德辜恩，天地折。〔神仗兒〕這些時情詩倦寫，和音書斷絕。斜月籠明，殘燈半滅，恨簷馬玎當，怨塞鴻淒切。猛然間想起多嬌，那愁悶怎攔截。〔掛金索〕業緣心腸，那煩惱何時徹？對景傷情，怎捱如年夜？燈火闌珊，似萬朵金蓮謝，車馬闐闐，賽一火鴛鴦枕。〔尾〕見它人兩口兒家攜著手看燈夜，交俺怎生不感歎傷嗟。尚想俺去年的那人何處也。

但像〈風情〉，卻寫得比較得好：

◆風　情◆

連夜銀蟾，逐朝媚臉，體再情添，淹漸病深。殢雨初沾，尤雲乍斂，他不嫌，俺正忺，不雇傷廉，何曾記點。〔紫花兒〕雙歌月枕，攜手虛簷付粉妝奩，歡娛忒釅，收管持嚴，如鰜如鰜，載何會有半句兒諂，無一星所欠，浪靜風恬，落花泥粘。〔么〕無嫌大俳場俺占，喬風月咱兼，閑是非人喏，強做科撒拈，硬熱戀白沾，相簽搶的柄銅鍬分外裡險，撅坑撅塹。潘岳花擰，韓壽香苦。〔小桃紅〕小姨夫統鏝緊沾粘，新人物寃家忺。早起無錢晚夕厭，怎掏鈴蘇卿不嫁窮奴斬，敗旗兒莫颭。俏勲兒絕念，魚雁各伏潛。〔么〕假真誠好話兒親曾驗，鼻凹裡沙糖怎餂貪？顧戀眼前甜，不堤防背後閃。

他的小令寫「情」的，似比較他的套曲還要好些。但比了關漢卿諸前期的大家，或同時代的喬夢符諸家卻還覺得不無遜色。

◆罵玉郎帶過感皇恩採茶歌◆

【風情】酸丁詞客人多才。歌白苧，淚青衫，風流歇，豁著坑陷，冷句兒話好話兒鴿，

踏科兜釤。風月貪婪，雲雨尷尬，你妝憨，咱羿涴，影羞慚，惜花心旋滅，噀玉口，牢緘情絕。濫意莫貪眠休饞。出深潭，上高岩，方知色界海中弇。美女花嬌休去覽，老婆禪奧莫來參。【閨情】才郎遠送秋江岸，斟別酒，唱陽關。臨岐無語空長歎。酒已闌，曲未殘，人初散。月缺花殘，枕剩衾寒。臉消香，眉蹙黛，髻鬆鬟。心長懷，去後信不寄平安。折鸞鳳，分鶯燕，查魚雁。對遙山，倚闌干，當時無計鎖雕鞍。去後思量悔應晚，別時容易見時難。【閨中聞杜鵑】無情杜宇閑淘氣，頭直上耳根底，聲聲聒得人心碎。你怎知我就裡，愁無際。簾幕低垂，重門深閉，曲闌邊，雕簷外，畫樓西，把春酲喚起，將曉夢驚回。無明夜，閑聒噪，廝禁持。我幾曾離這繡羅幃，沒來由勸我道不如歸。狂客江南正著迷，這聲兒好去對俺那人啼。

他雖是很有大名，但在我們看來，他還不能夠和喬張相提並論。

十五

在第二期的作家裡，除喬、張外，很可怪的，倒還是批評家的鍾嗣成和周德清更顯得重要。鍾嗣成編《錄鬼簿》，為元曲保存了不少最可珍貴的材料，其功不在楊朝英之下。他自己的散曲，在他的友朋們裡算是很高明的。他佩服曾瑞卿、鄭光祖，但他的作風比他們更要漂亮。他字繼先，號醜齋，古汴人。「以明經累試於有司，數與心違，因杜門養浩然之志。其德業輝光，文行溫潤，人莫能及。善音律，工隱語。所編小令套數極多，膾炙人口。」（《續錄鬼簿》）他的雜劇，有《錢神論》、《章臺柳》等七本，皆不傳。

他的〈自序醜齋〉乃是絕代的妙文：

【自序醜齋】〔一枝花〕生居天地間，稟受陰陽氣。既為男子身，須入世俗機。所事堪宜，件件可咱家意。子為評跋上。惹是非。折莫舊友新知，才見了著人笑起。〔梁州〕子為

外兒兒不中抬舉，因此內才兒不得便宜。半生未得文章力，空自胸藏錦繡，口唾珠璣。爭奈灰容土貌，缺齒重頦，更兼著細眼單眉，人中短，髭鬢稀稀。那裡取陳平般冠玉精神，何晏般風流面皮？那裡取潘安般俊俏容儀。自知就裡，清晨倦把青鸞對。恨殺爺娘不爭氣。有一日黃榜招收醜陋的，准擬奪魁。〔隔尾〕有時節軟烏紗抓札起，鑽天髻，乾皂靴出落著簌地衣。何晚乘閑後門立，猛可地笑起，似一個甚的？恰便似現世鍾馗，號不殺鬼！〔牧羊關〕冠不正相知罪，兒不揚怨恨誰？那里也尊瞻視兒重招威。枕上尋思，心頭怒起。空長三十歲，暗想九千回。恰便似木上節難鎊刨，胎中疾沒藥醫。〔賀新郎〕世間能走的不能飛，饒你千件千宜，百伶百俐，閑中解盡其中黑，暗地裡自恁解釋。倦閒遊，出塞臨池，臨池魚恐墜，出塞雁驚飛，入園林宿鳥應回避。生前難入畫，死後不留題。〔隔尾〕寫神的要得丹青意，子怕你巧筆難傳造化機。不打草兩般兒可同類。法刀鞘依著格式，妝鬼的添上嵩鼻，眼巧何須樣子比。〔哭皇天〕饒你有拿霧藝，沖天計，誅龍局段打鳳機。近來論世態，世態有高低。有錢的高貴，無錢的低微。哪裡問風流子弟，折末顏如灌口，貌賽神仙，洞賓出世，宋玉重生，設答了鏝的，夢撒了寮丁，他采你也不見得。枉自論黃數黑，談說是非。〔烏夜啼〕一個斬蛟龍秀士為高第，升堂室今古誰及。一個射金錢武士為夫婿，韜略無敵，武藝深知。醜和好自有是和非，文和武便是傍州例。有鑒識，無嗔諱，自花白寸心不昧，若說謊上帝應知。〔收尾〕常記得半窗夜雨燈初昧，一枕秋風未夢回。見一人請相會道：咱家必高貴。既通儒，又通吏；既通疏，更精細。一時間失商議，既成形，誨不及。子交你，請俸給，子孫多，夫婦宜，貨財充，倉廩實，祿福增，壽算齊。我特來告你知。暫相別，恕請罪。歎息了幾聲，懊悔了一會。覺來時記得，記得他是誰？元來是不做美當年的捏胎鬼。

他的小令寫得很不少，只有〈敘別〉、〈恨別〉的幾篇是寫得好的：

【四福】【富】祖宗積德合興旺，居富室，住高堂。錢財廣盛根基壯，快幹旋，會攢積，能生放。解庫槽房，碾磨油坊，錦千廂，珠論斗，米盈倉。逢時遇節，弄斝惟觴。待佳賓，開綺宴，出紅妝。　奏笙簧，按宮商，金釵十一列成行。瑞靄迎門車馬鬧，春風滿座綺羅香。◯【貴】紫袍象笏黃金帶，算都是命安排。風雲慶會逢亨泰，歷練深，委用多，陞除快。　日轉千階，位至三臺，判南衙，開北省，任西臺。繡衣時節，寶劍金牌。拯民危，除吏弊，救天災。　有奇才，會區畫，一官未盡一官來。治國安民勳業顯，封妻蔭子品資該。◯【福】前生造物安排定，今世裡享安榮，算來有福皆由命。門地高，品道增，簪纓盛。　四海清寧，五穀豐登，好門庭。能受用，會施呈。晃榮父祖，感謝神明。遇良辰，逢美景，敘歡情。　有才能，有名聲，正宜白髮看升平。身地不占風水好，心田留與子孫耕。◯【壽】曉來雲外長庚現，浮瑞靄溢祥煙，今朝來赴蟠桃宴。掛壽星，點畫燭，焚香串。　廣列華筵，共捧金船，慶生辰，加祿算，受皇宣。蓬萊未遠，松柏齊堅。弟兄和，夫婦樂，子孫賢。　降群仙，駕雲軒，鶴隨鸞凰下遙天。但願長生人不老，更祈遐算壽千年。【四別】【敘別】從來別恨曾經慣，都不似這今番，汪洋悶海無邊岸。痛感傷，謾哽咽，空嗟歎。　倦聽陽關，懶上征鞍，口慵哄，心似醉，淚難乾。千般懊惱，萬種愁煩。這番別，明日去，甚時還？　晚風閑，暮閑殘，鸞箋欲寄雁驚寒。坐處憂愁行處懶，別時容易見時難。◯【恨別】風流得遇鸞凰配，恰比翼，便分飛。彩雲易散琉璃脆，設揣地釵股折，廝琅地寶鏡虧，撲通地銀瓶墜。　香冷金猊，燭暗羅幃，子剌地攪斷離腸，撲速地淹殘淚眼，吃答地鎖定愁眉。天高雁香，月皎烏飛。暫別離，且寧耐，好將息。　你心知，我誠實，有情難怕隔年期。去後須憑燈報喜，來時長聽馬頻嘶。

周德清的作風，和鍾氏有些不同，乃是以清雋著稱的；他不是關漢卿，而是馬致遠和張小山。

周德清，江右人，號挺齋，宋周美成之後。工樂府，善音律。嘗作《中原音韻》，盛傳於世。「又自製為樂府甚多。長篇短章，悉可為人作詞之定格。故人皆謂：德清之韻，不但中原，乃天下之正音也；德清之詞，不惟江南，實天下之獨步也。」（《續錄鬼簿》）

像下面所選的幾首小令，具著家常風味而又清麗絕倫：

【郊行】（紅繡鞋）茆店小，斜挑草稕，竹籬疏，半掩柴門，一犬汪汪吠。人題詩桃葉渡，問酒杏花村，醉歸來驢背穩。○穿雲響，一乘山蕎，見風消，數盞村醪。十里松聲畫難描。楓林霜葉舞，蕎麥雪庵飄，又一年秋事了。○雪意商量酒價，風光投奔詩家，準備騎驢探梅花，幾聲沙觜雁，數點樹頭鴉，說江山憔悴煞。【賞雪偶成】共妾圍爐說話，呼童掃雪烹茶，休說羊羔味偏佳。調情須酒興，壓逆索茶芽，酒和茶都俊煞。

【有所感】流水桃花鱖美，秋風蓴菜鱸肥，不共時皆佳味。幾個人知記得。荊公舊日題何處？無魚羹飯吃。

在元曲裡，這樣的風趣原來不少，而他最為擅長。

◆冬夜懷友◆

（塞兒令）暮雲收，冷風颼，到中宵月來清更幽。倚邊江樓，望斷汀洲，雪月照人愁。舍梅是誰是交遊？飲松醪自想期儔。王子猷罷手，戴安道且蒙頭，休推駕剡溪舟。【別友】一葉身，二毛人，功名壯懷猶未神。夜雨論文，明月傷神，秋色淡離樽。離東君桃李侯門，遇西風楊柳漁村。酒船同棹月，詩擔自挑雲。君孤雁，不堪聽。

他的「情」詞也寫得不壞。像：

【有所思】燕子來，海棠開，西廂尚愁音信乖。問柳章臺，採藥天臺，歸去卻傷懷。恰

嗔人踏破蒼苔，不知它行出瑤階。見剛剛三寸跡，想窄窄一雙鞋，猜多早晚到書齋？

【秋思】千山落葉岩岩瘦，百結柔腸寸寸愁，有人獨倚晚妝樓。樓外柳眉葉，不禁秋。

以編輯《陽春白雪》和《太平樂府》二集著名的楊朝英，他自己也寫了不少的散曲，就被選在這二集裡。楊朝英號澹齋，自署為「青城後學」。他的小令，有時很清雋，大似馬致遠的作品，像〈清江引〉，乃是他最高的成就：

（清江引）秋深最好是楓樹，葉染透猩猩血。風釀楚天秋，霜浸吳江月。明日落紅多去也。

他所歌詠的對象，異常的繁雜，有戀情，有閒適，也有是寫景物的。大致都還不怎麼壞；但比起幾個大家來，他是比較的平平的。

（水仙子）依山傍水蓋茅齋，旋買奇花賃地栽。深耕淺種無災害，學劉伶死便埋。促光陰曉角時牌。新酒在槽頭醉，活魚向湖邊賣。算天公自有安排。◯雪晴天地一冰壺，竟往西湖探老逋。騎驢踏雪溪橋路，笑王維作畫圖。揀梅花多處提壺，對酒看花笑，無錢當劍沽，醉倒在西湖。◯閒時高臥醉時哥，守己安貧好快活。杏花村裡隨緣過，勝堯夫安樂窩。任賢愚後代如何。失名利痴呆溪，得清閒誰似我！一任它門外風波。◯六神和會自安然，一日清閒自在仙。浮雲富貴無心戀，蓋茅庵近水邊。有梅蘭竹石蕭然，趁村叟雞豚社，隨牛兒沽酒錢，直吃得月墜西邊。◯燈花占信又無功，鵲報佳音耳過風。繡衾溫暖和誰共？隔雲山千萬重因此上慘緣愁紅，不付他博得個團圓夢。覺來時又撲個空，杜鵑聲又過牆東。

十六

第三期作家，與賈仲名同時代的——賈氏《續錄鬼簿》也有敘述到先輩先生，像鍾繼先、周德清等，似是補《錄鬼簿》所未備——雖也不少，而有作品流傳於世卻不過寥寥數人而已。元代曲家的作品被楊朝英二選及無名氏《新聲》、《群玉》保存了不少；而元末明初的作家們卻沒有這樣的幸福。《太和正音譜》並不是曲選。到了正德間《盛世新聲》，嘉靖間《詞林摘豔》和《雍熙樂府》出來，而他們所作，已經零落得不堪。今所見的，我們相信，不過存十一於千百而已。但湯舜民的《筆花集》，既今忽發見；頗念著其他的作家們也會有同樣的好運。

今所得其作品的作家，不過湯舜民、汪元亨、谷子敬、唐以初、唐廷信、蘭楚芳、劉東生、楊景言和賈仲名等十餘人而已。

湯舜民，象山人，號菊莊（名式）。賈仲名云：「補本縣吏，非其志也。後落魄江湖間。好滑稽。與余交，久而不衰。文宗皇帝在燕邸時，寵遇甚厚。永樂間，恩賚常及。所作樂套府數小令極多。語皆工巧。江湖盛傳之。」他是一個始窮終遇的詞人，所以，早年所作多牢騷語，而晚年所作多頌聖語。「莫遲留，壯志須酬，不負平生經濟手」（〈送友人應聘〉），這是志得意滿之語了。他的情詞：「驀地相逢，眼眩魂飛動，方信道仙凡有路通。」（〈贈妓〉）幾全是陳言腐語，已開明人的堆砌雅辭的一條大道了。

汪元亨，饒州人。賈仲名云：「浙江省掾。後徙居常熟至正門。與余交於吳門。有〈歸田錄〉一百篇，行於世。見重於人。」今〈歸田錄〉百篇，全見於《雍熙樂府》，蓋是張雲莊「休居自適樂府」的同流。今引十餘則於下：

◆醉太平 警世◆

辭龍樓鳳闕，納象簡烏靴。棟梁材取次盡摧折，況竹頭木屑。結知心朋友著疼熱，遇忘懷詩酒追歡悅。見傷情光景放痴呆，老先生醉也。

憎蒼蠅競血，惡黑蟻爭穴。急流中勇退是豪傑，不因循苟且。歎烏衣一旦非王謝，怕青山兩岸分吳越，厭紅塵萬丈混龍蛇，老先生去也。

家私上欠缺，命運裡周折。桑間飯誰肯濟靈輒，安樂窩養拙。但新詞雅曲閑編捏，且粗衣淡飯歡棚拽，這虛名薄利不干涉，老先生過也。

度流光電掣，轉浮世風車。不歸來到大是痴呆，添鏡中白雪。天時涼撚指天時熱，花枝開回首花枝謝，日頭高貶眼日頭斜，老先生悟也。

范丹貧瑣屑，石崇富驕奢。論貧窮何以富何耶，十年運巧拙了浮生。脫似辭柯葉，縱繁華迥似殘更月，歎流光疾似下坡車，老先生見也。

門前山妥帖，窗外竹橫斜。看山光掩映樹林遮，小茆廬自結。喜陳摶一榻眠時借，愛盧仝七碗醒時啜，好焦公五斗醉時賒，老先生樂也。

源流來俊傑，骨髓裡驕奢。折垂楊幾度贈離別，少年心未歇。吞繡鞋撐的咽喉裂，擲金錢踅的身軀趄，騙粉牆掂的腿脡折，老先生害也。

嗟雲收雨歇，歎義斷恩絕。覺遠年情況近來別，全不似那些。赴西廂踏破蒼苔月，等御溝流出丹楓葉，走都城輾碎畫輪車，老先生勾也。

恰花殘月缺，又瓶墜簪折。並頭蓮藕上下鍬钁，姻緣簿碎扯。襖神廟雷火皆轟烈，楚陽臺磚瓦平崩卸，天臺洞狼虎緊攔截，老先生退也。

棄桃腮杏頰，離燕體鶯舌。遠市廛居止近岩穴，論行藏用捨。雁翎刀揮動頭顱卸，雞心鎚抹著皮膚裂，狼牙棒輪起肋肢折，老先生怕也。

雲莊的樂府，全是恬靜的，田園的趣味異常的濃厚。而元亨卻連「風月情懷」也都在厭棄之列了。人世間的生活，他殆無一足以當意的。比之，一般的退休閒適之作，自然是更為徹底些。

谷子敬，金陵人。樞密院掾史。「明《周易》，通醫道口才捷利，樂府隱語，盛行於世。」其雜劇有《城南柳》等五本。散曲則無甚精意。

劉庭信先名廷玉。賈仲名云：「行五，身長而黑，人盡稱黑劉五舍。與先人至厚。風流蘊藉，超出倫輩，風晨月夕，唯以填詞為事。有『枕頭痕一線印香腮』雙調，和者甚眾，莫能出其右。又有『絲絲揚柳風』、『金風送晚涼』南呂等作，語極俊麗，舉世歌之。兄廷幹，任湖藩大參，因之，卒於武昌。」

今「絲絲楊柳風」諸作均存（《見《詞林摘豔》）。只是開曲中的綺麗之風而已；初期的潑辣活跳的生氣已是懨懨一息，近於夕陽西下的時候了。

（南呂一枝花）絲絲楊柳風，點點梨花雨。雨隨花瓣落，風趁柳條疏。春事成虛，無奈春歸去。春歸何太速？試問東君：誰肯與鶯花作主？（〈春日怨別〉第一曲）

蘭楚芳，西域人，「江西元帥，功績多著，牛神秀英，才思敏捷。劉廷信在武昌，賡和樂章。人多以元、白擬之。」（《續錄鬼簿》）

楚芳所作，今亦多見於《詞林摘豔》。他的「春初透，花正結」（〈春思〉）一篇，最流傳人口，寫得也還聰明，像〈春思〉裡的一曲。

（出隊子）挨不過如年長夜，好姻緣惡間諜，七條弦斷數十載，九曲腸拴千萬結，六幅裙攙三四折。

但究竟其氣韻和關漢卿、喬夢符、杜善夫們的有些不同了。

唐以初名復，京口人，號冰壺道人。後住金陵。劉東生名兌。賈仲明云：「作《月下老定世間配偶》四套，極為駢麗，傳誦人口。」他的《嬌紅記》二本，今也傳於世。楊景賢（即景言）名暹，後改名訥，號汝齋。「故元蒙古氏。因從姐夫楊鎮撫，人以楊姓稱之。善琵琶，好戲謔，樂府出人頭地。與余交五十年。永樂初，與舜民一般遇寵。後卒於金陵。」（《續錄鬼簿》）

賈仲明，山東人，永樂在燕邸時，甚寵愛之。每有宴會應制之作，無不稱賞。自號雲水散人。後徙居蘭陵，因而家焉，所著有《雲水遺音》等集。他的作風，並不怎麼好，且因為久為文學侍從之臣，應景應制之作不少，直是埋沒了他的性情。

十七

無名氏的小令和套曲，有時寫得異常的好。但在《盛世新聲》、《詞林摘豔》、《雍熙樂府》諸明人選集裡的，為元為明，很不容易分別得出。茲姑舉楊氏二選裡的幾首小令於下，以見無名氏之作，其重要實不下於關、馬諸大家。

（壽陽曲）胡來得賽熱莽得極，明明的抱著虎睡。惱番小姐，搊了面皮。見丈人來，怎生回避？○酒醒後離書舍，沉醉也上釣舟。捧金鍾把月娥等侯。廣寒宮玉蟾撈不在手，水晶宮卻和龍鬥。○逢著的燕撞著的撐，不似您禿才每水性。問娉婷謁漿到十數升，乾相思變做了渴證。○襖廟內盹豔冶，不覺的怪風火烈，把才郎沉腰燒了半截。誰似你做得來特熱？○一個諸般韻，一個百事通，小書生玉人情重。鼓三更，燭滅黑洞洞。你道是不曾時說夢。○別離恨，心受苦，它知是幾時完聚？淚點兒多如秋雨，夜煩惱似孝今起序。○裝呵欠把長吁來應，推兒疼把珠淚掩，佯咳嗽口見裡作念，將它諱名見再三不住的呫，思量煞小卿也雙漸。

這幾篇東西，幾乎沒有一篇不是漂亮得可喜可愛的。〈遊四門〉的六首，其中，「落紅滿地」和「海棠花下」二首，是如何的美麗宛曲！

◆遊 四 門◆

野塘花落杜鵑啼，啼血送春歸。花開不捹花前醉，醉裡又傷悲。伊，快活了是便宜。

柳綿飛盡縩絲垂，則管送別離。年年折盡依然翠，行客幾時回？伊，快活了是便宜。

落紅滿地溼胭脂，遊賞正宜時。呆才料不雇薔薇刺，貪折海棠枝。蚩，抓破繡裙兒。

海棠花下月明時，有約暗通私。不付能等得紅娘至，欲審舊題詩。支，關上角門兒。

前程萬里古相傳，今且果如然。煙波名利雖榮顯，何日是歸年？天，杜宇枉熬前。

琴書筆硯作生涯，誰肯戀榮華。有時相伴魚樵話，與盡飲流霞。茶，不醉不歸家。

■ 參考書目

1. 《錄鬼簿》，鍾嗣成編，有刊本。
2. 《續錄鬼簿》，賈仲名編，有傳鈔本。
3. 《陽春白雪》，有《散曲叢》刊本，有徐氏影元刊本。
4. 《太平樂府》，有《四部叢刊》本。
5. 《詞林摘豔》，張祿編，有明刊本。
6. 《盛世新聲》，無名氏編，有明刊本。
7. 《雍熙樂府》，郭勳編，有明刊本，有《四部叢刊》本。
8. 《北宮詞紀》，陳所聞編，有萬曆刊本。
9. 《北詞廣正譜》，李玉編，有清初刊本。
10. 《樂府群玉》，有《散曲叢刊》本。
11. 《樂府群珠》，有傳鈔本。
12. 《樂府新聲》，有《四部叢刊》本，有《散曲叢刊》本。
13. 《元人小令集》，陳乃乾編，開明書店出版。
14. 《插圖本中國文學史》，鄭振鐸編，樸社出版。

第十章　明代的民歌

一

元代散曲到了第二期已是文人們的玩意兒了；和詩、詞是同流的東西，離開民間是一天天的遠了。到了元末明初，劉東生、賈仲名、湯舜民等人出來，雖使曲壇一時現出不少的活氣，卻也使散曲走入了魔道，永遠的不能翻身。他們所謂「工巧」，所謂「駢麗」，都只是死路一條。其作風既鮮獨創，想像力又拙笨異常，只知盜竊詩、詞裡習見的陳言腐語。我們幾乎看不出每個作家有什麼不同的風格。他們是那樣的陳陳相因呵！周憲王的《誠齋樂府》也未見有什麼特色，雖然他的雜劇好的很不少。陳（大聲）、馮（惟訥）、梁（辰魚）、常（倫）、康（海）、王（九思），以及楊氏父子（楊廷和、楊慎）夫婦（慎妻黃氏）也曾名重一時，且時有俊語，不少倩辭，究竟是文人們的創作，不復有民間的氣息了；出色當行的民間作風的曲子，在明代是幾乎絕跡了。

但究竟曲子還是在民間流行著的東西，舊的調子死去了，新聲便不斷的產生出來，填補了空缺。當文人學士們把握住了〈小桃紅〉、〈山坡羊〉、〈沉醉東風〉、〈水仙子〉諸調的時候，民間卻早又有新的東西產生出來代替著他們了。

且即在舊的曲子裡，流行於民間的，和在文人學士們的宴席之間所流行的，也截然不是同一之物。

文人學士們的作風在向死路上走去，而民間的作品卻仍是活人口上的東西，仍是活跳跳的生氣勃勃的東西。

而不久，又有許多文人學士們厭棄其舊所有的，而復向民間來汲取新的材料，新的靈感，乃至新的曲調。而立刻，他們便得到了很大的成功。

本章所述及的，只是流行於民間的時曲或俗曲，以及若干擬仿俗曲的作家的東西。對於康、王、楊、陳、馮、常諸人，一概不復論到。他們自會有一般的中國文學史來論敘之的。

二

最早的明代俗曲，為我們今日所見到的，有成化間金臺魯氏所刊的：（一）四季五更駐雲飛、（二）題西廂記詠十二月賽駐雲飛、（三）太平時賽賽駐雲飛、（四）新編寡婦烈女詩曲四種；這四種都是薄薄的冊子，頗可藉以考見當時流行的俗曲冊子的面目。

這四種東西，重要的作品並不怎樣多，但我們可以看出流行於民間的俗曲，究竟是怎樣的東西。

現在從第一種裡選出了十幾首於下，以見一斑。沒有什麼重要的價值，但在民間是很傳誦著的，是痴男怨女的心聲，是〈子夜〉、〈讀曲〉的嗣音：

（駐雲飛）初鼓才敲，正是黃昏人靜悄。悶把欄杆靠，禱告靈神廟，嗏，心急好難熬！每夜燒香，只把青天告。早早團圓交我有下梢，又。

（駐雲飛）月下星前，拜罷燒香只靠天。但得重相見，稱了平生願。嗏，動歲又經年，淚漣漣！若得成雙，方稱于飛願。早早團圓答謝天，又。

（駐雲飛）悶對銀缸，坐想行思只為郎。寂寞銷金帳，懶把幃屏傍。嗏，交奴細思量，

自参詳。便把情人望，一回尋思愁斷腸，又。

（駐雲飛）手撚花枝，悶悶無言自散思。又沒閑傳示，訴不盡心間事。嗏，辜負少年姿，一時思。倘若來時，說卻從前志，一任交他心上思。又。

（駐雲飛）側耳聽聲，卻是郎均手打門。我這裡將言問，他那裡低低應。嗏，不由我笑欣欣，去相迎。佳備著萬語千言，見了都無論。今日相逢可意人，又。

（駐雲飛）忽上心來，咬碎銀牙跌繡鞋。你那裡貪歡愛，我這愁無奈。嗏，罵你個謊嬌牙不歸來！撇我空房你卻安何在？交我一夜愁眉不放開，又。

（駐雲飛）你跪在床前，巧語花言莫要纏。我更愁無限，你休閒作念。嗏，莫想共衾眠，過一邊。莫入蘭堂，還去花街串。我放下絞綃各自眠。又。

（駐雲飛）仔細思量下不的，將他惡語論。我這裡強爛當，他故意將咱晃。嗏，不由我淚汪汪，又參想。扯起情人共入綃金帳，再將這海誓山盟莫要忘，又。

三

在正德刊本的《盛世新聲》裡，在嘉靖刊本的《詞林摘豔》和《雍熙樂府》裡，我們也可得到一部分的民間歌曲。不過，其內容卻是經過文人學士們的改造過的，且那些編者們也嫌膽子少，不敢把許多重要的真實的漂亮的情歌選錄進去；像《雍熙樂府》所選的〈小桃紅〉百首，乃是懨懨無生氣的東西。

在陳所聞的《南宮詞記》裡我們卻得到了些好文章。

有詠「風情」的「汴省時曲」二篇，寫得很不壞。又有孫百川和無名氏的嘲妓，多至四十首，都是以〈黃鶯兒〉的曲調，來嘲詠妓女的。嘲妓的曲子，在明代甚為流行。相傳徐文長也曾用〈黃鶯兒〉來詠妓，但其

詞不傳。在浮白山人編的「七種」裡，也有詠妓的〈黃鶯兒〉。在《摘錦奇音》（卷三）裡，也有「時興各處譏妓耍孩兒歌」數十首，但那些都是有傷風化的東西，且文辭也極非上乘，以可憐人為嘲譏的物件，根本上是有傷忠厚的。這裡都不舉，只舉孫百川及無名氏之作三篇為例。

◆風情◆

（鎖南枝）傻俊角，我的哥，和塊黃泥兒揑咱兩個。揑一個兒你，揑一個兒我，揑的來一似活托，揑的來同床上歇臥。將泥人兒摔碎，著水兒重和過。再揑一個你，再揑一個我。哥哥身上也有妹妹，妹妹身上也有哥哥。

提起你的勢，笑竄我的牙。你就是劉瑾、江彬耍柳葉兒刮，柳葉兒刮。你又不曾金子開花，銀子發芽，我的哥嗦，你休當頑當耍。如今的時季，是個人也有二句話。你便會行船，我便會走馬。就是孔夫子，也用不著你文章，彌勒佛也當下領袈裟。

◆嘲妓　孫百川◆

（黃鶯兒）桃暈兩腮烘，軟腰肢，如病中。乜斜雙眼銀波湧，歌兒意慵，舞兒意慵，偎人慢把香肩聳。鬢雲鬆石榴裙上，翻汙唾花紅。【醉妓】

春夢海棠嬌，錦重重混暮朝。陽臺一到何時覺。莊周半宵，陳摶半宵，鄰雞唱罷那知曉。曙光搖，才臨妝鏡，尚朦著眼兒梢。【睡妓】

強作倚門羞，感新妝。憶舊遊，綠陰成子鶯啼後。季筆水流，髩筆易秋，當年舞袖知存否？問江州琵琶寫怨，誰是泛茶舟。【老妓】

又

（黃鶯兒）假訂百年期，放甜頭，他自迷，金刀下處香雲墜。你擊我的，我擊你的，青絲一縷交纏臂。又誰欺！頻施巧計，只落得頂毛稀。【剪髮妓】

四

在萬曆刊本的《玉谷調簧》裡，有「時尚古人劈破玉歌」許多首，其間以詠歌「傳奇」的為多；茲舉其二：

◆琵琶記◆

蔡伯喈悶在書房內，叫一聲牛小姐我的嬌妻，你令尊強贅為門婿。家中親又老，三載過饑荒，欲待與你同歸，你同歸，妻，令尊捨不得了你。又。

又

蔡伯喈一去求名利，拋撇下趙五娘受盡孤恤，三年荒旱難存濟。公婆雙棄世，獨自築墳臺。自背琵琶，背琵琶，夫，京都來尋你。又。

又

趙五娘借問京城路，罵一聲蔡伯喈薄幸夫。堂上雙親全不顧，麻裙兜了土，剪髮葬公姑。身背琵琶，身背琵琶，夫，訴不盡離情苦，又。

又

張太公祝付賢哉婦，到京都尋丈夫，見郎謾說雙親故，謾說裙包土，謾說剪香雲，只把你這琵琶，你這琵琶，訴出心中苦。又。

又

蔡伯喈一向留都下，戀新婚招贅丞相家，家中撇下爹和媽，戀著榮華富全然不轉家。趙五娘糟糠，娘糟糠，孤墳獨造也。又。

又

蔡伯喈入贅牛相府，苦只苦趙五娘侍奉公姑，荒年自把糠來度。剪頭髮葬二親，背琵琶往帝都，書館相逢，書館相逢。夫，訴出十般苦。又。

◆金印記◆

蘇季子未遇時來至，一家人將他輕視。敬往秦邦求科試，商鞅不重儒。再往魏邦去，六國封侯，國封侯，方遂男兒志。又。

又

蘇季子要把科場赴，少盤纏逼妻子賣了釵梳。一心心莫奔秦邦路，叵耐商鞅賊，不中萬言書。素手空回，素手空回，羞，妻不下機杼。又。

又

五言詩卻把天梯上，辭大叔氣昂昂再往魏邦。誰知佐了都丞相，百戶送家書，衣錦歸故鄉，不是真親，是真親，也把親來強。又。

又

蘇季子一去求名利，恨商鞅不中萬言書。羞慚素手歸閭里，爹娘來打罵，妻兒不下機杼，哥嫂無情，哥嫂無情，都來羞辱你。又。

但其中有詠私情的問答體的一篇，卻是極罕見的漂亮文字：

娘罵女

小賤人生得自輕自賤。娘叫你怎的不在跟前？原何嚇得篩糠戰？因甚的紅了臉？因甚的吊了簪？為甚的緣由？甚的緣由？兒，揉亂青絲纂？又。

女回娘

苦娘親非是我自輕自賤。娘叫我一時不在跟前，因此上走將來得心驚戰。搽胭脂紅了臉，耍秋千吊了簪，牆角上攀花，角上攀花，娘，掛亂了青絲纂。又。

娘復罵

小賤人休得胡爭辨。為娘的幼年間比你更會轉彎。你被情人扯住心驚戰，為害羞紅了臉，做表記去了簪，雲雨偷情，雲雨偷情，兒，弄亂青絲纂。

女自招

小女兒非敢胡爭辨，告娘親恕孩兒實不相瞞。俏哥哥扯住嚇得心驚戰，吃交杯紅了臉，俏冤家搶去簪，一陣昏迷，一陣昏迷，娘，我也顧不得青絲纂。又。

女問卦

這幾夜做一個不祥夢，請先生卜一卦問個吉凶。你看此卦那爻動？要看財氣旺不旺？祿馬動不動？仔細推詳，仔細推詳，切莫將人哄。

先生答

那先生便把卦來占，焚明香禱告天。撒下金錢：這卦兒乃是風山漸。財氣雖然旺，有些小留連。被一個陰人，一個陰人，把他相牽戀。又。

女復問

那姐姐聽得長吁氣，請先生再與我卜個因依。看他們幾時撇。那天殺的，問他音和信？問他歸不歸？用心搜求，用心搜求，重重相謝你。又。

復占卦

那先生再把卦來推，再撒錢，再占占，占得個地火明夷。勸姐姐休得痴心意。行人身未動，子孫又克妻。別戀那多嬌，戀那多嬌，因此撇了你。又。

其中，又有以曲牌名、藥名等等來歌詠「戀情」的；大約這一類的文字遊戲，在民間原是根深柢固的東西——從唐以來便是如此。茲舉其一：

曲牌名

倘秀才打扮得十分俏，紅娘子上小樓步步嬌，鎖南枝上黃鶯兒叫。懶去沽美酒，等待月兒高。吹滅銀燈，吹滅銀燈，乖，不是路兒了。

又

集賢賓親親來陪奉，沽美酒莫把金杯空，雙聲子唱一曲花心動。點絳脣兒窄，臉帶小桃紅，沉醉東風，沉醉東風，情況大不同。

又

賀親郎取得個虞美人，駐馬廳多集賢賓，雙聲子兒同歡慶，送入銷金帳，真個稱人心。我憶多嬌，我憶多嬌，普天樂得緊。又。

五

在萬曆本的《詞林一枝》裡，可喜愛的時曲尤多，有〈羅江怨〉的，幾乎沒有一首不好：

◆羅江怨◆

紗窗外，月兒圓，洗手焚香禱告天。對天發下紅誓紅誓願。一不為自己身單，二不為少吃無穿，三來不為家不辦。為只為紗人心肝，阻隔在萬水千山，千山萬水，難得難得見。望蒼天早賜順風，把冤家吹到跟前。那時方顯神明神明現。又。

紗窗外，月影斜，奴害相思為著他。叫我如何丟得丟得下！終日裡默默咨嗟，不由人珠淚如麻。雙手指定名兒名兒罵。罵幾句短幸冤家，罵幾句短命天殺！因何把我拋撇拋撇下？忽聽得宿鳥歸巢，一對對唧唧喳喳，教奴孤燈獨守，心驚心驚怕。

紗窗外月兒橫，我為冤家半掩門。繡房鴛枕安排安排定。等得奴意懶心慵，向燈前□會瑤琴。彈來滿指都是相思相思韻。在誰家貪戀酒花，拋得奴獨守孤燈。淒淒冷冷誰瞅問。也不是負義忘恩，也不是棄舊迎新，算來都是奴薄奴薄命。

臨行時扯著衣衫問：冤家幾時回？還要回只待等桃花桃花綻。一杯酒遞與心肝，雙膝兒跪在眼前。臨行祝付千祝付千遍。逢橋時須下鞴鞍，過渡時切莫爭先。在外休把閑花閑花戀，得意時急早回還。免得奴受盡熬煎，那時方稱奴心奴心願。

紗窗外月兒黃，只為長江水渺茫。忽然又聽人歌人歌唱，好姻緣不得成雙。好姊妹不得久長，昏昏日日懸日日懸望。想只想我的親親，痛只痛碎裂肝腸。何時得共銷金銷金帳。終有日待他還鄉，會見時再結鸞鳳，那時才把相思相思放。

紗窗外月兒光，奴去後花園曉夜香。輕輕便把桌兒桌兒放，又恐怕牆外兒張，又恐怕驚了爹娘。抬頭只把嫦娥嫦娥望。一炷香禱告穹蒼：保佑他早早還鄉，願郎早共銷金帳。焚罷香車入蘭房，聽簷前鐵馬叮噹，淒淒冷冷添惆添惆悵。

紗窗外月正高，忽聽得誰家吹玉簫。簫中吹的相思調，訴出他離愁多少，反添我許多煩惱。待將心事從頭從頭告，告蒼天不肯從人，阻隔著水遠山遙。忽聽天外孤鳴孤鳴叫，叫得奴好心焦。進繡房淚點雙拋，淒涼訴與誰知誰知道。

煙花寨埋伏□□，繡房中刑部的天牢，汗巾兒都是拘魂拘魂票。安枕皮的肉盡他去燒，青絲髮前下幾遭，燒剪只為催錢催錢鈔。你說我笑，笑裡藏刀，你說我哭嫁了幾遭，香茶啞謎都是虛圈虛圈套，用錢的是奴孤老，無錢的就要開，交冤家那管你村和村和悄。

紗窗外月轉樓，送別情郎上玉舟。雙雙攜手叮嚀叮嚀祝，祝付你早早回頭。得意人難捨難丟。難丟難捨，心肝心肝上肉。水路去休坐舡頭，旱路去尋店早投。夜風吹了誰醫救？那時節郎在京都，小妹子獨守秦樓，相思兩處無人無人顧。

紗窗外月影殘，忙叫丫環取過課錢，對天慢把《周易》算。先卜的單上見折，後卜的折上見單。卦中許我目前見。忙聽得窗外人言，卻原來是妙人心肝。卦中爻象無差無差斷！喜孜孜滿面春風，笑吟吟摟著香肩。今宵才遂奴心頭心頭願。

紗窗外月影西，淨手焚香禱告神祇。雙膝跪在塵埃塵埃地，保佑我情人早早回歸，保佑我成就了夫妻。絳紅袍一領還有豬羊祭，籤筒兒拿在手裡，賜靈簽早定歸期。求籤發筶全不全，不濟我這裡常常念你。你那裡知也不知？這還是誰是誰不是不是？

思罷了想，想罷了焦，情言寫下無人寄。方才寫下，賓鴻到此，一封書寄與我多嬌。一路上少與人憔，書到就把相思告。對他說我黃瘦多少，對他說我紗藥難調。相思害得我無倚無倚靠。來得早還與你相交，來的遲我命難逃。相思要好，除非是冤家冤家到。

黃昏後著一驚，手扳床梃歎幾聲。清清冷冷有誰瞅誰瞅問！切莫要二意三心。你要去不到如今，心猿意馬難拴難拴定。喜只喜你伶俐聰明，愛只愛你軟款溫存。誰人是我心相稱？

他不必海誓山盟，又何須剪下香雲，中心一點為媒為媒證。

在那裡，也有〈劈破玉歌〉許多首，卻較《玉谷調簧》裡所見的，要高明得多了：

◆劈破玉歌◆

怨

為冤家鬼病懨懨瘦，為冤家臉兒常帶憂愁。相逢扯住乖親手，牡丹花下死，做鬼也風流。就死在黃泉，在黃泉。乖，不放你的手。又。

病

為冤家懶去巧打扮，這幾日茶飯少手腳酸，懨懨害病無聊賴。金簪賴去插，羅裾懶去穿，斜插著牙梳，著牙梳，乖，天光想到晚。又。

哭

為冤家淚珠兒落了千千萬，穿一串寄與我的心肝。穿他恰是紛紛亂，哭也由他哭，穿時穿不成，淚眼兒枯乾，兒枯乾，乖，你心下還不忖？又。

嫁

一心心願嫁與冤家去，不知你大娘子心性何如？一妻二妾三奴婢。想後更思前，心下好狐疑。欲待要懸梁，要懸梁，乖，只為難捨你。又。

走

俏心肝，咱和你難丟手，終日裡往秦樓，卻不是良謀。今宵難備雙雙走，打破牢籠去，脫離虎狼口。清白人家，白人家，乖，天長與地久。又。

死

俏冤家，我待你自知道，為甚的信撒唆去跳槽？你若要跳槽，我就把繩來吊。你死我也死，同過奈何橋。五百年回陽，年回陽，乖，還要和你好。又。

又有〈時尚急催玉〉的，也都是首首珠玉，篇篇可愛，有若荷葉上的露水，滴滴滾圓：

◆時尚急催玉◆

相思病，相思病，相思病害得我非重非輕，相思病害得我多愁多悶。喜雀都是假，燈花結不靈。《周易》文王先生，文王先生，你就怪我差些也罷，你的卦兒都不準。

相親親，相親親，相得我肝腸斷；念親親，念得我口兒乾。有緣千里會，無緣對面難。我想我的乖親的乘親，不知乖親想我也不想？

王昭君出漢宮。喬妝打扮，不梳妝，不搽粉，親去和番猛。抬頭只見一個孤單雁，孤雁吱查叫，琵琶不住彈，哫咿呀、嚬噜嗹打辣酥騎著一匹駱駝，一匹駱駝碧蓬碧蓬把都兒在後面趕。

青山在，綠水在，怨家不在。風常來，雨常來，情書不來。災不害，病不害，相思常害。春去愁不去，花開悶未開。倚定著門兒，手托著腮兒，我想我的人兒淚珠兒汪汪滴，滿了東洋海，滿了東洋海。

欽天監造曆的人兒好不知趣，偏閏年，偏閏月，不閏個更兒。鴛鴦枕上情難盡，剛才合著眼，不覺雞又鳴。恨的是更兒，惱的是雞兒。可憐我的人兒熱烘烘丟開，心下何曾忍，心下何曾忍！

俏冤家來一遍，看一遍，只落冤家一看。你有情，我有意，不得團圓。到如今你願我願，天不從人願。早知道相思苦，空惹下這熬煎。可憐見可憐心肝上心肝，不得和你成雙，我死

也不蔽眼，也不蔽眼！

憶當初那人兒，我愛他百般標緻。可人處楊柳腰櫻桃口，柳葉眉兒秋波一轉，嬌滴滴一笑千金價，美貌賽西施，曾記他半啟著窗兒剛照個面兒賣。一個俏兒冷丟下眼兒，相起那嬌嬌，魂也不著體，也不著體。

一重山，兩重山，阻隔著關山迢遞，恨不得來見你，空想著佳期。默地裡思一會，想一會，要寫封情書稍寄。才放一隻棹兒，鋪著一張紙兒，磨著一池墨兒，拿起一枝筆兒。未寫著衷腸，淚珠兒先溼透了紙，先溼透了紙。

自那日手挽手，訴衷情，難捨難分去。細叮嚀，重視付，曾許下歸期。到如今屈指兒算將來，數將去，眼巴巴，意懸懸，不見情書稍寄。悶將來卸，倒在床兒，手摩摩胸兒。我想我的情兒，待他的意兒仔細思量，哪些兒虧負了你，些虧負了你？

俏冤家，昨對雙親把佳期許下。許今夜黃昏後來會奴家。到如今更兒闌，人兒靜，為甚的不見來？看看月上茶蘼架，哄得奴半開著門兒，空待著月兒，望穿我的眼兒，不見他的影兒。恨殺這冤家，悦空將人耍，悦空將人耍！

黃昏後，夜沉沉，冷清清，靜俏俏，孤燈獨照，悶殺人情慘慘，意懸懸，愁聽那窗兒外淅淋淋雨打芭蕉。形單影隻心驚跳悶，懨懨卸倒在床兒。剛合著眼兒做一個夢兒，見我的人兒，正訴著衷腸，又被風鈴兒驚散了，驚散了。

憶當初與那人，兩情濃魚水同戲，恨那人折鴛鴦兩處分飛，到如今隔著山隔著水，雁兒查魚兒沉，不見情書稍寄，幾回間靜掩著門兒，倦拋著書兒，斜倚著屏兒，慢剔著牙兒，冷地裡思量我的心肝兒在哪裡，在哪裡。

又有「時尚鬧五更哭皇天」，其中，每夾以「唔唔唔」，令我們讀之，如聞其幽怨之聲：

◆時尚鬧五更哭皇天◆

一

一更裡，靠新月，正照紗窗，虞美人在誰家雙勸酒？唔唔唔，不想還鄉。罵玉郎情性反，鐵打心腸，空撇下一枝花年紀小，唔唔唔，獨守了空房。實指望鳳鸞交地久天長，到如今害相思，害得我，唔唔唔，眼淚了汪汪。愁也自已當，悶也自已當，兀的不是叨叨令割不斷，唔唔唔，心想才郎。

二

二更裡，秦樓月，正照花稍。空撇下象牙床鴛鴦枕，唔唔唔，被冷鮫綃。太平年普天樂，惟有我難熬。滾繡球，心不定，唔唔唔，別有多嬌。夜行舡來接你水遠山遙，一封書寫不盡，唔唔唔，絮絮叨叨。行也為你焦，坐也為你焦，兀的不是稱人心成就了，唔唔唔，鳳交鸞交。

三

三更裡，兩江月，正照窗櫺。空撇下銷金帳睡朦朧，唔唔唔，獨自溫存。倘秀才，如夢令，正和他雲雨交情，又被刮地風吹鐵馬，唔唔唔，驚散情人。醒來時，剔銀燈，冷冷清清，空屈指數歸期，唔唔唔，何日裡回程？枕冷有誰溫？兀的不是願我成雙，耽擱了，唔唔唔，魚水和諧。

四

四更裡，新夜月，正掛銀鉤。聽樵樓四捧鼓，唔唔唔，畫角悠悠。想當初惜花心軟款溫柔，又被那一江風生折散，唔唔唔，比目魚遊。上小樓來望你，不見你回頭。好姐姐傍妝臺，唔唔唔，無語嬌羞。朝也為你憂，暮也為你憂，兀的不是願情投花下死，唔唔唔，做鬼也風

流。

五

五更裡，梅稍月，正照平川。菱花鏡照得奴，唔唔唔，瘦損容顏。想當初，賀新郎，曾發下誓海盟山。香閨內共羅幃，唔唔唔，鳳倒鸞顛。烏鴉啼，心痛想，真個熬煎，順水魚向東流，唔唔唔，不餌絲綸。愁也對誰言？悶也對誰言？兀的不是三學士憶秦娥，唔唔唔。衣錦還鄉。

又

香袋兒寄將來，四四方方，南京城，路州袖，故春橋，唔唔唔，點盡了合香。窗兒前，燈兒下，繡成一對鴛鴦。送情人，寄情齊。唔唔唔，地久天長。子弟們戴了它，薰透了衣裳。姐妹們戴了它，唔唔唔，引動了才郎。行也一陣香，坐也一陣香。只恐怕戴舊了不用我，唔唔唔，丟落在衣箱。

六

在天啟崇禎間，吳縣馮夢龍特留意於民曲，嘗輯〈掛枝兒〉及〈山歌〉，為「童痴一弄」、「二弄」，其中，絕妙好辭，幾俯拾皆是。茲先舉〈掛枝兒〉若干篇於下：

錯認

恨風兒，將柳陰在窗前戲，驚哄奴推枕起。忙問是誰？問一聲，敢怕是寃家來至。寂寞無人應，忙家問語低。自笑我這等樣的痴人也連風聲兒也騙殺了你。

五更天

俏冤家，約定初更到。近黃昏，先備下酒共肴。喚丫鬟，等候他，休被人知覺。鋪設了衾和枕，多將蘭射燒，薰得個香馥馥。與他今宵睡個飽。◯二更兒，盼不見人薄幸。夜兒深，漏兒沉，且掩上房門，待他來彈指響，我這裡忙接應。怕的是寒衾枕，和衣在床上蹭。還愁失聽了門兒，也常把梅香來喚醒。◯鼓三更，還不見情人至。罵一聲，短命賊。你耽擱在哪裡？想冤家此際，多應在別人家睡。傾潑了春方酒，銀燈帶恨吹。他萬一來敲門也，梅香且不要將他理。◯四更時，才合眼，朦朧睡去。只聽得咳嗽響把門推，不知可是冤家至？忍不住開門看，果然是那失信賊。一肚子的生嗔也，不覺回嗔又變作喜。◯匆匆的上床時，已是五更雞唱。肩膀上咬一口，從實說留滯在何方？說不明話頭兒，便天亮也休纏帳。梅香勸姐：莫負了有情的好風光。似這般閑是閑非也，待閑了和他講。

同心

眉兒來，眼兒去，我和你一齊看上。不知幾百世修下來，和你恩愛這一場。便道更有個妙人完，你我也插他不上。人看著你是男，是女，怎你我二人合一付心腸。若把我二人上一上天平也，你半斤，我半兩。

說夢

我做的夢兒倒也做得好笑。夢兒中夢見你與別人調，醒來時依舊在我懷中抱。也是我心兒裡丟不下。待與你抱緊了睡一睡著。只莫要醒時在我身邊也，夢兒裡又去了？

分離

要分離除非是天做了地，要分離除非是東做了西，要分離除非是官做了吏。你要分時分不得我，我要離時離不得你，就死在黃泉也做不得分了鬼。

問咬

肩膀上，現咬著牙齒印。你是說那個，咬我也不嗔。省得我逐日間將你來盤問。咬的是你肉，疼的是我心。是那什麼樣的冤家也，咬得你這般兒狠！

寄信

梢書人出得門兒驟，趕丫鬟喚轉來。我少分付了話頭：你見他時切莫說我因他獲。現今他不好，說與他又添憂。若問起我身軀也，只說災悔從沒有。

醉歸

俏冤家夜深歸，吃得爛醉。似這般倒著頭和衣睡，何以不歸。枉了奴對孤燈守了三更多天氣。仔細想一想，他醉的時節稀。就是抱了爛醉的冤家也，強似獨睡在孤衾裡。

打

幾番的要打你，莫當是戲。咬咬牙，我真個打，不敢欺！才待打，不由我，又沉吟了一會。打輕了你，你又不怕我；打重了，我又捨不得你。罷，冤家也，不如不打你。

三心口相問

前日瘦，今日瘦，看看越瘦。朝也睡，暮也睡，懶去梳頭。說黃昏，怕黃昏，又是黃昏時候。待想又不該想，待丟時又怎好丟？把口問問心來也，又把心兒來問問口。

噴嚏

對妝臺忽然間打個噴嚏，想是有情哥思量我。寄個信兒。難道他思量我剛剛一次？自從別了你，日日珠淚垂。似我這等把你思量也，想你的噴嚏兒常似雨。

倦繡

意昏昏，懶待要拈針刺繡。恨不得將快剪子剪斷了絲頭，又虧他消磨了此黃昏白晝。欲

要丟開心上事，強將針指度更籌。繡到交頸的鴛鴦也，我傷心又住了我手。

查帳

為冤家造一本相思帳，舊相思，新相思，早晚登記得忙，一行行，一字字，都是明白帳。舊相思銷得了，新相思又上了一大樁。把相思帳出來和你算一算，還了你多少也，不知不欠你多少想。

夢

正二更，做一夢團圓得有興。千般恩，萬般愛，摟抱著親親。猛然間驚醒了，教我神魂不定。夢中的人兒不見了，我還向夢中去尋。囑付我夢中的人兒也，千萬在夢兒中等一等。

送別

送情人直送到花園後，禁不住淚汪汪滴個眼稍頭。長途全靠神靈佑。逢橋須下馬，有路莫登舟。夜曉間的孤單也，少要飲些酒。

又

送情人直送到無錫路，叫一聲燒窯人，我的□，一般窯怎燒出兩般樣貨？磚兒這等厚，瓦兒這等薄。厚的就是他人也，薄的就是我。○勸君□休把那燒窯的氣。磚兒厚，瓦兒薄，總是一樣泥。瓦兒反比磚兒貴。磚兒在地下踹，瓦兒頭頂著你。你踹的是他人也，頭頂的還是你。

又

送情人直送到丹陽路，你也哭，我也哭，趕腳的也來哭。趕腳的，你哭的因何故？道是：去的不肯去，哭的只管哭。你兩下裡調情也，我的驢兒受了苦。

又

送情人直送到黃河岸，說不盡，話不盡，只得放他上舡。舡開好似離弦箭，黃河風又大，孤舟在浪裡顛。遠望著船竿也，漸漸去得遠。

負心

俏冤家，我待你似金和玉，你待我好一似土和泥。到如今中了旁人意。痴心人是我，負心人是你。也有人說我也，也有人說著你。

又

耽驚受怕我吃你的累，近前來聽我說向伊。來由你，去由你，怎麼這等容易！你把交情事兒當做耍。既是當做耍，又相交做甚的？得了手便開交也，又怕那頭上的不容你。

醋

我兩人要相交，不得不醋。千般好，萬般好，為著甚麼？行相隨，坐相隨，不離你一步。不是我看得你緊，只怕你腳野往別處去波。你若怪我吃醋撚酸也，索性到撐開了我。

是非

俏冤家，進門來緣何不坐？曉得你心兒裡有些怪奴。這場冤屈有天來大！幫襯我的少，攛掇你的多。你須自立主意三分也，休得一帆風怪著我。

又

你耳朵兒放硬了，休聽那搬唆話。我只與他那日裡，吃得一杯茶。行的正，坐的正，心兒裡不怕。是非終日有，搬鬥總由他。真的只是真來也，假的只是假。

見書

這封書，看見了，不由人不氣。說來時，又不來，這話兒眼見得虛。那些個有緣千里能相會，親口的話兒還不作準。這幾個草字兒要他做甚的！寄語我薄幸的情郎也，把這巧筆舌

兒收拾起。

咒

話冤家，受盡你千般氣，瞞得我，瞞得人，瞞不得天知。那一個負心的教他先歸陰去。我只指望一竹竿直到底，誰知哄得我上樓時，你便折去了梯。沒奈何你這冤家也，只顧燒香咒罵你。

我們相信，其中一定有馮氏自作或改作的東西在內。「馮生掛枝兒」在當時是傳遍天下的。〈山歌〉十卷，最近在上海發現了；以吳地的方言，寫兒女的私情，其成就極為偉大。這是吳語文學的最大的發見，也是我們文學史裡很難得的好文章。

最可喜的是，在〈山歌〉裡，有許多長篇的東西，這是〈掛枝兒〉裡所沒有的（〈掛枝兒〉惜未得見其全部）。

◆山歌◆

笑

東南風起打斜來，好朵鮮花葉上開。後生娘子家沒要嘻嘻笑，多少私情笑裡來。

睃

思量同你好得場騃，弗用媒人弗用財。絲網捉魚盡在眼上起，千丈綾羅梭裡來。

又

西風起了姐心悲，寒夜無郎吃介個虧。羅裡東村頭西村頭南北兩橫頭，二十後生閑來搭，借我伴過子寒冬還子渠。

熬

二十姐兒困弗著在踏床上登，一身白肉冷如冰。便是牢裡罪人也只是個樣苦，生炭上薰金熬壞子銀。

尋郎

搭郎好子吃郎虧，正是要緊時光弗見子渠。羅裡西舍東鄰行，方便個老官悄悄裡尋個情哥郎還子我，小阿奴奴情願熟酒三鍾親遞渠。

作難

今日四，明朝三，要你來時再有介多呵難。姐道郎呀好像新筍出頭再吃你逐節脫，花竹仿子繪竿多少班。

等

姐兒立在北紗窗，分付梅香去請郎，泥水匠無灰磚來裡等，隔窗趁火要偷光。

又

梔子花開六瓣頭，情哥郎約我黃昏頭。日長遙遙難得過，雙手扳窗看日頭。

模擬

弗見子情人心裡酸，用心摸擬一般般。閉子眼睛望空親個嘴，接連叫句「俏心肝」。

次身

姐兒心上自有第一個人，等得來時是次身。無子餛飩麵也好，捉渠權時點景且風雲。

月上

約郎約到月上時，那了月上子山頭弗見渠。咦弗知奴處山低月上得早，咦弗知郎處山高月上得遲？

又

約郎約到月上天，再吃個借住夜個閒人僭子大門前。你要住奴個香房奴情願，寧可小阿奴奴困在大門前。

引

郎見子姐兒再來搭引了引，好像銅杓無柄熱難盛。姐道我郎呀，磨子無心空自轉，弗如做子燈煤頭落水測聲能。

又

爹娘教我乘涼坐子一黃昏，只見情郎走來面前引一引。姐兒慌忙假充螢火蟲說道「爺來裡娘來裡」，咦怕情哥郎去子喝道「風婆婆且在草裡登」。

走

郎在門前走子七八遭，姐在門前只捉手來搖。好似新出小雞娘看得介緊，倉場前後兩邊傲。

別

別子情郎送上橋，兩邊眼淚落珠拋。當初指望杭州陌紙合一塊，那間拆散子黃錢各自飄！

又

滔滔風急浪潮天，情哥郎扳樁要開舡。掞絹做裾郎無幅，屋簷頭種菜姐無園。

久別

情哥郎春天去子不覺咦立冬，風花雪月一年空。姐道郎呀，你好像浮麥牽來難見面，厚紙糊窗弗透風。

哭

又

姐見子郎來哭起來，那了你多時弗走子來？來弗來時回絕子我，省得我南窗夜夜開。

姐兒哭得悠悠咽咽一夜憂，那子你恩愛夫妻弗到頭？當初只指望山上造樓樓上造塔塔上參梯升天同到老，如今個山進樓攤塔倒梯橫便罷休！

舊人

情郎一去兩三春，昨日書來約道今日上我個門。將刀劈破陳桃核，霎時間要見舊時仁。

思量

弗來弗往弗思量，來來往往掛肝腸。好似黃柏皮做子酒兒，呷來腹中陰落落裡介苦，生吞蟛蜞蟹爬腸。

嫁

嫁出囡兒哭出子個浜，掉子村中恍後生。三朝滿月我搭你重相會，假充娘舅望外甥。

怕老公

丟落子私情咦弗通，弗丟落個私情咦介怕老公。寧可撥來老公打子頓，那捨得從小私情一旦空！

新嫁

姐兒昨夜嫁得來，情哥郎性急就忒在門前來。姐道郎呀，兩對手打拳你且看頭勢，沒要大熟牽礱做出來！

老公小

老公小，逼疸疸，馬大身高那亨騎？小船上櫓人搖子大舩上櫓，正要推扳忒子臍。

底下是長篇的吳歌：

◆籠　燈◆

姐兒生來像籠燈，有量情哥捉我尋。因為偷光犯子個事，後來忒底壞奴名。（白）壞奴名，壞奴名！阿奴細說我郎君：「你正日介來張頭望頸，眼看奴身。你道是我短又弗局蹴，長又弗伶仃。因是更了我聽你有子個情意，一日子月黑夜暗摋子我就奔。也弗管三更半夜，也弗管雨落天陰。也弗管地下個溝蕩，挨過子多少個巷門。也弗管個更鋪裡個夜夫，也弗怕路上撞著子個巡兵。金鑼一響，嚇得我冷汗淋身。一到到子屋裡，我方才得個放心。羅道是伴得你年把也弗上，你就要棄舊戀新！屈來羅裡說起？撞你介個賊精！」郎道：「你弗要辭勞歎苦，懊悔連聲。你當初白白淨淨，索氣騰騰。你那間渾身好像的個油簍，滿面拌子個灰塵。人門前全勿鰲好，頭上箍子介條草繩。夜裡只好拿你來應急趟趟，日裡幹耍個正經？還有介多呵弗好，我一發說來你聽聽：〔打棗歌〕怕只怕你火性兒時常不定，照了前又照子後不顧自身。一身破損通風信，長與別人好，又與小人跟。轉一個灣兒我這裡見你的影！」（白）姐兒喝面介一啐，就罵：「個負義薄情！你當初焠得火著介要我，一夜弗放我離身。我也弗知光輝子你多少，也知弗替你瞞子幾呵個風聲！你只厭我眼前個腌潤，弗念我起初個鮮明。（歌）你提我提得起來放得下，我只摟得你灶前火燭無一星！」

◆老　鼠◆

郎兒生得好像老鼠一般般，夜裡出去偷情日裡閑。未到黃昏出來張了看，但等無人只一鑽。（白）只一鑽，只一鑽，阿奴歡喜小尖酸：來去身鬆快便，兩隻眼睛谷碌碌會看會觀；聽得人聲一躲，火光背後就縮做子一團；能會巴簷上屋，又會掾柱爬梁；也弗怕銅牆鐵壁，

也弗怕戶閉門關；也勿怕竹簽笆隔，也弗怕直楞窗盤。一夜子鑽進子我個屋裡，走到子我個房前；扯著子個房簾上金鈴索聲能介一響，嚇得我冷汗直鑽！我裡個阿爹慌忙咳嗽，我裡個阿娘口裡開談，便話道：「阿囡耍響？」我明明裡曉得你臭賊，做勢睏著弗敢開言。個個臭賊當時使一個計較，立地就用一個機關：口裡谷谷聲做介兩聲婆雞叫活像，連連聲數介兩聲銅錢。我裡阿爹說道：「老阿媽，你小心些火燭！」阿娘說道：「老老呀，沒介啥個報應，明朝早些起來求介一條靈籤。」我裡臭賊聽得子一發膽大，連忙對子我被裡一鑽，就要搭小阿奴奴不三不四不四不三，一張嘴好似石塊，一雙腳好像冰團！（黃鶯兒）兩腳像冰團，被窩中快快鑽。偷油手段把偷香按。雖然未安，得歡且歡。只愁五個更兒短，囑付俏心肝：他老人家醒睏，須是悄悄好遮瞞。（歌）姐道：「我郎呀，你沒要爬爬懶懶介趁意利，驚動我裡門角落裡睏貓團！」

◆睏弗著◆

姐兒睏勿著好心焦，思量子我裡個情哥只捉腳來跳。好像漏溼子個文書失約子我，冷鍋裡篩油測測裡熬。（白）測測裡熬，測測裡熬，姐兒口罵：「殺千刀！我驀傳教寄信來叫你，你驀好像個討冷債個能介有多呵今日了明朝？（皂羅袍）堪歎薄情難料，把佳期做了流水萍飄。柳絲暗結玉肌消，落紅惹得朱顏惱；情牽意掛，山長水遙；月明古驛，東風畫橋；那人何事還不到？」（白）姐兒氣子介一氣，噎漫漫眼淚介雙拋。只見燈光連報，喜鵲連連又叫子介多遭。姐兒正在疑惑，只聽得窗外門敲。小阿奴奴連忙趕搭出去，來窗眼裡張著子個臭賊了便膽喪了魂消。我便開勿及個門閂，拔勿及個門銷。渠再一走走進子個大門，對子房裡一跪，就來動手動腳搩住子我個橫腰。我便做勢介一個苦毒假意介個心焦。（桂南枝）黃昏

靜悄，我把被兒來薰了；看看等到月上花梢，杳冥冥全無消耗；聽殘更漏鼓，那時你方才來到！我把他兒變了。他跪在床前告，我假意焦。恨不得咬定牙，只是忍不住笑。（白）郎說道；「姐兒，我勿是戀新棄舊，只是路遠山遙。今夜我來遲失信，望你寬洪姐姐饒饒！」姐兒雙手扶郎起來：「你勿要支花野味了嘮叨？」（歌）姐道：「我郎呀，好像一腳踢開子個繡球丟落子個氣，做介個脫衣勢子聽你跌三交！」

〈門神〉的一篇，寫得尤為漂亮：

◆門神◆

結識私情像門神，戀新棄舊忒忘情。（白）記得去年大年三十夜，捉我千刷萬刷刷得我心悅誠服，千囑萬囑囑得我一板個正經。我雖然圖你糊口之計，你也敬得我介如神。我只望替你同家日活，撐立個門庭。有介一起輕薄後生捉我摸手摸腳，我只是聲色弗動，並弗容介個閑神野鬼，上你搭個大門。我為你受子許多個烹風露水，帶月披星；看破子幾呵個簷頭賊智，聽得子幾呵個壁縫裡個風聲。你當先見我顏色新鮮那亨介喝彩？裝扮得花噪加倍介奉承。那間帖得筋皮力盡，磨得我頭鬢蓬塵。弗上一年個光景，只思量別戀個新人。你省我弗像個士女，我也道是你弗是個善人。就要捻我出去，弗匡你起介一片個毒心。逼著介個殘冬臘月，一刻也弗容我留停。你拿個冷水來潑我個身上，我還道是你取笑；拿個筅帚來支我，我也只弗做聲；扯破子我個衣裳只是忍耐，擷破子我個面孔方才道是你認真。我吃你刮又刮得介測賴，鏟又鏟得介盡情。屈來，我吃你介楊擦刮了去介，你做人忒弗長情。我有介支曲子在裡到唱來你聽聽：〔玉胞肚〕君心忒忍，戀新人渾忘舊人！想舊人昔日曾新，料新人未必常新；新人有日變初心，追悔當初棄舊人。（歌）姐道：「我個郎呀，那間我看你搭大門

前個前船就是後船眼，算來只好一年新！」

◆破騌帽歌◆

有介一支山歌唱你儂聽，新翻騰打扮弄聰明：（白）也弗唱蒲鞋，氈襪，也弗唱直掇，海青；也弗唱絹裙，綾褲；也弗唱香袋，汗巾；單題唱個頭上帽子，歷代幾樣翻新。舊時作尖頂長號，後來改子平頂鼓墩，咦有纓子朗鎖密結瓦棱。惟有小張官人頭上帽子戴又戴得個停當，盔又盔得介娉婷；光袖油露出子杭州丫髻，亮晃晃插起重慶金簪；後頭抻出子雙蝺虎圈子，前頭推起子九針子網巾。帽巾帶得介長遠，年深月久成精。忽朝一日頭上說話，叫聲：「小張官人，我一跟跟你兩三巡黃冊，你一戴戴我二三十個清明。春秋四季並弗曾盔頂紵絲羅帽；寒冬臘月並弗曾盔頂絨帽氈巾。總成你相交子多少姹童窠子？陪伴子若干監生舉人？看子多少提偶，扮戲，遊湖，踏青。唱船主人中顯貴，酒樓上鬧裡奪尊。捉個豬膽去油，教我受子多少腌臢苦腦。捉個百藥箭上色，教我喫子多少烏皂泥筋？板刷常常相會，引線弗曾離身。一日子修理得介停當，戴出子閶門，月城裡遇著子朋友說話，聚集子東西來往無數個閒人：看呆子山東販騌侉子，立痴子江西販帽子個客人。江西老鄉談弗絕，蘇州歇後語連聲。十字街蟒龍玉烏紗冠石皮得介測癩，老弗識波羅生荔枝圓重夕得介忒村。日頭照子好像走差次身頭上草帽；雨落溼子好像壓匾介一個老人頭巾。捻來手裡好像拳緊介一隻偷瓜蠍，落來地上好像矗起來介一隻刺毛鶯。修騌帽見子一嚇，洗網巾喫子一驚。破靴羊毛換銅錢緝三問四，賣花換朁豆弗曾離門。」小張聽得幾句言語，嚇得冷汗直淋；立來無人煙所在，探下來看介一看：「真當弗像，只得去貼舊換新。」欲耍黃帽鋪裡去講講，咦弗好戴子進渠大門。思量無些擺佈，只得那借子一頂麻布頭巾；緲漫漫好像看墳個董永，軟搭搭好像丁憂個

洞賓。遇著子承天寺裡個和尚，定道請渠領喪，入木；撞見子玄妙觀裡道士，定道請渠退煞，念經。鄉鄰趕趁子分子，朋友怕闕子人情。小張道：「個是我裡騌兄便服，弗消得列位介費心。」無些意思介一日。只得走轉家門。家婆道：「你出去子介一日，阿曾幹子帽子個正經？」「咳，家婆，弗要話起！走腫子個腳底，擢痛子個背心。餓過子個肚裡，看花子個眼睛！帽鋪家家走到，價錢個個弗等；只得反渠轉來假充一個朗鎖戴戴，到下橋行市再尋。彈忒子齷齪，吹忒子個灰塵上子盔頭盔介一盔，屈剛盔子三五六星。」小張搥胸跌腳，說道：「弗匡你介一個收成！」家婆道：「你也弗嘤大驚小怪，還幹若干正經：大塊頭兒改雙涼鞋著著；斜塊頭兒改子外公頭上束髮包巾，帽沿拿來做個絮額，我裡夏天恍恍；碎塊頭兒做子一頂細蜜網巾；騌頭騌腦做個刷牙來刷刷；零零碎碎做個香袋薰薰。」帽子道：「我前世作盡子扯孽，你公婆兩個擺佈得我介盡情！」小張道：「騌兄大哥，帽子大人！你儂弗要出言吐氣，我儂唱介一支曲子你聽聽：〔駐雲飛〕帽樣新鮮不復完，今剩缺連，一向承裝觀，今日堪埋怨：嗏，戴你不多年！」帽子道：「盡勾你哉！」「如何稀爛？想是當初，修舊將咱騙，為你冤家費我錢！」（白）帽子道：「鼓弗打弗響，鐘弗撞弗鳴；別人戴子風裡坐，你戴子我雪裡奔！憑你改長改短，我也無怒無嗔。捉我改子外公頭上束髮包巾，我也感承你頂戴；捉我改子你家婆頭上絮額，我也當得奉承。（歌）捉我改子刷牙正要擢你臭賊個張嘴；捉我改子涼鞋正要打碎你個老腳跟！」

這一篇嘗見於《遊覽萃編》，馮氏當是轉載的。

◆山　人◆

說山人，話山人，說著山人笑殺人：（白）身穿著僧弗僧俗弗俗個沿落廠袖；頭帶子方

弗方圓弗圓個進士唐巾。弗肯閉門家裡坐，肆多多在土地堂裡去安身。土地菩薩看見子，連忙起身便來迎。土地道：「呸，出來！我只道是同僚下降，元來到是你個些光斯欣！咦弗知是文職武職？咦弗知是監生舉人？咦弗知是糧長升級？咦弗知是說書老人？咦弗來裡作揖畫卯，咦弗來裡放告投文。耍了鬧哄哄介挨肩了擦背，急逗逗介作揖了平身？轎夫個個儕做子朋友，皂隸個個儕扳子至親。帶累我土地也弗得安靜，無早無晚介打戶敲門。我弗知何為儕個幹？仔細替我說個元因。」山人上前齊齊作揖，「告訴我裡的的親親個土地尊神：我哩個些人，道假咦弗假，道真咦弗真；做詩咦弗會嘲風弄月，寫字咦弗會帶草連真，只因為生意淡薄，無奈何進子法門。做買賣咦喫個本錢缺少；要教書咦喫個學堂難尋；要算命咦弗曉得個五行生克；要行醫咦弗明白個六脈浮沉。天生子軟凍凍介一個擔輕弗得步重弗得個肩膊；又生個有勞勞介一張說人話人自害自身個嘴唇。算盡子個三十六策，只得投靠子個有名目個山人。陪子多少個蹲身小坐，喫子我哩幾呵煮酒餛飩，方才通得一個名姓，領我見得個大大人。雖然弗指望揚名四海，且樂得榮耀一身，嚇落子幾呵親眷，聳動子多少鄉鄰。因此上也要參參見佛，弗是我哩無事入公門。」土地聽得個班說話，就連聲罵道「個些鴥說個猢猻；你也忒殺膽大，你也忒殺噁心？廉恥咦介掃地，鑽刺咦介通神。我見你一蚼進一蚼出，袖子裡常有手本；一個上一個落，口裡常說個人情。也有時節詐別人酒食，也有時節騙子白金！硬子嘴了了說道恤孤了仗義，曲子肚腸了說道表兄了舍親做子幾呵腰頭㥘擦，難道只要鬧熱個門庭？你個樣瞞心昧己，那瞞得灶界六神？若還弗信，待我唱支〈駐雲飛〉來你聽聽：〈駐雲飛〉笑殺山人，終日忙忙著處跟。頭戴無些正，全靠虛幫襯。嗏，口裡滴溜清，心腸墨錠！八句歪詩！嘗搭公文進。令日胥門接某大人，明日閭門送某大人。」（白）山人聽子，冷汗淋身，便道：「土地，忒殺顯靈。大家向前討介一卦，看道阿能句到底太平？」先前得子一

個聖筶，以後再打子兩個翻身。土地說道：「在前還有青龍上卦，去後只怕白虎纏身！你也弗消求神請佛，你也弗消得去告斗詳星；也弗消得念三官寶誥，也弗消得念救苦真經。（歌）我只勸你得放手時須放手，得饒人處且饒人。」

山人在萬曆以後，勢力甚大，但其醜態也殊令人作惡。這一篇「山人歌」刻畫得是如何的有趣。沈德符看不起這些民歌，以為「不過寫淫媟情態，略具抑揚而已」。但凌濛初卻比他高明，能夠欣賞這些東西。凌氏道：「今之時行曲，求一語如唱本〈山坡羊〉、〈亂地風〉、〈打棗竿〉、〈吳歌〉等中一妙句，所必無也。」這便都足以說明在明代，俗曲是比文人曲更為重要了。

七

但在文人學士們裡，也有不少人是不甘為古舊的規則所拘束，寧願冒同輩的譏嘲而去擬仿俗曲的。馮夢龍比較的還是後起之秀。在很早的時候，已有金鑾、劉效祖及趙南星他們起來，勇敢的把俗曲作為自用的了。金鑾用〈鎖南枝〉來寫「風情戲嘲」，幾無一語不佳：

◆風情戲嘲◆

〔鎖南枝〕浮皮兒好，外面兒光，頭髮稍兒裡使貫香，多大個倈兒，也來學衠象。那些個揑著疼，爬著癢，頭上敲，腳下響。堅如石，冷似冰，識不透你心腸兒橫豎生。只管裡滿口胡柴，倒把人拴縛定。誰撇虛？誰志誠？人的名，樹的影。

當不的取，算不的包，過的橋來還折橋。動不動熱臉子槍白，冷鍋裡豆兒炮，不是煎，便是炒，瓜兒多，子兒少。

麵不是麵，油不是油，鴨蛋裡還來尋骨頭。瘦殺的羔兒他是塊真羊肉。見面的情，背地裡口，不聽升，只聽斗。

閑言來嗑，野話兒劖，偷嘴的貓兒分外饞。只管裡嚇鬼瞞神，吃的明，吃不的暗。搭上了他，瞞定了俺，七個頭，八個膽。長二丈，闊八尺，說來的話兒葫蘆提。每日家帶醉佯醒，沒氣的還尋氣。假若你瞞了心，昧了己，一尺天，一尺地。

心腸兒窄，性氣兒粗，聽的風來就是雨。尚兀自撥火挑燈，一密裡添鹽加醋。前怕狐，後怕虎，篩破的鑼，擂破的鼓。

撒甚麼唔，賣甚麼乖，三尺門兒難自開。把我那一擔恩情，都漾做黃虀菜說著不聽，罵著不采，山不移，性不改。

在劉效祖的作品裡，也已用到了〈掛枝兒〉、〈雙疊翠〉諸俗調：

◆掛枝兒◆

日初長柳綫綻黃金模樣，雨才過桃杏花撲面清香。賣花人一聲聲喚起懷春情況蝴蝶兒爭新綠，燕子兒語雕梁。打點出那小扇輕羅也，還要去流水橋邊賞。

又

新竹兒倚朱欄清風可愛，香几兒靠北窗雅稱幽齋千葉榴，並蒂蓮，如相比賽。槐陰下清風靜，垂楊外月影篩。忽聽的幾個嬌滴滴的聲音也，笑著把茉莉花採。

又

秋海棠喜庭陰偏生嬌豔，桂花兒趁西風越弄香妍。金沙葉，銀扭絲，凌霜堪羨。開一尊

新釀酒，打疊起繡花奩。聽一會窗兒外的芭蕉也，又把細雨聲兒顯。

又

水仙花嬌怯怯流香几案，綠萼梅清影瘦斜倚危欄。剪水紋霎時間把青松不見，烹茶也自好，對酒且開簾。圍上那肉作的屏風也，偏覺的氣候兒暖。

又

我教你叫我聲，只是不應。不等說就叫我才是真情。背地裡只你我，推甚麼佯羞佯性！你口兒裡不肯叫，想是心兒裡不疼。你若有我的心兒也，如何開口難得緊？

又

我心裡但見你就要你叫，你心裡怕聽見的向外人學。才待叫又不叫，只是低著頭兒笑。一面低低叫，一面又把人瞧。叫的雖然艱難也，意思兒其實好。

又

俏冤家，但見我就要我叫。一會家不叫你，你就心焦。我疼你那在乎叫與不叫。叫是提在口，疼是心想著。我若有你的真心也，就不叫也是好。

又

俏冤家，非是我好教你叫，你叫聲兒無福的也自難消。你心不順，怎肯便把我來叫。叫的這聲音兒俏，聽的往心髓裡澆。就是假意兒的勤勞也，比不叫到底好。

◆雙疊翠◆

怕逢春，怕逢春，到的春來病轉深。挨不過困人天，懶看這紅成陣。行也難禁，坐也難禁，越說不想越在心。似這等枉添愁，可不辜負了春花信。

又

夏不宜，夏不宜，綠陰惱煞亂鶯啼。一般是解慍風，吹不散愁人意。暗數歸期，頻卜歸期，荷香空自襲人衣。最可憐是明月時，怕自往紗廚去。

又

怕逢秋，怕逢秋。一入秋來動是愁。細雨兒陣陣飄，黃葉兒看看驟。打著心頭，鎖了眉頭，鵲橋雖是不長留。他一年一度親，強如我不成就。

又

冬不宜，冬不宜，愁心只我與燈知。撥盡了一夜灰，盼不出三竿日。輾轉尋思，顛倒尋思，衾寒枕冷夜深時。只得向夢兒中尋，夢兒中又恐留不住。

又

春相思，春相思，遊蜂牽惹斷腸絲。忽看見柳絮飛，按不下心間事。悶繞花枝，反恨花枝，秋千想著隔牆時。倒不如不遇春，還不到傷心處。

又

夏相思，夏相思，閒庭不耐午陰遲。熱心兒我自知，冷意兒他偏膩。強自支持，懶自支持。蘭湯誰惜瘦腰肢。就是挨過這日長天，又愁著秋來至。

又

秋相思，秋相思，西風涼月忒無知。緊自我怕淒涼，偏照著淒涼處。別是秋時，又到秋時，砧聲蛩語意如絲。為甚的鴻雁來，不見個平安字？

又

冬相思，冬相思，梅花紙帳似冰池。直待要坐著挨，忽的又盡一日。醒是自知，夢是自

知，我便如此你何如？我的愁我自擔，又耽著你那裡也愁如是！

這可以說是破天荒的一種工作；我們想不到，在很早的時候，〈掛枝兒〉已和文人學士們發生了姻緣了。效祖又有〈鎖南枝〉一百首，可惜我們所能見到的，只有十六首，但這十六首，那一首不是絕妙好辭呢！我們可以知道：凡是能夠引用新嶄嶄的俗曲的，沒有不得到成功的。建安時代的五言，六朝的「新樂府」，唐五代的詞，許多大作家們無不是從那裡得到了最大的成功的。

◆鎖南枝◆

團圓夢，夢見他。笑臉兒歸來，連聲問我：我在外幾載經過，你在家盼望如何？說一會功名，敘一會間闊。喚梅香把酒果忙排，與俺二人權作賀萬種相思一筆勾抹，猛追魂三唱鄰雞，急睜眼一枕南柯。

又

團圓夢，夢不差。眼見他歸來，悄聲兒訴咱。非是我失業拋家，非是我戀酒貪花，非是我負義忘恩，兩頭騎馬。為只為書劍飄零，因此上負卻臨行話。吐膽傾心，全無虛假。欲開言再問個端的，猛抬身那得個冤家！

又

團圓夢，夢的奇。一見冤家情同往昔。喜孜孜素手相攜，美甘甘熱臉相偎，共結綢繆，芙蓉帳裡。常言道：破鏡重圓，果不然也有相逢日，玳瑁貓撒歡他也來道喜。剛能勾半霎合諧，猛驚回依舊別離。

又

團圓夢，夢的真。一會家心驚。忽聽的打門，喚梅香問是何人。我說道是我郎君。昨夜

燈花，誠然有準。笑吟吟引入蘭房，把離情話兒閑評論。妾命雖薄，君心忒狠。整鴛衾恰待歡娛，醒來時還是孤身。

又

傷心事，訴與誰？一半兒思情一半兒追悔。想著你要和我分離，平白地起上個孤堆。用了場心竹籃兒打水。雖然是你的情絕，也是我緣法上不對。胡昧了靈心，分明是鬼。幾時和你嚷上一場，再不信你巧話兒相陪。

又

傷心事，有萬端，也是我前生業罐子不滿。實指望買笑追歡，倒惹的恨結愁攢。臥枕著床，犯了條款。你既然要和我分離，也須與個一刀兩斷。人說你情絕，真個行短。瑞香花頭緒兒忒多，杖鼓腔兩下裡廝瞞。

又

傷心事，對誰說？仔細度量，都是我自惹。我為你使破喉舌，我為你費盡周折。誰想恩變為仇，刀刀見血。雖然與你不久相交，一夜夫妻如同百夜。有甚麼虧心，下拚的拋捨。瞞著心只是你精細，吃殺虧認著我痴呆。

又

傷心事，對誰學？要見個明白惟天可表。你和我誰厚誰薄，誰情絕，誰性兒難調？誰把誰心全然負了？也是俺婦人家痴愚，好心偏不得個好報。瞎蟲蟻逃生，實撞著你線索。雖不和你見識一般，殺人可恕，情理難饒。

又

長吁氣，恨滿腔，往事都勾，話也不須細講。巧機關你暗裡包藏，痴心腸誰做個提防。

捨死忘生，闖在你網。欲待和姊妹們聲說，只恐怕告個折腰狀。思之復思，想了又想，除非是命喪荒丘枉死城，再做個商量。

又

長吁氣，恨轉增，鬢亂釵橫無心去整。想只想你知熱知疼，想只想你識重識輕。誰知道意變心更，有形無影。起初時那樣言詞，到如今心口不相應。問著說不知，說著推不省。人說你有些兒糊塗，我看你全是個牢成。

又

冤家債，還他不徹，一節不了又添上一節。欲待要亂掩胡遮，怎禁他見鬼隨斜。恨只恨冤家心腸似鐵。經年家強自支吾，無人知我疼和熱。悶海愁山誰行去訴說？風月中請問個知音，閃賺人算甚麼豪傑！

又

冤家債，還他不及。舊恨才消，新愁又起。想當初只說你心實，誰承望下的是活棋？面情相交，不知其裡。欲待要發狠蹬開，又怕食之無肉，棄之有味。這是賣了鯰魚誇不的大嘴。甫能勾央及回頭，過些時依舊王皮。

又

冤家債，還他不清。除了相思，無甚麼可頂。想當初徹底澄清，到今日無眼難明。相交了一場，銀瓶墜井。也是俺婦人家心慈，倒弄的人硬貨不硬。再和你相逢，除非是夢境。或長或短說個真實，誰是誰非路見難平。

又

冤家債，還他不完。不是七長，就是八短。信別人巧話兒唆搬，倒把我假意兒攏瞞。糊

塗蟲冤家，全不知冷暖。雖然你不把我留情，只怕藕斷時絲還不斷，叫一聲蒼天，天如何不管！好共歹也是你著迷，長和短自有人傍觀。

又

情書至，笑臉兒開，可見我冤家情腸兒不改。件件事與我安排，句句話說的明白。滿紙春心，猶帶著墨色。他說我不久回還，你須權把心腸兒耐。少只在旬朝，多不上半載。喚梅香兒淨了閒隅，把冤家筆跡兒高抬。

又

情書至，用意兒讀。親手封緘再拜上奴。路迢迢音信全疏，意懸懸想念如初。為只為功名，歸期未卜。只要你柳色常青，切莫把我名兒汙。天樣花箋，寫不盡肺腑。喚梅香你與我參詳，敢怕是謊話兒支吾？

趙南星的《芳茹園樂府》，其中俗曲也不少，這也使他得到了很大的成功：

◆銀紐絲　五首◆

到春來難挨受用也慌，百花開遍滿林芳。具壺觴，知心一夥賽疏狂。鶯舌巧似簧，何須黃四娘。呀，大家齊把襟懷放。歡天喜地度韶光，也是俺前生燒了好香。我的天嚛，唱齊聲，齊聲唱。

到夏來難挨受用也幽，藤床睡起冷颼颼。慢凝眸，荷花池館看輕鷗。奔忙白汗流，提起我害愁。呀，長安市上紅塵臭，清閒自在耍人修。念一聲佛兒點一點頭，我的天嚛，夠咱心，咱心夠。

到秋來難挨受用也撐，風吹紅葉小秦箏。月兒明，教人如何睡的成？快去請劉伶，合那

阮步兵。呀，咱們吃酒胡行令。嗯兒喇叫到天明。又賞荷花向小也亭，我的天嚛，與無邊，無邊與。

到冬來難挨受用也喬，梅花帳暖足良宵。好清朝天邊瑞雪正飄飄，烹茶滋味高，銜杯情性豪。呀，滿斟高唱咱歡樂，爭名奪利馬蹄勞。這樣寒天您怎也麼熬，我的天嚛，笑呵呵，呵呵笑。

◆醉太平 偶感◆

一年家難挨受用也金，家私現有十畝園。菜蔬兒鮮，芹蒲虀鮓飽三餐靜，來坐會禪客來頑一頑。呀，有時也把書來念，說咱閑來也不閑，說咱是仙來又是也麼仙，我的天嚛，占便宜，把便宜占。

短和長閣起，白和黑休提，省些閒氣是便宜，別有個所為。香醪兒入口支支至，好花兒照眼嘻嘻戲。新曲兒逢場羅羅哩，這生涯忒美。

羊羔酒黨家，雀舌茗陶家，一般消受莫爭差，只虧了有他。有了他苦茗堪清話，有了他美酒偏增價。有了他涼冰味絕佳，不貪他是假。

◆孝南枝 二首◆

眼球兒裡覷，肝葉兒上兜，撞到這其間怎做的了手？也是俺前世裡曾修，霎時間韻腳兒相投。月老婚牒，預先裡注有。為頭兒誤入桃源，誰知道姻緣巧湊。況是人物之尖，風情之首，實丕丕地久天長，美甘甘鳳友鸞儔。

章臺事，氣壞了人，越奪尖的姐兒越站不穩。一般有可意郎君，也只是玉石難分。比似

名花，香紅嫩粉，蝴蝶兒採取應該，磣毒蟲齊來打混。既在風塵，須索死忍，會俏的定戀定豪傑，才是您立命安身。

◆鎖南枝帶過羅江怨　丁未苦雨◆

將天問，要怎麼？旱時節盼雨鬧定法，沒情雨破著工夫下溜街。忽流忽剌涮房屋，撲提撲塌溼□□。逃命何方遄？閻王殿擠壞了功曹，古佛堂推倒了那吒。神靈說；我也淋的怕。哭啼啼哀告天爺，肯將人盡做魚蝦。勾咧勾咧饒了吧。

◆一口氣　有感於梁別駕之事◆

朝入衙門，夜尋紅粉，行動之間威凜凜，唬的妓者們似猴存。呼喚一聲跑得緊。先兒們，縱然有王孫公子，公子王孫，瀝丁拉丁，都不如恁先兒們。

只怕房先兒。全輕府判兒，勉強相留沒個笑臉兒。陪著咱坐似針氈兒，只合先兒們，那們咎兒張三兒。饒你有伶俐聰明，彈唱聰明，瀝丁拉丁，也還差點兒張三兒。

◆鎖南枝半插羅江怨◆

非容易，休當耍，合性命相連怎肘拉！這冤家委實該牽掛。除非是全不貪花，要不貪花，誰更如他！既相逢怎肯干休罷。不瞧他眼怕睜開，不抓他手就頑痲。見了他歡歡喜喜無邊話，一回家埋怨蒼天。怎麼來生在煙花？料麼他無損英雄價。

又

從初會，喜又驚，恨不早相逢苦痛情。得相逢□是三生幸。不遇你虧了我的心情，不遇

我虧了你的儀容。月下老不許成孤另，翠紅鄉單愛奢華，女流家忒煞聰明，新詩小扇為媒證。黃四娘萬朵花枝，陶學生一夜郵亭，說甚麼麒麟閣□標姓名。

◆山坡羊◆

冤業相逢，說不的從來心硬。針芥相投，都只是前生一定。冤家為頭兒會你不敢興心妄想，也是俺運至時來遇緣法便能僥倖。是到而今我還只是昏迷不醒，半虛空掉下來的美滿前程；齊著今日今時，把風月牌消繳。再遇著任是何人，我的真心不動。知感你好，便似頂戴龍天。□，唻嚛，使盡了殷勤，不當做奉承。章臺路要圖一個馳名，顯出你文雅風流，咱是個君子交情。

又

悽惶灑淚著說話，媽兒氣受他不下。他罵我不出門，單單只是為你。罵的我是咧，著張口兒說嗄。數落的事兒件件不差。等到而今怕他待怎麼？但挨的一好到底，那怕他終朝打罵。我挨的結果收圓，嚦唻嚛，姊妹行中不把俺笑話。由他，風月中著迷不止是咱倆。由他，好合歹熬成□人家。

又

可意人兒，你使性兒教我害怕。你不喜歡要□做嗄，低著頭兒不言不語，手摟著裙梢兒滿□淚下。乖覺了一場，可吃了人假。小二人流言聽他待怎麼！欲說誓又只怕你疼我。恰想要跪下不敢跪下。我這回兒到喜你這樣性兒，唻嚛，看著我著疼，才怕我情雜。冤家，再打回兒不□我命有差。冤家，瞞你也不打緊，就不怕神靈□察。

◆玉抱肚◆

合歡幾時，對金樽愁攢翠眉。飲不醉雨下情牽，喚不醒一點心迷。書齋滿地是相思，準備朝朝紅淚垂。

他曾許我，約定在今宵會合。把銅壺二十五聲，□天臺半霎攛掇。雞鳴鐘響亂喧聒，趕散鴛鴦可奈何？

無端見了，頓忘卻平生氣豪。縱難道莫莫休休，也還是密密悄悄。從他玉女下雲霄，休想教咱眼再瞧。

◆鎖南枝帶過羅江怨◆

猛然見，引動了魂，曾見人來不似這人！好教我眼花繚亂渾身暈。他生的清雅無虛，似一幅水墨昭君，非同世上尋常俊。未知他意下何如？俺將他看做個親親。從今交上相思運，憑著俺心坎兒上溫存，著憑著俺胳膝下殷勤，咱倆個終須著一陣。

才成就，又別離，耍鴛鴦剛剛兒一霎時，分明是一點鼻涯兒蜜。想的人似醉如痴，想的人夢斷魂迷，枕邊滴盡相思淚。眼睜睜撅斷同心，眼睜睜散連枝。痴心還想重相會，倘然得再入羅幃。倘然得再效于飛，舌尖兒上咬你個牙廝對。

■參考書目

1.《南宮詞記》，陳所聞編，有明刊本。
2.《南音三籟》，凌濛初編，有明刊本。
3.《詞林一枝》，有明刊本。
4.《玉谷調簧》，有明刊本。
5.《詞臠》，劉效祖著，有新刊本。
6.《芳茹園樂府》，趙南星著，有新印本。
7.《蕭爽齋樂府》，金鑾著，有董氏印本。
8.《山歌》，有新印本。
9.《掛枝兒》，有新印本（見於《萬錦清音》者較多）。

第十一章 寶 卷

一

當「變文」在宋初被禁令所消滅時，供佛的廟宇再不能夠講唱故事了。但民間是喜愛這種講唱的故事的。於是在瓦子裡便有人模擬著和尚們的講唱文學，而有所謂「諸宮調」、「小說」、「講史」等等的講唱的東西出現。但和尚們也不甘示弱。大約在過了一些時候，和尚們講唱故事的禁令較寬了吧（但在廟宇裡還是不能開講），於是和尚們也便出現於瓦子的講唱場中了。這時有所謂「說經」的，有所謂「說諢經」的，有所謂「說參請」的，均是佛門子弟們為之。

吳自牧《夢粱錄》（卷二十）云：

> 談經者，謂演說佛書；說參請者，謂賓主參禪悟道等事。……又有說諢經者。

周密《武林舊事》諸色伎藝人條裡，也記錄著：

> 說經諢經，長嘯和尚以下十七人。
>
> 彈唱因緣，童道以下十一人。

這裡所謂「談經」等等，當然便是講唱「變文」的變相。可惜宋代的這些作品，今均未見隻字，無從引證，然後來的「寶卷」，實即「變文」的嫡派子孫，也當即「談經」等的別名。「寶卷」的結構，和「變文」無

殊；且所講唱的，也以因果報應及佛道的故事為主。直至今日，此風猶存。南方諸地，尚有「宣卷」的一家，占著相當的勢力。所謂「宣卷」，即宣講寶卷之謂。當「宣」卷時，必須焚香請佛，帶著濃厚的宗教色彩，與一般之講唱彈詞不同。他們所唱的《香山寶卷》、《劉香女寶卷》等等，為宣揚佛教的最有力的作品。不知有多少婦人女子曾被他們所感動，曾為「卷」中的女主人翁落淚、歎息、著急、乃至放懷而祈禱著。

注意到「寶卷」的文人極少。他們都把寶卷歸到勸善書的一堆去了，沒有人將他們看作文學作品的。且印售寶卷的，也都是善書鋪。但「寶卷」固然非盡為上乘的文學名著，而其中也不無好的作品在著。

十年前，我在《小說月報》的《中國文學研究》上，寫《佛曲敘錄》方才第一次把「寶卷」介紹給一般讀者。相傳最早的寶卷的《香山寶卷》，為宋、普明禪師所作。普明於宋、崇寧二年（西元一一〇三年）八月十五日，在武林上天竺受神之感示而寫作此卷，這當然是神話。但寶卷之已於那時出現於世，實非不可能。北京圖書館藏有宋或元人的抄本的《銷釋真空寶卷》。我於前五年，也在北京得到了殘本的《目連救母出離地獄升天寶卷》一冊。這是元末明初的金碧鈔本。如果《香山寶卷》為宋人作的話不可靠，則「寶卷」二字的被發現於世，當以《銷釋真空寶卷》和《目連寶卷》為最早的了。

我在上海所得的寶卷，均為清末的刊本及現代的石印本。《佛曲敘錄》所載者不及其半；總數約在百本以上。

其後，很有幸的，乃在北京得到了不少的明代（萬曆左右）的及清初的梵篋本寶卷。其中重要的，有：

（一）《目連救母出離地獄升天寶卷》（殘）

（二）《藥師如來本願寶卷》（嘉靖刻本）

（三）《混元教弘陽中華寶經》（二卷）

（四）《混元門元沌教弘陽法》（二卷）

（五）《先天元始土地寶卷》（二卷）

（六）《佛說彌勒下生三度王通寶卷》（二卷）
（七）《福國鎮宅靈應灶王寶卷》（二卷）
（八）《護國佑民伏魔寶卷》（二卷）
（九）《佛說圓覺寶卷》（一卷）
（十）《銷釋萬靈護國了意至聖伽藍寶卷》（二卷）
（十一）《天仙聖母泰山源留寶卷》（五卷）
（十二）《銷釋開心結果寶卷》（一卷）
（十三）《巍巍不動泰山深根結果寶卷》（一卷）
（十四）《歎世無為寶卷》（一卷）
（十五）《正信除疑無修證自在寶卷》（一卷）
（十六）《銷釋金剛科儀》（一卷）
（十七）《普明如來無為了義寶卷》（二卷）
（十八）《太陰生光普照了義寶卷》（二本）
（十九）《佛說道德運世忠孝報恩寶卷》（二卷）
（二十）《藥天救苦忠孝寶卷》（二卷）
（二一）《靈應泰山娘娘寶卷》（二卷）

二

寶卷也和「變文」一樣，可分為佛教的和非佛教的二大類。在佛教的寶卷裡，又可分為：一、勸世經文，

二、佛教的故事。在非佛教的寶卷裡，則可分為：一、神道的故事，二、民間的故事，三、雜卷。雜卷所唱的多為遊戲文章，或僅資博識，僅資一笑的東西，像《百鳥名》、《百花名》、《藥名寶卷》等等，茲姑不論。

佛教的寶卷在初期似以勸世經文為最多；故寶卷往往被稱為經（例：《歎世無為寶卷》一作《漢世無為經》；《香山寶卷》一作《觀音濟度本願真經》）。最早的一本宋或元抄本的《銷釋印空實際寶卷》開卷便云：

> 夫《印空實卷》者，能開解脫之門，妙偈功德，往入菩提之路——印空偈空二十四品，品品而奧意難窮。

正是用通俗的淺近的講唱文來談經說教的，和宋人之所謂「談經」正同。

像《藥師本願功德寶卷》（明嘉靖二十二年德妃張氏同五公主捨資刊刻）便是全演《藥師本願經》而不述故事的：

◆舉香贊◆

舉起藥師法界，來臨諸佛菩薩，顯金身五眼六通，接引眾生諸佛滿乾坤。

藥師佛菩薩摩訶薩（大眾同和三聲）

佛面猶如摩尼寶，琉璃照徹水晶宮，

清淨無為玄妙法，三世諸佛盡同行。

　　　　　　　　　　　　　法

南無盡虛空遍法界過現未來佛三寶

　　　　　　　　　　　　　僧

◆開經偈◆

無上甚深微妙法，百千萬劫難遭遇。
我今有緣得授持，願解如來真實意。

◆藥師如來◆

蓋聞一時佛在東震舉起，大地眾生無不瞻仰，充滿法界，放大光明，山河大地，無不照徹。上升清淨無為，下降火風，四生水山，盡在默然，言：大地群迷，妄認假相為自根本，失其本來真面目，而歸源流，浪娑婆，墜落苦海，出竅入竅，轉轉不覺。藥師如來末法之代，至於今日，單恭白十方賢聖，現坐道場本師藥師如來諸大菩薩，滿空聖眾，一切神祇，虛空無縫，金鎖藥師往來，常開慈愍，故慈愍。故大慈愍，故信禮常住三寶。

歸命十方一切 法─佛─僧 法輪常轉度眾生

◆白 文◆

切以藥師如來，能開無相之門，顯清淨妙體。悟者時時睹面，迷人如隔千山萬水。譬如淺水之魚，能知萬歸湖，不知當時之死。藥師如來廣開方便，接引有情，離苦生天，親觀諸境界。白雲罩定琉璃殿，摩尼塞太虛空，八寶砌成九蓮池，硨磲運轉，瑪瑙往來，行行虛排列，時時透海穿山，展則開萬民瞻仰，收來則寸步難行，諸佛子，會得這個消息麼？

庚辛盡上無縫鎖，
東震發起藥師來。
藥師寶卷才展開，諸佛菩薩降臨來。天龍擁護尊如塔，保佑眾生永無災。
舉起如來一卷經，普天匝地放光輝。大地眾生皆有分，恆沙世界悉包籠。
虛空一朵寶蓮花，妙相莊嚴發靈芽。分明本是娘生面，借花獻佛莫認他。
普勸眾生早回心。莫待白髮老來侵。為人若不明心性，轉世當來墮迷津。
藥師菩薩，透徹恆沙，法體遍天涯。當陽一朵無相天花，枝分九葉，八寶靈霞。若人會得，孤客親到家。
古佛在虛空，接引眾群盲。
得度離苦海，超生佛土中。

◆白　文◆

藥師菩薩，自末世以來，苦盡難忍，時時五欲交煎，刻刻惡業來侵。思衣思食，不得現前。苦中更苦，迷之又迷。佛大慈悲菩薩，救苦拔眾類，離苦生天，度群透，齊超苦海，五百劫漂舟到岸，萬萬年孤客還鄉，自從靈山散離佛祖，至如今嬰兒見娘，證無生再不輪轉，續長生永證金剛。咦！
為法莊嚴佛國中，
戊巳玄關正當陽。
無相妙法在玄中，三心元滿正一心。剎那透出雲門外，三世諸佛盡同行。
古性彌陁正當陽，子午相沖放毫光。接引眾生歸淨土，直證諸佛古道場。

大地眾生好愚迷，不得脫殼串輪回。忽然得遇無生母，脫苦嬰兒入蓮池。
虛空一盞無油燈，十萬八千答妙明。三身四智元一點，盤古混元至如今。
玄妙消息，不動巍巍，真土立根基，齊生九品，七寶蓮池，入母真鉛，不墮輪回無生地，上真性透玄機。
法身現娑婆，妙相總一顆。
包藏三千界。照徹滿恆河。
第一大願，願我來世：
《掛金鎖》
第一大願，願把眾生度。六道輪回，來往無其數。末法堪堪，各人尋頭路。休等臨性命全不顧。

◆白　文◆

定生龍華三會，接續長生，諸佛相逢，永不退屈。八十億劫不生不死之鄉，標名在極樂世界。思衣有綾錦千廂，思食有珍饈百味，修成舍利本體，煉就萬古金丹。照徹十方，百寶砌滿法界，會麼?咦!

目前現放西方境，
九轉當來古佛心。
琉璃寶光照人間，救拔眾生離南閻。見在若不求出世，臨行失手最為難。
菩薩法舡往東行，單度當來貼骨親。百千萬劫難相遇，靈山失散至如今。
娑婆迷子誓難量，時時發願自承當。分明目前一點現，忽然撥轉舊家鄉。

袖子叮嚀指示多，三世諸佛安樂窩。三花聚頂元不動，五氣朝元總一顆。

第一大願，對佛親說，古佛免遭劫。四流浪息六國寧貼。漂舟到岸，得本還鄉。分明指破，秤錘原是鐵。

清淨現法身，靈通答妙明。

打破三千界，一點在孤峰。

第二大願，願我來世：

《掛金鎖》

第二大願，願願洪誓重，苦海周流，往來常搬運，接引眾生，早早超凡聖。直證歸家，一點元不動。返本還源，妙體常清淨。

◆白　文◆

當證佛果，過去境界，以成莊嚴，現在賢聖，諸佛掌教。未來菩薩，慈愍攝授。萬類齊超苦海，證菩提，龍華三會願相逢，八十億劫，同轉長生。咄！

諸佛親傳無為法，

普度有緣上根人。

菩薩慈悲誓難量，苦海波中駕慈航。單度賢良親生子，恩實嬰兒見親娘。

子母相逢痛傷情，猶如枯木再逢春。靈山失散迷真性，至今睹面不相逢。

如來四十八願深，普度恆沙世間人。歸家永證無生地，靈芽接續未來因。

法身清淨遍十方，一點靈明正當陽。本是如來玄妙體，至今不識未還鄉。

古佛如來誓願洪深，苦海救四生，往來搬運，普渡群盲，還丹一粒，點鐵成金，玄妙法

體，當來古佛心。

佛體似白雲，法身滿乾坤。

本來真面目，塞滿太虛空。

〔下文歷敘藥師如來十二願〕

這完全是演說經文了，也有僅為勸世的唱文而並不專演某某經的，像《立願寶卷》（敘的是十四大願，如孝順父母，勿溺女嬰，以至勿吃牛犬等）、《歎世寶卷》（勸人要趁早修行）等等都是。這也占著一部分的勢力。最奇怪的是，《混元教弘陽中華寶經》和《混元門元沌教弘陽法》二種（恐怕還不止這二種），他們是宣傳一種特殊的宗教，即所謂混元教的，這教門，後來成了徐鴻儒們的白蓮教，曾掀起了好幾次很大的教獄和風波。這二種是明萬曆間刊本，由太監們出資刊刻的。

三

敘述佛教故事的寶卷，所見極多，且也最為民間所歡迎。《目連救母出離地獄升天寶卷》是其中最早且最好的一個例子。

這個寶卷為元末明初寫本，寫繪極精，插圖類歐洲中世紀的金碧寫本，多以金碧二色繪成（斯類寫本，元明之間最多，明中葉以後，便罕見）。惜缺上半。以此與《目連變文》對讀之，頗可以知道其演變的消息。今坊間所傳《目連寶卷》，與此本全異，蓋已深受明人戲文及清代《勸善金科》諸作的影響了。

〔上缺〕尊者見了，心中煩惱。尋娘不見，就於獄前寂然禪定。獄中鬼使，各各不樂，心意慞惶。遂命夜叉，出看是何祥瑞，或是陽間送罪人到。夜叉來至獄門，惟見一僧人，身披三衣，端然而坐。夜叉回報獄主。

不見陽間送罪到，

獄前惟見一僧人。

尋娘不見好心酸，受苦親娘在那邊？聲聲痛哭生身母，悽惶煩惱淚如泉。

幾時得見親娘面？甚年子母得團圓？痛淚千行肝腸斷，就在牢前頓悟禪。

尋娘不見，痛淚心酸。想親娘在那邊？哮淘痛苦，雨淚連連。何年月日，子母團圓。無人答應，牢前入定觀。

尊者不見母，牢邊身坐禪。

獄主前來問，到此有何緣。

夜叉報知獄主，牢前無有罪人。有一聖僧，在牢門前坐禪。獄主聽說，出牢來看見。有一真僧，方袍圓頂，入定觀空，頓悟坐禪，獄主向前，連叫數聲，驚醒尊者。獄主問曰：「吾師到此為何？」尊者答曰：「特來尋我母親。」獄主言曰：「誰說師母在？」尊者曰：「釋迦文佛說，我母在此。」獄主又問曰：「釋迦牟尼佛，是師何人？」尊者曰：「是我本師。」獄主聽說，低頭禮拜。「今日弟子有緣，得遇世尊上足弟子。」

便問我師何名字？

我去牢中檢簿尋。

尊者與說鬼王聽，吾是如來弟子身。道號目犍連尊者，惟我神通第一人。

特到此間來尋母。獄主聽說盡皆驚，連拜告師得知道，吾師老母是何名。

尊者告訴，「獄主須聽，母青提劉四身。」獄主聽罷，便入牢尋。從頭查勘，無有其名。獄主出獄，回告目連尊。

獄主出牢門，告與我師聽。

牢內無師母，前有鐵圍城。

獄主問：「師母何名姓？」尊者曰：「青提劉四夫人。」獄主問罷，入牢檢簿，無有此名。即時出獄報尊者得知，牢中查勘無有師母。尊者曰：「此獄無有，卻在何處？」獄主言曰：「前面還有阿鼻地獄，鐵圍山中，眾生若到，永劫不得翻身。」

只怕吾師娘在此，
還去獄中看虛真。

鬼王啟告目連尊，吾師今且聽分明。為師檢簿無名字，前有阿鼻地獄門。
尊者聽罷心煩惱，何年子母得相逢！辭別獄主尋娘去，無人作伴自行程。

獄主啟告，師且須聽，牢中無母親。尊者聽說，煩惱傷情。思想老母，何日相逢。人間養子，皆是一場空。

為救親娘母，獨去簿中尋。
目連辭獄主，前至鐵圍城。

尊者辭別獄主，直至阿鼻城邊。見鐵牆高萬丈，黑壁數千層，半空中焰焰火起，四下裡黑霧騰騰，城上銅蛇口噴猛火，山頭鐵狗常吐黑煙。尊者看了多時，又無門而入。高聲大叫數百聲，無人答應。目連回還問前獄主。

痛哭悲傷歸舊路，
回轉牢前問鬼王。

尊者想母好悽惶，眼中流淚落千行！阿鼻地獄無門路，高叫千聲又轉還。
此座鐵城高萬丈，千重黑壁霧漫漫。眾生到此無回路，若要翻身難上難。

遊遍地獄，苦痛難言，兩眼淚如泉；鐵圍城下，黑霧漫漫，無門而入。不免回還。火盆

獄內，再問別因緣。

尊者尋覓母，回轉火盆城。

悲哀告獄主，此牢不見門。

尊者到鐵圍城，無門而入。高叫數聲，無人答應。回至火盆城，哀告獄主，「此乃為何不開。」獄主答曰：「此阿鼻地獄。眾生在世，不信三寶，造下無邊大罪，死後墮此獄。內業風吹起倒懸而入。若要翻身，難哉，難哉！奈師法力微小。若開此獄，無過問佛。」

尊者聽說，思想母親，心中煩惱。辭別獄主，回至靈山，哀告如來。

《金字經》

《般若波羅金字經》，常把彌陀念幾聲，觀世音。不踏地獄門，身清淨。菩提路上行。

幽冥遊遍不見娘，思想尊萱哭斷腸，淚兩行。高聲大叫娘，尋不見，靈山問法王。

尊者煩惱淚紛紛，不見生身老母親，無處尋。教兒苦痛心，難尋覓，靈山問世尊。

尊者駕雲，直至靈山，拜告如來。尊者言曰：「弟子往諸地獄中，盡皆遊遍，無有我母見一鐵城，牆高萬丈，黑壁千層，鐵網交加，蓋覆在上。高叫數聲，無人答應。弟子無能見母。」哀告世尊，佛說：「你母在世，造下無邊大罪，死墮阿鼻獄中。」尊者聽說，心中煩惱，放聲大哭。

母墮長劫阿鼻獄，

何年得出鐵圍城？

玉兔金雞疾似梭，堪歎光陰有幾何！四大幻身非永久，莫把家緣苦戀磨。

忽然死墮阿鼻苦，甚劫何年出網羅？若要脫離三塗苦，虔心聞早念彌陀。

光陰似箭，日月如梭，人生有幾多；堆金積玉，富貴如何。錢過北斗，難買閻羅，不如

修福向善念彌陀。

一生若作惡，身死墮阿鼻。

一生修善果，便得上天梯。

世尊言曰：「徒弟，你休煩惱。汝聽吾言。此獄有門，長劫不開。汝今披我袈裟，執我鉢盂錫杖，前去地獄門前，振錫三聲，獄門自開，關鎖脫落。一切受苦眾生，聽我錫杖之聲，皆得片時停息。」尊者聽說，心中大喜。

饒你雪山高萬丈，

太陽一照永無蹤。

世尊說與目連聽，汝今不必苦傷心。賜汝袈裟並錫杖，幽冥界內顯神通。

目連聞說心歡喜，拜謝慈悲佛世尊。救度我母生天界，弟子永世不忘恩。

投佛救母，有大功能。振錫杖便飛騰，恩沾九有，獄破千層，業風停止，劍樹摧崩，阿鼻息苦，普放淨光明。

手持金錫杖，身著錦袈裟。

冤親同接引，高登九品華。

尊者聞佛所說，心中大喜，身披如來袈裟，手持世尊鉢盂錫杖，拜辭世尊，駕祥雲直至地獄門前。目連尊者，廣運神通，便將錫杖，連振三聲。只見阿鼻地獄開門兩扇，關鎖自落。獄中鬼神，盡皆失驚，尊者便入，被獄主推出。問曰：「你是何人？擅開獄門，有何緣故？」尊者告曰：「我是釋迦佛上首弟子，特來救母。」獄主問曰：「師母是何名字？弟子去牢中檢簿查勘。」

我母青提劉第四，

王舍城中輔相妻。
金環錫杖振三聲，振開阿鼻地獄門。一聲響亮驚天地，猶如霹靂震乾坤。
尊者便入牢中去，獄主將身推出門。吾是釋迦佛弟子，特來救母出幽冥。
手持錫杖，連振三聲。鐵圍關兩下分，尊者便入，推出牢門，獄中神鬼無不心驚。是何賢聖，衝開地獄門？

尊者蒙法力，廣運大神通。
地獄門粉碎，牢中神鬼驚。

尊者告獄主曰：「我母青提劉四夫人。」獄主聽罷，便入牢中，叫青提夫人。連叫數聲，半晌才應，獄主問曰：「我叫數聲因何才應？」夫人答曰：「恐怕獄主更移苦處，因此不敢答應。」獄主曰：「你有一子，隨佛出家，名號目連，特來尋你。」夫人告曰：「罪人一子，身不出家，名不目連。」

獄主聞得青提說，
出牢回與目連知。
說與青提劉四聽，汝有一子出家僧。見在大獄牢門外，直至阿鼻尋母親。
青提夫人回獄主，罪人一子不修行。出牢回報師知道，有一青提話不同。
獄主聽罷，便出牢門，告師聽緣因。有一劉四青提夫人，言有一子，名不為僧。目連聞說，正是我娘親。

父母皆存日，羅卜號乳名。
雙親亡沒後，道號目連尊。

獄主見青提說罷。即時出獄，就與師聽。「有一青提夫人，他說有一子，不曾出家，名

不目連。」獄主說罷，目連又告獄主。「慈悲，父母在日，小名羅卜。父母亡後，隨佛出家，改名目連。」獄主聽說，便轉回牢，說與夫人。「你在之日，小名羅卜；你亡之後，改名目連。」夫人聽說，眼中流淚告獄主曰：「若是羅卜，是我嬌生之子。」獄主聽說，令夜叉將鐵叉挑起匣床，打釘在地。夫人一陣昏迷，百毛孔中盡皆流血。

汝兒若不歸三寶，
怎能暫且出牢門？
青提兩眼淚汪汪，阿鼻地獄苦難當。渴飲鎔銅燒肝膽，饑食熱鐵燙心腸。
千生萬死從頭受，何由無罪片時閑。早知陰司身受苦，持齋念佛結良緣。
青提夫人，苦痛傷情，兩眼淚紛紛，通身猛火，遍體煙生，鐵枷鐵鎖，不離其身。生前造業，死後入沉淪。
青提受重罪，皆因作業多。
若要離諸苦，行善念彌陀。
獄主令夜叉，將青提夫人，項帶沉枷，身纏鐵鎖。刀劍圍繞，送出牢前。獄主言曰：「不是你兒佛門弟子，怎得出獄門前，與兒相見。」獄主告目連師曰：「你認得你娘麼？」目連答曰：「一向不見我母，面容眼中不識。」獄主手指前面，遍身猛火，口內生煙，枷鎖纏身，「便是師母。」目連見了，忽然倒地。多時蘇醒，扯住親娘，放聲大哭。

此下歷敘目連乞釋迦試法打開地獄之門，救了母親出來。但她卻又到了餓鬼道中去；後目連又求釋迦超度了她升天。最後便以青提的歸心正道為結束：

七月十五啟建盂蘭，釋迦佛現瑞光，世尊說法，普度眾生。青提劉四，頓悟本心，永歸正道。便得上天宮。

目連行大孝，救母上天宮。
諸佛來接引，永得證金身。
世尊說法，度脫青提。目連孝道，感動天地。只見香風颯颯，瑞氣紛紛，天樂振耳，金童玉女，各執幢幡，天母下來迎接。青提超出苦海，升忉利天，受諸快樂。目連見母，垂空去了，心中大喜。向空禮拜，八部天龍，母告目連：「多虧吾子，隨佛出家，專心孝道。今日我得生天！若非吾子出家，長劫永墮阿鼻，受諸苦惱。」普勸後人，都要學目連尊者，孝順父母，尋問明師，念佛持齋，生死永息，堅心修道，報答父母養育深恩。若人書寫一本，留傳後世，持誦過去，九祖照依目連，一子出家，九祖盡生天。
眾生欲報母深恩，
仿效目連救母親。
果然一個目犍連，陰司救母得生天。母受忉利天宮福，千年萬載把名傳。
念佛原是古道場，無邊妙義卷中藏。善人尋著出路，十八地獄化清涼。
南瞻部州，人戀風流，不肯早回頭。口吃血肉，惹罪無休。閻王出帖，惡鬼來勾。怎生回避？悔不向前修。
提起無生語，思想早還鄉。
會的波羅蜜，不怕惡閻王。
說一部《目連寶卷》，諸人讚揚。提起青提，個個心酸。諸大地獄，受苦艱難。皈依三寶，念佛燒香。知音方便，孝順爺娘。齋僧布施，忙裡偷閒。聞經聽法，嬰兒見娘。經年動歲，不肯回光。遇著明師，接引西方。如來授記，親見法王。一句彌陀，原是古道場。
目連尊者顯神通，

化身東土救母親。
分明一個古彌陀，親到東去化娑婆。假身喚作羅卜子，靈山去見古彌陀。
如來立號目犍連，陰司救母坐金蓮。仗佛神通來加護，一點靈光不本源。
我今看罷，真個心酸。只要戀家緣，不肯回光，惹下災愆，墮在地獄。密語真言，一聲佛號，端坐紫金蓮。
陰間惡地獄，鐵人也難當，
聞說地獄苦，拜佛早燒香。
目連尊者，原是古佛。因為東土眾生不善，借假修真。真空而果實不空，真空裡面聚真空。要知自家西來意，剎那點鐵自成金。
清淨圓明一點光，無始已來離家鄉。有緣遇著西來意，一聲佛號還本鄉。
一動一靜不為真，
無形無像體真空。
這句彌陀有誰知？曹溪一線上天梯。遇師通秀西來意，超生離死證菩提。
一念純熟歸家去，極樂國裡坐蓮池。三世如來同赴會，來赴盂蘭見彌陀。
道場圓滿，持誦真經，大眾早回心。都行孝道，侍奉雙親。自然識破，返本還真。但看念佛，定生極樂中。
聽盡目連卷，個個都發心。
回光要返照，便得出沉淪。
伏願經聲琅琅，上徹穹蒼。梵語玲玲，下通幽府。一願刀山落刃。二願劍樹鋒摧，三願爐炭收焰，四願江河浪息。針喉餓鬼，永絕饑虛。麟角羽毛，莫相食啖。惡星變怪，掃出天

門；異獸靈魑，潛藏地穴。囚徒禁繫，願降天恩：疾病纏身，早逢良藥。盲者，聾者，願見願聞；跛者，啞者，能行能語；懷孕婦人，子母團圓；征客遠行，早還家國。貧窮下賤，惡業眾生，誤殺故傷，一切冤業，並皆消釋。金剛威力，洗滌身心，般苦威光，照臨寶座。舉足下足，皆是佛地。更顯七祖先亡，離苦生天，地獄罪苦，悉皆解脫，以此不盡功德，上報四恩，下資三有。法界有情，齊登彼岸。川老頌云，如飢得食，渴得漿，病得瘥，熱得涼，貧人得寶。嬰兒見娘，飄舟到岸，孤客還鄉，旱逢甘澤，國有忠良，四方拱手，八表來降，頭頭總是，物物全彰。古今凡聖，地獄天堂，東南西北，不用思量。剎塵沙界，諸群品，盡入盂蘭大道場。

三塗永息常時苦，六趣休墮汨沒因。恆沙含識悟真如，一切有情登彼岸。

乃至虛空世界盡，眾生及業煩惱盡。如是四海廣無邊，願今回問亦如是。

《金字經》

目連救母有功能，騰空便駕五色雲。五色雲，十王盡皆驚。齊接引，合掌當胸見聖僧。

自然善人好修行，識破塵勞不為真。不為真，靈山有世尊。能權巧，參破貪嗔妄想心。

今日最流行的東西，還是《目連寶卷》（另一異本，和《升天寶卷》不同）和《香山寶卷》，《劉香女寶卷》，《魚籃觀音寶卷》，《妙英寶卷》，《秀女寶卷》，《龐公寶卷》等。有的是敘述菩薩的修道度世的；有的是敘述民間善男女修行的經過的。這種故事，對於婦女們最有影響。像《香山寶卷》，《劉香女寶卷》，《妙英寶卷》等都是同類的東西，描寫一個女子堅心向道，歷經苦難，百折不回，具有殉教的最崇高的精神。雖然文字寫得不怎麼高明，但是像這樣的題材，在我們的文學裡卻是很罕見的。

《魚籃觀音寶卷》，尤具有博大的救世的精神。此卷一名《魚籃觀音二次臨凡度金沙灘勸世修行》，寫的是，金沙灘住戶，為惡多端，上帝欲滅絕之。觀音不忍，乃下凡來度他們。她變作妙齡女子到村中賣魚，

哄動了全村。惡人之首的馬二郎欲娶她為妻。她說，有誓在先。凡欲娶她的必須念熟《蓮經》，吃素行善。馬二郎和許多少年們都放下屠刀，在聲聲念佛。於是她和馬二郎結了婚。婚夕，她腹痛而亡。村中受了她的感化，竟成為善地。關於同類的故事，還有《鎖骨菩薩》的一則。明末凌蒙初有《鎖骨菩薩雜劇》，寫觀音竟化身為妓女以普度世人。惜此故事，未見有寶卷。恐怕，寶卷的作者們只能把菩薩寫到了賣魚女郎為止，他們還沒有勇氣去寫為妓女的菩薩。

四

關於神道的故事，在寶卷裡寫的也不少。由寫菩薩、佛而擴充到寫神仙，寫道教裡的諸神，在中國是並不覺為奇的。唐、宋以後，佛道二教差不多已是合流了。那一個佛寺裡沒有供奉著財神、藥王、土地等等神道呢？一般人最畏敬的關公（關帝），在佛寺裡，便也成為「至聖伽藍」，為重要的護法神之一了。寫關公故事的寶卷不止一二本。這裡引清初刊本的《銷釋萬靈護國了意至聖伽藍寶卷》的一段為例：

先凡後聖誠功玄妙修心品第二

〈耍孩兒〉

黄昏夜靜更深後，急令關平掌上燈。《春秋左傳》從頭論：先皇後代與世事，幾帝真明幾帝昏。功勞十大成何用！如今奸謀當道，不顯忠臣。

想先主，恩義深。三兄弟，無信音。中原安受奸賊奉，忽聞階前關平報，見有伯母討信音。關某出户迎接，敬到庭前坐下。二皇嫂茶罷一鍾，訴舊因，題起先主心中痛。奉勸皇嫂歸宅院，主有消息就起身。將車輦，安排定，不必遲慢，各用虔誠。

關皇叔辭曹公，有孟德，不放鬆。修書一奉差人送，拜上丞相多用意，府庫金銀用鎖封；

賜來美女不從用，點就五百梟刀手，傳與關平要起身，將車輦圍隨定，寶纛旗上書金字。上造關王鬼怕驚。誰人敢違吾軍令，赤兔馬踏碎曹公相府，崑吾劍剪草除根。

關王聖賢忠直心，合家眷等相當人。

全憑志剛為根本，務要尋著主人公。

關聖賢。令關平，當知左右。刀出鞘，弓上弦，各逞威風。

儹車輦，保家眷，小心在意。曹丞相，金銀器，休帶分文；

好綾錦，十顏女，盡都放下，花紅景，財色事，墜落靈根。

打一面，志剛旗，遮天映日，上寫著，關公號，鬼怕神驚。

甘梅妃，告皇叔，大行方便。粉面上，珍珠滾，溼透衣襟。

發誓願，合家眷，同緣一會。得步地，成證果，萬古標名。

在中原，身久住，通無音信。有孟德，生奸智，落而無功。

出中原，曹丞相，軍馬勢重。二皇叔，身孤單，怎與相爭？

關聖賢，既聽說，銀牙咬碎。量曹賊，兵百萬，掃蕩浮塵。

今關平，儹車輦，即時就起。五百個，精兵將，前後隨跟。

放一個，襄陽炮，曹兵知會。關聖賢，辭曹公，直到相府。

千拜上，萬拜上，敬奉吾身。拽絲剛，赤兔馬，佯常去了。

二柳鬚，風擺動，一似天神。

關公聖賢勇猛直神，辭別曹操，出寨離營，中原殺氣，勇猛威風，忠心無二，逼退奸臣，直至橋邊，眷屬先行。關平在意，各人用心，認定線路，去找當人。關聖勒馬久住，等曹公，刀尖挑起絳紅袍，退曹兵。

聖賢勒馬站橋中，孟德定計生奸心，赤兔威武連聲吼，逼退貪嗔妄想心。

又有《藥王救苦忠孝寶卷》的，敘述醫士孫思邈事。思邈隋唐間人，居太白山，精於醫道，著有《千金要方》。世尊之為藥王菩薩。這裡敘的是思邈因救了白蛇，乃得受到諸助，成道為藥王菩薩事。

思藐救白蛇分第五

〈山坡羊〉

孫思藐虔誠參道，每日家收丹煉藥，時時下苦，將五氣一處烤，將六門緊閉牢，三昧火往上燒，煉就了無價之寶。還源路才有著落，聽著出世人委實少，聽著把光陰休誤了。

話說思藐將家財捨盡採百草為藥。聖心有感，驚動東海龍王太子，出水遊玩，變一白蛇，落在沙灘。牧羊頑童，鞭牛童子，鞭棍亂打。多虧孫思藐救我一命。龍王聽說有恩之人，當時可報，巡海夜叉，速去請他進來。

夜叉聽說不消停，辭別龍王出龍宮。

小太子，遊玩時，落在沙灘。變白蛇，不得的，受苦艱難。
鞭的鞭，棍的棍，亂打太子。小太子，難展掙，跳跳鐫鐫。
不一時，孫思藐，採藥到此。叫小童，不要打，走到跟前。
急慌忙，將白蛇，托在筐內。到海邊，放在水，禱祝龍天：
是龍王，早歸海，父子相見，是白蛇，在水內，恁意作歡。
小太子，得了水，灑灑樂樂，進龍宮，見父王，兩淚千行。
老龍王，問太子，因何煩惱？太子說，我出海，遭棍遭鞭；
多虧了，孫思藐，救我一命。若不是，孫思藐，怎的回還！
老龍王，聽的說，當得可報！得他恩，要忘了，怎行聖賢？

叫夜叉，出海岸，去藐思藐。有夜叉，出了海，來到岸邊；告思藐，老龍王，著我請你。進海去，報你恩，謝你前緣。思藐、夜叉進的龍宮，忽的把眼睜，看見龍王，唬一大驚。龍王開言，高叫先生，休要害怕，答報你恩情。

進得龍宮內，看見老龍王。思藐心害怕，龍王問短長。

孫思藐進龍宮分第六

〈畫眉序〉

思藐進龍宮，忽的抬頭把眼睜。才觀見龍宮海藏，唬一失驚。老龍王慌忙上前，告先生休要心動。你聽，我得你恩情重，多虧你搭救小龍。

思藐告龍王：累劫有緣遇上蒼。你本是真龍帝主，海底包藏。我有緣進你海來，可憐見把我饒放。悽惶，把我母親望見，老母不忘龍王。

話說老龍王說：孫先生休要害怕！昨日救吾太子，得你大恩，不肯有忘。思藐聽說，雙膝跪下。肉眼凡胎，衝撞太子，望老龍王赦我無罪。王曰：罪從何來？得你大恩，我今答報與你夜明珠一顆，進上朝廷，加官贈職，永不採藥為活。思藐告曰：藝人不富，富了不做。不爭收了寶貝，朝廷加我高官，不得捨藥，違父願心，忤逆之人！王曰：不用寶貝，金銀盡著你拿。思藐曰：不要寶貝，豈用金銀，王曰：不用金寶，我吃的珍饈百味，與天齊壽。你受天福罷。思藐曰：我三件事不全：第一件有母親在堂，第二件捨藥為生，第三件重發重願採百草救人。龍王說：將何報答？三太子跪下，有一本海上仙方，與孫先生拿去，看方捨藥，再不採草。孫思藐得仙方，辭別龍王，出離大海。

思藐搭救小龍王。
進海得了海上方。
孫思藐，東洋海，得了仙方；雙膝跪，眼流淚，拜謝龍王。
辭別了，老龍王，出離大海，急速走，來到家，拜見親娘。
老母見，孫思藐，開言動問：你因何，去三日？你在何方？
孫思藐，聽母說，回言告母；我昨日，採百草，遊到山場。
牧牛童·輪鞭棍，亂打太子。我有緣，將太子，送入東洋。
三太子，見親父，將我舉荐。老龍王，聖賢心，得恩不忘。
他把我，請入在，東洋大海。將寶貝，要與我，進上君王。
我再三，不受他，財帛寶貝。老龍王，他與我，海上仙方。
我如今，不採草，看方捨藥。不圖財，救天下，一切賢良。
得了仙方，辭別龍王，回家望親娘。老母從頭問，問家常一去三日，今才還鄉。思藐從頭說與母親娘。
思藐告親娘，得了海上方。
要救男和女，滅罪又消殃。

這一類道教的諸仙諸神的故事，和佛菩薩的故事相同，也是勸化世人為善的，像《藍關寶卷》，寫的是韓湘子度其叔父愈事；《呂祖師度何仙姑因果卷》寫的是呂洞賓勸化何仙姑學道成仙事。

最有趣味的一個寶卷，乃是《土地寶卷》（一名《先天原始土地寶卷》）。把白髮蒼蒼的土地公公作為一個與玉皇大帝門法的英雄，這是從來不曾有過的一個傳說。

這裏寫的是天與地的鬥爭；寫的是，「大地」化身的土地神如何的大鬧天宮，與諸佛、諸神門法。他屢

困天兵天將，成為齊天大聖孫悟空以來最頑強的「天」的敵人。顯然的，這寶卷所敘述的受有《華光天王傳》和《西遊記》的影響。但在作風上卻完全成為獨特的一派。作者描寫那玩皮無賴的小老頭兒土地，與他的如何制服天兵天將，以及兩方交鋒的情形，完全超出了一般的鬥法和戰爭的佈局之外。其中充滿了幽默的趣味。這一個寶卷，見到的人恐怕很少，故多引數節於下：

元始賜寶品第五

夫卻說，土地尋佛不見，往前所行，見一老公。土地問曰：「老公見佛否？」答曰：「無見。」土地問曰：「這是何處？」公曰：「此是玉帝所居靈霄寶殿。」土地曰：「佛在天宮說法，我來尋佛，不知佛在何處？」公曰：「你往三清宮內問去。」土地曰：「三清宮在何處？」公用手一指。土地謝曰：「老公貴姓？」公曰：「金星是也。」土地辭別，遥到三清宮內，參見元始天尊。天尊一見，認的土地。「你是無極化身，如何到此？」土地答曰：「我來天宮尋佛，誤遇天尊。」天尊曰：「天宮最多，那裡尋問。」土地悲泣身老年殘，千辛萬苦，尋佛不見。元始曰：「我和你貼骨尊親，源理一脈。我將如意與你作一拄杖，以為後念。你今回去，不可尋佛，靈山等佛去罷。」土地告辭，還歸舊路而去也。

土地尋佛不得見，
誤與元始賜寶回。
我佛上居兜率天，廣演大法慈悲寬。玄言句句如甘露，信授塵勞盡除蠲：
土地尋佛到天宮，正遏太白李金星。問佛天宮說法處，金星一問指三清。
遥到三清問天尊，元始一見知原因。無極化身今到此，先天元氣貼骨親。
尋佛不見慟悲啼，身老年殘步難移。天尊賜與如意寶，手持拄杖舊路回。
元始賜寶拄杖，龍頭本是如意鉤，隨著土地，到處雲遊，戳了一戳，鬼怕神愁，敲了一

上，音聲遍四洲。

拄杖非等閒，拿起走三千。

要問端得意，唱疊落金錢。

好一個如意鉤，是元始起根由。這個寶物誰參透？與土地做龍頭，龍頭。鬼怕神也愁。

我的佛，拐杖一舉誰禁受！

老土地心喜歡。我今朝大有緣。我得元始寶一件，如意鉤妙多般！多般！下拄地，上拄天，我的佛，邪魔見了心寒戰！

南天門開品第六

夫卻說，土地得了如意，還歸舊路。前到南天門緊閉。土地自思：「三清宮隨喜了，不曾進南天門，隨喜龍霄殿。」遙望門首許多天兵神將。土地向前與眾使禮。土地曰：「乞眾公方便，將門開放，我今隨喜。」眾神聞言，唬一大驚。眾神大吒一聲：「你這老頭，斯不知貴賤，不曉高低！你在這裡，還敢撒野。」土地曰：「我從無到此，隨喜何礙！」青龍神將走將過來。掏著土地，連推待搡。眾罵老不省事，一齊擁推。土地怒惱，使動龍拐，望眾打去。眾將一躲，打在南天門上，將天門打開。天門開放，毫光普遍，六方振動。諸神忙齊奏上帝。

未從隨喜靈霄殿。

土地打開南天門。

老土地，才得了，龍頭拐杖，心中喜，比句寶，大不相同。

正走著，猛然聞，抬頭觀看，遠望見，南天門，瑞氣騰騰。

三清宮，我隨喜，看了一遍。天宮境，世間人，難遇難逢。

靈霄殿，好景致，不曾隨喜。我看見，天門首，許多神兵。
老土地，走向前，與眾使禮。一件事，乞煩你，列位諸公。
你開放，南天門，隨喜遊玩。眾神將，聽的說，唬一失驚。
叫一聲，老頭子，你推無禮。推的推，搡的搡，罵不絕聲。
怒惱了，老土地，輪拐一打，打開了，南天門，振動天宮。

南天門開，神兵著忙，同啟奏玉皇：「一個老頭，生的顛狂，手拿拐杖，力大無量。天門打開，上聖仔細詳。」

土地好妙法，龍頭拐一拉。
打開南天門，聽唱耍娃娃。

老土地睜眼瞧南天門，影超超，霞光瑞氣祥光罩，乘鸞跨鳳空中舞，天仙玉女跨鸞鶴，神兵天將門前鬧。老土地上前使禮，開天門隨喜一遭。

老土地說一聲，眾天兵唬一驚，老頭不知名合姓，髮白面皺年高大，老來說話不中聽。連掏待搡往外送。輪拐打，天門開了，毫光放，振動虛空。

神兵大戰品第七

夫卻說，眾神同奏玉帝：「有一白頭老公，不知何名，力大無窮，手拿龍頭拐杖，要開南天門，隨喜靈霄殿，眾神不從，推拉不動，使拐杖打來，眾皆躲避。一拐打在南天門上，將天門打開。緊奏上。」聖帝曰：「差眾神兵，左右天蓬，率領天兵大將二十八宿，九曜星官，同去圍住，拿將他來。」眾神排陣，一擁齊來，圍住土地，各使兵刃，踴躍前來。土地覷見，不慌不忙，一柄拐去，指東打西，遮前擋後。天兵雖多，不能前進，難得取勝。土地這拐使開，無有攔擋，萬將難敵，只打的個個著傷，頭破血流，天兵後退。

土地不知多大力！
天兵雖多實難敵。
土地廣有大神通，打開天門力無窮。眾神一齊奏玉帝，到把玉帝唬一驚。
傳令忙把天兵點，為首左右二天蓬，二十八宿跟隨定。九曜星官不消停，
天兵天將排陣勢，土地圍住正居中。槍刀箭戟齊著力，望著土地下無情。
土地使動龍頭拐，橫來直去不透風。天兵著傷難取勝，打的重了喪殘生。
神兵大戰，各逞高強，英雄氣昂昂，圍住土地，不慌不忙，使開拐杖，萬將難敵，大戰一場，天兵都著傷。

土地呵呵笑，我把天宮鬧。
神兵不能敵，聽唱雁兒落：
土地廣有大神通，龍頭拐杖有妙用。使動了這寶物，神變無窮。行在凡來又在聖，參不透，這寶物神鬼難明，呀，舉起乾坤都晃動，有萬將也難敵，鬼怕神驚聞聽，天兵雖多難取勝，唬壞了大將軍，左右天蓬。

天兵睜眼瞧一瞧，這個老頭也不弱。一個人一根拐，獨逞英豪。因何來把天宮鬧？俺若還拿著你，定不輕饒，呀，無理難得討公道，這場禍，本無門，自惹自招。觀瞧，四下神兵都來到。你總然有手段，插翅難逃！

地金水泛品第八

夫卻說，天兵難敵。眾將問曰：「老頭何名？」土地曰：「我是土地也。我來天宮尋佛，不知佛在那一天宮？」土地言罷，九曜星官上奏玉帝。玉帝聞知，忙傳敕令五方五帝，五斗神君，三十六天罡，七十二地煞，率領八萬四千天兵天將，去把土地拿將他來。眾位天兵，

圍住土地。土地觀看：「天兵無數，將我圍住。我今使個方法，戲他一戲。」土地曰：「眾兵多廣，一人難敵，我今去也。」往地裡鑽去。眾天兵說：「走了他了！」九曜曰：「他是土地。這地就是他的原形。」眾人刨地，掘自數尺，盡都是金。天兵歡喜。言還未畢，金化成水，漲湧漂泛。天兵著忙，各顯神通，水上遊行。土地將水一抽，天兵跌倒水裡。跑將起來，又是笑，又是惱。這個老頭，神通不小。俄然水乾，天兵都在泥內。土地出現：「你可認的我麼？」

土地生金金生水，
世人不解這神通。
老土地，鬧天宮，神通廣大。天兵多，層疊疊，圍繞周遭。
按五方，五帝神，威風抖摟。上天罡，下地煞，獨逞英豪。
領八萬，零四千，天兵天將，一個個，齊吶喊，鬧鬧吵吵。
土地說，使個法，鑽到地內。天兵說，齊下手，都把他刨。
刨數尺，土成金，個個歡喜。忽然間，金化水，漲湧泛漂。
眾天兵，使神通，水上行走，老土地，水一抽，神兵跌腳。
爬起來，又是笑，心中怒惱。這老頭，有手段，蹊蹊蹺蹺。
猛然間，水盡無，都在泥內。有土地，現出身，你可瞧瞧。
地金水泛廣有神通，土地戰天兵，土能化金，金將水生。天兵天將，水上遊行。將水一抽，都倒在泥中。
天兵使神威，都將土地追。
水上平跌腳，聽唱駐雲飛。

天將天兵，個個猛烈抖威風。土地有妙用，天兵難取勝。佛，廣有大神通，變化無窮，通凡又通聖，獨自一個鬧天宮。

獨逞英豪，將身入地你是瞧。天兵呵呵笑，老頭到也妙。佛，一齊把地刨。金能生水，漲湧水勝茂，天兵水上平跌腳。

樹林火起品第九

夫卻說，土地現出身來，眾兵圍住。天兵曰：「老頭子從你怎麼變化，也走不了你。」土地曰：「我一個小小的法，我著你當架不起。」天兵曰：「有什麼法，使來俺看！」土地往地下搗了一把土，滿天一灑，眾天兵閉眼難睜，如沙石麼情，痛如刀剜，甚疼難忍。土地笑曰：「可知我的利害！」卻說那直神奏曰：「若得取勝，問佛借兵。」玉帝准奏，敕命求佛。佛即遣差四大天王，八大金剛來戰土地。兩家對敵，三晝三夜。土地一怒，將拐使開，百步打人，拐拐不空。天王金剛，一齊後退。土地笑曰，「略你眾將，非吾對手。我再使個方法。」土地曰：「極你不過，我今去也。」眾兵後追。土地倒在地下，身化樹木，稠密深林。天兵曰：「老頭子又變化了。這樹就是他的原身。咎可伐樹。」無數天兵，齊動刀斧，越砍越長。偶然林中四面火起，燒天燎地，大火無邊。天兵忙著，無處躲避，只燒的袍破甲爛，少眉無鬚，奔走無門，各逃性命。天兵大敗。

一切天兵拿土地。
祕樹林中大火燒。

土地手段最高強，無數天兵都著忙。天兵又把土地叫，今朝莫當是尋常！
眾人今朝圍著你，插翅難飛那裡藏？土地搗土只一灑，天兵合眼痛難當。
玉帝求佛把兵借，四個天王八金剛，一勇齊來戰土地。土地抬頭細端詳。

兩家交鋒三晝夜，土地又使哄人方。倒在地下樹木長，稠祕深林遮日光。

天兵一齊伐來樹，四面火起亮堂堂，火燒眾將袍鎧爛，少眉無鬚都著傷。

樹林火起，天兵著忙。四面起火光，各人奔走，慌慌張張，手盔掠甲，不顧刀槍，燒眉燎鬚，個個都著傷。

土地鬧天宮，兩家大交兵。

林中失了火，聽唱一江風：

眾天兵不違天主命，各賭能，合勝抖威風，一勇齊來，四下相圍定。土地顯神通，神通杖手中擎，一人能擋天兵眾。

細詳參，土地好手段。千化有萬變，妙多般。身化松林，將眾來滯賺。四下起狼煙，狼煙，天兵心膽寒。少眉無鬚各逃竄。

地搖物動品第十

夫卻說，天兵大敗，齊奏玉帝，「那土地神通變化，身化山林。天兵伐樹，四面火起，個個著傷，無能可敵。奏上聖定奪。」上帝曰：「領我敕旨，傳與南極令眾群仙來拿土地。」話說旨傳南極，領眾群仙，通天大聖，齊天大聖，率領群仙，齊來交戰。那土地散者成風，聚而成形。天兵到此，不見土地。高聲大叫：「土地，你在那裡？出來受死！」那土地從地裡鑽將出來。齊天大聖一見土地：「就是你撒野。」行者舉棒，婁頭就打。那土地拐杖相還。練戰一處。後有通天大聖來掠陣。土地發威，使開拐杖，把通天大聖一拐戳倒。拐杖一拉，把齊天大聖拉了一跤。南極著忙，領眾群仙，一勇齊來圍著。土地將拐戳在地下，手搬拐杖，晃了兩晃，地動山搖，一切神仙，站立不住，平地跌仙。眾仙著忙各駕祥雲。起在空中。土地將拐望空一舉，晃了幾晃。那神仙空中東倒西歪，站立不住。那土地一拐化了萬萬根拐，

起在虛空，打的那神仙各人散去。

天兵大戰無能勝，

敕命又傳李長庚。

有玉帝，靈霄殿，忙傳敕令，命南極，率領著，一切神仙。

李長庚，見敕旨，不敢怠慢，各名山，洞府裡，去把書傳。

敕旨到，眾群仙，一齊來到。惟獨有，齊天聖，越眾出班。

通天聖，黃石公，神仙領袖，燕孫臏，李道仙，鬼谷王禪。

眾神仙，叫土地，你在何處？那土地，從地裡，往外一鑽。

孫行者，揚起棒，劈頭就打。有土地，龍頭杖，著架相還。

通天聖，齊天聖，不能取勝。眾神仙，把土地，圍在中間。

龍頭拐，戳在地，晃了幾晃。山又搖，地又搖，動地驚天。

一個個，都倒跤，立站不住。顯神通，駕祥雲，起在空懸。

一根拐，多變化，望空打去。眾神仙，難著架，各奔深山。

地搖物動，乾坤失色，天地仄兩仄，神仙著忙，東倒西歪，平地跌跤，爬不起來。從也無見蹊蹺好怪哉！

土地拐一根，搖動晃乾坤，

神仙敵不住，聽唱柳搖金：

土地手段，誇不盡土地手段，一根拐變化多般，天兵難取勝，神通廣無邊。行者大戰，土地與行者大戰，唬壞了眾位神仙。這個老土地，誰人敢向前。齊使手段，神仙們齊使手段，俺合你怎肯善辦！

呵呵大笑，老土地呵呵大笑；四下裡瞧了一瞧，天兵無其數，神仙繞周遭。拐杖玄妙，說不盡拐杖玄妙，戳在地搖了兩搖，乾坤都撼動，神仙齊跌跤。騰空吵鬧，神仙們騰空吵鬧，這老頭子手段不弱。

問佛因由品第十一

夫卻說，神仙敗陣，行者曰：「咎若敗了，著那土地誇口。你看著，我去合他見個高低。」行者回來，叫聲土地：「我合你使使手段。」土地說：「你有什麼手段？使來我看！」行者變化，一個變十個，十個變百個，百個變千個。土地笑曰：「你看我變來。」你看土地一變，無邊無岸，撐天拄地，一個大身，把一切天兵眾位神仙都在土地身內包藏。行者著忙，東走西跑，只在土地身內。

玉帝聞知靈山問佛告白如來，土地撒野大鬧天宮，是何因由？佛言：土地神者，無極化身也。未有天地，先有無極。無極以後生天化地有了天地，才有佛祖。一切菩薩羅滿聖僧，一切神仙天人四眾，言也不盡，何物不從地生，何人不從地住。土地之神，只可尊敬，不可冒犯。冒犯土地，我也難敵。天尊聞罷。自悔不及，善哉，善哉。

土地廣有神通大，
玉帝求佛問因由。
土地神通不可量，大鬧天宮逞高強。一切神仙都散了，行者回來戰一場。
各顯手段能變化，土地傍裡細端詳。行者變了千千個，土地一身總包藏。
撐天拄地是土地，行者見了也著忙，玉帝靈山把佛問。佛說混沌劫數長。
無極分化天和地，土生土長養賢良。諸佛菩薩地上住，從地修道轉天堂。
尊敬土地休冒犯，惱了土地實難當。玉帝聞言心自悔，謝佛指教拜法王。

問佛因由，起立原根，無極顯化身。安天立地，置下乾坤，萬聖千賢，土上安身。尊敬土地，知恩當報恩。

行者調天兵，神仙賭鬥爭。

玉帝去問佛，聽唱《金字經》：

土地行者大交兵，各使手段顯神通。孫悟空變了許多猴兒精，土地笑，土地笑，一身變化總包籠。

眾位神仙睜眼覷，土地法身廣無邊。體量寬遍滿三千及大千。土地大，土地大，包著地來裹著天。

玉帝靈山問世尊；土地起初是何因？不知根。佛說，無極立乾坤，三千界，三千界，萬物都從土出身。

佛說土地功德多，大千沙界一性托。運娑婆，普覆大地及山河。生萬物，生萬物，先有土地，後有佛。

以下敘述：土地顯盡了神威，玉帝無法制伏他。便去問佛祖。最後，佛祖到了；像他的收伏齊天大聖一般，也以無邊的法力，制伏了土地。土地被擄到靈山，給投入爐火中焚斃。但土地的肉體雖死了，他的靈魂卻是永在的，無往而不在的。佛祖遂遣使者遍遊天下，使窮鄉僻壤，大家小戶，無不建立土地祠與土地神位。

這個寶卷為明、清間的刊本，惜未能知其作者。

五

民間的故事，在寶卷裡也占著很大的一個成分，正像唐代變文裡很早的也便有著王昭君、伍子胥，以及

舜等的故事一樣。

這一類的故事，有的還帶些「勸化」的色彩，有的簡直是完全在說故事，離開了寶卷的勸善的本旨很遠。

今所見到的，有：

《孟姜仙女寶卷》（這是勸善的。）

《鸚兒寶卷》

《鸚哥寶卷》

這二卷情節很相同，是一個故事的異本。寫的是一隻靈鳥——白鸚鵡的成道的故事。

《珍珠塔》（這顯然是重述那著名的彈詞的。）

《梁山伯寶卷》（其中祝英台改扮男裝去讀書，為其嫂嫂所譏刺的一段，寫得很不壞。）

《還金得子寶卷》（寫呂玉、呂寶事，有話本。）

《昧心惡報寶卷》（寫金鐘事，亦見於小說。）

《趙氏賢孝寶卷》（寫蔡伯喈、趙五娘事。）

《金鎖寶卷》（寫竇娥事：她臨刑被赦，終於和父親及丈夫團圓。）

《白蛇寶卷》（寫白蛇、許宣事。）

《還金鐲寶卷》（寫書生王御的事。）

《雌雄杯寶卷》（寫蘇后、梅妃事。戲文有《蘇皇后鸚鵡記》。）

《希奇寶卷》

《現世寶卷》

《後梁山伯祝英台還魂團圓記》（這是一個荒唐的故事，寫梁山伯、祝英台死後還魂，成為帶兵的將官。後來功高名就，山伯被封為定國王，且於英台外，復娶二女為妻。故亦名《三美圖》。）

《花枷良願龍圖寶卷》（包拯斷獄事。）

《正德遊龍寶卷》

《何文秀寶卷》（戲文有《何文秀玉釵記》。）

我自己所有的還不止此，但都在「一二八」的戰役裡被毀失了，一時也不易重行購集。這些寶卷都不是很難得的：寫更詳細的寶卷研究的人在搜集材料上還不會很感到困難的。

參考書目

1. 《中國文學論集》，鄭振鐸著，開明書店出版。
2. 《變文與寶卷選》，鄭振鐸編，中國文選之一，商務印書館出版（在印刷中）。
3. 《西諦藏書目錄》第三冊，為講唱文學的目錄（在編印中）。
4. 〈一九三三年的古籍發見〉，鄭振鐸著，見《文學》二卷一號。
5. 〈三十年來中國文學新資料的發現史略〉，鄭振鐸著，見《文學》二卷六號。
6. 刊印寶卷最多者為上海翼化堂及謝文益二家，都是專售善書的。

第十二章 彈 詞

一

彈詞為流行於南方諸省的講唱文學。在福建有所謂「評話」的；在廣東，有所謂「木魚書」的，都可以歸到這一類裡去。

彈詞在今日，在民間占的勢力還極大。一般的婦女們和不大識字的男人們，他們不會知道秦皇、漢武，不會知道魏徵、宋濂，不會知道杜甫、李白，但他們沒有不知道方卿、唐伯虎，沒有不知道左儀貞、孟麗君的。那些彈詞作家們所創造的人物已在民間留極大深刻的印象和影響了。

彈詞的開始，也和鼓詞一般，是從「變文」蛻化而出的。其句法的組織，到今日還和「變文」相差不遠。其唱詞以七字句為主，而間有加以「三言」的襯字的，也有將七字句變化成兩句的三言的。

加三言於七言之上的，像：

> 常言道，惺惺自古惜猩猩。（《珍珠塔》）

把七言變化成兩句的三言的，像：

> 方卿想，尚朦朧，元何相待甚情厚。（《珍珠塔》）

這便和「鼓詞」之十字句有些不同了。在一般的彈詞裡，總是維持著七字句的。鼓詞的句法組織，便有些變

化多端了。特別是所謂「子弟書」的，差不多變得很利害，恣其筆鋒所及，已不復顧及原來的七字或十字的限制了。

凡彈詞都是以第三身以敘述出之的；即純然是史詩或敘事詩的描敘的方法。但到了後來，又分出不同的組織的體式來。大約受了很深的戲曲的影響吧，在吳音的彈詞裡每每的注明了生白（或旦白，丑白），生唱（或旦唱，丑唱），表白（即講唱者的敘事處），表唱（即講唱者的以敘事的口氣來歌唱處）等等，但在一般的彈詞裡卻都是全部出之於講唱者之口，並沒有模擬著書中主人翁或特別表白出主人翁的說唱的口氣的地方。

最早的彈詞，始於何時，今已不可知。但刻《元曲選》的臧晉叔在萬曆時曾經刻過元末楊維楨的《四遊記彈詞》（《俠遊》、《仙遊》、《冥遊》、《夢遊》，他僅刻其三）。這當是「彈詞」之名的最初見於載籍的（臧序見他的文集中。但其體裁如何，卻不可知）。正德嘉靖間，楊慎寫二十一史彈詞，其體裁和今日所見的彈詞已很相近。

《二十一史彈詞》每段，必先之以〈臨江仙〉等曲，後有「詩曰」數段，然後入本文。

本文為散文的敘述，都是歷史的記載。其次才為唱文三首，那唱文，全部是十字句，和鼓詞極相近，而和一般的彈詞不甚同。且引其一段為例：

◆第三段　說秦漢　臨江仙◆

滾滾長江東遊水，浪花淘盡英雄，是非成敗轉頭空。青山依舊在，幾度夕陽紅？白髮漁樵江渚上，慣看秋月春風。一壺濁酒喜相逢；古今多少事，都付笑談中。

詩曰：

戰敗與亡古至今……

記得東周併入秦……

剪雪裁冰詩有味，降龍伏虎事曾聞……春去春來人易老，花開花落可憐人！不如忙裡偷閒好，再把新聞聽一巡。

昨序說夏、商、周三代，到周赧王被秦昭王逼獻國邑，旋滅東西周，而周亡。秦之先，原姓嬴氏……秦始皇至漢獻帝，通共四百三十三年。中間覆雨翻雲，幾場興廢，談論間不能細說，略將大概品題。

底下便是唱文的部分了：

戰七國秦昭王英雄獨霸，奪周朝取世界遷徙周氏。

昭王死子孝文繼登三日，奄然間無疾病做了亡人。……

秦楚滅漢龍興二十四帝，轉回頭翻覆手做了三分。

底下又結之以一詩（或二句或四句）及〈西江月〉：

前人創業非容易，後代無賢總是空。回首漢陵和楚廟，一般瀟灑月明中。

落日西飛滾滾，大江東去滔滔。夜來今日又明朝，驀地青春過了。千古風流人物，一時多少英豪！龍爭虎鬥漫劬勞，落得一場談笑——〈西江月〉

明朝整頓調弦手，再有新文接舊文。

所謂「整頓調弦手」，正指彈詞是伴以弦索來歌唱的。鼓詞也用弦索來伴唱，惟多一面鼓。今所知最早的彈唱故事的彈詞為明末的《白蛇傳》（與今日的《義妖傳》不同）。我所得的一個《白蛇傳》的鈔本，為崇禎間所抄。現在所發現的彈詞，無更古於此者。

明末柳敬亭的說書，不知所說的是否即為彈詞。但《桃花扇餘韻》一折裡，柳敬亭所彈唱的一段〈秣陵秋〉卻確為彈詞無疑：

（丑彈弦介）六代興亡，幾點清彈千古慨；半生湖海，一聲高唱萬山驚。（照盲女彈詞

介）

〔秣陵秋〕陳、隋煙月恨茫茫，井帶胭脂土帶香。駘蕩柳綿沾客鬢，叮嚀學舌惱人腸。……全開鎖鑰淮、揚、泗，難頓乾坤左、史、黃。

建帝飄零烈帝慘，英宗困頓武宗荒。那知還有福王一，臨去秋波淚數行。

二

彈詞大別之為國音的與土音的二種。

國音的彈詞最多，體例也最純粹，像大規模的《安邦志》、《定國志》、《鳳凰山》和《天雨花》、《筆生花》、《鳳雙飛》等等均是。

土音的彈詞，以吳音的為最流行，像《三笑姻緣》、《玉蜻蜓》、《珍珠塔》等均是。他們大約是模擬著南戲的吧，在敘述及生旦說唱的部分，多用國語，而於丑角的說唱部分則每用吳語。

廣東的木魚書，則每多雜入廣東的土語方言。

彈詞為婦女們所最喜愛的東西，故一般長日無事的婦女們，便每以讀彈詞或聽唱彈詞為消遣永晝或長夜的方法。一部彈詞的講唱往往是須要一月半年的，故正投合了這個被幽閉在閨門裡的中產以上的婦女們的需要。她們是需要這種冗長的讀物的。

漸漸的，有文才的婦女們便得到了一個發洩她們的詩才和牢騷不平的機會了。

她們也動手來寫作自己所要寫的彈詞。她們把自己的心懷，把自己的困苦，把自己的理想，都寄託在彈詞裡了。詩、詞、曲是男人們的玩意兒，傳統的壓迫太重，婦女們不容易發揮她們特殊的才能和裝入她們的理想。在彈詞裡，她們卻可充分的抒寫出她們自己的情思。

於是在彈詞裡，便有一部分是婦女的文學；為婦女們而寫作，且是出於婦女們之手。

三

今日所見國音的彈詞，其時代很少在乾隆以前。除《白蛇傳》外，我尚得有《繡香囊》一種，為乾隆三十九年的鈔本，其寫作時代當在乾隆以前。這是小型的一種彈詞，分訂上下二冊，不分卷。全部是唱文，沒有講文。在彈詞裡，這種的體式也間有之。大約有些作者們已覺得這講文是不必要的了。

大宋中宗永和年，孝宣皇帝坐金鑾。九省華夷歸一統，八方寧靜四海安。
六龍有慶千家樂，五穀豐登萬姓歡。七旬老叟不負戴，三尺孩童知遜謙。
二氣陰陽同舜日，十分清泰比堯年。天下奇聞難盡數，單表個英才出四川。
成都府有一個金堂縣，縣內的居民有幾千。出了西門關鄉內，長街一代有人煙。
牌坊匾額文風地，聯芳及第廣旗杆，無多買賣莊農戶，半是舉監共生員。
街心路北一宅舍，奎□翰墨透門蘭。內中住著個文林客，姓何名質號天然。
才過司馬文章重，貌比元龍品格賢。二八登科標名早，三七入試舉孝廉。
結髮的妻兒于月素，德貌言恭都占全。娘家本是在農戶，他父持家勤儉有銀錢。
產業雖多人本分，不曉得讀書專會種田。小姐生來天資秀，超群出眾不同凡。
多虧他母舅高學士，丁憂守制在家園。愛惜甥女如珍寶，七歲上攻書教訓的嚴。
詩書禮義深通悟，描鸞刺繡不須言。年方二八十六歲，高學士親自擇配與天然。
自從洞房花燭夜，至今不覺過三年。真個是夫妻和順如魚水。郎才女貌校鳳鸞。
知音識趣調琴瑟，情深義重慶芝蘭，舉案齊眉加遜讓，甘苦同心相愛憐。

這時節何生方交二十單一歲，娘子青春少二年。使縱的書童名何旺，還有秋露少丫鬟。
他夫妻持家人端正，並無個俗客到門前，風花雪月同玩賞，詩畫琴棋共笑談。
天然晝夜讀書史，小姐常觀《列女篇》。那年正逢春秋冬，又到清明三月三。
此處有一個鶯棲嶺，正南十里有名山。果然是奇峰峻嶺山疊翠，樹有蒼松水有泉。
地脈興隆開旺像，藏風聚氣有根源。風水無窮來龍好，廣生白壁在藍田。
有幾家鄉紳修塋地，許多的士官把墳安。年年春季來祭掃：家家都來掛紙錢。
這一日何生夫妻同早起，安排祭禮也來祭祖先。收拾已畢出門戶，重門緊閉上鎖門。
雇了乘小轎娘子坐，後跟秋露小丫鬟。天然騎馬頭裡走，書童何旺把擔擔。
一路上佳景無窮真清雅，果然是天工點綴不非凡。只見那春梅春杏春光好，春樹春林春鳥喧。
春山春水春如畫，春氣春光春景天。前芽出土陽和豔，萬物發生暖氣暄。
野草無心滿荒徑，山花有意動人憐。樹樹杏花紅繞眼，行行嫩柳綠垂煙。
蕩蕩和風吹人面，絲絲細雨灑莊田。對對粉蝶穿花徑，雙雙紫燕舞林間。
嚦嚦黃鶯如喚友，哀哀鵑鳥韻幽然。涓涓不斷溪澗水，滾滾石沖上下番。
曲曲小路通幽徑，層層盤道轉山灣。平坦坦坡矮橋寬煙村近，碧沉沉水繞山懷野寺連。
霧濛濛雲橫嶺外千層樹，嘩拉拉水流聲響瀑布泉。這正是天展畫圖開景運，春遍山河起壯觀。
青陽送暖芳菲節，碧水光搖錦繡山。笑哈哈無非公子王孫戲，喜孜孜儘是佳人士女頑。
咯吱吱香車輾動石子響，青蓊蓊綠草引的寶馬歡。忙碌碌捧打黃鶯無非是樵夫子。亂紛紛扇撲粉蝶盡都是小丫鬟。

喘吁吁白髮老叟拄拐杖，跳鑽鑽黃口兒童把柳扣兒編。說不盡日暖風和清明景，觀不盡水秀花香錦翠山。

穿林越嶺多一會，他的那古墓先塋咫尺間。于氏佳人出了轎，書生棄騎下了鞍。轎夫閃在石橋下，書童拉馬在林內拴。他夫妻設擺香花供，秋露忙來鋪拜氈。雙雙跪倒忙奠酒，視死如生心秉虔，他夫妻至至誠誠深深拜，見墓思親甚慘然。恨不能眼看先人親飲酒，最可歎一點何曾到九泉。祭祀已畢忙站起，隨即親身化紙錢。叫書童祭物擺在松陰下。夫妻對坐在林間。秋露執壺斟上酒，天然月素把詩聯。官人說木有本兮水有源，娘子說父母恩同天地寬。天然說哀哀生我劬勞意，月素說昊天罔極報恩難。

才子說視死如生長存敬，佳人說春霜秋露祭綿綿。何生說慎終追遠誠為本，于氏說百般行善孝為先。

這正是夫唱婦隨談大道，你吟我詠把詩聯。酒過三巡用過飯，吩咐收拾轉家園。他夫妻這番舉動無防備，那知暗地有人觀。只因上墳來祭掃，勾起風波惹禍端。有一個土豪浪子名許豹，原是為非作歹的男。強盜出身魚漏網，洗手為良隱四川。不義之財成富戶，冒名充作假生員。改姓為言更名午，到處人稱言午官。

這彈詞寫的是，何天然為許豹所危害，歷經困苦；後來「上方劍下斬許豹，明彰報應顯循還」，他們夫妻方才團圓。

雖說是海市蜃樓懸空假設非實有
亦可以觸目驚心善惡賢愚果報全

這是作者的解嘲了。

大規模的國音彈詞，當以《安邦》、《定國》、《鳳凰山》的三部曲為最弘偉；全部凡六百七十四回，恐怕要算是中國文學裡篇幅最浩瀚的一部書了。

《安邦志》別題為《晚唐遺文》，寫的是，趙匡胤一家，經歷唐末五代的興衰的故事。「補綱目之遺，修史篇之失。高賢睹之而噴飯，閨媛閱之而解頤。」（學海主人序）作者不知為誰何，刊者則為學海主人。最早的刊本為道光己酉的一本（即學海主人所刊）。我曾得鈔本數部，別名為《七夢緣》、《玉姻緣》，其間字句異本頗多。在沒有這刊本以前，鈔本的流傳一定是很廣的。

趙家的龍興，始於趙春熹。二十冊的《安邦志》，二十冊的《定國志》，三十二冊的《鳳凰山》，所敘的事都是以趙家為主人翁的。

> 筆應春風費所思，玩之如讀少陵詩，句多豔語元無俗，事效前人卻有稽。
> 但許蘭閨消永晝，豈教少女動春思，書成竹紙須添價，絕妙堪稱第一詞。

這是這部巨大的故事書的開場白。這部書全以七字句組成，講文所占的地位很少，正和升庵的《二十一史彈詞》相同。

同樣的巨部的彈詞，又有《西漢遺文》、《東漢遺文》（此書未見）及《北史遺文》等，都是彈唱歷史故事的。

這一類彈唱歷史故事的彈詞和講史沒有多大的區別，不過其主要的部分為唱文，而講史則以「講文」為其主幹耳。

這些歷史的彈詞，乃是升庵《二十一史彈詞》的放大。《二十一史彈詞》的唱文全為十字句，他們卻都是七字句。

姑舉《北史遺文》的首段為例。這部彈詞似還只有鈔本，沒有過刻本。

「北史」是最難讀的，五胡十六國的事。尤為複雜。《北史遺文》卻從元魏統一北方後，北中國的地方

略為平靖，其第五君孝文帝，年十五登位說起，直寫到隋的統一；其主人翁則為北周、北齊的二皇家的故事，全書凡四十冊。

自從漢末三分後，世上干戈不住停，司馬先王行聖德，照師二子便欺君。
武王始起承曹氏，滅蜀平吳四海寧，賈氏梟惡王子怨，劉肖乘亂起胡塵。
一朝懷愍蒙塵去，洗爵青衣在虜邊，元帝渡江來稱帝，晉臣王導奉為君。
偏安江左東都地，撫力中原取歸京，讓豫作孽寧吞炭，河洛生靈苦已深。
後魏托出讓豫氏，其君文武盡賢能，征誡五胡殘孽散，雲中建國號金陵。
萬里江山成帝業，華夷賢士盡為臣。道武功成身棄世，明元皇帝二朝君。
三世升遐傳文武，文成皇帝四朝君，五帝獻文群早位，孝文即位幼年人。
年登十五為天子，天性聰明不可倫，讀書小自耽文字，招納賢才入內門。
高允催光為宰輔，輕糧薄賦養黎民，聖音寬洪天下治，九州社稷得安寧。
國姓改元為漢主，百官盡改漢朝人，南遷國在河南府，重修禮樂化夷民。
光允在京修理政，添增聖主讀書文，三十三年為君主，一朝龍化棄群臣。
東宮太子名元轂，代主稱為宣武君，宣武為君十七歲，守文梁主亦稱賢。
天生雅意真無比，容貌端妍好個君，下筆成章如流水，臨□尊重一如神，
王親貴妾皆端正，文武官員盡俊英，兄弟六人兄早喪，官家第二得為君。
京兆王愉三太子，清河王懌四儲君，廣平穆武王第五，六王元悅汝南君，
弟兄情好元間阻，百姓黎民盡太平。國泰民安當興日，半分天下各為君。
江東晉絕歸劉氏，南宋南齊二主人，齊氏有忙肖氏繼，梁王武帝自為君，
立國南京建康府，金陵為主數年春，君正臣賢民安樂，風調雨順布用春。

長江兩處分南北，南北為君各守城，兵戈接界彭城郡，常起塵灰要戰征，
古語一天無二日，良臣勇將未甘心。肖衍自在金陵地，卻說元王魏聖人。

說這魏世宗宣武。

帝年十七歲即位改元年。帝容貌端妍，臨朝承重，有人君之量。帝母高夫人，生帝未久，被馮王后害而死。帝既即位，追懷舊恨高夫人追荐文昭王后。景明二年，帝敕令重錄高氏親族在者。詩曰：

南北驅馳國事分。秦人何意築長城。離宮別院春成夢，玉樹傳奇鬼入神。
河洛已非秦歲月，雁門無復漢將軍。自從二帝青衣去，荊棘蓬蒿幾度新？
叔侄二人同受職，一朝衣紫出金門，一女入宮貴九族，況為天子舊家人。
高氏入朝多休說，卻說天子后宮人，不立朝陽正后主，未生太子小儲君。
充華妃內於宅子，受寵承恩化貴人，容貌端妍多清雅，情性溫和又可人。
靜默寬容不妒忌，年登十四正青春，喜得君王多愛惜，禮容敬愛冥諸人。
梁明二年秋九月，立為王后正宮人，天子在朝朝大赦，娘娘受冊謝天恩。
又封于家兄和弟，盡在朝中化貴人，好好宮內為王后，左了三千第一人。
三宅六院皆欽敬，展上君王喜十分，生得俱全才貌好，寬洪不妒眾妃嬪。
娘娘有德天心寵，因此于家有大恩，休言宮內于王后，卻說元王帝王身。
孝文王帝親兄弟，今日為王化大人，咸陽王子元思永，獻之親子二儲君，
封氏昭儀親生子，孝文次弟至親人，官為太保王公職，執掌經綸在魏廷。
大王天性多貪色，愛色貪花喜美人，造成宮府靈華美。廣納名妃美貌人。
太尉全軍名于烈，與王結怨二年春，一朝侄女為王后，兄弟朝中做大臣。

次子于登天子喜，官封直閣內宅門，父子兄弟多顯職，咸陽面上占仇深。
因此大王心不悅。有心怨望在朝廷，于登一一朝前奏，天子聞知不喜忻。
親情面疏上皆忌，不喜咸陽王子身，大王宮內心煩惱，怨恨朝中聖主人。
你重妻家亡母黨，忘了先王面立恩，吾身亦是官家子，你便為君欺負人。
休說大王身不悅，再言天子在朝門，一日聖人親有旨，要行射獵出朝門。
駕幸北邙觀野景，就要離戲小平津，敕令領軍于烈相，京城留守管三軍。
御廄之中點好馬，天子離朝出內門，于登侍駕離金殿，輕弓短箭一齊新。
殿下群臣多去了，其時已至小平津，只為君王親去了，咸陽王子自平侖。
朝內空虛君不在，乘時意欲起謀心，妃是隴西李輔女，其兄伯尚李官人。
官受黃河侍郎職，天生相貌甚清奇，便把其情來告訴，告言王子聽元因。
我當直取天家府，焚香立誓要誠心，大王去到城西宅，卻往城西野外遊。
引其愛妾申屠氏，王姬張氏少年人，心腹數人來飲酒，流連一日到黃昏。
有志無謀反作禍，世間有此大呆人，卻有武興王陽集，出入咸陽西府門。
便知此事先成了，早上邙山告反臣，上馬飛鞭鞭得快，看看來到小平津。
來到王前忙下拜，臣是咸陽府內人，只因大王來造反，結連侍衛害朝廷。
天子聞言親失色，帳前侍御盡驚心，今日咸陽王子反，朕今在野靠何人。
世宗王室生煩惱，聖意沉沉有懼心，他是先王親兄弟，獻文王帝御儲君。
今日一時生反意，京城文武未知因，在成北海彭城主，儘是咸陽親弟兄。
此事如今難解救，恩良朝內並無人，在內于登忙啟告，我王今且放寬心。
臣父令兵為留府，保無他故在朝門，天子便交車馬起，四更時後盡登程。

五更來到王城外，于烈迎門接聖人，君王只入王城內，敕令王親于令軍。
今日元信逃走了，必在黃河路上行，卿可令兵來追捕，及早與兵捉此人。
若還走了真消息，走入京陵作禍根，于烈兄弟親受命，羽林點起五千人。
分頭河下來投捉，休走咸陽王子身，所在官員盡奉命，看他王子怎逃生。
大王卻在黃河內，又有名姬二個人，心腹數人同飲酒，夜深方始各安身。
洪池亦又咸陽府，王造離宮別院門。已宿帳中方夜半，忽聞左右報來因，
報說洪池西路上，馬軍數百好京人。金鼓不聞無火把，想是朝廷有蜜情。
王子聞知忙便起，穿衣只出內宮門，只空日間清由露，此間何故往來人。
走出正堂堂下看，誰省爭強捨命人，愛妾數人皆上馬，府中心腹盡行呈。
此日大王逃命起，追兵卻在後頭跟，有人認得咸陽主，大喝三聲莫要行。
大王馬上如非走，魂魄飄飄不在身，一眾官員多下馬，一齊下馬告追兵。
二個夫人多掠去，皆盡拿到進朝廷，告說成陽王走了，羽林于烈令三軍。
正是大王身得脫，回頭失了二夫人，鎮守將軍名武虎，馬前說與大王聽。
殿下一時為逆事，如今何處去安身，兵卒眾人多散了，小人怎保大王身。
不如就此投梁去，逃得殘生再理論，咸陽王子心中苦，說與將軍姓尹人。
吾身在此為王子，走去梁家作反臣，尋思只為朝中主，寵任于家薄吾身。
因此一日小短見，豈知今日走無門，說罷大王心中悶，馬前煩惱尹將軍。
王子無心梁國去，此生性命不留存，臣受皇恩中不捨，死生必定一同行。
道了二人衣細作，加鞭拍上馬途呈，行過一條高嶺山，前邊洛水大河津。
白浪滔滔不見岸，行人見了越傷心，水流中去無回日，浪花迷盡往來人。

大王見此心煩惱，懊悔當初枉用心，前有大河來阻隔，後有這兵趕近身。
今朝欲走從何處，只得從河水上行，于烈于忠親父子，領兵來趕大王身。

說這于烈父子追及大王龍武，俱被捉之咸陽，渴之大甚。王帝下令與他水漿。看看渴及，只私與勺，王含之而吸。

休說眾人心上事，再說咸陽王子身，王子一身居最長，第三趙郡大王身，
第四廣陵王元羽，第五高陽王子身，第六彭城王元魏，北海王洋第七人。
儘是各宅姬子出，不是同娘一母生，趙郡廣陵身死了，廢兄立位在朝門。
數中卻有彭城主，交義親情分外深，大王知得咸陽反，一旦憂心有悔臨。
不道我兄生此意，如今難保自前呈，天子凝定咸陽罪，妃子孩子廢庶人。
龍武將軍皆斬了，殿前號令眾王親，彭成王子心中苦，來到咸陽王殿門。
大王入進宮中去，洞府仙宅盡不成，二兄枉受榮華貴，卻做亡家敗國人。
幼子姣妻保不得，天利已及悔無門，大王此時忙移步，直入神仙內院門。
果見咸陽王斂手，周回防備已多人，月貌花容諸美女，雙眉鎖定盡愁心。
大王見了添煩惱，可惜哥哥枉用心，帝子王生孫貴子，求其大禍害其身。
聽了少人之言語，今日災來怨甚人，煩惱咸陽王流淚，叫聲賢弟聽原因。
我身失卻先王禮，苦了姣兒幾個人，家亡國破誰為伏，兄弟今朝可用心。
王子煩惱雙流淚，美人侍側淚沾襟，忽報孝文王帝妹，平安宮主到宅門。
公主已招馮駙馬，獻文王帝女兒身，奉王聖主來辭別，要見哥哥一個人。
姐妹數人多來到，盡來辭別大王身。

說這人盡來相兄大王，朝廷聖賜咸陽王死。其前妃子王氏生世子元通，通年十五，后妃

李氏生元暐方二歲，妃亦賜死，平安公主憐憫，告其遂密引入車中而歸去矣。

作者以二首詩為結，其情懷和《二十一史彈詞》是極相同的：

堪歎人生在世間，爭名爭利不如閑，古來多少英雄輩，盡喪幽魂竟不還。
不信但看高王傳，到今那有一人存，圖王霸業今何在？多做南柯夢裡人。

又詩曰：

為看青山日倚樓，白雲紅樹雨悠悠，秋鴻社燕催人老，野草閑花滿地愁。

和升庵的漂亮的詩語比較起來，一望而知其為出於通俗的文人之手。

四

吳音的彈詞，今傳者，以《玉蜻蜓》、《珍珠塔》及《三笑姻緣》為最著。

《玉蜻蜓》寫申貴升和女尼志貞戀愛，死於尼庵。後其子元宰狀元及第，乃迎養志貞事。至今申家還是蘇州的大族，故這部彈詞曾被禁止彈唱。後乃改為《芙蓉洞》（為道光間，一位專門改編彈詞的作者陳遇乾所改編。他又改編過《義妖傳》，《雙金錠》等等）。

《果報錄》一名《倭袍傳》，也以淫穢被禁止。但其文辭是比較的寫得很雅馴的。

《珍珠塔》一名《九松亭》。山陰周殊士序云：「雲間、方茂才元音，先得我心，於俗本處為改正。惜未成書而歿。余所見僅十八回。……余因為之完好，凡掛漏處稱綴靡還，又增之二十四回。」是此書原為舊本，其成為今本的式樣，乃是周殊士的手筆。

《三笑姻緣》在吳語文學裡是不可忽視的。其中保存了無數的方言俗語。這是一部「別開生面」之作，刊於嘉慶癸酉。作者是一位金山張堰人吳毓昌（字信天）。他以為「近來彈詞家專工科諢，淫穢褻狎，無所

不至，有傷風雅，已失古人本意。至字句章法，全未講求」，因「戲作《三笑新編》全本。」開場的〈鷓鴣天〉，他明白的說道：

何許先生吳毓昌？近來不做猢猻王。

是他本是訓蒙為生的三家村學究了。這部彈詞頗具特長，特錄一節於下：

◆鷓鴣天◆

何許先生吳毓昌？近來不做猢猻王。吹竽聲曼訊千古，彈鋏歌慚走四方。番舊譜，按新腔，權將嘻笑當文章。齊諧荒誕供噴飯，才撥冰弦哄一堂。

唐詩唱句，未能免俗，聊復爾爾。

才撇了殢雨尤雲風月場，緣何離卻便思量，笑巫山十二難求跡，神女如何壓眾芳。說甚的七夕牽牛邀織女，藍喬搗藥遇裴航。吹簫弄玉同騎鳳，金碗重逢窈窕娘，這多是鬼怪仙妖成匹配，看將來無憑無據卻荒唐。怎及得我那人兒生就輕盈兒好一個風流俊俏，他是素口蠻腰穠妃子步，虢眉華髮壽陽裝。獨愛他一雙媚眼勾魂魄，細嫩肌膚白似霜，每日裡玉鏡曉裝花並美，呼郎常做畫眉郎。閑來愛把謠琴操，也學焚香按工與商，效區區一曲鳳求凰，燈花夜落敲棋子，布就連杯把羅網張。殺的俺拋車棄馬屢抱槍，還待要直抵垓心那肯降，一筆京人直可愛，雖然小楷卻端方，還要戲作相思字幾行，道我戀新棄舊會裝腔。白描卻仿龍眠筆，畫一幅男女憑欄納晚涼，看蓮開並蒂睡鴛鴦，指點分明要我去詳。到晚來淺斟低酌銷金帙，宛似那曉月籠暈海棠，曼曼的深入不毛交頭宿，妙不過舌尖兒只管送來嘗，微微還逗口脂香，卻叫我如何遏得住魂蕩，怎不由人情與狂。到如今待要拋時難以撇，甘心情願做楚襄王，守住陽臺永不忘，好共他為雲為雨去過時光，自號溫柔老此鄉。

〔憶秦娥〕（生）天生我如何，卻占風流座。風流座，春藏花塢，天生惟我。

滿耳蕭騷夢不成，殘雲涼月夜淒清。等閒吹落長林葉，儘是離情別緒聲。小生唐寅，字稱子畏，號呼伯虎，金閭人也。溶金作骨，濯錦為腸，青黎光照日前畫，盡扶羽陵之祕，班管豈拈牙後語，須翻稷下之詩。雖只已登龍虎，奈何未夢羆熊，只是風魚情痴，頗酣詩癖。金釵環繞，胸懷賈午之香。銀管標題，花吐文通之穎。似這般合歡金屋，調笑鴛房，果然曲盡紬繆，無異人間天上。自從娶得九之，簇成八美。珠聯合璧，名擅無雙。那九空女也皈依釋教，帶髮修行。卻被我歪纏不過，情難理卻，又得奇緣。不意掌合蓮花，也做了豔桃穠李。這都不在話下。誰想端陽佳節，我家陸氏大娘道我浪蕩無休，功名有礙。約齊眾美，送區區書館孤眠。要我去黃卷留心，以待青雲得路。光陰迅駛，不覺又是中秋了。年年秋到粲花軒，秋色平分景景最研。看那玉宇無塵秋月，秋螢點點掛朱簾；當此秋月一簾，秋光萬頃。目甚的秋來，只管心頭悶。唉功名事小，叮文章讀他則甚呢？看將來只好讀南華秋水篇，自從書館攻書，每日裡不過唐與唐桂，早晚常川，毫無心緒。今日早上那老祝有書來約我同去遊河。誰柰煩同他玩耍，已經回覆他去了。想他們呢，指望我紆秋獨紫，誰知反撇了何口偎行，擔格我秋胡常獨宿，害得咱秋窗獨倚悶懨懨，想文章都是古人的槽粕，看他則甚！好笑他們還要五申三令哩。說什麼，秋闈既折帖宮掛，及應該此三秋去讀聖賢，巴得秋風雲□健，須待要春秋無間去細鑽研，又誰知反做了悲秋客，只落得爽氣橫秋意惘然，獨恨那蟋蟀鳴秋那裡睡得穩，秋聲不住在枕函邊。傷秋宋玉偏同調，同甚的夏去秋來還未見憐，空叫秋蝶舞翩遷。想他們呢，看得功名事大，因而各願愆期。但是娘子嚇，你卻意會差了，我與你是鶼鶼的鳥嚇。說甚的一百五十名第一仙，害得我朝思暮想被情牽，我本是溫柔鄉裡情多客。怎如你偏要分開並蒂蓮。全不想殢雨尤雲情最密，夜來挨次換新鮮，枕邊調笑言難盡，被底繆情更粘

妙，不過醋意微含常作弄，歡心復動又留連，這是愛海情河本是無邊界，卻被我占盡風流雪月權，唉想不到擁孤衾依舊夜如年，介自從大老官娶子九空進了門，郎才女貌，女愛郎貪，沉迷酒色，無事無時。滿了月，出之房，大娘娘看看大老官個滿眼介面黃肌瘦，意懶神昏，明知他房勞過度，變了藥渣勒裡哉。因而決計約齊眾美，送他去書館孤眠，以待他靜養攻書，巴圖上進。個個是大娘子好意嚇。大老官羅裡得知介。生唉向來秦晉交歡，不料他們竟如吳越了。到如今書房逼勒我勤攻苦，卻叫我那裡按得住心頭意萬千。娘子呀可憐我杜牧風流久已慣，劉郎最愛伴花眠。到如今，求晴未得先求雨，阻隔巫山悶越添，一腔心事向誰宣想，到其間頭亂點。哈哈哈被俺猜著了，一定我家娘子道我有什麼偏向之心，枝分南北，因而布就牢寵之計，送區區書館孤眠，遂其所欲。不信他特來要離間我麼？他只道棄舊戀新成薄幸，自然是舊弦那得及新弦，與其被底分新舊，莫若同居離恨天，若果如此，卻是錯怪卑人了。

五

女作家們寫的彈詞，其情調和其他的彈詞有很不相同的地方。她們脫離不了閨閣氣；她們較男人們寫得細膩、小心、乾淨，絕對沒有像《倭袍傳》、《三笑姻緣》等不潔的筆墨。

第一個寫彈詞的女作家是陶貞懷。她自署為梁溪人。生平不可考知。她所作的《天雨花》彈詞，為家傳戶誦之作。這是一部政治的文學作品，寫成於順治八年以前（據自序）。這個時候正是大難方平，痛定思痛的時候。作者的環境，又是「今者風木不寧矣！生我，知我，育我，授我，我何為懷！寄秦嘉之札，遠道參軍；悼殞褖之殤，危樓思子。」其情緒是異常的沉痛。在這樣的一個時候，作者「爰取叢殘舊稿，補綴成書。」而她自己又是纏綿病榻，久疾不愈。「嗟乎！烽煙既靖，憂患頻！澹看春蚓之痕留，自歎春蠶之絲盡。五載

藥爐，一宵蕉雨。行將花石以去，其能使頑石點頭也乎！」（自序）但在《天雨花》裡裏卻不曾沾染作者的悲觀的情緒。《天雨花》前半寫男主角左維明的與權奸的鬥法，後半寫女主角左儀貞的忠烈智勇，不屈於權奸的壓迫；都是以很機警的智術，不僅逃脫了危險，而且還給權奸以很重大的打擊。但到了最後，國運已盡，無可挽回。連左維明那樣的智勇雙全的人，也不得不將全家載於舟中，鑿沉了船，殉節以死。這死節的舉動寫得異常的悲壯。遺民的沉痛，悉寓於此。雖以左氏升天，受上帝的優禮，且以審判流寇等罪人為結束，而讀者的悲感，卻永遠不能泯滅。所以作者是一位民族意識很濃厚的人；《天雨花》是一部遺民的悲壯的作品，不僅僅是供閨閣中人消遣閑日而已。《天雨花》第一回裡，有幾句話說道：「欲帝遣一位星君下世為臣，……做一個忠臣而兼智士，再不為奸臣所害，以為後世忠良做一個榜樣。」但這位「忠臣而兼智士」，只能對付權奸的鄭國泰，卻不能挽救危亡的國運。「明朝氣數今已絕，王氣全消輔不成。」（第三十回）這是無可奈何的歎息，這是號咷之後的飲泣吞聲。

《再生緣》、《筆生花》等彈詞，都是處處為女性張目的，在《天雨花》裡雖然也誇張的寫著左儀貞的智勇雙全，為國除奸的事，卻沒有那樣的寫作的態度；作者歌頌左維明更過於他的女兒儀貞。所以有人懷疑。這部彈詞並不出於婦人之手。陶貞懷是一個偽託的名字；為了作者有難言之隱，所以才這樣的將男作女。《小說考證續編》（卷一）引《閨媛叢談》云：「《天雨花》彈詞，共三十餘卷，而一韻到底，洵乎傑作也。其署名為梁溪女子陶貞懷。而近人謂實出浙江徐致和太史之手。為其太夫人愛聽彈詞，太史作之，以為承歡之計。則所謂陶貞懷，似係子虛烏有，未知然否。」這個懷疑頗有可信的地方。遺民的著作，為了避免「時忌」，往往是有意的迷離惝怳，故作欺人之舉的。陳忱的《後水滸傳》便是託名於古宋遺民，托時於「元人遺本」，托序的年月為「萬曆」某年的。

關於左儀貞事，曲阜孔廣林有《女專諸雜劇》（有《清人雜劇二集》本）作於嘉慶五年，其序云「浙中閨秀某，取明三大案，用一人貫穿之，成《天雨花彈詞》三十卷」，是《天雨花》在那時流行已久。

最可信的婦女寫的彈詞，當始於《再生緣》。《再生緣》為陳端生所作；未完成而端生死；後來又由梁德繩續成的。《閨媛叢談》（《小說考證續編》卷一引）云：

相傳泉唐、陳勾山（按勾山名兆侖）太僕之女孫端生女士，適范氏。婿以科場事，為人牽累謫戍。女士謝膏沐，譔《再生緣》彈詞。託名有元代女子孟麗君，男裝應試，更名酈君玉，號明堂，及第為宰相，與夫同朝而不合併，以寄別鳳離鸞之感。曰：「婿不歸，此書無完成之日也。」後范遇赦歸，未至家而女士卒。許周生駕部與配梁楚生恭人足成之，稱金壁。吾國舊時婦女之略識之無者，無不讀此書焉。楚生名德繩。晚號古春老人。駕部卒後，遺集皆其手定。二女雲林、雲姜，皆能詩。

端生著有《繪影閣集》；德繩也著有《古春軒詩鈔》、《詞鈔》。《再生緣》後由侯香葉改訂刊行。《再生緣》凡八十回，分二十卷。陳端生寫到第十七卷便絕了筆；以下三卷是梁德繩續成的。因為二人的環境不同，所以作風也便不同了。端生的性格很傲慢，一開頭便說：「不願付刊經俗眼，惟將存稿見閨儀。」（第三卷）德繩的續稿，卻說道：「怎同戛玉敲金調，聊作巴辭裡句聽。」（第二十卷），又說道：「如遇知音能改削，竟當一字拜為師。」（第十九卷），在每一卷的開端，作者都有一段類乎自敘的引言。像第一卷：

閨幃無事小窗前，秋夜初寒轉未眠，燈影斜搖書案側，雨聲頻滴曲欄邊。
閑括新思難成日，略檢微辭可作篇，今夜安閒權自適，聊將彩筆寫良緣。

她們都是為了要消遣閒暇，方才著筆寫作的。所以端生說道：「清靜書窗無別事，閑吟才罷續殘篇。」（第四卷）德繩也說道：「終朝握管意何為？藉以消困玩意兒。每到忙時常擱筆，得逢暇日便抽思。」（第十九卷）不僅她們二人如此，一切寫彈詞的女作家都是在這樣的環境裡寫作的。

端生寫到第九卷的時候，又因隨親遠遊而擱筆。

五月之中一卷收，因多他事便遲留。停毫一月工夫廢。又值隨親作還遊。

家父近家司馬任，束裝迢遞下登州，蟬鳴叢樹關河岸，月掛輕帆旅客舟。
曉日晴霞恣遠目，青山碧水淡高秋，行船人雜仍無續，起岸匆匆出德州。
陸道艱難身轉乏，官程跋涉筆何搜，連朝耽擱出東省，到任之時已仲秋。
今日清閒官舍住，新詞九集再重修。

寫到十七卷的時候，她的生活上一定遇到很大的刺激，作者的情緒突然的悽楚起來：

搔首呼天欲問天，問天天道可能還！盡嘗世上酸辛味，追憶閨中幼稚年。……
僕本愁人愁不已，殊非是，拈毫弄墨舊如心。

以後便絕了筆。像這樣的情緒在前十六卷裡，我們是得不到一點消息的。也許她在這時有了難言之隱，便驟然的離去人間了吧。

德繩卒時年七十一。她續作《再生緣》時，總在六十歲左右。所以她一再的說：

怎才那老去名心漸已淡，且更兼夜來勞頓不成眠（第十八卷）。

年來病骨可支撐，兩卷新詞草續成，嗟我年近將花甲，二十年來未抱孫。
藉此解頭圖吉兆，虛文紙上亦歡欣。

以自己「暗作氤氳使」，把孟麗君和皇甫少華結了婚，且使之生子，「藉此解頭圖吉兆」，其心境殊為可笑。

《再生緣》以孟麗君為主角。她許配給皇甫少華。但少華為奸人劉奎壁所害，逃到山中學道。奎壁又謀娶麗君。其婢映雪代她出嫁。麗君自己改名為酈君玉，中了狀元，做宰相。少華改名應試，也中了武狀元；主試官卻是麗君。後來少華平了寇亂，娶了劉奎壁妹燕玉為妻，但麗君始終不肯認他為夫。但她的矯裝，卻為皇帝所知，要想娶她為妃子。麗君方才奏明始末。賴太后的維護，方得無罪而和少華團圓了。

端生的原文，沒有寫到少華和麗君的相認；那團圓的局面是續作者梁德繩寫的，故她有「暗作氤氳使」之語。

《再生緣》原是續於《玉釧緣》之後的，《玉釧緣》敘謝玉輝事。玉輝是：「少年早掛紫羅衣，美貌佳人作眾妻。畫戟橫挑胡虜懼，繡旗遠布姓名奇。人間富貴榮華盡，膝下芝蘭玉樹齊。美滿良緣留妙跡，過百年，又歸正果上清虛。」（《再生緣》第一卷）但他卻「尚有餘情未盡題」。《再生緣》便是寫謝玉輝等再世的姻緣的。

《玉釧緣》的作者為誰，今不可知。後來也經侯香葉改訂過。全書凡三十二卷。第三十一卷的開頭有「女把紫毫編異句，母將玉綷寫奇言。篇篇已就心加勝，事事俱成意倍欣」，似亦為母女二人之所作。

侯香葉為嘉慶道光間人：她喜改訂彈詞。今所知的經她改訂的凡四種：一、《玉釧緣》，二、《再生緣》，三、《再造天》，四、《錦上花》。《再造天》一名《續再生緣》，寫《再生緣》中之鄔必凱投生為皇甫少華女，名飛龍，後為英宗右妃，因欲報前世之仇，便任用奸臣，傾害忠良，幾至亡國。皇甫少華乃再出而重整江山：飛龍被賜死。《再造天》的作者不知為誰。侯香葉她自已有「近改四種，《錦上花》業已梓行」語，則《再造天》當然不會是她自己所作的了。

《錦上花》前半為《錦箋緣》，後半為《金冠記》，原為二書，而被合編為一者。《錦箋記》敘宋王曾因拾得錦箋，竟得和劉舜英結合事。《金冠記》則敘王曾子王鐸和宋蘭仙的結合事。作者最後說道：

莫笑女流無訓話，病中歲月代呻吟，閨中士女休草草，永晝長更仔細吟。

是亦為閨秀所作的了。

和《再生緣》同樣的流行於閨閣中的，有邱心如的《筆生花》。《筆生花》的故事顯然受有《再生緣》的很大的影響。主角姜德華，活是孟麗君的化身。德華被點秀女，投水自殺。終於得救，改換男裝，入京應試，中了狀元，官至宰相。其前半的故事，是把麗君和映雪二人的事合而為一的。其後，德華和她的未婚夫文少霞也經了許多的波折和試探，方才露出真相，結了婚。

只有一點，《筆生花》較《再生緣》不同，便是作者倫理的觀念更加重了；對於女的，要求更堅貞、更

無瑕的操守。但可怪的是，對於男子的三妻四妾卻反不以為奇。恰可和《天雨花》裡所寫的男子不娶二妻的情形成為很有趣的對照。在邱心如這個時代，片面的貞操的觀念已是根深柢固的，連女子們也以為當然的了。

作者邱心如是淮陰人。她的生活很清苦。在每一回的開頭，都有關於她自己的話。我們藉此可以知道她的生平。她嫁給一位姓張的儒生。她自己是「多病慵妝閑寶鏡」，她的家境是「療貧無計質金釵」。她的丈夫是：「雖則教良人幼習儒生業，怎奈是學淺才疏事不諧。到而今潦倒平生徒碌碌，止落得牛衣對泣歎聲偕。」（第六回）她的父親死了；她的一個妹妹也撫孤守寡。母家的境遇也一天天的壞了。她在夫家又是「毫無善狀遇迍邅。備嘗世上艱辛味，時聽堂前詬誶聲。」到了後來，她的一個兒子死了，女兒也出了嫁。而她的長兄病逝後，又家徒四壁，雙孤無恃，更令她焦慮不已。最後，她的舅姑死去，兒子又娶了親，她和她老母同聚一堂，開始享受著天倫的樂趣。雖然家境還不充裕，還要賴她設帳授徒為生，卻和早年的「詬誶」時聞很不同了。

沒有一個女作家曾像她那樣留下那末多的自傳的材料給我們的。

《筆生花》刊行於咸豐七年。

後半寫姜德華的矯裝為人識破，不得不露出真面目時的憤激淒涼之感，最為動人；洩露出了無數的有才能的女子們的慟哭的心懷：

欲修奏摺無心緒，鋪下黃箋筆懶揮，硯匣一推身立起，繡袍一展倒羅幃。

心輾轉，意敲推，想後思前無限悲。

咳，好惱恨人也！

老父既產我英才，為什麼，不作男兒作女孩。這一向，費盡辛勤成事業，又誰知依然富貴棄塵埃。枉枉的，才高北斗成何用，枉枉的，位列三臺被所排。

——第二十二回

恐怕作者也在這裡也便寄託著她自己的憤激吧。和《再生緣》的後半比較起來，邱心如的寫作的技術和情緒，要較梁德繩高明得多了。

有鄭澹若的，在道光間也寫了《夢影緣彈詞》四十八回。吹月吹笙樓主人《娛萱草》的序說：「昔鄭澹若夫人撰《夢影緣》，華縟相尚，造語獨工。彈詞之體，為之一變。」其實這部彈詞只是逞展著作者的才華而已；其故事敘莊夢玉和十二花神的姻緣，並無多大的意義。澹若於咸豐庚申杭州失陷時，飲鹵以死。

在近十餘年流行最廣的，尚有《鳳雙飛彈詞》一種。這部彈詞出現很晚，大約在民國十年左右，但作者在光緒二十五年前便已完成了。作者名程蕙英，「系出名門，姓耽翰墨。」《小說考證》（卷七）引缺名筆記云：

> 陽湖程蕙英茝儔，著有《北窗吟稿》。家貧，為女塾師。曾作《鳳雙飛彈詞》，才氣橫溢，紙貴一時。其所為詩，純乎閱世之言，亦非尋常閨秀所能。小說界中有此人，亦佳話也。《自題鳳雙飛後寄楊香畹》云：「半生心跡向誰論？願借霜毫說與君。未必笑啼皆中節，敢言怒罵亦成文。驚天事業三秋夢，動地悲歡一片雲。開卷但供知己玩，任教俗輩耳無聞。……」

她的最後二語的口氣，和陳端生的「不願付刊經俗眼」的心境有些相同。所謂《鳳雙飛》者，指書中的二主人翁郭凌雲與張逸少而言。故事的經過，複雜離奇，重要的二主人翁都是男人，和《再生緣》、《筆生花》等之為女子張目者又有些不同。不過供閨中人的消遣閑日而已，並沒有什麼特殊可注意的地方。

《夢影緣》的作者鄭澹若夫人有女周穎芳，字蕙風，亦作了《精忠傳彈詞》。坐月吹笙樓主人《娛萱草》序云：「逮吾嫂蕙風氏，演述宋岳忠武事，撰《精忠傳》，盡洗穠豔之習，直抒其忠肝義膽。雖亦彈詞，而體又一變也。」《精忠傳》寫成於光緒二十一年；寫成以後，作者便死了。刊行的時候卻已在民國十七八年了。

周穎芳嫁給嚴太守（名謹）。太守死後，歸居海寧。李樞有一序，寫她的生平很詳細。「迨同治乙丑，太僕公治苗匪，陣亡於石阡府任內。太夫人舍生不遂，乃奉君姑，並攜六月孤兒，伴櫬回浙。賃居於海寧桐木村舊戚馬氏之見遠山樓。自此含冰茹蘗之中，惟曲盡其事長撫雛之責矣。」又云「惟此書之成，自同治戊

辰至光緒乙未，二十八年中，或作或輟。風雨蓬廬，消遣窮愁幾評。不意此書告成之日，即為太夫人仙去之年。」全書凡三十六卷，七十三回，其情節和《精忠傳》小說沒有多大的不同；其最重要的修改惟在刪去大鵬鳥和女土蝠的冤冤相報的一段因果。「周夫人痛夫子沒於王事，暇日排悶，偶檢閱《精忠傳》說部。因內有俗傳大鵬女土蝠冤怨相報等事。不然其說，歎曰：『從古邪正不並立。小人道長，君子道消。若再飾以果報，則將何以辨是非而勵名節？』」（徐德昇序）

作者的文筆很謹嚴，有時也很動人。在一般彈詞裡，這一部確是彈出一個別調的。

此外，所知的尚有朱素仙作的《玉連環》；映清作的《玉鏡臺》（未刊全）等等，均不能在此一一的敘述著了。

六

最後，流行於各地方的彈詞，也應一敘及。福州傳唱最盛者為「評話」，也即彈詞的別稱。中多雜以方言。但多為鈔本，很少刊印出來的。閨閣中人往往向專門出賃這種「評話」的鋪子去借閱。有《榴花夢評話》一種，最負盛名。聞有三百餘冊，可謂為最冗長的一種了。惜未得一讀。

廣東最流行的是木魚書。余所得的不下三四百本；但還不過存十一於千百而已。其中負盛名的有《花箋記》，有《二荷花史》。《花箋記》被稱為「第八才子書」。原作者不知何人。有鍾戴蒼的，仿金聖歎之批評《水滸》、《西廂》法來批評《花箋記》。全文凡五十九段，敘梁亦滄及楊淑姬的戀愛的始終。作者寫這兩個少年男女的戀愛心理，反復相思，牽腸掛肚，極為深刻、細膩。文筆也很清秀可喜。

自古有情定遂心頭願，只要堅心寧耐等成雙。
山水無情能聚會。多情唔信肯相忘。

作者以這樣的情意開始去寫，正和玉茗《還魂》之以「但是相思莫相負，牡丹亭上三生路」開始相同。

《二荷花史》被稱為「第九才子書」，凡四卷、分六十七則，敘的是少年白蓮因讀《小青傳》有感，夢小青以雙荷花贈之。後遂得和麗荷、映荷二女等成為眷屬事。作者評者俱未知為何人。

倒罷清樽理瑤琴，偶行荒徑見苔陰。
正係日來無事貧非易，老去多情病自深。

作者似乎也是窮愁之士了。

■ 參考書目

1. 〈西諦所藏彈詞目錄〉，見《中國文學論集》。
2. 〈巴黎國家圖書館中之中國小說與戲曲〉，見《中國文學論集》。
3. 〈一九三三年的古籍發見〉，見《文學》二卷一號。
4. 〈三十年來中國文學新資料的發現史略〉，見《文學》二卷六號。
5. 《中國女性的文學生活》，譚正璧編，光明書店出版。
6. 《彈詞選》，趙景深編，商務印書館出版（將刊）。
7. 《小說考證合編》，蔣瑞藻編，商務印書館出版。
8. 《海市集》，阿英著，北新書局出版。

第十三章　鼓詞與子弟書

一

「鼓詞」為流行於北方諸省的「講唱文學」，正像「彈詞」之流行於南方諸省的情形相同。彈詞以琵琶為主樂；鼓詞則以鼓為主樂。

鼓詞的來源，亦始於變文。至宋，變文之名消滅，而鼓詞以起。趙德麟的《商調蝶戀花鼓子詞》為最早的鼓詞之祖。陸放翁〈小舟遊近村〉詩，也道：

> 斜陽古柳趙家莊，負鼓盲翁正作場。身後是非誰管得！滿村聽說蔡中郎。

則在南宋的初年，已有負鼓的盲翁，在鄉里村說唱蔡中郎的故事了。

《水滸傳》第五十一回《插翅虎枷打白秀英》記著白秀英上了戲臺，「參拜四方，拈起鑼棒，如撒豆般點動。拍下一聲界方，念了四句七言詩，便說道：『今日秀英招牌上明寫著這場話本，是一段風流醞藉的格範，喚做《豫章城雙漸趕蘇卿》。』說了開話又唱，唱了又說。合棚價喝采不絕。」她雖然用的是鑼棒，但「拍下一聲界方」，又唱又說這恐怕是說唱鼓詞一類的東西吧——至少是最近於鼓詞的講唱文學的一類。像這樣性質的伎藝，在宋元二代是極為流行的（到了明清這流風還未泯）。

但至明末始有鼓詞的傳本。我在北京曾到得一部《大唐秦王詞話》（一名《秦王演義》），殆為最早的

鼓詞。此書始名《詞話》，實即鼓詞，寫唐太宗李世民征伐諸雄，統一天下事。所述和小說《隋史遺文》等相差不遠，不過用十字句的唱文和一部分的散文的說白組成而已。像：

唐太子急拈香低聲禱告，李世民忙下拜恭敬參神；我乃是大唐國高皇次子，父李淵，祖李昺，李虎玄孫。憶往歲煬帝崩九州鼎沸，隋恭皇禪寶位讓以為君。普天下起煙塵一十八處，剪強梁誅賊寇放赦安民。

這是鼓詞的唱文的一般式樣。但也有將句法略加變更的，像《大明興隆傳》：

無奈何傅師正頓人與馬，查點傷損八九萬兵。仰面朝天歎又多，不由得又氣又惱又傷心。

第二句為八言，第三句為七言，這樣的例子並不罕見。

明末清初又有賈島西《鼓詞》的，不演故事，全與作的不平的胸懷，且不用說白，全是唱詞，和一般的鼓詞不同。

明代的鼓詞，決不止這寥寥的一二種；像《大明興隆傳》、《亂柴溝》等等，多頌聖語，恐怕也是明代的東西。

二

鼓詞所敘述的，大都為金戈鐵馬，國家興亡的故事，故多是長篇大幅的。對於戰爭的描寫，兵將的對壘特別的加以形容：這大約是北方人民的特嗜之所在吧。

《大明興隆傳》，我所得者為鈔本，坊間未見有刻本。這部鼓詞凡一百〇二冊，規模很大，寫的是朱元璋統一了天下之後，見皇孫懦弱，放心不下。欲請劉伯溫設計，如何的能夠保持得江山萬世。他們得到了方孝孺為皇孫的輔佐，大為高興。但當元璋死後，建文即位，卻信用了幾位臣下的話，欲減削諸王的兵力。因

以引起了燕王的靖難的一役。

這裡寫朱元璋，這位流氓皇帝的患得患失的心理，遠沒有打天下的時候的豪邁的氣概，甚為入神。當元璋將死之際，留連不捨，放心不下的情形，和劉邦的枕戚夫人膝，相對涕泣，以趙王如意為慮的情景，恰好是相類似。那末潑辣無賴的流氓，到了功成名就，天下為家的時候，想不到會變成了那樣的一個無可奈何的末路的人物！這不是一部凡品，幾乎每一個地方都寫得很細膩而又不貧弱。姑引第二冊的一節於下：

話說劉伯溫方才一聞太祖爺傳旨，昨日在昭陽正院將皇孫建文封為太子，不由的暗暗說道：「這位少爺福分有限，只怕不能長久，難保大明從此天下紛紛，刀兵四起！」又聽皇爺要在金殿大放花燈，由不得唬得一跳！連忙望駕進禮，口尊：「陛下！臣有本章奏主。」太祖爺說：「卿家有事，只管奏來。」伯溫見問，口尊：「陛下！微臣非為別故，聞聽我主要在這金殿前大放花燈，與民同樂。」

劉伯溫，往上進禮將頭叩，口尊皇爺納臣音。爺在金陵如堯舜，不比前朝亂姓為君。不是為臣攔臣駕，只怕內裡有變更。臣知臣等不細奏。有負皇命算不忠。再者前朝是傍樣，爺上聽臣細奏明。隋朝天子行無道，信寵奸賊放花燈。長安城內真熱鬧，與民共樂太平春。偏與李素他慶壽，天下各省納臣封。州城府縣會盡禮，山東省，差遣捕快叫秦窮，押解壽禮將城近，那知與見眾綠林。私闖禁門代賊寇，下在招商旅店中，歸與煬帝將燈放，正月十五放花燈。也是天意該如此，天下荒荒起刀兵。花燈已來過十五，歸與招災九個人。玄埧與見柴駙馬，持標打死宇文通。李如輝一同王伯黨，劫牢搭救薛應登。秦窮雖眾動了手，七雄大鬧長安城。煬帝不聽忠臣勸，才有凶煞鬧花燈。我主也要將燈放，到只怕，金陵軍民不安寧。

朱太祖聞聽軍師伯溫所奏，不由龍心不悅。叫聲成義伯，「臣伺候聖駕。」太祖說：「你如何將朕比作隋朝煬帝那無道的昏君！還有一說，寡人在金陵城，不比那一省的州城，朕的

文武眾家公卿大臣，一般均是治國安邦，調河鼎鼐，胸藏錦繡，腑隱珠璣之輩，又有卿家善曉陰陽，能斷吉凶，何況還有許多的文武，也都是能爭慣戰，遠略近韜，絕勝千里，勇似重童，猛如呂布，又有足智多謀的老元帥，定國公徐達，有何懼哉！還有一說，那前朝的君王無道，行事昏憒，才生出那些逆事來。又兼外有賊寇，攪亂世界。先生，莫非寡人有甚昏憒之處，怕有那四處逆黨群寇，都要到我金陵城內攪亂我朕的世界？」

太祖爺說罷一往前後話，伯溫進禮又奏君。口尊殿下容臣奏，並非為臣攔主公。皆因為臣觀天相，北極沖犯斗口中。只怕金陵出怪事，外省日走數條龍。正月又是凶煞日，正照皇宮禁地中。不是為臣攔爺駕，只怕相訪一輩人。朱湜也曾俱文武，傳旨長安放花燈。雞寶山前交戰兵，梁唐征鬥惡交鋒。差遣趙填誆糧草，正與朱溫放花燈。趙填私把長安圍，大鬧西地不太平。故此臣攔聖主駕，免在金陵放花燈。皇爺聞奏微微笑，叫聲先生劉伯溫。雖說梁唐交兵戰，也是無道草頭君。叫寡人，如何比作朱溫輩！越發胡言不通情！先生不必往下奏，我朕定要放花燈。與民同樂齊慶賀，群臣筵宴在朝中。伯溫一聞皇爺話，付又進禮尊主公。臣有一事在奏主，爺上聽臣細奏明。聖主要把花燈放，須得傳旨在皇宮。鳳子龍孫與太監，嬪妃彩女與各宮，十三十四十五日，不許自擅出宮門。若是能勾不出禁地，保管無事保太平。太祖聞聽說准奏，寡人傳旨在宮中。伯溫叩頭忙站起，太祖俯下自沉音。雖說伯溫陰陽準，細想來，有些玄虛未必靈。

太祖爺聞聽，也舊分付：「先生平身，寡人准本。」伯溫叩頭，爬起歸班。且說太祖爺在寶座上，龍心暗想：「劉伯溫雖然陰陽有準，看起來，也有應驗之處，也有算不準之時。這些言詞也難以憑信。方才我朕也曾問過他的夢景。他說有應夢之人。我想抱日升，他的福分一定不小。料想滿朝文武，也無有這樣大命之人。」洪武爺正自心下猜疑，就有那御書館

的宮官，朝上跪到，說：「奴婢啟奏：今日乃是眾殿下與太子，講讀書的日期。有那伴讀的先生方孝孺，特請皇爺的聖駕至御書館內。方先生好與眾殿下講書。」太祖聞聽，座上傳旨：「今日寡人不能親臨館舍，叫先生與眾兒將太孫代來，一同在金鑾殿上講書，與朕解悶。」哦，宮官答應，忙忙平身，飛傳到御書房，就將皇爺口傳的聖旨，傳說了一篇。方孝孺不敢怠慢，連忙代領九位殿下，還有建文太子，一齊來到朝剛金鑾殿上。方孝孺領頭，一齊的望聖駕朝參進禮。座上的太祖在上面傳旨平身。方先生一同十位鳳子龍孫，各自站起，分在左右。太祖爺望下觀看，齊齊整整的弟兄九個，一個皇孫。萬歲看罷，龍顏大悅，高聲叫道：「皇太孫上殿？」小千歲忙忙答應說道：「臣孫伺候。」建文言罷，來至龍書案前站住。太祖說：「建文，你先生所教的是那部書？」小千歲見問，忙忙回奏說：「是，臣孫讀的是經書。」太祖說：「但不知所講的事那一章？」小千歲回答說：「乞上皇祖，臣孫所讀的是書經，講的是周公輔佐成王，叔倚殷造反。」太祖聞聽，龍心大悅，高聲說好，好一個周公輔佐成王。方先生就將這段故事講將上來。眾皇兒與太孫沒得用心，聽那方先生講論。

太祖爺，寶座之上傳下旨，方先生遵旨不消停，金殿就把聖經講，鳳子龍孫兩邊分。個個躬身兩邊站，立存龍書案傍存。孝孺尊旨把書講，講的是：武王伐紂正乾坤。當今萬歲歸蒼海，應當是，子孳父業坐龍墩。怎奈成王年幼小，就有那，叔父周公保幼君。侄男金鑾聚武文，叔父站立願稱臣。上殿行的是君臣禮，遵守國法令人欽。又與見，管蔡兩個恩叔父，倚大欺小安歹心。思想要篡侄兒位，攪亂朝綱亂烘烘。私投外國心不正，勾到外人反邊廷。後來天報全拿住，循還遭誅喪殘生。周公忠心人人敬。當殿受封魯國公。可敬國公懷赤膽，壽活百歲得善終。只為平生行正直，萬古千秋落美名。夫子看道賢慧處，造再《書經》成聖文。太祖聞聽龍心喜，往下開言把話云。皇爺叫聲眾殿下，你等著義仔細聽。能學周公行忠

正，莫學管蔡起虧心。久後寡人辭了世，你等須要秉忠心。建文皇孫年幼小，以後全仗叔父親。扶保皇孫坐天下，我朕死後也閉睛。天子言罷訓子語，殿傍氣壞一個人，四殿下心煩暗痛恨，滿怨孝孺方先生。老牛當殿胡言講，似這等，無要緊言詞信口云。古書上面事稽處，豈不耽誤正事情。方孝孺，你今胡言講，後來咱兩把賬清。有朝一日時運轉，俺要穩坐九龍墩。執掌天下為皇帝，一定不饒老畜生！剜眼摘心不算賬，敲牙割舌不容情。今日個，殿下發恨不要緊，到後來，果應其言在金陵。太祖賓天，建文登位，燕王弔孝發大兵。孝孺當殿駡殿下，千歲想起今日情。立刻敲牙取了齒，先生痛死盡了忠。閑言少敘書歸正，且說北極宮內龍。越聽越氣心煩悶，忙忙下殿不稍停。金殿之上拉架式，雄糾糾，頑耍去拳，要作應夢那條烏龍。

《亂柴溝》是繼續著《大明興隆傳》寫下去的。《大明興隆傳》終止於建文的失國，永樂帝的登極及方孝孺的被殺。《亂柴溝》則開始於永樂帝由金陵凱旋北歸。他有一天坐朝，要令北番入貢，不料因此惹起兵戈，他便發大軍前去討北，也大得勝利而回，故全書名是：《通俗大明定北炮打亂柴溝全傳》。其中寫番將的勇猛異常，正襯托著永樂帝的兵將的英武。

胡總鎮，垜口以內往下望，麾前的，副參遊守細觀瞧。但只見，無數番兵臨城下，亂恍盔纓雉尾飄，身披明甲如凶虎，一個個，項短脖粗猛又肖。羊皮襖下藏利刃，沙魚鞘內代順刀。馬似歡龍宗尾乍，人顯威風殺氣高。天降野人生口北，時常的，侵犯邊界搶南朝。總鎮看罷將頭點，付內多呼兩三遭。怪不得，大元不肯來納進，所仗著，將勇兵多呈雄威。兩國這一打上仗，勝敗輸贏往後瞧。

這是第一戰，已看出番兵是如何的壯健了。

像這一類大規模的講唱戰事的鼓詞，我所得到的還不在少數，像：《北唐傳》、《呼家將》、《楊家將》、

《平妖傳》、《三國志》、《忠義水滸傳》、《西唐傳》、《北唐傳》、《反五關》等等，這些都是每部在五十冊以上的。馬偶卿先生曾得有明末清初刊的《孫武子雷炮興兵救孔聖》，那是其中規模較小些的，只有數冊而已。刊本的鼓詞為了易於分冊流傳之故，往往每冊或每數冊別立一名目，像《忠義水滸傳》第三十九都，其別名是：《劉快嘴誆哄宋江》。其下又有兩個標題，道是：

二次降招安。

劉能泄機密。

這一冊便是四卷，可以獨立成為一部分的。其第四十卷的標題則為：《濟州城陣亡節慶》。也分四卷，其小標題則為：

玉麒麟拒捕，

顯道神大戰。

現在再引《呼家將》的一段，做為這種戰事鼓詞的又一例。

《呼家將》亦有小說；這是和《粉妝樓》、《薛家將》同類的東西，寫北宋時，呼延贊子丕顯被宋仁宗西宮龐妃之父龐文所害：全家遭難；後來，其子呼延慶來祭墳，大鬧京城，終於替呼家報了仇事；文筆很流暢有力。疑小說係從此出。

且說眾官兵官將，有人給他們付了音信，因此大家手忙腳亂，各持兵刃前來。走至離墳不遠，只聽得炮竹之聲。大家往前緊走了幾步，只見墳前烈火飛騰。借著火光，看見有一個十一二歲的頑童，在那裡撫掌大笑。眾官兵一見，忙忙的往上一裹，登時把小爺圍在垓心。應聲威唬說：「嗯！那個黑小子，你可是呼門的後代？你好大膽子！竟敢前來上墳！快給我據實說來。我定然放你逃生。你若不說實言，立刻叫你性命難存。」且說呼延慶聽見他等來到，但見有一百餘人，將他圍住，一個個手執兵刃，全是官兵打扮。有在馬上的，有在步下

的。單有兩個為首的，一個使刃，一個使斧，騎在馬上，與他講話，叫他說實話。小爺由不得又驚又氣。暗說：「我可如何答對於他？」正然低頭思想，又聽見馬上的二人開言問話。

小英雄，正然低頭心思想，可對他是怎樣云。又聽二人開言問，叫一聲，黑小頑童你是聽。方才老爺問你話，為何不言是何音？難道說，你的耳聾沒聽見，快說休叫我動嗔。姓甚名誰何處住？誰人叫你來上墳？你們還有人幾個？可是呼家後代根？再若是，代曼巡探你不講，叫你立刻命歸陰。小爺聞聽這些話，他的那，腹中輾轉自沉音。只得與他講嘴硬，假作痴呆哄眾人。倘若是，哄過他們好走路，早早的，我好回家見母親。想罷有語開言道，假意堆歡面代春。對眾人，口中連連呼列位，你等仔細請聽云。小可我在城外住，離城三里有家門。家中父母全在世，我家好善本姓金。我父母，前年一同生災禍，是我神前許願心。若得父母均安好，我情願，各廟之中把香焚。若到清明這一日，城中各處赦孤魂。果然是，孝心感動天合地，父母全然病離身。我本照會還香願，萬不敢，虛言失信哄鬼神。

眾位請想：神鬼的跟前，如何敢失信。口願已出，不能不還。因此今往城內各處普濟孤魂。我見這裡有坐大墳，知道此處叫作萬人坑，定然無人祭掃，故此與他燒紙。此乃善事，眾位何必嗔怪，話已說明，天可也不早咧，我還要出城家去呢。小爺說著話，只見他答裡答山，邁步想走。

呼延慶，說罷答山想走路。二人一見那相容！在馬上，兵刃一指開言道：微微冷笑兩三聲。叫聲頑童真膽大！小小的，英爾也敢把人蒙。分明你是呼家後，亂語胡言不說明。料著你，可又能有多大鬼，想要瞞人萬不能！好好與我說實話，我們放你去逃生。再若用言來支吾，叫爾立刻赴幽冥。呼延慶，聽言不由心不說，說：你這人好不通：我說儘是實情話，為什麼，會故擱我不叫行？什麼叫做呼門後，此乃閑言我不聽。我的話，憑你愛信與不信，天

晚我是要出城。誰肯與你說閒話，白白耽誤我的工！倘然若是回去晚，父母必定掛心中。我走了，不與你白扯臊。說罷答訕又要行。二人一見衝衝怒，不由得，一齊無名往上攻。只說幼爾真萬惡！料你不肯講實情！必須得，拿住用繩上了綁，還得拷打動官刑，那是你才說實話，善善如何肯應承。說罷一催坐下馬，舉大刀，形如惡煞那相容。

　　這二人乃是龐賊的心腹家將。使斧的叫作刁奇，使刀的叫作王斌，二人俱有幾分本領。仗著主人的勢力，終日欺壓百姓。這王斌見呼延慶年幼，故此輕視小爺。說話間，心中一怒，催開坐騎，舉起刀來，樓頭就剁。

　　呼延慶，一見時下不代曼，小爺元本體太伶，又有神人親傳授。他本是，王敖老祖一門生，雖說學藝年分淺，奈何根行不非輕。他乃是，遵奉敕命臨凡界，報仇之中頭一名，來歷實實非小可，自然與眾不相同。看見大刀離不遠，小爺連忙縱身形。嗖一聲，閃至旁邊躲過去，王斌剛刀砍在空，使得力大身一探，這個賊，吸呼栽下馬能行。付又樓馬身一挺，坐下征駒往前沖。他付又，旋轉回來心大怒，只聽他，口內吆喝喊一聲、大叫幼爾真可惡！定要送你赴幽冥。說著話，雙手又把刀一舉，照定小爺下絕情。呼延小爺不代曼。他又邁步往上迎。卻是留神加仔細，二目圓睜不錯睛。但見那，刀離自己頭不遠，這才設下巧牢籠。將身一閃躲過去。伸虎爪，抓住王斌斬將鋒。用力便往懷中掖，小爺力大是天生。叫一聲，拿過來罷快給我，不由王斌把手鬆。兵刃竟叫人奪去，王斌他，又驚又臊又飛紅。

　　小爺呼延慶乃是天生的神力，那王斌可又能有多大力量。一刀砍空，就知有些不好。果然被小爺將刀杆抓住，用力一曳，竟自奪去，由不得心下著忙。暗說：「我連一個小孩子鬥不過，叫人家赤手空拳，將刀奪去。況且他還是在步下！」登時閒臊得滿臉通紅。口中大嚷。「快拿我的兵刃來！我好殺你！」呼延慶聞聽，微微冷笑說：「我把你這該死的囚徒！世界

上那有那等的呆人！我還了你的兵刃，好叫你將我殺死！這倒罷了，我這裡正要還你呢。」說著，一個箭步趕上前去，雙手一甩，樓頭就剁。呼小爺，說話之間身一縱，雙手一甩斬將鋒，照定王斌樓頭剁。這個賊，一見著忙魂嚇驚，手無寸鐵難招架，只得代馬閃身形。偏偏呵，馬失前蹄多背氣，也是奸賊惡滿盈。剛刀來的多急快，只聽磽叉響一聲，代背連肩著了眾，這一傢伙真不輕。可笑他，只為痴心將功力，不料先歸枉死城。死屍一仰栽下馬，那邊廂，刁奇一見惱又驚！大叫一聲氣死我，好個萬惡小畜生！你敢在，禁城之中眾撒野，刀傷將官命殘生。情如謀反一般樣，豈肯輕饒擅放鬆！言罷馬上忙傳令，分付手下眾軍兵，去一個，先到各門去付信，曉諭他等快關城。再到帥府去報信，速調那，人馬前來莫消停。大家先將他圍住，看他可往那裡行。眾軍卒，內有兩名人答應，又分頭，付信關城去調兵。此且按下我不表，再說呼延小英雄。他聽見，刁奇傳下這將令，不由英雄魂唬京。暗暗腹內說不好，今日裡，倒只怕性命殘生保不成。

三

但小規模的鼓詞，從二本到十本左右的，也還不少。這些，大都是講唱風月的故事的。不過也雜有像《東郭野史》一類的諷刺鼓詞，《斬竇娥》一類的講唱民間流行的故事的鼓詞，和《平定南京鼓詞》一類的講唱時事的東西。

我曾得有舊刊本的：

《蝴蝶杯》（四冊）、《巧連珠》（四冊）、《鳳凰釵》（四冊）、《滿漢鬥》（二冊）、《紅燈記》（二冊）、《三元傳》（六冊）、《紫金鐲》（十本）、《二賢傳》（四冊）、《珍珠塔》（四本）、《千金全德》、

《雙燈記》

等等。而新出（或舊本新印）的鼓詞有如江潮的洶湧，雨後春筍的怒茁，幾有舉之不盡之概，差不多每一個著名些的故事，都已有了鼓詞。這可見北方民眾是如何的愛讀這類的東西。不一定聽人講唱，即自己拿來念念，也可以過癮了。姑舉二十種於下，實不過存十一於千百耳（但也有的是大部鼓詞裡的一冊或數冊）。

饅頭巷	施公案	方玉娘產子滴血	寶蓮燈	孽姻緣
雍正八義	白良關父子相會	紅拂傳	迷魂陣	唐宮鬧妖記
鄭元和蓮花落	迷人館	鐵公雞	俠鳳奇緣	騷翁賢媳
霸王娶虞姬	雷峰塔	俠女伶	封神榜	雙合桃
張松獻地圖				

像這一類的鼓詞，其組織和金戈鐵馬的大部鼓詞沒有多大的區別，描寫的也不見疏忽粗率。且舉《二賢傳》的一段於下為例：

人間私語，天聞若雷。暗裡虧心，神目如電。

上本書說張子春將三兩青絲撥開，綁了個結實。佳人不能動轉。

佳人躺在塵埃地，打馬的鞭兒手中拿。用手指定開言罵，罵了聲煙花柳巷下賤人。我到有心抬愛你，你這賤人情性歪！三聲若是跟我回南去，一筆勾消兩分開。牙崩半字說不去，管叫你一命苦哀哉。打死你賤人臭臭一塊地，料想著無人刨一土把你埋。佳人說：你殺了罷！老蠻子聞聽下絕情。只見他一鞭一下往下落，鞭鞭著人甚可憐！打的佳人難禁受，撲漱漱淚珠染香腮。眼望北京將頭點，暗叫兄弟陳欽差。你只知奉旨河南把巡案坐，那曉得姐姐此處有難災！瞞怨保兒心太狠，竟自賣與子春他。欲待跟客河南去，從今後姐弟兩分開。欲待不跟他河南去，老蠻子毒打我情實難挨。這佳人出在無計奈，叫了聲張爺貴手高抬。

佳人受打不過，口尊：「張爺息怒！賤人跟你回南去就是了。」老蠻子聞聽，把手內鞭子往扔邊一旁，說：「賢妻真呆氣！既願跟我回南，何不早說？若是說了，我怎肯打你這些馬鞭子呢？張洪，把馬拉拉，抱扶侍我愛娘上了牲口。」張洪聞聽，把馬代過，先侍候主人上馬。老蠻子上得馬來，頭前東南角上，相離佳人有十數多步的光景，在那等候。張洪一回身，又往樹林拉馬，忙的佳人停身站起，把頭上的青絲挽了一挽，用烏綾手帕包緊。有一條青衣汗巾束腰，朝著張洪把手一擺說：「掌家的，你且站住，我有話問你。」張洪說：「你這女子還有什麼講的？」佳人說：「掌家，我有許多心事，有意告稟你家東主。雖想張爺不容我說話，竟把我打了一頓。你雖是主僕，卻像父子一樣。你要說話，你東主無有不聽之禮。掌家的，奴借你口中言，傳心腹事。你對張爺說明：你主僕只當積點陰功，把我送到河南開封府，找著我兄弟。銀子還你個本利相停。這個如何？」張洪聞聽，把手一擺，說：「你這女子，醒醒罷！」佳人說：「我不是睡覺不成！怎麼叫我醒醒呢！」張洪說：「你雖然無有睡覺，你竟說都是些夢話，你當我家爺費了一兩半兩的嗎？也費許多銀子。他在富春院使了一千二百兩銀子，才買你來身邊為妾。要送你河南，見了你兄弟，銀子還我們個本利相停。這要算起來，足約貳千四百兩。你當少呢！」佳人說：「這到河南，不見我兄弟，也不費難。只當談笑之中，易如反掌。」張洪說：「怎麼的，你在煙花柳巷，你還有這們個好兄弟麼？我且問你令兄弟在河南作什麼買賣呢？」佳人說：「你猜一猜。」張洪說：「我何用三猜二猜！我一猜就猜著了。想你令兄弟在河南開當鋪。」佳人說：「不是。」「哦，想來是販賣紅蘭紫草的。」佳人說：「不是。又遠了，更不是咧。」「哦，是販蜜燭香茶的。」「可也不是。」張洪說：「這個我可猜不著咧！令弟在河南又不是開當鋪，又非販賣紅蘭紫草香茶蜜燭，那有這宗銀子買你出水從良呢？」佳人說：「張洪，要不提起我那兄弟到還可矣！

若是提起我那兄弟來可也不小！想你在他跟前站著跪著地方也是無有的。」張洪說：「這話不然！說我張洪是我家東主僕人，不過敬尊我家的太爺，並天下財主雖多，他都不能管我。再說你兄弟就有撥天勢力，我與他無干，也管不著我在這個地方！我偏在這裡坐下，又攏何方！」張洪一邊說著話，一屁骨坐下在佳人面前，仰著臉，單聽女子講話。佳人說：「張洪，你當我那兄弟是買賣客商麼？不是！哦！他本是今年正德皇爺御筆親點頭名狀元，皇爺又點河南八府代天都巡按。我實對你說罷，如今河南奉旨按院陳奎，那就是我兄弟喲！」張洪聞聽，那裡還有魂呢。不扶塵埃，爬起來撥開腳步，往東北角下，咕嚕咕嚕的直跑。這個話幸虧老鑾子未曾聽見，在馬上如何坐的住呢。要是滾下馬來，就送了他這條老命。為什麼他就無有聽見呢？書要說個明白。在坐明公，聽書也要聽個細緻。方才說過，老鑾子八十來歲了，耳陳眼慢，看也看不真，聽也聽不見，又再東南角下，相離佳人有十數多步開外的光景。這女子與張洪講話，他可如何聽的見呢？他若聽見，有見識的，自然也不害怕了。他是無從聽見，只看見他的僕人，往東北角下飛跑，他還不知到打那頭所來呢。在馬上把鞭子一擺，用聲招手。「張洪，你往那裡去？你與我回來！」要是別人，想叫他回來，再也不能的。張洪正往東北上直跑，聽見有人指名叫他，回頭看了一看，是他的東主，忙反面來至老鑾子馬前，大驚小怪：「大爺不好了！方才那女子講的語，你老無有聽見麼？」老鑾子說：「哦！是了！想是不跟咱們走回南去，口出怨言，罵起我來麼？」張洪聞聽，把腳一跺，仰面長吁！「大爺，你當真沒有聽見麼？方才那女子說的明白，叫咱主僕二人只當積點陰功，叫咱爺兒們把他送到河南開封府，見了他的兄弟，銀子還咱爺們本利相停。我問他兄弟在河南作何買賣呢？他說：他兄弟並不是個買賣客商，本是個狀元出身，今奉那正德皇爺御筆親點，現任八府巡按。如今那河南按院大人陳奎，就是他的兄弟咧。」老鑾子聞聽得，將頂梁股上吱的

一聲，冒子股涼氣，把手一扎，險些吊下馬來。在位的爺想情，方才說老蠻子八十多歲的人了，要是從馬上吊下來。焉能有他的姓命呢。多虧了他的僕人張洪，正在精壯年少，扯上一步，挽扶在馬上，說：「大爺醒來！」老蠻子定神良久，到抽一口涼氣，哎呀一聲，自己叫著自己說道：「張子春，你活了八十多歲了，老來無有才料！花費了一千二百兩銀子，買了一個心愛的花娘子。何從是心愛的娘子，分明是比作刺蝟一樣！捧著他罷，又扎手；欲得仍了罷，可惜我那一千二百兩銀子呀！」

老蠻子爬伏在那鞍轎上，唬得他渾身打戰戰兢兢，良久還過一口氣，腹內輾轉自顛奪。我今年枉活八十多歲汗，這是我少智無謀缺欠通。我比作乞丐得病把父母想，賴蛤蟆要想吃天鵝。我就說老來作個風流客。不承跳進是非坑。這一去河南路過開封府，遇見欽差難逃脫。倘若是得罪陳巡按，到只怕我這老命活不成！雖然後悔悔得晚，事到其間莫奈何。老蠻子他在馬上神不定，張洪，你可怎樣行？

《二賢傳》寫的是明代正德時，書生陳奎和李三姐的悲歡離合事。

四

到了清代中葉以後，大規模的鼓詞，講唱者漸少，而「摘唱」的風氣以盛。所謂「摘唱」便是摘取大部鼓詞的一段精華來唱的。這似是一種自然的趨勢，南戲的演唱由全本而變成「摘出」，鼓詞也便由全部的講唱而變成「摘唱」。這種趨勢是原於社會的和經濟的原因的。以後，成了風氣，便有人專門來寫作這種短篇的供給「摘唱」的鼓詞了。

近代所唱的鼓詞有京音大鼓，奉天大鼓，梨花大鼓（即山東大鼓）等等分別，但在大體上，其彈唱的方

法是很相同的。

趙景深先生以為近日流行的大鼓書和鼓詞不是同物。這見解是錯誤的。近日的大鼓書誠然很少夾入說白；但每次講唱時，唱的人，仍要來一段開場的。因為「短」，所以以下便也容納不下講說的一部分了。這便是「講」的部分漸漸被淘汰了的原因，零段的鼓詞，今所傳的並不十分多。最重要的是所謂「子弟書」。「子弟書」的組織，和鼓詞很相同，雖然沒有說白，但還可明白看出是從鼓詞蛻變出來的。

所謂「子弟書」，是指八旗子弟的所作。八旗子弟漸浸潤於漢文化，遊手好閒，鬥雞走狗者日多，遂習而為此種鼓詞以自娛娛人。但其成就，卻頗不少。

子弟書以其性質分為西調、東調二種。「西調」是靡靡之音，寫「楊柳岸曉風殘月」一類的故事的。東調則為慷慨激昂的歌聲，有「大江東去」之風的。

西調的作者最有名的是羅松窗，惜未能詳其生平；他所作的，今知有《大瘦腰肢》、《鵲橋》、《出塞》、《上任》、《藏舟》及《百花亭》六種（總不止此數，但不易再得到）。他所寫的，不盡為故事，也有純然是抒情的，像《大瘦腰肢》。松窗的文學修養的工夫很深，故其風格便和一般的鼓詞敻然有異，像《出塞》的一段：

群山萬壑赴荊門，生長明妃尚有村。一去紫臺連朔漠，獨留青塚向黃昏。畫圖省識春風面，環佩空歸夜月魂。千載琵琶作胡語，分明怨恨曲中論，傷心千古斷腸文，最是明妃出雁門。南國佳人飄雉尾，北番戎服嫁昭君。宮車掩淚空回首，獵馬出關也斷魂。今日還非胡地妾，昨宵已不是漢宮人，風霜不管胭脂面，沙漠安知錦繡春。幸有聰明知大義，敢將顏色繫終身。為救蒼生離水火，甘教薄命葬煙塵。殘香剩粉人一個，野地荒煙雁幾群。自歎說到處沙場多白骨，又誰知今朝小妾弔英魂！爾等是俠氣雄心真壯士，偏遇奴斷腸流淚苦昭君，我歎爾白骨縱橫在這荒草地，爾歎奴一身流落莽乾坤。為甚麼爾歎奴家奴歎爾？只因都是漢家

臣。為國精忠是臣子的事，封妻蔭子聖皇恩。莫向黄昏哭鬼火，須從白日傲精魂。伸自神而屈自鬼，況爾等儘是英雄俠義人。休嫌風雪胡天地，自有鶯花故國墳。這佳人想念爹娘不知安康否，也是蒼蒼白髮六旬的人。大略著也模糊了兒的面貌，可憐空對我的朱門！一自孩兒歸內院，但從魂夢見雙親。實指望二八青春壓六院，三千寵愛在一身，萬兩黄金充小妾，千方白璧慰親心；又誰知一朝去國才十八歲，萬里投荒二九春。這娘娘命取琵琶彈馬上，眼望南朝兩淚淋。彈的是斷腸商調〈湘妃怨〉，唱的是慟耳傷心故國音。君王雨露沾天下，並非獨吝在昭君。自恃容顏羞行賄，也非愛小省黄金。妾身也不怨毛延壽，都為我前世的昭君是造了孽的人。不行好事才折了奴的福，可怨誰來是自己尋！只因我父母堂前缺孝道，君王座下少忠心，無故的斷送毛延壽，總死胡邦也是結了怨的魂。這如今一身柔弱有誰來問！天哪，教我走投無路，進退無門。奴本是守禮讀書節烈女，此身已是漢宮人，豈肯失身於草莽，難道說就不念南朝舊主恩！憶君王臨別不忍與奴分手，龍目紛紛雨淚淋，哭溼了龍袖還揩奴的淚，口喚卿卿莫怨寡人。這而今茫茫野草煙千里，渺渺荒沙日一輪。數團氈帳連牛廠，幾個胡兒牧馬群。回頭儘是歸家路，滿目徒消去國魂。向晚來胡女番婆為妾伴，那渾身糞氣哎就熏死人。這一日忽見道傍碑一統，娘娘駐馬看碑文。看罷低頭一聲歎，呀，原來是飛虎將軍李廣墳！

不是大手筆是寫不出這樣流麗宛曲的唱文來的。韓小窗在《周西坡》裡說道：「閒筆墨小窗竊擬松窗意，降香後寫羅成亂箭一段缺文。」則松窗也曾寫過東調的了。

東調的作者，以韓小窗為最重要。他屢次的在鼓詞裡提到自己的名字，但在其中，對於他自己的生平，卻一點消息也沒有。他所作的有《托孤》、《千鍾祿》、《寧武關》、《周西坡》、《長板坡》等，風骨狰狰，讀之如啖哀家梨，爽快之至！至今還是大鼓書場裡為群眾所愛好的東西。他寫些西調，像《得鈔傲妻》、《賈

寶玉問病》等，但不是嬉笑怒罵皆成文章，便是沉鬱淒涼，若不勝情。他是不會寫軟怯無力的調子的。且舉其《寧武關》的一段為例：

小院閑聽潑墨遲，牢騷筆寫斷魂詞。可憐孝母忠君將，偏遇家亡國破時。怨氣悲風凝鐵甲，愁雲慘霧透征衣。一腔熱血千秋恨，寧武關苦死了將軍周遇吉。這將軍代州已被流賊破，也是那國家氣數人力難支。出重圍一念思親情切切，幾回欲死復遲遲。一路兒紛紛塵滾銀槍冷，慘慘風吹戰馬嘶。奔到了寧武關中自家門首，見依稀風景似當時。老家將請安已畢接槍馬，勇忠良把銀盔整整抖抖征衣。進儀門腳踏花磚行甬路，到庭前英雄舉目心內驚疑。但只見萱親堂上開瓊宴，妻子筵前捧玉卮。呀，這是我為國忘家把心都使碎，竟忘了太太是今朝壽誕期！太夫人一聞傳報將軍至，說，快喚來。早見階前跪倒了遇吉，說，請太太萬福金安無恙否？太太說：溫存殘喘難為兒媳，吾兒免禮。忠良站起見夫人，萬福深深問起居。小公子向父請安垂手立，這將軍千般悲慟只好一味支持。看看娘親，瞧瞧自己，瞧瞧愛子，望望嬌妻，暗思量，此際團圓，少時何在？一家兒須臾對面，傾刻分離。這將軍滿腹愁腸強忍耐，命家童把殘席撤去重整新席。遇吉說：老母的千秋兒來拜壽。太太說：每年今日教你大遠的奔馳。公子夫人雙侍奉，旁華筵壺傾玉液，酒泛全樽。周遇吉膝前跪奉了三杯酒，無奈何把牙關緊咬作祝壽的言詞。說：娘啊。聲氣兒倒噎紅滿面，淚珠兒在眼中亂轉，不敢悲啼。說：兒願母眉壽喜同山嶽永，洪福長共海天齊。這將軍拜罷平身把身倒背，偷擦得素羅袍袖血淚淋漓。太夫人看破將軍悲切切，急問道：吾兒何故慘淒淒？周遇吉強硬著心腸陪笑臉，說：兒見母霜鬢垂白不似舊時，桑榆暮景年高邁，兒不能承歡膝下侍奉朝夕。太太說：你為此含悲麼？忠良說：正是。太太搖頭說：未必是實！可是嚇，聞得代州有流賊犯境，你為何自回寧武，撇下了城池？周遇吉驚流滿面含糊應，說曾打仗是孩兒得勝，那流寇失機。太太見忠

良變色聲音慘，老人家疑心之上更添疑。喚遇吉，忠良答應說，兒在。太太說：莫非你把代州失？周遇吉半晌驚呆說：兒來拜壽。太太見情真事確，就站起了身軀，說：好遇吉！還敢支吾說來拜壽！你瞧你一身甲冑，遍體征衣。忠良見萱堂震怒連聲的問，無奈何一身跪倒，兩淚淋漓。悲切切說：流賊的勢眾，代州的兵少，因此上孤城失守，獨力難支。兒遇吉欲從陣上酬君死，為只為先到家中報母知。這忠良磕頭血濺花磚地，慟淚成行戰襖溼。忽見老家將驚慌氣喘在階前跪，說：不好了，流賊的兵將圍困城池。一片哭聲遠近聞，軍民逃竄各紛紜。滿城怨氣黃塵起。四野狼煙白晝昏。流淚斷眼周總鎮，水肝鐵膽太夫人。老家將渾身亂抖中庭跪，不住的報說流寇督兵打四門。太夫人眼看著忠良說：還不快去！大丈夫血濺在疆場才是報君。遇吉說：孩兒願做軍前鬼，但是老家將隻身怎樣護送娘親？

這裡還嫌引得不多！

李家瑞的《北平俗曲略》說，子弟書的作者，於羅松窗、韓小窗外，尚有鶴侶氏、雲崖氏、竹軒、漁村、煦園等人，惜皆未詳其生平（他們的生平的當然是不會見之於文人學士們的記載裡的）。

■ 參考書目

1. 《中國俗曲總目稿》，劉復等編，中央研究院出版。
2. 《北平俗曲略》，李家瑞編，中央研究院出版。
3. 《世界文庫》第四冊，鄭振鐸編，中選羅松窗、韓小窗二人之作十餘種。
4. 《大鼓研究》，趙景深著，商務印書館出版。
5. 〈一九三三年的古籍發見〉，鄭振鐸著，見《文學》二卷一號。

6. 〈三十年來中國文學新資料的發現史略〉，鄭振鐸著，見《文學》二卷六號。
7. 《太鼓書辭匯編》，楊慶五編。
8. 刊行鼓詞最多者，為北京二西堂等民眾的書坊。初為小型的木版本，最近多改為石印本。木版本幾已絕跡市上。又乾嘉以下的鈔本也不時的可以遇到。
9. 《西諦藏書目錄》第三冊。這一冊全載講唱文學，自《變文》以下的諸門類的目錄，間附說明。

第十四章 清代的民歌

一

清代的散曲也和明代一樣，已成了文人的作品，不復是民間的東西了。明代的南北曲，尚是和「南宋的詞」相同的東西，雖已達老年，而還能生存，還能被歌唱，還能流行於民間；但清代的散曲卻像「明代的詞」了。除了少數的例外，大多數的南北曲都已不能被之弦歌，都已不能流行於民間。散曲作家們的氣魄也不復像元、明二代之豪邁。他們不是過於趨向尖新，鮮麗之途，在一字一句之間爭奇鬥勝，便是拘守格律，不敢一步出曲譜外，變成了死氣沉沉的活屍。

清代的重要的散曲，自當求之於民間歌曲，而不能在文人學士們的作品裡見到。

明人大規模的編纂民歌成為專集的事還不曾有過，都不過是曲選或「雜書」的附庸而已——除了馮夢龍的《掛枝兒》和《山歌》二書之外。但到了清代中葉，這風氣卻大開了。像明代成化刊的《駐雲飛》、《賽賽駐雲飛》的單行小冊，在清代是計之不盡的。劉復、李家瑞編的《中國俗曲總目稿》所收俗曲凡六千零四十四種，皆為單刊小冊，可謂洋洋大觀。其實，還不過存十一於千百而已。著者昔曾搜集各地單刊歌曲近一萬二千餘種，也僅僅只是一斑（惜於「一二八」時全付劫灰）。誠然是浩如煙海，終身難望窺其涯岸。而綜輯民歌的工作，也不斷的有人在做。其規模雖沒有比馮夢龍的更大，卻比他更為小心謹慎。他的《山歌》、

《掛枝兒》等集，究竟有多少是民間的本來面目，很可懷疑。他一定曾大膽的加以刪改，加以潤飾，好像把魏唐石刻，敷以近代的泥粉一樣，未免有些走樣或失真。其中，且更有許多的他自己或他友人們的擬作在內。但清代的民歌搜集者，編訂者卻甚為忠實，其來源也甚為可靠。像《白雪遺音》的編者差不多便費了一年多的編輯工夫。

> 曲譜四本，乃多方搜羅，曠日持久，積少成多，費盡心力而後成者。
>
> ——華廣生自記

在高文德的序上，也記著編者華廣生的話，道：

> 初意手錄數曲，亦自作永日消遣之法。迨後各同人皆問新覓奇，筒封函遞，大有集腋成裘之舉。

所以，他的蒐羅的範圍是很廣泛的，並非出於一人之力，而是出於許多人的協助。其中，蒐集的人或難免有偶加潤飾的地方，但大多數可信其為本來面目，有許多且是很新鮮的從民眾口頭上採集下來的。

《霓裳續譜》的來源，比較複雜。但在實際上也是伶工們的口頭相傳的東西。王廷紹序云：

> 三和堂顏曲師者，津門人也。幼工音律，強記博聞。凡其所習，俱覓人寫入本頭。今年已七十餘。檢其篋中，共得若干本。不自祕惜，公之同好。諸部遂醵金謀付剞劂，名曰《霓裳續譜》。

這是《霓裳續譜》的來歷了。雖然「其曲詞或從諸傳奇拆出，或撰自名公鉅卿，逮諸騷客，下至衢巷之語，市井之諺，靡不畢具」，但究竟以衢巷市井之歌為最多。像這樣慎重的編訂，乃是明人所不能及的。

二

今所知的最早的民歌集，乃是乾隆九年（西元一七四四年）「京都永魁齋」所梓行的《時尚南北雅調萬花小曲》。永魁齋只題著梓行的年月：「歲在甲子冬月」，但馬隅卿先生所藏的一本（我的藏本即從此出），封面前有維寬氏的「乾隆三十九年吉立」字樣，由其版式看來可知此「甲子」，必是乾隆九年。如果是再前六十年的刊本，則便是康熙二十三年（西元一六八四年）的「甲子」了，但其版本卻全然不是康熙時代的，更不是明代的。故可斷定其刊行年代必為乾隆九年。

這本《時尚南北雅調萬花小曲》並不怎麼厚。所錄凡：

（一）〈小曲〉　三十六首
（二）〈劈破玉〉　五十三首
（三）〈鼓兒天〉　五更一套
（四）〈吳歌〉　五更一套
（五）〈銀紐絲〉　五更十二月
（六）〈玉娥郎〉　四季十二月
（七）〈金紐絲〉　四大景
（八）〈十和偕〉　三十首
（九）〈醉太平〉　大風流
（十）〈黃鶯兒〉　風花雪月
（十一）〈兩頭忙〉　恨媒人

不過是一百餘首的一個小集子。永魁齋題云：

此集小曲數種，盡皆合時，出自各家規式。本坊不惜重金，鐫梓以供消閒清賞。其中所選，俱未注明來源。但有一部分，像〈劈破玉〉、〈黃鶯兒〉等，皆可知其為明代以來的遺物。最可珍貴的部分乃是三十六首的小曲，這裡有很粗野的東西，但也有極真誠的作品；有極無聊的辭語，也有極雋永的篇章。

◆小曲◆

日字兒多似猛松雨，既要相交那在乎一時！要是要你有情來我有義，再別拿著丹田的話兒在我心坎上遞。也自是柴重人多不湊咱兩個的局，也罷了另擇個日子把佳期敘。

又

天下最明不過就是你，你怎麼這般樣著迷！牆有風，壁有耳，非兒戲。受困邦一因一著機不密。雖有一個別途未否是你偕老的佳期，候伊允我這裡自然有主意。

又

自己的心腸勸不醒，當局者迷旁觀者就清。勸我的人金石良言咱不聽，大端是未曾害過相思病。有一句話兒你牢牢的記在心，常言說是花兒也自開一噴。

又

不必你老表心事，我眼裡有塊試金石。一見了你就知道你是疼人的，初相交就與我個捨不的。人人道你最出奇，也是我三生有幸今朝你把遇。

又

你不必好歹跟著人家樣子兒比，人有好歹物有高低。痴心的人到處裡聞名深感及，負義的使盡了機關情不密。我雖然眼底下不齊後會有期，那其間上了高山你才顯平地。

又

似你溫良真少有，望攀有意礙口失羞。久聞著你件件疼人真情厚，但不知佳期能勾不能勾？雖然說會著你一遍留下一遍念頭，無憑據自恐怕其中不實受。

又

學不會的溫良真可喜，疼人的訣竅難得難習。行情處情意顯然投我的意，又覷人眉目之中自望心坎上遞。但與你交接無不著迷，留下的好魂夢之中教人長影記。

又

一見乖乖把唸頭起，又不知投你的機來不投你的機。風月中滑脆脆的人兒如心膩，不似你件件椿椿合上我的意。從合著你傍花野草掛口兒不題，說不想不由的念你不知是咱的。

又

向日的真心蒙慨允，付來的字兒欽此欽遵。感你的情時刻懸思念不盡，我怎肯在你身上爽全信。怕只怕下玷干你蠢莽愚村，不過是交情泛好投緣分。

又

雖然合你相交淺，如同相交好幾年。從離了你再不把別人戀。我的心實實伏在你身上。有兩句礙口的說兒不好和你言，又未知親人情願不情願。

這兩日不曾見，未知親人安不安。從離了你淚珠兒就何曾斷，數歸期十個指尖都掐遍。你遇著有竅的人兒盡著和他頑。歡娛去對著鏡兒把我念一念。

做了一個蹊蹺夢夢兒中會我親人。那親人說的話兒知輕重，又未知親人心順不心順，覷著你俊龐兒一似鶯鶯，喜殺了我把衾兒枕兒安排定。

從南來了一行雁，也有成雙也有孤單。成雙的歡天喜地聲嘹亮，孤單的落在後頭飛不上。

不看成雙只看孤單，細思量你的淒涼和我是一般樣。

既有真心和我好，再不許你要開交，再不許你人面前兒胡撕鬧，再不許你嫌這山低來望那山高，再不許你見了好的又把槽來跳。

小親人兒心上愛，愛只愛情性乖。因此上懨懨病兒牽纏害，一見你魂靈兒飛在雲霄外。一刻兒不見你放不下懷，要不想除非你在俺不在。

你在那裡朝朝想，我在這裡夜夜思。思只思親人待我的好情意。愁只愁熱香香的人兒分離去。雖然說去了還有個來時，怕只怕眼下淒涼無人緒。

隔著桌子把瓜子殼兒打，三番五次看著咱。斟一杯酒兒說了幾句在行話，臨起身大腿兒上掐一下。掐的我腰兒酸來骨頭麻。天晚了今夜不如歇了罷。

成就佳期恭喜賀喜，展放開愁眉皺眉。有勞你費盡心機多累有累，幸今宵百年和偕身遂意遂。無罣礙再不去疼誰想誰，深感激痴心未退邪心退。

實不欺心災少禍少，從無天理前瞧後瞧。聖人言在上不驕當拗別拗，所謂修身在正其心慎要謹要。你別說自誇其能心高志高，畫虎不成反惹得旁人不笑也笑。

又

知己投機最少而可少，情性溫良不交也交。但有些餘下的工夫候教領教，你行的事百中百發玄妙奧妙。只因你美目上傳情教我胡猜亂猜，俊龐兒思想起來不愛也愛。

實意真心疼你為你，要我的無常千移萬移。既許下欲待虧心何必不必，因此上著意留神叫你心細仔細。朋友面前克要你隨機應急。放寬心勿要拗爭氣賭氣。

頻墜燈花結彩報彩，昨宵驚夢奇哉怪哉。他與我訴離情耽耐敏耐，我回答因痴心少待等待。幸今宵獨對和景音來信來，喜相逢從整佳期真愛可愛。

沉墜宮花結彩映彩，今夜淒涼難捱怎捱。夢兒中訴離情急壞想壞，醒來時自落得話在人不在。幸遇著乖乖音來信來，喜團圓二次佳期真愛可愛。

為去煩難怕有偏有，恩愛牽連欲休不休。現放著盆沿上佳期一就難就，又無一個幫襯的人兒成湊弗得湊。心坎上堆累著新愁舊愁，似你多鬼病懨懨憔瘦體瘦。

我為你招人怨，我為你病懨懨，我為你清減了桃花面，我為你茶飯上不得周全，我為你盼望佳期把眼望穿。親人若團圓淨手焚香答謝天，怎能勾手挽手兒同還願。

河那邊一隻鳳，我怎麼叫他不應。大端是我親人少緣分，雇一隻小船兒把我來撐。撐到那河邊問他一聲，他若是不應承。轉回身來跳在水中，你教我有名無實終何用。

人害相思微微笑，我只說故意兒妝著。誰承望我今入了你這相思套，懨懨瘦損我命難逃。海上仙方嘗盡了，急的我雙跌腳。親人罷了我了，要病好除非是親人在我懷中抱。

久別尊容可安否，失親敬面帶著僥。從離了你諸般樣的事兒無心料。他那裡怎麼兒樣溫存對著我來學，我這裡照著樣兒侍奉我那年紀小的嬌嬌。你悶我我不惱，愁只愁把你牽連壞了，又我定要復整佳期鸞鳳效。

又

洛陽橋上花如錦，偏我來時不遇春。大端是君子人兒時不正，遇著一個疼我的人兒不把我來親，親近我的人兒不會溫存。你也是個人，我也是那十個月的懷胎八個字兒所生。

又

大端是前世前緣少緣分，晝夜家牽連不閉眼。愁只愁心事難全，慮只慮恩人不得到頭真可歎。我怎麼自是相與個人兒乍會新鮮，乍會情濃比蜜兒還甜。哄的我托心和他好，腳蹉著這山眼又望著那山。又怎麼來幾番家決斷則是決不斷。

又

> 一別經年無經慣，兩次相思誰人敢耽。三不知的你去的一個音絕斷，似有如沒盼不到我跟前。五行書裡命犯著孤鸞。六月連陰天，淒淒涼涼敢向誰言。又八不能閃了我和他行伴。

又

> 叫一聲誰答應？叫二聲有誰應承？叫三聲乖親兒去的一個無音信。叫四聲走近前來著著意兒聽，叫五聲年小的乖乖有影無形。叫六聲我的人。細想想，白叫了七聲。又叫八聲乖乖不來傾了我的命。

又

> 不在行誰把你來想，因為你在行惹下牽連。巴不得常攙手來和你明陪伴。交情兒容易拆情兒好難，提起一個離別的字兒摘了我的心肝。凡事無心戀時時刻刻掐不斷的牽連，又若淒涼搶著手兒和你願從願。

像其中：「有一句話兒你牢牢的記在心，常言說是花兒也自開一噴。」「但與你交接無不著迷，留下的好魂夢之中教人長影記。」「一刻兒不見你放不下懷，要不想除非你在俺小在。」「親人罷了我了，要病好除非是親人在我懷中抱。」「交情兒容易拆情兒好難！提起一個離別的字兒摘了我的心肝！」都是以極淺顯的話，來表達最深摯的情意的，這確是衢巷市井裡的男女們的情辭。有的想像和情語乃是元、明曲裡所未曾見到的。〈十和偕〉目錄上寫著三十首，實際上只有二十首，但每首都是粗鄙不堪的，都是最惡俗的赤裸裸的性的描寫；大約連妓女們也不會唱得出口的吧。

最可注意的是〈西調鼓兒天〉，這是「一套」詠思婦的最好的篇什。「西調」之名，第一次見於此。這「西調」，在《霓裳續譜》裡是極重要的曲調，可見當時是極流行於「京都」的。

◆西調鼓兒天◆

一更鼓兒天，又我男征西不見回還。早回還與奴重相見，了呀！叫了一聲天，哭了一聲天，滿斗焚香祝告蒼天。老天爺保佑他早回還，早回還，奴把豬羊獻。了呀！

二更鼓兒多，又我男征西無其奈何！沒奈何叫奴實難過！了呀！叫了一聲哥，哭了一聲哥。我想我哥哥淚如梭，淚如梭，不敢把兩腳錯。了呀！

三更鼓兒催，又月照南樓奴好傷悲。一張象牙床教奴獨自睡。了呀！獨守孤幃，又南來孤雁，一聲一聲催。雁兒，你落下來。奴與你成雙對。了呀！

四更鼓兒生，又我男征西在路徑。在路徑，叫奴身懷孕。了呀，你好狠心！又是男是女早離了娘的身。山高路又遠，誰人稍書信。了呀！

五更鼓兒發，又夢兒裡夢見我的冤家。手攙手說了幾句衷腸話。了呀！夢裡夢見他，又架上金雞叫喳喳，驚醒來忽聽見人說話。了呀！

雙手把門開，又，過路的哥哥帶將書來。忙接下我這裡深深拜。了呀！二哥請進來，又，忙叫丫鬟把酒篩。你那裡篩暖了酒，我這裡定下菜。了呀！

滿滿斟一甌，又，我替我二哥磕上二個頭。二哥，你在外邊想與我男兒厚。了呀！慌忙斟一甌，又，我替我二哥吃上幾甌。二哥，吃知你不吃齋，我這裡熬上肉。了呀！

一齊往上端，又，薄餅卷子一替一替的端。先上了肉粉湯，後上大米子飯。了呀！其實不中看，又，丫鬟調湯不知鹹酸，二哥，你不美口，權當家常飯。了呀！

嫂嫂我來擾，又，有一句話兒不好對你說。守貞節不與旁人笑，了呀！不必你呆嚀，又，我男征西掌團營。他本是大丈夫，奴怎肯掃他的興。了呀！

送出前堂，又，回進後房弓箭什物掛在兩牆。手拿著響幞頭，弓弦無人上，了呀！打開櫃箱，又，關東靴兒四針四針行。我男兒不在家，再有誰穿上！了呀！

巴到黃昏，又，忙叫丫鬟掌上銀燈。照的奴影兒斜，自有身子正。了呀！手抱小嬰孩。又，問著你爹爹幾時回來？臉兒手好像黃花子菜。了呀！

上的床來，又，脫吊了繡鞋換上睡鞋。我男兒不在家，小腳兒誰來愛，了呀！巴到天明，又，日頭出來一點一點紅。叫丫鬟抬簡妝，取過青銅子鏡。了呀！

對面相逢，又，照的奴一陣一陣昏來一陣一陣明。明明的害相思，不覺的憂成病。了呀。上的樓來瞧，又，滿州的哥哥過去了。腰掛著簡金刀，頭帶著簪子帽。了呀！

可不到好！又，轉過灣來不見了。好叫我那塊瞧？自是乾爭躁！了呀！抬頭往上瞧，又，八洞神仙過去了。前頭是漁鼓響，後頭是簡板子鬧。了呀！

雲裡逍遙，又王母娘娘赴著蟠桃。韓湘子飲仙酒，大家同歡樂。了呀！相思害的慌，又青銅鏡照的臉帶子黃。拿過了鴛鴦枕，倒在牙床上。了呀！

兩眼淚汪汪，又，夢兒裡夢見我的情郎。醒來時獨自在牙床上，了呀！想得悶懨懨，又，拿過煙鍋吃上袋子煙。吃袋子煙，好似重相見。了呀！

奴好心焦，又，忽聽門外一聲一聲高。開門瞧，卻是兒夫到。了呀！擺擺搖搖，又，十指尖尖摟抱著，進門時不覺微微笑。了呀！

攙手上高廳。又，忙叫丫鬟把酒斟。擺上了新鮮酒，與我郎同歡慶。了呀！寬衣到銷金，又，自從你稍書摘了奴的心。臉皮黃，身子又成病。了呀！

〔清江引〕說來說來來不到，相會在今朝。欲待口兒噲，又要懷中抱，但不知那一些才為是好！

末以〈清江引〉為結束，這是《萬花小曲》裡的散套的通例。〈銀紐絲〉的一套如此，〈玉娥郎〉的一套也是如此，〈兩頭忙〉的一套也是如此。

〈兩頭忙〉題為〈閨女思嫁〉，乃是全集裡最有情趣的一篇。閨女思春之作，湯若士《牡丹亭傳奇》寫得最好，但還欠大膽，《姑尼思凡》頗能寫出懷春的少女的情思，但也嫌不怎樣投合於一般人的心意。但這裡卻極為大膽而顯豁，言人所不能言，所不敢言。我曾得到單刊本的《豔陽天》，為陝西所刊，其內容完全相同。想不到這篇東西，很早的時候便已流傳到「京都」裡來了。這篇開頭有〈西江月〉的引辭，乃是別的套曲所不見的。

◆閨女思嫁◆

〔西江月〕話說閨女思嫁。春天動了欲心。爹娘婚配是前因，留在家中說甚！男女願有家室，長成當嫁當婚。央媒說合去成親，千里姻緣分定。

〔兩頭忙〕豔陽天，又，桃花似錦柳如煙。見畫梁雙雙燕，女孩兒淚漣，又。奴家十八正青年，恨爹娘不與奴成煙眷。淚如梭，又，春貓兒房上去起窩，奴在繡房中懶把生活做。嫂嫂與哥哥，又，二人說話情意多，到晚來想是一頭臥。願爹媽，又，李二姐，張大姐，都嫁人家養孩兒周把大。他也十八，奴也十八，爹媽傷塞沒大薩，正青春怎不將奴嫁！園林折花，又，雙雙媒人到我家，險些兒把奴歡喜殺，爹到在家，又，若是門當戶對好人家，望爹爹發了帖兒罷。

帖兒去了，又，不覺兩日並三朝，急得奴雙腳跳。不見來了。又，想必是帖兒看不好，到晚來不由人心急躁。

點上燈，又，燈兒下慢慢細沉吟，媒人來就是我婚姻動。不見回音，又，想必是帖兒不

曾與人，思量起把媒人恨！恨媒人，又，討了帖兒沒回音，成不成叫奴將誰問！雁杳魚沉，又，等閒捱過好青春，說不出心中悶。

媒人來，又，只得佯羞到躲開，待要聽又怕爹娘怪。惹得疑猜，又，梅香歡喜走將來，說道：是將插戴。

婆婆相，又，忙施脂粉換衣裳，越顯得精神長。站立中堂，又，低頭偷眼把婆張，這婆婆到也善佛相。

忒妝嬌，又，往我門前走了幾遭，小廝們就把姑爺叫。我也偷瞧，又，儀標俊雅又風騷，正相當都年少。

眼巴巴，又，巴得行禮到奴家，怕去看行盒下。寶玉金花。又，我心兒裡著實的不喜他，喜則喜將奴嫁。

好長天，又捱過了一日似一年。快雖快還有兩日半。喜上眉尖，又，催裝擔兒更新鮮，尋下些柔攘絹。

嫁裝鋪，又，有些事兒罣殺了奴，安穩些床和鋪。坐下圍爐，又，滾湯接力不可無，想著席子香，定把精神助。

洗浴湯，又，偏生的今日用些香，怕人張故把門拴上。仔細思量，又，鮮花今夜付新郎，到明朝又怕別一樣。

起來時，又，渾身換了些色新衣，沉檀降速香滋味。淡粉輕施，又，人人說我忒標緻，做新人不比尋常的。

把頭梳，又，根兒挽緊不比當初，鬏髻兒也要關得住。少戴釵梳，又，今日晚來要將除，只怕手兒忙全不顧。

日頭西，又，喜歡的茶飯懶得吃，我精神已在他家去。燈燭交輝，又，叮咚一派樂聲齊，好婆婆親來至。

月兒高，又，都到房裡把奴搖，一擁著忙上轎。鼓樂笙簫，又，爆竹起火一齊著，怕不成只是微微笑。

到門前，又，踹堂的鞋兒軟如綿，下轎來行不慣。瞥見裝奩，又，寃家站立在踏板兒前，同坐上床兒畔。

坐床時，又，安排熱酒遞交杯，兩齊眉坐富貴。就扯奴衣，又，惟有這會等不的，卻有些真淘氣。

插房門，又，燈下看得忒分明，他風流奴聰俊。摟定奴身，又，低聲不住的叫親親，他叫一聲奴又麻一陣。

門外呼，又。媽媽叫醒把頭梳，下床時難移步。心上糊塗，又，問著話兒強支吾，媽起身我也無心顧。

打扮衣，又，打扮的就像個謝親的，叫幾聲方才去。把奴將惜，又，糖心雞子補心虛，手兒酸難拿住。

〔清江引〕女愛男來男愛女，男女當廝配。女愛男俊俏，男愛女標緻，他二人風情真個美。

三

《霓裳續譜》刊於乾隆六十年（西元一七九五年），較《萬花小曲》晚了五十多年，但其內容卻豐富得

多了，凡選凡西調二百十四首，雜曲三百三十三首，總凡五百四十七首。在雜曲這一部分，內容甚為複雜，有〈寄生草〉、有〈剪靛花〉、有〈揚州歌〉、有〈玉溝調〉，有〈劈破玉〉、有〈銀紐絲〉、有〈落金錢〉、有〈曆津調〉、有〈北河調〉、有〈馬頭調〉、有〈秧歌〉、有〈南詞彈簧調〉、有〈岔曲〉、有〈平岔〉、有〈單岔〉、有〈數岔〉、有〈平岔帶戲〉、有〈蓮花落〉、有〈邊關調〉等等。這裡〈馬頭調〉並不重要，但到了《白雪遺音》裡，〈馬頭調〉便是極重要的一個曲調了。

在那二百十四首的西調裡，最大部分是思婦懷人之曲，其餘的一小部分是應景的歌曲及詠唱傳奇小說裡的故事的。在其中，當然以懷人的情歌寫得最好，像：

◆紅鋪間砌◆

紅鋪間砌，綠擁虛窗，恰正值嫩晴初夏。雛鶯越柳，乳燕穿簾，惹起了無限驚訝。心事兒，亂如麻！強支持，身兒倚遍荼蘼架。觸景關心，一聲聲，一片片，煩眸聒耳，絮搭搭，猛聽得笑語喧嘩。隔牆兒嬌音頻送，卻是誰家？沒來由摧挫咱，不管人寂寞盈懷，偏向我唧唧喳喳？欲避卻無暇。目斷天涯，盼蕭郎，坐想眠思，難消難罷。淚偷彈，柔腸寸結，空懸罣。（疊）

◆菊枝香老◆

菊枝香老，竹葉聲乾，早則是乍寒天氣。人兒去，清秋百病，拖逗的我意倦情痴。終日裡總沒情思，獨坐空閨，冷冷清清，尋尋覓覓，金爐中獸炭頻添，薰不暖紅紅衫袖，冷透冰肌，蹙損仙眉。這情思懨懨細細，除卻梅花，又訴與誰？怕黃昏，忽見樓角月兒起。空將這被兒溫著，便是那鸊鵜驚寒也睡遲。（疊）盼春歸，盼得春歸，人不歸來，待怎生的？（疊）

◆恨別後纖腰瘦損◆

恨別後，纖腰瘦損，羅衣寬褪。那更堪花翻蝶夢，柳鎖鶯魂？情緒紛紛，覺柔腸怎當得新愁舊恨？起初時，歸期準在新春，到而今，病紅漸老，瘦綠成林。袖梢兒疊疊啼痕！最難禁繡屏獨倚，寂寞黃昏，（疊）皓月如銀，照孤幃轉添一番憂悶。（疊）

◆黃昏後倚欄干◆

黃昏後，倚欄干，手托香腮，惱恨紅顏多薄命。露溼霓裳，風擺羅裙，怎當得蟾光瘦影共伶仃？又聽得落葉梧桐，簷前鐵馬咭叮噹，攪亂愁人成病。可憐我一捻腰肢，幾縷柔腸，悲愁恨秋，身似風中柳絮輕！長空皓月，不照那繡閣香幃，偏照得淒淒孤影。負你多情！滿懷心事，難去覓知音！把玉笛梅花悠揚宛轉，一聲聲吹斷深更。（疊）這一番無限心情，都被那碧天涼月，迷卻相思神不定。（疊）

◆願郎君◆

願郎君，荼蘼架下牢牢記：休為那風兒雨兒，誤了佳期。長念著夜兒深，花陰有個人兒立。緊防著花兒柳兒，引逗的你意醉心迷。再叮嚀此事兒，言兒語兒不可輕提，須教那月輪兒不空移！莫拋的鶯兒獨喚，燕兒孤棲！（疊）須要你情兒密，盟兒誓兒，切莫將人棄！（疊）

◆啞謎兒◆

啞謎兒，原約下荼蘼架。夙願兒，又成在豔陽天。著緊的風流事兒，郎獨佔。你不怕鴉

鶯枝上，犬吠花間。我不受繡鞋兒蒼苔露冷，羅袂兒楊柳風寒。嚮叮噹好姻緣，我伴你琴彈綠綺，你與我筆畫春山。（疊）風光美滿，千金一刻不肯輕相換！（疊）

◆晚風前◆

晚風前，柳梢鴉定，天邊月上。靜悄悄，簾控金鉤，燈滅銀缸。春眠擁繡床，麝蘭香散芙蓉帳。猛聽得腳步響到紗窗。不見蕭郎，多管是耍人兒躲在回廊。啟雙扉欲罵輕狂，但見些風篩竹影，露墜花香。（疊）歎一聲痴心妄想，添多少深閨魔障。（疊）

◆乍來時◆

乍來時，蘭麝薰香，綺羅鋪地。到而今，花殘月冷，葉落林淒。病根兒從何起？這樁事兒分明記，月明時綠楊堤畔，白板橋西。早被他窺破了，使性兒軟玉價兒低。悔當初，風流路兒迷！對蕭郎粉臉堆羞！背蕭郎翠袖含啼，（疊）自惹淒涼，青春怎怨人拋棄！（疊）

◆鬅首兒◆

鬅首兒認不出雲鬟雲鬢。血淚兒擦不乾新痕舊痕！斷腸兒著不下多愁多恨？苦口兒道不出痴意痴心！舊事兒惱不出花陰柳陰。暖篝兒薰不透寒枕寒衾。驚魂兒持不定春深夜深。（疊）病身兒留不住珠沉玉碎。誰憐誰問。（疊）

◆莫不是雪窗螢火無閒暇◆

莫不是雪窗螢火無閒暇。莫不是賣風流宿柳眠花？莫不是訂幽期，錯記了茶蘼架？莫不

是輕舟駿馬，遠去天涯？莫不是招搖詩酒，醉倒誰家？莫不是笑談間惱著他？莫不是怕暖嗔寒，病症兒加？（疊）萬種千條好教我疑心兒放不下！（疊）

以上都還是帶著比較濃厚的雅詞陳語的；但也有意思很新鮮，而文詞又活潑而更近於口語的，像：

◆離別時◆

離別時，落紅滿地；到而今，北雁南飛。央賓鴻，有封書信煩你寄：他住在白雲深山紅樹裡，流水小橋略向西。一派楊柳堤，紫竹蒼松，斜對柴扉。（疊）那就是薄幸人的書齋內！（疊）

◆聽殘玉漏◆

聽殘玉漏輾轉，動人愁苦淒涼。怕的是黃昏後獨對銀燈，暗數更籌，奴比作（疊）牆內的花兒，潘郎比作牆外的遊蜂。花心未採，來來往往，採去了花心，飄然兒不回！就是這等丟人！（疊）天呀！我把玉簪敲斷鳳凰頭，平白的將人丟！要說來就說來；要說是不來就說是不來。哄奴家怎的耍奴家怎的了？潘郎你看這般樣時候，月兒這不轉過了西樓：（疊）這事兒反落在他人後！（疊）

◆盼不到黃昏後◆

盼不到黃昏後，恨不能打落了日頭！羅帕上寫著暗把佳期湊，更深夜靜冷颼颼，忽聽城頭交四鼓，喚奴下重樓。且漫說是金釵，就是凰帽也是難尋。（疊）小姐呀！待奴把燈兒提著，提著燈兒走進園頭。風擺動池邊柳。似這等寅夜之間，月色當空，那裡有個人行，正是

疑心生暗鬼，眼亂更生花了。小姐呵！月起樓，只當人走。（疊）怕只怕隔牆有耳防洩漏！（疊）

◆相伴著黃荊籃◆

相伴著黃荊籃，向煙波中求利，終日裡苦奔忙，只為了身衣口食。我將這羅帕兒，高挽青絲髻，臉兒上輕鋪浮粉，淡點胭脂。奴只為了這蠅頭利，顧不得人羞恥。手提著竹籃兒，轉過清溪。過村莊來到了繁華市。則見那往來的人，挨挨擠擠。見幾個輕薄子弟，一個個眼角眉梢將人戲。◯說來的話兒忒蹺蹊。他倒說：憑娘行怎落在風塵裡！他還說：俊龐兒人乍比，可惜落在漁人手，反把明珠陷汙泥。若生在繡閣羅幃，也算得千金女，怎肯拋頭露面受驅馳？卻被他引的人意醉心迷！奴如今也顧不得鸞儔燕侶，也是我五行中命合當如此。這其間怎免人輕品格低？◯我怎敢恨天怨地！可惜奴花容月貌，女工針黹！有誰人曉我心腹事？羞答答怎肯向人提？萬種千條苦自知！教人怎不悲啼？又不曾汙了身軀，似我清白女被人輕視！唉！天呀！何日是我趁心時？只落得長吁氣。要隨心在幾時？料應這捕魚兒為活計，有什麼終始？不知到後來那是我的歸期？◯那是我的歸期，若要我隨心遂意，除非把竹籃兒棄了，另彈別調，早定佳期！那時節穿綾羅，著錦衣，口食珍饈，身居華閣，任意施為！我也去春遊芳草，夏賞荷池，隨時消遣，舉案齊眉；也強如吃淡飯黃虀，朝早起夜眠遲，沖風冒雪，受累擔饑。有一日洞房才整合歡杯，那時才配風流夫婿。（疊）

◆乍離別◆

乍離別，難割難捨，要待要走，回頭又看，慟淚兒擦了又流，由不的勾起那恩愛牽連。

罷，罷，罷，趁蚤登程，免的又在陽關路上頻嗟歎。見了些黃花滿地，草木凋零，離人對景更惹愁煩。下在旅店之中，更深寂寞，愁怕孤枕，懶去安眠，寒蛩不住聲鬧喧，孤雁兒陣陣哀鳴，叫得我好心酸。（疊）冷清清只有那穿窗斜月將我伴。（疊）

其中，《相伴著黃荊籃》以四首合成，是最可注意的較長篇的東西。

◆俺雙親看經念佛把陰功作◆

俺雙親，看經念佛把陰功作。每日裡佛堂中燒鉢火，生下奴疾病多，命裡犯孤魔。把奴捨入空門，削髮為尼，學念佛，荐亡靈，敲動鐃鈸，眾生法號，不住手擊磬搖鈴擂鼓吹螺，平白的與地府陰曹把功果作。多心經也曾念過，孔雀經文（疊）好教我參不破，唯有九蓮經卷最難學，俺師傅精心用意也曾教過。念一聲南無佛，哆呾哆囉娑波訶，般若波羅，念的我無其奈何。◯繞回廊把羅漢數著：一個兒抱膝頭，口兒裡便念著我。一個兒手托腮，心兒裡想著我。惟有布袋羅漢笑哈哈，他笑我時光錯過，青春耽擱，有一日葉落花殘，有誰人娶我這年老的婆婆？降龍的惱著我，伏虎的他還恨我。長眉大仙瞅著我，他瞅只瞅，到老來那是我的結果？（疊）◯奴把這袈裟扯破，藏經埋了，丟了木魚，我摔碎了鐃鈸，學不到羅剎女去降魔，學不到水月觀音作。夜深沉獨自臥，醒來時俺獨自個。這凄涼（疊）誰人似我？總不如將鐘樓佛殿遠離卻，拜別了佛像，辭別了韋馱下山去，（疊）尋一個年少的哥哥，我與他作夫妻永諧合。任他打我，罵我，說我，笑我，一心心不願成佛。我也不念彌陀，願只願生下一個小孩兒，夫妻到老同歡樂。願只願夫妻到老同歡樂。

這篇也是以三首西調組織成的；這是用了時曲裡的《尼姑思凡》的一齣故事來改作唱詞，內容並沒有什麼變更，文句也多沿襲著那齣戲文的原語。大約便是王廷紹所謂「其曲詞或從諸傳奇拆出」的一個例子吧。

〈寄生草〉的許多首，都寫得很成功，有許多逼肖〈掛枝兒〉，有許多竟比〈山歌〉、〈掛枝兒〉和〈劈破玉〉等更溫柔敦厚，更富於想像力，更有新穎的情語，像：

◆三更月照湘簾外◆

〔寄生草〕三更月照湘簾外。密密花影，露溼了蒼苔。回香閨衾寒枕冷人何在，呆呆呆為誰解下了香羅帶？恨煞人的薄幸，想煞人的多才，總有那溫存語，〔隸津調〕咳喲！魂靈兒赴陽臺。盼斷了肝腸。淚珠兒滾香腮，貪戀著誰？相思為誰害。貪戀著誰？奴的相思是為誰害？

◆望江樓兒觀不盡的山青水秀◆

〔寄生草〕望江樓兒，觀不盡的山青水秀。錯把那個打魚的舡兒，當作了我那薄幸歸舟。盼情人的眼凝睛存細把神都漏！暗追思愛情的人兒情無彀。人說奴是紅顏薄命，奴說奴是苦命的了頭。低垂粉頸，隨心的事兒何日就？當日那王魁臨行何必叮嚀咒？

◆心腹事兒常常夢◆

〔寄生草〕心腹事兒常常夢，醒後的淒涼更自不同。欲待成夢難成夢。恨那薄幸的郎，你若在時，又何必夢！我將這個窗戶洞兒一個，一個一個遮住，莫教那個月兒照明。歎氣入羅幃，似這等煨不暖的紅綾，可怎不教人心酸痛？偏與那不做美的風兒，吹的簷前鐵馬兒動。

◆人兒人兒今何在◆

〔寄生草〕人兒人兒今何在？花兒花兒為誰開？雁兒雁兒因何不把書來帶？心兒心兒從今又把相思害，淚兒淚兒滾將下來。天嚇天嚇，無限的淒涼，教奴怎麼耐？

◆自從離別心憔悴◆

〔寄生草〕自從離別心憔悴，滿腹心事訴告與誰？口兒說是不傷悲，眼中常汪傷心淚。歎氣入羅幃，舉被生寒，教我如何睡。廢寢忘食，瘦損腰圍，低聲恨月老怎不與我成雙對？青春去不歸，虛度一年多一歲。

◆得了一顆相思印◆

〔寄生草〕得了一顆相思印，領了一張相思憑。相思人走馬去，到相思任，相思城盡都害的相思病。新相思告狀，舊相思投文難死人，新舊相思怎審問？（重）

◆熨斗兒熨不開的眉頭兒皺◆

〔寄生草〕熨斗兒，熨不開的眉頭兒皺。剪刀兒剪不斷腹內的憂愁。對菱花照不出你我胖和瘦。周公的卦兒準算不出你我佳期湊。口兒說是捨了罷，我這心裡又難丟，快刀兒割不斷的連心的肉。（重）

◆一面琵琶在牆上掛◆

〔寄生草〕一面琵琶在牆上掛，猛抬頭看見了他。叫丫鬟摘下琵琶彈幾下。未定弦，淚

珠兒先流下。彈起了琵琶，想起冤家，琵琶好，不如冤家會說話。(重)

◆佳人獨自頻嗟歎◆

〔寄生草〕佳人獨自頻嗟歎，狠心的人兒去不回還，他那裡野草閑花長陪伴，奴這裡懨懨消瘦了桃花面。他那裡成雙奴這裡孤單。〔隸津調〕湊涼煞了，我病兒懨懨；摘下琵琶解下愁煩。才拿起又把那弦來斷，淚兒連連。(重)左沾右沾沾也是沾不乾，怨老天怎不與人行方便，老天爺。怎不與人行方便。

◆相思牌兒在門前掛◆

〔寄生草〕相思牌兒在門前掛，買相思的來問，咱借問聲：「這相思你要多少價？」「這相思得來的價兒大。」買的搖頭責的把嘴咂：「請回來奉讓一半與尊駕。」(重)

◆一對烏兒樹上睡◆

〔寄生草〕一對烏兒樹上睡，不知何人把樹推。驚醒了不成雙來不成對，只落得吊了幾點傷心淚。一個兒南往，一個兒北飛。是姻緣，飛來飛去飛成對，是姻緣飛來飛去飛成對。

◆昨夜晚上燈花兒爆◆

〔寄生草〕昨夜晚上燈花兒爆，今日喝茶，茶棍兒立著，想必是疼奴的人兒今日到。慌的奴拿起菱花我照一照，玉簪兒在鬢邊上戴著。忽聽的把門敲！(重)放下菱花我去瞧瞧。開門卻是情人到！喜上眉梢。「情人你來了，你今來的真真的湊巧！昨夜晚卻是燈花兒爆，

入羅幃咱倆且去貪歡笑！」

〈剪靛花〉的一首〈二月春光實可誇〉大似上所引的〈閨女思嫁〉裡的一節。可見民間的歌曲，常是互相抄襲的，往往是已經不能明白其如何輾轉抄襲的痕跡的。

◆ 二月春光實可誇 ◆

〔剪靛花〕二月春光實可誇，滿園裡開放碧桃花，鳥兒叫喳喳。（重）驚動了房中思春女，若大的年紀不許人，背地裡怨爹媽，暗暗的恨爹媽。東家的女，西家的娃，她們的年紀比我小，盡都配人家。去年成了家，急煞了。我看見她，懷中抱著一娃娃，又會吃咂咂，又會叫大大。傷心煞了我淚如麻，不知道是孩子的大大，奴家的他，將來是誰家落在那一家？

在《霓裳續譜》裡，〈馬頭調〉選得還不多，但就所選的看來，實在已孕育著不少的偉大的前途，像：

◆ 朔風兒透屋 ◆

〔馬頭調〕朔風兒透屋，雪花兒飄舞。郎君在外面享受福，貪花戀酒不嫌俗。你在外辜負了奴，恨情人心忒毒。奴把香茶美酒豫備的停停當當。你為何把奴的情辜負？無義的郎啊！你為何哄奴？將急等候，音信全無，丫鬟說姑娘啊！你這裡淒涼還好受，可憐我這小丫鬟，十冬臘月裡怪冷的，忽搭忽搭，白扇了一夜水火壺。

◆ 緣法未盡 ◆

〔馬頭調〕緣法未盡難捨難離，一霎時你在東來我在西。千些樣的冷落，我向著誰提？心兒亂，意兒迷，暗滴淚，有誰知？奴這裡訴不盡的淒涼苦，他那裡陪伴著旁人頑耍笑戲。

合眼朦朧方才睡，醒來不見情人你在那裡。你那裡歡樂，把奴忘記。似奴這望梅止渴渴還在，沒人疼的相思，我害的不值。

這兩篇的結尾都出人意外的尖新。在民歌裡常有這樣奇峰突起的新境地的。〈岔曲〉往往是散套，也有「岔尾」；且多半是問答體的東西，頗近於小劇本，這是很可怪的一種漂亮的新體的詩。像：

◆佳人下牙床◆

〔岔曲〕（正）佳人下牙床，呀呀喲！（小）丫鬟侍奉巧梳妝，這個樣的人兒缺少才郎，〔翦靛花〕（正）休得胡說少輕狂，在我的跟前，誰許你嘴大舌長？這兩日太不像。（小）雖然我們下人生的愚魯。言差語錯衝撞著，你擔驚也是該當。我為的是姑娘（正）哇！誰許你假裝腔？從今以後再不可！提什麼郎不郎？要你堤防。〔岔尾〕（小）這一個蜜桃未有吃著。（正）再要如此叫你跪到天黑了，也不肯放！起來罷！（小）挫磨的我成了一個小孽障。

◆淚漣漣叫了聲丫環◆

〔岔曲〕（正）淚漣漣叫了聲丫鬟。（正）姑娘想必有些不耐煩。（正）不知什麼病兒把我害了個難？〔倒搬槳〕（小）姑娘莫怪我嘴頭兒尖，想此事姻緣不周全。（正）佳人聞聽紅了臉，小小的東西你膽包著天！（小）尊聲姑娘，莫把臉來翻。千萬擔待著我小丫鬟。（正）呀！似你這東西誰和你頑？〔岔尾〕（小）我這兩日就活倒了運？（正）牛心的蹄子敢在我跟前來強辯！（小）是了，我就成了一個萬人嫌。

這兩篇還是比較短些的，只寫小姐丫鬟二人的問答。像：

◆女大思春◆

〔岔曲〕（正）女大思春，果是真撅嘴。膀腮不稱心，扭鼻子扯臉就嘔死人。（白）這孩子吃的飽飽兒的，不知往那裡去了，待我去尋尋他煞。（小上）香閨寂靜，悶昏昏瞞怨爹媽老雙親。（白）閨門幼女常在家，不見提親未吃茶。心想意念由不已，我那爹媽話口兒也不提！我呀今年二八一十六歲。我阿爸在湖下使船，長上蘇杭來往，留下我母女二人，長伴在家，教我等到多咱。〔剪靛花〕阿二背地自沉吟，瞞怨阿爹老娘親。糊塗老雙親耽誤我正青春！（正白）啊！你背地自言自語，敢是瞞怨我哩？（小白）不瞞怨你，瞞怨誰？（正白）我和人家說過幾次，人家都不要你，教我怎樣煞！（小白）不要我。我頭上腳下，人才比誰平常嗎？（正白）好！樣樣都是好的，人家就是不要你。（小）不要我，要你要你。（正）人家要我這大老婆子做甚子！（小）要你燒火吃飯。（同唱）母女房中把理分，（正）茶飯不吃為何因？這兩日你短精神，瞪著兩眼光出神。（小）今年我二八一十六歲。那先生算我正當婚，怎不教我出門？那姑爹是何人？（正）媽媽開言道：我那疼疼子，你是聽，十五十六還年輕，不該你出門，為娘害心疼。（小）阿二開言道：媽媽你是聽！我是秤鉈雖小壓千斤。我一定要出門，顧不的娘心疼。（正）媽媽開言道：我那疼疼子，你是聽！怕在那裡啊哼哼，娘替你揪著心，那也都是利害人。（小）阿二開言道：媽媽你是聽！我是初生的牛犢兒不怕虎，滿屋裡混頂人，任憑他是什麼人？（正）媒婆子再來說，我就許了親。（小白）有理。（正）說嫁子人家，跟他去，再也別上我的門，打斷了這條子根。（小）叫聲養兒的娘，我的老親親！時常走動來看母，我也報不盡娘的恩。我與你抱一個小外孫孫。（正白）什麼貓娃子，狗娃子，這麼現成的嗎？（小白）這不難，一年抱三個，抱五個何妨？（正

白）人家孩子臉大，沒有我們孩子臉大，腦大、腦袋又大。（小白）腦袋大得煙兒吃。〔楊柳條〕（正唱）瞧瞧街坊家，看看兩鄰家。誰家女孩不似過他！他又不害羞，臉有這麼大！〔前腔〕（小唱）悖晦老親娘，糊塗老人家！留在我家裡做什麼？我若狠一狠，可就偷跑了罷。跑去出了家，削去頭髮。（正白）當女僧成嗎？（小唱）禪堂打坐，禱告菩薩，叫他保佑我尋一個好女婿罷，（正白）那菩薩管咱家務嗎？（正唱）〔前腔〕女大不中留！（小）留下咱。就結冤仇。（正）沒廉恥的呀不害羞！替娘打盡了嘴！教人盡夠受！（正下）〔寄生草〕（小唱）又哭又悲。心酸慟。悖晦父母！不下雨的天！好傷感，我的命苦，敢把誰瞞怨！那月老兒心偏？我那世裡惹的你。不愛見前思後想進退兩難。罷，罷，罷，尋一個自盡，我就肝腸斷，斷肝腸，閉眼伸腿，把拳來搯！（正白）這孩子為想婆家得了痰氣了罷。罷，說嫁人家，推達去罷。（小白）你別哄我啊？（正白）我哄得你過麼？（小白）你哄過不是一次了，哄過好幾次了哪。（正）罷啊，隨我後頭吃個湯圓點心去罷。（正下小白）我媽這老娼根，等著我咬不動大豆腐，才給我尋婆家。（唱）〔岔尾〕不論窮富，找一難個主兒嫁。天招主，吃碗現成飯。又有地來又有田，終身有靠，樂了我個難。（下）

這裡連說白也有，活是一篇劇本，只是「坐說」而不上臺表演耳。

又有所謂「起字岔」、「平岔」、「數岔」的，也都是「岔曲」的支流。

◆潘氏金蓮◆

〔起字岔〕潘氏金蓮呀，呀，喲！年紀不過二十二三。他的乾淨爽利非等閒。心煩悶，挑窗簾，西門慶偷眼兒覷。潘金蓮一見了腮含著笑，說道是你為甚麼呆呆呆呆把把我來看？似你這涎臉的人兒討人嫌！

◆月滿闌干◆

〔平岔〕月滿闌干，款步進花園。慢閃秋波四下裡觀。但只見敗葉飛空百花殘。慢剪靛花仰面長歎兩三番。獨對著明月哀告蒼天，不由的淚漣漣自語自言。只為兒夫離別的久，急速速蚤些催他回還，敘敘心田訴訴溫寒。佳期從新整，破鏡復團圓。免的奴終日裡思間，想間，情間，恨間，憂間，愁間，魂間，夢間，魂夢之間，盼你回還，常把你掛牽。咳喲！我可度日如年，〔岔尾〕忽然一陣西風起，霎時間月被雲遮。明光不得現，似這等人兒不能周全。這月兒怎得圓？

◆好淒涼◆

〔數岔〕好淒涼，呀，呀，喲！情人留戀在他鄉，拋的奴家守空房。菱花懶照，永淡殘妝，牙床懶上，不整羅裳。霎時間恨不能請情郎至，銷金帳裡合他比鴛鴦。相呼相喚同相應，如同軟玉配溫香。越思越想斜倚著枕，似醉如痴心內忙。猛聽得窗外腳步兒響，有個不懂眼的丫鬟他走了房。雙手捧定了茶湯，把姑娘讓。是我錯把丫鬟叫了一聲郎。

「平岔」有時也有「岔尾」，像這裡所引的，但大多數是沒有「岔尾」的。我們或可以說，「岔曲」是相當於「套數」，而「平岔」、「數岔」、「起字岔」等則是小令。

《霓裳續譜》裡又選有幾篇〈秧歌〉。〈秧歌〉在今日還是北方民眾最流行的一種歌曲，實際上往往是演搬了來唱的；是民間的重要娛樂之一，往往作為迎神賽會的附屬節目。〈秧歌〉所唱的，以故事曲為多，但大部分是沒有什麼意義的，往往有七八人乃至十餘人在互唱著；像：

◆正月裡梅花香◆

〔秧歌〕正月裡梅花香，張生斟酒跪紅娘。央煩姐姐傳書信，快請鶯鶯會西廂。二月裡杏花開，五娘煎藥為誰來，剪髮又把公婆葬，身背琵琶找伯喈。三月裡桃花開，山伯去訪祝英台。杭州讀書整三載，不知他是個女裙釵。四月裡芍藥香，必正偷詩陳妙常。你貧我愛恩情好，二人哭別在秋江。五月裡石榴紅，孟光賢德配梁鴻，夫妻相敬人間少，舉案齊眉禮貌恭。六月裡賞荷花，昭君馬上彈琵琶。心中惱恨毛延壽，出塞和番離了家。七月裡秋海棠，李氏三娘在磨房。狠心哥嫂無仁義，劉郎一去不還鄉。八月裡桂花香，玉郎追趕翠眉娘。難割難捨多恩愛，幾時才得會鴛鴦。九月裡菊花黃，楊妃醉酒在牙床。眠思夢想風流事，只為情人安祿山。十月裡款冬花，越國西施去浣紗。花容月貌人間少，送與吳王享榮華。十一月水仙香，為母臥冰是王祥。好心感動天和地，得尾活魚奉親娘。十二月蠟梅多，日紅割股孝公婆。葵花井下將身葬，書房托夢與夫郎。月月開花朵朵鮮，多少古人在裡邊。一年四季十二個月，五穀豐登太平年。

這是頗為典型的〈秧歌〉，只是數著典故而已。定縣的平民教育促進會曾編有秧歌二大冊，那是集秧歌之大成的一個集子了。底下的一篇，乃是〈鳳陽歌〉的一個變相：

◆鳳陽鼓鳳陽鑼◆

〔秧歌〕鳳陽鼓鳳陽鑼鳳陽姐兒們唱秧歌。好的好的都挑了去，剩下我們姐兒們唱秧歌。從南來了個小二哥，紅纓子帽兒歪戴著，撒拉著鞋兒滿街上串。家中娶了個拙老婆，提起來委實的拙。告訴爺們請聽著：那一日買了粗藍布，教他與我裁裁袾襬。燒餅吃了一百五，燒

酒喝了十來斤多，一做做了兩三月，那一日拿起來試試袡襬。前禁只褡脖膁蓋兒，後頭就是一拖羅。兩隻胳膊三隻袖，問聲爺們這是怎麼說。拾起棍子才要打，唬的他就戰多索。叫聲咳呀我的哥，你煞煞氣兒聽著我說。前襟只褡你的脖膁蓋，教你走道迎風甚是俐落。後頭就是一拖羅，教你擲骰子遊湖你好鋪著。兩隻胳膊三隻袖，那一隻與你裝餑餑。小二聞聽忍不住的笑，拙老婆嘴巧能會說。〔岔尾〕唱了一個又一個，一連唱了倒有七八個，把些爺們喜歡的笑呵呵。

唱鳳陽花鼓的人們到了北方，便也只好採用了北方的〈秧歌〉調子來唱著了。

尚有〈蓮花落〉也和〈秧歌〉同樣的無甚意義，也只是數數典故而已。

《霓裳續譜》裡諸曲調的搜集者顏曲師，只知道他是天津人，可是連他的姓名也考不出了。編訂者的王廷紹字楷堂，金陵人。生平亦未知。盛安的序說：「先生以雕龍繡虎之才，平居著述幾於等身。制藝詩歌而外，偶寄閒情，撰為雅曲，纏綿幽豔，追步《花間》。」是其中，必定也間有廷紹他自己的擬作在內了。

四

《白雪遺音》刊於道光八年（西元一八二八年），離開《霓裳續譜》的刊行，又有三十多年了。這是〈馬頭調〉風行一時的時候。編訂者為華廣生。廣生字春田。他在嘉慶甲子（西元一八〇四年）的時候，已經是在編纂著這書了，直到二十多年後方才出版。他是住在濟南的，故所收的歌曲，以山東（濟南）為中心，也間及南北諸調。也許王廷紹是在北京天津一帶搜輯的，故〈馬頭調〉所選不多，而華廣生則似是在〈馬頭調〉最流行的地方蒐輯的，故此曲遂所選獨多——在第一二卷裡所選近四百首。

「馬頭調」的解釋，也許便是「碼頭」的調子之意吧，乃是最流行於商業繁盛之區，賈人往來最多的地

方的調子。歌唱這調子的，當以妓女們為中心。〈馬頭調〉所歌詠的簡直是包羅萬象，無所不有。《霓裳續譜》裡的〈西調〉，〈寄生草〉，〈平岔〉等，都以歌詠思婦的情懷為主題。〈馬頭調〉雖也以此為重要的題材，卻更歌詠著：（一）小說戲曲裡的故事和人物；（二）應景的歌詞；（三）遊戲文章，像〈古人名〉、〈美人名〉、〈戲名〉等等；（四）格言式的教訓的文字，像〈鴉片煙〉等；（五）歷史上或地方上的故事和案件，像〈爭臺灣〉、〈李毓昌案〉等；（六）引經據典的東西，像〈詩經注〉、〈四書注〉等。可見華氏的搜集是極為慎重，極為廣泛的；幾乎是「取之盡珠璣」。實是民間的多方面的趣味的集成，也便是未失了真正的民間作品的面目。

當然，在這裡，我們所要引的，還是情詞一類的東西。在那裡，漂亮的情語，尖新的文句，是擷之不盡的。這裡且引十餘首：

◆淒涼兩字◆

淒涼兩個字實難受，何日方休。恩愛兩個字兒，常掛在心頭，誰肯輕丟。好歹兩個字，管叫傍人猜不透。別要出口。相思兩個字，叫俺害到何時候，無限的焦愁。牽連兩個字兒，難捨難丟，常在心頭。佳期兩個字，不知成就不成就，前世無修。團圓兩個字，問你能夠不能夠，莫要瞎胡謅。

◆露水珠◆

露水珠兒在荷葉轉，顆顆滾圓。姐兒一見，忙用線穿，喜上眉尖。恨不能一顆一顆穿成串，排成連環。要成串，誰知水珠也會變，不似從前。這邊散了，那邊去團圓，改變心田。閃殺奴，偏偏又被風吹散，落在河中間。後悔遲，當初錯把寶貝看，叫人心寒。

◆魚兒跳◆

河邊有個魚兒跳，只在水面飄。岸上的人兒，你只聽著，不必望下瞧，最不該手持長竿將俺釣，心下錯想了。魚兒小，五湖四海都遊到，也曾弄波濤。你只管下釣引線，俺閉眼兒不瞧，極自心焦。不上你的釣，我看你臉上臊不臊，是你自招。速速走罷，心中妄想，你瞎胡鬧，不必把神勞。

◆好事兒◆

好事兒，多磨難成就，前世裡無修。度過一日，如同三秋，晝夜憂愁。怕只怕日落星出黃昏後，淚珠先流。盼佳期，但只見銀河斗轉，一輪明月把紗窗透，轉過西樓。可歎俺這紅顏薄命，難得自由，悶氣在心頭。俺只得強打著精神，耐著心煩往前受，不必強求。到幾時，薄幸的人兒，回歸故里，悲喜交集，滿懷惱恨難以出口，不打不罵不肯咒，既往不咎。

◆寫封書兒◆

寫封書兒袖裡藏，暗縐眉頭。未曾舉筆，淚珠兒先流，紛紛不休。稍書人千萬莫說奴的容顏瘦，牢記在心頭。出外的人兒苦，誰是他的知心肉，自度春秋。說奴瘦了，他也是憂愁，如何能丟。他愁我，豈不連他也愁瘦，無有掛心鉤。再叮嚀，說奴的容顏還照舊，昔日的風流。

◆豈有此理◆

豈有此理那裡話，不要照奴發。先有你來後有他，何必爭差。這都是傍人告訴你的話，

主意自己拿。那些人巴不得咱倆不說話，是些冤家、怎肯疼他將你撇下，又不眼花。奴豈肯一條腸子兩下掛，半真半假。你不信，我捨著身子把誓罵，屈殺奴家。

◆連環扣◆

解不開的連環扣，蜜裡調油。放不下的掛心鉤，常在心頭。快刀兒割不斷的連心肉，無盡無休。咱二人恩情，到比天還厚，天然配就。海誓山盟直到白頭，誰肯分手。魂靈兒不離你的身左右，情意兒相投。願結下來生姻緣，再成就，燕侶鶯儔。

其二

從今解開連環扣，聽我說緣由。休要提起掛心鉤，悔恨在心頭。快刀兒割去這塊連心肉，用手往外丟。咱二人一派虛情，我全瞧透，順嘴胡謅。海誓山盟，付水東流，恩情一筆勾。我今去，會疼你的人兒還照舊，照樣冤大頭。實對你說了罷，再想我來不能夠，從今丟開手。

◆大雪紛紛◆

大雪紛紛迷了路，糊裡糊塗。前怕狼來，後怕是虎，嚇的我身上蘇。往前走，盡都是些不平路，怎麼插步？往後退，無有我的安身處，兩眼發烏。你心裡明白，俺心裡糊塗，照你身上撲。既相好，就該指俺一條明白路，承你照顧。且莫要指東說西將俺誤，誤俺前途。

◆傷心最怕◆

傷心最怕黃昏後，似這等風月無情，何日方休？在人前強玩笑來強講究，無人時淒淒涼涼實難受。朝朝暮暮，歲月如流，對菱花誰是保奴的容顏常照舊？恨只恨花殘葉落，要想回

頭不能夠。

◆我今去了◆

我今去了，你存心耐。我今去了，不用掛懷。我今去，千般出在無其奈。我去了，千萬莫把相思害！我今去了，我就回來。我回來，疼你的心腸仍然在。若不來，定是在外把相思害。

◆人人勸我◆

人人勸我丟開罷，我只得順口答應著他，聰明人豈肯聽他們糊塗話，勸惱我反倒惹我一場罵。情人愛我，我愛寃家，冷石頭暖的熱了放不下。常言道，人生恩愛原無價。

◆又是想來◆

又是想來又是恨，想你恨你一樣的心。我想你，想你不來反成恨。我恨你，恨你不該失奴的信。想你的從前，恨你的如今。你若是想我，我不想你，你恨不恨？我想你，你不想我，豈不恨！

其中，有一部分是和〈掛枝兒〉、〈銀紐絲〉、〈寄生草〉、〈劈破玉〉一類的古典舊詞情意乃至文詞相同的。這也是民間歌曲的特質之一，其詞意常是互相借用，輾轉抄襲的。

〈嶺頭調〉在第一卷裡收的凡三十四首，好的很多。比之〈馬頭調〉，這調子的變化卻多了；一是長短不一定，像〈豔陽天〉一類便很長；二是可以插入「說白」，像〈日落黃昏〉，注明是「帶白」（這和《霓裳續譜》裡的〈岔曲〉相同）。但題材方面卻比較的簡單，所取用的，只是思婦懷人之什和傳奇小說的故事

而已。

◆獨坐黃昏◆

獨坐黃昏誰是伴，默默無言。手掐著指頭算一算：離別了幾天？長夜如小年。念情人縱有書信，不如人見面，一陣痛心酸。走入羅幃難成夢，欲待要夢見，偏又夢不見，後會豈無緣。倒枕翻身，想起了前言，句句在心間。嗳，我想迷了心，恨不能變一隻賓鴻雁，飛到你跟前。輾轉睡朦朧，夢見情人將手攢，醒來是空拳。

◆豔陽天◆

豔陽天，和風蕩蕩，楊柳依依，聽的那燕兒巧語鶯聲叫，勾惹起奴心焦。乜呆呆盼郎不回。縱有那嫩柳鮮花，桃李芬芳，我也無心去觀瞧，辜負好良宵。恍惚惚，蛾眉緊皺，手兒托著腮，輕輕倚在妝臺上。對菱花，猛然一照，但只見烏雲散亂，病懨懨，瘦損奴的花容貌，粉黛兒全消。不由一陣好悲傷。對東風，傷心的淚珠兒，一點兒，一滴兒，一點點，一滴滴，恰似那了斷線的珍珠，撲簌簌的朝下落，衫袖兒溼透了。無情無越，低垂粉頸，盼想我那在外的薄幸冤家去不回。閃的奴淒涼，相思病兒，害的奴止不住那麼一聲兒，一聲兒，哎喲哎喲！害害害害死奴了，這病兒可蹊蹺。是咱的神魂飄蕩，奴的身子兒軟，無奈何輕搖玉體，慢款金蓮，一步兒，一步兒，走進繡房，上了牙床，意懶心灰，又把紗窗靠，寂寞好難熬。眼睜睜，一輪明月當空照。怕只怕，更兒深，夜兒靜，愁聽那簷前鐵馬叮吟兒，噹啷兒，叮吟噹啷，勾惹起奴的千思萬慮；止不住，一條兒，一條兒，一條一條撇不吊，睡也睡不著。

◆日落黃昏　帶白◆

日落黃昏，玉兔東升人靜。秋香手提銀燈進繡房，說是姑娘安歇了罷，奴去睡，那人不歸回。〔白〕佳人惱皺雙眉，你拿誰兒克搭，誰不睡。不睡偏不睡，獨自一人打個悶雷，罷喲。這佳人悶悠悠，獨坐香閨，思想起盼郎不歸回，淒淒涼涼，淚珠兒雙垂，越思越傷悲。〔白〕好傷悲，痛傷悲，拿過酒來斟上一杯，自斟自飲，閒解個悶，酒中好似玉郎陪，罷喲！〔唱〕一更裡，秋風刮，刮的簷前鐵馬兒叮噹響。細聽聽，孤雁過南樓，梧樹葉落紛紛，不斷朝下墜，細雨兒紛飛。〔白〕細雨飛，細雨飛，心中好似玉郎回。手扒著窗櫺，將他問，問了一聲誰，呀！卻無誰，罷喲！一更一點，正好意思眠，忽聽的蚊蟲叫了一聲喧。蚊蟲，我的哥，蚊蟲，我的哥，你在外面叫，奴在繡房聽，叫的奴家傷情，叫的奴家痛情。枕邊的想思，越思越傷情。娘問女孩：這是甚麼叫？一更裡的蚊蟲，嗡嗡子嗡嗡，叫到二更。〔唱〕二更裡，梆鑼響，閃得我孤孤單單，冷冷清清，怕入羅幃，獨自一人懶去睡，用手把枕推。〔白〕懶去睡，懶去睡，相思害的兩眼黑，四肢無力難扎掙，身子好似涼水帔，罷喲！二更二點。正好意思眠，忽聽的寒蟲叫了一聲喧。寒蟲，我的哥，寒蟲，我的哥，你在外邊叫，我在繡房聽。叫的奴家傷情，叫的奴家痛情。枕邊的相思，越思越傷情。娘問女孩：這是甚麼叫？二更裡的寒蟲，嘚嘚子嘚嘚，叫到三更。〔唱〕三更裡，靜悄悄，意懶心灰，呆呆呆緊皺著蛾眉，譙樓更鼓催。〔白〕更鼓催，更鼓催，夢中好似玉郎陪。二人正把巫山會，狸貓撲鼠，碰倒酒杯，驚醒奴家南柯夢。思量一回，歎一回，罷喲！三更三點，正好意思眠。忽聽蛤蟆叫了一聲喧。蛤蟆，我的哥，蛤蟆，我的哥，你在外邊叫，我在繡房聽，叫奴家傷情，叫奴家痛情。枕邊的相思，越思越傷情。娘問女孩：這是甚麼叫？二三更裡的蛤蟆，哇

哇子哇哇，叫到四更。〔唱〕四更裡明月照紗窗，唬的奴神虛膽怯，勾惹起相思病兒，害的奴如痴如呆如酒醉，這卻埋怨誰。〔白〕如酒醉，如酒醉，酒不醉人人自醉。自古紅顏多薄命，好似雪裡飄玉梅，罷喲！四更四點，正好意思眠，忽聽的鴿子叫了一聲喧。鴿子，我的哥，鴿子，我的哥，你在外面叫，奴在繡房聽，叫的奴家傷情，叫的奴家痛情。娘問女孩：這是甚麼叫？四更裡的鴿子，呱呱子呱呱，叫到五更。〔唱〕五更裡金雞叫的天明亮，眼睜睜日出扶桑，盼郎不回。忙下牙床，無奈何喚聲丫環，來與我疊起這床紅綾被，從今把心回。〔白〕五更五點，正好意思眠，忽聽金雞叫了一聲喧，金雞，我的哥，金雞，我的哥，你在外面叫，奴在繡房聽，叫的奴家傷情，叫的奴家痛情。娘問女孩：這是甚麼叫？五更裡的金雞，喈喈子喈喈。四更裡的鴿子，呱呱子呱呱，三更裡的蛤蟆，哇哇子哇哇，二更裡的寒蟲，嘚嘚子嘚嘚，一更裡的蚊蟲，嗡嗡子嗡嗡。嘚嘚子嘚嘚，哇哇子哇哇，呱呱子呱呱，喈喈子喈喈，叫到大天明。

◆盼多情◆

盼多情，奴的病兒懨懨。高一聲歎，低一聲歎，長一聲歎，我可短一聲歎，誰把心事傳？傷心的淚珠兒，淌不斷，流不斷，左沾不乾，右沾也是不乾，哭的兩眼酸。繡花鴛鴦，繡對小繡枕，裡一半，外一半，枕一半，我可閒一半，衾冷枕寒。紅綾被，冷一半，熱一半，有人伴，可是無人伴，孤燈自己眠。想起了情人，恨一番，怨一番，欲捨一番，我可難捨一番，無人把書傳。囑咐奴家的溫存語，有年半，無年半，記一半，忘一半，想也是想不全。想當初離也是難，別也是難。到而今見面更難，可是難見面，何日得團圓？

在第二卷有〈滿江紅〉二十餘首，下注：「並〈岔曲〉及〈湖廣調〉。」其中幾乎全是情詞。在那裡，

我們分不出那一篇是〈岔曲〉或是〈湖廣調〉。〈從今後〉一首是「集曲」，〈變一面〉乃是〈閒情賦〉的複述：

◆變一面◆

變一面青銅鏡，常對姐兒照，變一條汗巾兒，常繫姐兒腰，變一個竹夫人，常被姐兒抱，變一根紫竹簫，常對姐櫻桃，到晚來品一曲，才把相思了，才把相思了。

◆從今後◆

從今後，從今後，從今以後把心收，把心收，且把心來收，依然舊，依然舊，依然還照舊。當初何等樣的好，如今反成仇。〔銀紐絲〕淚似湘江水，涓涓不斷流，這相思叫我害到何時候？〔起字調〕別人家的夫婦，四面飄遊，奴家的命苦，前世裡未曾修。〔亂彈〕姻緣事莫強求，強求的人兒不得到頭。〔馬頭調〕恨將起，一口咬下你那腮邊肉。〔正詞〕好一似向陽的冰霜，候也是候不久，候也候不久。

在第二卷的最後，有〈銀紐絲〉並〈岔曲〉及〈湖廣調〉凡八篇。這八篇都是很長的。〈兩親家頂嘴〉也見於《霓裳續譜》。〈母女頂嘴〉及〈婆媳頂嘴〉都是很漂亮的文字，可惜太長，不能引在這裡。這一類的「頂嘴」曲，大約是從〈快嘴李翠蓮記〉一脈相傳下來的吧。

所謂〈湖廣調〉，只有〈繡荷包〉和〈繡汗巾〉的二篇，都是以五更調的格式出之的。

越思越想好難丟，情人只在奴的心頭，我為情人才把荷包繡。快快的給他罷喲，喝喝咳咳，方算把情留。快快的給他罷喲，喝喝咳咳，方算把情留。

這是其中的一節。以「喝喝咳咳」為助語，乃是〈湖廣調〉的特色。

在第三卷裡，有〈九連環〉一首，〈小郎兒〉四首，〈剪靛花〉三十五首，〈七香車〉一首，〈起字呀呀喲〉

三十五首，〈八角鼓〉四十九首，〈南詞〉一百零六首。濟南正居於南北的中心，故可網羅南腔北曲於一處。在其中，〈剪靛花〉、〈起字呀呀喲〉、〈八角鼓〉及〈南詞〉均有很可讀的東西在著。〈南詞〉比較的長。〈八角鼓〉至今還流行，但除了本書以外，別的地方還不曾見到有選錄〈八角鼓〉這樣的東西的。

◆剪靛花◆

春三二月

春三二月，桃花兒鮮，雙雙紫燕，落在眼前，叫奴好喜歡，哎喲！叫奴好喜歡。清早一個都飛出去，到晚來雙雙落眼前，恩愛兩相連。哎喲！恩愛兩相連有心學此鳥，郎不在跟前。奴好似繡球花兒，落在長江裡，要團圓不得團圓，在浪兒裡顛，哎喲！折散了並頭蓮。

小金刀

小小金刀，帶在奴的腰裡，又削甘蔗，又削梨，又削南荸薺，哎喲！又削南荸薺。削一段甘蔗，遞在郎的手，削一個荸薺，送在郎的口裡，甜如蜂蜜，哎喲！甜如蜂蜜。郎問姐兒：因何不把秋梨喲？你我的相與，忌一個字，梨子兒不要提，哎喲！怕的是分離。

撲蝴蝶

姐兒房中自徘徊，一對蝴蝶兒，過粉牆飛將過來，哎喲！姐兒一見，心中歡喜，用手拿著紈扇將他撲。繞花階，穿花徑，撲下去，飛起來。眼望著蝴蝶兒飛去了，只是個發呆。我可是為甚麼發呆？

◆起字呀呀喲◆

雨過天涼

雨過天涼，涼夜難當，當不住月兒穿簾照畫堂，堂上缺少個畫眉郎。〔詩篇〕廊設古畫，畫在堂，堂前桂花陣陣香，香煙噴出櫻桃口，口外的賓鴻叫的悲傷。傷心懶覷西斜月，月照紗窗恨更長，長長愁悶精神少，少一個知心的人兒可意的郎。〔尾〕郎不歸，精神少，少不得懷抱著琵琶低低聲兒唱，唱的是紅顏薄命受淒涼。

正盼佳期　劈破玉

正盼佳期，貓兒洗臉，又搭上那喜鵲亂叫，忽聽的門兒外梆梆的不住的連敲。慌的我翻身滾落下牙床，走著我好不心焦。吱嘍嘍將門開放，卻原來是貓咬尿脬，只當是冤家，不承望是稍書人到。那人兒控背躬身，尊一聲夫嫂，不是你的冤家，是替你冤家把書信兒稍。羞的我面紅過耳，接過書來瞧瞧，上寫著情郎頓首，拜上那年少的多嬌。有心和你相逢，阻隔路遠山遙，帶來的烏綾手帕、還有汗巾兩條，珐瑯戒指八個，下綴著紅絨絲條，木梳櫳子一套，還有煙袋荷包，雖然是禮物不堪，冤家，你暫且收了。要問我多早歸期，八月中秋到了。看罷了一回，我心中好焦，有心將書扯碎，又恐怕來人去說。打發來人去後，我可鴟鴟的撕成紙條，用手團個了蛋兒，放在口裡嚼了又嚼。既有那真心想我，挪點工夫你來瞧瞧。既無真心想我，稍書不如不稍。三番兩次帶信，你可活活的做弄死我了。何必你之乎者也這般勞神，再思你再想。縱有那百封情書，不如你親自兒來倒好。

《起字呀呀喲》有「尾」，乃是套曲。〈正盼佳期〉下注〈劈破玉〉，大約是用這調子來唱的。

◆ 八角鼓 ◆

怕的是

怕的是梧桐葉降，怕的是秋景兒淒涼，怕的是黃花滿地桂花香，怕的是碧天雲外雁成行，

怕的是簷前鐵馬叮噹響，怕的是淒涼人對秋殘景，怕的是鳳枕鸞孤月照滿廊。

夏景天

夏景兒天，開放了紅蓮，池塘裡秀水噹啷啷的翻，佳人害熱進花園。〔四大景〕手拿一把垂金扇，前行來在河岸邊，兩河岸邊柳千條垂金線，清水兒照定奴家芙蓉面。出了水的荷花，顏色更鮮。蝴蝶兒戀花心，飛來飛去飛的慢，飛來飛去飛的慢。〔尾〕採花心，悠悠蕩蕩團花轉，一陣陣蘭麝噴香，撲著芙蓉面，奴這裡慢閃羅裙，款金蓮，才待要撲蝴蝶，身背後轉過一個小丫環，拍手打掌便開言。他說道：姑娘呀，回去吧，姑爺還。

應節寫景的東西，寫得像〈夏景天〉那末樣的是很少，末了一結，尤足振起全篇的精神，使之成為一首不同凡品的東西。

◆南詞◆

私訂又折

和風陣陣蝶花飛，最苦私情要別離，才子佳人紛紛淚，姐姐啊，我與你再要相逢無會期。恨只恨月下老人真無禮，怨只怨三生石上少名題，惱只惱你家爹娘無分曉，悲只悲你的終身另改移。數載恩情成畫餅，今生休想效于飛。我後來若有功名分，我把這饒舌的媒人活剝皮，姑娘聽，淚悲啼。冤家呀！奴自怨紅顏命運低，前番約你身早到，那知你為著功名誤日期。到如今爹娘作主難更改，恩愛私情要兩處離。今宵還在陽臺會，只怕明日分開各慘淒，蒙君贈奴一對金事記，奴是表記留情一件貼肉衣，今晚與你來分別，以後是好比巫山雲雨各東西。倘若奴家身出閣，勸君不必苦悲啼。倘把身軀來愁壞，卻不道心病還須心藥醫。你回家勤把書來讀，自然金榜有名題，常言道書中有女顏如玉。這些粉面裙釵稀甚奇。奴奴積的

銀三百，贈你回家娶一位絕色妻，比著奴奴還好些。冤家呀！恩情一樣的。

其二

折看多嬌一幅箋，頓然嚇的膽魂偏，慌忙略把衣冠整，舉步斜行到後園。見牡丹亭上嬋娟坐，看他是未訴衷腸先淚漣。佳人一見書生到，椅內抬身忙把衣袂牽。小妹是未接君家恕我罪，請君到此有心事言。賢妹嚇，昔蒙幾度恩情重，你我是立誓如山訂在前。曾說道：你不嫁來我不娶，天長地久永纏綿。為何平地風波起，你家令尊翁將你出帖配高賢？呀，我也理會得了。想必你我今生緣分淺，姻緣簿上少名添，我一見你來書，忙到此有幾句肺腑之言要記心間。你臨期出嫁到夫家去，孝敬翁姑要當先。客往親來須和睦，三從四德要完全。姑嫂相看如姐妹，待這些僕婦丫環量要寬。你不要自道娘娘身體重，使這些下人背地要憎嫌。只望你夫唱婦隨朝共暮，不要將我苦命的寒儒心掛牽。多嬌聽，淚珠連，倒在郎懷難語言。非是奴棄舊戀新將你撇，只因父命三從苦萬千。我是左思右想無良策，只得修書約你到後園間。我今無物來相贈，繡囊一雙表心田。這香囊是奴親手作，留在閨中有半年。請君常帶胸前掛，見囊如見我容顏。赤金鐲一對來相贈，還有黃金數兩，寬湖珠幾粒，休嫌細，卻是奴家親手穿。還有得意紫金釵一支，哥哥拿去放身邊。不忘舊日相戀意，好友跟前不可言。望你用心勤把書來讀，自然有日登雲步九天。書中自有顏如玉，娶一個美貌千金德性賢。望你花燭洞房魚水合，早生貴子接香煙。到後來你我生男女，還可央媒求帖把姻聯。我與你私情不斷長來往，以後相思斷復連，苦後又生甜。

第四卷所收的全是〈南詞〉，凡收散曲（〈南詞〉）二十一首，〈玉蜻蜓〉九節。連那末浩瀚的彈詞也被收入，可見其包羅之廣了。

五

把民歌作為自己新型的創作的，像元代諸家，像明代的金鑾、劉效祖、趙南星、馮夢龍諸家的，在清代還不曾有過什麼人。他們只知道把宋詞元曲，只知道把唐詩宋文，乃至把魏漢六朝辭賦作為模擬的目標；諸散曲作家，也只知道追擬於元明二代的南北曲之後，而絕少注意於在民歌裡找新的刺激的。有之，不過招子庸、戴全德寥寥三數人而已。清末有黃遵憲的，他也曾擬作或改作了若干篇的流行於梅縣的情歌，得到了很大的成功；其內容卻全是運之以五言詩的。

其最早的大膽的從事於把民歌輸入文壇的工作者，在嘉慶間只有戴全德，在道光間僅有招子庸而已。

戴全德為瀋陽人，旗籍，曾任九江榷運使，著有《潯陽詩稿》。他自己說：「余以習國書，入直內廷。於漢文初未究析。已而恭承帝簡，巡鹾視榷，歷仕於外，凡案牘皆漢文。因而留心講習，乘二十年，稍得貫串。」只有他本來不通漢文的旗人，才有勇氣；在古典主義全盛的時代，第一個人脫出了這個古典的陷阱，到民間來找新的材料。我在他的《潯陽詩稿》裡，見到了整整兩本的「西調小曲」。最可注意的，他的一部分西調小曲，竟是滿、漢文合璧的，凡搖曳作姿的地方都用滿文。今僅能引錄無滿文的數首於下：

〔馬頭調〕正大光明字宙間，人人皆被利名纏。讀書的雪窗螢火望高中，莊稼漢愁水愁旱盼豐年，手藝之人要得大工價，作客商想賺加倍重利錢。〔弋腔戲〕有些個守本分甘貧窮，能行那孝弟忠，信禮義廉恥令人愛，有些個作高官擁富貴，不忠不孝。不仁不義討人嫌。自古道：積善之家多餘慶，行惡之人有餘殃。只見那天鑒煌煌，善惡昭彰。

〔馬頭調尾〕須知道天地無私終有報，休疑慮，勸君試看天何言。

〔馬頭調〕世上愚人貪心重，為名為利苦經營。卻不道壽夭窮通皆有分，得失難量，聖人去：來之不善，去之亦易，貨悖而入，亦悖而出總不如。〔疊斷橋〕樂天知命，守分安常，

榮華花上露，富貴草頭霜，大數到，難消禳。自古英雄輪流喪，看破世事皆如此。〔馬頭調尾〕名利何必掛心腸！

〔平調〕春夏秋冬四季天，有人勞苦有人閒。不論好和歹，都要過一年。〔花柳調〕春日暖，有錢的桃紅柳綠常遊戲，無錢的他那裡天明就起來忙忙去種地。夏日炎，般實人賞玩荷池消長晝，受苦人雙眉皺挑擔沿街串，推車走不休。秋日爽，有力的發樓飲酒賞明月，無力的苦巴竭，莊家收割忙，混過中秋節，冬日冷，富貴人紅爐暖閣銷金帳，貧窮人在陋巷衣單食又缺，苦的不成樣。〔清江引〕一年到頭十二個月，四時共八節，苦樂不均勻，公道是誰說！世上人惟白髮高低一樣也。

〔泛調〕大江東去永不停，廬山正對潯陽城。陶淵明不作官，願把那菊花種，白居易送客，留下了〈琵琶行〉。〔弋腔戲〕有一個名英布，據潯陽稱王霸業，有一個晉庾亮，鄱陽湖訓練操兵。宋時節岳王武穆忠良將，威名大雄鎮九江。更有那明太祖督兵鏖戰陳友諒，臨陣柁壞，多虧元將軍。你看那鄱陽潯陽，古時戰場。〔泛調尾〕手擎著筆管仔細追想，長江有，廬山在，人似後浪催前浪，長江有，廬山在，人似後浪催有浪。

〔馬頭調〕常言幕友架子大，毫無區別不成話，紫檀木書架雖小，人貴重，楊柳木架子極大，誰愛他，〔花柳調〕紫檀架內裝著五經四書，心貫串，變化高，文章能治國，韜略平天下。楊木架內裝著美酒肥肉，吃下肚，變化出清者即是屁，濁者臭巴巴。〔馬頭調尾〕請幕友不論架子大與小，只要他行為體面居心正，將公事辦的妥當，寫的又好，才稱得錢不虛花頭不大。

〈粵謳〉為招子庸所作；只有一卷，而好語如珠，即不懂粵語者讀之，也為之神移。擬〈粵謳〉而作的詩篇，在廣東各日報上竟時時有之。幾乎沒有一個廣東人不會哼幾句粵謳的，其勢力是那末的大！

◆解心事◆

心各有事，總要解脫為先。心事唔（「唔」方言「不」也）安，解得就了然。苦海茫茫，多半是命蹇。但向苦中尋樂，便是神仙。若係愁苦到不堪真係惡算，總好過官門地獄更重哀憐。退一步海闊天空，就唔使自怨。心能自解真正係樂境無邊。若系解到唔解得通，就講過陰騭個便。唉，凡事檢點，積善心唔險。你睇遠報在來生，近報在目前。

◆弔秋喜◆

聽見你話死，實在見思疑。何苦輕生得咁痴！你係為人客死心唔怪得你。死因錢債叫我怎不傷悲！你平日當我係知心亦該同我講句。做乜（「乜」，方言甚麼也）。交情三兩個月都有句言詞，往日個種恩情丟了落水。從有金銀燒盡帶不到陰司。可惜飄泊在青樓孤負你一世，種花場上冇（「冇」音世方言無也）日開眉。你名叫秋喜，只望等到秋來還有喜意。做乜才過冬至後就被雪霜欺？今日無力春風唔共你爭得啖氣，落花無主敢就葬在春泥？此後情思有夢你便頻須寄，或者盡我呢點窮心慰嚇故知。泉路茫茫你雙腳又咁細，黃泉無客店問你向乜誰棲？青山白骨唔知憑誰祭。哀楊殘月空聽個隻杜鵑啼。未必有個知心來共你擲紙，清明空恨個頁紙錢飛。罷略不著當作你係義妻來送你入寺，等你孤魂無主仗嚇佛力扶持。你便哀懇個位慈雲施嚇佛偈，等你轉過來生誓不做客妻。若係冤債未償再罰你落花粉地，你便揀過一個多情早早見機。我若共你未斷情緣重有相會日子，須緊記：念嚇前恩義。講到銷魂兩個字共你死過都唔遲！

以上兩篇是最盛傳的。但〈解心事〉還不過一種格言詩。〈弔秋喜〉卻是一篇悽楚的抒情的東西了。據說秋

喜實有其人，是一個妓女，子庸曾眷戀之。像〈弔秋喜〉這樣溫厚多情的情詩，在從前很少見到。

子庸字銘山，南海人，嘉慶舉人，知濰縣，有政聲。後來坐事去官。他對於繪事很有心得，畫蟹尤有名於時，畫蘭行也為時人所重。但今所見者多係冒他的名的假作。

篴江居士題〈粵謳〉云：「莫上銷魂舊板橋，橋頭秋柳半飄蕭。無人解唱煙花地，苦海茫茫日夜潮。」荷村漁隱題云：「應是前身杜牧之，慣將新恨寫新詞。十年不作揚州夢，容易秋霜點鬢絲。」這都可見〈粵謳〉是為妓女而作的；故在樂院間傳唱最盛。石道人的序道：

> 居士曰：三星在天，萬籟如水。華妝已解，薌澤微聞。撫冉冉之流年，惜厭厭之長夜。事往追惜，情來感今。乃復舒復南音，寫伊孤緒，引吭按節，欲往仍回，幽咽含怨，將斷復續。時則海月欲墮，江雲不流。輒喚奈何，誰能遣此！余曰：南謳感人，聲則然矣。詞可得而徵乎？居士乃出所錄，漫聲長哦。其音悲以柔，其詞婉而摯。此繁欽所謂淒入肝脾，哀感頑豔者。不待河滿一聲，固已青衫盡溼矣。

這些話把〈粵謳〉的感人的力量已說得很明白了。

此外，擬作民歌，輯集民歌的，還有李調元（〈粵風〉）、黃遵憲（〈山歌〉）諸人。李調元的〈粵風〉，恐怕潤改的地方不會很少。黃遵憲的〈山歌〉，雖也說是從口頭筆記下來的（他自己說：「土俗好為歌，男女贈答，頗有〈子夜〉、〈讀曲〉遺意。採其能筆於書者，得數首。」），但作者必定不會沒有所潤色的。

> 人人要結後生緣，依只今生結目前。一十二時不離別，郎行郎坐總隨肩。
>
> 一家女兒做新郎，十家女兒看鏡光。街頭銅鼓聲聲打，打著中心只說郎。
>
> 第一香櫞第二蓮，第三檳榔個個圓。第四夫容五棗子，送郎都要得郎憐。

這些山歌確是像夏晨荷葉上的露珠似的晶瑩可愛。

遵憲自己說道：「僕今創為此體，他日當約陳雁皋、鍾子華、陳再薌、溫慕柳、梁詩五分司輯錄。我曉

岑最工此體，當奉為總裁。匯錄成編，當遠在〈粵謳〉上也。」但遵憲的大規模輯錄山歌之舉，終於未成。而隔了數十年後，梅嶺情歌搜集者卻大有其人，像李金發，便是很有成就的一個。

六

「道情」之唱，由來甚久。元曲有仙佛科；元人散曲裡復多閒適樂道語。道家的詞集在《道藏》裡者不少。曲集亦有《自然集》等。到清代，「僅存時俗所唱之〈耍孩兒〉、〈清江引〉數曲。」（《泗溪道情自序》）而鄭燮、徐大椿、金農諸家卻起而復活了這個體裁。或創新曲，或循舊調。金農所作，已離開「道情」本旨很遠。鄭燮最得其意。徐大椿所作，以教訓為主，也還近之。今僅引述鄭、徐二家之作。鄭燮道情，傳唱最廣。乾隆中，厲鶚附刻之於喬、張小令之後。

老漁翁，一釣竿，靠山崖，傍水灣，扁舟來往無牽絆。沙鷗點點輕波遠，荻港蕭蕭白晝寒，高歌一曲斜陽晚。一霎時波搖金影，驀抬頭月上東山。

老樵夫，自砍柴，捆青松，夾綠槐，茫茫野草秋山外。豐碑是處成荒塚，華表千尋臥碧苔，墳前石馬磨刀壞。倒不如閒錢沽酒，醉醺醺山徑歸來。

老頭陀，古廟中，自燒香，自打鐘，兔葵燕麥閒齋供。山門破落無關鎖，斜日蒼黃有亂松，秋星閃爍頹垣縫。黑漆漆蒲團打坐，夜燒茶爐火通紅。

水田衣，老道人，背葫蘆，戴袱巾，棕鞋布襪相廝稱。修琴賣藥般般會，提鬼拿妖件件能，白雲紅葉歸山徑。聞說道懸岩結屋，卻教人何處相尋？

老書生，白屋中，說唐虞，道古風，許多後輩高科中。門前僕從雄如虎，陌上旌旗去似龍，一朝勢落成春夢。倒不如蓬門僻庵，教幾個小小蒙童。

盡風流，小乞兒，數蓮花，唱竹枝，千門打鼓沿街市。橋邊日出猶酣睡，山外斜陽已早歸，殘杯冷炙饒滋味。醉倒在回廊古廟，一憑他雨打風吹。

掩柴扉，怕出頭，剪面風，菊徑秋，看看又是重陽後。幾行衰草迷山郭，一片殘陽下酒樓，棲鴉點上蕭蕭柳。撮幾句盲辭瞎話，交還他錢板歌喉。

邈唐虞，遠夏殷，卷宗周、入暴秦，爭雄士國相兼併。文章兩漢空陳跡，金粉南朝總廢塵，李唐趙宋慌忙盡。最可歎龍盤虎踞，盡銷磨燕子春燈。

弔龍逢，哭比干，羨莊周，拜老聃，未央宮裡王孫慘。南來薏苡徒興謗，七尺珊瑚只自殘，孔明枉作那英雄漢。早知道茅廬高臥，省多少六出祁山！

撥琵琶，續續彈，喚庸愚，警懦頑，四條弦上多哀怨。黃沙白草無人跡，古戍寒雲亂鳥還，虞羅慣打孤飛雁。收拾起漁樵事業，任從他風雪關山。

風流家世元和老，舊曲翻新調。扯碎狀元袍，脫卻烏紗帽。俺唱這道情兒歸山去了。

把世情看得涼淡無聊之至，而以個人的享樂為主，所謂安貧樂道，無榮無辱，便是其宗旨。這樣的人生觀，在貴族文學和平民文學裡都同樣的占著勢力。

徐大椿字靈胎，吳江人，作有《洄溪道情》和《樂府傳聲》。他是一位音樂家，自己會作曲。所以他憤於時俗所唱之道情「卑靡庸濁，全無超世出塵之響。」便「即今所存〈耍孩兒〉諸曲，究其端貌，推其本初，沿其流派，似北曲仙呂入雙調之遺響。乃推廣其音，令開合弛張，顯微曲折，無所不暢。聲境一開，愈轉而愈不窮。實有移情易性之妙。」（自序）但其譜今已不傳。他的〈道情〉，題材甚廣，但多半還以教訓為主。茲錄其數曲於下：

◆讀書樂◆

要為人，須讀書。諸般樂，總不如。識得聖賢的道理，曉得做人的規矩。看千古興亡成敗，盡如目見耳聞；考九州城郭山川，不必離家出戶。兵農醫卜，方書雜錄，載得分明；奇事閒情，小說稗官，講的有趣。讀得來滿腹文章，一身才具。收了心省得些妄念淫思，束了身斷絕那胡行邪路。這是讀書的樂。更說那不讀書的苦：記姓名，寫不出趙李張王，登帳目纏不清一三四五。聽見人說故事，顛顛倒倒，記了回來；聽見人論文章，急急忙忙，跑將開去。更有那有錢的閒不過，只得非嫖即賭。到後來敗了家私，遭了刑戮，我見他不但心情慘戚，又弄得體面全無。

◆時文歎◆

讀書中，最不齊，爛時文，爛似泥，本來原為求賢計，誰知變了欺人技。看了半部講章，記了三十擬題，狀元塞在荷包裡。等到那歲考日，鄉試期，房行墨卷，汪汪念到三更際。也不曉得《三通》《四史》是何等的文章，也不曉得漢祖唐宗是那樣的皇帝。讀得來口角離奇，眼目眯萋，腳底下不曉得高低。大門外辨不出東西。更有兩個肩頭，一聳一低，直頭吃了幾服迷魂劑。又不能穩中高魁，只落得昏沉一世。就是做得官時，把甚麼施經濟！得趣的是衙役長隨，只有百姓門精遭晦氣。勸世人何不讀幾部有用經書。倘遇合有期，正好替朝廷出力。若遭逢不偶，也還為學校增輝。

◆泛舟樂◆

駕扁舟，水上飛，活神仙，不讓伊。東西來往無拘繫，琴書寶玩憑緣寄，衣裘飲饌諸般

備。到春來綠柳環堤，紅桃映水，錦帳千層逐處迷。到夏來萍花隨櫓，荷香撲鼻，滿天涼雨掛虹霓。到秋來菰蒲藏雁，蘆花映月，遠浦漁歌繞釣磯。到冬來千山霽雪，披裘小酌，玉樹瓊林兩岸垂。樓臺城郭朝朝異，名山巨壑隨時憩。更希奇，百里家鄉，一望雲迷。只半夜輕風，兩幅征帆，一枕黃粱未已，朦朧地聽說道：老子歸來，似稚兒口氣。推蓬看，已到我草堂西。

◆遊山樂◆

到山中，便是仙。萬樹松風，百道飛泉。更有那野鳥呼人，引我到僧房竹院。異草幽花香入骨，奇峰怪石峭嶙天。一步一回頭，景象時時變。越走得路崎嶇，越騙得精神健。到了那山窮水轉，又是個別有洞天。清風吹我塵心斷，不知今夕是何年。遙望著牧豎樵夫，洗足清泉。與他言，竟不曉得唐宋明元。直說到日落虞淵，借宿在草閣茅軒。雨前茶澆一碗青晶飯。抬頭看，只見藤蘿月卻掛在萬峰尖。

◆弔何小山先生◆

蕭瑟秋風，木落寒江，典型云謝，非為私傷。想先生博雅胸腸，炯炯目光，把亡經僻史，疑文奇字，考究精詳。不論夏鼎商彝，唐碑宋畫，真與贋，難逃鑒賞。普天下文人，那一個不問小山無恙。到今朝耆舊云亡，空了襄陽，許大一座蘇州，又少個人相撐仗。想生前也有怕他說短論長，也有怪他罵李呵張。從今後，倘有那年少倡狂，銅臭鴟張，有誰人再管這精閑帳？今日裡，鴉叫枯楊，月照空梁，只有半部校殘書，攤在塵筵下。如此淒涼，任你曠達襟懷，也不禁淚灑千行！況我半世相隨，一朝永訣，落落狂生，向誰人更覓知音賞？思量只

得譜一首商調道情詞，代做招魂榜。望先生來格來臨！嗚呼尚饗！

◆題山莊耕讀圖◆

祖父兒孫，聚首一堂，免不得做一首道情詞，教爾曹都來聽講。我是個樸魯寒儒，有甚麼相依傍。除非是奮志勤修，方能像個人兒樣。因此口不厭粗糲糟糠，身不恥敝垢衣裳。打起精神，廣求博訪。有時敦詩說禮，有時尋著採藥，有時征宮考律，有時舞劍輪槍。終日遑遑，總沒有一時閒蕩。嚴冬雪夜，擁被駝綿，直讀到雞聲三唱。到夏月蚊多，還要隔帳停燈映末光。只今日，目暗神衰，還不肯把筆兒輕放。難道我對爾曹說謊。今日裡置個山莊，造座書堂，雇幾個赤腳長鬚，種植些米麥高粱。你若是吃飽飯，東遊西蕩，定做些敗壞身家的勾當。所其無逸，稼穡艱難，這兩句載在《尚書》上，怎麼不思量？斷不可矜才炫智，也不望身顯名揚。只要你謙恭忠厚人皆敬，節儉辛勤家自昌。才守得這幾畝稻田，數間茅舍，年年歲歲，徐姓完糧。

道情的作用，至靈胎而大廣。但究竟還以勸世為主。經了乾隆「十全老人」的時代，清室漸漸的衰弱下去了，變亂不斷的來。鴉片戰爭之後，不久，便來了太平天國之亂。同時，便有了英法聯軍陷北京的事。自此以後，海禁大開，中國的古老的社會的基礎根本的發生了動搖。像道情的那樣情調的東西便永遠不再會有人去寫作了。嶄新的描寫變動的大時代的東西，不久便起來。不僅舊的正統文學被拋棄，即舊的所謂通俗文學也漸漸的顯得不合時宜了。故五四運動，不僅結束了正統文學的歷史，同時也結束了通俗文學的歷史。而要把他們重新的估定價值。

■ 參考書目

1. 《中國俗曲總目稿》，劉復、李家瑞編，中央研究院出版。
2. 《粵風》，李調元編，有《函海》本。
3. 《時尚南北小調萬花小曲》，有乾隆間刊本。
4. 《霓裳續譜》，王廷紹編，有原刊本，有《國學珍本文庫》本。
5. 《白雪遺音》，華廣生編，有道光間原刊本。（西諦藏）
6. 《白雪遺音選》，鄭振鐸編，開明書店出版。
7. 《白雪遺音續選》，汪靜之編，北新書局出版。
8. 《潯陽詩稿》，戴全德撰，有嘉慶原刊本。
9. 《粵謳》，招子庸撰，有道光原刊本。
10. 《人境廬詩草》，黃遵憲撰，有近刊本數種。
11. 《鄭板橋集》，鄭燮撰，坊刊本甚多。
12. 徐大椿的《泗溪道情》有原刊本，有《散曲叢刊》本。

❖推薦書單❖

作　者　章太炎
書　號　1D79
定　價　250元

大師最精彩的國學必修課！

本書為章太炎先生民國十一年四～六月間在上海市講授國學的集結，全書將國學有系統的分成經學、哲學、文學三種派別論述，深入淺出、條理清晰，可作為中國經學、哲學、文學的簡史，是中文系學子和喜好中國經典學術者不可或缺的書籍。

作　者　王　易
書　號　1D73
定　價　480元

近代國學大師的詞曲饗宴！
喜愛古典文學的讀者絕不能錯過！

本書是王易當年執教於大陸心遠大學時的教材。全書按明義、溯源、具體、衍流、析派、構律、啟變、入病、振衰、測運的順序，翔實地敘述古代詞曲的演變、盛衰，文中並列舉了各詞曲作家的作品加以說明。

全書書目提要完備、修辭和章法質樸自然、行文闡述切要精妙、釋律詮韻精確周密，是有心研究詞曲者必讀的好書。

❖推薦書單❖

作　者　朱自清
書　號　1D46
定　價　250元

全書提綱挈領，深入淺出，是學習中國古代文史哲的優秀入門書！

本書所稱的經典是廣義的用法，包括群經、先秦諸子、幾種史書、一些集部；要讀懂這些書，特別是經、子，得懂小學，就是文字學，所以將《說文解字》一書納入。其後有《周易》、《尚書》、《詩經》、三禮、春秋三傳、四書、《史記》、《漢書》、諸子、辭賦、詩、文等，按照傳統的經史子集的順序排列，各篇討論，儘量採擇近人新說。這是一本通俗化的學術論著，使青年人有了解中華文化的便利。

作　者　林　庚
書　號　1D77
定　價　280元

大師論西遊記，驚豔，不同凡響！

多年來，孫悟空的魅力擄獲了無數讀者的心，其中，大鬧天宮的故事膾炙人口，但是在學者眼中又有什麼寓意？孫悟空甘心戴著緊箍咒，保護唐三藏到西天取經，這樣的形象塑造與反抗者的投降歸順又有什麼不同？作者以輕鬆的筆調漫談《西遊記》，看法精彩！論點驚喜！

❖推薦書單❖

作　者　羅根澤
書　號　1D78
定　價　320元

國學大師羅根澤的代表作之一，是中國文學史上首次詳盡整理，有系統研究樂府的專書。

全書一開頭先對樂府做出明確的定義及分類，再依「兩漢」、「魏晉」、「南北朝」、「隋唐」的時代順序分章介紹，並根據搜羅的史料，對各時代的樂府特色加以分析和評述。讀完本書能完整了解中國文學史上樂府的發展及盛衰，對研究者極具參考價值。

作　者　傅斯年
書　號　1D66
定　價　230元

涵蓋詩經的研究歷史、研究方法、地理及藝術性，是研究者及文學愛好者不可或缺的經典著作。

本書是傅斯年在講授《詩經》時的課堂講義，雖名為講義，但其內容之深之廣，已可稱得上一部詩經通論。

在書中，傅斯年先提出泛論，提出研究詩經應有三個態度：一是欣賞他的文辭，二是作為極有價值的歷史材料，三是作為一部極有價值的古代言語學材料。為詩經研究提出了新見解、新方向。之後分論風、雅、頌，對於詩經的影響、文辭賞析的藝術性也有論述，可謂一部研究者不可錯過的詩經研究經典。

❖推薦書單❖

作　者　梁啟超
書　號　1D74
定　價　480元

一本全面性、有系統的介紹近代學術思想的好書，值得一讀再讀！

本書是梁啟超先生晚年任教於清華大學、南開大學等校時所編寫的講義，對近代學術各學派的源流、特點、變遷、形成原因及其在文化上的貢獻和價值，做系統化且詳細的介紹，是研究學術思想發展不可或缺的重要典籍。

作　者　胡　適
書　號　1D72
定　價　200元

一本適合青少年、社會大眾品味的大師小傳！

胡適十分重視傳記文學，曾在北大教授「傳記文學」，也為多位古人、近人寫作年譜及傳記。因有感於中國傳記文學的缺乏，胡適更撰著《四十自述》，期能拋磚引玉，開啟國內壯年作家撰寫自傳的風氣。

本書記載了胡適父母相遇、結婚的過程，自己的幼年生活、求學歷程，以及學習態度與觀念思想的轉變，是幫助大眾了解這位新文化運動倡導者的重要文獻。

國家圖書館出版品預行編目資料

中國俗文學史／鄭振鐸著. ——初版. ——臺北市：五南, 2014.07
面； 公分
ISBN 978-957-11-7658-1（平裝）
1.中國文學史 2.通俗文學
858.209 103010618

1AT1

中國俗文學史

作　　者 — 鄭振鐸
發 行 人 — 楊榮川
總 編 輯 — 王翠華
企劃主編 — 黃文瓊
責任編輯 — 吳雨潔
封面設計 — 童安安
出 版 者 — 五南圖書出版股份有限公司
地　　址：106台北市大安區和平東路二段339號4樓
電　　話：(02) 2705-5066　　傳　　真：(02) 2706-6100
網　　址：http://www.wunan.com.tw
電子郵件：wunan@wunan.com.tw
劃撥帳號：01068953
戶　　名：五南圖書出版股份有限公司

台中市駐區辦公室/台中市中區中山路6號
電　　話：(04) 2223-0891　　傳　　真：(04) 2223-3549
高雄市駐區辦公室/高雄市新興區中山一路290號
電　　話：(07) 2358-702　　傳　　真：(07) 2350-236

法律顧問　林勝安律師事務所　林勝安律師

出版日期　2014年7月初版一刷
定　　價　新臺幣480元